Das Auge der Unendlichkeit

MAGGIE FUREY

DER SCHATTENBUND

DAS AUGE DER UNENDLICHKEIT

ROMAN

Aus dem Amerikanischen
von Angela Koonen

Weltbild

Die amerikanische Originalausgabe erschien unter dem Titel
The Eye of Eternity.

Besuchen Sie uns im Internet:
www.weltbild.de

Genehmigte Lizenzausgabe für Verlagsgruppe Weltbild GmbH,
Steinerne Furt, 86167 Augsburg

Übersetzung: Angela Koonen
Umschlaggestaltung: Johannes Frick, Augsburg
Umschlagmotiv: Jon Sullivan / Bildagentur Schlück
Gesamtherstellung: GGP Media GmbH, Pößneck
Printed in the EU

ISBN 978-3-8289-8922-1

2010 2009 2008 2007
Die letzte Jahreszahl gibt die aktuelle Lizenzausgabe an.

Den neuen Mädchen Freda und Sparkle
Willkommen in der Familie

Kapitel 1

Aufbruch zur Rettung

Alles sah aus wie immer. Die verstreuten Häuser der Wissenshütergemeinschaft waren unverändert, ihr flechtenbewachsener grauer Stein fügte sich unauffällig in die Umgebung, so als wären sie ein natürlicher Teil der Landschaft. Obwohl wie immer eine Wolkenbank tief über dem oberen See hing, glänzte das Wasser des unteren Sees im blassen, kühlen Sonnenlicht des frühen Herbstmorgens. Der Eichenwald, der die steilen Südhänge des Tals bedeckte, leuchtete in Bronze und Gold, und die abgeworfenen Blätter lagen wie gehortete Schätze auf den Wegen und bis ans Ufer der Seen.

Für Gendival hätte es ein ganz gewöhnlicher Tag sein können, wäre da nicht diese befremdliche Einsamkeit gewesen. Für gewöhnlich gingen die Bewohner der Schattenbundsiedlung wie auch des unterhalb gelegenen Dorfes zu dieser Stunde ihrer Arbeit nach und hatten bei jeder Besorgung ein wenig Zeit übrig, um stehen zu bleiben und eine Unterhaltung anzufangen. Heute jedoch war kein gewöhnlicher Tag. Cergorn, der Archimandrit, war ernstlich verwundet und zeigte kaum noch Lebenswillen. Amaurn, der Abtrünnige, war zurückgekehrt, und es hatte sich herausgestellt, dass er in Gendival über eine Reihe heimlicher Unterstützer verfügte. Zwischen zwei altgedienten Wissenshütern, dem Furcht erregenden Maskulu mit seinem Tausendfüßlerleib und der einer Fangschrecke ähnlichen Skreeva, war es deshalb zum Kampf gekommen, wobei Erstgenannter ein Unterstützer des abtrünnigen Amaurn und Letztgenannte eine Spionin des Drachenvolkes war.

Als Folge dieses Ereignisses hatte sich eine unnatürliche Stille über die Gemeinschaft gelegt. Die Dörfler saßen zu Hause bei ihren Familien in dem Bewusstsein, dass die Zukunft des Schattenbundes in der Schwebe hing, und gingen dessen Mitgliedern aus dem Weg, während diese sich an die Schlichtung der Streitigkeiten machten, die einen Keil in ihre Reihen getrieben hatten. Die altgedienten Wissenshüter – die wenigen, die sich noch in Gendival aufhielten – versammelten sich am Seeufer, und ihre Sache war es nun, für die bestürzenden Ereignisse der vergangenen Stunden eine vernünftige Erklärung zu finden und den Schattenbund wieder zu wirkungsreichem Zusammenhalt zu führen.

Das war allerdings eine Versammlung, die Veldan liebend gern versäumte, und sie schätzte sich äußerst glücklich, dass sie zusammen mit Kaz und Elion gleich die Siedlung verlassen würden. Wenn alles gut ging, würden sie weit fort sein, ehe jemand dahinter kam, welche Rolle sie bei Amaurns plötzlichem Umsturzversuch gespielt hatten, und bis sie wieder zurückkehrten, wären die Auseinandersetzungen hoffentlich vorbei und die wichtigen Entscheidungen gefällt. Gemäß Amaurns Anweisung wollten sie flussabwärts zur Küste reisen, um ihre verschollenen Gefährten Toulac und Zavahl zu finden, die von Spähern des Drachenvolkes entführt worden waren. Zavahl trug den Geist ihres Sehers in sich, welcher der Hüter ihrer Stammeserinnerungen war, und die Drachen wollten ihn wiederhaben. Der Schattenbund jedoch war verzweifelt auf jenes Wissen angewiesen, und Amaurn war nicht bereit, ihn ziehen zu lassen.

Veldan, Kazairl und Elion trennten sich am Seeufer von Amaurn. »Bist du sicher, dass wir nicht bleiben und dem Afanc die Sache mit Zavahl und dem Drachen erklären sollen?«, fragte Veldan mittels Gedankenübertragung. Bastiar war nun neben Maskulu der einzige Altgediente in Gendival. Angesichts seiner engen Freundschaft mit Cergorn hegte sie den Verdacht, dass er sich sehr deutlich dagegen aussprechen würde, den Zentauren durch diesen Eindringling aus der Vergangenheit ersetzen zu lassen, und dass es noch viel schwieriger sein würde, ihn zu überzeugen als die übrigen Wissenshüter. Allerdings war es Amaurn bereits gelungen, Cergorn die Zügel der Macht aus der Hand zu reißen. Ob er sie behalten würde, blieb noch abzuwarten.

Amaurn schüttelte den Kopf. »Ich werde mit Bastiar zurechtkommen – und auch mit jedem anderen Gegner.« Sein Gesicht war starr und düster, als hätte er sich den Mantel Blanks wieder um die Schultern gelegt. Veldan fröstelte. Er benahm sich, als hätte es die Verbundenheit, die sie beide nach dem Kampf der Riesen auf der Lichtung empfunden hatten, nie gegeben. »Du und deine Freunde geht von hier fort«, sprach er weiter, »bevor ihr noch tiefer in diesen Streit hineingeratet. Ich werde Bailen eine Nachricht flussabwärts senden lassen, damit im Voraus für eure Weiterreise gesorgt ist. Ihr müsst Zavahl zurückbringen. Davon hängt alles ab. Wenn wir Bastiar beweisen können, dass wir Recht haben und Cergorn im Irrtum ist, dann kann nicht einmal er meine Forderung, die Führerschaft zu übernehmen, zurückweisen.«

Er wandte sich ab und blickte über das Wasser. Veldan und Elion tauschten einen Blick, wobei sie die Brauen hochzog und er mit einem Schulterzucken antwortete. Sie waren eindeutig entlassen. Der Feuerdrache schnaubte laut – es war nicht nötig zu fragen, was er von Amaurns Benehmen hielt. »Er hat Glück, dass der Windgeist nicht hier ist«, murmelte Kaz. »Vielleicht schafft er es tatsächlich, Bastiar herumzukriegen, aber Thirishri würde nicht zulassen, dass er die Stelle ihres Partners übernimmt.«

Die drei Wissenshüter machten sich auf den Weg über den Waldhang zu ihren Wohnungen. Veldan hörte den Feuerdrachen neben sich leise knurren. Sicher gab es eine Menge, was ihm an dieser Sache nicht gefiel – was keine Überraschung war, denn sie merkte, dass sie dieselben Zweifel hegte. Wie war sie so schnell vonstatten gegangen, diese Verwandlung von Blank dem Widersacher in Amaurn den Verbündeten? Es schien ihr, als seien sie und Kaz von einem Strudel fortgerissen worden und zu sehr damit beschäftigt gewesen, gegen die widerstreitenden Strömungen zu kämpfen und dabei den Kopf über Wasser zu halten, als dass sie noch darauf hätten achten können, wo sie an Land gespült werden. Sie konnte nicht begreifen, wie es dazu gekommen war, dass sie nun Blank unterstützten, aber irgendwie war es passiert, und nun würden sie mit den Folgen leben müssen. Nachdem sie abgewartet hatte, bis Elion sie an der Weggabelung verließ, um nach Hause zu gehen, erzählte sie dem Feuerdrachen von ihren Bedenken.

Anstelle eines Achselzuckens neigte er drachengemäß den Kopf zur Seite. »Das meine ich auch. Aber wir werden nicht die einzigen sein.«

Veldan blickte sich noch einmal nach der Siedlung um. »Das stimmt. Ich glaube nicht, dass Blank oder Amaurn oder wie immer er sich nennen will seine Schäfchen schon im Trocknen hat. Jetzt, wo sich die Aufregung gelegt hat, schwirren eine Menge Zweifel in den Köpfen herum.«

»Zweifel?«, schnaubte der Feuerdrache. »Du meinst wohl eher, sie verlieren vor Angst ihr bisschen Verstand.« Er hielt einen Moment lang inne und richtete seine großen, glühenden Augen auf das Gesicht seiner Partnerin. »Was denkst du darüber, Boss? Jetzt mal ehrlich.«

Veldan schüttelte den Kopf. »Ich weiß es nicht. Ich kann es kaum glauben, dass ich einen Mann unterstütze, der zu solcher Rücksichtslosigkeit fähig ist und der uns erst kürzlich mit dem Tod bedroht hat. Und doch tue ich es. Ich traue ihm nicht ganz, aber ich meine, dass Gendival gerade jetzt frisches Blut und neue Einsichten braucht. Was mir dabei zu denken gibt, ist, dass er mir so vertraut vorkommt. Obwohl ich ihm nie zuvor begegnet bin, ist mir, als wäre er schon immer dagewesen, in einem Winkel meines Herzens, und hätte nur darauf gewartet, hervorzutreten. Ergibt das für dich irgendeinen Sinn?«

»Einen Sinn? Bist du verrückt? Natürlich nicht!«, schnaubte der Feuerdrache.

»Wahrscheinlich hast du Recht«, seufzte Veldan. »Mein Leben lang wurde mir die Geschichte von Amaurn dem Abtrünnigen als warnendes Beispiel vor Augen gehalten. Ich bin gewissermaßen mit ihm aufgewachsen, und wahrscheinlich kommt er mir deshalb so vertraut vor.«

»Diese Erklärung ist so gut wie jede andere«, meinte der Feuerdrache. »Und du bist müde, Boss, kein Wunder, dass du nicht mehr geradeaus denken kannst. Bei dieser Amaurngeschichte gibt es genug, worüber wir uns Sorgen machen müssen, auch ohne dass man sich den Verstand mit wunderlichen Einfällen vernebelt.« Er drehte den Kopf und sah sie an. »Denk einfach mal nach. Erstens befindet sich die Welt auf dem Höhepunkt ihrer gefährlichen Lage und wir müssen etwas dagegen unternehmen. Zweitens hat Cergorn uns im Stich gelassen und wollte nicht zuhören, als wir ihm zu sagen versuchten, dass der Drachenseher in Zavahl gefangen sitzt. Drittens hat sich herausgestellt, dass Amaurn ein Freund deiner Mutter war, weshalb es nur natürlich ist, dass du ihm vertrauen möchtest. Viertens hat er uns bei der Rettung von Toulac und Aethon und nebenbei des Hierarchen seine Hilfe angeboten, wo Cergorn sie uns versagt hat. Wir haben genug Gründe, um die Seite zu wechseln, und brauchen uns über rätselhafte Gefühle keine Gedanken zu machen.«

»Ich nehme an, du hast Recht. Am Ende wird unsere Meinung sowieso keine Rolle spielen. Besser, wir überlassen die Schwierigkeiten mit Amaurn jetzt den Altgedienten und kümmern uns um unsere eigenen Angelegenheiten.«

Veldans Gedanken eilten voraus zu der bevorstehenden Suche nach Toulac und Zavahl. Inzwischen hatte Bailen sicher eine Nachricht den Fluss hinuntergeschickt, und an der nächsten Navigatorsiedlung würde ein Boot auf sie warten. Die Händler am Fluss trugen zum Leben in Gendival Wesentliches bei. Das Reich bestand hauptsächlich aus Bergen und Seen, und die Landschaft war so wild und zerklüftet, dass der einfachste Weg, um von einem Ort zum anderen zu gelangen, der Fluss war. Die Navigatoren waren Nomaden der Wasserwege; sie bauten Schleusen, schlammten Untiefen aus und sorgten an wirklich unbefahrbaren Stellen für Uferwege, wo sie ihre Güter in kleinere Boote umluden, die auf Rädern von kräftigen Pferden gezogen wurden. Sie beförderten Neuigkeiten und Güter den Fluss hinauf und hinunter, und manchmal auch Fahrgäste. Ihre großen Segelboote befuhren sogar das Meer und trieben entlang der Küste Handel, so weit es die Schleierwand erlaubte, und wie alle in Gendival Ansässigen arbeiteten die Navigatoren zur Unterstützung des Schattenbundes, wann immer es nötig war.

»Das wird mal eine nette Abwechslung«, merkte Kaz an, »bequem den Fluss hinunter zu treiben und jemand anderen die Arbeit tun zu lassen. Meine armen alten Beine sind in den letzten Monaten praktisch bis auf die Stümpfe abgenutzt worden.«

»Dann genieße es«, sagte Veldan. »Solange die Schleierwand weiter verfällt, ist unsere Arbeit nicht erledigt, und mir schwant außerdem, dass Amaurn noch Pläne mit uns hat, wenn wir wieder zurück sind.«

»Sofern er dann noch am Ruder ist«, schnaubte der Feuerdrache. »Noch hat er Bastiar nicht überzeugt.«

In Veldans Lachen lag eine gewisse Schärfe. »Willst du wetten? Wir sollten nicht vergessen, dass Amaurn der rücksichtslose Hauptmann Blank ist, und ein Mann ändert sich nicht über Nacht. Wenn es zu einem Kampf kommt, werde ich ihn jederzeit gegen den Afanc unterstützen.«

Als Kaz und Veldan in ihrer Wohnung ankamen, fanden sie die unermüdliche Ailie dort bereits vor. Während sie am Seeufer gewesen waren, hatte sich die Gastwirtin zweifellos nützlich gemacht. Sie war gerade dabei Frühstück zu bereiten, und der herrliche Duft von brutzelndem Speck zog durch Veldans Küche. Ailie blickte auf, als sie hereinkamen. »Gerade zur rechten Zeit«, sagte sie fröhlich. »Aber wo ist Elion?«

»Nach Hause gegangen, um sich umzuziehen und ein paar Sachen zusammenzupacken.« Veldan musste schlucken, ehe sie die Worte herausbrachte. Seit dem letzten Abendessen war viel Zeit vergangen, ereignisreiche Zeit, und bei dem Duft lief ihr das Wasser im Mund zusammen.

Der Feuerdrache reckte den Hals so weit zur Speckpfanne wie es ging, ohne die heißen Fettspritzer zu beachten, die ihn in die Nase stachen. »Was ist mit mir?«, wollte er wissen. »Veldan, frag sie, ob sie irgendetwas für mich mitgebracht hat.«

»Sei still, Kaz.« Veldan warf einen hoffnungslosen Blick in die Pfanne. »Ailie, das ist ungeheuer nett von dir, aber wir müssen so schnell wie möglich aufbrechen. Die Navigatoren werden heute Vormittag mit einem Boot flussabwärts fahren, aber wegen der Gezeiten in der Bucht warten sie nicht allzu lange. Wir haben einfach keine Zeit zum Frühstücken.«

»Das macht nichts«, erwiderte Ailie ruhig. Sie fing an, die knusprigen, braunen Scheiben aus der Pfanne zu fischen und legte sie zwischen lange, flache Brothälften. »Wir können es mitnehmen und unterwegs essen.«

»Wir?« Veldans Augenbrauen schossen in die Höhe. Erst jetzt bemerkte sie die verschiedenen Taschen und Bündel, die ordentlich in einer Ecke standen. »Und was ist das da eigentlich?«

»Ach, das ist nicht für mich«, gab Ailie bekannt. »Das meiste jedenfalls. Ich habe Toulacs Mantel mitgebracht –

dieses anrüchige Schaffellding, an dem sie so hängt – und einen alten Mantel meines Vaters für Zavahl und für beide etwas Warmes zum Wechseln. Dann dachte ich noch, wir könnten etwas zu essen und Decken und –«

»Moment mal, Ailie. Ich bin dir wirklich dankbar für deine Hilfe, aber ich kann dich unmöglich mitnehmen.«

»Aber warum denn nicht?«, widersprach Ailie sofort. »Wenn das einer eurer üblichen Einsätze wäre, würde ich dir zustimmen. Ich bin kein Wissenshüter und will auch keiner sein. Aber diesmal wirst du nur Zavahl und Toulac abholen. Wir werden die meiste Zeit im Boot unterwegs sein, und wir brauchen nicht durch die Schleierwand zu gehen.«

»Aber Cergorn erlaubt nicht, dass die Dörfler –«

»Ach, Cergorn kann mich mal«, fuhr Kaz empört dazwischen. »Er ist nicht mehr verantwortlich. Um Himmels willen, Veldan, diese Frau hat *Essen*! Nimm sie mit. Und du hast vergessen zu fragen, ob sie auch ein Frühstück für mich hat.«

Veldan ergab sich lachend. »Also gut«, sagte sie laut zu den beiden. »Es wird eine schöne Erleichterung sein, zur Abwechslung mal jemanden dabei zu haben, der kochen kann.«

Die Gastwirtin schmunzelte. »Ich wusste, dass du zur Vernunft kommst.«

Veldan überließ es Ailie, den Proviant fertig einzupacken und ging ihrerseits ein paar Dinge zusammenraffen. Nach einer Katzenwäsche und einem schnellen Kleiderwechsel fühlte sie sich schon besser, dennoch musste sie immerzu wehmütig an ein heißes Bad und ein weiches warmes Bett denken. Sie unterdrückte ein Gähnen und klatschte sich kaltes Wasser ins Gesicht. »Du kannst auf dem Boot schlafen«, sagte sie zu sich. »Wenn wir erst einmal unterwegs sind, haben wir jede Menge Zeit.«

In diesem Moment hörte sie Stimmen. »Schleimbeutel ist da«, setzte Kaz sie in Kenntnis, aber ihr fiel auf, dass das übliche Gift aus seiner Stimme verschwunden war. Veldan war so klug, nichts darauf zu sagen, und eilte in die Küche, wo Ailie Elion schon als Packpferd einspannte und ihm ihre Bündelsammlung auflud.

»Was nimmst du da alles mit?«, grummelte Elion. »Die Gerätschaften des Gasthauses?« Er wandte sich von ihr ab und sah zu Veldan hinüber, und eine schwache Falte erschien zwischen seinen Brauen. »Ist das klug?«, fragte er in der wortlosen Verständigungsweise der Wissenshüter.

Sie antwortete auf gleichem Wege und zuckte sacht die Schultern. »Was soll es schaden? Wie Ailie sogleich herausgestellt hat, ist das keiner von unseren üblichen Einsätzen.« Sie lächelte verschlagen. »Und da sie so gut mit Zavahl umgehen kann, sollte es ein großer Vorteil für uns sein, sie dabei zu haben.«

»Daran hatte ich nicht gedacht, aber du hast Recht.« Ailie zu Liebe fügte er laut hinzu: »Dann lasst uns aufbrechen, bevor ich unter dem Gewicht des Gepäcks zusammenbreche.«

Sie marschierten durch den Wald zum Fuß des Hügels und wandten sich nach rechts, um dem Fluss talauswärts zu folgen. Sobald sie die Siedlung hinter sich gelassen hatten, weitete sich das Tal. Abgeerntete Felder und grüne Wiesen lösten den glänzenden See ab. Weiter zum Talausgang hin weideten Kühe und Schafe friedlich in der kühlen Herbstsonne, doch zunächst kamen unweit der Siedlung eine Reihe ordentlich gepflegter Ställe und Scheunen, und auf den umliegenden Koppeln standen Pferde. Sie hoben anmutig die Köpfe, als sich die Wanderer näherten. Im Gegensatz zu den Pferden in anderen Reichen waren sie an die Gegenwart eines Feuerdrachen gewöhnt und scheuten nicht. Sie schienen zu spüren, dass er sie nicht fressen durfte, dennoch sahen sie immer wie gebannt zu ihm hin.

Die Nähe von so viel Futter weckte bei dem Feuerdrachen in der Tat einen unbändigen Hunger, darum entschloss er sich, draußen zu warten, solange sich die anderen in den Ställen aufhielten. Als die Gefährten über den sauber gefegten Hof gingen, begegneten sie einem stämmigen Mann mit struppigen grauen Haaren und streitlustigem Kinn. Mit einer Heugabel in der Hand tauchte er in der Stalltür auf. Als er Elion sah, zog sich sein Gesicht in die Länge, und die Faust schloss sich fest um den Schaft der Heugabel. »Nicht du schon wieder! Wie kannst du es wagen, dich hier noch einmal blicken zu lassen?«

Der Angesprochene wich zurück und versuchte, Veldan und Ailie zwischen sich und den Stallmeister zu bringen, aber die beiden Frauen spielten nicht mit und wichen zur Seite aus, womit sie Elion seinem grausamen Schicksal überließen. »Äh ... sieh mal, Harral«, nuschelte er, »tut mir wirklich Leid wegen der Braunen ...«

Harrals schwarze buschige Augenbrauen waren für drohende Blicke einzigartig wirkungsvoll. »Leid?«, brüllte er. »Es tut dir Leid? Ist das alles, was du dazu zu sagen hast? Wider besseres Wissen, aber auf Cergorns Befehl habe ich dir meine beste Stute überlassen, den Schatz meines Herzens, meinen Augenstern. Und du, du unfähiger Hanswurst, DU VERLIERST SIE EINFACH!« Er war ziegelrot im Gesicht, und ihm schwollen die Stirnadern.

»Aber ich habe dir einen Ersatz gebracht«, wandte Elion kraftlos ein.

»Das nennst du ein Pferd? Diesen unansehnlichen, hartmäuligen Abkömmling eines Esels und einer Kuh?« Harral schwang drohend die Mistgabel und zwang Elion, vor den blitzenden Zinken zurückzuweichen. »Ich hatte Pläne mit der Stute, du Hohlkopf. Sie sollte der Ursprung eines neuen Stammbaums werden. Ich hätte sie dir überhaupt nicht geben dürfen. Hätte es besser wissen müssen. Wenn der Archimandrit nicht ...« Bei Cergorns Titel brach er ab und änderte den Kurs. »Weiß einer von euch, wie es ihm geht?«

Veldan schüttelte den Kopf. »Die Heiler bemühen sich verzweifelt, sein Leben zu retten. Das ist alles, was wir bisher erfahren haben. Wir können nur hoffen, dass es ihnen gelingt.« Die Tiefe ihrer Gefühle überraschte sie. Abgesehen von dem jüngsten Streit waren Cergorn und seine Lebensgefährtin immer ein starker und sicherer Halt in ihrem Leben gewesen. Zwar hatten sie zuletzt miteinander nicht auf bestem Fuße gestanden und sie meinte auch nicht mehr, dass er die beste Besetzung für das Amt des Archimandriten war, aber sie schuldete ihm viel zu viel, um ihm Schlechtes zu wünschen.

Harral murmelte einen Fluch und spuckte auf den Boden. »Dieser dreimal verfluchte Amaurn! Warum konnte er nicht einfach wegbleiben? Wenn es uns doch nur gelungen wäre, diesen schlüpfrigen Bastard beim ersten Mal zu töten.«

Veldan, deren Neugier angestachelt war, hätte ihn zu gern über die damaligen Ereignisse ausgefragt, aber die Zeit drängte. Die Navigatoren würden nicht auf die Mitfahrer warten. Unten an der Flussmündung waren die Gezeiten stark, und wenn sie zur falschen Zeit ankämen, würde sie das stundenlang aufhalten.

Auch Harral war so klug, den Flussleuten keine Verzögerung zu bescheren. »Na, ich lasse euch jetzt am besten gehen«, sagte er. Ungeduldig winkte er dem Burschen, der die Pferde aus dem Stall führte. »Beeile dich, Sem! Die Leute haben nicht den ganzen Tag Zeit.«

Sie nahmen vier Pferde, weil sie, wenn alles gut ging, zwei für Toulac und Zavahl brauchen würden. Ailie hatte ihre eigene dralle, gescheckte Stute namens Gänseblume. Die Bündel wurden auf eines der Ersatzpferde geladen, das man am Zügel nehmen würde, und das andere wollte Veldan auf der Hinreise reiten. Meistens ließ sie sich von Kaz tragen, doch gelegentlich ritt sie auch gern einmal ein Pferd. Als sie aufsaß, hörte sie den Feuerdrachen empört schnauben. »Wie aufmerksam von dir, ein Frühstück mitzunehmen«, höhnte er.

»Du warst es, der sich beklagt hat, dass seine armen Beine Ruhe brauchen«, entgegnete Veldan.

Elion bekam das Pferd der Gottesschwerter, das er von Tiarond hergebracht hatte. Harral beäugte prüfend das braune, unscheinbare Geschöpf, als es in den Hof geführt wurde. »Das arme Tier müsste dringend aufgepäppelt werden, aber du wirst es ja diesmal nicht allzu weit reiten. Wie auch immer, es muss genügen. Ich setze nicht noch einmal eins meiner kostbaren Pferde aufs Spiel, Elion. Bei Tieren hast du keinen Sinn für Verantwortung. Da du dieses dürre Gestänge angeschleppt hast, gehört es dir, soweit es mich angeht. Daher schlage ich vor, du kümmerst dich diesmal besser als um die anderen, die ich dir gegeben habe.«

Elion zuckte die Achseln. »Meinetwegen«, sagte er. »Wenigstens ist es ein ruhiges Tier, das nicht bockt, beißt oder tritt – im Gegensatz zu denen, die du mir gegeben hast.« Nachdem er dem hässlichen Pferd die Nase getätschelt hatte, kletterte er ungeschickt auf seinen Rücken.

Kaz, der den Tausch durch Veldans Augen gesehen hatte, kicherte. »Warten wir ab, bis dieser wandelnde Hutständer gefressen hat und ausgeruht ist. Ich frage mich, ob er dann auch noch so leicht zu reiten sein wird.«

»Ich weiß es nicht«, sagte Veldan schmunzelnd. »Aber die Sache könnte lustig werden.«

Unten an der Küste war die Sache gar nicht lustig. Noch nie war der einstige Hierarch in einer solchen Lage gewesen: allein in der Wildnis, ohne Essen, ohne ein Dach über dem Kopf und nicht einmal einen Mantel oder Umhang um die Schultern. Während der vergangenen paar Tage hatte er erkannt, wie wenig er über sich selbst wusste, über die Menschen seiner Umgebung und über die Welt außerhalb seiner Stadt, die sich als viel mannigfaltiger und Furcht einflößender erwiesen hatte, als er sich jemals vorgestellt hätte.

Wenigstens war er, Myrial sei Dank, nicht ganz allein. In Toulac fand er unerwarteten Trost. Als er der alten Söldnerin zum ersten Mal begegnet war, hatte er sie kurzerhand als ein ungebildetes altes Weib abgetan, das unflätige Reden führte und einen Hang zur Gewalt hatte. Aber jetzt, angesichts ihres ruhigen, nüchternen Benehmens, änderte er seine Meinung zusehends. Sie hatte ihm erzählt, dass sie während ihrer Wanderzeit gelernt hatte, von dem zu leben, was das Land hergab. In ihrer augenblicklichen Zwangslage würden ihre Kenntnisse und Fähigkeiten sie beide am Leben erhalten, bis Hilfe eintraf.

Nach der alten Kriegerin zu urteilen, waren sie wenigstens an einem guten Platz gelandet. »Sieh dich um«, sagte sie mit schwungvoller Gebärde. Zavahl sah sich um, aber er sah nichts weiter als einen langen unwirtlichen Küstenstreifen. Das sollte ein guter Platz sein? Hatte die Frau den Verstand verloren? Große rasiermesserscharfe Felsenriffe schoben sich in den Ozean hinaus und verschwanden in der schäumenden Gischt. Der abschüssige Strand war steinig: zum Wasser hin lagen glatte, runde Kiesel, die das Gehen schwer machten, näher zur Klippe und am Fuß der Böschung standen riesenhafte Felsbrocken, manche haushoch, die unter den unerbittlichen Kräften der See von der Steilküste abgebrochen waren.

Zavahl fühlte sich von der Kälte seiner Umgebung eingeschüchtert. Der Himmel war grau von einer hohen Decke schnell ziehender Wolken, die See sah stählern aus, was ihn schaudern machte, und an dem blanken Fels der Klippe wuchs überhaupt nichts. Es schien, als sei alle Farbe und Wärme der Welt versickert. Ein kalter schneidender Wind, feucht von salziger Gischt, wimmerte und schluchzte zwischen den Steinen, und die Schreie der Seevögel mischten dem Rollen und Seufzen der Brandung einen beständig klagenden Ton bei.

Zavahl fröstelte. Er sehnte sich aus ganzem Herzen

danach, heimzukehren – aber nicht nach Tiarond. Erstaunt merkte er, dass das ersehnte Heim nicht die düstere Gebirgsstadt war, die er regiert hatte, sondern das helle, behagliche Zimmer in Ailies Dorfgasthaus.

Toulac durchbohrte seine wehmütigen Gedanken mit einem kräftigen Rippenstoß. »Ich habe gesagt: sieh dich um, und nicht: steh verträumt da.«

»Warum?«, brummte Zavahl. »Hier gibt es nichts, was sich anzusehen lohnt.«

Toulac grinste. »Doch, wenn man weiß, wonach man zu suchen hat. Hier ist es vielleicht kalt und stürmisch und abschreckend, aber das kommt einem nicht mehr so vor, wenn man sich eine Schutzhütte gebaut und ein Feuer angezündet hat.« Sie klopfte ihm auf die Schulter. »Wenn du erst einmal etwas Warmes zu essen im Bauch hast, fühlst du dich wie zu Hause.«

Zavahl kam nicht umhin sich darüber zu ärgern, dass sie, obwohl nur in Kniehosen und Hemd, offenbar nicht fror. Sie war fast doppelt so alt wie er – wie in Myrials Namen schaffte sie das? Er blickte sie wütend an. »Und wo soll dieses warme Essen herkommen?«

»Die Meeresküste ist der beste Platz zur Nahrungssuche, den ich kenne. Es gibt alle Arten von Speisen direkt vor unserer Nase. Mach dir keine Sorgen, du lernst bald jeden Kniff, und wenn der Tag um ist, wirst du eine Menge darüber wissen, wie man in der Wildnis überlebt. Doch im Augenblick überlasse die Sache mit dem Essen mir. Ich weiß, wonach ich suche. Du sammelst alles Nützliche, was du finden kannst. Und jetzt, mein Junge, bewegen wir uns besser. Sich an einem kalten Strand den Hintern abzufrieren bringt gar nichts. Denke daran, wir brauchen Treibholz fürs Feuer – soviel du tragen kannst. Halte auch nach langen, dicken Stücken Ausschau, aus denen man eine Hütte bauen kann.«

»Aber könnten wir nicht einfach in einer Höhle unterschlüpfen?«, fragte Zavahl.

Toulac verdrehte die Augen zum Himmel. »Siehst du irgendwo eine?«

»Nun, das nicht, aber ...«

»Unglücklicherweise hat man im wirklichen Leben nie eine Höhle zur Hand, wenn man sie braucht. Und wenn doch, dann sind sie gewöhnlich feucht, eng, neigen zum Steinschlag, sind schwer zugänglich oder werden bereits von einem Bär bewohnt. Aber trotzdem, falls du zufällig eine findest, die brauchbar ist, wäre das eine große Hilfe. Und wenn du schon die Felswand danach absuchst, achte auch auf Süßwasser. Es gibt vielleicht eine Quelle oder ein Rinnsal, das von der sumpfigen Gegend da oben herunterkommt.«

Zavahl nickte. »Sonst noch etwas?«

»Darauf kannst du wetten.« Toulacs Augen funkelten. »So ein Küstenstreifen kann eine wahre Fundgrube sein. Bei rauem Wetter wird lauter Zeug von Bord gespült. Die Leute werfen ihre Abfälle in den Fluss oder ins Hafenbecken – das ist eine schlechte Angewohnheit, aber sie tun es trotzdem – und alle möglichen Dinge landen hier am Strand. Und mit all den Klippen sieht mir das nach einer gefährlichen Küste aus. Wenn hier häufig Schiffe leck schlagen, gibt es viele nützliche Sachen zu finden. Achte auf alles, was sich vielleicht als brauchbar erweisen könnte: Seilstücke, Fischernetze, Behälter, worin man kochen oder Wasser tragen kann. Die Möglichkeiten sind zahllos. Gebrauche nur deine Vorstellungskraft und deine Findigkeit. Du wirst staunen, worauf man hier stößt, und ich möchte wetten, wenn du erst einmal damit angefangen hast, wirst du noch sehen, dass es eine ganze Menge mehr Spaß macht, Strandgut zu suchen, als Hierarch zu sein.«

»Wie die Dinge zuletzt standen, hätte es sogar eine ganze Menge mehr Spaß gemacht, sich die Fingernägel mit glühenden Zangen herausreißen zu lassen,« entgegnete Zavahl säuerlich, der nicht an sein Versagen und das zurückgelassene Durcheinander erinnert werden wollte.

»Bedenke, welches Glück du gehabt hast, dass du als erster Mensch in der Geschichte Tiaronds deiner Pflicht lebendig entkommen bist«, sagte Toulac lebhaft. »Und jetzt gehst du in diese Richtung, ich in die andere. Bring alles, was du findest, hierher – meinst du, dass du die Stelle wiedererkennst?«

»Mit diesem abgebrochenen Felsstück und dem Dunghaufen davor, den du fast verfehlt hättest – ja, ich nehme an, dass ich den wiederfinde.«

Toulac sah ihn aus zusammengekniffenen Augen an. »Du solltest vorsichtig sein, mein Junge. Das nächste, was dir die Leute ankreiden werden, ist, dass du Humor entwickelt hast, und was machst du dann?«

Ehe sich Zavahl eine Erwiderung einfallen lassen konnte, war sie schon wieder völlig bei der Sache. »Wir treffen uns am Mittag wieder und sehen, was wir aufgesammelt haben.«

»Was ist mit denen da?« Zavahl deutete auf die großen Otter, von denen manche jenseits der Brandung fischten und die runden Köpfe hin und wieder über die Wellen reckten, während andere in den Gezeitentümpeln geschickt Steine umdrehten. Die kleinen schwarzen Tatzen sahen Menschenhänden sehr ähnlich. »Du sagst, dass sie vernunftbegabt sind, aber kann man ihnen auch trauen?« Er fand es noch immer schwer zu glauben, dass Toulac sich mit solchen Geschöpfen durch Gedankenübertragung verständigen konnte. Wäre nicht der Umstand gewesen, dass er mit dem Drachen Aethon, dessen unfreiwilliger Wirt er war, fast dasselbe tat, er hätte geglaubt, dass sie log oder dass das Alter ihr den Verstand verwirrte.

»Wem, den Dobarchu?« Toulacs Miene wurde weicher, als sie zu den Wesen mit dem braunen Fell hinüberschaute. »Nun, sie sind bestimmt einigermaßen freundlich, und ich habe so ein Gefühl in den Knochen, dass man ihnen trauen kann. Sie haben angeboten, ihren Fang mit uns zu teilen, und wenn wir später Zeit haben, werde ich mich eine Weile mit ihnen unterhalten.« Sie drehte sich zu Zavahl um. »Dann wollen wir mal sehen, dass wir uns häuslich einrichten, ja? Wir haben eine Menge Arbeit vor uns.«

Als er sich zum Gehen wandte, fügte sie hinzu: »Nur noch eins. Außer wenn du eine Höhle oder Süßwasser findest, halte dich vom Fuß der Klippen fern. Wir haben bereits am eigenen Leib erfahren, wie leicht der Fels abbröckelt.« Sie deutete auf die Gesteinsbrocken und Geröllhaufen. »Nachdem wir die Entführung durch diese Schreckgestalten überlebt haben, wirst du nicht das Zeitliche segnen wollen, indem du dich unter einem großen Steinhaufen begraben lässt.«

»So dumm bin ich auch wieder nicht«, entrüstete sich Zavahl.

»Darauf würde ich nicht wetten.« Damit drehte sich Toulac um und stapfte über den Strand davon, die Augen fest auf den Boden geheftet.

Dass er nun auf sich allein gestellt war, änderte wiederum alles. Zavahl, in der Stadt geboren und aufgewachsen, war angesichts der einsamen Weite von Meer, Strand und Himmel vorübergehend erschüttert. Er wollte zu gern eine Ausrede finden, um Toulac hinterher rennen zu können, deren robuste, tüchtige Art er immer mehr zu schätzen lernte. Nur eines hielt ihn davon ab. Zu seiner Verblüffung empfand er neuerdings einen Stolz, der ganz anders war als die hochmütige Erhabenheit des Hierarchen von Callisiora. Diese Art von Überheblichkeit entsprang Vorrechten und Reichtum, war die Fußangel des verwöhnten Wohllebens, das seinem einstigen Rang entsprach, wo Diener ihm jeden Wunsch erfüllten und die gefürchteten Gottesschwerter mächtigen Schutz boten. Sein zaghaftes neues Selbstvertrauen kam jedoch aus ihm selbst, und jetzt da er schrecklich mittellos war, nichts auf der Welt besaß als die Kleider am Leib, würde jede Furcht, die er niederrang, jede neue Fähigkeit, die er erlernte, zu seinem erwachenden Selbstbewusstsein beitragen. Welch ein feiner Spott darin steckte: Erst seit er von allem entblößt war, das in seinem Leben einen Wert besessen hatte, fing er an zu glauben, dass er selbst am Ende etwas wert sein könnte.

Zavahl straffte die Schultern und setzte sich in Marsch, fort von den Nahrung suchenden Dobarchu. Er hatte sich noch nicht ganz an den Gedanken gewöhnt, dass es in diesem rätselhaften Land, wohin Veldan und Toulac ihn gebracht hatten, vernunftbegabte Nicht-Menschen gab, und ihm war dabei ein bisschen unbehaglich. Doch nach seinen Erlebnissen mit dem Furcht einflößenden Feuerdrachen brauchte es schon mehr, um ihm Angst zu machen.

Er entdeckte bald, dass seine Umgebung weniger einschüchternd wirkte, wenn er die Augen auf den Boden gerichtet hielt. Nach dem ersten Fund – einem alten Sack, der vollkommen brauchbar erschien, nachdem der Sand einmal ausgeschüttelt war –, packte ihn der Jagdeifer, und schon kurz darauf dachte er, dass diese Toulac Recht hatte. Strandgut zu suchen machte eine ganze Menge mehr Spaß, als Hierarch zu sein.

Kapitel 2

Eine Gewissensfrage

Als sich die lange Nacht dem Ende neigte, war Aliana an der Reihe zu wachen. In die dunkle Schlucht des heiligen Bezirks kam die Dämmerung immer spät, aber seit einer Weile schon fiel Licht durch die Belüftungsschlitze des Kellers. Obwohl sie und ihr Gefährte noch nicht in Sicherheit waren, fühlte sie ihre Müdigkeit ein wenig schwinden, als ihr ein erleichternder Gedanke kam.

Ich habe es wieder geschafft. Ich erlebe den nächsten Morgen!

Für die Überlebenden von Tiarond, die wenigen, die von der Heiligen Stadt noch übrig geblieben waren, war jedes Morgengrauen ein neuer hart erkämpfter Sieg, aber gestern hatten sie und Galveron einen besonderen Sieg errungen, als sie den Ring des Hierarchen von den Feinden zurückbekamen. Jetzt waren sie auf halbem Wege zu Gilarra, um ihn stolz zu übergeben. Während der Dunkelheit, solange die geflügelten Ungeheuer frei den Heiligen Bezirk durchstreiften, hatten sie im Keller des verlassenen Brauhauses Schutz gefunden. Bald würde sie sich mit Galveron nach draußen wagen und zum Tempel zurückkehren können.

Um das zu feiern, goss Aliana den letzten Rest ihres sorgsam gehüteten Öls ins Feuer. Als die Flammen ein unstetes goldenes Licht verbreiteten, schaute sie auf Galveron herab, der neben ihr schlief. Selbst im Schlaf war sein Gesicht von

Erschöpfung gezeichnet, und die gezackten Narben auf Wange und Stirn, Andenken an ein früheres Zusammentreffen mit den furchtbaren Ak'Zahar, traten deutlich hervor. Aliana runzelte die Stirn. Nur mit größter Mühe hatte sie ihn überzeugen können, sie ihren Anteil an der Wache tun zu lassen. Der neue Hauptmann der Gottesschwerter nahm seine Verantwortung sehr ernst. Fast zu ernst, bis zu dem Punkt, wo seine Freunde – zu denen sie die Heilerin Kaita, die Schmiedemeisterin Agella und natürlich sich selbst zählte – dafür sorgen mussten, dass er sich in seinem Eifer nicht umbrachte.

Eine, die Aliana nicht zu Galverons Freunden rechnete, war Gilarra, die kürzlich geweihte Hierarchin. Was sie bislang von dieser Frau gesehen hatte, beeindruckte sie nicht im Mindesten. Nach ihrem Verständnis war Gilarra zu sehr mit sich selbst beschäftigt, um ihrem ausgeraubten und verängstigten Volk besonders nützlich zu sein. Also, wenn sie Galveron nicht als Stütze hätte, gäbe es wahrscheinlich schon gar keine Überlebenden mehr.

Und dann wagt sie es, den armen Mann mit mir auf diesen verrückten Ausflug zu schicken, um einen dummen Ring zu finden!

Zwar verstand Aliana die Bedeutung des Rings – er war das Zeichen der göttlichen Macht, das von einem Hierarchen auf den nächsten überzugehen hatte –, aber dies schien kaum die rechte Zeit zu sein, um sich mit solchen Kleinigkeiten abzugeben. Immerhin war Gilarra die Suffraganin gewesen. Also war sie natürlich der neue Hierarch! Wer wollte in der augenblicklichen Lage darüber streiten? Wozu brauchte sie dann also diesen dummen Ring?

Die Diebin starrte ins Feuer und kaute gedankenverloren an einem schmutzigen Daumennagel.

Es muss mehr daran sein, als einem ins Auge springt. Galveron ist zu verständig, als dass er uns beide für ein bloßes Hoheitszeichen hierher schleppt. Der Ring muss noch in anderer Weise wichtig sein, wovon wir gewöhnlichen Leute gar nichts wissen.

Kann vielleicht nur der Hierarch den Ring so nutzen, wie es vorgesehen ist? Oder hätte jeder, der den Ring besitzt, die Macht des Hierarchen?

Und wenn das so wäre, dann bräuchte der Hierarch nicht unbedingt Gilarra zu sein…

Aliana hielt, von der Ungeheuerlichkeit des Gedankens eingeschüchtert, einen Moment den Atem an. Konnte das wahr sein? Aber das würde die ganze Verehrung Myrials doch zu einem Possenspiel machen!

Na und? Myrial hat mir noch nie etwas eingebracht, auch nicht meinen Eltern oder Alestan – oder sonstwem in Tiarond. Und von der neuen Hierarchin halte ich auch nicht viel. Also, Galveron könnte es besser als sie!

Ihre Gedanken überschlugen sich mit einem Mal. Warum nicht? Warum eigentlich nicht? Galveron war in jeder Hinsicht ein viel besserer Anführer. Er war ein Soldat und verstand sich darum besser aufs Kämpfen und auf planvolles Vorgehen. Er war gründlich und besaß einen untrüglichen Sinn dafür, was wirklich wichtig war. Er war ein echter Anführer, der an seinen Leuten echten Anteil nahm. Er konnte selbst in dem verzweifeltsten Flüchtling Zuversicht und Hoffnung wecken. Je mehr Aliana darüber nachdachte, desto sicherer fühlte sie, dass der neue Hauptmann der Gottesschwerter der einzige Mann war, der die verbliebenen Tiarondianer aus dieser gefährlichen Lage herausführen könnte.

Dabei gab es nur eine Schwierigkeit.

Galveron war in seinem Verhalten ebenso ehrlich und geradeheraus, wie er allzu treu ergeben war. Als Hauptmann der Gottesschwerter nahm er seine Vertrauensstellung sehr ernst, und keinesfalls würde er die Hierarchin betrügen. Die Diebin schnaubte wütend. Wenn doch der unglückliche Mann nicht so anständig und selbstlos wäre! Ihrer Meinung nach würde Tiarond eine Treulosigkeit gegenwärtig sehr viel mehr nützen.

Ich frage mich, ob ich die Bedeutung des Rings nicht aus ihm herausbringen kann – unauffällig natürlich. Der Tropf würde glatt eine großartige Gelegenheit vertun!

Das anzusprechen wäre allerdings das Schlechteste, was sie tun könnte. Sie hatte nicht lange gebraucht, um eins herauszufinden: Ganz gleich wie feinsinnig sie auch vorzugehen meinte, Galveron durchschaute sie sofort. Er wäre entsetzt, wenn er wüsste, welche dunklen Pläne sie im Stillen schmiedete, und würde sie von da an mit Falkenaugen beobachten.

Aber so leicht gebe ich mich nicht geschlagen. Wenn wir wieder im Tempel sind, werde ich Kaita über den Ring ausfragen. Sie sollte darüber Bescheid wissen.

Als Aliana das nächste Mal auf ihren schlafenden Gefährten sah, begann er sich zu regen. Er rollte sich herum, rieb sich die Augen und setzte sich rasch auf. »Es ist Tag! Warum hast du mich nicht geweckt?«

Sie zuckte die Achseln. »Wozu die Eile? Es ist gerade erst hell geworden. Es gab keinen Grund, dir deinen Schlaf nicht zu lassen.«

Es war, als hätte sie gar nichts gesagt. Galveron stand auf und begann, ihre paar Habseligkeiten einzusammeln. »Die Hierarchin wird sich Sorgen machen. Wir sollten lieber aufbrechen.«

Zum Henker mit ihr! Wenn's nach mir ginge, könnte sie sich in den nächsten Abgrund stürzen.

Aber sie war klug genug, das nicht laut zu sagen. Seufzend stand sie auf. Es hatte auch Vorteile, in aller Eile in den Tempel zurückzukehren. Zum einen würde sie Kaita wegen des Rings fragen können, und zum anderen ... frühstücken! Bestimmt würde man den Helden, die Gilarra einen so großen Gefallen getan hatten, einige Extraportionen zugestehen. Nach all den Abenteuern der vergangenen Tage und einem Abend ohne Essen war Aliana hungrig genug, um ihre Schuhe zu verschlingen.

Vorsichtig wie gehetzte Tiere krochen die Diebin und der Soldat aus der Brauhaustür. Zwar war es unwahrscheinlich, dass die geflügelten Räuber sich bei Tageslicht rührten, doch die Wolken hingen so tief und der Tag war so trübe, dass die Bedrohung anhielt. Sowohl Aliana als auch Galveron waren verschiedene Male nur knapp mit dem Leben davongekommen, und sie wollten diesmal kein Wagnis eingehen.

Der Bezirk war in dicken, klebrigen Dunst gehüllt, der mit jedem trägen Lufthauch waberte. Graue Nebelarme streiften kalt und feucht über Gesicht und Hände, griffen einem an die Kehle und legten mit ihren feinen Tröpfchen einen silbernen Schimmer auf Alianas braune Locken.

»Das ist gar nicht so schlecht«, flüsterte Galveron. »Wir könnten uns keine bessere Deckung wünschen.«

»Stimmt. Dafür frieren wir uns den Hintern ab.« Die Diebin fröstelte, und versuchte sich den Soldatenmantel enger um die Schultern zu ziehen. Der Tag war nasskalt, und Frost lag in der Luft, was sie vermuten ließ, dass es noch vor Einbruch der Dunkelheit wieder schneien würde. Plötzlich kam ihr der laute, überfüllte und stinkende Tempel anheimelnd vor – und sie konnte es kaum erwarten, hineinzugelangen.

Unterwegs fanden sie die Häuser der Handwerker schaurig verlassen. In den Ställen der Gottesschwerter, den Zwingern und Gehegen war es still, ihre letzten Bewohner hatten das Leben gelassen, um die Bäuche der Eindringlinge zu füllen. Agellas Schmiede war grau und erkaltet, das Feuer seit langem erloschen, desgleichen die Öfen in der Bäckerei. Auch die anderen Werkstätten – die Töpferei, Gerberei, Weberei, Silberschmiede und was es sonst noch gab – waren ohne Leben, die Werkstoffe und Werkzeuge, die angefangenen Arbeiten lagen verdorben und verstreut umher. Aus der Wäscherei drang nicht das heisere Gelächter, der fröhliche Klatsch der Waschfrauen.

Zwischen den ordentlichen kleinen Häusern hingen Dunstschwaden, die die verlassenen Wohnungen mal enthüllten und mal verbargen. Aliana schien es, als versteckten sie eine Vielzahl Geister. In jedem Schatten hinter den zerschmetterten Fensterscheiben bewegten sich dunkle Gestalten. Ein lautes Krachen ließ sie atemlos und mit klopfendem Herzen herumfahren, aber es war nur ein loser Dachziegel vom Dach gerutscht. Ab und zu fing ein Fensterladen den Wind ein und schwang sachte knarrend in den Angeln, und in jedem Haufen Unrat raschelten und kratzten die Ratten, die mitten in Tod und Verderben stets überlebten.

Dann hörte Aliana plötzlich etwas, das keine Ratte war – einen so unerwarteten Laut, dass sie glaubte, sie könnte es sich eingebildet haben. Sie fasste Galveron am Arm. »Hast du das gehört?«

Er nickte und sah sich suchend um, in der Hoffnung, die Ursache zu entdecken. Dann hörten sie ihn wieder, einen kurzen, gedämpften Laut, als wollte eine Hand ihn ersticken. Doch diesmal gab es keinen Zweifel. Das war unmissverständlich das Wimmern eines Säuglings.

»Heilige Myrial!«, murmelte Aliana. »Wie in aller Wunder Namen kann ein so kleines Kind so lange allein überleben?«

»Vielleicht ist es nicht allein«, sagte Galveron. »Jedenfalls müssen wir es finden, obwohl mir der Gedanke, sich noch länger hier draußen aufzuhalten, gar nicht gefällt.«

»Mir auch nicht. Wenn der Tag noch düsterer wird, haben wir die verdammten Biester wieder im Nacken.«

»Wir dürfen es nicht wagen – besonders da wir den Ring der Hierarchin bei uns tragen.« Er blieb einen Moment lang nachdenklich. »Mir fällt da etwas ein.« Er griff in die Tasche und drückte Aliana den Ring, den er in ein Stück Tuch aus dem Brauhaus gewickelt hatte, in die Hand. »Hier. Du nimmst ihn und bringst ihn jetzt zum Tempel. Dann ist wenigstens der Ring in Sicherheit, und Gilarra weiß, dass wir am Leben sind.«

Aliana zwängte sich den Ring mit Mühe in die Tasche und presste die Lippen zusammen. »Auf gar keinen Fall – und verschwende keine Zeit mit Streiten. Wir bleiben zusammen, denn du wirst vielleicht meine Hilfe brauchen. Ich kehre nicht ohne dich zurück.«

Galveron sah sie drohend an – aber sie wusste, er würde sie nicht zwingen können, und er wusste es auch. »Also gut«, sagte er kalt. »Da du entschlossen bist, dumm und unverantwortlich zu handeln, so sei es.« Er wandte sich wie angewidert von ihr ab und eilte auf das nächste Haus zu.

Aliana brannten die Wangen von der Rüge, aber sie sagte nichts. Das war nicht der rechte Augenblick – später würde sie es ihm ganz sicher heimzahlen. Viel wichtiger war die Tatsache, dass er offenbar vergessen hatte, ihr den Ring gegeben zu haben, und sie wollte nichts tun, was ihn daran erinnerte. Sie begriff vielleicht noch nicht, wozu der Ring gut war, aber sie wusste bereits jetzt, dass sie damit große Macht über Galveron und Gilarra hatte.

Nun gibt es kein Zurück mehr. Tiarond ist erledigt, und selbst wenn sich die Möglichkeit zur Rückkehr böte, welchen Zweck hätte das noch? Heimweh ist also Zeitverschwendung – und den Dingen nachzutrauern ebenfalls.

Seriema lehnte sich in die tiefe Fensterlaibung und blickte über das Hochmoor und den kleinen Bergsee. Im Gebiet der Rotten, wo kein Haus den Blick zum Horizont behinderte, erschien die Welt so weit. In der Ferne konnte sie das Gebirge sehen, in dem sie ihr ganzes Leben verbracht hatte. Irgendwo dort oben lagen Tiarond und ihr wohlhabendes Haus: weit entfernt von diesem zugigen Turmzimmer, das aus nasskaltem Stein gemauert war und unglücklicherweise ihr Schlafquartier für die absehbare Zukunft sein würde.

Nach einem Abendessen, das reichlich karg ausgefallen war, da Tormons Neuigkeiten den Sippenhäuptling davon überzeugt hatten, Vorräte zu sparen, hatte sie zusammen mit Rochalla bei vier unverheirateten Rottenmädchen im Zimmer geschlafen. Niemand war mit diesen Vorkehrungen glücklich, aber es gab keine andere Möglichkeit. Nun da Gefahr drohte, wurde die ganze Sippe in den Schutz der Festung gebracht, und der Platz war knapp bemessen. Die jungen Frauen hatten auf dem Boden geschlafen, auf einem dünnen Lager aus Farn, und sich glücklich geschätzt, dass sie nur zu sechst waren. In anderen Teilen der Festung schliefen die Leute mit zwölf oder vierzehn in einem Raum wie diesem.

Nun, wenigstens hatte sie ein Bett. Sie sagte sich, dass sie dankbar sein sollte. Und Kleidung hatte sie auch. Als Ersatz für das zerrissene und schlammbespritzte Soldatenzeug aus dem Wachhaus von Tiarond hatten sie die Rottenfrauen mit einem Kleid aus dickem Wollstoff in Erikarot und Graublau versorgt. Die gedeckten Farben waren schön, aber wichtiger war ihr, dass das Kleid warm und robust war. Seriema nahm die Großzügigkeit ihrer Gastgeber dankbar an.

Tormons kleine Schar hatte am Morgen mit dem Häuptling, seiner Frau und ihren Söhnen gefrühstückt. Das Mahl bestand aus Brühe, kaltem Hammel, Haferkuchen und einem weichen Schafskäse, den sie mit hellem Bier hinunterspülten – was für Seriema, gelinde ausgedrückt, eine Abwechslung zu ihrer üblichen Kost war. Allerdings nahm sie an, dass sie sich mit der Zeit daran gewöhnen würde. Vielleicht. In etwa hundert Jahren. Später hatte sich Arcan mit seinen Söhnen und Kriegern zurückgezogen, um erneut die drohende Gefahr zu erörtern, der sie sich zu stellen hätten, sollten sich die geflügelten Eindringlinge von Tiarond weiter hinauswagen.

Nach dem Frühstück hatte Seriema nicht gewusst, was sie anfangen sollte. Presvel und Rochalla waren zusammen irgendwohin gegangen – aber nicht allein. Zum deutlichen Ärger ihres früheren Dieners hatte Rochalla angeboten, sich um die kleine Annas zu kümmern, solange Tormon zu arbeiten hatte. Der Händler selbst war, gefolgt von seinem Schatten Scall, ins Erdgeschoss zu den Ställen geeilt, um sich um seine kostbaren Pferde zu kümmern. Er hatte sie eingeladen, ihn zu begleiten, aber sie hatte vorgegeben, von dem langen Ritt noch müde zu sein. Abgesehen von Steifheit und Muskelschmerzen ging es ihr gut, aber darauf kam es nicht an. Da sie inzwischen Zeit gehabt hatte, sich an den Gedanken zu gewöhnen, verstand sie, dass es sinnvoll war, sich unterwegs selbst um sein Pferd zu kümmern, aber sie wollte verdammt sein, wenn sie sich unter diesen Leuten in einen unbezahlten Pferdepfleger verwandelte, wo es so viele große starke Männer gab, die augenscheinlich nichts Besseres mit ihrer Zeit anzufangen hatten, als zu prahlen, zu spielen und die Schwerter zu wetzen.

Sie war eine Zeit lang in der Festung umhergewandert, hatte gelernt sich zurechtzufinden und Arcans Leuten bei ihren verschiedenen Aufgaben zugeschaut. Die harten Rotten schienen auf ihre Anwesenheit jedoch keinen Wert zu legen, denn man bereitete sich voller Unruhe auf eine Belagerung vor. Darum war sie schließlich hier heraufgekommen, um niemandem im Weg zu sein. Einsam und ein wenig unsicher, wie sie sich fühlte, hatte sie sich soeben eine ordentliche Standpauke gehalten. Die Stadt vermisste sie nicht – auf keinen Fall. Es würde ihr gut tun, einmal weitab von der Last der Verantwortung zu sein, von den endlosen Papieren auf ihrem Schreibtisch, dem Lärm der Straßen und dem täglichen öden Einerlei. Und von Hauptmann Blank. Bei der Erinnerung an den Hauptmann verkrampften sich ihre Finger um den Fenstersims. Je weiter sie von ihm weg war, desto besser.

Das ist alles gut und schön, aber was habe ich hier? Wo ist mein Platz? Mir gehörte ein Reich, und nun ist es ver-

loren ... Ach, verdammt, ich lasse mich nicht unterkriegen. Mir wird schon etwas einfallen, womit ich neu beginnen kann.

Plötzlich fühlte sie sich in dem kleinen Raum unerträglich eingeengt. Er war gut genug zum Schlafen, aber bei Tage ließ man die Torffeuer ausgehen, und so war er kalt und trostlos und roch schal, weil so viele Schläfer ihn während der Nacht bewohnt hatten. Einer inneren Regung folgend nahm sie den Soldatenmantel, den sie inzwischen ganz selbstverständlich trug, und verließ das Zimmer. Aber anstatt die enge Treppe hinab in den Hauptteil der Festung zu gehen, stieg sie weiter hinauf. Im nächsten Moment öffnete sie die Tür, die auf das Dach führte, und lehnte sich gefährlich weit über die Zinnen. Ein eisiger Wind löste ihr das Haar, dass es flatterte und zerzauste.

Sie sollte das Beste daraus machen, sagte sie sich. Der Himmel verkündete baldigen Regen. Am Horizont türmten sich tintenschwarze Wolken, die mit dem Wind rasch näher kamen. Seriema schaute vom Ausguck der Festung über das Tal, das die Rotten zu ihrer Heimat gemacht hatten. Alles erschien ihr so notdürftig! Tormon hatte ihr erklärt, dass die Sippe trotz der rauen Gegend ihre Wohnungen nur wenig gebrauchte. Denn die meiste Zeit wohnten sie in der wilden Landschaft in Behelfshütten oder robusten Zelten aus Fellen, während sie mit dem Vieh die Heide durchstreiften, jagten oder gegen andere Sippen kämpften. Unten im Tal in den Windschatten der Hänge gekauert, befand sich eine kleine Ansiedlung mit zerstreuten, schludrig gebauten Häusern. Sie waren niedrig, halb in den Boden versunken und mit Grassoden gedeckt. Sie sahen wie der Bau wilder Tiere aus, aber nicht wie die Häuser von Leuten, und wurden hauptsächlich von Frauen mit kleinen Kindern und den Kranken und Alten der Sippe benutzt.

Heute waren auf den Hügeln keine Schafe zu sehen, auch nicht die ungezähmten weißen Rinder der Rotten. Man hatte sie zusammengetrieben und im Hof der Festung eingepfercht. Wenn die fliegenden Bestien kämen, würde man viele schlachten und das Fleisch räuchern oder einsalzen, um die Menschen zu ernähren, die in der Festung Zuflucht gesucht hatten. Unten lief man hin und her und verlagerte Vorräte, Kleidung, Bettzeug und jede kleine Kostbarkeit ins Innere der Festung. Einige gruben reifes Wurzelgemüse aus, andere brachten Torf zum Verfeuern und Farn, auf dem sowohl das Vieh als auch die Menschen schliefen. An diesem Morgen herrschte eine erbitterte Zielstrebigkeit. Selbst kleine Kinder trabten mit einem Gefühl von Wichtigkeit bei Botengängen hin und her, holten und brachten, suchten das Seeufer nach Feuerholz ab, suchten rund um die Häuser nach Eiern, trieben Hühner und Schweine zusammen, um sie in die Festung zu bringen. Die Hunde, von all dem Treiben aufgeregt, sausten den Leuten kläffend um die Beine, jagten das Vieh und waren mehr Hindernis als Hilfe.

Wenn nur Tiarond so gewarnt worden wäre. Wie viele Menschen wären dadurch gerettet worden?

Seriema wandte sich von der Siedlung ab und schlenderte zur anderen Seite des Daches. Auf die Brustwehr gelehnt blickte sie zum Horizont, wo sich die schillernde Barriere der Schleierwand bis in den Himmel erstreckte. Es war viele Jahre her, seit sie sie gesehen hatte – zuletzt als ihr Vater sie als kleines Mädchen mitgenommen hatte. Sie meinte, trotz des brausenden Windes ganz schwach das Prasseln und Tosen auszumachen. Was war das für ein Gefühl, so dicht an dieser Erscheinung zu leben? Sie fragte sich, ob es dahinter etwas gab. Waren diese Flügelwesen vielleicht von dort gekommen? Von jenseits der geheimnisvollen Grenze, die Callisiora einschloss?

Ich wünschte, ich wüsste es. Wenn man herausfinden könnte, woher sie kommen, könnte man daraus vielleicht schließen, wie sie zu besiegen sind.

Während sie nachdenklich den Horizont betrachtete,

hörte sie plötzlich jemanden ihren Namen rufen. Als sie sich umdrehte, stand Cetain, der zweite Sohn des Häuptlings, vor ihr. »Hier versteckst du dich also«, sagte er lächelnd. »Ich habe in der ganzen Festung nach dir gesucht.«

»Warum?«, fragte Seriema überrascht. Sie kannte den Mann kaum. Natürlich, sie hatte am vorigen Tag mit ihm gesprochen, während er die Wanderer zur Festung seines Vaters geleitete, und sie hatten einander beim Abendessen ein- oder zweimal zaghaft zugelächelt, obwohl sie nicht zusammengesessen hatten. Das hatte ihr genügt, um zu merken, dass sie ihn mochte. Er musste etwa in ihrem Alter sein, und obgleich sie ihn nicht als gut aussehend bezeichnet hätte, sah er mit den leuchtend grünen Augen und den langen rotbraunen Haaren, die er heute morgen geflochten und mit einer Silberspange trug, doch beeindruckend aus.

»Du machst nicht viel Gerede, Mädchen, wie?« Er lächelte. »Knapp und geraderaus, wie ein Krieger redet. Gerade was ich von der größten Händlerin Tiaronds erwartet hätte. Und wenn ich nun sagte, ich möchte einfach etwas Zeit mit dir verbringen und sehen, wie du dich bei uns eingelebt hast?«

»Dann würde ich sagen, dass Kaldaunen in Honig trotzdem Kaldaunen sind. Du hast heute zu viel zu tun, um herumzustehen und zu plaudern, und du hättest nicht alles nach mir abgesucht, wenn dir nur Gesellschaft fehlte«, antwortete Seriema nun ihrerseits lächelnd. »Also heraus damit. Was willst du?«

Cetain wurde ernst. Anstatt ihre Frage zu beantworten, lehnte er sich neben ihr an die Mauer und schaute zum Horizont und auf die herannahende Wolkenbank. »Ich hätte wissen sollen, dass ich dich hier oben finde«, begann er leise. »Das ist immer mein liebster Platz gewesen, um die Dinge zu durchdenken. Und nach allem, was Tormon sagt, musst du eine ganze Menge zu überdenken haben. Die vergangenen Tage werden kaum leicht gewesen sein.«

Aus irgendeinem Grund war Seriema nicht fähig, diesem ernsten jungen Mann etwas vorzuheucheln. »Du hast Recht. So viel Furchtbares ist geschehen, und so schnell, dass ich es selbst noch kaum begriffen habe. Ich sage mir einfach immer wieder, dass ich zu den paar Glücklichen gehöre, die wenigstens überlebt haben.«

»Du bist sehr tapfer. Ich bin nicht sicher, ob meine Krieger unter diesen Umständen so unerschütterlich gewesen wären.« Cetain betrachtete seine gefalteten Hände auf der kalten Mauer und seufzte. »In gewisser Weise fällt es mir deshalb schwerer, das Nötige von dir zu erbitten.«

Seriema runzelte die Stirn. »Worum willst du mich bitten? Ich bin dankbar, dass ihr uns beherbergt, und bin bereit, auf jede Weise zu helfen, die mir möglich ist. Solange es nicht ums Kochen oder Nähen geht«, fügte sie hastig hinzu.

Cetain lachte. »In dem Augenblick, da ich dich zum ersten Mal sah, wie du stolz deinen Soldatenmantel trugst, ungebeugt nach eurer schweren Reise, und wie du mit dem prächtigen schwarzen Pferd so leicht fertig wurdest, als wäre es ein sanftes altes Pony, da wusste ich, dass ich ein Kriegermädchen vor mir habe.«

Aber Seriema wollte sich nicht geschmeichelt fühlen. »Und?«, sagte sie herausfordernd.

»Also ... bitte glaube nicht, dass dich irgendjemand dazu zwingen will. Ich weiß, dass es viel verlangt ist, nach allem, was du durchgemacht hast.«

Das war zu viel für ihre Geduld. »Aber was denn?«, rief sie.

»Komm mit mir. Wir müssen die anderen Sippenhäuptlinge von der Gefahr überzeugen.«

Seriema sperrte den Mund auf. »Du – du willst, dass *ich* mit den Rotten reite? Aber ich weiß kaum, wo beim Schwert vorn und hinten ist. Welchen Nutzen hätte ich für euch?«

»Verstehst du, es ist so«, begann Cetain und blickte ihr ins Gesicht. »Wenn meine Männer und ich mit dieser Geschichte über fliegende Eindringlinge zu den anderen Häuptlingen reiten, warum sollten sie uns glauben? Sie müssen denken, das sei eine Art List von Seiten meines Vaters. Es wäre nicht das erste Mal in unserer Geschichte, dass die Anführer aller Sippen unter der Flagge der Waffenruhe angelockt und dann ermordet werden. Wenn wir aber eine Zeugin aus der Stadt bei uns haben – jemanden, der das schreckliche Gemetzel mit eigenen Augen gesehen hat – nun, dann wäre es um einen Erfolg besser bestellt. Darum glaubt mein Vater, und ich stimme ihm zu, und obwohl ich keinesfalls glücklich darüber bin, dich in Gefahr zu bringen ...«

»Warum ich?«, fragte Seriema dazwischen. »Warum nicht einer von den anderen?«

»Nun, zunächst bist du eine hübschere Begleitung als Tormon ...«

»Bleib ernst!«

»Aber es stimmt. Wieso glaubst du, es könnte mir damit nicht ernst sein?«

Sie sah ihn wütend an, und er gab auf. »Schon gut, schon gut. Ich werde es dir sagen. Sieh mich nicht an wie ein Adler, der sich gleich auf das Schaf stürzt. Es war dumm von mir, darauf zu vertrauen, ich könnte dich mit meiner mäßigen Anziehungskraft überreden.«

»Wenn du mir einfach sagen würdest, warum du willst, dass gerade ich mitkomme, dann wäre es gar nicht nötig, mich zu überreden.«

Er nickte. »Ein Grund liegt darin, dass du eine Frau bist. Wir werden uns diesmal zu Verhandlungen treffen, und je weniger kriegerisch wir wirken, desto besser. Zwar haben wir eine Anzahl weiblicher Krieger, aber, bei aller Hochachtung, du siehst nicht wie eine aus. Ein anderer Grund ist, dass du bist, wer du bist. Jede Rotte hat von der Dame Seriema, der berühmtesten Händlerin Callisioras, gehört –

hauptsächlich weil deine Handelszüge für uns eine hochgeschätzte Beute abgeben. Einige haben dich sogar in der Stadt gesehen, denn wir besuchen sie von Zeit zu Zeit – unauffällig, versteht sich –, um ein bisschen zu handeln und Auskünfte einzuholen.«

»Und weil die Rotten für gewöhnlich nicht zu meinen Freunden zählen«, ergänzte Seriema mit beißendem Spott, »muss ich einen verdammt guten Grund haben, wenn ich mit euch reite.«

»Genau.« Er musterte ihr Gesicht. »Wirst du also mitkommen? Es könnte gefährlich werden – ich will dich darüber nicht belügen. Falls einer der Häuptlinge beschließt, die Flagge der Waffenruhe nicht zu ehren, dann werden wir um unser Leben kämpfen müssen. Aber andererseits können, wenn wir die Sippen überzeugen, sich uns anzuschließen, viele unschuldige Menschen gerettet werden.«

Die Erinnerung an das stinkende Ungeheuer, das mit blutigen Krallen und Zähnen in ihr Zimmer hereinbrach, blitzte in ihr auf. Sie dachte an die Frauen und Kinder, die sie eben noch dabei beobachtet hatte, wie sie im Dorf ihre Aufgaben versahen. »Selbstverständlich werde ich mitkommen«, sagte sie.

»Ich wusste, du würdest uns nicht enttäuschen!« Bildete sie sich das ein oder betrachtete er sie tatsächlich mit größerer Anerkennung? »Ich werde ein gutes Pferd für dich aussuchen – dein Rappe wird nach all den Strapazen Ruhe brauchen, und außerdem bin ich nicht willens, ein kostbares Tier aus so guter Zucht in Feindesland zu bringen.« Er grinste. »Besser, wir führen sie nicht in Versuchung, wie?«

Seriema lächelte nicht zurück. Über Pferde zu sprechen erinnerte sie an Tormon, und sie wusste, dem Händler würde ihr Ausflug überhaupt nicht gefallen.

Sein Pech. Ich brauche seine Erlaubnis nicht. Ich habe mein Leben in der Stadt selbst gestaltet, und genau das werde ich auch hier tun.

Es war erstaunlich, wie sehr die Aussicht, etwas Nützliches tun zu können, ihre Laune und ihr Selbstvertrauen hob. Sie schuldete Cetain Dank dafür, dass er sie, eine Außenseiterin, in die Welt der Rotten einbezog.

Er hielt ihr die Hand hin. Sie nahm sie bereitwillig, und gemeinsam stiegen sie die Treppe hinunter.

Kapitel 3

Der neue Hierarch

Galveron gebot ihr mit einer Handbewegung, still zu sein, und schlich auf das Haus zu, wobei er sich bemühte, so leise wie möglich über Glasscherben und Schutt zu treten. Die Fenster waren geborsten, aber die Tür war unbeschädigt. Er versuchte sie aufzudrücken, dann stemmte er sich mit der Schulter dagegen, aber sie bewegte sich nicht. »Das verfluchte Ding ist abgeschlossen«, sagte er leise. »Ich will sie nicht einschlagen, sonst lockt der Lärm die Ungeheuer an, aber es scheint, als ließe sie sich nicht von der Stelle bewegen.«

»Das sehe ich.« Aliana schob sich an ihm vorbei. »Lass mich mal.« Ehe er etwas einwenden konnte, hob sie einen Stein auf, schlug die letzten Scherben aus dem Fensterrahmen, zog sich hinauf und war mit einer schlängelnden Bewegung drinnen.

»Zurück, du Dummkopf!«, zischte Galveron. Sie tat, als hörte sie ihn nicht. Kurz darauf jedoch kletterte er durch das Fenster hinter ihr her und machte dabei viel mehr Lärm als sie. Er packte sie am Arm und drehte sie zu sich herum, sodass sie ihn direkt ansehen musste. »Worauf legst du es eigentlich an?«, zischte er.

Aliana entwand sich seinem Griff. »Wenn hier ein Kind versteckt ist, müssen wir es finden.«

»Ich weiß. Aber lauf nicht einfach so los, ohne es

mir zu sagen. Hier draußen müssen wir beieinander bleiben.«

Aliana wusste, dass er Recht hatte – diesmal –, aber sie wollte verdammt sein, wenn sie es zugab. »Dann versuche, Schritt zu halten«, fauchte sie. In eisigem Schweigen begannen sie, das Haus zu durchsuchen.

Abgesehen von Regen und Schmutz, die der Wind hereingeweht hatte, schienen die Möbel unbeschädigt zu sein. Aliana vermutete, dass die Scheusale durch die Stadt geflogen waren und alle Fenster zerschmettert hatten, um die Leute in den Häusern aufspüren zu können. Bislang hatten sie im Tempelhof genug Futter gefunden, um sie von einer gründlicheren Suche abzuhalten.

Das kleine Haus war behaglich und gut gepflegt. Es sah nach einem glücklichen Zuhause aus, von der Art, nach der sich Aliana immer gesehnt hatte, seit sie mit ihrem Bruder behelfsweise im Elend des Labyrinths lebte. Dass es die Familie nicht mehr gab, die hier gewohnt hatte, gab ihr einen schmerzhaften Stich. Überall war zu sehen, mit wie viel liebevoller Aufmerksamkeit sie ihr Heim ausgestattet hatten. Die Möbel und der hölzerne Kaminaufsatz waren kunstvoll geschnitzt. In den Zimmern hingen prächtige Wandteppiche. Die geknüpften Teppiche auf dem Boden und die leuchtend bestickten Kissen auf den Sesseln zeugten von großer Kunstfertigkeit. »Mir scheint, sie sind beide Handwerker des Tempels gewesen«, flüsterte Galveron. »Er ein Schnitzer, und sie hat wahrscheinlich die großen Wandteppiche und die Roben der Priester gestickt.«

Aliana schnaubte. »Was macht dich so sicher, dass es nicht andersherum war?«

Das untere Stockwerk war verlassen, ebenso die Schlafzimmer oben. In der Küche hing scharfer Brandgeruch. Er stammte von einem vergessenen Schmortopf, der über der Asche im Herd hing. Sein Inhalt war zu einem trockenen, schwarzen Klumpen erstarrt. Vermutlich hatte das ihr

Abendessen nach dem Großen Opfer werden und über dem Feuer köcheln sollen, damit es fertig war, wenn die Familie heimkehrte. Aliana biss sich fest auf die Lippe. Was für ein trauriger Ort! Auf seine Art strich er das schiere Ausmaß des Unglücks, das über Tiarond gekommen war, viel eindrücklicher heraus als die verwesenden Leichenhaufen im Tempelhof.

Sie schauderte. Plötzlich kam ihr die Zankerei mit Galveron dumm und unbedeutend vor. Sie fing seinen Blick auf und wusste, dass er haargenau dasselbe dachte. Nachdem sie eine stumme Entschuldigung getauscht hatten, waren sie wieder im gleichen Boot. »Lass uns von hier verschwinden, Galveron«, flüsterte Aliana. »Es ist Zeit. Wir haben das Haus von oben bis unten durchsucht und keinen Säugling gefunden. Wir müssen uns geirrt haben.«

Der Hauptmann runzelte die Stirn. »Aber ich bin sicher, dass ich ein Kind gehört habe.«

»Ich auch.« Aliana zuckte die Achseln. »Aber hier ist nichts. Es muss eine Katze oder dergleichen gewesen sein, und Gilarra würde nicht dulden, dass wir ein Tier mitbringen, das ihre kostbaren Vorräte frisst.«

Galveron seufzte. »Kannst du mit ihr nicht ein wenig nachsichtiger sein? Bitte. Bedenke, dass sie eine schwierige Aufgabe zu meistern hat. Überlege nur mal, wie du es an ihrer Stelle schaffen würdest. Wie dem auch sei, ich meine, eine Katze wäre gar nicht so schlecht. Quartiermeister Flint hat sich über das Ungeziefer in den Vorratshöhlen beklagt.« Er schwieg für einen Moment, seine Brauen zogen sich nachdenklich zusammen. »Ich bin mir dennoch sicher, dass das keine Katze war, was wir gehört haben.«

Er hob ein wenig die Stimme. »He! Ist hier jemand?«

Kurz war es still, dann kam von unten ein schwacher Ruf. »Myrial steh uns bei!« Galveron schlug eine Faust in die Hand. »Es gibt noch einen Keller.«

Nach kurzer, hastiger Suche entdeckten sie, dass der Teppich in der Küche eine Falltür verbarg. Aliana fand eine kleine Öllampe und Galveron zündete sie an, dann stiegen sie durch die Öffnung auf einer wackligen Leiter hinab, die als Treppe fungierte. Am Fuße angekommen, hielt Galveron die Lampe hoch, um den Raum zu beleuchten.

Der Keller war sehr klein und stank nach verwesendem Blut und Kot. An der Wand zu ihrer linken waren Regale aufgereiht, die einst die Vorräte des Hauses beherbergt hatten, nun aber fast geleert waren. Zur rechten befand sich ein langer Tisch mit zerkratzter Oberfläche, der aber fleckenlos sauber war. Die Schnitzwerkzeuge waren in einer verschwenderisch verzierten Truhe untergebracht, und zwischen Tisch und Treppe stand eine Drechselbank. Aber Aliana und Galveron sahen nicht dorthin. Ihre Aufmerksamkeit galt der entgegengesetzten Ecke, wo etliche Kisten und Kästen und ein, zwei zerbrochene Möbelstücke aufgestapelt waren. Hinter diesem Haufen ausgesonderter Dinge kam ein schwacher, jämmerlicher Ruf hervor. »Bitte, helft mir.«

Sie sprangen dorthin, und Aliana hielt die Lampe, während Galveron die Kisten fortzog. Im hintersten Winkel, in einem Nest aus blutdurchtränkten Laken, fanden sie eine zerzauste Frau mit grauem Gesicht, die vor dem Licht zurückschreckte. An ihrer Seite hielt sie, in einen alten Mehlsack gewickelt, einen winzigen Säugling.

Aliana war vor Mitleid und Entsetzen wie erstarrt. Sie fühlte sich völlig außer Stande, diesem armen, unglücklichen Geschöpf zu helfen. Nicht so Galveron. Er nahm ihr die Lampe aus der Hand und kniete sich neben die Frau.

»Seid ihr wirklich da?«, fragte sie schwach.

»Wir sind wirklich da.« Er lächelte sie beruhigend an. »Wie heißt du?«

Sie leckte sich über die trockenen Lippen. »Cerella.«

»Ich heiße Galveron, und das ist Aliana.« Er drehte sich nach der Diebin um. »Holst du bitte frisches Wasser?«

»Natürlich.« Aliana konnte kaum erwarten wegzukommen. Es zerriss ihr das Herz, wenn sie die Frau nur ansah. Sie stöberte in der Küche und fand schließlich einen Krug mit Wasser, eine Tasse und ein Handtuch. Mit dieser Last rutschte sie vorsichtig die Leiter hinab und kam in dem Moment in der dunklen, stinkenden Ecke an, als Cerella dem Hauptmann erzählte, was geschehen war.

»Und weil meine Zeit gekommen war, wollte Essel – das ist mein Lebensgefährte – mich nicht zur Opferung gehen lassen, obwohl das meine Pflicht gewesen wäre. Er meinte, der Hierarch würde mich nicht vermissen, und wenn Myrial ein wahrhaftiger Gott sei, würde Er es einer Frau kurz vor der Niederkunft nicht übelnehmen, dass sie aus der Menschenmenge fortbleibt ... Aber ich glaube, Myrial hat es übel genommen.« Die Trauer überwältigte sie. »Ich hätte gehen sollen, aber ich tat es nicht, und nun sind diese schrecklichen Dinge geschehen. Ich dachte, alle sind tot. Alle außer mir.« Tränen rollten ihr über die eingesunkenen Wangen.

Galveron nahm ihre Hand. »Nicht alle«, sagte er. »Eine beachtliche Zahl Leute hat überlebt, und wir alle haben Schutz im Tempel gefunden. Wir bringen euch beide dorthin.«

Aber Cerella drehte das Gesicht zur Wand. »Zu spät«, hauchte sie. »Ich hab die Schreie gehört. Durchs Fenster sah ich diese abscheulichen Kreaturen umherfliegen. Dann fühlte ich das Kind kommen und versteckte mich hier unten. Das war das einzige, woran ich denken konnte. Ich habe versucht, den Teppich, so gut es von innen ging, wieder an seine Stelle zu ziehen, damit die Falltür nicht zu sehen ist.«

Aliana spürte Tränen in den Augen brennen. *Sie hat hier ganz allein im Dunkeln ihr Kind bekommen, während draußen diese Scheusale wüteten und sie fast sicher wusste, dass ihr Mann dabei starb.*

Galverons Gesicht war seltsam unbewegt, und sie bewunderte ihn dafür, dass er seine Gefühle vor der Frau verbergen konnte. »Und nachher?«, fragte er sanft.

Cerella schüttelte den Kopf. »Es ging mir so schlecht«, flüsterte sie. »Das Kind hat irgendwie überlebt, aber in mir drin ist etwas verkehrt. Immer wenn ich mich bewege, fange ich wieder an zu bluten.« Sie trank einen Schluck Wasser aus der Tasse, die Galveron ihr hinhielt. »Mit mir ist es aus, aber mein kleines Mädchen klammert sich ans Leben. Bitte, wenn ihr sie nur mitnehmen könnt ...«

»Wir werden euch beide mitnehmen«, sagte Galveron in einem Ton, der keinen Widerspruch duldete. »Ich werde dich tragen, damit du dich nicht anzustrengen brauchst, und Aliana wird das Kind nehmen. Du brauchst nur bis zum Tempel durchzuhalten. Dort haben wir eine sehr tüchtige Heilerin. Sie wird sich deiner annehmen.«

»Aber die Blutung ...«, wollte Cerella einwenden.

Aliana kniete nieder und nahm die Frau bei den Händen. »Hör zu, Cerella. Wenn du hier bleibst, wirst du sterben. Wenn du es wagst, vielleicht nicht, den Versuch ist es doch wert.«

Welchen Zweck hat das? Sie wird ganz bestimmt sterben.

Nicht umsonst hatte die Diebin so lange im Labyrinth gelebt, wo der Tod eine alltägliche Erscheinung war. Sie kannte die Anzeichen. Cerellas wächsernes Aussehen, die kalte, klamme Haut und das schwere, raue Atmen, das alles zeigte an, dass das Leben aus ihr wich. Wieder wurde es Aliana eng im Hals, wenn sie daran dachte, was die arme Frau in den vergangenen paar Tagen durchlitten hatte. Mit außerordentlicher Willensanstrengung hatte sie es geschafft, sich und ihr Neugeborenes am Leben zu halten, bis Hilfe kam. Das hatte jedes Quäntchen ihrer Kraft verbraucht, aber jetzt, da sie wusste, dass ihr Kind gerettet werden würde, war ihr überbeanspruchter Körper bereit, sich geschlagen zu geben.

Die Ärmste hat nicht länger zu leben. Warum ihr die Grobheit antun und sie von hier wegtragen? Wir könnten doch bei ihr bleiben, bis sie entschlafen ist.

Dann schämte sie sich auf einmal. Wer war sie zu behaupten, dass Cerella es nicht schaffen würde? In Anbetracht ihrer bisherigen Anstrengung könnte sie doch ebenso gut ein Weilchen länger durchhalten. Außerdem würde Galveron gar nicht zulassen, dass sie sich aufgab. Ein einziger Blick auf sein Gesicht, als er sich hinkniete, und sie wusste Bescheid. Er war ein Gottesschwert. Er war verpflichtet, die Tiarondianer zu schützen. Doch so viele Leute waren umgekommen, und Kaita hatte ihr vom Tod seines alten Freundes Dawel erzählt, der sein Leben verloren hatte, als die Ungeheuer in den Tempel eindrangen.

All die anderen hat er nicht retten können. Darum ist er entschlossen, wenigstens diese eine vor dem Tod zu bewahren. Und er scheint nicht zu begreifen, dass er sich damit noch mehr Herzweh bereitet. Ach, Galveron! Tu dir das nicht an.

Als hätte er ihren Blick gespürt, drehte er sich um. »Bleib bei ihr«, befahl er. »Ich gehe nach oben und hole zwei Decken.« Er stieg aus dem Keller, und die beiden Frauen waren miteinander allein.

»Er ist ein guter Mann«, sagte Cerella leise.

Aliana nickte. »Der beste.«

»Es wird ihm das Herz brechen, wenn er die Stadt wiederaufbauen will. Lass es nicht zu.«

»Ich kann ihn nicht davon abhalten. Er ist nun einmal so.«

»Bist du sein Mädchen?«

Die Diebin lächelte. »Nein. Er ist der Hauptmann der Gottesschwerter, und ich bin – war zumindest – eine Diebin. Unter diesen Umständen haben wir wenig gemeinsam.«

»Er ist der Hauptmann? Blank wurde also getötet?«

»Ich nehme es an.«

»Es wurde Zeit, dass wir einen guten Mann für den Posten bekommen. Und Zavahl? Haben sie ihn am Ende geopfert?« Plötzlich lag eine neue Dringlichkeit im Ton der Frau.

»Um die Wahrheit zu sagen, Cerella, ich bin auch nicht dabeigewesen.« Aliana drückte ihre Hand. »Soweit ich sehen kann, auch eine Menge anderer Leute nicht. Du siehst also, es ist zwecklos, dass du dir an diesem Unglück die Schuld gibst, nur weil du zu Hause geblieben bist. Aber um auf Zavahl zurückzukommen, er ist nicht unter den Leuten im Tempel, und Gilarra ist der neue Hierarch, also können wir wahrscheinlich annehmen, dass er tot ist.« Sie runzelte die Stirn. »Warum fragst du danach?«

Cerellas Augen waren groß und dunkel. »Mein Baby«, flüsterte sie. »Ich lag in den Wehen, als der Hierarch starb. Wenn kein anderes Kind in der Nacht geboren wurde, muss meine Kleine die Nachfolgerin werden.«

Die Diebin sperrte Mund und Augen auf. »In Myrials Namen! Daran hätte ich nie gedacht.«

»Ich habe hier unten viel Zeit zum Nachdenken gehabt. Du siehst, es ist ganz recht, dass ich sterbe. Wenn ich weiterlebte, wie könnte ich meine Kleine denn aufgeben?« Sie seufzte. »Nach allem, was in den letzten Tagen geschehen ist, hat man als Hierarch in Callisiora wahrscheinlich wenig Zukunft. Aber wenigstens wird für sie gesorgt sein, und mehr kann keiner von uns verlangen.«

Aliana drückte ihre Hand. »Und für dich wird ebenfalls gesorgt werden. Du bist schon so weit gekommen. Gib jetzt nicht auf, du bist fast in Sicherheit.«

Cerella fielen die Augen zu. »Ihr Name ist Ruhanna«, flüsterte sie matt. In diesem Augenblick kam Galveron die Stufen herab, die Decken im Arm. Aliana war noch nie im Leben so froh gewesen, jemanden zu sehen. Sie rannte ihm entgegen. »Beeil dich besser«, flüsterte sie. »Sie hat keine Kraft mehr, sie will aufgeben.«

Galveron kniete sich neben die halb bewusstlose Frau,

nahm den Säugling und gab ihn Aliana, die ihn sehr vorsichtig entgegennahm. Das kleine Gesicht, von einem dunklen Haarschopf gekrönt, war blass und eingesunken. Das Mädchen atmete, wachte aber nicht auf, nicht einmal, als es unbeholfen in eine Decke gewickelt wurde. Aliana sah es stirnrunzelnd an. Sie kannte sich mit Säuglingen nicht aus, aber diese Reglosigkeit konnte bestimmt kein gutes Zeichen sein.

Galveron hatte in der Zwischenzeit die Mutter in Decken gewickelt und auf die Arme genommen. »Bist du fertig?«, fragte er. »Dann lass uns gehen.«

Das Schwierigste war, die Frau die steile Kellertreppe hinauf und durch die enge Falltür zu bringen. Aliana ging mit dem Kind als erste, dann schob Galveron die Frau durch die Öffnung, während Aliana sie von oben zog und zugleich stützte. Bis das geschafft war, hatte die Frau das Bewusstsein verloren, und bis sie aus dem Haus waren, tropfte das Blut durch die Decken hindurch.

Sie hasteten durch das Wohnviertel, Galveron mit Cerella und Aliana mit Ruhanna. Dann kamen sie bei dem goldenen Tor an, dem Eingang zum Tempelplatz, und Aliana war froh, die Handwerkersiedlung hinter sich zu lassen. Selbst die grausigen Leichenhaufen waren ihr lieber als die unheimlichen, leeren Häuser, in denen vor kurzem noch glückliches Leben geherrscht hatte. Und endlich war ringsum alles frei, sodass sich nichts mehr anschleichen konnte.

Zumindest hoffe ich das. Der Gedanke, dass ein Feind so wie sie neulich unter den verwesenden Haufen versteckt lag, sandte ihr einen Schauder über den Rücken.

Galveron stieß sie an und verschaffte ihr den willkommenen Abstand zu dieser Vorstellung. »Komm weiter«, flüsterte er. »Schneller. So wie sie blutet, wird Cerella nicht länger durchhalten. Je eher wir im Tempel sind, desto besser.«

Nacheinander schlüpften sie durch das Tor und begannen sich um den Rand des Platzes einen Weg zu suchen. Dunst und Wolken mochten ihr Fortkommen verbergen, aber sie waren klug genug, sich nicht quer über den offenen Platz zu wagen. Ohnehin türmten sich dort die Toten. Selbst am Rand, wo weniger lagen, waren sie gezwungen, über grässliche Leichenteile zu steigen, und das alles mit einer todkranken Frau und ihrem Kind auf den Armen. Aliana hatte sich einen Schal über Mund und Nase gebunden, aber das hielt den Verwesungsgestank kaum ab. Sie hatte sich auch die Handschuhe übergezogen, damit sie das kalte Fleisch nicht zu spüren brauchte, aber immer wieder musste sie vor Übelkeit würgen, wenn sie die klaffenden Bäuche und das herausgerissene Gedärm sah, die angefressenen Gesichter, die leeren Augenhöhlen und zerfetzten Glieder. Hin und wieder glitt sie aus, und sie konnte sich nur knapp davor bewahren, kopfüber zu stürzen.

Wie haben wir das nur beim ersten Mal geschafft?

Aliana dachte daran, wie sie mit den grauen Geistern in den Heiligen Bezirk geklettert war, um im Tempel Schutz zu suchen. Während sie, verfolgt von den fliegenden Bestien, um ihr Leben rannten, hatten sie die Bilder der Vernichtung kaum beachten können. Schaudernd dachte sie an Tag und Erla, die jüngsten ihrer Gruppe.

Hoffentlich ist in ihrem Gedächtnis nicht viel hängen geblieben.

Auch beim zweiten Mal war es leichter gewesen, den Platz zu überqueren, als Aliana mitten in der Nacht ihren einsamen Gang von der Zitadelle zum Tempel hinter sich brachte. Schnee und Dunkelheit hatten das meiste von dem verhüllt, was sie jetzt entsetzte, und die bittere Kälte hatte den Gestank verringert. Dann hatten sie und Galveron gestern auf der Suche nach dem Ring wieder diesen Weg nehmen müssen. Wie oft noch würde sie diesen furchtbaren Gang ertragen? Der Schrecken schien mit jedem Mal größer, statt geringer zu werden. Mancher Anblick war so entsetzlich, dass man sich unmöglich daran gewöhnen konnte. Sie drückte den Säugling an sich und versuchte, ein wenig schneller voranzukommen.

Sie erreichte das Portal vor Galveron, der die schwerere, unhandlichere Last trug. Das Kind im Arm, gab sie das vereinbarte Klopfzeichen. Agella und der einarmige Flint öffneten ihr. »Gottseidank, ihr seid in Sicherheit.« Agella legte ihr einen Arm um die Schulter und zog sie in den sicheren Hafen. »Die Hierarchin war außer sich vor Sorge.« Sie entdeckte den Säugling. »Heilige Myrial! Wo in Himmels Namen hast du den gefunden?«

»Wir haben auch die Mutter bei uns«, sagte Aliana. »Galveron bringt sie mit. Rasch, schicke jemanden zu Kaita. Wir glauben, dass die Frau im Sterben liegt.«

Agella winkte ein Kind heran, das in der Nähe herumlungerte. »Du da, Knabe! Geh und sage der Heilerin, dass wir ihr eine schwerkranke Frau bringen. Lauf!«

In diesem Augenblick taumelte Galveron in den Tempel, gestützt von der starken Hand Flints. Ohne anzuhalten, schleppte er sich weiter zu Kaitas behelfsmäßigem Krankenrevier in dem ehemaligen Wachraum. Aliana folgte mit dem Säugling. Die Heilerin half gerade einem Soldaten, dessen Arm von der Schulter bis zum Handgelenk verbunden war, vom Bett aufzustehen. »Es tut mir Leid, dass ich dich hinauswerfen muss, Lomin«, sagte sie soeben, »aber du bist jetzt auf dem Weg der Besserung, und wir haben einen Notfall zu versorgen.«

Der Soldat grinste sie an. »Mach dir nichts draus, Heilerin Kaita. Ich kann mich nicht beklagen. Du hast dich um mich gekümmert, als wäre ich der Hierarch persönlich.«

»Was denn – lebendig verbrannt?«, murmelte jemand, der mit einer Kanne heißem Wasser an Aliana vorbeiging. Die Diebin unterdrückte ein Grinsen.

Kaita hatte sich inzwischen Cerellas angenommen. »Leg sie auf das Bett«, wies sie Galveron an, »dann will ich sie mir ansehen.«

Als sie die Frau aus der Decke wickelten, sah Aliana voller Entsetzen, dass alles blutdurchtränkt war.

Liebe Myrial! Erstaunlich, dass sie noch am Leben ist. Und was ist mit dem armen Kind?

Sie hielt verzweifelt nach einer von Kaitas Helferinnen Ausschau. Frana, eine dicke, mütterliche Frau, die eine der Hebammen der Stadt gewesen war, machte die Betten am anderen Ende des Raumes. Pflichtbewusst wie immer setzte sie die ihr zugeteilte Arbeit fort, aber Aliana sah an der Art, wie sie immerzu Blicke auf die neue Kranke warf, dass sie ungeduldig darauf wartete, helfen zu sollen. Sie rannte zu ihr und hielt ihr den Säugling hin. »Frana, kannst du mir helfen? Ich habe hier das Kind dieser armen Frau. Ihm geht es auch schlecht, glaube ich.«

»Meine Güte!« Mit kundigen Händen entfernte Frana das plumpe Gewickel. Dann lag das bleiche, magere Kind schlaff in ihrem Arm. »Mensch, sie ist nur Haut und Knochen«, sagte sie entrüstet und sah Aliana an, als ob es ihre Schuld sei. Sie kniff sachte in die Haut am Arm und zog eine finstere Miene. »Als Erstes müssen wir ihr etwas Flüssigkeit einflößen. Armes Kleines ...« Sie redete mit dem Kind. »Du hast es im Leben gleich schwer gehabt. Keine Angst, das rücken wir wieder zurecht. Tante Frana wird auf dich aufpassen ...«

Aliana wurde bestimmt nicht mehr gebraucht. »Sie heißt Ruhanna«, sagte sie der Hebamme und floh – aber nicht weit. Sie trieb sich weiter im Krankenzimmer herum und kam sich nutzlos vor, war aber unfähig zu gehen, ehe sie nicht wusste, ob die Frau, die sie gefunden hatte, leben oder sterben würde. Beim Warten merkte sie, wie ihre Blicke immer wieder zu einer Helferin wanderten, die die wundärztlichen Bestecke in einem Topf auf dem Feuer kochte. Es war dieselbe Frau, die den Witz über den Soldaten gemacht hatte. Sie drehte sich um und winkte Aliana verstohlen heran. Plötzlich erkannte die Diebin bestürzt, dass es Gelina war, die jetzt ganz anders und auch viel älter aussah. Sie hatte ihr üppiges Haar mit einem Kopftuch nach hinten gebunden und über ihre bunten Flatterröcke einen sauberen, weißen Kittel gezogen. Aliana eilte zu ihr. »Gelina! Was tust du hier? Ich dachte, du würdest für mich ein Auge auf Packrat haben und auf Tag und Erla aufpassen.«

Gelina warf einen verstohlenen Blick über die Schulter. »Rasch, hier hinein«, sagte sie, »ehe man uns sieht.« Sie zog Aliana durch die rückwärtige Tür des Krankenzimmers in den Gang, der zu den Vorratshöhlen weiter oben im Berg führte. »Das war die Hierarchin«, sagte sie leise. »Sie hat uns aufgeteilt und zu arbeiten gegeben.«

»*Was?*«

»Schsch! Man wird uns hören. Sobald du mit Galveron aus dem Weg warst, kam sie mit ein paar Soldaten und meinte, der beste Weg, uns vom Unfugmachen abzuhalten, wäre, uns zum ersten Mal in unserem Leben ein rechtes Tagewerk vollbringen zu lassen, und wenn man uns auseinander hielte, dann wären wir weniger geneigt, Ärger zu machen.«

»So eine Frechheit!«, platzte Aliana heraus und konnte nur mit Mühe leise bleiben. »Wie kann sie es wagen!«

»Ich weiß.« Gelina nickte düster. »Das Miststück hat mich zu Kaita geschickt, Packrat muss die Abtritte scheuern, und Tag und Erla hat sie zu den anderen Waisen gesteckt, auf die Felyss aufpasst.«

»Aber was ist mit Alestan? Er hat sich doch bestimmt gewehrt?«

Gelina blickte wieder über die Schulter, um sich zu vergewissern, dass sie unbeobachtet waren, aber jedermanns Aufmerksamkeit war auf die kranke Frau gerichtet. »Oh ja, er hat sich gewehrt«, sagte sie bitter. »Und darum haben sie ihn eingesperrt.«

»Das ist unglaublich! Mensch, so eine treulose, hinterhältige Schlampe ...«

Ihre Schimpftirade wurde abrupt beendet, als Gelina ihr

eine Hand auf den Mund legte. »Still, Aliana, um Himmels willen! Siehst du denn nicht, dass sie versucht, uns zu reizen? Sie hat schon Alestan aus dem Weg geräumt. Er wurde beschuldigt, Brot gestohlen zu haben, aber ich habe selbst gesehen, wie einer der Soldaten es sich in die Tasche gesteckt hat. Und da er jetzt eingesperrt ist, hat sie Macht über dich, und Galveron wird ihn nicht verteidigen, weil zwischen ihnen so viele Spannungen sind. Wie die Dinge jetzt liegen, kann sie dich aber nicht auch noch einsperren, denn sie schuldet dir was, und Galveron würde sich das nicht bieten lassen, darum versucht sie, dich zu irgendeinem Streit anzustacheln. Sie sucht nur nach einem Vorwand, um dich aus dem Weg zu räumen, und so wird sie auch den Rest von uns beseitigen, wahrscheinlich mit noch mehr falschen Beschuldigungen.«

»Wo ist er?«, fragte Aliana. »Wo haben sie meinen Bruder hingebracht?«

»Er ist in einem kleinen Raum unter dem Tempel«, antwortete Gelina. »Du kommst nicht an ihn heran, Aliana – ich habe es schon versucht. Dieser Gang ist voller Wachen.«

»Ich sehe schon, was sie vorhat, glaube ich«, sagte Aliana finster. »Da wir ihr Geheimnis inzwischen kennen, denkt sie, dass wir eine Gefahr für sie sind. Sobald sie den Ring wiederhat, braucht sie nicht mehr zu fürchten, dass wir sie erpressen könnten. Wenn wir den Leuten aber erzählen würden, dass sie so unvorsichtig war, ihn sofort zu verlieren, würde das immerhin das Vertrauen in sie in einem gewissen Maße untergraben.«

Gelina nickte. »Man wundert sich schon, warum du und Galveron nach draußen musstet und wohin. Du hast Recht, das kleinste Gerücht, dass der Ring verloren gegangen war, würde gewisse Zweifel an ihr aufbringen.«

Aliana presste die Lippen zusammen. »Nun, sie hat ihn nicht – noch nicht. Und wenn sie glaubt, meinen Freunden das antun zu können, dann macht sie einen großen Fehler.«

»Was hast du vor?«

»Keine Sorge, mir ist da etwas eingefallen.« Aliana umarmte die Freundin. »Pass auf dich auf, Gelina, und auch auf die anderen – was immer Gilarra sagt. Du wirst mich eine Weile nicht sehen.« Sie eilte davon, noch ehe Gelina etwas fragen konnte.

Als sie den Raum verließ, war es, als brenne ihr der Hierarchenring ein Loch in die Tasche. Sie hatte einen Plan zu schmieden – und zwar schnell, bevor Gilarra die Zeit fand, nach ihrer Beute zu fragen. Aliana schaute zurück zu Galveron, der sich trotz Kaitas Versuchen, ihn fortzuscheuchen, noch immer bei der kranken Frau aufhielt, so als glaubte er, sie mit seiner eigenen Lebenskraft in der Welt halten zu können.

Verfluchte Gilarra. Dieser Mann sollte unser Führer sein – aber wenn sie den Ring nicht bekommt, kann er vielleicht ihren Platz einnehmen.

Kapitel 4

Strandsucher

Toulac ging in die entgegengesetzte Richtung los. Als sich der Abstand zwischen ihr und Zavahl langsam vergrößerte, merkte sie, wie sie sich entspannte. Obwohl es nicht seine Schuld war, dass er so wenig über die Welt jenseits der Tempelmauern von Tiarond wusste, war er doch nichts anderes als eine Last. Trotzdem bedeutete er an dieser rauen Küste Gesellschaft, und er gab sich Mühe. Ihre Gedanken wanderten zurück zu dem verängstigten, überspannten Wrack von einem Mann, den sie und Veldan vom Scheiterhaufen gerettet hatten. Weit war er seitdem gekommen.

So ist das, wenn man einen Mann hinter Mauern einsperrt und ihn sein Leben lang von vorn bis hinten bedient. Wenn einer so verhätschelt wird, wie können wir von ihm erwarten, dass er in der harten, gefährlichen Welt hier draußen zurechtkommt? Alles in allem hielt er sich aber gar nicht schlecht. Für den Fortschritt haben wir wohl dem hübschen Mädel aus der Schenke zu danken. Es ist erstaunlich, wie sehr die Liebe – oder die Lust – einen Mann wachrütteln kann.

Sie gluckste vor sich hin, aber bald schweiften ihre Gedanken zu einem weniger glücklichen Gegenstand ab. Bei Myrial, wie sehr sie Mazal vermisste! Es brach ihr das Herz, dass sie das große graue Schlachtross zurücklassen musste, aber welche Wahl hatte sie denn gehabt? Sie war mit Veldan vor Hauptmann Blank und seinen Gottesschwertern geflohen, und es war um ihr Leben gegangen. Und ganz sicher hatte sie nicht die Zeit gehabt, um umzukehren und einen Gaul zu retten. Aber er hatte ihr seit dem Tag gehört, da er als schlaksiges Fohlen seine Mutter verließ, und seitdem hatte er keine andere Hand gekannt als ihre. Er war für sie mehr als ein nützliches Tier gewesen. Solange sie beide Krieger gewesen waren, hatte er ihr oft das Leben gerettet. Er war ein echter Gefährte. Und alles, was sie an Familie hatte.

Ich frage mich, wo er jetzt ist. Ob er überhaupt noch lebt?

Toulac bezweifelte es. Im Gebirge hatte es nur so von Soldaten gewimmelt. Wenn sie das Pferd nicht hatten gefügig machen können – und er war so abgerichtet gewesen, dass niemand außer ihr ihn reiten konnte –, dann mochten sie ihn sehr wohl geschlachtet und gegessen haben. An einem Pferd war viel Fleisch, und eingedenk des gegenwärtigen Nahrungsmangels, wäre es mehr als willkommen gewesen.

Ich habe ihn in der Scheune angebunden. Ein einfaches Ziel. Sie hatten nichts weiter zu tun brauchen, als ihm einen Armbrustpfeil zwischen die Augen zu schießen. Und selbst wenn sie ihn, wie durch ein Wunder, nicht gefunden haben, ist er einen langsamen und schrecklichen Hungertod gestorben.

Die Tränen brannten ihr in den Augen und flossen über. Sie wischte sie grob mit dem Handrücken fort.

Lass das, Alte, du bist übergeschnappt! Nach all den Jahren ist jetzt nicht die Zeit, um gefühlsduselig zu werden!

Da hatte sie wahrlich Recht. Ein Krieger durfte sich nicht erlauben, jedesmal zusammenzubrechen, wenn ein Kamerad gefallen war. Das lernte man schnell oder man lebte nicht lange.

Wie auch immer, wenn ihn mir jetzt jemand zurück-

brächte, ich schwöre, ich würde ihm alles geben, was er dafür verlangt.

Toulac war ärgerlich auf sich selbst. Das waren die Spinnereien einer aufgeweichten Birne und die reinste Zeitverschwendung. Energisch rief sie sich zur Ordnung. Die Dinge hätten viel schlechter stehen können, und das wusste sie genau. Nicht nur, dass sie in diesem Trödlerparadies gelandet waren, sie besaß auch noch ihr Schwert, das sie sich gerade umgeschnallt hatte, als die Entführer in Zavahls Zimmer eindrangen.

Und gut, dass ich's getan habe, sonst hätte ich dieses Biest nicht töten können, das mich entführt hat.

Obwohl die Gegend verlassen aussah, war ihr das Schwert doch eine große Beruhigung. Aus Gewohnheit prüfte sie die Klinge und schnalzte missbilligend wegen der neuen Kerbe von dem gepanzerten Insektenkopf. Wenn sie nur die Zeit gehabt hätte, um ihren Mantel noch zu erwischen, dann hätte sie jetzt den Wetzstein bei sich, ganz zu schweigen davon, dass ihr viel wärmer wäre. Nun, das beste Mittel dagegen war, sich beschäftigt und in Bewegung zu halten. Mit einem Achselzucken wandte sie ihre Aufmerksamkeit der nächstliegenden Aufgabe zu.

Selbst während all dieser Überlegungen hatte sie ununterbrochen den Strand abgesucht.

Als sie einen matten Schimmer zwischen den Kieseln erspähte, schoss sie darauf zu, hockte sich neben den Fund und fing an, mit bloßen Händen im feuchten Sand zu graben. Zu ihrem Entzücken entpuppte sich der Gegenstand als ein Kasten aus Metall von etwa einer Armeslänge, der rostfleckig, aber unbeschädigt war. Er war schwer, aber sie vermutete, dass das hauptsächlich an dem Wasser lag, das sie innen schwappen hörte. Aber war Seewasser alles, was er enthielt?

»Nun«, murmelte Toulac. »Dann wollen wir dich mal anschauen, nicht wahr?« Sie trug den Kasten ein Stück höher auf den Strand, dann ging sie sich einen Stein mit der richtigen Größe suchen. Als sie etwas Entsprechendes gefunden hatte, kniete sie sich in den trockenen Sand neben den Kasten. Er war mit Spange und Zapfen verschlossen, die aber der Rost zu einem festen, roten Klumpen verschmolzen hatte. Nachdem sie einige Zeit damit verbracht hatte, brummend und fluchend mit dem Stein darauf herumzuhämmern, gelang es ihr, die Spange abzuschlagen. Kaum fähig, ihre Aufregung im Zaum zu halten, warf sie den Stein beiseite und stemmte den Deckel auf.

Sie fluchte, weil ihr ein Liter Wasser in den Schoß lief. Das restliche Wasser und einen Bodensatz aus Sand kippte sie aus. Auf dem Grund des Kastens lag ein Bündel nasses Papier, das zerfiel, als sie es aufzuheben versuchte. Die nähere Betrachtung ergab, dass die Schrift restlos ausgewaschen und nichts weiter übrig geblieben war als verschwommenes Blau. Toulac ließ enttäuscht die Schultern sinken. »Scheißding!«, murrte sie. »Ich frage mich, was das gewesen ist. Liebesbriefe vielleicht? Eine Schatzkarte? Ich werde es wohl nie erfahren.«

Unter dem Papier lag ein kleiner verschnürter Lederbeutel, und ihre Aufregung kehrte zurück. Das Leder war steif von der Nässe und die Schnur aufgequollen, sodass der Knoten vollkommen fest saß. Toulac werkelte kurze Zeit mit ihren stumpfen Fingernägeln daran herum, dann gewann die Ungeduld die Oberhand. Sie zog sich den rechten Stiefel aus und tastete darin nach dem kleinen, eingenähten Futteral. Daraus zog sie hervor, was zur Zeit ihr kostbarster Besitz war: ein kleines, aber sehr scharfes Messer samt passender Scheide. Sie hatte es so lange in seinem Versteck mit sich herumgetragen, dass sie es dort fast vergessen hätte. Nachdem sie sich den Stiefel wieder angezogen hatte, nahm sie den Beutel erneut in Angriff, schnitt die Schnüre durch und schüttete sich den Inhalt in die Handfläche.

»Verfluchter Mist!« Der Beutel, in den sie solche Hoffnungen gesetzt hatte, enthielt nichts weiter als die irdischen Güter eines armen Seemanns: ein paar blind gewordene Münzen von keinem besonderen Wert und eine Handvoll minderwertiger Perlen, die in ein altes Taschentuch eingeschlagen waren. Toulac zuckte die Achseln, steckte die Habseligkeiten zurück in den Beutel und ließ ihn in den Sand gleiten. Nun gut. Immerhin würde der Kasten zum Kochen höchst nützlich sein, und eine warme Mahlzeit war ihr im Augenblick viel lieber als eine ganze Truhe voller Schätze. Sie fragte sich, wie lange ihr Fund im Wasser gelegen hatte. Wenn sich hier vor nicht allzu langer Zeit ein Schiffbruch ereignet hatte, könnten allerhand brauchbare Dinge am Strand verstreut liegen. Den Kasten unter den Arm geklemmt, setzte sie sich wieder in Marsch, um zu sehen, was es noch zu finden gab. Nach einer Weile hatte sie einiges Zweckdienliche gesammelt und ihre Gedanken glücklicherweise von Mazal abgelenkt.

Zavahl, der vom Laufen und ständigen Bücken und vom Tragen seiner Beute müde war, wollte bei seiner Rückkehr an den vereinbarten Treffpunkt nichts weiter als sich hinsetzen und ausruhen. Toulac hingegen wirkte unermüdlich. Sie kam beladen mit einer Auswahl Gegenstände kurz nach ihm an und ließ ihn seine Funde zur Begutachtung neben den ihren ausbreiten. »Sieh mal an«, meinte sie. »Ich hab dir ja gesagt, dass das hier eine wahre Fundgrube ist.«

Noch immer zweifelnd betrachtete er den bunten Haufen Treibgut. Zwischen ihnen lagen eine Kette, die wahrscheinlich vom Anker eines kleinen Bootes stammte, ein Blechkasten, Seile verschiedener Längen und Stärken, ein ansehnlich großes Stück Fischernetz – über das die alte Söldnerin komischerweise besonders erfreut war –, ein langes Rundholz, an dem noch ein Leinenfetzen hing, einige Stücke Treibholz, Zavahls Sack und, was sein stolzester

Fund war, die untere Hälfte eines Tonkrugs, der, obgleich gesprungen, ziemlich wasserdicht schien. Er stieß mit dem Fuß ein paar Dinge an und sagte: »Myrial allein weiß, was man mit diesem Haufen anfangen kann.«

Die Söldnerin kicherte. »Zum Glück weiß Myrial es nicht allein.« Nachdem sie sich die kurze Pause gegönnt und verzückt ihre Funde betrachtet hatte, ging sie wieder davon und stocherte auf dem oberen Teil des Strands zwischen den Steinen herum. Nach einer Weile hatte sie sich für einen Platz entschieden: eine Ansammlung Felsbrocken, die dicht genug an der Klippe lagen, um Schutz zu bieten, und weit genug davon entfernt, um vor Steinschlag sicher zu sein. Als sie dazwischen umherkletterte, fand sie eine Stelle in der Mitte, wo man zwei Leute und ein Feuer unterbringen konnte. Mit Zavahls Hilfe klemmte sie das Rundholz so zwischen zwei Felsblöcke, dass es als Firststange dienen konnte, und legte das Fischernetz darüber. »Jetzt«, erklärte sie, »brauchen wir etwas Grünzeug von da oben, das wir durch die Löcher fädeln können.«

Pflanzen wuchsen lediglich oben auf der Klippe. Zavahl, dem es solche Schwierigkeiten bereitet hatte, hinunterzugelangen, war nicht darauf erpicht, den bröckelnden Steilhang noch einmal zu bewältigen, aber er fühlte, dass er sich aus Rücksicht auf das Alter seiner Begleiterin freiwillig anbieten sollte. Toulac lachte. »Danke für das Angebot, aber ich gehe selbst. Ich bin darin geübt, in Steilhängen und dergleichen zu klettern, und ich wette, dass du in deinem Leben noch nichts Schwierigeres als eine Treppe erklommen hast.«

Zavahl wurde am ganzen Körper warm vor Ärger. »Ich bin nicht völlig nutzlos, weißt du.«

Die Söldnerin tätschelte ihm den Arm. »Es ist nicht deine Schuld, Kleiner. Du kannst nichts für das Leben, das du führen musstest. Aber Klettern erfordert Übung. Ich wäre mehr als froh, wenn ich es dir bei Gelegenheit beibringen könnte, aber diese bröckelige Wand ist nichts für einen

Anfänger. Ich will dich nicht von den Felsen hier unten abkratzen müssen!«

Bei allem gekränkten Stolz musste Zavahl doch zugeben, dass er erleichtert war – und das umso mehr, als er sah, dass selbst die geübte Toulac den Steilhang nicht ohne Schwierigkeiten bewältigte. Er wagte kaum zu atmen, während er ihrem quälend langsamen Aufstieg zusah und beobachtete, wie sie jeden Sims und jeden Spalt prüfte, ehe sie ihm ihr Gewicht anvertraute. Und dennoch verlor sie zweimal den Halt, weil das Gestein unter ihr wegbrach, und hing bedenklich mit den Füßen nach einer sicheren Stelle tastend an der Wand, wobei sie zugleich einen Steinhagel auslöste.

Myrial, erbarme dich! Zavahl musste aus dem Weg springen, als ein Brocken seinen Kopf knapp verfehlte und ihm auf die Schulter schlug. Erst als die Söldnerin neuen Halt gefunden hatte und sich weiter aufwärts bewegte, wagte er wieder zu atmen.

»Bist du unverletzt?«, schrie er.

»Halt den Mund – du lenkst mich nur ab.« Sie redete durch zusammengebissene Zähne und kletterte eisern weiter. Der einstige Hierarch schüttelte den Kopf. *Sie ist alt genug, um meine Großmutter zu sein! Wie schafft sie das nur?*

Aber Toulac schaffte es. Nicht lange und sie erreichte die Spitze der Klippe, ein letztes Tasten nach Halt und ein Steinhagel und sie verschwand über die Kante außer Sicht. Eine atemlose Stimme drang herab. »Alles bestens. Lass mir nur ein paar Augenblicke zum Luftholen.«

Ein paar Augenblicke? Zavahl hatte nur zugesehen, und er war schweißgebadet und erschöpft von der Anspannung. Zitternd wartete er im kalten Wind und wappnete sich für eine längere Wartezeit, während der Toulac sich erholte. Aber viel früher, als er von ihr zu hören geglaubt hatte, rief sie: »Vorsicht, Kopf weg!«

Dann fiel ein großes Bündel rostbraunes Farnkraut herab. Als Zavahl es aufhob, sah er, dass es mit dem Seil zusammengebunden war, das er am Strand gefunden hatte. Mehrere andere Bündel folgten: eine Mischung aus Farn und Schilf aus dem morastigen Gelände oben und lange biegsame Zweige von einem Strauch.

Nach einer Weile erschien Toulacs Kopf über der Felskante. »Obacht – ich komme jetzt runter.«

Und wieder musste Zavahl mit dem Herzen im Hals zusehen, wie sie die Steilwand überwand, was aus seinem Blickwinkel noch viel gefährlicher aussah als ihr Aufstieg. Schließlich kam sie unten an, indem sie sich das letzte Stück fallen ließ, und klopfte sich den Staub aus der Hose, die Ailie ihr im Gasthof geliehen hatte. »Guter, robuster Stoff das«, sagte sie anerkennend. Sie drehte sich zu Zavahl um und grinste ihn an. »Was stehst du da herum? Komm und nimm dir ein oder zwei Bündel. Wir müssen uns eine Hütte bauen.«

Eine Hütte bauen klang nach viel Arbeit. Er hatte in der vergangenen Nacht nicht geschlafen, hatte kein Frühstück gehabt (oder überhaupt eine Mahlzeit) und war gezwungen gewesen, einen ausgedehnten Marsch über den Strand zu machen und dabei eine Ladung schwerer Sachen zu schleppen. Er fühlte sich geschwächt, steif und kalt, hatte Kopfschmerzen und Magenschmerzen vor Hunger. Da er keinerlei Art von körperlicher Arbeit gewöhnt war, hatte er das Ende seiner Kräfte bereits erreicht – so dachte er jedenfalls. »Bist du sicher, dass wir eine Hütte brauchen?«, versuchte er ihr gut zuzureden. »Hast du nicht gesagt, Veldan und die anderen kommen uns holen?«

»Das tun sie – demnächst«, erwiderte Toulac. »Wenn du bedenkst, wie lange wir in der Nacht mit diesen schrecklichen Viechern in der Luft gewesen sind und wie schnell sie geflogen sind, kannst du dir vorstellen, wie weit wir von der Siedlung weg sein müssen. Wer weiß, wie lange es dauern wird, bis sie uns gefunden haben – darum brauchen wir in der Zwischenzeit eine Hütte.« Sie sah ihn drohend an.

»Außerdem wäre es ein sehr schlechter Zug von dir, mich diese blöde Wand ganz umsonst rauf und runter klettern zu lassen. Und jetzt los, Junge. Wir haben nicht ewig Zeit.«

Toulac ahnte nicht, wie sehr sie damit Recht hatte. Von der Hochebene schauten feindselige Augen auf die beiden verirrten Strandsucher hinab, und es wurde leise und verstohlen gesprochen.

»Puh! Das war knapp! Ich dachte schon, die Alte würde uns entdecken, als sie hier oben herumschnüffelte.«

»Und wenn schon. Ein Messer in den Bauch, und wir wären das kleine Problem los gewesen. Übrigens verstehe ich noch immer nicht, warum du mich sie nicht hast umbringen lassen, solange sie hier oben war. Es wäre viel leichter gewesen, sich nacheinander mit ihnen zu befassen.«

»Machst du langsam schlapp, Pelorm? Wenn wir es zu viert nicht schaffen, mit einer alten Oma und einem ahnungslosen Jammerlappen fertig zu werden, dann können wir unser Geschäft ein für allemal aufgeben.«

»So oder so war es richtig von Tuld zu warten, du Blödmann. Es hat sich doch schon ausgezahlt, oder? Jetzt wissen wir, dass sie Freunde haben, die hierher kommen, und das ist schließlich eine gute Neuigkeit. Langsam hat es sich herumgesprochen, sodass kaum noch Schiffe in die Nähe dieses Küstenstücks kommen. Die Ausbeute ist ziemlich mager geworden. Andererseits ist die Gegend zu schroff, als dass man mit dem Pferd oder zu Fuß weit kommt. Die einzige Weise, wie diese Leute nach ihren verschollenen Freunden suchen können, ist mit dem Boot – und da kommen wir ins Spiel. Wir geben unser Zeichen an der gewohnten Stelle, wie wir es immer getan haben, und –«

»Was ist mit den beiden am Strand? Es wäre ein bisschen verdächtig, wenn zweimal Zeichen gegeben werden.«

»Mann, sei nicht blöd, Shafol. Du hast gehört, wie die Alte gesagt hat, dass ihre Freunde eine ganze Weile brauchen werden. Wir werden jetzt etwas essen und uns ein wenig ausruhen und warten, bis es dunkel ist. Dann stehlen wir uns nach unten und stechen ein Messer in sie rein – und wenn ihre Freunde kommen, warten wir schon auf sie.«

Die Strandräuber beglückwünschten sich zu ihrem schlauen Plan und verzogen sich wieder ins Gebüsch.

Trotz all der Schwierigkeiten, die Gendival bedrängten, und obwohl sie von der schlaflosen Nacht benommen war, begann Veldan den Tag zu genießen. Sie ritten den Weg zum Fluss hinunter und hielten Kurs auf den nächsten Anleger, der den Navigatoren gehörte, und dort würden sie ein Boot nehmen, das sie zur Küste brächte. An einem so schönen Tag sollte das eine angenehme Reise werden. Die würzige Herbstluft war erfrischend, und die Sonnenstrahlen tanzten funkelnd durch das rot gefleckte Eichenlaub an den Ästen. Auf dem Boden bildete das Laub eine tiefe, weiche Schicht, die den Hufschlag der Tiere dämpfte, sodass der Gesang der Vögel und das Plätschern des Flusses ringsum die einzigen Laute waren.

Das war die Gelegenheit, um sich ein wenig zu erholen, eine Insel der Ruhe in einem reißenden Strom der Veränderung, der Gendival von allen Seiten umrauschte. Doch obwohl sie den Ritt genoss, gingen ihr Toulac und Zavahl nicht aus dem Kopf. Sie wollte der Söldnerin gern einen stillen Ruf senden, aber sie wusste nicht, ob sie Antwort bekäme. War das eine Mal, wo Toulac ihre Gedanken übertragen hatte, eine einmalige Erscheinung gewesen, nur durch Verzweiflung bewirkt? Oder begannen die Kräfte ihrer Freundin zu wachsen, seit sie der gedanklichen Verständigung zunehmend ausgesetzt war?

Kaz unterbrach ihre Gedanken. »Boss, du lässt dich wieder hinreißen.«

Veldan war ein bisschen verärgert. »Also schön, ich lasse mich hinreißen. Was macht das schon?«

»Das weißt du ganz gut. Wenn Toulac aus irgendeinem Grund nicht fähig ist zu antworten, wirst du nicht wissen, ob sie ihre Gedanken nur nicht so weit senden kann oder ob sie in Schwierigkeiten steckt. Und dann machst du dir Sorgen. Die ganze Zeit über wird dich das beschäftigen, und das lässt du dann wieder an mir aus.«

»Wenn das alles ist, was dich stört, dann lasse ich es eben an Elion aus.«

»Zum Henker mit Elion«, schnaubte der Feuerdrache. »Ich bin dein Partner. Wenn dir etwas Sorge macht, dann redest du mit mir. Aber diesmal gibt's dafür keinen Grund. Hab einfach Geduld, Boss, und zügele dich. Toulac kann auf sich selbst aufpassen. Es wird ihr gut gehen.«

»Wahrscheinlich«, seufzte Veldan. Und weil sie auf einem Pferd anstatt auf Kazairl ritt, hatte sie immerhin einige Möglichkeiten, um sich abzulenken. Sie wandte sich an die Gastwirtstochter, die neben ihr ritt. »He, Ailie. Wie wär's mit einem Wettrennen?« Sie drängte ihr Pferd zum Galopp und sprengte, ihre Sorgen eine Weile hinter sich lassend, davon.

Der Anleger der Navigatoren befand sich an einem schönen baumbestandenen Uferstreifen, wo der Fluss tief war und gleichmäßig dahinfloss. In das nahe gelegene Wäldchen war eine Lichtung geschlagen, wo niedrige Holzschuppen beieinander standen, die Waren beherbergten, und gelegentlich auch Leute, wenn die Schiffer oder ihre Gäste eine Nacht an Land zu verbringen wünschten. Das größte Gebäude war der Handelsposten, wo die Dörfler von Gendival hinkamen und kostbare Güter von flussabwärts erstanden sowie Waren und Gerätschaften aus ihrer eigenen Herstellung verkauften. Auch die Wissenshüter hatten Ungewöhnliches anzubieten, wunderliche Gegenstände, die sie auf ihren Reisen durch andere Reiche aufgelesen hatten.

Der Posten wurde von Skeryn geführt, den es in seinen zweiunddreißig Jahren niemals zu einem Leben auf dem Wasser hingezogen hatte, wenngleich er ein echter Navigator war. Er war klug und sehr wissensdurstig, hatte aber weder die Begabung noch den Hang zur Schwerarbeit eines Schiffers. So blieb er stattdessen im Handelsposten bei seinen Büchern und Verzeichnissen und kümmerte sich um die Kinder seiner verwitweten Schwester Meglyn. Sie war, im Gegensatz zu ihrem gelehrten Bruder, eine waschechte Wasserratte, die mit jedem Boot vollendet umgehen konnte. Ihr gehörten inzwischen drei Boote: zwei der flachen Segeljollen von sechzig Fuß Länge aus Gendivaler Eichenholz, die eigens für die Verschiffung von Lasten über den Fluss gebaut waren, und ein seetüchtiger Lastkahn, der die Waren die Küste hinunterbrachte. Letzterer hatte Ruthar, dem Vater ihres Lebensgefährten, gehört, der nun nicht mehr zur See fuhr, sondern mit Skeryn und den Kindern im Handelsposten lebte, wo er im Laden bediente, den neuesten Klatsch austauschte und einen schwunghaften Handel mit starkem, dunklen Bier betrieb, das er in der rückwärtigen Scheune braute.

Als die Wissenshüter heranritten, wurde am Kai gerade eine Jolle entladen. Die große, schlaksige Meglyn, die ihr dunkles Haar aus Sicherheitsgründen und Bequemlichkeit kurz trug, stand an Deck und überwachte das Löschen, während Chalas, ihr stämmiger Matrose, die Kisten und Ballen bewegte. Als sie die Neuankömmlinge sah, winkte sie ihnen fröhlich zu. »Hübsch zeitig, wie ich sehe«, rief sie. »Macht es euch nicht allzu bequem. Wir sind hier bald fertig, und dann will ich euch so schnell wie möglich an Bord haben.«

Elion grinste. »Das erspart uns wenigstens, Ruthars schwarzes Gebräu trinken zu müssen.«

»Wenn du für mein Bier nicht manns genug bist, Wissenshüter, dann gibt's für dich jede Menge Wasser im Fluss.« Ruthar war aus dem Laden gekommen, um sie zu begrüßen.

Obwohl sein Gang steif geworden war, weil er das Reißen hatte, gelang es ihm, sich mit einer gewissen Munterkeit fortzubewegen. Er hatte ein rundes, fröhliches Gesicht, feines, silbergraues Haar und leuchtende Augen. Er war erstaunlich faltenlos, wenn man bedachte, dass er jahrelang dem salzigen Wind der See ausgesetzt gewesen war, und alles in allem sah er viel zu jung aus, um länger als achtzig Jahre auf der Welt zu sein. Veldan mochte ihn sehr gern, denn Ruthar war gesellig, freundlich und voller Späße, und sie hatte nie gehört, dass er sich beklagte oder hinter dem Rücken schlecht über jemanden sprach. Für seine Enkel war er ein lebhafter Geselle, er liebte Essen und Trinken, gute Gesellschaft und fleißiges Arbeiten. Im Grunde genommen führte er den Handelsposten anstelle des lernbegierigen Skeryn, der wiederum sehr glücklich damit war, seinen Teil der körperlichen Arbeit zu tun und die Bücher in Ordnung zu halten, während Ruthar hin und her rannte, die Bestände verzeichnete, Waren ordnete und, was das Beste war, mit den Schiffern und den Leuten aus Gendival klönte.

Er begrüßte Ailie voller Freude, denn sie besuchte den Posten häufig, wenn sie die Vorräte für den Gasthof einkaufte. »Also, Mädchen, es tut gut, dein hübsches Gesicht wieder einmal zu sehen.«

Unwillkürlich fuhr sich Veldan an die gezackte Narbe, die quer über ihre Wange verlief, aber außer Kaz fiel das niemandem auf.

Als Ruthar sie alle willkommen hieß, saßen die Menschen unter den Wissenshütern von ihren Pferden ab, was in Veldans Fall ein wenig steif ausfiel. Kaz war doch sehr viel bequemer zu reiten. Im Hinterkopf konnte sie sein eingebildetes Grinsen spüren, und es sprach Bände. »Ach, sei still«, knurrte sie.

»Ich? Ich habe kein Wort gesagt.« Kaz war ganz gekränkte Unschuld.

»Das war auch nicht nötig.«

»Vielleicht glaubst du mir jetzt, wenn ich dir sage, dass diese Geschöpfe zum Essen und nicht zum Reiten da sind«, sagte er. »Und da wir gerade vom Essen reden …«

»Dafür ist jetzt keine Zeit«, unterbrach ihn Veldan entschieden, »aber ich will sehen, ob ich von Skeryn etwas bekommen kann, um es aufs Boot mitzunehmen.« Damit folgte sie Elion und Ailie in den Laden.

Der Handelsposten war ein wunderbarer Ort. Damit die Waren alle gut zu sehen waren, hingen von den niedrigen Deckenbalken viele Öllampen, die alles hell erleuchteten, und der kleine Ofen in einer Ecke spendete an diesem kühlen Herbsttag angenehme Wärme. Der Laden war mit Gütern nur so vollgestopft, in Fässern, in Ballen, gestapelt in den Ecken und gedrängt auf den Wandborden. Mehl und Felle, Lampenöl und Bindfaden, Steingut und Messer, Honig und Heilkräuter und Tees – alles das und noch mehr fand früher oder später in den flachen Jollen der Navigatoren den Weg flussaufwärts. Es roch nach Leder und Früchten, Gewürzen, Seifen, geteerten Seilen und geräuchertem Fisch, und all das vermischte sich mit dem Rauch aus dem Ofen.

Veldan, Elion und Ailie sahen einander an und lächelten. Als sie noch Kinder waren, war es für sie das allergrößte Vergnügen gewesen, wenn sie mit den Erwachsenen hierher kommen durften und (vollkommen unbeobachtet) in diesen Schätzen entlegener Orte stöbern konnten. Ein noch besseres Abenteuer hatten der Anleger und die Segeljollen geboten, und wenn doch ein Erwachsener die Kinder mit Adleraugen entdeckt und an Land gescheucht hatte, dann war da noch die Schaukel gewesen: ein gesägtes Brett mit einem Seil in der Mitte. Sie war an dem dicken Ast eines Baumes am Ufer festgebunden, und man schaukelte bis über das Wasser und drehte sich und drehte sich und …

»… und der Tag war nicht vollkommen, wenn nicht wenigstens einer von uns hineingefallen und wieder rausgefischt, getrocknet und in geliehenen Kleidern nach Hause geschickt worden war.« Als Elion ihren Gedanken laut zu Ende führte, merkte Veldan, wie stark und klar sie sich erinnert hatte. Manchmal war die Vergangenheit ein viel angenehmerer Aufenthaltsort als die Gegenwart.

Skeryn saß am Ofen. Er war dunkelhaarig und schlaksig wie seine Schwester, aber sein Haar war länger und neigte zu Locken, während ihres glatt war. Er hatte die Füße hochgelegt, den Stuhl zurückgeneigt und steckte die Nase wie immer in ein Buch. Als die Wissenshüter hereinkamen, sah er blinzelnd auf und sammelte seine Gedanken aus weiter Ferne. »Veldan! Elion! Es ist ewig her, dass ihr hier wart! Und es ist immer schön, dich zu sehen, Ailie.«

Er stand auf, kam mit ausgestreckten Armen auf sie zu und Veldan verschwand in einer riesigen Umarmung. Da erst spürte sie die Steifheit aus ihrem Rücken weichen und merkte, dass sie nur darauf gewartet hatte, ob jemand vor ihrer Narbe zurückwich. Aber der Gute, er hatte abgesehen von einem kurzen gezielten Blick ihrer Entstellung keine Beachtung geschenkt, und sie fühlte sich unendlich erleichtert. Während sie im Strudel der Ereignisse gefangen gewesen war, hatte sie wenig Zeit gehabt, an die Narbe zu denken, und außerdem war sie, als die Wunde heilte, in Gendivals Siedlung gewesen, wo man an ihr Aussehen nun gewöhnt war. Aber Skeryn war ein alter Freund, und es war das erste Mal seit ihrer Verwundung, dass sie ihm begegnete.

Plötzlich fiel ihr etwas ein, das Toulac ihr bei ihrer ersten Begegnung gesagt hatte:

»Mein liebes Kind, sieh dich nur einmal selbst an. Du hast einen wachen Verstand, du bist eine Kriegerin, und man sieht dir an, dass du auf dich selbst aufpassen kannst … Und egal, was du glaubst, dein Gesicht ist hübsch. Natürlich bist du jetzt keine makellose Schönheit mehr, aber glaube mir, jede andere würde glücklich diese Narbe

tragen, wenn sie dabei so schön sein könnte wie du. Wirklich und wahrhaftig. Du siehst also, Veldan, die Leute werden Mitgefühl wegen deiner Verletzung haben – und das gehört sich auch so –, aber niemand wird dich länger als einen Augenblick bemitleiden.«

Vielleicht hatte die alte Söldnerin doch Recht gehabt.

»Ich wette, du bist jetzt froh, dass sie die dumme Maske ins Feuer geworfen hat«, meinte Kaz selbstgefällig von draußen. »Und ich bin sicher, du weißt noch, was *ich* immer gesagt habe ...«

»Ja, ich weiß es«, fiel Veldan ihm ins Wort. »Du und Toulac, ihr seid schlauer, als es euch gut tut.«

»Aber nicht, als für dich gut ist, Schätzchen.« Wie immer behielt der Feuerdrache das letzte Wort.

Veldan hatte kaum Zeit, um für Kaz eine Keule Wildbret rauszuschlagen, ehe Meglyn in der Tür stand und sie hinausscheuchte. »Kommt, kommt, Leute. Die Fracht ist gelöscht, und wir stehen bereit für euch. Kümmert euch nicht um die dummen Pferde. Ruthar wird für sie sorgen, bis ihr wieder hier seid.« Für Fortbewegungsmittel, die nicht für das Wasser geeignet waren, hatte sie wenig übrig. »Los, los. Bewegt euch oder wir verpassen die Flut.«

»Ihr tut besser, was sie sagt«, schaltete sich Ruthar ein. »Der letzte Kerl, dessentwegen sie die Flut verpasste, hat ein paar Dinge auf dem Boot zurückgelassen. Seine Leber, seine Nieren, seine –«

»Schon gut, schon gut.« Elion stand hastig auf. Die Stühle kratzten über den Boden, als ihm die beiden Frauen folgten.

»Komm bald mal wieder auf Besuch«, sagte Skeryn leise zu Veldan. »Wir sehen dich zur Zeit viel zu wenig. Vielleicht lässt dich der neue Archimandrit ja nicht mehr so viel durch die Weltgeschichte reisen.«

Die Wissenshüterin sah ihn überrascht an, dann entsann sie sich, dass Amaurn selbst die Nachricht zum Fluss geschickt hatte, damit Meglyns Boot für sie bereitstand. »Weißt du etwas über Amaurn?«, fragte sie leise.

Skeryn zuckte die Achseln. »Ich nicht. Dafür bin ich zu jung. Aber Ruthar erinnert sich an ihn.«

»Stehst du auf seiner Seite?« Es gab nicht viele Leute, bei denen sie sich getraut hätte, das so frei heraus zu fragen.

»Wir Navigatoren stehen auf niemandes Seite.« Er grinste. »Allenfalls auf der einen oder anderen Seite des Flusses.«

»Veldan! Her mit dir, *sofort*!«, brüllte Meglyn – und wenn sie diesen Ton anschlug, war es klug, sich zu beeilen. Veldan hastete los.

Die Jolle wartete nur noch auf sie, alles war bereit zum Segelsetzen. Der Kapitän hatte es wirklich eilig fortzukommen. Als jeder, einschließlich des Feuerdrachen, sicher an Bord war, stieß Chalas vom Ufer ab und hisste das Segel, während Meglyn am Ruder stand und das Schiff hinaus in die Strömung lenkte. Ailie fand sofort eine geschützte Ecke und zwang Elion, ihr beim Auspacken des Essens zu helfen. Veldan stand an die Reling gelehnt und winkte Skeryn zum Abschied, solange der Handelsposten zu sehen war, aber ihre Gedanken eilten schon ans Ende der Reise voraus, wo sie Zavahl und Toulac längst gefunden hätte und sicher heimbringen würde.

Kapitel 5

Ein Blick auf die Welt

Feuervogel, Scalls braune Stute, würde bald rossig werden. Heute Morgen waren die Anzeichen eindeutig – ebenso Rutskas Anteilnahme daran, ganz zu schweigen von den verschiedenen langmähnigen, kleinen Hengsten, die den Rotten gehörten.

Oh, nein, Feuervogel. Nicht ausgerechnet jetzt!

Besorgt machte Scall die Runde und prüfte, ob die Hengste gut angebunden waren, aber alle, einschließlich des Sefrianers waren mit Ketten, anstatt mit Stricken festgemacht, damit sie sich in solch einer Lage nicht losbeißen konnten.

Das schloss nicht völlig aus, dass einer von ihnen irgendwie loskäme und seine kostbare Stute belästigte, aber unter den beengten Verhältnissen, wo so viele Tiere so dicht beieinander standen, war es das Beste, was man überhaupt tun konnte.

Feuervogel war so eifrig gestriegelt worden, dass sie glänzte wie eine frisch geprägte Münze. Tatsächlich hatte er sie so lange gebürstet, dass sie für heute längst genug von ihm hatte. Als sie schließlich den Kopf drehte und ihn zwickte, nicht allzu freundlich, beschloss er, wenn auch widerwillig, sie der Gesellschaft seiner fremdartigen, rauen Gastgeber zu überlassen und den Wink, sie eine Weile in Ruhe zu lassen, ernst zu nehmen. Dennoch fand er immer wieder Gründe, den unglücklichen Augenblick hinauszuschieben. Vielleicht sollte er noch einmal ihre Hufe ansehen ...

Gerade als er dachte, dass er wirklich und endlich gehen müsste, näherten sich zornige Stimmen von der Stelle, wo Tormons Sefrianer angebunden standen.

»Bist du wahnsinnig? Du wirst nicht mit den Rotten fortreiten!« Das war Tormons Stimme.

»Was glaubst du, wem du hier Befehle erteilst?« Die andere Stimme gehörte der Dame Seriema. »Die Sache ist wichtig«, sagte sie. »Ich mache keinen Ausflug zu meinem Vergnügen, weißt du. Cetain hat mich gebeten, zu den anderen Häuptlingen mitzukommen, weil er glaubt, dass nur der Bericht eines Augenzeugen sie dazu bringen wird, sich mit uns zu verbünden.«

Scall riss die Augen auf. Sie hatte vor, mit den Rotten fortzureiten?

Lieber du als ich, meine Dame. Du musst den Verstand verloren haben.

Tormon war offenbar ebenso wenig beeindruckt. »Wenn du überhaupt so weit kommst, dass du mit ihnen reden kannst«, höhnte er. »Lass dich von dem guten Empfang in dieser Sippe nicht täuschen, Seriema. Das sind keine anständigen Leute, sondern rücksichtslose Gesellen. Ihr Leben ist hart, und sie kommen nur mit Räuberei und Mord über die Runden. Wenn Häuptling Arcan mir nicht einen oder zwei Gefallen schuldete, wäre dein Schicksal die Schändung gewesen, und außerdem die Sklaverei oder der Tod, je nachdem ob sie Essen für dich hätten erübrigen können.«

Scall hörte Seriema keuchen. Tormon musste es wirklich verzweifelt ernst sein, wenn er vor ihr etwas so Grausames aussprach. Nach Scalls Meinung hatte sie außergewöhnliche Tapferkeit bewiesen, nachdem sie dieser irrsinnige Rohling überfallen hatte, und das war gerade mal so lange her, dass in ihrem Gesicht noch gelbe Flecken davon zu sehen waren, und ein ständiger Schatten in ihrem Blick, das stumme Zeugnis der Erinnerung an Qual und Angst, die sie noch immer verfolgte. Jetzt würde sie doch sicher in ihrer Entschlossenheit schwanken?

Von seinem verborgenen Platz aus hörte er sie einen tiefen, beruhigenden Atemzug tun. »Ich habe keine Angst«, erwiderte sie fest. »Wir werden in Begleitung von ausgewählten Kriegern sein, und wir werden unter der Flagge der Waffenruhe reiten. Cetain wird dafür sorgen, dass mir nichts geschieht.«

Tormon schlug eine Hand über die Augen. »Myrial, gib mir Kraft!«, murmelte er. »Es steht auf Messers Schneide, ob er sich selbst schützen kann. Was denkt sich der junge Spund? Ich werde sofort ein Wörtchen mit ihm reden.«

»Du wirst dich um deine eigenen Angelegenheiten kümmern.« Die Worte kamen wie ein Peitschenhieb, in dem Ton eines Menschen, der zum Befehlen geboren wurde. Scall war äußerst glücklich, dass sie noch nie mit *ihm* so gesprochen hatte. »Es geht dich nicht das Geringste an«, fuhr Seriema fort. »Ich habe mich ausführlich mit Cetain beraten, wir sind zu einem Entschluss gekommen, und ich setze dich nur aus Höflichkeit in Kenntnis. Ich bitte dich keineswegs um Erlaubnis.«

»Dann glaub ja nicht, dass du *mein* Pferd reitest.« Das klang so sehr nach einer Kapitulation, dass Scall erstaunt den Mund aufriss. Jemand, der Tormon unterkriegte? Scall hatte in den vergangenen Tagen eine so tiefe Ehrerbietung für den Händler entwickelt, dass er nie auf den Gedanken gekommen wäre, dass ihm jemand die Stirn bieten könnte.

»Cetain wird mir ein Pferd leihen«, sagte Seriema mit großer Würde. »Wir haben auch darüber schon gesprochen.«

»In diesem Fall bleibt mir nur noch, dir Glück zu wünschen«, entgegnete Tormon steif. »Offen gesagt, meine Dame, wirst du es nötig haben. Aber eines lass dir gesagt sein. Als du in Tiarond angegriffen wurdest, hattest du das Glück, dass ich gerade dort war und dir helfen konnte. Wenn du diesmal in Schwierigkeiten gerätst, bist du auf dich allein gestellt. Ich muss an meine Tochter denken und habe nicht die Absicht, sie zur Waise zu machen, nur weil eine alberne Frau sich freiwillig in Gefahr begeben hat.«

Es gab ein scharfes Einatmen. »Albern, ja? Nun, was du eine Torheit nennst, würden einige andere als Mut bezeichnen. Ich bin sicher, Cetain und ich können sehr gut ohne deine Hilfe auskommen – und Wagnis oder nicht Wagnis, wir versuchen wenigstens etwas Sinnvolles zu unternehmen, anstatt sich hinter Mauern zu verkriechen wie ein Feigling.«

Scall hörte Seriemas Schritte sich entfernen und dann die Steintreppe hinaufgehen, die in den Hauptteil der Festung führte. Er hielt den Atem an. Er wollte nicht jetzt von Tormon entdeckt werden. Es blieb längere Zeit still, dann fing der Händler zu fluchen an, leise und bösartig und ohne dass die Pferde von seiner Wut etwas zu spüren bekamen. In einem sanften, stetigen Strom von Schimpfworten machte er sich Luft und wiederholte sich dabei kein einziges Mal. Scalls Augen wurden immer größer. Dass Tormon solche Worte kannte! Er selbst kannte nicht einmal die Hälfte davon.

Schließlich gingen dem Händler die Flüche aus, und ohne einen Blick zurück verließ er den Stall. Mit einem Seufzer der Erleichterung trat Scall aus seinem Versteck. Was konnte er jetzt tun? Es wäre sicher das Beste, ihm für die nächsten Stunden nicht in den Weg zu laufen. Plötzlich kam ihm die Antwort. Er würde die rätselhaften Gegenstände holen gehen, die er unter der Stadt gefunden hatte, und sie den Überbringern zeigen, wie Tormon vorgeschlagen hatte. Im Augenblick kamen ihm die Gestalten mit den finsteren Schädelmasken viel weniger beängstigend vor als Tormon in seiner gegenwärtigen Stimmung.

Niemand beachtete Scall, wie er die Treppe hinauf und durch die zugigen Gänge lief, um die beiden Dinge aus seinem Bündel zu holen. Die Rotten waren viel zu sehr damit beschäftigt, sich in der Festung auf eine Belagerung einzurichten, um auf einen einzelnen Kerl zu achten. Nichtsdestotrotz legte Scall eine berechnend zielbewusste Art an den Tag, die er sich als Lehrling angeeignet hatte. Wenn man den Anschein erweckte, als wäre man auf einem Botengang, ließen die Leute einen in Ruhe. Wenn man umherschlich oder schlenderte oder träumte, fielen ihnen unweigerlich eine Menge Aufgaben ein, die gewöhnlich unangenehm, meistens beschwerlich und unbedingt vor dem Abendessen zu erledigen waren.

Scall teilte sein Quartier mit Presvel und einer Reihe von Arcans jungen, unverheirateten Männern, während Tormon und Annas anderswo eine eigene winzige Kammer zugestanden worden war. Vor dem Schlafraum angekommen, öffnete er die Tür nur einen Spalt weit und linste vorsichtig um die Ecke. Er wollte Presvel, der lauernd vor sich hin murmelte und sich immer seltsamer benahm, nicht begegnen. Presvel hatte ihm klar zu verstehen gegeben, dass er ihm lieber nicht in die Quere kommen sollte.

Zum Glück war der Raum leer, und Scall schlüpfte erleichtert hinein. Die Fundstücke hatte er ganz unten in sein Bündel gestopft. Myrial allein wusste, warum er sie so weit geschleppt hatte. Soweit er sehen konnte, waren sie zu nichts nutze. Aber sie erinnerten ihn an sein Abenteuer unter der Stadt, auf das er, nachdem es einmal sicher überstanden war, mit Stolz zurückblickte. Die Gegenstände waren ungewöhnlich fesselnd, er hatte sie selbst entdeckt und besaß außerdem so wenig, was er sein eigen nennen konnte, dass er nicht bereit war, sie wieder herzugeben.

Zur Sicherheit hatte er sie in sein altes zerrissenes Hemd eingewickelt, das er durch wärmere Soldatenkleidung aus dem Wachhaus vor Tiarond ersetzt hatte und seitdem nicht mehr trug. Er hockte sich hin und holte das unordentliche Päckchen heraus, wickelte es aus und betrachtete aufs Neue die beiden Schätze, von denen das eine wie ein dünner runder Silberspiegel aussah und das andere eine silberne Kugel von der Größe einer Walnuss war. Aber wie er zufällig entdeckt hatte, steckte eine Menge mehr in ihnen, als auf den ersten Blick zu erkennen war.

Tormon hatte Recht. Sie übersteigen meinen Verstand. Sollen die Überbringer entscheiden, was damit zu tun ist.

Leider ergaben sich daraus zwei Schwierigkeiten. Er brauchte einige Zeit, um seinen Mut zusammenzuraffen und die Überbringer aufzusuchen. Wenn er an die schwarzen Roben und die Totenmasken dachte, überlief es ihn kalt. Als er sich dann endlich aufgemacht hatte, waren sie nirgends zu finden. Er durchsuchte die Festung von oben bis unten – ausgenommen die Räume des Häuptlings, und er war nicht geneigt, ohne Tormons Schutz *dort* hineinzugehen. Andererseits schien der wachhabende junge Krieger vor Arcans Tür gerade freundlich aufgelegt zu sein. »Du bist bestimmt einer der Wanderer aus der Stadt», sagte er und musterte Scall von oben bis unten mit stechenden blauen Augen.

Scall nickte. »Das stimmt«, antwortete er vorsichtig. »Ich bin Scall.«

Der junge Wächter, der wie so viele dieser Rotten geflochtenes, rotblondes Haar hatte, streckte ihm eine schwielige Hand entgegen. »Ich bin Riol.« Er neigte sich dicht an Scall heran. »Sag mal, ist es wahr, was sie da von diesen Scheusalen mit großen Flügeln erzählen? Haben die wirklich alle Tiarondianer abgeschlachtet?«

»Also, wenn sie sie nicht alle umgebracht haben, dann haben sie's zumindest gründlich versucht.« Scall gab sich Mühe, lässig zu klingen.

Die arglosen blauen Augen wurden größer. »Und hast du sie gesehen?«

Scall dachte daran, wie sich die finsteren Gestalten mit ausgebreiteten Schwingen von Seriemas Dach fallen ließen, wie der eine scheußliche Dämon in einem Regen von Glassplittern zum Fenster hereinbrach, seine roten Augen leuchteten mordgierig in dem hageren, grauen Gesicht, das lippenlose Maul zeigte klaffend die blutigen Fänge, zwischen denen noch die Fleischfetzen irgendeines Namenlosen hingen. Er dachte an den fauligen Gestank, der von ihnen ausging, und mit welcher unnatürlichen Schnelligkeit sie sich auf ihre Opfer stürzten. Ein Schauder überkam ihn, und kalter Schweiß trat ihm auf die Stirn. »O ja«, flüsterte er. »Ich habe sie gesehen – und ich bete, dass du sie niemals zu sehen brauchst.«

Aber Riol wirkte unbeeindruckt, ja, er schien kaum zugehört zu haben. Er war mit seinen Gedanken woanders. »Mann«, sagte er träumerisch, »kannst du dir das vorstellen? Diese viele Beute – liegt alles herrenlos herum. Eine ganze Stadt voller Zaster …«

In Scall loderte Wut auf. »Bist du verrückt?«, schrie er. »Du hast überhaupt keine Ahnung, womit du es zu tun hast. Diese Ungeheuer haben die ganze Stadt niedergemetzelt!«

Riol zuckte die Achseln. »Ach, Stadtleute. Die sind verweichlicht. Lass die Viecher gegen richtige Krieger antreten, und wir machen ihnen Beine. Dann gehört Tiarond uns, wird unsere Festung, mit allem Reichtum und allen Minen. Arcans Sippe könnte über ganz Callisiora herrschen …«

Scall starrte ihn fassungslos an. So redeten die Rotten also untereinander? Dachten sie alle so? Also, wenn diese Blödiane irgendeinen verrückten Plan ausheckten, auf Tiarond zu marschieren, dann würde er sich da raushalten.

Eines ist mal sicher: Ich werde auf keinen Fall mit ihnen gehen.

Doch Riol schien ein aufrichtiger Mensch zu sein, und Scall hatte es gefallen, mit jemandem zu reden, der ungefähr in seinem Alter war – auch wenn dessen Hirn die Größe einer Erbse hatte. Es wäre schön, unter den Kriegern einen Freund zu haben. Scall beschloss, die Sache nicht weiter zu verfolgen – für den Moment. Vielleicht würde Riol, wenn sie sich erst einmal besser kannten, vernünftigem Denken zugänglicher werden. Aber zunächst, so fiel ihm ein, hatte er noch anderes zu tun. »Riol?«

»Hm?« Der Wächter war offensichtlich in einen Tagtraum versunken – wahrscheinlich plündert er schon die Stadt, dachte Scall empört. Die Vorstellung, wie dieser junge Mann frisch und munter davonmarschierte, seinem sicheren Tod entgegen, machte ihn auch sehr traurig.

Aber wenn der Häuptling das wirklich plant, wird Tormon es ihm doch sicher ausreden können? Vorausgesetzt natürlich, dass er es Tormon überhaupt anvertraut.

»Riol?«, sprach er ihn wieder an. »Kannst du mir sagen, wo ich die Überbringer finde?«

»*Was?*« Nun hatte er die Aufmerksamkeit des Kriegers. »Was in aller Welt willst du denn von *denen*?«

»Ich muss nur über etwas mit ihnen reden. Sind sie bei Arcan drin?«

»Arcan ist nicht hier. Er ist unten und verabschiedet Cetain und seine Männer. Sie reiten jetzt hinaus, um die anderen Sippen zu warnen.« Er spuckte auf den Boden. »Ich würde die Bastarde nicht warnen. Sollen sie doch selbst sehen, wo sie bleiben, sage ich.«

Gütiger Myrial! Wenn das die vorherrschende Haltung der Rotten ist, dann kommen wir niemals heil aus der Sache raus!

»Und die Überbringer?«, erinnerte er seinen neuen Freund.

Riol schüttelte den Kopf. »Ich weiß nicht, was du von diesen verfluchten Spukgestalten willst«, sagte er. »Die sind doch unnatürlich mit ihren Totenkopfgesichtern und diesen unheimlichen Kräften. Ich freue mich nicht darauf, demnächst die Festung mit ihnen zu teilen, das ist mal sicher. Wenn es nach mir ginge, würde ich mein Schwert nehmen und ...«

»Du meinst, sie wohnen gar nicht hier?«

»Nee«, antwortete Riol verächtlich. »Wir wollen nicht, dass sie beim anständen Volk leben. Sie haben einen Turm für sich allein, unten am See.«

»Meinst du, da sind sie jetzt?«

»Das nehme ich an.« Der Wächter zuckte die Achseln. »Sie werden ihr Zeug zusammenpacken, um es hierher zu schaffen, wie jeder andere auch. Aber du willst doch nicht etwa dahin, Scall. Das ist ein schlimmer Ort, nach allem, was man hört. Es heißt, sie essen ...«

»Ja, ja«, unterbrach Scall hastig. »War nett, mit dir zu plaudern, Riol. Vielleicht sehen wir uns später.« Damit machte er, dass er fort kam.

Als er die Festung verließ, stellte er fest, dass die Wolken, die schon am Morgen den Horizont verdunkelt hatten, sich weiter über den Himmel ausbreiteten und die Landschaft in ein düsteres Licht hüllten. Ein kalter, gemeiner Wind trieb den Regen über die Heide, und die Rotten beeilten sich, ihre Arbeiten zu beenden, zogen sich die Kapuzen tief ins Gesicht und fluchten, wenn unter ihnen die Pfützen spritzten. Im Tor blieb Scall zögernd stehen. Er drückte sich an die Seite, um Arcans Leuten, die immerzu hinaus und hineinstürmten, nicht im Weg zu sein. Er hätte leicht das schlechte Wetter als Entschuldigung benutzen können, um den Besuch aufzuschieben, aber er wusste, dass wenn er jetzt nicht ginge, er nie wieder den Mut dazu aufbrächte.

Obwohl er Riols abergläubischem Gerede keinen großen Wert beimaß, spürte er sein Herz doch schneller schlagen, als er sich dem Turm am Ufer des düsteren Sees näherte. Wer würde an einem so gottverlassenen Ort leben wollen, wenn er nicht Ungutes im Schilde führte? Der Platz lag sehr einsam. Wer hier um Hilfe rief, würde von keiner Menschenseele gehört werden. Mit den Überbringern in der Festung zu sprechen, wo so viel Volk umherlief, das eingreifen konnte, wenn die Dinge zu bedrohlich wurden, war eine Sache. Aber allein an sie heranzutreten, auf ihrem eigenen Terrain, das war fast zu viel für Scalls schwankenden Mut. Auf einmal begann er sich zu fragen, ob es wirklich ein so guter Einfall war, ihnen die wunderlichen Gegenstände zu zeigen. Je näher er dem Turme kam, desto langsamer wurden seine Schritte, stellte er fest, und schließlich, im Schatten seiner Mauer, blieb er ganz stehen. Er brachte es nicht über sich weiterzugehen.

So zauderte er vor der Tür und versuchte mühsam den Mut aufzubringen, um die Hand zu heben und an die Tür zu pochen, während ihm der Regen von der Kapuze auf das unordentliche Bündel tropfte, das seine Funde schützte und verbarg. Er hätte noch den ganzen Tag so dagestanden, wäre nicht von drinnen eine plötzliche Aufregung gekommen. Es gab einen langen, tiefen Klagelaut, begleitet von einer weiblichen Stimme, die schrille Flüche ausstieß. »Raus mit dir, du abscheuliches Ungeheuer! Raus, raus, du verdammtes Scheusal!«

Scall gefror das Blut in den Adern. Hatten die Überbringer einen furchtbaren Dämon beschworen? Was tat er der Frau da drinnen nur an? Er wusste, er sollte ihr zu Hilfe eilen, aber er war vor Schrecken wie angewurzelt. Plötzlich flog die Tür auf, und ein riesiger Unmensch mit weißem Gesicht und Hörnern und voller Haar tauchte drohend aus der Dunkelheit auf. Scall stieß einen Schrei aus. Gespaltene Hufe klapperten über die Türschwelle, dann stürzte das Ungeheuer an ihm vorbei, schnaubte ihm seinen heißen Brodem ins Gesicht und stieß ihn zu Boden, wo er zappelnd und sich windend im Morast landete.

»Blöde Kuh!«, schrie die Frau aus dem Turm. »Die wäre ich los! Beim nächsten Mal, wenn ich dich in meinem Vorratsraum finde, gibt's Steak zum Abendessen!«

Eine Kuh. Ach, lieber Myrial, was bin ich für ein Dummkopf. Ich mache mir in die Hosen wegen einer gewöhnlichen Kuh.

Scall wand sich innerlich vor Verlegenheit und fand gerade wieder auf die Beine, als die Besitzerin jener Stimme einen Besen schwingend in der Tür erschien. Langsam ließ sie die Waffe sinken und starrte ihn verblüfft an. Die Frau war jung und hübsch, und ihr Mieder war ein gut Teil tiefer ausgeschnitten, als es in Tiarond üblich war. Scall spürte, wie er rot wurde. Plötzlich konnte er, was ihn zutiefst beschämte, den Blick nicht mehr abwenden. Von seiner Verlegenheit augenscheinlich nichts ahnend – oder sie war diese Art Wirkung auf Männer gewöhnt, wie Scall dachte –, reichte sie ihm die Hand und half ihm aufzustehen. Die Hände in die Hüften gestemmt, sah sie spöttisch zu, wie er sich an seinem in Auflösung befindlichen Bündel festhielt und gleichzeitig versuchte, sich den Staub aus der Hose zu klopfen. »Wer zum Henker bist du denn?«, verlangte sie zu wissen.

»Ich – ich bin Scall.« Angestrengt heftete er den Blick auf ihr Gesicht. Wäre da nicht weiter unten die Ablenkung gewesen, so hätte sich dessen Betrachtung sehr wohl gelohnt. Er setzte mit der Stimme tiefer an, um männlicher zu klingen. »Wir – das heißt, meine Gefährten und ich – sind Gäste von Häuptling Arcan. Wir sind gestern von Tiarond gekommen. Ich möchte mit den Überbringern sprechen.«

Ihre Augenbrauen gingen in die Höhe. »Du *möchtest* mit ihnen sprechen? Das ist ja mal was Neues! Dann komm mit herauf. Folge mir.« Sie drehte sich um und ging hüftschwingend in den Turm. Als sie so vor Scall die Treppe hinaufstieg, stellte er fest, dass der Anblick von hinten fast so gut war wie von vorne.

Der Turm war, wenngleich kleiner und mit einem anderen Grundriss, ähnlich angelegt wie Arcans Festung. Zu ebener Erde waren die Tiere untergebracht, auf dem nächsten Stockwerk befanden sich die Vorratsräume, und dann führte eine eng gedrehte Wendeltreppe weiter hinauf zu den Stockwerken mit den Wohnräumen. Unterdessen redete die Frau ununterbrochen. »Diese verdammte Kuh! Es tut mir Leid, dass sie dich umgestoßen hat. Aber leider sind die Überbringer in sie vernarrt. Sie haben sie dermaßen mit Leckerbissen verzogen, dass sie nicht mehr mit den anderen in die Heide hinaus will, sondern sich den ganzen Tag lang im Turm herumtreibt und anderen zur Plage wird. Als sie noch ein Kalb war, fand Kalt es sehr lustig, ihr das Treppensteigen beizubringen. Jetzt ist es ein Albtraum, sie wieder hinunterzuscheuchen. Sie hat heute Morgen meinen Vorratsraum übel zugerichtet, ausgerechnet heute, wo ich nicht die Zeit habe, mich auch nur umzudrehen. Das ist eine Kuh, sage ich ihnen immer wieder, aber sie ...« Mitten im Satz brach sie ab und schrie die Treppe hinauf: »Überbringer Grimm! Überbringer Kalt! Hier ist Besuch für euch.«

Scall wunderte sich, warum sie ihn schreiend ankündigte, anstatt ihn beim Eintreten vorzustellen. Das kam ihm sehr grob vor. Dann begriff er plötzlich, dass sie die Überbringer warnte, damit sie rechtzeitig ihre Masken aufsetzen konnten – und in dem Augenblick verwandelten sich für ihn die geisterhaften Gestalten, die ihn noch gestern so geängstigt hatten, in gewöhnliche Menschen.

Aber natürlich, sie können die Masken ja nicht ständig tragen. Es wäre fürchterlich unbequem. Komisch, ich habe mir überhaupt nicht vorstellen können, dass sie ein richtiges Zuhause haben und ihre Lieblingskuh verwöhnen und all so was.

Am Ende der Treppe gab es eine schwere Tür. Die Frau klopfte flüchtig und ging sofort hinein. Scall folgte ihr – und hielt verblüfft inne. Das Zimmer war warm, heiter und behaglich, ein unerwarteter Gegensatz zur äußeren Erscheinung des Turms. Er bestaunte die dicken, bunten Wandteppiche, die Schaffelle, mit denen die tiefen Sessel vor dem lodernden Kaminfeuer ausgepolstert waren, den warmen Glanz der Wandborde und Truhen und das anheimelnde Durcheinander von Büchern und Teetassen auf dem Tisch.

Also, wer hätte das gedacht?

Eine Gestalt im schwarzen Umhang kniete in einer Ecke vor den niedrigsten Borden, ordnete die Bücher und packte sie in eine Holzkiste. Sie richtete sich auf und drehte sich nach dem Besucher um, der durch die glatte, bleiche Knochenmaske nur die Augen schimmern sah.

Kalt blickte von Izobia zu dem Besucher und fragte sich, warum er zu ihm kam. Besuche waren hier äußerst rar.

Das ist sicher der Junge, der gestern mit Tormon angekommen ist. Was kann er hier wollen?

Erstaunlicherweise sah der Bursche nicht besonders ängstlich aus. An die ständige Angst und Abscheu seiner Umgebung gewöhnt – was die Überbringer zu ihrem eigenen Schutz förderten –, empfand er diesen Mut als erfrischend, wenngleich ein wenig beunruhigend. Er lächelte hinter seiner Maske. »Du bist Scall, nicht wahr?«

»Er hat gesagt, er will mit dir über etwas sprechen.« Izobia hatte offenbar bemerkt, dass sie niemand mehr beachtete.

Kalt seufzte. »Danke, Izobia. Ich will dich nicht aufhalten. Sicher hast du heute eine Menge zu tun.«

»Allerdings habe ich das. Muss das Durcheinander aufräumen, das deine verdammte Kuh in meiner Vorratskammer angerichtet hat – wieder einmal. Gerade wenn man so beschäftigt ist. Du denkst mehr an das Tier als an mich. Ich weiß nicht, warum du ihr nicht einfach mein Zimmer gibst und mich draußen zum Vieh auf die Heide stellst.«

»Izobia kann besser schmollen als jeder andere«, sagte Kalt. »Das werde ich mir jetzt wochenlang anhören müssen. Komm, setz dich ans Feuer, Scall, und erzähle mir, was ich für dich tun kann.« Während sie sich dort niederließen, überlegte der Überbringer, dass er wenig tat, um in seinem Besucher Furcht zu wecken. Er war froh, dass sein Lehrer oben ihre Habe zusammenpackte. Grimm rügte ihn stets dafür, dass er so umgänglich war. Zwar sah er die Notwendigkeit ein, eine gewisse Ehrfurcht im einfachen Volk zu fördern, aber es lag nun einmal nicht in seinem Wesen, den Leuten so viel Angst zu machen.

Als sie es sich bequem gemacht hatten, hörte er mit wachsender Verwunderung zu, während der Junge von den Wunderdingen berichtete, die unter der Stadt Tiarond lagen.

Wie gern würde ich diese Höhle mit eigenen Augen sehen! Es ist unglaublich, dass sie seit Jahrhunderten dort liegt, verborgen und unentdeckt, und nicht einmal den Überbringern bekannt ist. Welche Schätze müssen dort versteckt sein!

Kalt beugte sich vor, als Scall sein schmutziges Päckchen auspackte und zwei seltsame Gegenstände herausholte: eine kleine Silberkugel von der Größe einer Walnuss und eine runde Scheibe von einem Fuß Durchmesser mit einem schmalen Goldrand. Nach einem Erlaubnis heischenden Blick nahm er die Scheibe behutsam in die Hand, und sogleich verdunkelte sich die Oberfläche, bis sie schwarz war. Helle grüne Linien erschienen darauf und formten ein Muster, das sich langsam vom einen Rand zum anderen bewegte. Kalt betrachtete die Reihe der Zeichen, die in Gruppen unterschiedlicher Länge angeordnet waren.

Das ist eine Schrift – das muss eine sein! Wenn Grimm das sieht!

»Äh ... Herr?« Jetzt erst bemerkte der Überbringer, wie lange er die fremden Zeichen angestarrt hatte. Maßlos verwundert blickte er auf, um zu sehen, dass der Junge ihm den anderen Gegenstand hinhielt und dabei an dem Einschlagtuch nestelte, als wollte er mit der Kugel lieber nicht in Berührung kommen. »Ich meine, die solltest du dir auch ansehen«, sagte er. »Sie ist noch erstaunlicher als das andere

Ding. Sie fängt an zu wirken, sobald du sie in die Hand nimmst, genau wie das Spiegelding.«

Kalt nahm sie in die geöffnete Hand, wie Scall ihm geraten hatte, und stieß hörbar die Luft aus, als sich darüber ein Bild zu drehen begann: eine Kugel, die so greifbar wirkte wie ein Kinderball, mit grünen, blauen, braunen und goldenen Flecken in einem Netz leuchtend blau-weißer Linien. Vorsichtig streckte er die Hand danach aus – und seine Finger griffen hindurch. So fest sie aussah, so körperlos war sie, wie die Luft, die sie atmeten.

Vor Aufregung zitterten ihm so stark die Hände, dass die Quelle dieser übernatürlichen Erscheinung ihm zu entgleiten drohte. Er schloss erschrocken die Hand darüber, und als er sie wieder öffnete, hatte sich das Bild geändert. Wo die bunte Kugel in der Luft geschwebt war, sah er nun etwas anderes. Wie es schien, blickte er auf wildes Heideland und in der Mitte erkannte er ganz klar den See, in dem er beinahe das Leben verloren hätte, und den Turm, in dem er jetzt saß. Auf dem nahen Hügel stand Arcans klotzige Festung, in der Talsohle sah er die Grasdächer der Rottenbehausungen und Menschen so klein wie Ameisen, die hin und her liefen.

Ihn packte eine Furcht, als sei er noch einmal in den eisigen See gesunken. Wie um der Erinnerung zu entgehen, schloss er die Faust. Das Bild verschwand, aber seine Neugier gewann die Oberhand. Er öffnete erneut die Faust, und aus der Luft entsprang ein Bild mit der von Flüssen umgebenen Stadt Tiarond in ihrem Gebirgshorst und mit dem großen Wasserfall, der von der Ebene hinabstürzte. Auf die gleiche Weise sah er eine Reihe von Landschaften mit glänzenden Seen und Flüssen, schneebedeckten Gebirgen von unvorstellbarer Größe, Inselgruppen in lapislazuliblauem Wasser, dichte Wälder, die sich bis zum Horizont erstreckten, eine Siedlung mit ungewöhnlichen Häusern am Ufer eines Sees.

Kalt, dessen Herz vor Erregung schneller schlug, fragte

sich, wo diese Landschaften liegen mochten. Die Bilder von Tiarond und dem Hochmoor der Rotten hatten der Wirklichkeit entsprochen, und angesichts der Menschen, die vor Arcans Festung geschäftig hin und her gelaufen waren, und der überschwemmten Ebene vor Tiarond hatte er soeben Ereignisse und Umstände der Gegenwart gesehen. Daher gab es keinen Grund anzunehmen, dass die anderen Orte nicht ebenso wirklich waren. Aber er war auch einige Male mit Grimm gereist, der früher jeden Zoll des Reiches erwandert und seine Entdeckungen in einem Tagebuch beschrieben und mit kleinen Zeichnungen dargestellt hatte. Daher wusste Kalt sehr gut, dass die unbekannten Landschaften keinesfalls in Callisiora lagen. Was nur eine Schlussfolgerung übrig ließ …

Es muss hinter der Schleierwand noch andere Reiche geben! Das habe ich schon immer vermutet! Noch dazu habe ich das Gefühl, dass Grimm es längst weiß, einfach durch die Art, wie sorgfältig er vermeidet, dass wir auf die Schleierwand zu sprechen kommen. Er steckt voller Geheimnisse, soviel ist sicher, und es wird höchste Zeit, dass er anfängt, mich einzuweihen. Ach, wenn wir doch nur etwas fänden, womit wir diese Schranke durchbrechen könnten, die Möglichkeiten wären überwältigend …

Dann richtete er seine Gedanken wieder auf die Silberkugel. Wer hatte solch ein Gerät geschaffen? Wie war es unter die Stadt gelangt, und was mochte es in Scalls Höhle noch alles geben? Wenn die Bilder wirklich die Gegenwart zeigten, dann könnte man die Kugel vielleicht dazu gebrauchen, über Cetains Reise zu wachen, für den Fall, dass es zu einem Verrat von seiten der anderen Stämme käme. Ebenso könnte man die Rotten warnen, wenn diese Raubvögel oder eine andere Gefahr sich näherte.

Kalt sah seinen Besucher an. »Scall, glaubst du, es gab noch mehr solcher Dinge in der Höhle, die du entdeckt hast?«

»Schon möglich«, antwortete der Junge vorsichtig. »Ich habe sonst nichts herumliegen sehen, was klein genug war, um es mitzunehmen, aber die Höhle war so groß, dass ich nur ein kleines Stück davon erkunden konnte...« Er biss sich auf die Lippe. »Du denkst doch nicht daran, dorthin zu gehen, oder?«

Kalt verspürte Mitleid mit ihm. Scall hatte offenbar Angst, dass man ihn bat, als Führer zu der Höhle zurückzukehren. »Keine Sorge«, antwortete Kalt freundlich. »Wir werden vielleicht dorthin gehen, aber ich bin sicher, wir finden sie allein, wenn du uns den Weg genau schilderst. Ich tadle dich nicht, wenn du nicht noch einmal in die Höhle möchtest, Scall. Du hast fürs Erste deine Pflicht getan und verdienst es, in sicherer Obhut zu bleiben – so lange wie möglich. Wir schulden dir Dank, weil du uns deine kostbaren Funde gebracht hast.« Seine Stimme überschlug sich vor Aufregung und er sprang auf. »Grimm muss es sofort erfahren. Wenn wir herausfinden, wie man die Dinge richtig gebraucht, dann hast du eine außerordentlich mächtige Waffe in unsere Hände gelegt.«

Er ließ seinen Besucher am Feuer sitzen und eilte die Treppe hinauf zum obersten Stockwerk, wo das Arbeitszimmer seines Lehrers lag.

Kapitel 6

Spurlos verschwunden

Gilarra merkte erst, wie viel Zeit vergangen war, als die Heilerin Kaita von Cerellas Bettkante aufstand. »Wir haben die Blutung endlich zum Stillstand gebracht. Nun liegt es bei ihr«, sagte sie und wischte sich mit der blutbespritzten Hand über die Stirn, sodass sie einen rotbraunen Fleck hinterließ.

Ein wenig abseits von der Geschäftigkeit um das Krankenbett hatte sich Galveron besorgt herumgedrückt und geholfen, wo er konnte, indem er der Heilerin das Notwendige anreichte. Nun trat er lächelnd auf sie zu. »Gut gemacht, Kaita. Kein anderer hätte sie durchgebracht. Sie verdankt dir das Leben.«

»Sofern sie es behält«, erwidereт Gilarra scharf. »Und was ist mit dem Säugling? Im Grunde zählt nur das Mädchen. Sie wird schließlich der nächste Hierarch werden.«

Mit vorwurfsvoller Miene drehten sie sich zu ihr um. Galverons Lächeln war verschwunden, und Kaitas Blick war kalt. Das gab Gilarra einen ärgerlichen Stich. »Ihr braucht mich nicht so anzusehen! Warum können die Leute nicht begreifen, dass ich mich als Hierarchin um diese Dinge kümmern muss?«

Kaita holte tief Luft. »Dann wollen wir mal nachsehen, wie es der Kleinen geht«, sagte sie.

Während sie den Raum durchquerten, fasste Galveron

Gilarra am Arm und zog sie beiseite. »Deine Herrschaft, meine Dame, zeigte mehr Wirkung, wenn du es lernen würdest, ein verdientes Lob auszusprechen.« Die Worte grenzten an eine Zurechtweisung. »Wir alle schulden Heilerin Kaita großen Dank. Seit wir hier Zuflucht gefunden haben, hat sie unermüdlich für uns gearbeitet. Und obwohl ihre engste Freundin und Gefährtin das erste Opfer dieser Ungeheuer geworden ist und sie tief um sie trauert, hat sie die eigenen Belange zurückgestellt, um den Menschen von Tiarond zu helfen. Wäre sie nicht gewesen, hätten wir jetzt viel mehr Tote zu beklagen. Und was ist mit ihren Helfern? Ein gelegentliches Dankeswort von dir wäre ihnen eine große Ermutigung.«

Zuerst tritt er für diese schmutzige kleine Diebin ein, und jetzt unterstützt er die Heilerin! Bin ich denn hier die Einzige, die er nicht verteidigt?

Zornesröte brannte ihr im Gesicht. »Die Leute haben ebenso wie ich ihre Pflicht zu tun«, fauchte sie. »Ich habe nicht die Zeit, um hinter ihnen her zu laufen und ihnen zu schmeicheln.«

»Höre …«, setzte Galveron an, aber er wurde von Kaita unterbrochen. »Dem Kind geht es besser«, befand sie. »Frana hat eine Amme für sie gefunden, die Frau, die kurz nach unserer Flucht in den Tempel entbunden hat.«

Gilarra zog die Brauen hoch. »Ironie des Schicksals, nicht wahr? Der zukünftige Hierarch und der nächste Suffragan saugen an derselben Brust. Hoffen wir, dass die Mutter nicht merkt, dass der fremde Säugling eines Tages über ihrem stehen wird. Obwohl ich sie nicht gerne täusche, bleibt besser unerwähnt, dass ihr Pflegekind vor dem eigenen geboren wurde.«

Kaita schüttelte den Kopf. »Weißt du, es gibt noch andere Dinge im Leben, als Hierarch zu sein. Du tätest gut daran, das hin und wieder zu bedenken.« Sie wandte sich ab und kehrte an die Seite der Kranken zurück, aber ihre Worte, so ärgerlich sie waren, hatten Gilarra an Galverons Auftrag erinnert. Sie fasste seinen Arm. »Galveron! Der Ring! Hast du ihn gefunden?«

Er nickte. »Wir wollen irgendwohin gehen, wo wir allein sind«, bat er leise.

Gilarra fühlte sich völlig erschöpft. Sie hatte ein schlechtes Gewissen, weil sie für Bevron und Aukil so wenig Zeit hatte, und sie wusste, dass sie den beiden fehlte. Außerdem war ihr bange, weil Galveron von der Art, wie sie mit diesen unliebsamen Dieben umgegangen war, bestimmt nicht angetan sein würde. Sie hatte die ganze Nacht nicht geschlafen und den Tag über noch nichts gegessen, vor lauter Sorge um den abwesenden Hauptmann und den verloren gegangenen Ring, und ihre Hierarchenrobe, die sie als Zeichen ihrer Macht ständig trug, war inzwischen verknautscht, fleckig und mit Cerellas Blut bespritzt. Obendrein war ihr unangenehm bewusst, dass sie nicht allzu gut roch.

Bei Myrial, was würde ich nicht alles für ein Bad und frische Kleider geben.

Trotzdem sprang ihr das Herz im Leib.

Der Ring! Der Ring ist wieder da! Jetzt kann ich wirklich Hierarchin sein!

Was bedeutete eine Robe, wenn sie bald das höchste Zeichen der Macht in ganz Callisiora besitzen würde?

Galveron nahm eine Lampe und ging voraus durch die hintere Tür des Krankenzimmers in den Gang, der in den Berg führte und den Tempel mit den weiter oben gelegenen Vorratshöhlen verband. Als sie bei dem Platz angekommen waren, wo sie am Vortag miteinander gesprochen hatten, stellte er die Lampe auf einem Sims ab. »Aliana hat Recht gehabt«, sagte er. »Der Ring befand sich just dort, wo sie ihn zu finden gehofft hatte. Sie war sehr tapfer ...«

Aber Gilarra wollte von Aliana nichts hören. »Rasch!«, sagte sie. »Wo hast du ihn? Gib ihn mir!«

Ein Schatten stahl sich auf Galverons Gesicht. »Wie du wünschst.« Er sprach so kalt, dass Gilarra, gerade noch völlig vertieft, bemerkte, wie undankbar sie erscheinen musste. »Ach, Galveron, es tut mir Leid. Ich bin dir dankbar, wirklich. Es ist nur, dass ich um den Ring so besorgt war. Er ist für uns alle wichtig, nicht nur für mich.«

Sein Gesichtsausdruck wurde ein wenig milder. »Ich verstehe – oder wenigstens versuche ich es«, sagte er. »Aber bitte, Gilarra, lass nicht zu, dass deine eigenen Belange dich für die Empfindungen und Nöte anderer blind machen.« Er fing an, in seinen Taschen zu graben. »Vielleicht wirst du, wenn du den Ring hast ...« Seine Stimme erstarb, und seine Miene veränderte sich. Gilarra sah mit an, wie sie innerhalb eines Augenblicks von Beunruhigung in Angst überging, und die Angst wirkte ansteckend. Ihr war mit einem Mal kalt und sie verfolgte angespannt, wie er fieberhaft eine Tasche nach der anderen durchsuchte, ihren Inhalt hervorholte und auf den Sims warf. Ein paar Münzen, eine Zunderschachtel, einen kleinen Wetzstein, einen großen Eisenschlüssel – mehr war nicht vorhanden. Der Blick, den er ihr darauf zuwandte, sprach von blankem Entsetzen. »Ich habe ihn gehabt. Ich schwöre, dass ich ihn hatte! Er steckte hier in dieser Tasche, eingewickelt in ...« Plötzlich entspannte sich sein Gesicht, und er schlug sich an die Stirn. »Natürlich! Wie dumm von mir. Ich habe Aliana den Ring gegeben. Sie sollte ihn dir zurückbringen, während ich nach dem Kind suchen wollte, das wir gehört haben, aber sie wollte nicht ...«

»Warum überrascht mich das nicht?«, murmelte Gilarra säuerlich. Aber er hörte sie nicht.

»Und wie das so ist, wenn viel zusammenkommt, habe ich glatt vergessen, ihn mir wiedergeben zu lassen«, sagte er gerade. »Verzeih bitte, Gilarra. Ich habe dir bestimmt einen gehörigen Schreck eingejagt.«

»Du ahnst nicht wie gehörig«, murmelte sie. »Komm«,

sagte sie, noch begieriger darauf, den Ring endlich in die Hand zu bekommen. »Schnell! Lass uns gehen und dieses schreckliche Mädchen suchen, bevor –«

»Bevor was?« Galveron blickte sie auf eine eigentümliche Art an, die ihr zunehmend Unbehagen bereitete.

Ach, sei's drum! Er muss es früher oder später ohnehin erfahren. Und überhaupt, wer ist hier der Herrscher?

Die Hierarchin holte tief Luft. »Bevor sie herausfindet, dass ich ihren Bruder eingesperrt habe.«

Galveron sah sie verblüfft an, dann wurde er zornig – ob auf Alestan oder auf sie, konnte Gilarra nicht erkennen. »Du hast ihn eingesperrt? Warum in Myrials Namen?«

»Er wurde mit gestohlenen Vorräten angetroffen.« Sie wand sich unter diesem freimütigen, blauen Blick und betete, dass er nicht die Lüge hinter ihren Worten aufdeckte. »Er hat es natürlich abgestritten«, fuhr sie rasch fort, »aber die Beweise waren eindeutig.«

»Und was ist mit den anderen geschehen?« Der Hauptmann sprach bedrohlich ruhig.

»Ich habe sie voneinander getrennt und ihnen Arbeiten aufgetragen.« Gilarra merkte, dass sie plapperte, und zwang sich, tief durchzuatmen. »Es schien mir die beste Möglichkeit, um ihnen Schwierigkeiten zu ersparen.«

»Arme Aliana.« Galveron war schon auf dem Weg. »Sie hat es verdient, das aus deinem Mund zu erfahren und nicht durch den Tempeltratsch. Vielleicht war es doch ein Missverständnis«, fügte er hoffnungsvoll hinzu. »Ich werde die Sache sofort untersuchen, verehrte Dame – gleich nachdem wir dir den Ring übergeben haben.«

Als sie wieder im Krankenzimmer ankamen, war von der Diebin nichts zu sehen, darum fragte Galveron die Heilerin, ob sie sie gesehen habe. »Zu Anfang ist sie hier gewesen«, sagte Kaita, »aber ich habe sie schon eine ganze Weile nicht mehr gesehen. Ich nehme an, sie ist gegangen, um sich etwas zum Frühstück zu holen, Galveron, und ich brauche bestimmt nicht hervorzuheben, dass dir das auch gut tun würde.«

»Sobald wir Aliana gefunden haben, werde ich etwas essen, das verspreche ich«, antwortete er.

Gilarra, inzwischen krank vor Angst, starrte Galveron wütend an. Wie konnte er nur da stehen und mit der Heilerin Nettigkeiten austauschen, als wäre dies ein ganz gewöhnlicher Tag? Sie ging kurzerhand voraus, und in ihrer Hast trat sie fast auf die Leute in ihren abgeteilten Lagern. Ein rascher Blick zum Portal ergab, dass das Mädel nicht bei seinen Freunden in dem ungeschützten Areal war. Ärgerlich und unruhig drehte sie sich nach Galveron um, der ihr langsam folgte. »Wo kann sie denn nur sein?«

»Sie wird wahrscheinlich schon unten in den Höhlen sein und versuchen, ihren Bruder zu sprechen«, sagte er mit einem Anflug von Gereiztheit. »Warum machst du dir unnötig Sorgen? Du weißt, dass sie nicht weit sein kann. Sie wird den Tempel wohl kaum verlassen, nicht wahr?«

Er führte sie zu dem Durchgang im hinteren Teil des Tempels und an der mit Gesteinsschutt verschütteten Treppe vorbei, die auch jetzt noch ständig bewacht wurde. Gilarra knirschte vor Ungeduld mit den Zähnen, als er stehen blieb und kurz ein paar Worte mit dem Dienst tuenden Soldaten wechselte.

Komm weiter, Galveron, um Himmels willen! Lass mich nur den Ring holen, dann ist es mir gleich, wenn du mit jedem herumstehst und klatschst.

Unfähig, noch länger zu warten, ging sie die andere Treppe hinunter, die zu den verzweigten Höhlen unter dem Bauwerk führte. Dort unten herrschte zielstrebige Betriebsamkeit. Leute kochten und wuschen, flickten das wenige Zeug, das man noch besaß, oder arbeiteten die Tempelausstattung für andere Zwecke um. Trotz ihrer Unruhe entging es Gilarra nicht, dass die Stimmung merklich unbeschwerter und fröhlicher war als im Tempel selbst, und sie dachte, dass diese Menschen besser dran waren, weil sie eine sinnvolle Aufgabe hatten, die der ganzen Gemeinschaft nutzte, anstatt herumzusitzen und darüber zu brüten, was sie alles verloren hatten.

»Weißt du«, bemerkte sie zu Galveron, als er zu ihr aufschloss, »da wir anscheinend für längere Zeit hier festsitzen, sollten wir versuchen, die Menschen mit nützlichen Arbeiten zu beschäftigen.«

Er nickte. »Du hast Recht. Vielleicht kann ich ein paar meiner Männer dazu heranziehen, einen Waffenplatz einzurichten, dann könnte jeder, der es wünscht, im Kampf geschult werden.«

Du kannst sie schulen, so viel du willst, sie werden uns dennoch nicht von den geflügelten Ungeheuern befreien können.

Das war Gilarras ständige Sorge. Ganz gleich wie sehr sie sich darum bemühte, sie sah keine Zukunft. Irgendwann würden ihnen die Vorräte ausgehen, dann hätten die Menschen die Wahl, den Tempel zu verlassen, um in Tiaronds Straßen einer nach dem anderen zerrissen zu werden, oder zu bleiben und wie die Ratten in der Falle zu verhungern.

Zunächst aber drängten andere Schwierigkeiten, und sie begann mit Galveron systematisch die Gewölbe und Höhlen unter dem Tempel zu durchsuchen. Aliana war nicht in der Badehöhle, wo Menschen und Kleider in dem Wasserstrom gewaschen wurden, der durch eine Reihe kleinerer Fälle und Teiche verlief. Noch befand sie sich in der Höhle des großen Sees, der den Trinkwasservorrat für die Stadt und nun für die Flüchtlinge bildete. Von dort aus nahmen sie einen Seitentunnel zu den Höhlen, die zum Wohlergehen der Künstler und Schriftenverwalter, die früher dort gearbeitet hatten, einige Feuerstellen aufwiesen – die alten Bücher und Schriftrollen, die unschätzbaren, Jahrhunderte alten Urkunden, die Werkzeuge der Künstler, das Blattgold, die Edelsteine, die

Farben, die Schnitzereien, das getriebene Silber und Gold, der Samt, der Atlas und die Seiden: das alles war gewissenhaft an einen anderen Ort gebracht worden. Die Schneider und Näherinnen hatten ihre eigene Höhle und arbeiteten hart daran, die kostbaren Wandteppiche in Decken und die dicken Vorhänge, Altardecken und bestickten Priesterroben in Kleider für die Flüchtlinge umzuschneidern.

In Telimons Herrschaftsbereich waren die Werktische der Künstler geschrubbt worden und dienten jetzt der Zubereitung von Speisen in beträchtlicher Menge. Aber von Aliana war keine Spur. Auf ihre Nachfrage antwortete der Hauptkoch, er habe sie vor einiger Zeit gesehen. »Ja, sie hat Hafergrütze gegessen und es außerdem geschafft, mir etwas Speck abzuschmeicheln.« Er runzelte die Stirn. »Ich war reichlich beschäftigt und habe nicht aufgepasst, was sonst noch mitgenommen wurde, sonst hätte ich es dir schon früher gemeldet.«

»Mitgenommen?«, wiederholte Galveron scharf. »Was meinst du damit?«

Von der Schärfe des Hauptmanns gewarnt, zögerte Telimon mit der Antwort. Seit dem Tod seines Zwillingsbruders war er sichtlich gealtert, fand Gilarra. Die Rundlichkeit seiner Erscheinung schmolz dahin, und seine gestutzten blonden Locken hatten ihren Glanz eingebüßt. Seine Haut war grau, die Schultern eingefallen, und das lustige Zwinkern war ebenfalls verschwunden. »Ich habe gerade die Vorräte überprüft, als ihr hereinkamt«, sagte er. »Ich weiß ganz sicher, dass das elende Ding etwas Käse genommen hat, und von den Blechkuchen, die wir als Brotersatz gebacken haben, auch einige Pasteten und einen kleinen Beutel Nüsse. Ich kann noch nicht sagen, ob sonst noch etwas fehlt, Galveron«, fügte er gereizt hinzu. »Wir können solche Diebereien nicht zulassen. Das bringt unser aller Leben in Gefahr.«

»Ich schicke dir zwei Wachen«, sagte der Hauptmann nachdenklich. Gilarra sah wohl, dass ihn die Neuigkeit schwer getroffen hatte. Er war vollkommen weiß im Gesicht, und die erst halb verheilte Narbe stach bläulich dagegen ab. Aber er steckte in einer selbst gemachten Klemme. Die Hierarchin wusste, dass er Aliana gern mochte, doch er selbst hatte die Vorschrift aufgestellt, dass jeder, der im Tempel beim Stehlen erwischt würde, ohne Widerrede hinauszuwerfen war.

Gilarra war jedoch zu sehr mit ihren eigenen Sorgen beschäftigt, um sich über Galverons Not Gedanken zu machen. Wenn Aliana sich so viel Essen genommen hatte, dann hatte sie die Absicht, nicht gefunden zu werden – wenigstens für eine beträchtliche Zeit. Als Gilarra begriff, was das Verschwinden des Mädchens für sie bedeutete, fühlte sie eine Woge des Zorns über sich hinwegschwappen.

Fluch über sie! Das ist ein Angriff gegen mich, ich weiß es. Sie rächt sich dafür, dass ich ihren Bruder eingesperrt habe. Ganz gleich, was Galveron sagt, ich hätte diesem dreckigen, diebischen, verräterischen Miststück aus dem Labyrinth niemals trauen dürfen! Wenn ich die in die Finger kriege, braucht Galveron sie gar nicht hinauszuwerfen. Ich werde sie eigenhändig erwürgen! Aber was steckt dahinter? Welchen Plan verfolgt sie? Und was noch wichtiger ist: wo in Myrials Namen kann sie sein?

Inzwischen schien Galveron sich gefasst zu haben. »Komm«, sagte er grimmig. »Wir wollen zu Alestan gehen und mit ihm reden. Vielleicht fällt ihm ein, wo sie sich versteckt.«

Alestan saß in einem der Gewölbe, das hastig in eine Zelle verwandelt worden war. Er versuchte soeben, die Finger unter den Schienenverband zu schieben und sich die juckende Haut zu kratzen, als sein Gespür für nahende Gefahren, das er über die Jahre mit ständigem Wegducken und Verstecken entwickelt hatte, ihn aufhorchen ließ. Er hörte Leute kommen, und sein Zorn flammte auf, weil er Gilarra darunter erkannte, zugleich hüpfte ihm das Herz in der Brust beim Klang von Galverons Stimme. Endlich Nachricht von Aliana! Er war vor Sorge fast verrückt geworden, weil sie so lange fort geblieben war. Die Tür öffnete sich, und die beiden kamen herein. Alestan brauchte nur einmal in ihre Gesichter zu sehen – in Gilarras Gewittermiene und das sorgenvolle Stirnrunzeln des Hauptmanns – und er wusste, dass noch mehr Schwierigkeiten auf ihn warteten, als er ohnehin schon hatte. Er sprang auf. »Was ist mit Aliana? Geht es ihr gut?«, fragte er.

»Mach dir keine Sorgen«, sagte Galveron, »sie ist wohlbehalten zurückgekehrt.«

Alestan wusste sofort, dass Galveron ihm auswich. »Wo ist sie?«, wollte er wissen. »Was hast du mit ihr gemacht, du Bastard? Sag es mir, oder ich werde –«

»Du bist nicht in der Lage, uns zu drohen oder Forderungen zu stellen«, konterte Gilarra. »Deine Gaunerbande hat mehr als genug Scherereien. Wenn ihr weiterhin in diesem Tempel bei anständigen Leuten unterschlüpfen wollt, schlage ich vor, dass du dich als nützlich erweist und uns sagst, wo deine Schwester sich versteckt halten könnte.«

»Aliana? Versteckt?« Einen Augenblick lang glaubte er nicht recht gehört zu haben. »Warum zum Teufel sollte sie sich verstecken?«

»Weil sie ein diebisches kleines Biest ist«, fauchte die Hierarchin.

Alestan sank der Mut. Diese Zuflucht hatte sich schon als armselig genug erwiesen, wie hatte Aliana es geschafft, nun auch noch den Zorn der mächtigsten Person auf sich zu ziehen? Unbehaglich blickte er zwischen Gilarra und Galveron hin und her und versuchte angestrengt, sich seine Unruhe nicht anmerken zu lassen. »Warum? Was soll sie getan haben?«

Die Hierarchin betrachtete ihn aus schmalen Augen, dann ging sie zur Tür und warf einen raschen Blick hinaus, ob auch niemand lauschte. »Du weißt, welchen Gegenstand sie und Galveron holen sollten?« fragte sie leise. »Nun, sie scheint ihn gestohlen zu haben, denn sie ist damit verschwunden. Du kennst unser Gesetz das Stehlen betreffend.«

»Sie hat den *Ring* gestohlen?«

»Still, du Dummkopf!«, zischte Gilarra. »Willst du, dass es jeder hört?«

Alestan beachtete sie nicht, sondern wandte sich dem Hauptmann zu. »Ich glaube das nicht! Sieh mal, Galveron, das muss ein Irrtum sein. Du musst sie verfehlt haben, da unten in den Höhlen. Sie badet wahrscheinlich oder dergleichen.«

Galveron schüttelte den Kopf. »Nein«, sagte er niedergeschlagen. »Keine Spur von ihr. Wir haben überall gesucht. Und da ist noch etwas, das du wissen solltest, Alestan. Telimon sagt, dass sie Essen aus der Küche gestohlen hat. Wo immer sie sich also versteckt hält, sie hat vor, eine Weile dort zu bleiben. Es tut mir Leid.«

Alestan wurde am ganzen Körper kalt. »Hat Telimon wirklich gesehen, wie sie das Zeug gestohlen hat?«

»Nein, aber ...«

»Na, da haben wir's. Du hast überhaupt keinen Beweis. Es könnte also auch jeder andere die Sachen genommen haben. In der Küche gehen ständig Leute ein und aus. Das weiß ich aus eigener bitterer Erfahrung. Es war leicht genug, mich fälschlich zu beschuldigen und dadurch aus dem Weg zu räumen.«

»Kein anderer als deine verdammte Schwester hat meinen Ring gestohlen.« Gilarra spie die Worte aus. »Und ich glaube keinen Augenblick lang, dass du in ihren Plan, was es auch sein mag, nicht eingeweiht bist. Nun, du hast soeben euer Todesurteil unterzeichnet. Du, sie und das übrige Pack, ihr seid hier erledigt.«

Alestan war von dieser plötzlichen Wendung wie betäubt, aber er verlor nicht den Kopf. Seine Schwester, die Grauen Geister, sie alle hingen jetzt von ihm ab. Er würde sich nicht kampflos fügen. »Da bin ich anderer Meinung.« Er bot Gilarra die Stirn. »Schon bevor du mich eingesperrt hast, habe ich vermutet, dass du uns früher oder später Schwierigkeiten machst. Darum habe ich bei den anderen Anweisungen hinterlassen. Wenn du uns mit dem Tode drohst, erzählen wir jedem dein kleines Geheimnis. Du kannst uns unmöglich alle schnell genug töten, dass du uns daran hindern könntest, im ganzen Tempel auszuposaunen, dass die Hierarchin ihren Ring verloren hat.« Er starrte sie wütend an. »Willst du es drauf ankommen lassen, Dame? Wenn du genug davon hast, hier die Verantwortung zu tragen, können wir es schnell einrichten, dass dir diese Last genommen wird.«

Sowie sich Gilarras Gesicht zu röten begann, trat Galveron zwischen sie. »Ich schlage vor, wir alle atmen einmal tief durch und beginnen noch einmal auf wohlwollendere Art«, sagte er. »Zunächst einmal kann es sein, dass wir uns alle unnötig aufregen. Es kann sich immer noch um einen Irrtum handeln. Nach den vergangenen Tagen muss Aliana erschöpft sein. Wenn sie nun einfach in irgendeiner Ecke eingeschlafen ist, wo man sie leicht übersieht?«

Alestan bedachte ihn mit einem dankbaren Blick. »Du hast Recht. An diese Möglichkeit hatte ich nicht einmal gedacht. Und wir wissen, dass niemand den Tempel betreten oder verlassen hat, also muss sie hier irgendwo sein. Wenn du mich rauslässt«, er schoss Gilarra einen bösen Blick zu, »dann helfe ich bei der Suche, und die anderen auch. Wenn es darauf ankommt, etwas zu finden, sind die Grauen Geister unvergleichlich. Dann bekommt die Hierarchin ihren Ring zurück, und niemand braucht sich mehr etwas wegen dieses kleinen Missverständnisses anzuhören«, schloss er und mit kaltem Blick an Gilarra gewandt: »Oder?«

Galveron sah ihn prüfend an. »Du sagtest, du seist fälschlich beschuldigt worden. Schwörst du, dass du das Brot nicht genommen hast?«

Alestan erwiderte seinen Blick vollkommen frei. »Ich schwöre es beim Leben meiner Schwester«, antwortete er ruhig.

»Dann soll mir das genügen. Wir können die Umstände deiner Verhaftung näher untersuchen, wenn wir mehr Zeit haben, aber jetzt lasst uns die Suche nach Aliana in die Wege leiten und –«

»Hauptmann Galveron! Ich habe dir nicht die Erlaubnis gegeben, diesen Verbrecher freizulassen!«

Beide Männer drehten sich gleichzeitig zu ihr um, und Alestan war froh den Hauptmann plötzlich zornig zu sehen. Er konnte Galveron darum nicht besser leiden als bisher, aber immerhin schien er ihm in diesem unseligen Schlamassel ein brauchbarer Verbündeter zu sein, und um seiner Zwillingsschwester willen war er bereit, seine Feindschaft hintanzustellen – wenigstens fürs Erste.

Als Galveron antwortete, war von seinem Zorn keine Spur zu hören. »Verehrte Dame«, begann er ruhig, »Verbrechensfälle wie dieser fallen in die Verantwortung des Hauptmanns der Gottesschwerter, und du musst es schon mir überlassen, wie ich sie handhabe. Willst du deinen Ring zurückbekommen?«

»Selbstverständlich will ich das«, antwortete Gilarra eisig. »Aber ich habe etwas dagegen, von einem Haufen gemeiner Verbrecher erpresst zu werden. Erkennst du nicht, dass das eine Falle ist? Sie müssen es von langer Hand geplant haben.« Und zu Alestan gewandt sagte sie: »Ist das dein Plan gewesen? Deine Schwester versteckt sich, während du ihr Verschwinden nutzt, um mich zu erpressen; dann findest du sie plötzlich und streichst den Dank und die Belohnung ein. Sollte es etwa so ablaufen?«

Alestan schluckte seinen Ärger herunter. »Ich liebe meine

Schwester«, erwiderte er. »Gestern noch hat sie ihr Leben für dich aufs Spiel gesetzt, und ich konnte sie nicht davon abhalten. Auf gar keinen Fall würde ich zulassen, dass sie sich selbst und die anderen dermaßen gefährdet. Es wäre ein törichter Einfall und mehr als gewagt. Falls sie deinen verfluchten Ring wirklich gestohlen hat, dann vermutlich weil sie gehört hat, dass ich eingesperrt worden bin, und dich nun einfach unter Druck setzen will, damit du mich freilässt. Also, ich mache mir große Sorgen um Aliana, darum will ich mich ins Zeug legen und sie suchen. Ich schlage vor, du tust dasselbe, anstatt hier mit wilden Anschuldigungen unser aller Zeit zu verschwenden.«

Galveron mischte sich ein, ehe Gilarra etwas sagen konnte. »Ich glaube, das ist sehr vernünftig, Alestan. Wenn du und deine Gefährten den Tempel und die Höhlen noch einmal durchsuchen wollt, werde ich den anderen Weg nehmen und in die Vorratshöhlen gehen. Dort haben wir noch nicht nachgesehen. Dame Gilarra, ich schlage vor, du begibst dich fürs Erste zu deiner Familie und ruhst dich ein wenig aus. Versuche so zu tun, als nähme alles den gewohnten Lauf – sofern das unter diesen Umständen möglich ist. Wenn die Leute sehen, dass die Hierarchin im Tempel das Unterste zu oberst kehrt, dann werden sie vermuten, dass etwas nicht stimmt. Alestan, willst du deine Freunde versammeln und zu suchen anfangen? Wenn ihr sie gefunden oder an jedem erdenklichen Ort nachgesehen habt, treffen wir uns in dem Gang hinter Kaitas Krankenzimmer. Am besten halten wir die Sache so geheim wie möglich.« Er hob die Hand zum Gruß. »Ich wünsche euch viel Glück.« Und indem er eine höchst widerspenstige Gilarra beim Arm nahm, ging er voran.

Alestan versammelte die Grauen Geister an dem von Galveron bezeichneten Platz. Als er ihnen erklärte, was vorgefallen war, standen sie einen Augenblick lang stumm da und versuchten, sich mit Alianas Verschwinden abzufinden. »Ich glaube es einfach nicht, dass sie uns so im Stich lässt«, sagte Gelina schließlich. »Es sei denn, dass du Recht hast, Alestan, und sie die Hierarchin dazu bringen will, dich freizulassen. Falls das aber stimmt, was plant sie dann als Nächstes? Warum sollte sie ohne ein Wort verschwinden und uns in dieser Klemme zurücklassen. Das ergibt doch keinen Sinn.«

»Und wenn sie nun einer angegriffen hat?« Alestans Gedanken rasten. »Leute aus dem Labyrinth sind hier nicht gerade beliebt. Ich habe gehört, was hinter unserem Rücken geflüstert wird. Warum wird einem Haufen Diebesgesindel gutes Essen zugeteilt, sagen sie. Galveron hat versprochen, dass niemand erfährt, woher wir kommen, aber es ist irgendwie durchgesickert.«

Tag schüttelte den Kopf. »Bei einem Kampf kann Aliana auf sich aufpassen.«

»Aber wenn sie zu mehreren waren?«, gab Erla zu bedenken. »Wenn sie sie aus dem Hinterhalt angesprungen haben?«

»Wir werden es jedenfalls nicht herausfinden, indem wir hier herumstehen«, sagte Alestan. »Und wo ist eigentlich dieser verrückte Packrat hin? Wenn er verschwindet, braut sich immer irgendwas zusammen. Sucht sie beide, aber am wichtigsten ist es, Aliana zu finden – und diesen verdammten Ring.«

Es war einige Zeit verstrichen, als Galveron müde am verabredeten Ort ankam. Er war soeben aus einem unerfreulichen Gespräch mit der Hierarchin geflüchtet, die trotz allem starke Einwände gegen Alestans Freilassung vorgebracht hatte, und er war nicht gerade glücklich darüber gewesen, dass es von Aliana noch immer keine Spur gab. Er hoffte nur und betete, dass Alestans Schar erfolgreicher war. Er hatte Gelina und die beiden Kinder am anderen Ende des Tempels gesehen und wusste, dass sie in ein paar Augenblicken bei ihm sein würden. Er hatte aber auch gesehen, dass Aliana nicht bei ihnen war. Erschöpft und entmutigt ließ er sich auf die Felsbank sinken und wartete.

Ich hoffe nur, dass Alestan mehr Erfolg hat.

Galveron fühlte sich elend vor Enttäuschung. Er hatte Aliana vertraut. War sein Urteilsvermögen wirklich so getrübt? Er konnte noch immer nicht glauben, dass sie ihn und auch ihre Gefährten so leichtfertig betrügen würde. Soweit er wusste, sah ihr das gar nicht ähnlich. Er dachte an ihren Mut, wie sie das Sprengpulver von der Zitadelle herübergebracht hatte, und an ihre Tapferkeit, als sie ihm geholfen hatte, auf den Felskranz zu klettern, der den Heiligen Bezirk umgab. Ohne sie hätte er das überhaupt nicht geschafft. Sie war offen und geradeheraus – er hätte doch sicher gemerkt, wenn sie ihn täuschen wollte? Was war also schief gegangen? War es nur die Verhaftung ihres Bruders, die solche Unvernunft bewirkt hatte oder war in der kurzen Zeit zwischen ihrer Ankunft im Tempel und der Entdeckung ihres Verschwindens noch etwas anderes geschehen?

Das Verblüffendste an allem war jedoch, dass er sie vermisste.

Aliana, bitte komm zurück. Es ist nicht zu spät. Was immer du getan hast, wir werden es irgendwie geradebiegen.

In diesem Moment, und es wurde auch Zeit, kam Alestan zu ihm, mit geröteten Augen und um zehn Jahre gealtert. »Ich kann sie nicht finden«, sagte er heiser. »Ich fange an mich zu fragen, ob mein Verdacht vielleicht richtig gewesen ist und sie von ein paar Übereifrigen, die Leute wie uns hassen, unten in den Höhlen überfallen wurde. Da unten gibt es eine Menge Felsspalten, wo man eine Leiche verstecken könnte.«

Bei dieser Vorstellung gefror Galveron das Blut in den Adern. »Warum hast du mir nicht früher gesagt, dass die Dinge so schlecht stehen?«, verlangte er zu wissen.

»Ich habe es ja selbst nicht geglaubt«, sagte Alestan. »Es hat ein bisschen schlechte Stimmung gegen uns gegeben, aber nichts, womit wir nicht fertig werden könnten – so dachte ich wenigstens. Aber abgesehen von meiner Verhaftung fällt mir sonst nichts anderes ein, weshalb meine Schwester verschwunden sein sollte. Sie –«

»Sie kann nicht im Tempel sein«, sagte eine Stimme hinter ihm. »Wir haben überall nachgesehen.« Gelina war inzwischen mit den beiden Kindern zurückgekehrt. Sie zögerte und blickte zwischen Alestan und Galveron hin und her. »Packrat ist auch noch nicht aufgetaucht. Könnten sie zusammenstecken?«

»Packrat?«, schnauzte Galveron. »Seit wann wird der denn vermisst?«

Alestan seufzte. »Schon seit unserem vorigen Gespräch«, gestand er schweren Herzens ein. Er wusste nun, Gelina hatte Recht behalten – die Dinge hatten sich so zugespitzt, dass ihnen nichts anderes übrig blieb, als dem Hauptmann gegenüber vollkommen ehrlich zu sein. Aber dass Galveron nun die Sache mit Packrat entdeckte, nachdem sie es versäumt hatten, sein Fehlen zu erwähnen, machte die Dinge ganz sicher noch schwieriger.

»Warum habt ihr das nicht eher gesagt? Du erzählst mir jetzt besser, was hier gespielt wird, Alestan, oder –«

»Hauptmann, Hauptmann!« Die Unterbrechung kam von Tag, der ihn schon eine Weile sacht am Ärmel zupfte und sich jetzt einfach an ihn hängte. Galveron löste sich aus dem Griff, und Alestan bewunderte, wie entschlossen er seinen Ärger hinunterschluckte, um geduldig mit dem Kind sprechen zu können. »Was gibt es, Tag? Hast du uns etwas zu sagen?«

»Ja«, ließ Tag sich vernehmen. »Es gibt noch einen Ort, wo wir nicht nachgeguckt haben.«

»Wo?«, riefen Alestan und Galveron wie aus einem Mund, und der Junge machte einen hastigen Schritt rückwärts.

»Ich wollte dort suchen, aber die Wachen haben mich nicht durchgelassen.«

Galveron fasste ihn an der Schulter. »Zeig es mir.«

Tag lief aus dem Krankenzimmer und zeigte zu dem silbernen Gitter hinüber, dem Eingang ins Allerheiligste. »Da unten«, sagte er.

Kapitel 7

Ein Hoffnungs-schimmer

In dem sauberen, ordentlichen Zimmer des Schattenbundkrankenhauses fiel es schwer zu glauben, dass hier ein Kampf um das Leben des früheren Archimandriten stattfand. Syvilda war nicht vom Krankenbett ihres Lebensgefährten gewichen, außer wenn die Heiler sie kurz hinausjagten, damit sie ihre Arbeit tun konnten. Ihr kam es vor, als wäre ihre Anwesenheit in dem Zimmer lebensnotwendig, dass er ihre Kraft brauchte und ihren Willen, um am Leben festzuhalten. Trotzdem konnte sie es kaum ertragen, Cergorn anzusehen. Der Zentaur lag so bleich und still da, ohne ein äußeres Anzeichen seines verzweifelten Ringens. Er sah so schwach und klein aus, man konnte sich kaum vorstellen, dass er gestern noch der Anführer des Schattenbundes gewesen war: kraftvoll, mächtig und stark. Sein gebrochenes Vorderbein – für einen Zentaur ebenso schlimm wie für ein Pferd – war verbunden und wurde von einem glänzenden Stoff, den Syvilda nicht kannte, ruhig gestellt. Die entsetzlichen Wunden, die die sterbende Skreeva ihm zugefügt hatte und die den Heilern so viel Sorge und Arbeit machten, waren gereinigt, genäht und verbunden worden und mit weißen Laken bedeckt. Fremdartige Gerätschaften, die vom Wissen einer lange verschwundenen Zivilisation zeugten, sprossen aus seinem Leib wie die Ranken einer Schmarotzerpflanze.

Drei große Kristalle, jeder größer als ein Menschenkopf, waren über dem Bett aufgehängt. Sie summten und glühten jeder in einer anderen Farbe. Einer strahlte ein wirbelndes grünes Licht aus, das Cergorn in dunklen Schein tauchte, der langsam um ihn herumtrieb, sich kräuselte und glitzerte und ihn aussehen ließ, als läge er in einer zähen Flüssigkeit. Der zweite versprühte einen funkelnden goldenen Glanz, als ginge ein dauernder Funkenregen auf das Bett nieder. Wenn Syvilda die Hand hineinstreckte, kribbelte ihr die Haut und pulsierende Kraft strömte durch ihre Adern. Der dritte und größte Kristall badete den Zentauren in einem satten blauvioletten Lichtstrahl. Laut dem Heiler Quave wirkte der grüne Schein gegen Krankheitserreger, der goldene Funkenregen gab Cergorn die Kraft, den fürchterlichen Schock, den sein Körper erlitten hatte, zu überwinden, und die tief blaue Strahlung sollte die Heilung beschleunigen.

»Wie kommt diese Wirkung zustande?«, hatte Syvilda gefragt.

Quave hatte die Achseln gezuckt. »Das weiß niemand. Wir haben es nie ergründen können. Wir wissen nur, dass es wirkt, und danken der Vorsehung, dass wir sie überhaupt einsetzen können.«

Auch Syvilda dankte der Vorsehung für die fremdartigen Geräte, vor allem aber für die Heiler, die zweifellos ihrem Gefährten das Leben gerettet hatten. Da waren Quave, ein grauhaariger Mensch und unermüdlicher Kämpfer gegen Unwissenheit, Krankheit und Tod; die kleine, schwarze Myssil, eine geschmeidige, unermüdlich tätige Dovruja, der eine wilde Klugheit aus den Augen leuchtete; die geisterhafte Shimir von den Takuru, einem gestaltwandelnden Volk aus dem Rakhawald im Süden.

Shimir wachte mit ihr über den bewusstlosen Cergorn. Um dessen gedankenverlorene Lebensgefährtin nicht zu beunruhigen, hatte sie die Gestalt eines Zentauren angenommen, mit weißgesträhnten, schwarzen Haaren, die zu ihrem gescheckten Pferdeleib passten. Syvilda schätzte sie für ihr Taktgefühl und ihre Rücksichtnahme – am meisten aber für ihre heilerischen Fähigkeiten, wo die Merkmale der Takur erst besondere Wirkung entfalteten. Sie konnte mit unglaublicher Feinfühligkeit jeden Wechsel bei der Temperatur, Feuchtigkeit oder Geschmeidigkeit der Haut wahrnehmen. Sie konnte ihre Gliedmaßen jedem noch so heiklen und kniffligen Eingriff anpassen. Mit ihrem Sehvermögen konnte sie nicht nur winzige Einzelheiten wie die Zusammensetzung der Zellen und des Blutes betrachten, sondern auch unmittelbar in den Körper hineinsehen und die Organe und Knochen nach Verletzungen und Hinweise auf Erkrankungen absuchen.

Die Takuru konnte man leicht übersehen, grübelte Syvilda. Obwohl nur eine Hand voll von ihnen in Gendival lebte, zogen sie es vor, unter sich zu bleiben, und weil sie ihre Gestalt einfach allem angleichen konnten, sah man sie selten – es sei denn, sie wollten es. Damit wären sie für den Schattenbund die denkbar besten Späher gewesen, aber die anderen Wissenshüter mochten diese schemenhaften Geschöpfe mit den seltsam formlosen Körpern, die von einer Gestalt in die andere fließen konnten, zumeist nicht. Obwohl ihr schlechter Ruf im Allgemeinen unverdient war, empfand kaum jemand Zutrauen zu einem Wesen, das sich unbemerkt in einem Raum aufhalten konnte, weil es wie ein Möbelstück aussah, und dort jedes Geschehen belauschen konnte. Cergorn, der ihren Nutzen erkannt hatte und ihre Fähigkeiten schätzte, hatte immer darauf bestanden, dass sie im Schattenbund vertreten waren, und dennoch waren die Takuru Außenseiter geblieben. Sie wohnten außerhalb der Siedlung, weit oben in dem düsteren, steinigen Tal des oberen Sees. Ihre Gesellschaft war bei den übrigen Wissenshütern nicht willkommen, und niemand bat sie um Hilfe – es sei denn, es gab keine andere Möglichkeit.

»Weil wir über so viel Wissen verfügen, bilden wir uns

leicht ein, wir seien besser, weiser, gewitzter als der Rest der Welt. Aber in Wirklichkeit ist der Schattenbund ebenso von Vorurteilen und Ungerechtigkeiten durchsetzt wie andere Reiche.« Diese stille Überlegung kam von Shimir, die offenbar Syvildas ruhelose Gedanken aufgefangen hatte.

Syvilda betrachtete ihren bewusstlosen Lebensgefährten und schüttelte traurig den Kopf. »Der Unterschied ist nur der, dass sich unsere Fehler viel weitreichender auswirken.«

Es stimmte durchaus: Cergorns Abschottungspolitik und seine unzureichende Handhabung der gegenwärtigen Unglückslage hatten Amaurn und seinen Anhängern eine Angriffsfläche geboten und diesen Schlag erst ermöglicht. So sehr sie ihn liebte, war sie doch ehrlich genug mit sich selbst, um das zuzugeben. Aber Shimir gegenüber würde sie das nicht einräumen, wenngleich sie wusste, dass die Takur und ebenso ihre Mitgeschöpfe in Gendival Cergorn vollkommen ergeben waren.

»Trotz allem«, fuhr sie fort, »werde ich nicht tatenlos zusehen, wie der Schattenbund von einem umstürzlerischen Außenseiter übernommen wird, dessen Pläne mindestens umwälzend, wenn nicht gar gefährlich sind. Auswirkungen hin oder her, er muss entfernt werden, und zwar schnell – selbst wenn ...«

»Selbst wenn Cergorns Verletzungen bedeuten, dass er nicht mehr Archimandrit sein kann?«, vollendete Shimir den Gedanken, dem Syvilda sich nicht hatte stellen können. »Wir Takuru schulden ihm unsere Gefolgschaft – wenn du und Cergorn nicht gewesen wäret, hätte uns in Gendival niemand geduldet –, aber der Schattenbund braucht einen Anführer, besonders in diesen ungewissen Zeiten.«

»Wenn Cergorn den Bund nicht mehr führen kann, müssen wir jemand anderen wählen«, sagte Syvilda entschieden.

Und warum nicht mich?

»Jemanden aus unserer Mitte«, fuhr sie fort, »der die Ansichten dieses gewissenlosen Emporkömmlings Amaurn verurteilt. Selbst als er noch bei uns lebte, hat er nie richtig dazu gehört. Solange er die Herrschaft ausübt, gibt es keine Hoffnung, dass der Schattenbund zu seinen wahren Zielen und Regeln zurückkehrt.«

»Und je länger das dauert, desto mächtiger wird er werden«, fügte die Gestaltwandlerin nachdenklich hinzu. Sie warf Syvilda einen verschlagenen Blick zu. »Schon jetzt ist er zu mächtig, als dass man ihn auf rechtmäßige Weise absetzen könnte ...«

Für einen Augenblick hing der Gedanke zwischen ihnen in der Luft.

Amaurn muss sterben.

Früher hätte Syvilda ein solcher Gedanke bestürzt, aber die Syvilda von heute, die ihren langjährigen Gefährten mit dem Tod ringen sah, stellte fest, dass sie die Vorstellung ebenso ruhig und leidenschaftslos betrachten konnte, wie die Vorstellung, eine Fliege zu zerquetschen.

Oder eher eine Spinne.

Sorgfältig wägten die beiden Verschwörerinnen den Gedanken ab und prüften ihn aus jedem Blickwinkel.

»Ganz sicher ist ein Meuchelmord die einzige Möglichkeit«, stellte Syvilda fest. »Eine offene Herausforderung kann derzeit keinen Erfolg haben. Überdies muss der Mörder sehr nah an den neuen Archimandriten herankommen können, ohne Verdacht zu erregen.«

Shimir nickte. »Er oder sie muss wendig, erfahren und unversöhnlich sein. Wenn Amaurn erst einmal durch einen verpfuschten Versuch gewarnt ist, wird es kein zweites Mal geben.«

»Es muss bald geschehen, ehe er seine irrsinnigen Pläne in die Tat umsetzt. Wenn das Wissen der Alten erst einmal in die Welt gesetzt ist, werden sich die Dinge für immer ändern und ein Zurück wird es nicht mehr geben.« Syvilda runzelte die Stirn, ihre Finger streichelten müßig die feine Wolle von Cergorns Decke, während sie mit den Gedanken woanders war. »Und noch etwas: Unser Mörder muss vollkommen vertrauenswürdig sein. Als Amaurn die Führung an sich riss, war ich bestürzt und erstaunt über die Anzahl seiner Anhänger, die hier in Gendival lange Jahre unentdeckt untergetaucht waren. Wen immer wir auswählen, damit er uns von Amaurn befreit, seine Treue hat ganz und ohne den Schatten eines Zweifels Cergorn und mir zu gelten.«

Wieder kam ein verstohlener Blick von Shimir. »In diesem Fall hast du nur eine Wahl.«

»Ich bin ganz deiner Meinung«, sagte Syvilda leise. »Wer von euch befindet sich zur Zeit in Gendival?«

Shimir zögerte. »Syvilda, wenn wir das wirklich tun, musst du uns dein Wort geben, dass du uns danach beschützt. Die Stellung der Takuru im Schattenbund ist unsicher genug. Wenn ans Licht kommen sollte, dass einer von uns einen Mordauftrag ausgeführt hat – und einen Archimandriten tötete, ganz gleich auf wie anrüchige Weise er zu seinem Posten gekommen ist – dann wird es großen Druck geben, uns hinauszuwerfen. Oder Schlimmeres.«

»Ich verspreche es«, erwiderte Syvilda rasch. »Außerdem gebe ich dir mein Wort, Shimir, dass wenn Cergorn oder sein echter Nachfolger wieder an der Macht ist, die Takuru nicht mehr wie Außenseiter behandelt werden, sondern das Beste bekommen, was Gendival zu bieten hat.«

»Sehr gut.« Die Gestaltwandlerin neigte den Kopf zur Seite und dachte einen Moment lang darüber nach. »Ich glaube, Vifang wäre für diese Aufgabe die beste Wahl.«

»Kannst du ihr rasch und unbemerkt eine Nachricht zukommen lassen?«

»Natürlich.« Und mit einem Blick auf den bleichen Cergorn fügte Shimir hinzu: »Wie du weißt, ist Vifang nun schon viele Jahre der geheimste Späher und Mörder des Archimandriten, sie wird zu dir kommen können, ohne dass es jemand bemerkt. Was du verlangst stellt keinerlei Schwierigkeit dar.«

Syvilda blickte sie prüfend an. »Ich habe nie etwas von einem geheimen Mörder gewusst, und Cergorn erzählt mir immer alles.«

Die Takur kicherte. »Alles, Dame? Das glaube ich nicht. Meiner Erfahrung nach hütet jeder von uns das eine oder andere Geheimnis. Wenn du genau hinsiehst, wirst du das sicher auch bei dir selbst feststellen.«

Syvilda fasste sich schnell. »Meine Geheimnisse gehen dich gar nichts an, Shimir – ausgenommen dieses eine bedeutende, das dich und die deinen einbezieht. Und noch eins will ich dir sagen: Diese Meuchelmörderin soll mir genauso treu ergeben sein wie zuvor meinem Lebensgefährten.«

Die Gestaltwandlerin lächelte. »Du brauchst dir keine Sorgen zu machen. Ich bin sicher, du kannst Vifang als ergeben betrachten. Aber nun sag mir genau, was sie für dich tun soll.«

»Amaurn verfolgen.« Obwohl Syvilda die Gedankensprache gebrauchte, gab sie die Antwort äußerst gedämpft. »Jeder seiner Schritte muss beschattet werden. Wenn er am Ende seine Wachsamkeit aufgibt und allein ist, ohne seine Verräterfreunde, die ihn schützen, dann soll er sterben – und je grausamer, desto besser.«

»So soll es geschehen, Dame.«

Obgleich Amaurn während seiner gesamten Verbannung nur ein Ziel im Kopf gehabt hatte – nach Gendival zurückzukehren –, brachte es ihn aus dem Gleichgewicht, nach so langer Zeit wieder da zu sein. So wenig hatte sich unter Cergorns Herrschaft geändert, dass man meinen konnte, in die Vergangenheit versetzt zu sein, und in jeder Ecke gab es Erinnerungen, gute und schlechte, die gleichermaßen quälend waren. Und der Empfang, den ihm die Wissenshütergemeinschaft bereitet hatte, war ähnlich geteilt gewesen. Eine beträchtliche Anzahl begegnete ihm bestenfalls argwöhnisch, einige sogar mit Hass, andererseits gab es viele, die ihn freudig begrüßt hatten. Er war angetan und gerührt, wie viel Leute ihn insgeheim unterstützt hatten, wenngleich er nicht umhin kam, mit bitterem Spott zu bemerken, dass darunter viele waren, die man immer auf der Siegerseite wiederfand. Wäre Cergorn der Sieger gewesen, würden jetzt zweifellos einige dieser Anhänger nach Amaurns Blut schreien.

Fürs Erste hatte er sein Hauptquartier in dem geräumigen Versammlungshaus in der Nähe des Kundschafterturms aufgeschlagen, denn seinem Empfinden nach war, solange Cergorn mit dem Tode rang, nicht die rechte Zeit, um Anspruch auf den althergebrachten Sitz des Archimandriten zu erheben. Außerdem waren dessen Räume auf die Nutzung durch einen Zentauren zugeschnitten und wären ohne etliche Veränderungen für einen Menschen nicht gerade bequem. Wenn er es recht bedachte, und da er ohnehin so viele Änderungen für den Schattenbund plante, mochte es angebracht sein, den Sitz des Archimandriten zu verlegen – sobald er Zeit hätte, ein passendes Haus zu suchen oder bauen zu lassen.

Bis dahin konnte er das Versammlungshaus benutzen. Zwar würde niemand die weite Halle behaglich nennen, denn sie war groß genug, um Wissenhüter von jeder Gestalt und Größe aufzunehmen – aber so passte eben auch ein bedrohlicher Koloss wie Maskulu hinein, der die vollkommene Abschreckung für jeden erklärten wie verdeckten Feind des neuen Archimandriten war. Nach dem langen und keineswegs freundschaftlichen Gespräch mit dem Afanc, welches allenfalls in einen zögerlichen Waffenstillstand gemündet war, hatte Amaurn genug Gegnerschaft für einen Tag erlebt.

In einer Ecke des Raumes stand ein Stuhl und ringsherum Arbeitstische. Die waren im Laufe des Morgens unter Haufen von Karten und Augenzeugenberichten verschwunden, ganz zu schweigen von dem vielen Papier, das mit seiner Handschrift bedeckt war – wobei er von Glück sagen konnte, wenn er je entziffern würde, was er da hingeschmiert hatte. Seine rechte Hand war ruhig gestellt, und so hatte er mit der anderen so gut es ging zurecht kommen müssen. Wegen der Verletzung durch Cergorn, der ihm das Schwert aus der Hand getreten hatte, war sein Arm von den Fingerspitzen bis zum Ellbogen verbunden und lag in einer Schlinge. Einen ähnlichen Verband trug er fest um die Rippen gewickelt, und der stechende Schmerz, den er bei jedem Atemzug verspürte, erinnerte ihn beständig daran, was für ungeheure Waffen die Hufe eines Zentauren darstellten. Zählte man diese Verletzungen zu den Nachwirkungen seines Sturzes von den Felsen dazu, dann waren nur wenige Körperteile übrig, die nicht auf die eine oder andere Art schmerzten. Heute jedoch hatte der Archimandrit wenig Zeit, um sich mit seinen Schmerzen abzugeben, denn er wollte sich ein vollständiges Bild von dem um sich greifenden Unheil machen, das alle Reiche befiel, seit die Schleierwand begonnen hatte zu schwinden.

Wann immer möglich hatte Amaurn Wissenshüter und Flüchtlinge aus den getroffenen Gebieten befragt. Was sie erlebt hatten, war schrecklich anzuhören. Viele Reiche hatten umwälzende Naturkatastrophen erlebt. Dürren, Überschwemmungen, Erdrutsche und gewaltige Stürme brachten Verwüstung und Elend, und er erkannte, dass Callisiora mit seinem unaufhörlichen Regen nicht einmal am schlechtesten dastand. Nur Gendival, das der Kraft seiner Schleierwand mit Hilfe der Kunst der Alten verbotenerweise nachhelfen konnte, war verschont geblieben – vorerst. Ein Blick auf den Zustand dieses Kraftschilds an der Grenze zu Callisiora hatte ihn davon überzeugt, dass sich auch die Zeit des Schattenbunds dem Ende zuneigte.

Andere Länder wie die Halbinsel Nemeris und ihre vorgelagerten Inseln waren vom Krieg verwüstet, seit Geschöpfe von fremden Küsten versucht hatten, die Buchten und Riffe der warmen Gewässer, welche reichlich Wohnraum und Nahrung versprachen, zu erobern. Amaurn hatte ausführlich mit Kyrre, der Wissenshüterin der Dobarchu, gesprochen, die als Erste von den Gräueln Nachricht gegeben hatte. Sie hatte sich von den schrecklichen Erfahrungen und ihren Verletzungen noch nicht erholt. Ein Unterwasservulkan war ausgebrochen, was viele das Leben gekostet hatte, und dann waren die Nixen und Haie eingefallen. Als Kyrre ihr Land schließlich verlassen hatte, waren von ihrem Volk nur noch eine Hand voll übrig, belagert in einer Meeresbucht, wo sie um ihr Leben kämpften. Seit sie in Gendival angekommen war, hatte sie nichts mehr von ihnen gehört, und sie befürchtete das Schlimmste.

Nachdem Kyrre, die noch leicht ermüdete, sich wieder zu den Heilern begeben hatte, konnte Amaurn seine Gedanken nicht mehr beieinander halten. Er war umgeben von den Beweisen seiner furchtbaren Tat.

Wie hätte ich ahnen sollen, dass ich solches Unheil entfessle? Das habe ich nie gewollt!

Die Stimme seines Gewissens, die so lange stumm gewesen war, schien in der gesunden Luft Gendivals neu erwacht zu sein.

Niemand wusste besser als du, dass diese Gefahr bestand. Du wolltest die Möglichkeit nur nicht bedenken. Es hätte deine Pläne gestört.

Nur die eiserne Selbstbeherrschung, die er in seinen Jahren als Hauptmann Blank erlernt hatte, hielt ihn am Arbeitstisch. Nach außen war er ruhig und gefasst, während er mehr und mehr Erkenntnisse zueinander in Beziehung setzte, die ihn, sollten die anderen Wissenshüter je seine Einmischung entdecken, restlos verurteilten. Wie lange würde er in einer Gemeinschaft, die hauptsächlich aus Gedankenlesern bestand, seine Schuld geheim halten können? Und was würden sie ihm antun, wenn sie die Wahrheit erfuhren? Der ehemalige Archimandrit war noch am Leben und hatte Verbündete. Die Anhänger des Neulings würden schwinden wie Schnee in der Frühlingssonne, wenn sich herausstellte, dass er als Hauptmann in Callisiora den Ring des Hierarchen mit einer Fälschung vertauscht hatte. Der Zusammenbruch der Schleierwand hatte zu jener Zeit begonnen, und es konnte kein wie auch immer gearteter Zweifel bestehen, dass zwischen den beiden Ereignissen ein Zusammenhang bestand.

Das ist ein Albtraum! Irgendwie muss ich meine Fehler wiedergutmachen, ehe sie entdeckt werden – doch wie kann ich das, wenn diese dumme Närrin Gilarra den echten Ring hat fallen lassen und die dreckigen, diebischen Ak'Zahar ihn mir vor der Nase weggeschnappt haben? Ich sehe nicht, wie es möglich sein soll, ihn zurückzubekommen, und ohne ihn weiß ich den Schaden an der Schleierwand nicht zu beheben.

Trotz allem fällt das ganze Unheil in meine Verantwortung. Ich muss einen Plan fassen, und zwar schnell, damit wir diese schwierige Zeit überstehen. Und wie immer der Plan aussieht, er sollte verflucht gut sein. Vielleicht ist es ganz richtig, dass ich Veldan geschickt habe, um Zavahl zu holen – denn was wir jetzt brauchen, ist ein Wunder. Ich habe nicht viel Hoffnung, dass sein hochgeschätzter Myrial etwas ausrichten kann, aber der Drache wird hoffentlich nützlicher sein.

In der Zwischenzeit gab es einiges zu erledigen, und Amaurn warf ein paar Anmerkungen aufs Papier. Wenn auch gegen die Wetterkapriolen kein Kraut gewachsen war, so müsste man doch sicherlich den Eindringlingen durch die Schleierwand begegnen können. Zu allererst musste er Vaure bitten, die wenigen anwesenden Wissenshüter zu sammeln, die fliegen konnten. Die Grenzen von Gendival mussten von Posten bewacht werden, damit kein Ak'Zahar hindurchgelangte. Er brauchte einen Dienstplan von allen Spähern in und außerhalb Gendivals. Die Horcher würden gruppenweise Tag und Nacht im Einsatz bleiben müssen, um die Schattenbundmitglieder ausfindig zu machen, von denen man längere Zeit nichts gehört hatte. Von den zurückgezogen lebenden Wissenshütern sollten einige nach Gendival kommen, um zu arbeiten und gesündere für den Dienst außerhalb frei zu machen, und die, die in der Schulung am weitesten fortgeschritten waren, könnten sofort in den Dienst eintreten, vielleicht zusammen mit einem erfahrenen Partner.

Ein Rat aus Handwerkern und Gelehrten war zu bilden, damit er anhand der verbotenen Künste der Alten geeignete Hilfsmaßnahmen für die Kranken und Hungernden ausarbeitete – doch wenn die jüngsten Ereignisse Amaurn eines gelehrt hatten, dann war dies Vorsicht beim Eingreifen in das Gleichgewicht der Welt. Alle Kenntnisse und Erfindungen hatten gegenwärtig noch in der Hand der Wissenshüter zu bleiben und sollten nur eingesetzt werden, solange die Krise andauerte. Später dann – sofern es ein später gab – war genug Zeit, um die Auswirkungen auf die Reiche im Einzelnen zu untersuchen und mit Muße zu entscheiden, welche Kenntnisse wo freizugeben wären.

Vielleicht könnten die Navigatoren dabei helfen, Nahrung und Heilmittel in die betroffenen Gebiete zu bringen – allerdings würde es schwierig werden, beides in ausreichender Menge zu beschaffen ...

»Amaurn? Amaurn? Bist du da? Kannst du mich hören?« Der schwache Ruf, der die Überlegungen des Archimandriten unterbrach, kam nicht über die Horcher zu ihm, und das bedeutete, dass einer seiner geheimen Anhänger entweder die Neuigkeit von seiner Rückkehr nicht erhalten oder dass er ihm etwas mitzuteilen hatte, das kein anderer erfahren durfte. Amaurn stach sofort die Neugier des alten Zaubervolks.

Sie haben uns unserer Magie beraubt, aber unsere wesentlichen Eigenschaften konnten sie uns nicht wegnehmen.

»Ich höre«, antwortete er. »Wer ist da?«

»Ich bin es, Grimm. Amaurn, ich habe umwerfende Neuigkeiten für dich …«

»Ich auch für dich, alter Freund. Du sprichst mit dem neuen Archimandriten des Schattenbundes.«

Von dem alten Überbringer kam eine Woge der Freude. »Gut gemacht! Du hast deine Zeit nicht vergeudet, wie ich sehe. Gab es irgendwelche Schwierigkeiten?«

»Tatsächlich war es viel leichter, als ich erwartet hatte.« Während sich die Antwort in seinem Geist bildete, zuckten ihm die Erinnerungen durch den Kopf: wie Cergorn ihn das Breitschwert schwingend angriff, wie ihn der Huf des Zentauren an der Hand traf, der dröhnende Schmerz in seinem Arm, wie Skreevas Kopf in Maskulus Rachen zermalmt wurde, die in Blut schwimmende Lichtung, Syvildas offener Abscheu und tiefe Verachtung, Veldans feindselige, wachsame Augen in dem Gesicht ihrer Mutter.

Grimm schnaubte. »Möge mir beschieden sein, dass mein Leben nie so leicht verläuft. Aber jetzt musst du mir zuhören, Amaurn. Was ich dir zu sagen habe, ist nun, da du Archimandrit geworden bist, von noch größerer Wichtigkeit.«

Amaurn befahl Maskulu eilig, für ein paar Augenblicke niemanden in das Versammlungshaus zu lassen. Er wusste, dass es Grimm sehr anstrengte, Gedanken so weit zu senden, und wollte sicher sein können, dass niemand sie störte. Die Erregung des Überbringers war ansteckend. Er lehnte sich auf seinem Stuhl zurück und hörte sich mit wachsendem Staunen die Geschichte über den schlaksigen Jungen an, der von Tiarond gekommen war und die Wunderdinge unter der Stadt gefunden hatte.

Als Grimm geendet hatte, war Amaurn längst aufgesprungen und ging im Saal auf und ab. Vor Aufregung hatte er nicht mehr still sitzen können. Das konnte die Lösung sein! Vielleicht war es möglich, durch die Tunnel zu einer Art Schaltstelle zu gelangen, von wo aus sich die Schleierwand beherrschen ließ. Das würde die Notwendigkeit, den Hierarchenring zurückzuerlangen, aus der Welt schaffen. Zwar hatte er noch keine Ahnung, wie er die Sache angehen sollte – aber dass hier Hoffnung bestand, das sah er sofort, und er würde sie mit beiden Händen am Schopf packen. Ob ihm die seltsamen Fundstücke etwas nützen würden?

»Grimm, das sind wunderbare Neuigkeiten. Kannst du sofort kommen? Die beiden Gegenstände gehören so schnell wie möglich in die Hände unserer Gelehrten. Sie könnten sich bei der Untersuchung, woran unsere Welt krankt, als entscheidend erweisen. Und kannst du den Jungen mitbringen? Ich möchte ihn selbst befragen.«

Der Überbringer zögerte. »Amaurn, ist das wirklich notwendig? Der arme Kerl hat in den letzten Tagen viel durchgemacht, und er hat erst gestern bei uns Zuflucht gefunden. Bestimmt hat er ein wenig Ruhe und Frieden verdient. Im Übrigen hat er Angst, dass wir ihn bitten könnten, in die Stadt zurückzukehren.«

Der Archimandrit zuckte die Achseln. »Pech. In letzter Zeit haben wir alle Dinge tun müssen, die uns nicht gefallen. Warum sollte er eine Ausnahme sein? Aber ich meine nicht, dass er nach Tiarond zurückkehren muss. Wir schicken natürlich einen Suchtrupp dorthin, und ein grüner Junge wäre dabei mehr ein Hindernis als eine Hilfe. Nein, ich möchte nur in seinen Geist eindringen, um zu erfahren, wie die Höhle aussieht und wo sie sich befindet, damit ich eine Art Plan entwerfen kann.«

»Und was geschieht hinterher mit dem armen Scall?« Grimms Gedanken klangen sorgenvoll.

»Mach dir keine Sorgen. Wir werden uns etwas ausdenken.«

Es entstand eine argwöhnische Pause. »Sprichst du nun als Amaurn? Oder als Hauptmann Blank?«

Die Andeutung in der Frage ärgerte Amaurn. »Ich spreche als der Archimandrit des Schattenbundes«, antwortete er abweisend. »Ich bin dir für deine Hilfe zutiefst dankbar, Grimm, aber eins musst du noch für mich tun. Bring den Jungen zu mir – und beeile dich. Ich werde dafür sorgen, dass man sich seiner annimmt. Du hast mein Wort darauf.«

»Also gut«, antwortete der Überbringer ernst. »Wenn dich die jüngsten Erfahrungen nicht den Unterschied zwischen Recht und Unrecht gelehrt haben, dann sind wir alle in Schwierigkeiten – aber du selbst bist dann in der größten Gefahr.« Damit war er fort.

»Verflucht!« Das Papier stob auseinander, als Amaurns Faust auf den Tisch niedersauste. Ihm war plötzlich klar geworden, dass Hauptmann Blank schwerer abzuschütteln war, als er gedacht hatte.

Kapitel 8

Der Sturm bricht los

Als Seriema ihren Blick über das wilde Hochland der Rotten schweifen ließ, war ihr, als stünde sie auf dem Dach der Welt. Mit Cetain an der Spitze von zwei Dutzend ausgewählten Kriegern zu reiten war das Beste, was ihr im Leben passiert war.

Heute früh war sie durch das Tor von Arcans Festung hinausgeritten, und ihr war, als hätte sie sich über Nacht von einem verängstigten Flüchtling in eine siegreiche Königin verwandelt. Die rührigen Menschen im Dorf hielten inne, um den Häuptlingssohn vorbeireiten zu sehen, die Kinder ließen, was sie tragen sollten, in den Schmutz fallen, um dem Krieger mit den strahlenden Augen zuzuwinken. Als die Reiter in einer Reihe den Kamm der Hügelkette entlangritten, traten die beiden Überbringer aus dem Turm am See und sprachen einen Segen über sie, während ihre dunklen Roben im Wind wehten und die weißen Schädelmasken in der Düsternis des herannahenden Sturms leuchteten.

Inzwischen waren sie, da sie schnell ritten, weit über die Heide gekommen, und Arcans Festung war hinter ihnen verschwunden, verschmolzen mit der hügeligen Heidelandschaft. Seriemas struppiges, drahtiges, kleines Pferd, das so ganz anders war als Tormons mächtiger Sefrianer, war schnell und sprach gut auf sie an, und sie wünschte, sie würde einfach nur mit Cetain ausreiten, anstatt ihn bei seinem verzweifelten, gefährlichen Auftrag zu begleiten. Sie betrachtete den großen Krieger von der Seite. Mit den langen dunkelroten Haaren, die sich aus seinem Zopf gelöst hatten und hinter ihm her wehten, bot er einen prächtigen Anblick. Er bemerkte ihren Blick und lächelte. »Für ein Mädchen aus der Stadt reitest du gut.«

»Ich bin schon immer gern geritten, und mein Vater hat mich dazu ermuntert«, antwortete Seriema. Sie lächelte gequält. »Das alte Lied, fürchte ich. Er hatte eigentlich einen Sohn haben wollen.« Für gewöhnlich, wenn sie von ihrem Vater sprach, focht sie innerlich einen Kampf aus, gegen die tiefe Liebe, die sie für ihn empfand, und ihren Groll darüber, dass alles, was sie vollbracht und wie sehr sie sich auch angestrengt hatte, nie genug gewesen war. Heute jedoch schien die Bitterkeit, die in ihr schwelte, von der sauberen Luft des Hochlands fortgeblasen zu sein.

Cetain schaute mit Anteilnahme zu ihr herüber. »Und um das auszugleichen, hast du alles zehnmal besser machen müssen als ein Junge – sowohl in seinen als auch in deinen Augen.«

Seriema schnappte nach Luft. »Woher weißt du das? Außer Presvel bist du der erste Mensch in meinem Leben, der das begreift.«

»Du wärst überrascht, wie gut ich das begreife«, erwiderte Cetain leise. »Ich hatte eine jüngere Schwester, das einzige Mädchen unter acht Brüdern. Sie hieß Amellin. Auch sie glaubte, sich in den Augen unseres Vaters beweisen zu müssen, besser zu reiten, besser zu jagen und zu kämpfen als alle Männer unserer Familie zusammen.« Er schüttelte den Kopf. »Und mehr wagen zu müssen. Immer wieder habe ich sie gewarnt, vorsichtiger zu sein, aber dann warf sie ihr schwarzes Haar zurück und lachte mich aus. Bis zu dem Tag, als wir einen Raubzug auf das Vieh der Wolfssippe machten.« Er schluckte mühsam. »Sie hatten auf uns gewartet. Um uns die Zeit zur Flucht zu verschaffen, forderte meine Schwester den Häuptling heraus und kämpfte mit ihm Mann gegen Mann. Als ich sie fallen sah, starb ein Stück meines Herzens mit ihr und wurde von den Pferden unserer Widersacher zertrampelt.« Cetains Gesicht glich einer Maske, sein Blick war in weite Ferne gerichtet. »Amellin hat uns an jenem Tag das Leben gerettet – indem sie sich mit einem Mann maß.« Er spuckte auf die Erde.

»Das tut mir Leid«, sagte Seriema sanft. »Das muss ein furchtbarer Verlust für dich sein.«

»Für mich, ja – aber nicht für unseren Vater. Nicht solange er seine Söhne hat.« Ein Anflug von Verbitterung klang aus dem Satz. »Amellin ist seit zwei Jahren tot, und seitdem habe ich ihn kein einziges Mal ihren Namen nennen hören.«

Sein Ton lud zu keiner Antwort ein, und Seriema war so klug, nicht weiter darauf einzugehen. Sie spürte, dass Cetain den Tränen nahe war. Vor den Kriegern – und vor ihr – zu weinen war undenkbar. Eine Zeit lang ritten sie schweigend. Ihr zähes kleines Pferd, das sich mit den Eigenheiten der Landschaft auskannte, hatte seine erste Begeisterung abgearbeitet und war in einen gleichmäßigen und kraftsparenden Trott gefallen, der ihr Gelegenheit gab, sich ihrer Umgebung zuzuwenden.

Der Wind kam in Böen und näherte sich der Sturmstärke. Die violette Wolkenbank, die sie vom Turm der Festung noch in weiter Ferne gesehen hatte, kam schnell näher und war fast über ihnen. Schon bekam sie die ersten kalten Tropfen ins Gesicht. Sie brauchte nicht so wettererfahren zu sein wie die Rotten, um zu sehen, dass der Sturm schlimm werden würde. Verstohlen blickte sie um sich, um einen Unterschlupf zu entdecken, aber nach allen Seiten war nichts zu sehen außer den nackten Hügeln.

Ach, großer Myrial! Es sieht fast aus, als müssten wir hindurchreiten.

Seriema schauderte. So viel zu den Freuden eines wilden

Lebens. Ihr Verstand hätte ihr sagen müssen, dass es auch eine Schattenseite gab. Einen Moment lang dachte sie sehnsüchtig an das behagliche Arbeitszimmer ihres großen Hauses zurück, wo ein Feuer im Kamin loderte und Marutha – die arme Marutha – ihr eine Tasse heißen, duftenden Tee brachte.

Nie wieder. Ganz gleich, was noch geschieht, ob wir diese Bestien besiegen oder nicht, nichts wird je wieder so sein wie vorher. Die alten Zeiten sind ein für allemal vorbei.

Seriema erstickte den Gedanken schleunigst. Vorbei mochten sie sein, aber das würde sie nicht davon abhalten, aus der neuen Zeit das Beste zu machen. Und wenn sie durch den finsteren Sturm reiten musste, na und? Cetain schien zu glauben, dass sie stark genug war, um mit den Rotten zu reiten, und um nichts in der Welt würde sie ihn enttäuschen.

Als hätte er gespürt, dass sie an ihn dachte, richtete er sich im Sattel auf und straffte die Schultern, wie um seine Traurigkeit abzustreifen. »Ich bitte um Verzeihung, Dame. Das ist kein Tag, um bei altem Kummer zu verweilen. Wir sollten daran denken, was vor uns liegt, nicht, was hinter uns liegt.«

Seriema nahm ihn mit Freude beim Wort und musste die Stimme heben, um bei dem scharfen Wind gehört zu werden. »Was liegt also vor uns? Sind die anderen Sippen unserer ähnlich?«

»Unserer?« Mit hochgezogenen Augenbrauen sah er sie an, und Seriema merkte, wie sie errötete. »Nun, du weißt, wie ich das meine«, sagte sie. »Arcans Festung ist zur Zeit mein einziges Zuhause.«

»Du bist wirklich ein verzeihender Mensch, dass du die Rotten so annimmst, wo wir dir doch über die Jahre so viele Verluste beigebracht haben. Ja, und tapfer noch dazu – oder töricht – denn wir sind ein streitsüchtiges Volk, immer zum

Kampf bereit, und es ist nicht leicht, mit uns auszukommen, wie ich höre.« Aber ihre Worte hatten Cetain gefreut. Sie sah es an seinem Blick und an seinem Lächeln.

»Erzähle mir von den Sippen«, bat sie.

»Gewarnt sein heißt gewappnet sein?«

Sie lachte. »In etwa. Ich möchte wissen, womit ich rechnen muss, wenn ich mich mit so schwierigen Leuten einlasse. Du hast vorhin die Wolfsippe erwähnt. Haben alle Sippen Tiernamen oder ist Wolf nur der Name des Häuptlings?«

»Wir haben alle Tiernamen, und ein Totemtier, das den Geist der Sippe trägt. Aber wenn du wissen willst, warum, musst du die Überbringer fragen.«

»Nun, das nimmt meine nächste Frage vorweg«, sagte Seriema. Sie überlegte einen Augenblick. »Vielleicht liegt es daran, dass die Rotten ein so gewaltsames, blutdurchtränktes Leben führen. Der Häuptling dürfte recht häufig wechseln, darum muss das Totemtier der Sippe ein Gefühl von Zugehörigkeit und Stetigkeit geben.«

Cetains Augen wurden größer. »All die Jahre, und ich habe nie darüber nachgedacht! Manchmal braucht es einen Fremden, damit wir Dinge erkennen, die vor unserer Nase liegen – nicht, dass ich dich wirklich als eine Fremde ansehe, was schon für sich betrachtet sonderbar ist, denn für gewöhnlich nehmen wir von Fremden nichts an. Wer nicht in der Sippe geboren ist, zählt nicht.«

Seriema lachte ihn an. »Wie heißt nun deine – unsere Sippe?«

»Arcans Leute sind die Adlersippe. Es gibt sieben Sippen: die Adler, Bären, Stiere, Raben, Wildkatzen und Wölfe.«

»Und die müssen wir alle überzeugen?«

»Ja – wenn sie uns lassen«, antwortete Cetain knapp. »Bei den Stieren und den Wölfen können wir schon von Glück sagen, wenn wir uns nähern können, ohne uns nachher die Pfeile und Speere aus den Zähnen ziehen zu müssen. Die

Adler haben zur Zeit keine Freunde unter den Häuptlingen.« Er runzelte die Stirn. »Du musst verstehen, dass sich die Macht der einzelnen Sippen ständig ändert. Manchmal, wenn eine zu mächtig zu werden scheint, dann schließen zwei oder drei andere einen losen Bund. Trotzdem gibt es wenig Liebe und noch weniger Vertrauen zwischen ihnen, und wenn sie mit dem gemeinsamen Feind fertig geworden sind, kann es durchaus sein, dass sie sich gegeneinander wenden.«

Seriema dachte lange und gründlich nach, ehe sie sich wieder zu sagen getraute, was ihr in den Sinn kam. »Ich weiß ja, dass es mich überhaupt nichts angeht, wie die Sippen ihr Leben führen«, begann sie vorsichtig. »Tatsächlich ist ihre Lebensweise für die Händler sogar sehr vorteilhaft... Aber findest du nicht, dass das eine schreckliche Verschwendung ist?«

Cetains Gesicht hellte sich auf. »Ach, du ahnst nicht, wie erleichternd es ist, das auch einmal von jemand anderem zu hören! Ich kann gar nicht mehr zählen, wie oft ich schon versucht habe, meinem Vater oder meinen Brüdern begreiflich zu machen, dass unser Leben in diesem wilden, kargen Land schon hart genug ist, ohne dass wir einander bekriegen. Aber sie wollen es nicht einsehen. Ich wurde ein Feigling genannt, und Schlimmeres, und mein Vater hat mir für diese abweichlerischen Einwände schon das eine oder andere Mal den Kopf gewaschen.« Unvermittelt verfinsterte sich seine Miene. »Schließlich habe ich aufgehört, so zu denken. Seit ich Amellin habe sterben sehen, kann ich mit der Wolfsippe keinen Frieden schließen. Ich fürchte, so geht es uns allen. Es gibt zu viel alten Groll, zu viel Hass. Wir töten sie, sie rächen sich – so geht es immerfort bei allen Sippen und hört nicht auf bis ans Ende der Zeit.«

Seriema atmete tief durch und spürte die alte Streitlust in sich aufsteigen. »Es muss aber aufhören – und zwar sofort. Sonst werden alle sterben, wenn die fliegenden Bestien kommen.«

Ihr Tonfall bewirkte, dass Cetain sie ansah. »Sind sie denn wirklich so schrecklich?«

»Ja«, sagte Seriema. »Viel schrecklicher als du dir überhaupt vorstellen kannst. Und unsere Pflicht wird es sein, die anderen Sippen davon zu überzeugen.«

»Und wenn wir versagen?«

»Dann wird es das Ende der Rotten sein. Also versagen wir lieber nicht, Cetain, uns allen zuliebe.«

Es blieb keine Zeit, mehr dazu zu sagen, denn in der Zwischenzeit hatte sich der Himmel verfinstert und der Sturm setzte ernsthaft ein. Dicht wie ein Vorhang jagte eisiger Regen über die schutzlosen Hügel und schlug den Reitern ins Gesicht. Cetain, der neben ihr ritt, verwandelte sich in einen verwischten Schattenfleck, und sie konnte nicht mehr hören, dass ihnen die anderen Krieger folgten. Die Pferde fielen aus dem Galopp in einen sturen Trott, hielten die Köpfe gesenkt und ihre kräftigen kurzen Beine mussten sich sehr anstrengen, um ihre Leiber gegen den Wind vorwärts zu tragen.

»Wir müssen reiten, solange wir irgend können«, rief Cetain. »Wir haben keine Zeit zu verlieren. Wenn deine Bestien wirklich kommen, sollten wir lieber früher als später in die Festung zurückkehren.«

Seriema nickte, obgleich es nicht das war, was sie gern gehört hätte. Obwohl die dicke, gefettete Wolle des Soldatenmantels eine gewisse Wassermenge abstieß, war er doch diesem Regenguss nicht gewachsen, und bald zog der durchgeweichte Stoff an ihren Schultern. Der Wind blies ihr immer wieder die Kapuze vom Kopf, also hieß es entweder, sie ständig mit einer Hand festhalten oder aufgeben. Sobald sie die Nässe auf der Haut spürte, entschied sie sich für das Zweite.

Innerhalb weniger Augenblicke war es eisig kalt geworden. Hinterkopf, Gesicht und Ohren schmerzten, und obwohl sie die nassen Zügel noch festhielt, spürte sie ihre Hände nicht mehr.

Zur Hölle mit dem wilden, freien Leben! Für ein hübsches großes Feuer, ein heißes Bad und ein Riesenglas Branntwein würde ich es sofort aufgeben.

Cetain drängte sein Pferd dicht an ihres. »Geht es dir gut, Mädchen?«

Als Seriema antworten wollte, bekam sie Regen in den Mund. Sie spuckte, wischte sich das strömende Wasser aus den Augen und versuchte es noch einmal. »Ist mir noch nie besser gegangen«, rief sie.

Durch den heulenden Sturm hörte sie ihn lachen. »Du bist eine Erzlügnerin.«

»Was hast du erwartet? Erinnere dich, ich bin Händlerin.«

»Du siehst nicht mehr sehr danach aus. Du siehst aus, als gehörtest du hierher, auf die Heide bei Sturm und Regen.«

Und ich fühle mich wie eine halb ersäufte Ratte – aber ganz bestimmt werde ich dieses Trugbild nicht zerstören, indem ich zugebe, dass ich erfriere, oder nach einem Unterstand frage.

Seriema strich sich mit steifen Fingern die Haarsträhnen aus dem Gesicht und verfluchte den Sturm freimütig. Aber es hatte keinen Zweck, sich selbst vorzumachen, dass sie nicht begeistert war, und das neue Feuer, das in ihr brannte, war das beste Gegenmittel gegen den eiskalten Wind.

Grimm stand im Arbeitszimmer und rang mit seinem Gewissen. Nach dem Gespräch mit Amaurn lag das Schicksal nicht eines, sondern gleich zweier junger Männer in seiner Hand. Er fühlte sich entsetzlich schuldig, weil er den armen Scall aus seiner neuen Umgebung herausreißen, ihn von seinen Freunden trennen musste, just wo der Junge sich sicher wähnte – jedenfalls so sicher, wie man in diesen Tagen sein konnte. Aber Schuld oder nicht, er wusste, dass er Amaurn am Ende nicht trotzen konnte. Nicht wenn so viel auf dem

Spiel stand. Jedenfalls war er entschlossen, dafür zu sorgen, dass der Schattenbund gut auf Scall aufpasste.

Sicherlich können wir seine Erinnerungen an Gendival auslöschen und ihn zu seinen Freunden zurückbringen, wenn wir mit allem fertig sind. Nachdem er diese Geräte für uns entdeckt hat, sind wir es ihm schuldig. Ich werde alles in meiner Macht stehende tun, um Amaurn dazu zu bringen, dass er freundlich mit dem Jungen umgeht.

Der andere junge Mann brachte viel größere Schwierigkeiten mit sich. Grimm hatte beabsichtigt, Kalts Fall dem Archimandriten vorzutragen und ihn als neuen Wissenshüter in den Schattenbund zu bringen, wie er es verdient hätte. Scalls wegen hatte ihr Gespräch jedoch schlecht geendet, und nachdem er den neuen Anführer des Schattenbundes einmal verärgert hatte, war die Möglichkeit, seinen Wunsch vorzutragen, vertan gewesen.

Was soll ich nun tun? Kalt mitnehmen und abwarten, ob Amaurn ihn vielleicht zurückweist? Oder ihn dalassen, wo er mit dem Angriff der fliegenden Dämonen fertig werden und die ganze Wucht von Arcans Zorn aushalten muss, wenn dieser feststellt, dass sein Überbringer ihn im Stich gelassen hat?

Ein hartnäckiges Geschnatter und Gepiepse aus dem Käfig in der Ecke lenkte Grimms Aufmerksamkeit von seinen Überlegungen ab. Seine Kobolde waren das Eingesperrtsein leid. Sie wollten ins Zimmer gelassen werden, um ihr übliches Durcheinander anzurichten, und verlangten entschlossen nach seiner Aufmerksamkeit. Gar war natürlich noch bei Maskulu in Gendival, und Grimm, der die eigene Heimreise herbeisehnte, hatte den Wissenshüter gebeten, das kleine Wesen vorerst bei sich zu behalten. Die anderen jedoch machten mehr als genug Lärm, um die Abwesenheit des einen auszugleichen. Der übellaunige Iss zankte mit dem schelmischen Bir, und die beiden Weibchen benahmen sich nicht besser. Die lebhafte Vai warf ihre Nester und Spielsachen aus dem Käfig auf den Boden, und die anhängliche Ell rüttelte an den Gitterstäben, versuchte, nach Grimm zu greifen und kreischte durchdringend, um ja bemerkt zu werden.

Nun, wenigstens brachten ihn die Kobolde in keine Bedrängnis. Da er abreiste, brauchte er nicht mehr darüber nachzudenken, wie er sie in die Festung bringen und trotzdem geheim halten könnte. Er würde sie einfach zu Maskulu schicken (er stellte sich lieber nicht dessen Entsetzen vor, wenn sie sich alle auf ihm niederließen) und sie wieder einsammeln, sobald er ...

In diesem Augenblick flog die Tür auf. Er fuhr zornig herum und sah seinen Gehilfen im Eingang stehen. »Wie kannst du es wagen, so hereinzuplatzen. Mach, dass du rauskommst!«

Kalt stand mit offenem Mund da und starrte auf den großen Käfig in der Ecke, der vom Boden bis zur Decke reichte. »Bei allen Wundern dieser Welt, was sind denn das für welche?«, fragte er dann, und die kleinen schwarzen Wesen zwitscherten und flatterten und waren über den unerwarteten Besucher ganz offensichtlich aufgeregt.

»Nichts, was dich etwas anginge«, antwortete Grimm gereizt. »Obwohl du mir zweifellos das Leben vergällen wirst, bis ich es dir endlich verrate. Was glaubst du denn, weshalb ich dir und Izobia verboten habe, hier hereinzukommen?« Er blickte seinen Gehilfen finster an. »Wärst du so freundlich, mir zu erklären, warum du dich mir widersetzt?«

»Weil du etwas vorhast«, antwortete Kalt freimütig. »Du wolltest nicht einmal mit mir über Scalls Wunderdinge reden – und sonst sprichst du mit mir über jede Neuigkeit, und sei es auch nur, um meine Kenntnisse zu erweitern. Du hast dir auch nicht die Zeit genommen, sie zu untersuchen. Du hast sie einfach genommen, bist hier heraufgestürmt, als wären die Teufel hinter dir her, und hast mich bei dem armen Kerl sitzen lassen, wo ich mich abstrample, um mir irgendeine Erklärung für ihn auszudenken. Und seitdem hast du dich hier eingeschlossen. Ich will aber wissen, was vor sich geht. Ich wollte anklopfen und warten, wie immer, aber dann dachte ich: ›Warum sollte ich? Ich bin ein ausgewachsener Überbringer, wo ich doch jetzt zum ersten Mal jemandes Hinscheiden bewirkt habe.‹« Einen Augenblick lang ließ er die Schultern hängen, und Grimm wusste, dass er an das kranke Kind dachte, dessen Leiden er beendet hatte. Dann raffte er sich auf. »Und ich sehe nicht ein, warum ich wie ein Kind oder ein Bittsteller vor deiner Tür warten soll.«

Er steigerte sich in eine richtig tolle Laune hinein, und Grimm, den der Ausbruch mehr als nur ein wenig sprachlos machte, schmunzelte in sich hinein.

Nun ist Kalt doch endlich ein echter Überbringer geworden, und es ist Zeit, dass ich ihn als solchen behandle. Wie konnte ich überhaupt erwägen, ihn hier zu lassen? Er hat das Zeug zu einem ausgezeichneten Wissenshüter. Mag Amaurn meinetwegen verärgert sein oder nicht, ein Narr ist er jedenfalls nicht. Da der Schattenbund gerade jetzt so wenige Mitglieder hat, sollte er jede Gelegenheit beim Schopf packen, um frisches Blut anzuwerben.

»Du hast vollkommen Recht«, sagte er zu seinem Gehilfen, »und ich entschuldige mich dafür. Seit dem ersten Tag, als du zu mir kamst, war ich gezwungen, Dinge vor dir geheim zu halten, aber jetzt ist es Zeit, das zu ändern.« Fast fing er an, Kalt vom Schattenbund zu erzählen, doch dann wurde ihm bewusst, dass er nicht die Zeit hätte, um alles recht zu erklären, und er überlegte es sich anders. »Kalt, mein Junge, was würdest du davon halten, das Land der Rotten zu verlassen? Ich habe nicht die Zeit, um jetzt etwas zu erklären, aber ich kann dir unterwegs alles sagen, was du wissen musst. Würdest du gern mit mir auf Reisen gehen?«

»Auf Reisen? Wohin?«

Grimm ließ das Gesicht seines Gehilfen keinen Moment lang aus den Augen. »Hinter die Schleierwand«, antwortete er ruhig.

Kalt fiel das Kinn herab. »Hinter...« Seine Stimme zitterte. Er holte tief Luft und gewann sichtlich seine Fassung wieder. »Ich hab's gewusst. Ich habe immer gewusst, dass es dahinter etwas gibt! Und diese furchtbaren Bestien, die die Tiarondianer niedergemetzelt haben, müssen auch woanders hergekommen sein...«

Grimm lächelte gequält.

Seit die Grenzen schwächer werden, denken immer mehr gewöhnliche Leute darüber nach und kommen zu dem Schluss, dass es dahinter etwas geben muss. Amaurn hat Recht gehabt, Cergorn. Wie sehr du dich auch bemüht hast, du hättest die Beschaffenheit unserer Welt nicht mehr länger geheim halten können.

»Wann brechen wir auf?« Kalt war zu aufgeregt, um mit dem nachdenklichen Grimm Geduld zu haben, und seine Frage brachte den Überbringer mit einem Ruck zum unmittelbar Notwendigen zurück. Von Aufbrechen zu reden war gut und schön, wenn es nicht mehr bedeutete als einen Spaziergang zum See und zurück. Angesichts der gefährlichen Lage würde Arcan seine Überbringer nicht einfach gehen lassen, und wenn sie noch so gute Gründe hatten. Ihre Flucht – denn darauf lief es hinaus – würde mit großer Heimlichkeit vonstatten gehen müssen, und das zu einer Zeit, da die Rotten äußerst wachsam waren. Zu alledem hatten sie einen ängstlichen, widerstrebenden Jungen mitzunehmen, und wenn man sie erwischte, würde Scall ihr Schicksal teilen.

Nicht dass Arcan uns etwas antäte. Er braucht uns zu sehr. Aber er würde sehr zornig sein, und aus gutem Grund. Man würde uns einsperren, nehme ich an, mehr nicht. Nein, die größte Gefahr besteht darin, dass man uns in der Dunkelheit irrtümlich für die Reiter einer anderen Sippe hält. Es sind immer ein paar berittene Krieger draußen, die das Dorf und das Vieh bewachen, und höchstwahrscheinlich würden sie uns niederstechen, ehe wir etwas erklären könnten.

Offenbar hatte auch Kalt gerade an Arcan gedacht. Seine begeisterte Miene war inzwischen von einem Stirnrunzeln überschattet. »Grimm, ich möchte wahrhaftig nichts lieber tun, als mit dir auf Reisen zu gehen, aber ... Meinst du wirklich, wir tun Recht daran, Arcan und seine Sippe allein zu lassen, wenn sie einer solchen Gefahr entgegentreten müssen? Sicher brauchen sie unser Wissen mehr denn je.«

Kalt, ich bin so stolz auf dich. Wenn ich die ganze Welt abgesucht hätte, ich hätte keinen besseren Lehrling finden können.

»Du hast natürlich Recht«, sagte Grimm laut. »Es ist hinterhältig und verantwortungslos und vollkommen unrecht von uns, die Sippe jetzt zu verlassen. Aber ich fürchte, es geht nicht anders, Junge. Ich habe noch ein anderes Leben, als das, was du kennst, und andere, stärkere Verpflichtungen. Wenn ich Scalls Funde zu *meinen* Meistern bringen kann, dann ist die Wahrscheinlichkeit groß, dass wir nicht nur mit den fliegenden Dämonen fertig werden, sondern auch mit dem unaufhörlichen Regen, der unser Land lahmlegt. Und Callisiora steht damit nicht allein, Kalt. Es gibt außer unserem viele andere Reiche, die großes Elend und Umwälzungen erleiden. Mein wahres Volk muss die ganze Welt berücksichtigen, nicht das Schicksal eines einzelnen Stammes in einem kleinen Land. Auch mir fällt es nicht leicht, aber ich weiß, dass wir Arcans Leuten auf lange Sicht viel besser helfen können, wenn wir fortgehen.«

Kalt sah seinen Lehrer eine Weile an, bevor er antwortete. »Ich weiß nicht, wie weit du fortzugehen gedenkst, aber wir werden mit leichtem Gepäck reisen müssen, Grimm. Die einzige Art, wie wir von hier wegkommen, ist, in der Nacht fortzuschleichen – und selbst dann können wir von Glück reden, wenn wir nicht von Arcans Wachtrupp entdeckt werden.«

Grimm nickte. »Es muss heute geschehen, wo der drohende Überfall alle so in Atem hält.«

Kalt grinste. »Ich weiß. Das ist, als versuchte man an Izobias Tür vorbei nach unten zu schleichen, ohne dass sie den Kopf rausstreckt, um herauszufinden, was vor sich geht...« Er riss die Augen auf. »Die Hüter mögen uns bewahren! Was sollen wir mit Izobia und dem kleinen Lannol machen? Seit Arcan sie verstoßen hat, hat sie niemanden, der für sie sorgt.«

»Auch damit hast du Recht«, antwortete Grimm. »Wir sind für die arme Frau verantwortlich, und wir müssen dafür sorgen, dass Arcan sie in unserer Abwesenheit aufnimmt. Er ist zu Recht zornig auf uns beide, aber ich werde nicht zulassen, dass er sie und ihr Kind ein zweites Mal hinauswirft.« Er setzte sich auf seine Werkbank und schaute mit schmalen Augen zum Fenster hinaus, während er darüber nachdachte. »Und da gibt es noch etwas, das ich dir bisher nicht erzählt habe, Kalt. Einen weiteren Gefahrenpunkt, fürchte ich. Wenn wir gehen, müssen wir Scall mitnehmen.«

»Was? Grimm, das ist nicht anständig.«

»Ich weiß.« Der Überbringer seufzte schwer. »Mir gefällt das so wenig wie dir, aber ich habe gar keine Wahl. Das sind meine Befehle. Mein Meister will ihn wegen der Höhle befragen, die er entdeckt hat.«

Kalt seufzte. »Ich sehe nur nicht, wie wir das schaffen sollen. Wir müssen Izobia sicher unterbringen, Scall aus der Festung entführen und Arcans Wachen aus dem Weg gehen – und bei all dem noch hoffen, dass die fliegenden Bestien nicht kommen, während wir über die offene Heide ziehen. Wie soll uns das denn alles gelingen?«

Der Überbringer schüttelte den Kopf. »Ich weiß es nicht, und wir haben sehr wenig Zeit, um uns eine Lösung auszudenken. Arcan will bis Sonnenuntergang alle in der Festung haben, und er wird die Tore bis zum Morgen verriegeln und verrammeln.« Er schob seinen Gehilfen aus dem Arbeitszimmer und schloss die Tür ab, ehe er die Treppe hinunterstieg. Nach einem letzten kummervollen Blick kam Kalt hinter ihm her, aber als sie am Fuß der Treppe angekommen waren, fasste er seinen Lehrer und hielt ihn auf. »Grimm? Was waren das da oben für Geschöpfe? So etwas habe ich noch nie gesehen.«

Grimm lächelte ihn an. »Wie alles andere werde ich dir auch das unterwegs erzählen.«

Aber eines ist sicher, mein Junge. Du wirst noch viel befremdlichere Geschöpfe sehen, wenn ich dich durch die Schleierwand gebracht habe.

Kapitel 9

Sonnenuntergang

Der Frachtsegler kam rechtzeitig mit der einsetzenden Ebbe bei der Mündung an, was gerade recht war. Nach Meglyns Erfahrung legte sich der Wind stets bei Sonnenuntergang, aber das ablaufende Wasser würde sie noch hinaus bis zum Dorf tragen, das sich auf der Südseite der Mündung an die Küste schmiegte. Elion stand mit Veldan und dem Feuerdrachen an Deck und saugte die Schönheit der Landschaft in sich auf. Der Fluss mündete nach Südosten, sodass das Licht der untergehenden Sonne von hinten kam. Die Hügel hoben sich wie ein Scherenschnitt von dem flammenden Himmel ab, und der Ozean sah aus wie flüssiges Gold. Am Horizont ging der wolkenlose Himmel in Saphirblau und Violett über, je weiter der Abend über das Land kroch.

Die Inseln der Bucht schienen auf dem abendlichen Wasser zu treiben, das dunkle Gestein ihrer Gipfel und Klippen fing das letzte Sonnenlicht ein. Der Anblick war erhebend, aber was Elion betraf, so fand er ihn von Kummer getrübt. Melnyth hatte diese Küste geliebt, die kleinen Häfen, die einsamen Fischerdörfer. Sie war ein sehr guter Matrose gewesen, hatte Wind und Wellen hervorragend deuten können und war mit allen Launen der See vertraut gewesen. Sie hatte die rauen Hafenschenken gemocht, und die wüste Gesellschaft der Fischer und ihrer Frauen, der Stauer und Dirnen, Wandersleute, Händler und der Fischausweider, die nach den Routen der Fischschwärme von Hafen zu Hafen zogen. Niemals war sie glücklicher, als wenn sie bis zum Morgengrauen mit den alten Matrosen Garn spann und den Geschichten der Reisenden zuhörte, und wieder einmal sah Elion ihr entzücktes Gesicht vor sich, wenn sie lauschte, und den üppigen, lächelnden Mund, das kupferfarbene Haar, das im Schein des Feuers leuchtete.

Geh weg, verdammt! Hör auf, bei mir herumzuspuken!

Der Gedanke traf ihn völlig unerwartet. Früher hatte er die qualvollen Erinnerungen willkommen geheißen, ganz gleich, wie sehr sie ihn schmerzten.

»Bist du sicher, dass Melnyth dich verfolgt und nicht umgekehrt?«, sagte eine Stimme in seinem Kopf. Es war Veldan. »Vielleicht bist du endlich so weit, sie in Frieden ruhen zu lassen.«

Elion schüttelte den Kopf. »Ich kann sie nicht loslassen, Veldan. Solange ich sie in meinem Herzen lebendig erhalte, ist es, als wäre sie noch auf der Welt, irgendwo um die nächste Ecke, wo sie nur nicht zu sehen ist.« Seine Tränen überzogen die abendliche See mit einem goldenen Schleier. »Wenn ich sie in Frieden ruhen lasse, wie du sagst, muss ich mir selbst eingestehen, dass ich sie nie mehr wiedersehen werde – und das könnte ich nicht ertragen.« Doch während er das sagte, merkte er ziemlich schuldbewusst, dass er in den vergangenen Tagen wenig Zeit gehabt hatte, um an seine einstige Partnerin zu denken, und wenn er sich ganz ehrlich betrachtete, war ihm die Unterbrechung der ständigen Trauer nicht unwillkommen gewesen.

Die Flussmündung endete in zwei Landspitzen, die sich ins Meer schoben. Am Ausläufer des südlichen Vorgebirges gab es eine tiefe Bucht, umringt von niedrigen Häusern aus hellgrauem Stein. Das Schiff neigte sich zur Seite, als Meglyn das Steuer herumwarf, und der Baum knarrte und schwenkte träge herum. »Wir sind keinen Moment zu früh angekommen«, murmelte sie. »Fast kein Wind mehr.«

Mit dem letzten Hauch der ersterbenden Brise liefen sie am Ende des Kais und dem Leuchtturm vorbei in den Hafen ein. Zwei Fischer, ein alter Mann und ein Junge, saßen am Rand und ließen ihre Angeln ins Wasser hängen. Sie winkten dem vorbeifahrenden Boot und bestaunten offenen Mundes den Feuerdrachen, der sich in den Bug duckte. Meglyn steuerte ihren Frachter geschickt längsseits an den Kai neben ein langes, dunkles Segelboot und begrüßte den Schiffer mit einem Zuruf. »He, Arnond! Ich bringe dir deine Fahrgäste.«

Ein junger Mann mit breiten Schultern und Stiernacken erschien in einer der offenen Luken und grinste sie breit an. »He, Meglyn! Du bist gut vorangekommen.«

»Habe die letzte Ebbe erwischt.« Meglyn sprang ans Ufer, um Chalas beim Vertäuen zu helfen, aber der junge Hüne war schon von Bord geklettert und fing sie in einer Umarmung auf. »Uff! Lass mich runter«, keuchte sie. »Lass dich besser nicht von Rowen erwischen, wie du eine andere Frau in den Armen hältst. Wie geht es ihr?«

Arnonds Grinsen wurde noch breiter, während er mit den Händen vor sich einen großen Kreis beschrieb. »Sie blüht auf. Sie wird gleich oben sein, aber sie ist jetzt so dick, dass sie eine Weile braucht, um durch die Luke zu klettern.«

»Dann kann's nicht mehr lange dauern.«

»Tut es auch nicht. Dieser kleine Ausflug die Küste hinunter wird unsere letzte Fahrt sein, dann bleiben wir in Neymis, bis das Kind da ist. Danach soll so schnell wie möglich der Alltag wieder einkehren. Es wird unterhaltsam sein, mit einem Kleinen an Bord zu fahren.«

Meglyn lachte. »Vielleicht unterhaltsamer, als du denkst.«

Arnond zuckte die Achseln. »Das geht schon klar. Schließlich bin ich selbst auf einem Boot groß geworden, und Rowen auch. Die Hauptsache ist, dass wir alle zusammen sind.«

In diesem Augenblick stieg eine junge Frau schwerfällig aus der Luke an Bord, und Arnond sprang zurück an Deck, um ihr ans Ufer zu helfen. Rowen hatte ein liebliches Gesicht und langes dunkles Haar, das aber in der Sonne tiefrot leuchtete. Meglyn umarmte sie. »Arnond hat Recht, Liebes. Du bist das blühende Leben.«

Rowen lachte. »Also, ist doch schön, dass ich wenigstens eine Zierde bin, denn abgesehen vom Kochen, bin ich an Bord zu nichts mehr nutze. Die Zeit, wo ich Taue einziehe und Fracht lösche, ist vorerst vorbei.«

»Das wird unwichtig, sobald wir Sidras haben, der uns bei den schweren Sachen hilft«, sagte Arnond. »Das heißt, wenn wir ihn von der Schenke loseisen können.«

Meglyn hob die Augen zum Himmel. »Der alte Halunke ändert sich auch nicht mehr, wie? Solange wir auf ihn warten, kann ich euch eure Gäste vorstellen.«

Elion, Veldan und Ailie, die sich nicht hatten aufdrängen wollen, standen wartend an der Reling. Jetzt winkte Meglyn sie von Bord und machte alle miteinander bekannt. Mit einigen Schwierigkeiten folgte auch Kaz, unter dem sich das Boot bedenklich neigte. »Und das«, schloss Meglyn, »ist Kazairl.«

»Sein Anblick reicht aus, dass Rowen die Wehen kriegt, stimmt's?«, meinte Elion.

Rowen lachte. »So leicht macht mir keiner Angst. Ich finde ihn schön.« Sie reckte sich und streichelte Kaz die Schnauze. Einen Moment lang machte er ein erstauntes Gesicht, dann ließ er aus tiefer Kehle ein erfreutes Rumpeln, ja fast ein Schnurren hören. »Eindeutig eine Frau mit Verstand und Scharfblick«, sagte er mit einem giftigen Seitenblick zu Elion. »Was ich von gewissen Leuten nicht behaupten kann.«

Die Wissenshüter und Ailie sagten Meglyn Lebewohl, die sich entschlossen hatte, bis zu ihrer Rückkehr mit dem Boot in Neymis zu bleiben, und trugen ihre Habe auf das andere Schiff. Chalas wollte sich soeben auf den Weg zur Schenke machen, um Sidras zu holen, als Meglyn ihn aufhielt. »Warte! Es ist nicht nötig, wegen einer kurzen Fahrt ohne Fracht Sidras von seinem Rum zu trennen. Wie wär's, wenn ich seinen Platz einnehme und zu eurer Mannschaft stoße, anstatt im Hafen von einem Bein aufs andere zu treten? Ich mag den Fluss, aber wieder auf See zu sein wäre eine schöne Abwechslung.«

Arnond sah sie zweifelnd an, aber Rowen war unbefangener. »Solange niemand in Frage stellt, dass Arnond der Kapitän ist«, sagte sie. »Auf einem Boot kann nur einer Befehle geben.«

Elion war erstaunt, dass sie es wagte, in diesem Ton mit der Besitzerin des Bootes zu sprechen. Meglyn jedoch lachte. »Das hat mir noch gefehlt! Aber du hast völlig Recht, Rowen. Schrei mich einfach an, wenn ich mich danebenbenehme.«

Arnond legte einen Arm um seine schwangere Frau, und Stolz strahlte aus seinem ganzen Gesicht. »Dich anschreien? Wenn du dich auf unserem Schiff danebenbenimmst, wird Rowen dich wahrscheinlich über Bord werfen.«

»Also, wenn ich schon keine Befehle geben darf, wie steht's mit einem höflichen Vorschlag?« Meglyn besah sich den dunkler werdenden Himmel. »Mir ist, als hätte ich gerade einen Windhauch gespürt. Warum machen wir uns nicht fertig zum Auslaufen?«

In der nächsten halben Stunde verließ der Lastkahn langsam den Hafen und strebte dem offenen Meer zu. Veldan stand im Bug und sah ziemlich erleichtert aus. Sie drehte sich lächelnd zu Elion um. »Es tut gut, wieder unterwegs zu sein. Ich hatte den ganzen Tag keine Ruhe, weil ich mich immerzu gefragt habe, ob die Drachen noch einmal versuchen Toulac und Zavahl zu entführen. Je eher wir sie aufgreifen, desto besser.«

Es wurde schon langsam Abend, als die Hütte am Strand endlich fertig war.

»Gut«, befand Toulac und wischte sich die Hände an ihren leidgeprüften Hosen ab. »Damit sollten wir die Nacht überstehen. Ich schätze, wir haben gute Arbeit geleistet.«

Zavahl sah voller Stolz auf das windschiefe Bauwerk. Es hatte lange gedauert, die Zweige, Halme und Farnwedel mit dem Fischernetz zu verweben, aber es war das Erste, was er mit eigenen Händen hervorgebracht hatte, und dazu konnte er eine ganze Reihe Kratzer, Striemen und Blasen vorweisen. Seine Handflächen waren wund und schmutzig, aber es machte ihm nicht das Geringste aus. Sein Sinn für das Erreichte verlieh der Hütte eine Schönheit, die sie für ein weniger voreingenommenes Auge keinesfalls besessen hätte, und er konnte kaum erwarten, dass es Abend wurde und er sie endlich erproben konnte.

Aber Toulac, die alte Sklaventreiberin, hatte nicht die Absicht, ihn herumstehen und sich selbst beglückwünschen zu lassen. Ehe er wusste, wie ihm geschah, drückte sie ihm den zerbrochenen Krug und die Blechbüchse, die nun ohne Deckel war, in die Hände. »Hole Wasser für uns, ja? Ich bin ein paar Hundert Schritte entfernt auf ein Rinnsal gestoßen. In der Zwischenzeit werde ich ein Feuer anzünden.« Sie kramte in ihrer Hemdtasche und brachte einen Feuerstein zum Vorschein. »Sieh zu, dass du immer einen bei dir hast – oder mehrere, wenn's geht. Für alle Fälle. Gehe nirgends hin ohne einen Feuerstein. Das ist eine Angewohnheit, die dir für den Rest deines Lebens zustatten kommt.«

Zavahl stapfte den Strand entlang davon. Zwar hielt er den Blick ständig auf die Felswand gerichtet, um Toulacs Wasser zu finden, aber gleichzeitig war er mit seinen Gedanken beschäftigt. *Ich lerne tatsächlich, im Freien zu überleben. Wer hätte das gedacht?*

Bald hatte er das Gewünschte gefunden, hielt die Büchse unter das Rinnsal und wartete ungeduldig, dass sie sich füllte. Als es soweit war, stellte er bestürzt fest, wie wenig hineinpasste. Bei dieser Ausbeute würde er die ganze Nacht hin und her laufen müssen! Seufzend schob er den Krug unter das Wasser und trat vom kalten Wind zitternd von einem Bein aufs andere, bis auch das zweite Gefäß voll war.

Als er wieder bei der Hütte ankam, ging die Sonne unter und badete den Strand in rotgoldenes Licht. Ein kleines Feuer prasselte vergnügt in dem Lager zwischen den Felsblöcken. Auf dem Deckel der Blechbüchse buken Krabben über dem Feuer und zischten und knackten von der Hitze. Von dem würzigen Duft lief Zavahl das Wasser im Mund zusammen. Toulac war unten am Wasser. Sie saß auf einem Stein, und mehrere Dobarchu hüpften um sie herum im Wasser auf und nieder. Zavahl fragte sich, worüber sie wohl sprachen – dann wunderte er sich, wie leicht er es hinnahm, dass diese pelzigen kleinen Geschöpfe überhaupt sprechen konnten. Er setzte seine Gefäße vorsichtig ab – da er jeden Tropfen würde herbeitragen müssen, erschienen sie ihm alle kostbar – und gesellte sich zu Toulac. Neben ihr auf dem Felsen lag ein silberglänzender Haufen Fische, und sie war dabei, sie mit einem kleinen Messer flink und kundig auszunehmen.

»Woher hast du das denn?«, fragte Zavahl erstaunt.

Toulac unterbrach ihre Tätigkeit und blickte auf. »Ich hatte es in meinem Stiefel versteckt.«

»Warum hast du es dann nicht benutzt, als wir die Hütte gebaut haben? Ich habe fast keine Haut mehr an den Fingern, weil ich die Zweige alle brechen musste.«

»Damit es für solche Aufgaben wie Fische ausnehmen scharf bleibt«, erwiderte Toulac. »Das Messer ist sehr klein. Es ist unser einziges Werkzeug. Wir dürfen es nicht stumpf machen oder etwa die Klinge abbrechen, indem wir auf einen Haufen Zweige einhacken, die wir ebenso gut mit den Händen abbrechen können. Mit dem Schwert ist es dasselbe. Man weiß nie, wann wir es mal brauchen werden.«

Zavahl setzte sich auf den Felsen und seufzte. »Stimmt.« Diese Details wirkten immer so selbstverständlich, wenn Toulac sie erklärte. »Ich komme mir hier draußen so dumm vor.«

Die alte Kriegerin blickte ihn überrascht an. »Ich hätte nie gedacht, den Hierarchen von Callisiora das eines Tages sagen zu hören.«

»Ich bin nicht mehr Hierarch von Callisiora.« Zavahl sah nicht auf, sondern starrte weiter vor sich hin. »Ich weiß nicht, was ich bin.«

»Denk an die vielen Freuden, die du von nun an kennen lernen wirst«, sagte Toulac. »Besonders an die mit Ailie.« Sie zwinkerte ihm zu, und Zavahl stieg die Hitze ins Gesicht. »Hör zu«, fuhr sie fort, »an dir ist gar nichts verkehrt, solange du nicht in Selbstmitleid verfällst. Natürlich weißt du nichts über das Leben hier draußen, aber du hast schließlich ein entsetzlich behütetes Leben geführt und seitdem nicht gerade viel Zeit gehabt, alles zu lernen. Du bist so verständig wie jeder andere Mann, Zavahl. Das alles ist eine Frage der Erfahrung, und um die zu erlangen, gibt es nur einen Weg. Aber es wird dir gut gehen, du wirst sehen. Und beim nächsten Mal, wo du in eine solche Lage kommst, wirst du selbst ein Messer im Stiefel haben.« Sie grinste ihn an. »Ich werde dir zeigen, wo man eins herkriegt.«

Sie gingen vom Wasser weg und zur Hütte hinauf. Ihre Schritte knirschten auf den feuchten Kieseln. Toulac hatte flache Steine um das Feuer gelegt, und nun wickelte sie die Fische in breite Blätter, die sie von der Ebene mitgebracht hatte, und legte sie zum Braten auf die heißen Steine. Während sie darauf warteten, dass das Essen gar wurde, berichtete Toulac, was sie von den Dobarchu erfahren hatte.

»Ihr Land wurde überfallen, von irgendwelchen fremden Geschöpfen – so genau habe ich das nicht verstanden. Ich glaube, sie kamen durch die Schleierwand, genau wie die fliegenden Bestien, von denen Elion erzählt hat, dass sie

Tiarond angegriffen haben. Die Ärmsten, es sind nur eine Hand voll von ihnen übrig. Sie glauben sogar, dass sie die einzigen Überlebenden sind. Es ist ein Wissenshüter unter ihnen, Mrainil, der sich nicht um die Bestimmungen schert und beschlossen hat, sein Volk nach Gendival zu bringen. Anderenfalls würden die Dobarchu aussterben. Er schien ziemlich erleichtert zu sein, dass Cergorn nicht mehr an der Macht ist. Er hofft, dass wer immer jetzt am Ruder ist, gemäßigtere Ansichten hat.« Sie zuckte die Achseln. »Das hoffen wir alle, oder wir beide werden uns ein neues Zuhause suchen müssen.«

»Hat Veldan denn besorgt geklungen, als ihr miteinander sprachet?«, fragte Zavahl.

Toulac lächelte breit. »Gute Frage. Sie hat nicht gesagt, wer jetzt die Verantwortung hat, aber sie klang überhaupt nicht besorgt.«

»Gut.« Zavahl, der auf einem rundlichen Stein saß, suchte mit dem Hinterteil zappelnd eine bequemere Stelle und streckte die Hände zum knisternden Feuer hin. »Weißt du, du hattest Recht damit, dass ein Feuer und eine Hütte die Lage vollkommen verändern. Das ist beinahe wohltuend. Ist der Fisch bald fertig?«

Toulac stocherte mit der Messerspitze in einem der dampfenden Fische. »Ja, sie sind soweit – und ich auch.«

Zavahl stimmte ihr zu. Noch nie in seinem Leben war er so hungrig gewesen.

Indem sie abwechselnd das Messer und jeder eine Muschelschale als Löffel benutzten, aßen sie den Fisch ohne Umweg von den heißen Steinen und knackten die Krabbenpanzer, um an das zähe weiße Fleisch zu gelangen. Als sie satt waren, legte Toulac Holz aufs Feuer, und sie kauerten sich dicht an die rauchenden Flammen, während der Wind immer kälter wehte. Der Abend wurde dunkler, am Himmel traten die Sterne hervor.

Obwohl Aethon keinen Drachenleib mehr besaß, fühlte er sich noch immer von der Wärme und dem Leuchten des Feuers angezogen. Wenn es auch nur ein blasser Widerschein der lodernden Sonne seines Heimatlandes war, rief es in ihm Erinnerungen wach: an die kristallene Stadt Altheva, an lang vermisste Freunde und Gefährten, an seine prächtigen goldenen Schwingen, mit denen er sich an dem Leben spendenden Sonnenlicht sättigte …

Nie wieder. Nie wieder. Sein großer, geschmeidiger, goldener Leib war jetzt ein Haufen verwesendes Fleisch, die schimmernden Flügel waren zerschlagen von dem Erdrutsch, der ihn begraben hatte, und wäre Zavahl nicht gerade zur rechten Zeit gekommen, sein Leben wäre erloschen wie eine Kerze. Was von Aethon, dem Seher, noch lebte, waren sein Geist und Verstand und die kostbaren Erinnerungen seines Volkes, die sich an das unsichere und missliche Dasein als Gast im Geist eines verletzlichen Menschen klammerten. Das war nicht gerade Leben zu nennen, aber mehr hatte er nicht und mehr konnte er nicht erwarten.

Gram bemächtigte sich des Drachen, und eine Einsamkeit, die so tief ging, dass er vor Qual den Himmel anheulen wollte.

Das ist alles, was mir bleibt. Alles, was je sein kann. Ich werde nie wieder nach Hause kommen.

Seine Entführung durch die Dronen der Dierkane hatte Aethon gezwungen, sich einigen schmerzlichen Wahrheiten zu stellen. Er hatte gewusst, dass Skreeva vom Volk der Alvai eine Späherin des Drachenvolkes war. Unglücklicherweise hatte er darüber nicht entscheiden können, und er hatte immer beklagt, dass sein Volk in der Beziehung zu Gendival, die sich auf Vertrauen und Zusammenarbeit gründen sollte, geheime Kundschafter einsetzte. Sowie er an jenem Abend die bösartigen Gestalten der Dierkane entdeckte, wusste er, dass sein Volk seinen Aufenthaltsort entdeckt und einen

Weg gefunden hatte, um ihn heimzubringen. Für einen Augenblick hüpfte sein Herz vor Freude. Dann traf ihn die niederschmetternde Erkenntnis, was solch eine Vorladung bedeutete. Wenn die Drachen ein Mittel gefunden hatten, um die Erinnerungen ihres Volkes zu retten und an seinen Nachfolger zu übergeben, dann würde das, was von Aethon übrig war, entbehrlich sein – und ebenso sein Wirt Zavahl.

Aber ich will nicht sterben!

Zavahl, der am Feuer saß und nachdenklich nickte, sprang plötzlich auf, als die qualvollen Worte des Drachen in ihm widerhallten. Den ganzen Tag über hatten seine Gedanken dem eigenen unmittelbaren Überleben gegolten, und fast hatte er den absonderlichen Gast, mit dem er seinen Körper teilte, vergessen.

Auch Toulac war aufgesprungen, das Schwert schon in der Hand. »Was? Was ist los?«

Zavahl atmete tief durch und setzte sich wieder. »Es tut mir Leid. Ein Irrtum.« Solange er den Anlass von Aethons Schrei nicht kannte, behielt er die Sache lieber für sich.

Toulac blieb stehen und spähte grimmig in die Dunkelheit, die das Feuer umgab. »Ein Irrtum? Was zum Teufel sollte das denn?«

»Es tut mir Leid«, erwiderte Zavahl. »Ich muss für einen Moment eingedöst sein. Ich glaubte, ich hätte eine Stimme gehört.«

Toulac setzte sich wieder hin und übte sich seufzend in Langmut. »Hier hat keiner was gesagt«, erwiderte sie gereizt, »aber vorsichtshalber begebe ich mich eine Zeit lang ins Dunkle und halte nach irgendwelchen Schleichern die Augen offen. Wahrscheinlich ist es noch zu früh, um nach dem Schiff Ausschau zu halten, aber man kann nie wissen.«

Sie schlüpfte fort in die Dunkelheit und ließ Zavahl mit seinem Schuldgefühl allein.

Aber ich bin nicht allein, nicht wahr?

Seit der Entführung hatte er von dem Drachen kein Wort mehr gehört. Es hatte fast den Anschein, als würde sich sein ungebetener Gast absichtlich versteckt halten. Aber warum? Er schloss die Augen und besann sich auf sein Inneres. »Aethon? Bist du da? Was ist los?«

»Mir scheint, ich schulde dir eine Erklärung. Ich habe versehentlich großen Verdruss in dein Leben gebracht.« Der Drache klang dabei unsicher und gedämpft, überhaupt nicht mehr nach dem zuversichtlichen und klugen Wesen, das den einstigen Hierarchen anfänglich angesprochen hatte. Zavahl runzelte die Stirn. Fast kam es ihm vor, als hätten sie ihren Zustand miteinander getauscht!

»Als ich mich in deinen Geist hineinstürzte, war ich verzweifelt«, fuhr Aethon fort. »Ich lag im Sterben, fast war es soweit. Mir blieb keine Zeit, um die Folgen zu überdenken. Denn ich trage Wissen in mir, das für die Zukunft des Drachenvolkes lebenswichtig ist, und die Geschehnisse der vergangenen Nacht beweisen, dass sie vor nichts Halt machen werden, um es zurückzubekommen.«

Zavahl durchlief ein Schaudern. Toulac hatte ihm erzählt, dass nach Veldans Meinung die Drachen hinter der Entführung steckten, sie aber auch nicht mehr wisse. Und seither hatten ihn die Erfordernisse des Überlebenskampfes so sehr beansprucht, dass er keine Zeit gehabt hatte, um über die Beweggründe und ihre Folgen nachzudenken. »Sie wollen dich also haben«, sagte er langsam, »und um deiner habhaft zu werden, müssen sie mich fangen. Und was geschieht dann?«

»Unglücklicherweise sind mir die geschichtlichen Erinnerungen nicht so deutlich im Bewusstsein, dass ich sie einfach weitererzählen könnte – tatsächlich würdest du an Altersschwäche sterben, ehe ich auch nur einen Bruchteil davon in Worte gefasst hätte. Also müssten sie sie mit anderen Mitteln aus mir herausholen und unmittelbar in den Geist des neuen Sehers übertragen. Es ist anzunehmen, dass mich die Zurückgewinnung entweder gänzlich auslöscht oder zumindest meinen Verstand bis zur Unkenntlichkeit verwüstet«, sagte Aethon düster. »Auch das menschliche Gehirn ist nicht dafür geschaffen, die Verfahren auszuhalten, zu denen sie gezwungen sein werden. Höchstwahrscheinlich wirst du oder wenigstens alle Merkmale deines Wesens ebenfalls zugrunde gehen.«

»Aber das ist grässlich!«, stieß Zavahl atemlos hervor.

»Nicht in ihren Augen«, erwiderte Aethon. »Siehst du, für sie bin ich längst tot. Nach ihrem Verständnis habe ich mich lediglich in deinem Körper niedergelassen, um unser Gedächtnis zu bewahren. Sie haben im Grunde genommen nicht bedacht, dass mein eigentliches Wesen ebenfalls in dich übertragen wurde, aber so ist es. Alles, was den Seher Aethon ausmacht, befindet sich in dir, Zavahl – und ich will noch nicht sterben.«

»Ich auch nicht«, sagte Zavahl. »Nicht dass deine elenden Verwandten sich auch nur entfernt darüber Gedanken machten.« Was für ein Durcheinander! Solange Aethon in seinem Geist blieb, würde er ein gejagter Mann sein, und der Preis dafür, den ungebetenen Gast loszuwerden, war der Wahnsinn oder der Tod.

Kapitel 10

Trugbilder

Sie wollte ihn nicht. Wie konnte das sein, dass sie ihn nicht haben wollte, nach allem, was er für sie getan hatte? Aber der Beweis vor seinen Augen war eindeutig. Aus einer dunklen Ecke des großen Saales beobachtete Presvel, wie Rochalla sich an einen großen Kamin setzte, um dem Geschichtenerzähler zuzuhören. Der Feuerschein tauchte ihr Haar in warmes Gold. Die kleine Annas schmiegte sich, den Daumen im Mund, schläfrig in ihren Schoß, versunken in die Sagen über Helden und verborgene Schätze. Und bei ihnen – viel zu dicht – saß Scall. Sähe man nicht genau, wie jung die beiden noch waren, man hätte sie für eine Familie halten können. Sie sahen dabei so sorglos aus. Als würden sie zueinander gehören. Presvel knirschte mit den Zähnen.

Das ist ungerecht. Sie sollte mir gehören. Ich habe sie geliebt, seit ich sie zum ersten Mal sah. Hätte ich sie nicht mitgenommen, sie wäre jetzt nicht hier, sondern läge als Bestienfutter in Tiarond.

Der Tag war für Presvel nicht gut verlaufen. Er hatte sich unter den ungehobelten, hünenhaften Kriegern fehl am Platz gefühlt; verachtet und zurückgewiesen. Die Rotten, die ihre Festung fleißig für eine Belagerung vorbereiteten, hatten ihm eindeutig zu verstehen gegeben, dass er nur im Weg stand. Tormon hatte sich mit Seriema gestritten, war schlecht gelaunt und schweigsam, und Seriema selbst hatte die Obhut der Festung, ohne ihm ein Wort zu gönnen, verlassen und setzte ihr Leben bei einem lächerlichen Wagnis aufs Spiel.

Früher bin ich ihr wichtig gewesen. Sie war in so vielen keinen Belangen von mir abhängig, und jetzt hat sie keine Zeit mehr für mich – aber es ist nicht verwunderlich, dass sie sich einem anderen zuwendet. Ich habe sie kaum mehr beachtet. Ich habe meine Zeit an dieses undankbare kleine Luder da am Feuer verschwendet.

Presvel verbarg das Gesicht in beiden Händen. Im tiefsten Herzen wusste er, dass er unvernünftig und ungerecht war. Als er Rochalla zum ersten Mal in Seriemas Haus brachte, sagte er sich noch, dass er nun nicht mehr erwarten dürfe, sie als seine Hure für sich zu haben, und machte sich auf ihre Ablehnung gefasst. Er ahnte damals wohl, dass es ihm das Herz brechen würde, aber er hielt sich für tapfer genug, um dabei zuzusehen, wie sie sich ohne ihn zu einem besseren Leben aufschwang – doch die Wirklichkeit kam viel schlimmer, als er sich ausgerechnet hatte.

Den ganzen Tag schon hatte er mit ihr allein sein wollen, aber es schien, dass sie ihn absichtlich mied, und sie behielt Annas immerfort bei sich, wie um zu verhindern, dass er vertraulich mit ihr sprach. Dann, nach dem Abendessen, hatte sie sich zu Scall ans Feuer gesellt. Zuerst hatte Presvel geglaubt, das sei nur eine neuerliche Masche, um ihn auf Armeslänge von sich zu halten, aber jetzt, wie er sie mit diesem grünen Jungen da drüben so flüstern und lachen sah, legte sich ein dunkler, hässlicher Fleck aus Eifersucht auf sein Herz.

Wie kann er es wagen?

Wie können sie es wagen?

Während er sie weiter beobachtete, legte der Junge versuchsweise einen Arm um ihre Schultern. Sie versteifte sich und blickte ob dieser ungewohnten Berührung um sich.

Jetzt würde sie dem unverschämten Grünschnabel doch sicher sagen, dass er sich packen soll? Doch nach ein paar Augenblicken musste er feststellen, dass sie dem kleinen Bastard tatsächlich erlaubte, sie zu betatschen.

Presvel konnte das nicht länger mit ansehen. Er sprang auf und verließ hastig den Saal, stolperte dabei über ausgestreckte Beine und trat anderen auf die Zehen. Draußen lehnte er sich heftig atmend gegen die kalte Steinwand.

Jetzt reicht's. Das lasse ich nicht zu. Ich werde mir das kleine Gör vorknöpfen, und wenn es das Letzte ist, was ich tue.

Er hatte noch immer das lange scharfe Messer bei sich, trug es jetzt Tag und Nacht. Und da gab es einen Ort, wo er den Jungen mit Sicherheit allein erwischte. Was immer um ihn herum auch geschah, der kleine Nichtsnutz ging jeden Abend in den Stall, um nach seinem kostbaren Gaul zu sehen. Presvel wollte Scall nur verscheuchen und lief schon mit der Hand am Messer hinunter zu den Ställen.

Kalt erprobte die gut gefüllte Matratze und strich ab und zu anerkennend über die dichten Bärenfelle auf dem Bett. »So ein Leben lasse ich mir gefallen«, sagte er. »Ich wünschte, wir müssten nicht schon so bald aufbrechen.« Er zögerte. »Weißt du, es macht mir ein schlechtes Gewissen, dass ich Arcan verlasse, wo er uns so gut behandelt.«

Grimm drehte sich vom Fenster herum, wo er eine Weile gestanden und mürrisch in die Dunkelheit gestarrt hatte. »Ach, mach dir nichts vor, Kalt. Glaubst du, Arcan gibt uns die Zimmer neben den seinen aus bloßer Herzensgüte?«, erwiderte er barsch. »Er bringt uns solche Ehrerbietung entgegen, weil er nichts weiter ist als ein abergläubischer Stammeskrieger, der Angst hat, uns anders zu behandeln.«

Und du hast genauso ein schlechtes Gewissen wie ich, Grimm. Darum bist du so verdrossen.

Kalt behielt seine Gedanken für sich. Wenn sich sein Lehrer in dieser Stimmung befand, war Schweigen das Klügste. Während Grimm am Fenster brütete, überprüfte er noch einmal die Bündel. Sie hatten sehr wenig bei sich: ein wenig Essen, für jeden eine Decke, auch für Scall, einen zusätzlichen Umhang, eine warme Jacke und Handschuhe für den Jungen sowie ein Seil, um ihn zu fesseln, falls er sich widerspenstig zeigen sollte, sowie ein oder zwei wertvolle Kleinigkeiten, die kaum etwas wogen. Kalt dachte mit Bedauern an all die kostbaren Bücher und Schriftrollen, die sie im Turm zurücklassen mussten, an all die Kleidung und persönlichen Dinge, die niemals zu ersetzen wären.

Ob wir wohl je wiederkommen?

Wie er schon sagte: Mach dir nichts vor, Kalt.

Ich habe Angst.

Kalt hoffte, dass der Ausgang des Unternehmens die Wagnisse aufwiegen würde – aber er musste auch zugeben, dass die Aussicht auf das Bevorstehende ebenso aufregend wie beängstigend war. Während sie es sich in dem Zimmer bequem machten und auf den Einbruch der Dunkelheit warteten, erzählte Grimm seinem staunenden Gehilfen ein wenig über den Schattenbund und Gendival; über die Wirklichkeit hinter der Schleierwand und die Gefahr, der die Welt jetzt gegenüberstand. Kalt versuchte, das alles in sich aufzunehmen, aber ein Gefühl des Unwirklichen verfolgte ihn. Er konnte sich unmöglich vorstellen, bald mit Grimm in die Nacht hinaus zu fliehen und in ein Land zu reisen, wo es fremde Geschöpfe mit eigentümlichen Kräften gab.

Und ich werde dazugehören! Brauche nicht mehr mit einer Maske umherzuschleichen, nicht mehr der Sonderling zu sein, der gefürchtet und gehasst wird. Endlich werde ich meinen Verstand gehörig ausbilden und meine Fähigkeiten nutzen können, um etwas Gutes zu tun.

Schließlich unterbrach Grimm die eingehende Betrachtung der Dunkelheit. »Es ist Zeit zu gehen«, sagte er. »Wir treffen uns wie geplant unten im Stall.« Nachdem er die Maske aufgesetzt und beide Bündel an sich genommen hatte, verließ er das Zimmer. Durch den Türspalt spähte Kalt hinaus und beobachtete, wie er den Gang hinunterschlich. Dabei hüllte ihn ein Schimmer ein, eine leichte Verschwommenheit, die nur das geübte Auge eines Überbringers wahrnehmen konnte. Als Grimm an den Wächtern vor Arcans Tür vorbeiging, zeigten sie keine Regung, kein Blinzeln, überhaupt kein Anzeichen dafür, dass sie ihn gesehen hatten. Eingehüllt in ein Trugbild kam Grimm unbemerkt an ihnen vorbei und verschwand.

Ich wünschte, ich könnte das.

Kalt verstand zwar die Grundzüge der Kunst des Blendens, doch war er noch nicht fähig, ein Trugbild für längere Zeit aufrechtzuerhalten. Zum Glück würde das heute Nacht nicht nötig sein. Er kehrte ans Feuer zurück und versuchte so viel Wärme wie nur möglich aufzunehmen. Es würde ein wenig dauern, bis Grimm am vereinbarten Ort angelangt war. Während des Wartens ließ er die letzten Stunden noch einmal vor seinem inneren Auge ablaufen und überlegte, ob sie vielleicht etwas vergessen hatten. Grimms kleine Geschöpfe (wann würde er ihm endlich davon erzählen?) waren an ihr Reiseziel vorausgeschickt worden. Ihr Vieh hatten sie in die Festung gebracht, und wenngleich Arcan Izobia und dem kleinen Lannol nicht gestatten wollte, in dem üppigen Gastzimmer zu wohnen, so waren sie immerhin in den überfüllten, aber lebhaften Räumen der Witwen und Waisen untergekommen. Zu Kalts Erleichterung waren die beiden von Damaeva, der Lebensgefährtin des Häuptlings, unter ihre Fittiche genommen worden, damit die anderen Frauen sie nicht böswillig und verächtlich behandelten. Ganz gleich wie sehr Arcan zürnen würde, wenn er die Flucht der Überbringer entdeckte, die gutherzige Damaeva würde nicht zulassen, dass er seine Wut an Izobia ausließ – und bei all seinem prahlerischen Aufbrausen war der Häuptling doch nicht so dumm, sich seiner kleinen Partnerin entgegenzustellen, die, wenn sie einmal aufgebracht war, eine ernst zu nehmende Widersacherin sein konnte.

Das war es also. Die Dinge hatten sich gefügt, und es war Zeit fortzugehen. Kalt stand vom Feuer auf, ließ einen letzten bedauernden Blick über das behagliche Zimmer schweifen und begab sich zur Tür. Der selbstverständlichen Gewohnheit folgend hielt er noch einmal inne, um sich die Knochenmaske aufzusetzen, und bemerkte dabei, dass die Nähte rings um die Schnalle durchgescheuert waren und die Befestigung nur noch an einem Faden hing. Seit ein paar Tagen schon hatte er das ausbessern wollen, aber die Nachricht von den Eindringlingen und das folgende Durcheinander beim Packen und Umziehen hatten ihm dazu keine Zeit gelassen. Nun gut. Jetzt war es ganz und gar unmöglich, daran etwas zu ändern, und bisher hatte die Schnalle gehalten. Das brauchte sie nur noch eine kleine Weile weiter zu tun, und dann, so hoffte er, würde er die Maske nie wieder aufsetzen müssen. Den Worten seines Lehrers zufolge hatte der Schattenbund derlei Zubehör nicht nötig. Sehr viel behutsamer als sonst schnallte er sich die Maske um und verließ das Zimmer.

Im Gegensatz zu Grimm war bei ihm keine Heimlichkeit nötig. Er trat kühn auf den Gang hinaus und nahm, als er an der Tür zu Arcans Räumen vorbeiging, den achtungsvollen Gruß der Wächter entgegen.

Wie gut, dass die Maske mein Gesicht verbirgt. Wenigstens brauche ich mir keine Sorgen zu machen, ob ich aufgeregt aussehe.

Er hatte Scall schon bei seinem Besuch im Turm gefragt, wo er in der Festung schliefe. Dorthin ging er nun und eilte durch die dunklen zugigen Gänge, die nahezu verlassen waren. Zu dieser Abendstunde versammelten sich die meisten in der großen Halle, zuerst einmal um zu essen und dann um den langen Abend mit Tändeln, Plaudern, Spielen und Singen zu verbringen. Wenn anderswo so viel Leben herrschte, stand wohl kaum zu hoffen, dass er den Jungen in dem kalten Schlafraum antraf, aber da er auf dem Weg lag, schob er rasch den Kopf hinein, um nachzusehen. Er hatte kein Glück. Der Raum, in dem das Zeug acht unordentlicher junger Männer verstreut lag, war verlassen.

Schade. Hätte ich ihn hier angetroffen, wäre jetzt alles viel einfacher.

Achselzuckend setzte er seinen Weg zur großen Halle fort und stand schließlich im Eingang, von wo er den Blick über die Köpfe schweifen ließ. Die Gesellschaft wirkte behaglich und einladend, zwei große Kaminfeuer spendeten Wärme und ein angenehm leuchtendes Licht zur Ergänzung der großen Talgkerzen, die in Leuchtern an den Wänden brannten. In einer Ecke spielte jemand Harfe. Vor einer der Feuerstellen nahm eine Gruppe Krieger, die auf der Kamineinfassung würfelten, die Hitze allein für sich in Anspruch. Vor der anderen hatte ein Geschichtenerzähler gespannte Zuhörer um sich versammelt, und dort entdeckte Kalt Scall, bei dem kleinen Kind und dem hübschen jungen Mädchen sitzend, mit denen er zusammen angekommen war.

Mist. Was nun? Nichts, was ich vorschlagen könnte, dürfte genügen, um ihn von diesem reizenden Geschöpf wegzulocken.

Er zögerte eine Weile am Eingang und überlegte, wie er weiter verfahren sollte, doch das Glück war ihm hold. Der Geschichtenerzähler kam zum Schluss. Scalls Freundin beugte sich flüsternd zu dem schläfrigen Kind in ihrem Schoß hinab. Sie bedeutete Scall, er möge sitzen bleiben, stellte die Kleine behutsam auf die Füße und stand auf, dann nahm sie das Kind bei der Hand und brachte es hinaus. Als sie an ihm vorbeigingen, hörte er sie sagen: »Ich weiß, du möchtest gern noch eine hören, Annas, aber deine Schlafenszeit ist schon angebrochen. Komm, wir wollen deinen

Vater suchen und ihm gute Nacht wünschen. Du kannst dir morgen wieder eine Geschichte anhören.«

Sobald sie fort war, betrat Kalt die Halle. Er versuchte erst gar nicht, unauffällig hineinzuschlüpfen. Der leuchtende Totenkopf reichte aus, um Unruhe zu schaffen, wo immer er sich hinwandte.

Also wirklich! Und du hast geglaubt, die Narren hätten sich inzwischen daran gewöhnt!

Scall riss erstaunt die Augen auf, als er ihn auf sich zukommen sah. Wenigstens lag in seinem Blick nichts weiter als gewöhnliche Achtung. Das war mal eine nette Abwechslung zu der üblichen Furcht. Kalt winkte den Jungen vom Feuer weg und führte ihn aus dem Saal.

»Guten Abend, Herr.« Scall klang ein wenig verwirrt. »Bist du gut umgezogen? Hast du noch etwas über meine Fundstücke herausgefunden?«

»Dazu hatte ich keine Zeit«, antwortete der Überbringer. Die Lüge kam ihm nur mit Mühe über die Lippen. »Mein Lehrer befasst sich soeben damit. Darum bin ich gegangen und lasse ihm ein wenig Muße. Mir ist eingefallen, dass du über deine hübsche Stute gesprochen hast, darum dachte ich, wenn du nichts Besseres zu tun hast, wäre das eine gute Gelegenheit, um sie mir zu zeigen.«

Die Miene des Jungen hellte sich auf. »Natürlich, Herr. Das will ich gern tun.«

»Du brauchst mich nicht Herr zu nennen, Scall. Kalt genügt.«

»Ja, Herr … Kalt.« Aufgeregt über seine Stute schwatzend, lief Scall voraus die Hintertreppe hinab, die zu den Ställen führte. Kalt folgte ihm unter nagenden Schuldgefühlen.

Entlang der engen Wendeltreppe aus behauenem Stein brannten Leuchter an der Wand, und es herrschte ein ständiger feuchtkalter Luftzug. Sie gingen hintereinander, damit sie einen Entgegenkommenden vorbeilassen könnten.

Und so brauche ich dem armen Jungen auch nicht ins Gesicht zu sehen.

Auf halbem Weg geschah es. Kalt spürte, wie die Schnalle nachgab, und die Maske fiel. »Verflucht.« Er schnappte danach und fing sie glücklich auf, bevor der empfindliche Knochen auf den Steinen zersplitterte. Wäre die Treppe gerade gewesen, er hätte das Gleichgewicht verloren und wäre gestürzt, aber die Wandkrümmung fing ihn auf.

»Kalt, kommst du zurecht?« Scall erschien in der Biegung und stieß überrascht den Atem aus, als er den Überbringer unmaskiert sah.

Was tut es schon, wenn er mein Gesicht kennt? Er wird es noch zur Genüge sehen, wenn wir ihn nach Gendival bringen. Trotzdem wäre es besser gewesen, ich hätte die Maske ein wenig länger aufbehalten. Zwar ist es nicht allzu wahrscheinlich, dass wir zu dieser Stunde in den Ställen jemandem begegnen, doch bleibt es Glückssache, und ein Überbringer ohne Maske zieht zuviel Aufmerksamkeit auf sich.

Kalt zuckte die Achseln. »Durchaus«, sagte er. »Dieses dumme Ding ist gerissen, das ist alles.« Er hielt die Maske mit der baumelnden Schnalle hoch. »Geh du nur schon voraus. Ich komme hinterher, sobald ich das Band wieder befestigt habe.«

»Einverstanden.« Nach einem kurzen neugierigen Blick auf das Gesicht des Überbringers drehte Scall sich um und ging weiter.

Kalt folgte ihm noch bis zum nächsten Leuchter und blieb dann stehen, um an dem losen Verschluss herumzufingern. Ihn zu richten erwies sich als unerwartet schwierig, und er fluchte leise vor sich hin und war umso froher, das dumme Ding bald ein für alle Mal los zu werden. Schließlich rettete ihn ein Stück Schnur, das er in seiner Tasche fand. Es war vom Zusammenbinden der Bücherkisten übrig, die er am Nachmittag gepackt hatte. Mit der Schnur band er sich die

Maske vors Gesicht und hoffte, sie möge noch so lange halten, wie es nötig war.

Bald wird sie nicht mehr gebraucht, und in der Zwischenzeit werde ich hoffentlich niemandem in die Arme laufen. Ein Überbringer kann kaum Ehrfurcht und Schrecken einflößen, wenn seine Maske mit einem Stück Bindfaden zusammengehalten wird.

Kalt eilte weiter und dachte, dass sein Lehrer sich sicher schon wunderte, wo er denn blieb. Als er in der warmen Dunkelheit der Ställe ankam, nahm er eine Laterne von dem Bord am Fuß der Treppe und zündete die Kerze am letzten Treppenleuchter an. Dass Arcan hier unten offene Kerzen und Fackeln verboten hatte, kam den Überbringern entgegen. In Trugbilder und Schatten eingehüllt, sollte es Grimm nicht schwerfallen, sich zu verbergen.

Die feuchte Luft war geschwängert von dem Geruch nach Dung, Heu und Pferden. Er versuchte, möglichst flach zu atmen und bahnte sich einen Weg durch die Reihen der angeleinten Tiere, hielt die Laterne in die Höhe und sah zu, dass so wenig wie möglich Mist an seinen Stiefeln hängen blieb. Neugierige Köpfe mit gespitzten Ohren drehten sich nach ihm um und beobachteten ihn, während ein Augenpaar nach dem anderen unheimlich aufleuchtete. Dann entdeckte er in der entfernten Ecke den schwachen Schein einer Laterne und lief darauf zu. Er war erst auf halbem Weg, als der Tumult losbrach.

Presvel, der im Stall darauf wartete, dass der kleine Schuft endlich aufkreuzte, kam es vor, als verstecke er sich schon eine Ewigkeit. Wenigstens war die Wärme der vielen Tiere recht angenehm, wenn nur der Gestank nicht wäre. Aber immerhin hatte ihm das Warten reichlich Gelegenheit gegeben, sich ausführlich zu überlegen, wie er Scall eine solche Todesangst einjagen könnte, dass der sich in Zukunft von

Rochalla fernhielt und auch bei Tormon nichts ausplauderte. Wenn ihr neuer Freier von der Bildfläche verschwunden war, würde sie sicher zur Vernunft kommen und sich für den richtigen Mann entscheiden. Er tastete im Dunkeln nach seinem Messer. Wenn Scall die Klinge blitzen sah, würde er schon merken, dass er es mit jemandem zu tun hatte, dem es ernst war.

Im Stall waren gute Verstecke rar, doch es gab da immerhin die großen Holzfässer, die in Abständen aufgestellt waren, um das Tränken der Pferde und des übrigen Viehs zu erleichtern. Im Schutz der Dunkelheit kauerte Presvel hinter dem Fass, das der braunen Stute am nächsten stand, und wartete ungeduldig. Einmal meinte er leise Schritte zu hören und wie sich jemand am anderen Ende des langen Raumes bewegte, aber es näherte sich kein Lichtschein und niemand begrüßte die kleine Stute, die in der Nähe angeleint stand. Da Scall fast den ganzen Weg von Tiarond mit dem dummen Vieh gesprochen hatte, war nicht anzunehmen, dass er es nun stumm versorgen würde.

Als immer mehr Zeit verstrich, begann Presvel zu zweifeln. Vielleicht würde der Junge gar nicht kommen. Vielleicht war er – Fluch und Schande über ihn! – stattdessen bei Rochalla und begrapschte und begeiferte sie und war viel zu beschäftigt, um an Pferde zu denken. Presvel kam die Galle hoch bei dem Gedanken. Er sprang auf, aber als er das tat, entdeckte er einen Lichtschein, der gemächlich auf ihn zukam. Hastig duckte er sich wieder hinter sein Fass. Konnte das Scall sein? Er musste es sein! Ganz bestimmt kam da der kleine Dummkopf und rief nach seiner Stute, als könnte sie verstehen, was man sprach. Presvel wartete, bis der Junge die Laterne an den Eisenhaken gehängt hatte, der eigens dafür über dem Futtertrog angebracht war. Er wollte auf keinen Fall, dass sie im Handgemenge fallengelassen und umhergetreten würde. Lebendig zu verbrennen gehörte entschieden nicht zu seinen Plänen.

Warte noch, warte noch. Hast genügend Zeit. Nur nicht vor lauter Eifer das Pferd erschrecken – es hat keinen Sinn, zertrampelt zu werden. Bestimmt wird er dem blöden Tier zu saufen geben, und dann ist der Moment gekommen.

Es hätte nicht besser kommen können. Pfeifend und einen Eimer am Henkel schwenkend, näherte Scall sich dem Fass – und Presvel schlug zu. Er sprang aus dem Versteck, schlug den völlig überraschten Jungen zu Boden, drückte ihm ein Knie auf den Rücken und hielt ihn damit nieder. Während der langen Wartezeit hatte er einen schmutzigen Lappen auf dem Fass liegen sehen, den stopfte er dem Jungen in den Mund, dass er würgte und spuckte. Im nächsten Augenblick setzte er ihm die Klinge an die Kehle. »Und jetzt«, zischte er, »werde ich dir ganz genau erklären, was geschieht, wenn du Rochalla nicht in Ruhe lässt.«

Ehe es dazu kam, hörte er eine Stimme hinter sich. »Was tust du denn da? Lass den Jungen los!« Eine Gestalt ragte über ihm auf, in Dunkelheit gehüllt, das Gesicht ein grinsender Totenschädel. Arcans Überbringer hatte ihn erwischt! Voller Furcht sprang er auf und wandte sich zur Flucht, das Messer in der Faust war vergessen. Doch er stieß mit den Füßen an den am Boden liegenden Scall, stolperte und stürzte in die maskierte Gestalt. Er hörte ein gequältes Stöhnen, spürte das Messer rucken und einen warmen Schwall an der Hand. Dann fiel der schwarz Verhüllte in sich zusammen und lag still.

»Nein!«, kreischte Presvel, warf das Messer von sich und nahm Reißaus zur Haupttreppe, von wo er Scall schreien hörte: »Kalt! Kalt!«

Kalt kam gerade rechtzeitig herbei, dass er die Gestalt noch in der Dunkelheit verschwinden sah, doch er beachtete sie kaum. Seine ganze Aufmerksamkeit war auf den Menschen gerichtet, der reglos vor ihm lag. Entsetzt sank er neben ihm auf die Knie, unfähig etwas zu sagen. Scall beugte sich schon über ihn und murmelte in einem fort: »Oh nein, oh nein, oh nein, bitte, nicht ...« Gemeinsam rollten sie den reglosen Mann auf den Rücken, und Scall schluchzte erstickt: »Oh, Kalt, es tut mir so Leid ...«

»Du kannst nichts dafür.« Mit zitternden Händen nahm der Überbringer die Maske vom Gesicht seines Lehrers, das schon aussah wie Wachs, und tastete unter seinem Kinn nach dem Puls. »Grimm? Grimm? Kannst du mich hören?« Er riss sich die eigene Maske herunter, und sein Gesicht war tränenüberströmt.

Scall schnappte verblüfft nach Luft. »Ich dachte, du seist es!«

Kalt hörte nicht zu. »Sch!«, machte er heftig und hielt ein Ohr an die Lippen des Sterbenden.

»Hör mir zu, mein Junge.« Grimms Stimme war dünn und schwach. »Du musst tun, was wir geplant haben. Bringe Scall und die Fundstücke zu Amaurn nach Gendival. Sag ihm, es sei mein letzter Wunsch gewesen, dass du Wissenshüter wirst ...«

»Nein!« Kalt zitterte vor Schmerz. Eine Welt ohne seinen Lehrer war unvorstellbar.

»Dafür ist keine Zeit!« Grimms Stimme klang plötzlich wie ein Echo seines alten gereizten Selbst. »Hör gut zu, Kalt. Ich muss dir jetzt sagen, wie du durch die Schleierwand kommst.« Er zog seinen Kopf zu sich herunter, flüsterte ihm drängend die Anweisungen ins Ohr, dann sank er von der Anstrengung erschöpft zurück, sein Kopf rollte kraftlos in Kalts Arm. »Sag Amaurn, viel Glück.« Die Worte kamen immer schwächer. »Und, Kalt ... du warst für mich der Sohn, den ich nie haben durfte. Ich bin stolz auf dich, mein Junge.«

»Lebewohl, Grimm. Danke für alles.« Kalt beugte weinend den Kopf – bis eine ruppige alte Hand ihn am Arm packte. Grimm hatte die Augen noch einmal geöffnet. »Wirst du wohl damit aufhören! Du verlierst nur Zeit.« Ihm gelang ein verzerrtes Lächeln. »Du schaffst es. Ich habe volles Vertrauen zu dir.« Dann wurde sein Körper schlaff und schwer, und Kalt spürte seinen Geist entschwinden. Blind vor Tränen legte er seinen Lehrer nieder und glättete die blutige schwarze Robe. Es blieb keine Zeit zu trauen. Grimm hatte ihm seine letzten Anweisungen gegeben, und denen musste er gehorchen. Einen Moment lang schreckte er vor der Verantwortung zurück.

Wie soll mir das alleine gelingen? Wie kann ich Arcans Wachtrupp ausweichen, durch die Schleierwand kommen und dieses Gendival finden ohne Grimms Hilfe? Er ist immer da gewesen, ein starker Fels, aber ich habe nie begriffen, wie sehr ich ihn brauche, erst jetzt, da es zu spät ist.

Aber er glaubte an mich. Volles Vertrauen, hat er gesagt. Grimm, ich verspreche, ich werde dich nicht enttäuschen.

Scall hockte auf den Fersen, seine Augen waren finster und groß. Kalt sah, dass er am ganzen Leib zitterte. »Ich dachte, das bist du«, flüsterte Scall.

Kalt wollte ihn fragen, wer die grauenhafte Tat begangen hatte, aber Grimm hatte Recht gehabt – er durfte keine Zeit verlieren und auch nicht zartfühlend sein. Er sah Scall in die Augen und während er seinen Blick festhielt, berührte er den Jungen an der Stirn, versenkte sich in seinen Geist, ganz so wie bei dem Kind, dessen Hinübergehen er bewirkt hatte. Hier jedoch galt es nicht den Körper zu beherrschen, sondern den Willen. Scall das anzutun war grausam und erschreckend, und es tat ihm Leid, aber es musste sein, er kam nicht umhin. Der Kampf war kurz und garstig. Scall setzte sich mit verzweifelter Heftigkeit zur Wehr. Doch was sollte er gegen einen Mann mit den geübten Fähigkeiten und der Geisteskraft eines Überbringers ausrichten? Kalt rang seinen Willen nieder und verbannte ihn in eine Ecke seines

Verstandes, während er selbst die Herrschaft darüber übernahm.

Kurz darauf wich das Leben aus Scalls Augen, wenngleich sie noch den Schatten einer furchtbaren Angst enthielten. Kalt lehnte sich an das Wasserfass und tat einen tiefen, bebenden Atemzug. »Das alles tut mir Leid, Scall«, sagte er. »Sattle rasch dein Pferd. Wir müssen fort.«

Kalt fand sein eigenes Reittier, einen grauen Schecken, neben Grimms Schimmel stehen. Beide waren gesattelt, die Bündel schon hinten festgemacht. Er stieg eilig auf, dann beugte er sich einer Eingebung folgend hinüber und band auch Grimms Pferd los. Gezwungen, allein zu gehen, und seiner selbst zutiefst unsicher, wollte er dringend etwas mitnehmen, das seinem Lehrer gehört hatte.

Er kehrte zu Scall zurück und fand ihn bereits auf der unruhigen Stute sitzen. »Folge mir und verhalte dich still«, befahl er, indem er seine ganze Willenskraft hineinlegte. Er hätte dem Jungen gern versprochen, dass er wohlbehalten zu seinen Freunden zurückkehren werde, aber Grimm hatte nicht mehr die Zeit gehabt, um ihm die Absichten des Schattenbundes hinsichtlich des Jungen anzuvertrauen.

Ich weiß nicht einmal, welche Pläne sie mit mir haben! Grimm hat gut reden, wenn er unbekümmert verlangt, sie sollen mich in ihren Kreis aufnehmen. Aber was, wenn sie das gar nicht wollen?

Kalt führte das dritte Pferd am Zügel, und so ritten sie zwischen den Reihen der angebundenen Tiere hindurch nach draußen. Als er an dem toten Grimm vorbeikam, meinte er es nicht ertragen zu können, ihn ein letztes Mal anzusehen. Es zerriss ihm das Herz – aber es erfüllte ihn auch mit kalter Entschlossenheit.

Ich werde dich nicht enttäuschen, Grimm – und ich werde dein Andenken im Herzen bewahren, so lange ich lebe.

Wenn Arcan auch keinen Grund sah, warum er Männer an

die Bewachung der Ställe verschwenden sollte, so verhielt es sich mit dem Innenhof schon anders. Dieser war gut bewacht, ebenso das äußere Tor. Kalt dachte daran, wie Grimm in ein Trugbild eingehüllt unter den Augen von Arcans Wachen ihr Zimmer verlassen hatte. Er wusste, dass ihm die Fähigkeit seines Lehrers zur Sinnestäuschung fehlte, und doch würde er jetzt nicht nur sich selbst gegen Blicke abschirmen müssen, nämlich so lange, wie man brauchte, um den Hof zu überqueren und durch das Tor zu gelangen, sondern er würde das Wunder sogar für zwei Menschen und drei Pferde vollbringen müssen – und obendrein hatte er seine Gewalt über Scall aufrecht zu erhalten.

Grimm, wo immer du jetzt bist, ich hoffe, dass du über mich wachst.

Kalt löschte die Laterne und öffnete das Stalltor einen Spalt breit. Als er hindurchspähte, blies ihm ein eisiger Wind ins Gesicht, der ihm beinahe die Haut verbrannte – so fühlte es sich an – und drohte, ihm die Tür aus der Hand zu reißen. Der Wind blies immer gewaltiger, und die Graupeln hatten sich in Hagel verwandelt, doch das stürmische Wetter war ganz entgegen dem Anschein eine Gnade. Zwar machte der Sturm das Reiten zu einem Albtraum, aber er würde wenigstens die Geräusche ihrer Flucht verschlucken. Er biss sich vor Anspannung auf die Lippen, während er um sich selbst, Scall und die Pferde den Mantel der Unsichtbarkeit wie eine schimmernde Nebelhülle breitete, die von außen nach nichts weiter aussah als den im Sturm umherwirbelnden Hagelkörnern. Jedenfalls hoffte er das. Er drückte das Tor auf und schickte Scall hinaus, dann folgte er mit seinen beiden Pferden.

Die Anstrengung war so beträchtlich, dass ihm Kinn und Schläfen schmerzten und er am ganzen Körper zitterte. Ihm war, als strömte alle Kraft aus ihm heraus und in das Trugbild. Er wusste, das würde er nicht sehr lange durchhalten. Anstatt sich vorsichtig am Rand des Hofes entlang zu stehlen, wie er ursprünglich beabsichtigt hatte, schlug er kühn den Weg durch die Mitte ein, indem er Scall rechts und Grimms Pferd links neben sich führte. Je dichter sie zusammen blieben, desto leichter war es für ihn, da das abzuschirmende Feld kleiner war. Wie erhofft, hatten die Wachen vor dem Wetter Schutz gesucht, und so konnte er den Hof unbehelligt überqueren. Unglücklicherweise hatten sie aber beschlossen, sich in dem tiefen Bogen des Haupttors unterzustellen, wo sie seinen Fluchtweg versperrten.

Verflixt! Was nun?

Dann fiel ihm plötzlich ein, was Grimm ihn gelehrt hatte. *»Manchmal braucht man sich überhaupt nicht zu verhüllen. Es ist erstaunlich, was die Leute alles nicht bemerken, wenn man ihre Aufmerksamkeit auf etwas anderes lenkt.«*

Kalt überlegte in fiebernder Hast, während er Scall und die Pferde dicht an die Hofmauer zur rechten Seite des Torbogens lenkte. Dann bündelte er seine Kräfte, bis er meinte, das Hirn müsse ihm platzen, und richtete sie auf einen Holzkarren, der beim Stalltor stehen geblieben war, wirkte auf sein zugrunde liegendes Gefüge ein, bis sich das Holz von innen erhitzte. Es war nicht leicht. Das Holz war feucht, und er konnte nur einen Teil seiner Aufmerksamkeit von dem Erhalt des Trugbildes abziehen. Wieder regten sich seine Zweifel. Würde er die Ablenkung erzeugen können, ehe er über alles die Gewalt verlor?

Ohne vorheriges Anzeichen ging der Karren in Flammen auf – ein Leuchtfeuer, das trotz Sturm und Hagel lichterloh brannte. Vom Torbogen her kamen Schreie und Flüche, und die Wachen strömten heraus und über den Platz, um die lodernden Flammen zu löschen. Kalt handelte sofort. Er schob Scall durch den Torbogen und zog Grimms Pferd hinter sich her. Es blieben ihm nur ein paar Augenblicke, bevor das Feuer gelöscht wäre und die Wachen zurückkämen. Der Querbalken am Tor war schwer, für gewöhnlich brauchte es zwei Männer, um ihn zu heben. Kalt mühte sich fluchend ab und von der Furcht angespornt, die ihm wie kaltes Feuer in die Glieder schoss, gewann er irgendwoher die Kraft. Der Balken rutschte knirschend aus der Halterung, und mit an Seligkeit grenzender Erleichterung ließ er ihn fallen. Das Poltern, das sich im Widerhall des Torbogens vervielfachte, war trotz des heulenden Sturms deutlich zu hören. Vom Hof her kamen Rufe und das Trappeln der Stiefel – und dann merkte Kalt, dass er die Gewalt über das Trugbild verloren hatte.

»Los!« Er gab Scalls Pferd einen Schlag auf das Hinterteil, und die Braune sprang in die Nacht hinaus, den Überbringer dicht auf den Fersen, dessen stämmigere Tiere Mühe hatten, mit der schnellfüßigen Stute Schritt zu halten.

Sie brauchen eine Weile, um auf die Pferde zu kommen, und dann werden sie uns in dem wütenden Sturm hoffentlich nicht finden.

Trotz seiner Erschöpfung, der zermürbenden Ungewissheit und der Trauer um Grimm lachte Kalt aus vollem Hals. Er hatte das Unmögliche vollbracht! Er war aus Arcans Festung entkommen, den Wachen unter der Nase entwischt! Dann wurde ihm erschrocken klar, dass er erst den ersten Schritt auf einem langen, mühevollen Weg getan hatte. Das Lachen erstarb ihm auf den Lippen, als er die Wahrscheinlichkeit eines Erfolgs abschätzte. Er würde Scall in seiner Gewalt halten, dem Wachtrupp ausweichen und diesem Ungeheuer von einem Sturm trotzen müssen. *Dann,* wenn er das alles geschafft hatte, galt es, den Weg in ein bestimmtes Tal und zur Schleierwand zu finden und irgendwie hindurchzugelangen. Danach handelte es sich nur noch darum, den Weg durch ein unbekanntes Land zu finden – und wenn er am Ziel ankam, einen Haufen ihm völlig Fremder davon zu überzeugen, dass sie ihn bei sich aufnahmen.

Grimm hatte volles Vertrauen zu mir – hoffentlich nicht zu Unrecht.

Kapitel 11

Esmeralda und das Zauberschaf

Die meiste Zeit des Tages war Tormon allein geblieben. Nicht wegen seines Streits mit Seriema – der hatte ihn auch nicht gerade in die beste Laune versetzt –, sondern weil er jetzt, wo das Suchen und Kämpfen und Flüchten ein Ende gefunden hatte, gezwungen war, sich dem Tod seiner Lebensgefährtin Kanella zu stellen, und damit dem unerträglichen Gedanken, den Rest seines Lebens ohne sie zubringen zu müssen. Wenn er die kommende Gefahr überlebte – und überleben musste er sie um Annas' willen –, dann lagen lange Jahre düsterer Einsamkeit vor ihm. Wie sollte er die bewältigen? Wie sollte er ganz allein eine kleine Tochter großziehen? Die hektischen Vorkehrungen in der Festung bedeuteten ihm nichts. Untröstlich und todunglücklich, war er auf seinem Zimmer geblieben und hatte getrauert.

Der Klang nahender Schritte auf dem Gang draußen und das zwitschernde Geplapper seiner Tochter rissen ihn schließlich aus seinen trübsinnigen Gedanken. Er wischte sich über die nassen Augen und stand vom Feuer auf, als Annas und Rochalla Hand in Hand hereinkamen. »Papa!« Annas ließ Rochallas Hand los und stürzte sich auf ihn. »Wo bist du den ganzen Tag gewesen? Du hast mir gefehlt! Rochalla und ich sind sehr beschäftigt gewesen. Wir sind spazieren gegangen, bis hinauf auf das Dach, aber da war es zu kalt, darum sind wir wieder runtergegangen und haben den anderen Kindern geholfen, Erdklötze aufzuschichten für die Feuer. Ist das nicht ein komischer Einfall, Erde aufs Feuer zu tun anstatt Kohle oder Holz? Und wir haben Rutska und Avrio besucht, und ich habe meinen Frühstücksapfel für Esmeralda aufgespart und ich habe ein Schaf gestreichelt und ...«

»He, he, he!« Tormon schloss sein kleines Mädchen in die Arme. »Immer langsam!« Über ihren Kopf hinweg blickte er Rochalla dankbar an. Während er sich selbst bemitleidet hatte, war sie seiner Pflicht nachgekommen und hatte Annas unterhalten und dafür gesorgt, dass dem Kind keine Zeit blieb, um sich so elend zu fühlen wie er.

Rochalla trat an den Kamin und setzte sich auf die Kante eines niedrigen Hockers. »Wenn Arcan dich morgen nicht braucht, solltest du mit uns kommen«, sagte sie. Dabei war ihrem ganzen Betragen die Sorge anzumerken, und Tormon hörte sehr wohl die im Geiste gesprochenen Worte: *Es tut dir nicht gut, wenn du vor dich hin grübelst.* Er schätzte sie umso mehr, als sie es nicht laut gesagt hatte.

»Ach, ja, Papa, bitte tu das!« Annas griff den Vorschlag eifrig auf. »Wir haben heute Abend dem Geschichtenerzähler zugehört, und er ist wirklich gut, es hätte dir gefallen, aber wir können ihm auch morgen zuhören und mit Scall spielen, und ich will dir mein Schaf zeigen, es hat ein schwarzes Gesicht, und ...«

»Weißt du«, meinte Rochalla lachend, »manchmal glaube ich, dass du durch die Ohren atmest.«

Kichernd drückte Annas sich beide Hände auf die Ohren. »Nein, tue ich nicht. Das ist albern!«

»Nun, wenn du so viel redest, dann weiß ich nicht, wann du Zeit zum Luftholen hast.« Rochalla lächelte das kleine Mädchen an.

»Vielleicht hat sie Kiemen wie ein Fisch«, schlug Tormon vor.

»Hab ich nicht!«, entrüstete sich Annas.

»Aber wie immer du auch atmest, jetzt ist es Zeit zu Bett zu gehen«, sagte Tormon.

Da eine große Zahl Kinder aus dem Dorf und der Festung umherrannten, war es leicht gewesen, für Annas abgelegte Kleidung und Nachthemden zu bekommen. Sobald sie im Bett lag, stellte sie die unvermeidliche Frage. »Papa, willst du mir eine Geschichte erzählen?«

»Also gut. Welche Geschichte möchtest du hören?«

»Erzähle mir mehr über Esmeralda und das Zauberschaf.«

»Worüber?«

»Rochalla hat mir die Geschichte heute erzählt«, sagte Annas glücklich. »Das Schaf, das ich gestreichelt habe, war ein Zauberschaf, und es ist mit Esmeralda fortgegangen, um Schätze zu suchen und sie dir und mir zu bringen.«

Tormon warf Rochalla einen hilflosen Blick zu.

»Ich mache dir einen Vorschlag«, sagte die junge Frau rasch, »du suchst dir für heute Abend eine andere Geschichte aus, und morgen erzähle ich dir mehr von Esmeralda und ihrem Freund.«

»Versprichst du es?«

»Ich verspreche es.«

»Ach, dann ist es gut. Kann ich denn stattdessen die Geschichte über die Katze und den Mond hören, Papa?«

Das schnitt ihm tief ins Herz. Kanella hatte sich die Geschichte einmal für Annas ausgedacht, und seitdem war das immer ihre liebste gewesen. Plötzlich sah er sie lebhaft vor sich, hell und strahlend wie ein Juwel, und das gemütliche Innere des bunt gestrichenen Wagens, der bis vor wenigen Tagen noch ein glückliches Zuhause gewesen war; Annas in der Schlafkoje, wie ihre großen Augen über den Rand der blau-weißen Wolldecke spähten, und Kanella, die neben ihr beim Schein der Lampe auf einem Stapel Schaffelle saß und mit verzauberter Miene lächelnd ihre Geschichte spann.

Rochalla beugte sich zu Annas hinunter und gab ihr einen Gutenachtkuss, und das Bild zersprang wie Glas und hinterließ eine klaffende Leere, die so tief ging, dass es ihm für einen Moment den Atem raubte. Als sie an Tormon vorbei zur Tür ging, legte sie ihm mitfühlend eine Hand auf die Schulter. »Solange du die Geschichte erzählst, werde ich hinuntergehen und etwas zu Essen für dich besorgen. Ich möchte wetten, du hast den ganzen Tag noch nichts zu dir genommen.« Dann ging sie hinaus und rief Annas ein letztes Gute-Nacht zu, während sie die Tür schloss.

Die Kleine lächelte schläfrig. »Ich mag Rochalla«, sagte sie. »Aber, Papa ... wann kommt Mama zurück?«

Tormon erstarrte. Er vergaß immer wieder, wie anders die Welt für eine Fünfjährige aussah. Für jemanden, der erst so kurze Zeit lebte, war es unmöglich zu begreifen, dass der Tod unwiderruflich war. Und was sollte er ihr sagen? Wie es erklären? Er nahm ihre Hand. »Annas«, sagte er sanft, »du musst dich damit abfinden, dass du deine Mama für lange, lange Zeit nicht wiedersiehst – nicht ehe du selbst eine sehr, sehr alte Dame geworden bist und ihr dorthin folgen kannst, wo sie jetzt ist.«

Ich kann ihr nicht sagen, dass sie ihre Mutter nie wiedersehen wird, aber mit diesem Trostbild kann ich den Schlag vielleicht ein wenig mildern. Und schließlich hoffe ich selbst von ganzem Herzen, dass es wahr ist. Wenn wir nach unserem Tod fortbestehen, dann werden wir Kanella eines Tages wiedersehen.

Annas' Mund zitterte. »Aber ich vermisse sie. Ich will nicht eine lange, lange Zeit warten.«

Mit Tränen in den Augen nahm Tormon sie in die Arme. »Ich auch nicht, Liebes. Ich auch nicht. Aber wir können es uns nicht aussuchen.«

Während Annas ihrer Lieblingsgeschichte lauschte, blieb sie sehr ruhig, und der Händler war erleichtert, als sie schließlich einschlief, ehe er geendet hatte. Gesegnet sei

Rochalla, dass sie den Tag über so viel mit ihr unternommen hatte! Gerade als er so an die schlanke, blonde junge Frau dachte, flog die Tür auf, und sie stürzte ins Zimmer, rüttelte ihn am Arm und rief: »Tormon, du musst kommen!«

»Schsch.« Mit einem Wink auf die schlafende Annas zog er sie nach draußen und schloss die Tür hinter sich. »Nun, Mädchen – was ist los?«

Rochalla war offensichtlich die ganze Treppe hinauf gerannt und konnte nur stoßweise atmen. »Arcans Überbringer wurde getötet ... Man hat seine Leiche in den Ställen gefunden ... und Scall wird vermisst – sein Pferd ist fort ...«

Der Schrecken legte sich wie eine würgende Hand um Tormons Kehle. »Gib auf Annas Acht«, befahl er. »Lass sie nicht allein.« Damit war er fort und stürmte blindlings die Treppe hinunter. Wohin konnte Scall verschwunden sein? In den letzten paar Tagen war er ihm so lieb geworden wie ein Sohn. Er würde ihn schleunigst finden müssen. Was immer dem Jungen zugestoßen war, das hatte ganz sicher Schlimmes zu bedeuten.

Sie sehe aus, als gehöre sie in das stürmische Hochmoor, hatte Cetain gesagt, aber es dauerte nicht lange, bis Seriema zu dem Schluss kam, dass der Mann ein Narr sein musste. *Niemand* sollte hierher gehören, in dieses scheußliche Wetter! Bei Einbruch der Dunkelheit ging der Graupelregen in Hagel über, und die warme Glut, die seine albernen Worte zunächst in ihr hervorgerufen hatten, bot keinerlei Schutz gegen die herabfallenden Eisstücke. Und es war so plötzlich gekommen, ohne allmähliche Veränderung, so erschien es ihr jedenfalls. Von einem auf den anderen Augenblick hatten sich die Eiskörnchen in Eiskugeln verwandelt, die zischend aus der Luft kamen und ihr auf die nackte Haut prallten. Hastig zog sie sich die durchnässte Kapuze über, deren Kälte sie durch die nassen Haare spürte, und hielt den Kopf gesenkt, um ihr Gesicht zu schützen.

Der Wind heulte in einer neuen Tonlage, fast klang er wie die entsetzlichen Schreie der geflügelten Bestien, wenn sie jagten. Seriema durchfuhr ein Schauder, der nicht vom Wetter herrührte. Das konnte nicht sein, oder? Sie konnten doch nicht so schnell von Tiarond bis hierher vorgestoßen sein. Oder doch? Aber was sollte sie hindern? Sie konnten sehr schnell sein, wenn sie wollten, und zwischen der Stadt und dem Hochmoor gab es wenig Beute, um sie aufzuhalten.

Mühsam riss Seriema sich zusammen.

Wirst du wohl mit diesem Blödsinn aufhören! Das ist nur der Wind, und deine Einbildungskraft. Im Augenblick hast du genügend andere Sorgen, auch ohne dass du nächtliche Schrecken erfindest.

Die Wolken sanken noch tiefer herab, und die Dunkelheit nahm zu, bis die Nacht so schwarz war wie das Innere eines Handschuhs. Bisher hatte Seriema ihre blassen, kalten Hände und die Zügel noch sehen können, und auch die dunkle Gestalt rechts neben ihr, die Cetains Pferd war. Solange sie das sehen konnte, bestand gar nicht die Möglichkeit, sich zu verirren, aber jetzt bemerkte sie zutiefst entsetzt, dass sie blind ritt. Schiere Angst packte sie. Verzweifelt schrie sie nach Cetain, schrie aus Leibeskräften, um durch den heulenden Sturm zu dringen. In weniger als einem Augenblick war er an ihrer Seite. »Seriema! Geht es dir gut?«

»Ich kann nichts sehen!« Sie konnte das Zittern ihrer Stimme nicht verbergen.

»Ach, ich habe ganz vergessen, dass du die Augen einer Städterin hast«, sagte der Rotte reumütig. »Wir reiten schon unser Leben lang bei Dunkelheit durch die Heide und haben gelernt, selbst in der schwärzesten Nacht den Weg zu finden.« Er hakte eine Rolle Seil vom Sattelknauf, maß drei

Ellen davon ab und knotete das Ende an ihren Zügel. Selbst Seriema konnte den bleichen Schimmer seines Lächelns sehen. »Da. Das sollte dich davon abhalten, dich von mir zu entfernen.«

Einen Moment lang rührte sich ihr Stolz. Welche Demütigung, wie ein Kind an einer Leine geführt zu werden!

Sei nicht dumm. Möchtest du dich lieber in dieser schutzlosen Gegend verirren?

Wenn sie es von dieser Seite betrachtete, erschien ihr das Stück Seil plötzlich als das tröstlichste Ding auf der Welt.

Nun, da sie nicht mehr darauf Acht zu geben brauchte, wohin sie ritt, überließ sie sich einer erbärmlichen Benommenheit und war dankbar für die große Kapuze, die ihr Gesicht vor Cetain verbarg und sie davor bewahrte, eine tapfere Miene aufsetzen zu müssen. Der Wind heulte immer lauter, und es war ein misstönender und durchdringender Ton dazugekommen, der ihr in den Zähnen wehtat. Der Hagel schlug ihr mit größerer Wucht auf ihre Schultern; hart genug, um blaue Flecke zu hinterlassen, dachte sie. Sie biss die Zähne zusammen und hielt aus.

Nach allem, was ich in den letzten Tagen ertragen habe, werde ich mich wohl mit ein bisschen schlechtem Wetter abfinden können.

Nach einer Weile klopfte ihr jemand auf die Schulter, zuerst sachte, dann heftig. Sie hob den triefenden Rand der Kapuze an, um besser hören zu können, und schaute in die Richtung, wo sie Cetain vermutete. »Wenn die Hagelkörner noch größer werden, wird jemand verletzt werden«, rief er. »Wir müssen uns unterstellen.«

»Wo?«, schrie Seriema.

»Sofern wir uns im Sturm nicht verirrt haben, ist nicht weit von hier ein halb verfallener Turm. Wir können in den Kellergewölben unterschlüpfen.« Sie spürte, wie er prüfend an dem Seil zog, das sie miteinander verband, dann vergrößerte er den Abstand wieder.

Ein richtiger Keller! Ein schöner, behaglicher Keller mit Wänden und einem Dach. Hoffentlich ist es nicht mehr allzu weit.

In der Zwischenzeit zog sie sich die Kapuze ins Gesicht und flüchtete sich in ihre eigene kleine Welt.

Warmer Sonnenschein, heiße Bäder, Tee und Röstbrot an einem lodernden Kaminfeuer ... Seriema war in einem Wachtraum voller glücklicher Dinge versunken, als der furchtbare Schrei eines sterbenden Mannes die Nacht zerriss. Der Schrecken durchbohrte sie wie ein Speer aus Eis. Sie wusste sofort, dass das kein Rottenüberfall war und dass ihre vorherigen Ängste keiner lebhaften Einbildungskraft entsprungen waren. Das waren sie. *Lieber Myrial, sie sind es.*

Sie hörte Cetain fluchen und wenden, um sich zum Kampf zu stellen. »Nein!«, schrie sie, packte die Führungsleine, schlang sie sich einmal um die Hand und zog ihn mit aller Kraft zurück. Cetain wehrte sie ab, riss so kräftig an dem Seil, dass es ihr die Hand quetschte. »Lass los!«

»Flieh, du Narr!«, kreischte Seriema. »Befiehl deinen Männern zu fliehen. Du kannst diese Bestien nicht besiegen. Wir müssen zum Turm – es gibt keinen anderen Ausweg.«

Cetain zögerte nur den Bruchteil eines Augenblicks, und ein neuer Schrei gellte durch die Nacht, als ein Krieger niedergerissen wurde. Die Reiter irrten ratlos durcheinander, nicht gefasst auf diesen tödlichen Angriff aus der Luft und einen Feind, der vor dem schwarzen Himmel kaum zu erkennen war. »Weiter«, brüllte Seriema. »Zum Turm!«

Sie tat, als wollte sie losreiten, aber Cetain hielt sie zurück. »Dort entlang«, schrie er und zog sie hinter sich her in eine andere Richtung. »Folgt mir, Rotten! Rückzug!«

Es wurde ein verzweifelter Wettlauf gegen einen Feind, der stärker, schneller und tödlich war. Einmal wurde Seriema fast vom Pferd gestoßen von einer großen, schwarzen, ledrigen Schwinge. Noch zweimal gab es einen schrillen

Schrei, wenn die Räuber einen Krieger aus dem Sattel rissen, aber jedes Mal, wenn sie sich einen geholt hatten, wusste Seriema, dass wieder einige Ungeheuer ihren Angriff abbrachen, um zu fressen.

Myrial sei Dank, es hat nicht mich getroffen.

Es war unmöglich, diesen beschämenden Gedanken zu verbannen.

Den Flüchtenden half der Sturm, der den Ungeheuern das Zielen erschwerte und sie aus der Flugbahn stieß; desgleichen die Pferde, denen diese fremde, grässliche Gefahr solchen Schrecken einjagte, was sie zu unglaublicher Schnelligkeit aufstachelte. Seriemas Hals war wie zugeschnürt, während sie über die unwirtliche Heide rasten, immer in der Angst, ihr Pferd könnte sich mit einem Huf in einem Kaninchenloch verfangen und stürzen und sie beide in den Tod reißen, aber die kleinen Pferde waren trittsicher und mit dem Gelände vertraut, und bisher schaffte es jedes, auf den Beinen zu bleiben. In Seriemas Kopf hämmerte unaufhörlich ein Kehrreim des Schreckens.

Nicht noch einmal, nicht noch einmal – ach, lieber Myrial, nicht noch einmal…

Es war so schwer gewesen, aus Tiarond zu entkommen, und so mühsam der Ritt bis zur Festung der Rotten, aber einmal dort angekommen, hatte sie sich sicher gefühlt, zum ersten Mal seit dem Abend des Großen Opfers. Es war zu grausam, dass ihr nur eine kurze Atempause vergönnt gewesen war, und nun schwärmten die entsetzlichen Ungeheuer in die ganze Welt aus, und man würde nirgends mehr sicher sein.

Seriemas Pferd blieb so ruckartig stehen, dass sie fast vornüber gestürzt wäre. Durch das Heulen des Sturms hörte sie Cetain schreien. »Hier ist es! Duck dich, Seriema!« Dann ging es weiter. Die Pferde drängten sich durch eine schmale Öffnung und prallten, in ihrer Hast zu entkommen, gegeneinander. Seriema beugte sich weit nach vorn, drückte ihr

Gesicht in die triefende Mähne ihres Reittiers, stieß sich heftig das Knie an einer Mauerkante und dann war das laute Getrappel der Hufe auf Stein zu hören, und sein hohles Echo von den nahen Wänden. Die übrigen Krieger drängten hinter ihr herein und schoben sie weiter, und wie sie nach der Führungsleine tastete, merkte sie, dass sie Cetain in dem Getümmel verloren hatte. Das einzig Vernünftige war jetzt den Kopf unten zu behalten, sich nicht an der Decke zu stoßen, und auf dem Pferd zu bleiben, um nicht niedergetrampelt zu werden.

Jemand zündete eine Fackel an, offenbarte ein Gewühl von Pferden, die die Ohren angelegt hatten, die Mähne schüttelten und mit den Augen rollten. Ein paar Reiter machten sich über ihre zerfetzten Umhänge lustig, und etliche hatten Rücken und Schultern aufgerissen, Blut schimmerte in dem rauchigen Licht. Hinter Seriema führte eine lange Rampe zu einem schweren Holztor, und sie konnte Cetain und eine Hand voll Männer sehen, die abgesessen waren und versuchten, diesen einzigen Schutz, der noch zwischen ihnen und den Bestien draußen lag, zu verriegeln und verkeilen.

Jemand fasste sie am Arm, dass sie gewaltig zusammenfuhr. »Hier hindurch, Mädchen. Wollen uns ein wenig Platz schaffen.« Ein grauhaariger, narbiger Rotte deutete auf einen anderen Bogen hinter sich, und Seriema merkte, dass sie nur in einer Art Vorraum zu dem eigentlichen Keller standen. Einer nach dem anderen saßen die Reiter ab und führten ihre Pferde hinein. Sie war soeben im Begriff, es ihnen gleich zu tun, als sie Cetain von der Rampe ihren Namen rufen hörte.

»Seriema – komm bitte hierher.«

Sie konnte die Bestien deutlich hören, sie kratzten und schlugen gegen die Tür, und keinesfalls wollte sie näher an sie heran, aber da sie nun einmal damit angefangen hatte, sich tapfer und zäh zu geben, gab es kein Zurück. Während sie ihre Zügel dem Alten reichte, glitt sie vom Pferd und begab sich zu der Rampe. Cetain war blass und in seinen Augen stand der Schrecken, aber als er sprach, klang er ruhig. »Das sind sie, ja?«

Seriema nickte. »Es tut mir Leid. Ich hätte nie geglaubt, dass sie schon so bald hier sein würden.«

Cetain nahm ihre kalten Hände. »Ärgere dich nicht, Seriema. Wenn du und deine Freunde nicht gewesen wären, hätten wir uns überhaupt nicht darauf vorbereiten können. Jetzt haben wir wenigstens Nahrung und Brennstoff gelagert, das Vieh hereingeholt und Arcans Sippe sicher in der Festung untergebracht. Kannst du mir irgendetwas über diese mörderischen Biester erzählen, das uns heute Nacht hilft?«

»Das bisschen will ich dir gern verraten, aber der Grund, warum wir heil aus Tiarond rausgekommen sind, ist, dass wir nicht abgewartet haben, bis wir besser über sie Bescheid wussten. Sie sind schnell, grausam und tödlich, und wenn sie eine Beute erst einmal erspäht haben, geben sie sie nicht so leicht wieder auf. Sie sind sehr stark und zäh – einer ist in meinem Haus glatt durch das Fenster hereingebrochen, ohne selbst großen Schaden zu nehmen. Sie haben scharfe, kräftige Krallen, deretwegen wir hoffen sollten, dass das eine verdammt robuste Tür ist.«

»Mach dir keine Sorge, Mädchen, das ist dickes, hartes Holz. Diese Türme sind alle zur Verteidigung gebaut worden. Eine Tür, durch die der Feind mit ein paar Axthieben gelangen kann, hätte hier draußen nicht viel Nutzen.«

»Hoffentlich hast du Recht«, erwiderte Seriema. »Denn sie machen keine Anstalten, sich woandershin zu begeben, und der Tagesanbruch ist noch fern. Tormon meint, dass sie nur bei Nacht jagen, aber sicher wissen wir es nicht. Ich hoffe, wir werden am Morgen von hier wegreiten können, aber ...«

»Es wird jemand vor den anderen rausgehen müssen, um

zu sehen, ob die Luft rein ist«, setzte Cetain ihren Satz fort. Er fluchte fürchterlich, während hinter ihm die Ungeheuer in einem neuerlichen Ansturm kreischend gegen die Tür schlugen. »So weit sind wir damit gekommen, die anderen Sippen zu warnen. Das wird ein Blutbad geben – aber während eine Menge Leute dabei sind, deren Verlust ich nicht bedaure, werden die Rotten so weit geschwächt, dass der Hierarch und die verfluchten Händler uns einzeln abschießen können.«

»Falls es noch einen Hierarchen gibt«, wandte Seriema ein. »Du vergisst, was sich in Tiarond ereignet hat. Und soweit ich weiß, bin ich die letzte der verfluchten Händler, und ich bin kaum in der Lage, irgendeinen von euch abzuschießen.«

Cetain rieb sich mit müder Hand über das Gesicht. »Weißt du, ich glaube nicht, dass ich den Schrecken, der in unser Land eingefallen ist, bisher überhaupt richtig begriffen habe – jedenfalls nicht sein Ausmaß. Wie kann man solche Ungeheuer zurückschlagen?«

»Ich weiß es nicht.« Nach dem langen Ritt in der schneidenden Kälte zitterten ihr die Beine vor Erschöpfung. Ihre nachlassende Haltung musste sie verraten haben, denn Cetain sagte: »Komm, für deinen ersten Tagesritt als Rottin hast du Wunder vollbracht, aber nun ist es genug. Lass mir einen Augenblick, damit ich Wachen vor die Tür stellen kann, dann werden wir uns ausruhen und etwas essen.«

Der zweite Raum, ein großes, hallendes Gewölbe mit einer grob gemeißelten Decke, sah aus, als wäre er in das felsige Gebein der Heide hineingehauen. An einer Wand befand sich ein großzügiger Kamin, in dem schon jemand ein Feuer entfacht hatte. »Wie kommt es, dass es hier unten einen Kamin gibt?«, fragte Seriema verblüfft.

»Der Turm diente der Verteidigung, erinnerst du dich?«, antwortete Cetain. Wir sind keineswegs die Ersten, die hier

Schutz suchen, während draußen der Feind gegen die Tür poltert.«

Die Pferde waren wieder in den Vorraum gebracht, angeleint und mit ein wenig Heu und Getreide versorgt worden. »Wir lagern hier im Winter ein paar Vorräte – Feuerholz, Futter und dergleichen«, erklärte Cetain. »Es stehen mehrere solcher Türme über die Heide verstreut, die keiner Sippe im besonderen gehören, sondern jedem Schutz bieten sollen, der ihn braucht. Wenn Schnee fällt, retten sie immer jemandem das Leben. Darum achten alle Sippen sie als allgemeinen Besitz. Der Häuptling, der so dumm wäre, auf einen davon alleinigen Anspruch zu erheben, wäre, ehe er sich's versieht, von den übrigen Sippen unterjocht. Wenn es natürlich zu einem Kampf kommt«, fügte er schief lächelnd hinzu, »hat der, der den Turm als Erster einnimmt, einen großen Vorteil.«

»Ich kann dir nicht sagen, wie froh ich bin, dass wir diesen als Erste eingenommen haben«, sagte Seriema.

Die Krieger richteten sich für die Nacht ein, und die heikle Lage fand sie nicht unvorbereitet. Wann immer die Rotten ausritten, trug jedes Pferd eine in geölte Haut gewickelte Decke, die dadurch trocken blieb, einen Wasserbeutel und einen kleinen Sack mit Essen, und ganz sicher hatten sie das schon viele Male zuvor getan, denn jeder erledigte still und einwandfrei die ihm zugeteilte Aufgabe. Entlang einer Wand breiteten einige die Decken aus. Andere machten sich am Feuer zu schaffen, indem sie das Essen zurechtlegten, und eine dritte Gruppe war in einer Ecke damit beschäftigt, die Verletzten zu versorgen. Zusammen mit dem Feuerschein ergab sich ein behagliches, fast häusliches Bild, wären da nicht die Bestien gewesen, die draußen nach ihnen lechzten.

Cetain suchte der frierenden, durchnässten Seriema einen Platz am Feuer, und die Männer rückten für sie zur Seite. Als sie die Hände zum Feuer streckte, begann aus ihren Kleidern Dampf aufzusteigen. Sie konnte sich unmöglich vor all den Männern entkleiden, und ohnehin hatte sie nichts zum Wechseln bei sich, aber sie hoffte, dass am Ende doch alles trocknen würde. Einer der Krieger reichte ihr etwas zu Essen, und sie nahm es dankbar an. Noch nie hatten ihr Haferkuchen und Käse so gut geschmeckt, wenn sie auch in diesem Moment nichts sehnlicher herbeiwünschte als eine schöne, heiße Tasse Tee.

Das Essen und die Wärme machten sie schläfrig, und bald merkte sie, wie sie einnickte. Sie wandte sich an Cetain, der leise mit seinen Männern sprach. »Wo werde ich schlafen?« Es kam ein unanständiges Lachen von ein oder zweien, und für einen Moment durchzuckte Seriema die Angst. Das Bild von ihrem Peiniger schoss ihr durch den Kopf, wieder durchlebte sie die Schmerzen, die Hilflosigkeit, die Erniedrigung, und es überkamen sie Zweifel.

Hat Tormon Recht gehabt? Ist es ein schrecklicher Fehler gewesen, mit diesen rohen, ungesitteten Menschen hierher zu kommen?

Doch Cetain bedachte die Männer der Reihe nach mit einem eisernen Blick, und in der plötzlich folgenden Stille fasste sie wieder Mut.

Bedenke, wer du bist, Seriema. Wenn du dich von diesem Haufen niedrig gesinnter, lüsterner Rüpel einschüchtern lässt, brauchst du nie wieder zu hoffen, ihre Achtung zu erlangen.

Und die Geste des Häuptlingssohnes aufgreifend, hob sie das Kinn und beehrte die Missetäter mit jenem höchst gebieterischen Blick, der selbst den Hierarchen Zavahl bange gemacht hatte. Nun waren es die Männer, die die Augen niederschlugen oder fortsahen. Lange hielt sie das nicht durch, aber lange genug, um sich durchzusetzen. Dabei war sie so klug zu begreifen, dass sie nur davonkam, weil sie unter Cetains Schutz stand.

Er geleitete sie in eine stille Ecke unweit des Kamins und

gab ihr zwei Decken. »Hier, Mädchen. Du kriegst meine noch dazu. Ich werde mit meinen Männern an der Tür Wache halten.« Er lächelte sie an. »Du wirst von den Burschen keinen Unsinn mehr hören, dafür sorge ich. Mach dir keine Sorgen – als ich dich bat, mitzukommen, habe ich versprochen, auf dich Acht zu geben, und das werde ich tun.«

Seriema seufzte. Sie war zu alt für Märchen vor dem Schlafengehen. »Sieh mal, Cetain – ich weiß es zu schätzen, dass du soeben eingeschritten bist, aber was die Ungeheuer draußen angeht, so sollten wir uns nichts vormachen. Wenn sie es schaffen, hier einzudringen, wirst du weder mich noch dich selbst oder irgendeinen deiner Männer retten können.«

Der Krieger runzelte die Stirn. »Das mag wohl wahr sein. Schließlich kennst du die Biester besser als ich. Aber es zahlt sich sicherlich aus, die Dinge nüchtern zu betrachten, um keine bösen Überraschungen zu erleben, und die Hoffnung nicht aufzugeben ist genauso wichtig, wenn wir diese schreckliche Zeit überstehen wollen.«

Seriema dachte einen Moment lang darüber nach. Ohne Hoffnung wäre sie am Ende nicht aus Tiarond entkommen. Ohne Hoffnung könnten sie sich jetzt ebenso gut hinlegen und sterben. Sie holte tief Luft und straffte die Schultern. »Cetain«, sagte sie, »du hast vollkommen Recht.«

Kapitel 12

Flüchtige

Packrat hatte nichts gegen das Stehlen oder Herumschleichen, und normalerweise machte es ihm auch nichts aus, irgendwohin zu gehen, wo er nicht sein durfte. Dieser letzte Streich allerdings war recht schnell aus dem Ruder gelaufen.

Diese Aliana! Wie oft ist sie schon über mich hergefallen, weil ich wo gewesen bin, wo's verboten war, und Sachen genommen habe, die ich nicht sollte – und jetzt geht sie hin und macht so eine verdammte Dummheit!

Aber sie hatte ihn bei den Grauen Geistern aufgenommen, und während der ganzen Zeit hatte sie ihn kein einziges Mal im Stich gelassen. Obwohl sie entschlossen schien, ihm zu entwischen, hatte er nicht die Absicht, sie jetzt aufzugeben, ganz gleich, in welchen Schwierigkeiten sie steckte.

Er hatte sie in den Tempel zurückkehren sehen, aus dem einfachen Grund, weil er, Hierarchin hin oder her, keine Lust verspürte, seine Tage beim Scheuern der Aborte zu verbringen, und so hatte er sich bei der ersten sich bietenden Gelegenheit dünne gemacht. Er war im Tempel auf der Lauer gelegen, unauffällig im Gedränge der Flüchtlinge, als Aliana mit Galveron und der Frau, die sie mitbrachten, zu Kaitas Krankenzimmer ging. Packrat war lieber geblieben, wo er war, als einzudringen, wo man ihn nicht leiden konnte. Beim letzten Mal, als er versucht hatte, dort hineinzugehen, war er von einem der Gehilfen rausgejagt worden, mit einem Besen, und gesundheitsschädlich hatte man ihn geschimpft – was immer sie damit meinten. Ihm war nicht sonderlich bewusst gewesen, dass er ständig ein Auge auf die Tür hatte, aber dann hatte er Aliana wieder herauskommen sehen und gleich gewusst, dass etwas nicht stimmte. Anstatt zu kommen und nach ihren Gefährten zu sehen, war sie an der gegenüberliegenden Wand entlang geschlichen und in dem Durchgang verschwunden, der nach unten führte. Wäre sie dabei nicht so heimlichtuerisch gewesen, er hätte einfach geglaubt, sie wollte ein bisschen was zu essen schnorren, aber da ging mehr vor sich, ganz klar. Von Neugier getrieben und kein bisschen besorgt, war er ihr die Treppe hinunter gefolgt.

Als er sie mit Telimon reden sah, dachte er schon, er hätte sich über ihr verdächtiges Benehmen getäuscht – bis er sah, welche Menge sie stahl. Er war bestürzt und zornig, nicht weil er gegen ein bisschen Stibitzen hier und da echte Bedenken hätte, sondern weil sie ein wahnsinniges Wagnis einging. Wie konnte sie es wagen, sich so in Gefahr zu bringen, ganz zu schweigen von ihren ahnungslosen Freunden! Zum ersten Mal verstand er, wie sie sich fühlte, wenn er so etwas tat – und das Gefühl war nicht sehr angenehm.

Tja, der Schaden war angerichtet. Das Essen war gestohlen, und es gab nichts, was er dagegen tun konnte. Aber Packrat wusste auch, dass Aliana eine solche Dummheit nicht ohne einen verdammt guten Grund beging, und wenn man eins und eins zusammenzählte – das Meiden der Freunde, das Fortschleichen, die gestohlene Nahrungsmenge –, dann wurde mehr und mehr klar, dass sie entschieden nichts Gutes im Schilde führte.

Die Anführerin der Grauen Geister hatte soeben noch mit Telimon geplaudert, ganz hehre Unschuld, während sich ihre Taschen von dem gestohlenen Essen ausbeulten. Jetzt machte sie sich aus dem Staub, also klaute sich Packrat ohne nachzudenken ein paar Würste, Käse und Pfannkuchen. Wo immer Aliana hin wollte, er würde hinterherlaufen, und wenn sie dabei Vorräte brauchte, dann er ebenfalls. Er verschwand aus dem Raum so unauffällig, wie er hineingekommen war, und sah sich nach ihr um.

Packrat war verblüfft, als er sie wieder hinaufgehen sah. Was hatte sie jetzt vor? Da oben konnte man sich nirgends verstecken! Hier unten in den Höhlen hätte man eine Menge Möglichkeiten. Am Ende der Treppe angelangt, glaubte er für einen Moment, sie in der dichten Menge mit all dem lauten Hin und Her verloren zu haben. Dann entdeckte er sie plötzlich, wie sie sich an der rätselhaften – und wertvollen – silbernen Gittertür vorbeischlich, zu der niemand gehen durfte außer der Hierarchin. Es stand ein Wächter da, aber der schien seine Aufgabe nicht allzu ernst zu nehmen. Er sah schläfrig, unaufmerksam und zu Tode gelangweilt aus, und Packrat war sich ziemlich sicher, dass er sich an Aliana anschleichen könnte, ohne ungewollte Aufmerksamkeit zu erregen. Vielleicht sollte er sie einholen und aufhalten, bevor dieser Wahnsinn noch weiter gedieh? Kurz war er hin und her gerissen zwischen dem Drang, sie vor ihrer eigenen Dummheit zu beschützen, seiner Neugier zu erfahren, was sie vorhatte, und der Angst, er könnte durch sein Einschreiten überhaupt erst herbeiführen, dass man sie beide mit gestohlenem Essen in den Taschen erwischte.

Während er mit seiner Unentschlossenheit rang, brachen zwei kleine Kinder aus einem nahen Flüchtlingsabteil hervor und sausten auf den müden Wächter zu. Das vordere stolperte über eine geborstene Steinplatte und purzelte laut weinend hin. Der Wächter rannte, um es aufzuheben, als im selben Moment die junge hübsche Mutter angeschossen kam, um ihren Sprössling zu retten. Packrat merkte plötzlich, dass er Aliana aus den Augen gelassen hatte, drehte sich rasch um – aber sie war verschwunden. Als alle anderen abgelenkt waren, hatte sie sich hinter die Gittertür verzogen.

Nun, diese Masche würde auch zweimal gelingen. Der Wächter half der Mutter, ihren schluchzenden Jungen zu trösten – und machte sich nebenbei ein wenig an sie ran –, also bewegte sich Packrat, nachdem er ein paar Augenblicke gewartet hatte, zu der Tür hinüber und duckte sich dahinter. Vor ihm lag nichts weiter als ein schmaler Durchgang und dahinter schwärzeste Dunkelheit. Nun, das machte nichts. Er war in seinem Leben schon an vielen unbeleuchteten Orten gewesen und immer zurechtgekommen. Schleunigst, ehe der Wächter zurückkehrte, tauchte er ins Dunkle.

Ein zischendes Geräusch und ein lautes Klicken ließen ihn mit einem stillen Fluch auf den Lippen herumfahren. Das Licht vom Tempel war mit einem Mal verschwunden, wie um ihn von der ihm bekannten Welt abzuschneiden. Er machte ein paar zögerliche Schritte und stieß mit den Fingern gegen eine vollkommen glatte Wand. Von dem Durchgang war nichts mehr zu sehen, und obwohl kein Grauer Geist vor dem Dunkeln Angst hatte – sonst würde er in seinem Geschäft nicht lange überleben –, machte ihn das Gefühl eingeschlossen zu sein, doch ganz unruhig. Außerdem ärgerte es ihn, dass er vor lauter Eile, Aliana zu finden, in eine Falle geraten war.

Von wegen Kinderspiel, ein Scheißspiel war das!

Packrat wusste nichts von den Beschränkungen, unter denen der Hierarch dieses finstere Portal durchschreiten musste, und wenn, dann hätten sie ihn nicht gekümmert. Er grub in seinen Taschen und fand Zunder, Eisen, Feuerstein und eine Kerze – die übliche Ausrüstung seines Handwerks – und machte Licht. Zu seiner Überraschung spiegelte sich die Flamme milde in der Wand, die aus einem glatten, dunklen Metall mit einem bläulichen Schimmer gemacht war. Er wollte sie soeben näher untersuchen, als auf einmal sein Magen einen Sprung tat und er zu fallen glaubte, obwohl er den Boden noch unter den Füßen hatte. Er verlor das Gleichgewicht und ließ die Kerze fallen, die sofort erlosch. Wieder umgab ihn schwarze Finsternis, diesmal durchsetzt von dem roten und grünen Nachbild der Kerzenflamme. Er streckte vorsichtig die Hand aus, stieß gegen die Wand und spürte die Hitze der Reibung wie von einem Seil, da die Fläche aufwärts sauste. Er blieb mit rasendem Herzen, wo er war, nämlich flach am Boden, bis ein Ruck ihm sagte, dass er sich nicht mehr bewegte.

»Bei Myrials mörderischen Zehennägeln!« Nachdem er vorsichtig nach der Wand getastet hatte, ob sie auch wirklich stillhielt, begann Packrat auf allen Vieren zu kriechen und nach der Kerze zu suchen, die weggerollt sein musste. Das war der Augenblick, wo er befand, dass das ganze Abenteuer ausuferte und dass er dieser elenden Aliana, sofern er sie fände, gehörig den Kopf waschen würde, darauf konnte sie sich verlassen. Er rief versuchsweise ihren Namen, aber nur leise, denn er hatte keine Ahnung, wer hier sonst noch sein mochte. Es kam keine Antwort, womit er ungefähr gerechnet hatte.

Wieder gab es ein Klicken und das Zischen eines Luftstroms. Packrat konnte noch immer nichts sehen, aber er hätte wetten können, dass sich die Tür wieder geöffnet hatte. Jedoch hatte er in der Dunkelheit völlig die Orientierung verloren, und da es nicht einmal einen Funken Licht gab, um ihn zu führen, wusste er nicht im Mindesten, wo sich der Ausgang befand.

Jedenfalls wollen sie nicht, dass die Leute sehen, wie es hier unten aussieht, und ich frage mich, was sie wohl zu verbergen haben.

Kurz darauf ertasteten seine Finger das glatte Wachs der Kerze, und er seufzte erleichtert auf. Inzwischen hatte er genug von der Dunkelheit. Alle anderen Sinne waren bis zum Äußersten beansprucht, um die Blindheit auszugleichen, und ehrlich gesagt auch sein Mut. Hier unten war es ganz entschieden unheimlich, und wenn irgendwelche Gefahren lauerten, dann zog er es vor, sie zuerst zu sehen. Mit leicht zitternden Händen zündete er die Kerze wieder an und stand auf, wobei das heiße Wachs über seine Finger lief.

Er machte, dass er schleunigst aus diesem beweglichen Raum wegkam, nur für den Fall, dass der sich wieder zu bewegen gedachte, aber dann war es ganz gut, dass er nicht weiter gegangen war. Denn plötzlich stellte er fest, dass der Boden knapp geworden war und er am Rand eines gähnenden schwarzen Lochs schwankte. Mit einem grausigen Fluch sprang Packrat zurück. »Was ist das hier für ein dämlicher verfluchter Mist?«, knurrte er.

Er stand auf einer kleinen viereckigen Plattform, die drei Schritt in jede Richtung maß und sich über einen Abgrund schob. Sie schien aus demselben glatten, trübe schimmernden blau-schwarzen Metall gemacht zu sein wie der sich bewegende Raum. Eine schmale Metallbrücke – von unfassbar lächerlicher Gestalt und zwei Fuß Breite, die weder Geländer noch sonst etwas zum Festhalten bot – wölbte sich über den Abgrund zu einer zweiten kleinen Plattform hinüber, die auf höchst beunruhigende Weise, weil ohne sichtbare Stütze, in der Luft zu schweben schien. Darüber wiederum, ebenfalls im freien Raum schwebend, befand sich so etwas wie ein großer Reifen, der auf der Seite stand.

Von Aliana war keine Spur. Packrat getraute sich nicht, noch einmal nach ihr zu rufen. Wer konnte wissen, was hier unten vielleicht lauerte? Stattdessen nahm er eine sorgfältige Untersuchung der Plattform vor, auf der er stand, aber wie erwartet führte kein anderer Weg davon weg als der, den er gekommen war, und der, welcher über die dürftig aussehende Brücke und den Abgrund führte.

Das passt mal wieder!

Das Licht der Kerze reichte nicht sehr weit hinunter, und der Boden des Abgrunds war zweifellos nicht zu sehen. Packrat zuckte die Achseln und lief behende und geübt über die

Brücke. Häusersimse hatte er nie als die Würze seiner Arbeit empfunden, aber er hatte genug Übung damit, besonders in diesen harten Zeiten, um ein ausgezeichnetes Gleichgewichtsgefühl zu besitzen – wenigstens solange der Untergrund stillhielt. Als er auf der anderen Seite angelangt war, nahm er eilig den schlanken Sockel in Augenschein, der dort stand, aber soweit er es beurteilen konnte, diente er weder einem Zweck, noch war er eine Zierde.

Und wo zum Kuckuck ist diese verflixte Aliana?

Noch einmal begann er mit einer peinlich genauen Untersuchung des Bauwerks, auf dem er stand. Der runde Sockel erhob sich fugenlos aus dem Boden, als wäre beides aus einem Stück gehauen. Dahinter befand sich nur noch die Kante der Plattform. Oberhalb in unbestimmter Höhe hing der große Reifen in der Luft. Unterhalb war nichts als Schwärze.

Verflucht, es muss einen Weg von hier weg geben! Sie kann nicht geflogen sein!

Er trat gegen den Sockel, stieß sich die Zehen und fluchte ausgedehnt und erfinderisch. Dann begab er sich zähneknirschend auf alle Viere und begann Stück für Stück die Kanten der Plattform abzutasten. Der einzige Weg von dem Ding fort ging nach unten. Es musste irgendwelche Stufen oder eine Leiter geben. An der dritten Seite fand er sie: eine schmale Strickleiter, an der Unterseite festgemacht, wo man sie nicht sehen konnte. Aliana musste das alles beträchtlich schneller herausgefunden haben als er. Er hatte abgewartet, bis der Wächter oben im Tempel ganz sicher abgelenkt war, bevor er sich davonmachte, und das hatte ihn ein wenig aufgehalten, aber *so* weit war er auch wieder nicht hinter ihr zurückgeblieben.

Packrat drückte die Kerze in eine frische Wachspfütze am Rand der Plattform und ließ, mit dem Fuß nach der Leiter tastend, ein Bein hinunter. Auf diese Leiter zu steigen war eine der unerfreulichsten Erfahrungen seines Lebens. Der glatte Metallboden bedeutete, dass man rein gar nichts zum Festhalten hatte, und er musste über die Kante krabbeln, so dass er beinahe frei über dem unwägbaren Abgrund hing, während er die Füße an Ort und Stelle setzte und dann – was noch schlimmer war – eine Hand loslassen musste und dann die andere, um die erste Sprosse zu packen. Bis er sich endlich ganz an die Leiter klammerte und damit frei im Raum schwang, schwitzte und zitterte er, und seine Därme fühlten sich an wie verknotet.

Wenn ich das Mädchen zu fassen kriege, erwürge ich sie!

Von der Plattform auf die Leiter zu kommen war jedoch schon der schlimmste Teil des Unternehmens. Nachdem er diese heikle Übung bewältigt hatte, sollte der Abstieg nicht weiter schwierig sein. Mit einer Hand griff er hinauf nach der Kerze, pustete sie aus und steckte sie in die Tasche. Dann atmete er einmal tief durch und begann hinabzusteigen.

Es war ein langer Abstieg, so in pechschwarzer Dunkelheit auf einer schwachen, baumelnden Leiter, auf der ihn nichts von der Sorge um Alianas Schicksal und sein eigenes ablenkte. Nach einer Weile, da er sich einer Schwäche und der Muskelschmerzen in Schultern, Rücken und Gliedern bewusst wurde, legte er eine Rast ein, indem er eine Sprosse als Sitz benutzte und die Arme um eine zweite verschränkte. Er sollte seine Geschwindigkeit lieber selbst bestimmen, entschied er. Er wollte nicht vor Erschöpfung oder wegen eines Krampfes zusammenbrechen und abstürzen – nicht, solange er nicht wusste, wie weit es bis zum Boden war. Als er sich ein wenig erholt hatte, kletterte er weiter, aber er musste noch zweimal rasten, ehe die Leiter zu Ende war. Er konnte es kaum glauben, als er mit den Füßen eine feste Fläche berührte. Ihm war es vorgekommen, als sei er zum ewigen Abstieg verdammt.

Mit einem langen Seufzer und seltsam weich in den Knien stieg Packrat von der Leiter und fing an in seinen geräumigen Taschen nach der Kerze und dem Feuerstein zu suchen. Plötzlich bekam er einen heftigen Schlag, der ihm die Luft austrieb und ihn zu Boden warf. Bevor er sich davon erholen konnte, spürte er eine Fessel um seine Arme und eine kalte Klinge an der Kehle, dann kam eine Stimme aus der Dunkelheit. »Packrat? Bist du das?«

Erleichterung durchströmte ihn. »Lass mich los, du dumme Kuh«, schnauzte er. »Hast du für einen Tag noch nicht genug Ärger angerichtet?«

Der Druck auf seine Arme ließ nach, das Messer verschwand, dann hörte er es kurz hintereinander Kratzen und Klicken, als sie einen Funken zu schlagen versuchte. Einen Moment später flammte eine Kerze auf, und in dem bleichen Lichtkreis, den die Flamme warf, sah er Alianas zusammengezogene Brauen in ihrem schmutzigen, blassen Gesicht. »Was willst du denn hier, verdammt noch mal?«, fragte sie verärgert.

Einen Augenblick lang starrten sie einander wütend an. Dann sprach Packrat als Erster. »Warum bist du weggerannt?«

»Warum bist du mir gefolgt?«, erwiderte Aliana.

»Ich habe dich gesehen, wie du oben im Tempel umhergeschlichen bist.« Packrat konnte einen anklagenden Ton nicht vermeiden. »Ich bin dir nachgegangen und habe gesehen, wie du bei Telimon was zu Essen gestohlen hast. Ich wollte verdammt noch mal wissen, was du dir dabei denkst, so herumzustreifen.« Mit jedem Wort wurde er wütender. »Du weißt, was dein Freund Galveron sagt. Wenn einer von uns geschnappt wird, wie er irgendwelches Zeug klaut, dann werden wir alle aus dem Tempel geworfen.« Inzwischen hatte er Aliana bei den Schultern gepackt und schüttelte sie. »Willst du uns alle umbringen, du dämliches Miststück?«

Aliana schlug seine Hände weg und fing an zu lachen, aber es hörte sich mehr nach Wahnsinn als nach Heiterkeit an. »Was zu essen gestohlen? Das findest du schlimm? Packrat, du hast keine Ahnung, wie ernst die Sache steht. Ich habe tatsächlich das Allerschlimmste getan. Ich habe viel mehr gestohlen als ein paar magere Vorräte. Ich habe den Ring der Hierarchin genommen.«

»WAS hast du getan?«

Sie zuckte vor ihm zurück. »Schrei mich nicht an, Packrat.«

»Dich nicht anschreien? HAST DU DEN VERSTAND VERLOREN?«

»Also, was erwartest du denn?«, brauste Aliana auf. »Diese Kuh hat Alestan eingesperrt und die Grauen Geister aufgeteilt. Galveron war kaum aus der Tür, da hat sie seine Anweisungen alle in den Wind geschlagen. Ich habe genug von ihr, Packrat. Sie ist für ihre Aufgabe nicht mehr geeigneter als – als du es bist!«

»Danke«, entgegnete Packrat trocken, aber seine Freundin war noch in voller Fahrt.

»Das Ganze wird ihr noch Leid tun, dafür sorge ich. Ohne den Ring kann sie nicht Hierarchin sein, und ich werde ihn irgendwo hier unten verstecken, wo ihn niemand mehr findet.«

»Und was dann?«, fragte Packrat sie.

»Dann zwinge ich sie, Alestan freizulassen, und dann ...« Ihr Gesicht wurde länger. »Äh, den nächsten Schritt habe ich mir noch nicht so genau überlegt. Aber das werde ich noch«, fügte sie entschlossen hinzu.

Packrat seufzte. Für gewöhnlich gelang es ihr auf die eine oder andere Weise mit ihren leidenschaftlichen Taten davonzukommen, aber diesmal könnte sie es zu weit getrieben haben. Sie war müde und aufgebracht gewesen und hatte nicht klar denken können. Wenn die Hierarchin nun drohte, Alestan zu töten, falls der Ring nicht zurückgegeben würde? Das wäre die naheliegende Handlungsweise. Mit Schaudern begriff Packrat, wie tief sie in der Tinte saßen. Fürs Erste gewann der Beschützer in ihm die Oberhand über die Empörung, aber der Zorn über ihre gedankenlose Tat lauerte im Hintergrund und wartete darauf, an die Reihe zu kommen. »Komm.« Er nahm ihren Arm. »Hier können wir nicht bleiben. Galveron wird nicht lange brauchen, um herauszufinden, wohin wir verschwunden sind.«

Aliana seufzte tief und nickte. »Ich hatte ein bisschen Zeit, mich umzusehen, ehe ich dich kommen hörte. Wir stehen auf einer ähnlichen Plattform wie die da oben –«

»Oh, Mann! Bloß keine Strickleitern mehr!«

»Nein. Keine Bange. Hier gibt es eine zweite Brücke – eine besser angelegte als die vorige. Ich weiß nur noch nicht, wohin sie führt.«

»Dann lass uns das herausfinden. Wo entlang?«

»Hier drüben.«

»Gut. Wir gehen so lange, bis wir irgendwo sicher sind – dann müssen wir uns irgendetwas ausdenken, wie wir aus dem Schlamassel wieder herauskommen.«

In der Festung der Rotten verlangte der Häuptling nach Erklärungen. Als Tormon die Treppe zu den Ställen hinunterrannte, sah er schon auf den letzten Stufen eine Gruppe Männer und Frauen sich um die leblose Gestalt des alten Überbringers drängen. Arcan kniete über den Toten gebeugt, und sein Gesicht war vor Wut aschfahl. Er stand auf, während der Händler sich durch die Umstehenden nach vorn schob. »Ach, Tormon, du kommst zur rechten Zeit. Ich wollte gerade nach dir schicken. Wie du siehst, ist hier ein übles Verbrechen begangen worden. Unser Überbringer Grimm wurde ermordet. Es scheint, als fehlte auch sein Gehilfe, und ebenso der Junge, den du aus Tiarond mitgebracht hast. Kannst du ein wenig Licht in das Geheimnis bringen?«

Bis zu diesem Moment hatte Tormon gefleht, Rochalla möge sich geirrt haben, und dass Scall nicht wirklich verschwunden war, sondern sich wie alle Heranwachsenden etwas abgesondert hatte, um an einem stillen Ort allein zu sein. »Wegen deines Verlustes tut es mir sehr Leid, mein Häuptling«, sagte er. »Überbringer Grimm wird uns bitter fehlen. Aber bist du vollkommen sicher, dass Scall verschwunden ist? Er ist nicht von der Sorte, die in eine so schreckliche Sache verwickelt wird, möchte ich schwören.«

Arcan machte ein finsteres Gesicht, und den Umstehenden fielen dringende Aufgaben ein, die sie anderswo zu erledigen hatten. Da wurde Tormon deutlich bewusst, wie brüchig die Gastfreundschaft eigentlich war. »Ich habe die ganze Festung nach ihm absuchen lassen«, antwortete der Häuptling barsch. »An den naheliegenden Orten wurde bereits nachgesehen, und von keinem der beiden jungen Männer fand sich eine Spur.« Er seufzte. »Wie die Sache aussieht, bin ich schon jetzt sicher, dass wir sie nicht finden werden. Ich weiß nicht, wie tief dein Junge darin verwickelt ist, Händler Tormon. Es mag sein, dass er Zeuge eines Streits zwischen den beiden Überbringern geworden ist und gesehen hat, wie Grimm von Kalt umgebracht wurde. Vielleicht hat Kalt den Jungen als Geisel mitgenommen – aber das wirft die Frage auf, warum der Verbrecher nicht auch ihn getötet hat. Auch sind Kalt und Grimm schon seit langer Zeit zusammen. Soweit ich das bei so fremdartigen Leuten überhaupt beurteilen kann, schienen sie fast wie Vater und Sohn zu sein.«

»Es wäre nicht das erste Mal, dass ein Sohn seinen Vater tötet«, stellte Tormon heraus.

Arcan nickte schroff. »Wie wahr. Aber an der ganzen Sache stimmt etwas nicht, wie mir scheint. Vielleicht war es Scall, der Grimm umbrachte, und Kalt ist hinter ihm her. Aber wie hätte Scall es dann geschafft, die Festung zu verlassen, ohne dass meine Wachen ihn sehen?«

»Wie hätte überhaupt einer von beiden hinaus gekonnt?«, fragte Tormon.

»Augenscheinlich hat jemand einen Karren im Hof in Brand gesteckt, und während meine Männer abgelenkt waren«, seine Miene ließ für die Wächter Schlimmes ahnen, »hat der Übeltäter einfach das Tor geöffnet und ist hinaus.«

»Mit einem Pferd? Und sie haben ihn nicht bemerkt, ehe das Tor offen war?«

Der Häuptling seufzte. »Ich sehe, worauf du hinaus willst. Tatsächlich waren es sogar drei Pferde: das von Kalt, das von Grimm und die hübsche Braune, die deinem Burschen gehört. Und du hast Recht: Meine Männer sind nicht völlig nutzlos – wenn es auch manchmal so aussieht. Nur ein Überbringer wäre fähig, drei so große, geräuschvolle Tiere unter ihrer Nase verschwinden zu lassen.«

»Dann kann also Scall die Festung überhaupt nicht auf eigene Faust verlassen haben«, schloss Tormon froh.

»Das bedeutet aber nicht notwendigerweise, dass er unschuldig ist«, entgegnete Arcan. »Mir fällt noch eine andere Erklärung ein, nämlich dass Kalt und Scall gemeinsam geplant haben, den alten Mann umzubringen. Es gibt Zeugen, die gesehen haben, wie Scall heute Morgen in den Turm der Überbringer gegangen ist.«

»Das ist lächerlich!«, widersprach Tormon entrüstet. »Scall ist ein guter Kerl. Er hat keine Faser Schlechtigkeit in sich.«

»Wie willst du dir aber das hier erklären?« Arcan brachte aus einem Tuch ein blutiges Messer zum Vorschein. »Das ist die Waffe, die Grimm tötete. Das ist kein Rottenmesser. Es muss jemandem aus deiner Gruppe gehören. Ganz gleich, was mit dem Jungen geschehen ist, das hier macht jeden von euch verdächtig.«

Mit Schaudern erkannte Tormon das Messer. Es hatte eine lange, scharfe Klinge und stammte von einem Soldaten der Gottesschwerter. Sie hatten sich allesamt aus dem Waffenvorrat des Wachhauses bedient, bevor sie den Steilhang hinuntergeritten waren. Es konnte jedem von ihnen gehören.

In diesem Augenblick kam einer der Krieger die Treppe herabgestürmt. »Wir haben den ganzen Turm durchsucht, mein Häuptling, bis hinauf unters Dach«, berichtete er keuchend. »Da kann niemand versteckt sein, und Lewic sagt, dass auch in der Küche und den Vorratsräumen niemand ist.«

Arcan dankte dem Mann und wandte sich wieder an den Händler. »Nun sind uns die Verstecke ausgegangen, Tormon. Wir haben uns schon gedacht, dass Kalt geflohen sein muss. Jetzt sind wir also sicher, dass dein Bursche ebenfalls verschwunden ist.«

Tormon durchlief ein Frösteln. »Und wenn Kalt auch ihn umgebracht und seine Leiche versteckt hat?«

Arcan zuckte die Achseln. »Wo denn? Und wenn er sich nicht die Mühe gemacht hat, die Leiche seines Meisters zu verbergen, warum sollte er dann Zeit vergeuden wegen des toten Jungen? Nein, Tormon, das ist nicht schlüssig, und das weißt du.«

»Deine Worte geben mir wenigstens Hoffnung«, sagte der Händler. »Solange der Junge am Leben ist, kann er gefunden werden, und wir können dieser schrecklichen Sache auf den Grund gehen. Wirst du heute Nacht einen Suchtrupp losschicken, mein Häuptling?«

»Hast du in letzter Zeit mal einen Blick nach draußen geworfen? Bei diesem Sturm hat es keinen Zweck, Männer hinauszuschicken. Die Nacht ist so schwarz, sie könnten nicht einmal ihren eigenen Hintern finden. Wir warten bis zum ersten Morgengrauen. Ich habe Fährtenleser, die die Übeltäter im Nu aufspüren, sobald man etwas sehen kann. In der Zwischenzeit muss ich dafür sorgen, dass mein Überbringer in die große Halle gebracht wird, wo wir ihn feierlich aufbahren. Ihr habt finstere Tage über uns gebracht, Händler Tormon. Wenn nur die Hälfte davon stimmt, was du über

Tiaronds Schicksal erzählt hast, so hätten wir Grimm zu keinem schlechteren Zeitpunkt verlieren können.« Er drehte sich um und beobachtete die Krieger, die den Leichnam auf eine Bahre legten, und sagte nichts mehr.

Tormon wusste, dass er entlassen war, aber er verweilte bei den Tieren im Stall und wartete darauf, dass Arcan und seine Männer mit ihrer traurigen Last hinausgingen. Der freie Platz, wo Scalls Stute gestanden hatte, schien ihn zu verhöhnen. Es war nicht seine Schuld, dass der Junge ins Unglück geraten war – schließlich konnte er Scall und Annas nicht einschließen, nur um sie vor der Welt zu bewahren, und er konnte auch nicht den ganzen Tag auf sie aufpassen. Scall war irgendwann Teil seiner Familie geworden, und der Gedanke, so rasch nach Kanellas Tod noch einen geliebten Menschen zu verlieren, war nicht zu ertragen.

Tormon sah sich in einer verzwickten Lage. Er wusste, er sollte Arcans Rat übergehen und sofort Rutska satteln, in die Heide reiten und nach dem Jungen suchen, aber er war sich ebenso sehr darüber im Klaren, dass der Häuptling Recht hatte. In einer solchen Nacht könnte er nicht einmal die Richtung bestimmen, in die sie gegangen waren. Und wie könnte er Annas noch einmal allein lassen? So kurz nach dem Tod ihrer Mutter brauchte sie ihn bei sich, und seine erste Verantwortung hatte ihr zu gelten. Er hatte nicht das Recht, sich selbst in Gefahr zu bringen, indem er in eine so kalte, stürmische Nacht hinausritt.

Aber der arme Junge…

Kopfschüttelnd wandte er sich ab und ging mit schwerem Herzen und schwerem Schritt die Treppe hinauf. Er machte sich darauf gefasst, Rochalla zu erzählen, was geschehen war. Es würde sie aufwühlen. Trotzdem war ihm ihre Anwesenheit gerade jetzt ein Trost. Auch sie schien ein Teil seiner eigenartigen neuen Familie geworden zu sein, die er in den letzten Tagen um sich versammelt hatte. Wie anders als Seriema war sie doch, die, wie sich bei ihrem Streit herausgestellt hatte, ihren eigenen Weg gehen würde, ganz gleich, was …

Auf halbem Weg nach oben hielt er inne.

Was ist mit Presvel? Er ist nicht mit Seriema fortgeritten. Und er hat sich auffallend rar gemacht, als die Nachricht umging, dass der Überbringer umgebracht wurde.

Mit gerunzelter Stirn ging der Händler weiter und schwor sich, ein Auge auf Seriemas Diener zu haben. Seit sie Tiarond verlassen hatten, war der Städter immer weniger mit der harten Welt draußen zurecht gekommen, und seit einer Weile schon gab sein Benehmen Anlass zur Sorge.

Wenn ich Rochalla vor ihm warnen könnte, ohne sie allzu sehr zu beunruhigen, würde ich ihr glatt raten, sich von ihm fernzuhalten. Er hat etwas an sich, dass ich ihm nicht mehr traue. Er ist ein verzweifelter Mann geworden. Er spürt, dass er sein Leben nicht mehr beherrscht, und solche Leute sind immer gefährlich. Aber wenn er irgendetwas damit zu tun hat, was Scall widerfahren ist, dann drehe ich ihm eigenhändig den Hals um.

Kalt wusste, dass er seine Handlungsweise Arcan nicht begreiflich machen könnte, sollte dieser ihn aufgreifen. Sein Lehrer hatte ihm die Reise auferlegt, während er sein Leben aushauchte, aber dafür gab es keine Zeugen außer Scall, und da er den Jungen entführt hatte, durfte er vernünftigerweise von dieser Seite keine Hilfe erwarten. Sobald man Grimms Leiche fand, würde es so aussehen, als hätte er den Mord begangen und wäre geflohen, um den Folgen seiner Tat zu entkommen. Es hatte keinen Zweck, darüber nachzudenken, ob er das Richtige getan hatte. Es gab kein Zurück. Der junge Überbringer war todunglücklich und voller Angst und er trauerte, und zu alldem war er nun heimatlos, ein Flüchtiger und Ausgestoßener seiner Sippe.

Ganz davon zu schweigen, dass ich durchnässt und

durchgefroren bin – aber das ist das Geringste. Am besten ich achte allein auf den Weg, sonst habe ich mich bald auch noch verirrt.

Und nicht nur das. Er hatte auch darauf zu achten, Scall in seiner Gewalt zu behalten. Er spürte den Groll des Jungen brennen wie eine rauchende Flamme und dass er verzweifelt versuchte, sich gegen ihn zu behaupten. Wenn er Scall jetzt verlöre, hätte er die Aufgabe, mit der Grimm ihn betraut hatte, schon verpatzt, und alles wäre vergebens gewesen.

Wie alle Rotten konnte Kalt bei Nacht ausgezeichnet sehen, aber in diesem eisigen, schwarzen Aufruhr des Sturms war nichts zu erkennen. Obwohl er der Schleierwand entgegenritt und man sie von dem Turm von Arcans Festung aus sehen konnte, lag sie vom Boden aus betrachtet hinter dem hügeligen Horizont und ihr Schimmern wurde vom Hagel verschluckt. Die einzige Möglichkeit, die Richtung zu bestimmen, war nach dem Wind. Er ließ ihn stets auf die Linke Schulter wehen, kreuzte die Finger und betete, dass er nicht drehte. Das war immerhin zu einem gut, dachte er verbissen, denn andernfalls würde er es schwer haben, sobald es darum ging, die Pferde zu lenken. Keines war glücklich darüber, den hübschen warmen Stall gegen einen nasskalten Albtraum zu tauschen, keinem gefiel es, dass ein stechender Hagel auf es niederprasselte, und allen dreien war mächtig unheimlich zumute, da der Sturm heulte und kreischte wie ein Heer von Dämonen.

Scalls kleine Braune fand es besonders schwierig, in der abscheulichen Lage zurechtzukommen. Sie hatte die Ohren angelegt, den Schwanz eingezogen, und er merkte an der Führungsleine, dass sie beständig zitterte. Kalt verfluchte sich selbst dafür, dass er sie mitgenommen hatte. Er hätte weit besser daran getan, eines der robusten Rottentiere zu nehmen, die an die schwärzesten Nächte und das raueste Wetter gewöhnt waren. Aber er hatte überlegt, dass, wenn er Scall schon seiner Sicherheit und den Freunden entreißen musste, der Junge wenigstens den Trost seines geliebten Pferdes behalten sollte, andererseits …

Wenn das Tier umkommt, wird es ihm das Herz brechen. Er wird mir nie vergeben – und wer könnte ihm das verübeln?

Kalt konnte der Flut der Verzweiflung nicht mehr standhalten, die ihn zu verschlingen drohte.

Ach, Grimm, Grimm! Wie sehr wünsche ich mir, du wärst jetzt hier. Dein Plan hat so einfach ausgesehen. Wie konnte nur alles so schief laufen?

Eine Zeit lang waren sie nun steil bergauf gestiegen, und als die Pferde den Kamm erreichten, warf der Wind den Überbringer beinahe aus dem Sattel. Einmal mehr versuchten die beiden Tiere, die er am Zügel führte, abzudrehen und zur Festung durchzubrennen, und sein eigenes schien denselben Gedanken zu haben. Er brachte ein paar wütende Augenblicke damit zu, die widerspenstigen Geschöpfe zu bändigen, die sich scheinbar darauf verschworen hatten, ihm die Arme auszureißen. Es brauchte die ganze Willenskraft eines ausgebildeten Überbringers, um sie in die gewollte Richtung zu zwingen, ganz zu schweigen davon, Scall bei dem Durcheinander im Sattel zu halten, aber schließlich gelang es ihm, und als die Pferde den steilen Abhang auf der anderen Seite des Kamms hinabgingen und dort vor den schlimmsten Auswüchsen des Sturms geschützt waren, hatte es den Anschein, als fügten sie sich ihrem Los und hörten auf, ihm das Leben schwer zu machen.

Unterdessen fragte er sich, ob Grimms Leiche schon gefunden war und ob man ihnen bereits nachjagte. Sobald sie das Fehlen der Pferde entdeckten, würden sie wissen, dass er die Festung verlassen hatte. Würden sie es für Wert erachten, ihn in dieser stürmischen, finsteren Nacht zu suchen? Er glaubte nein. Wahrscheinlich würden sie bis zum Morgen warten und seine Fährte bei Tageslicht aufnehmen. Das wäre vernünftiger, als bei Dunkelheit im

Hochmoor umherzutappen. Unter den Rotten gab es ausgezeichnete Spurensucher, und da der Boden nass war, dürfte es ihnen nicht im Geringsten schwer fallen, ihm zu folgen.

Ich hoffe, sie beschließen zu warten. Dann sollte ich vor ihnen an der Schleierwand sein, und wenn Grimm Recht hatte und es mir gelingt hindurchzukommen, werde ich wenigstens vor meinem eigenen Volk sicher sein. Dann brauche ich mir nur noch über die Fremden auf der anderen Seite Sorgen zu machen.

Er griff zu Scall hinüber und zog ihm die Kapuze wieder hoch, die der Wind weggeblasen hatte, als die Pferde ausschlugen. Unter diesen Umständen konnte er es seinem Gefangenen wenigstens so angenehm wie möglich machen. Im Grunde genommen war er froh, so wenig erkennen zu können. Wenn er jetzt noch hätte das Elend und die Verwirrung mitansehen müssen, die sich auf dem Gesicht des Jungen abzeichnen mussten, und die Kränkung und den – nicht ungerechtfertigten – Hass in seinen Augen, dann wäre ungewiss, ob er die Entschlossenheit besäße, so weiter zu machen.

Es wäre anders, wenn ich wüsste, was wirklich vor sich geht. Wenn Grimm mich doch nur vorher mit seinen geheimnisvollen Freunden bekannt gemacht oder mir wenigstens von ihnen erzählt hätte, dann könnte ich vielleicht erahnen, was sie mit Scall vorhaben und warum seine Funde für sie so wichtig sind.

Der Überbringer grübelte weiter, obwohl er wusste, dass das zu nichts führte. Er hatte sich festgelegt und würde es nehmen müssen, wie es kam. Nach einer Weile merkte er, dass er völlig das Zeitgefühl verloren hatte, während er in Gedanken gewesen war, und entschied, dass er lieber wieder mehr Acht geben sollte. Er schob die Kapuze ein wenig zurück, um sich umzusehen, und stellte entsetzt fest, dass hinter seiner linken Schulter der treibende Hagel in einem unheimlichen Licht glühte. Kalt schlug sich fluchend mit der

Faust aufs Knie. Dieser bleiche Schimmer konnte nur von der Schleierwand kommen. Der verdammte Wind musste gedreht haben, während er mit seinen Gedanken woanders war, und anstatt auf die Grenze zuzureiten, entfernte er sich davon in einem schrägen Winkel.

Ärgerlich mit sich selbst und ein wenig beschämt, berichtigte er den Kurs mit dem Ergebnis, dass ihm der Wind nun gerade ins Gesicht blies. Die behelfsmäßige Ausbesserung der Maske hielt überraschenderweise noch immer und bot wenigstens etwas Schutz gegen das Wetter. Nun da er die Grenze leuchten sah, konnte er geradewegs auf das Ziel zuhalten, und Grimm hatte ihm erzählt, dass das Wetter auf der anderen Seite wahrscheinlich völlig anders war.

Darauf hoffte er. Im Augenblick würde er fast alles dafür geben, um diesem unaufhörlichen Sturm zu entkommen. Der Hagel und die Eiseskälte waren schon schlimm genug, aber den Wind fand er inzwischen entschieden beunruhigender. Sein misstönendes Geheul hörte sich an wie ein widerliches, grauenhaftes Wesen aus dem grässlichsten aller Albträume. Er sagte sich zwar, dass seine Einbildungskraft nicht mit ihm durchgehen dürfe, aber ohne Erfolg. An dem Wetter war etwas Unnatürliches, und sein besonderes Wahrnehmungsvermögen, das jeder Überbringer ausbildete, sagte ihm, dass er sich in wachsender Gefahr befand. Wieder einmal schaute er voller Unbehagen über seine Schulter. Je eher er durch die Schleierwand käme, desto sicherer würde er sich fühlen.

Kapitel 13

Ein Licht am Horizont

Der Abend war bereits fortgeschritten, als Toulac Zavahl zum Schlafen in die Hütte schickte. »Einer von uns muss aufbleiben«, sagte sie, »um das Feuer in Gang zu halten und nach Veldans Schiff Ausschau zu halten. Vielleicht sehen sie den Schein des Feuers, aber zwischen den Felsblöcken liegt es so gut verborgen, dass wir darauf nicht zählen können.« Während sie redete, suchte sie ein paar lange, gerade gewachsene Stücke aus dem Treibholzhaufen. »Die sollten als Fackeln genügen, damit können wir Zeichen geben, sobald wir auf dem Wasser ein Licht sehen. Mrainil der Dobarchu sagt, dass es in der Bucht ein paar gemeine Riffe gibt, aber er kann das kleine Boot, das uns aufnehmen soll, durchaus bis zum Ufer lotsen.«

Nachdem sie die Fackeln sorgsam beiseite gelegt hatte, brachte sie geschickt das Feuer zum Lodern. »Da. Das sollte eine Zeit lang brennen. Du machst, dass du in die Hütte kommst und schläfst, Junge. Ich wecke dich später, wenn du mit Wachen an der Reihe bist.« Sie blickte zu dem klaren Sternenhimmel hinauf und fröstelte. »Das Schlimmste wird die Kälte sein. In so einer Nacht und ohne Mantel oder Decke wird man immer wieder mal ans Feuer gehen müssen.« Sie zuckte die Achseln. »Na schön. Das werden wir schon schaffen. Bis später.« Damit verschwand sie in die Dunkelheit hinter dem Feuerschein.

Zavahl, der sich noch immer fragte, wann er mal zu Wort käme, blieb noch einige Augenblicke sitzen, aber er war von den Schrecken und der Schlaflosigkeit der vorigen Nacht sowie den Anstrengungen des Tages ganz erschöpft. Er trank einen Schluck Wasser von dem schrumpfenden Vorrat im Krug und kroch in die Hütte. Schon seit sie das Gebilde fertiggestellt hatten, freute er sich darauf, aber bald fand er das Lagern im Freien doch nicht so reizvoll, wie es ihm vorher erschienen war. Da es nichts gab, was ihn von den Kieseln trennte, war es unmöglich, bequem zu liegen. Die Steine unter den Schultern und Hüftknochen kamen ihm besonders scharfkantig und klobig vor, und jedes Mal wenn er glaubte, die Schlimmsten weggeräumt zu haben, kamen andere und nahmen ihren Platz ein. Schlimm war außerdem die Kälte. Wenngleich die Hütte etwas von der Hitze des Feuers einfing, wie Toulac es hatte bewirken wollen, saugte doch der Boden das bisschen verbliebene Wärme aus seinem Körper, und er konnte sich kaum vor dem Frieren schützen.

Zitternd und elend lag er wach.

Kein Wunder dass Toulac so zäh ist, wenn sie das schon ihr Leben lang tut.

Er überlegte, ob er ihr Gesellschaft leisten oder sogar anbieten sollte, eine Weile Wache zu stehen, da er ohnehin nicht schlafen konnte. Doch leider hieße das, sich vom Feuer zu entfernen. Gerade als er mit seinem Gewissen rang, sah er hinter dem überhängenden Rand der Hütte eine huschende Bewegung. Die Dobarchu kamen wie Wogen über die Felsen geglitten.

Zavahl starrte mit unverhohlener Neugier zu ihnen hin. Die Ausgewachsenen waren über drei Fuß lang (oder sollte man sagen, hoch?, so dachte er, als sie sich auf die Hinterpfoten stellten). Von den drei Jungen waren zwei nur halb so groß, und sie hatten noch den niedlichen Flaum und die Rundlichkeit des Säuglingsalters, während der dritte ein linkischer Heranwachsender war, der seine volle Größe bald erreichen würde. Sie ließen sich um das Feuer nieder, plusterten das Fell auf, aalten sich genüsslich in der Wärme und schirmten gleichzeitig die Hütte davon ab.

Zavahl zögerte. Er wollte sie bitten, ein wenig zur Seite zu rücken, aber verstanden sie die menschliche Sprache? Außerdem hatten selbst die Jüngeren kräftig aussehende Kiefer und spitze Zähne, und an den Fingern und Zehen ihrer Tatzen, die Händen sehr ähnlich sahen, saßen kurze, aber scharfe Krallen. Was immer Toulac von ihnen hielt, dem einstigen Hierarchen, der in einer Stadt geboren und aufgewachsen war, kamen sie vor wie wilde Tiere – und über solche hatte er gehört, sie seien gefährlich, unberechenbar und grimmig.

»Du denkst ganz wie der alte Zavahl.«

»Verzeihung bitte?« Noch immer fühlte er sich hin und wieder von den Unterbrechungen des Drachen überrascht.

»Dieser ganze Unsinn über wilde Tiere entspringt dem Denken eines Menschen, der nie in Gendival gewesen ist und die vielen vernunftbegabten und gesitteten Wesen, die dort leben und arbeiten, nicht gesehen hat.« Aethon klang leicht belustigt. »Du hörst dich an, als hättest du den Feuerdrachen Kazairl nie gesehen und als hättest du nicht in deinem Geist einen Drachen wohnen.«

»Ich stimme dir zu, was das Letzte angeht«, erwiderte Zavahl, »aber bedenke, dass ich mich mit Veldans Schoßungeheuer nicht verständigen kann. Auf mich wirkt er trotzdem noch wild und grausam. Und was Gendival angeht, so bin ich zwar dort gewesen, habe es aber nicht gesehen. Mir wurden die Augen verbunden, als man mich hinbrachte, darum kann ich nicht mitreden. Die einzigen fremden Wesen, die ich gesehen habe, sind die, die uns hierher verschleppt haben, und die finde ich nicht besonders ermutigend.«

»Du hast Recht, das hatte ich vergessen«, sagte Aethon rücksichtsvoll. »Dann lass mich dir Gendival zeigen, wie es wirklich ist.«

Zavahl schloss die Augen, und eine Reihe von Landschaften erschienen ihm, von denen jede wie ein schöner, bunter Traum aussah. Der Drache zeigte ihm die Schattenbundsiedlung am See und ihre bemerkenswerten Bewohner. Als Zavahl blinzelnd in die Welt des Meeres, der spitzen Steine und des Feuerscheins zurückkehrte, wusste er nicht, wie viel Zeit inzwischen verstrichen war. Jedoch war das Feuer ein Stück heruntergebrannt. Solange er sich von dem Drachen hatte davontragen lassen, hatte er die Kälte nicht mehr gespürt, aber jetzt traf sie ihn mit doppelter Wucht.

Seufzend stemmte er sich auf den Ellbogen. Er wollte gerade nach draußen schlüpfen und etwas Holz aufs Feuer legen, als ein Dobarchu den Kreis verließ und zu dem Treibholzhaufen ging, den Toulac und er zusammengetragen hatten. Er nahm ein paar Stücke in seine kurzen Arme und tappte auf den Hinterpfoten zurück ans Feuer, wo er das Holz sorgfältig aufschichtete, um hohe Flammen zu erzeugen. Ihm folgten zwei Kameraden, jeder mit einem Arm voll Feuerholz, und gemeinsam schürten sie das Feuer zu einer beträchtlichen Größe.

Alle ihre Bewegungen hatten etwas so Wohlüberlegtes, was in Zavahls Meinung eine Änderung herbeiführte, wie sie nicht einmal die Bilder des Drachen hatten bewirken können. Die fremden Wesen, die Aethon ihm gezeigt hatte, riefen in ihm Ehrfurcht, Neugier, ja manchmal auch Angst hervor, aber wirklich waren sie ihm dennoch nicht vorgekommen. Da er sie noch nie selbst gesehen hatte, mochten sie ebenso gut ein Hirngespinst sein. Aber als er nun die Dobarchu bei dieser vertrauten, sehr menschlichen Verrichtung sah, hörte er auf, sie als Tiere zu betrachten, und empfand sie mehr wie seinesgleichen, zwar wie pelzige Leute von eigenartiger Gestalt, aber dennoch wie Leute.

So betrachtete er die kleine Gruppe Flüchtlinge mit neuen Augen. Eine Mutter hatte sich um ihr schlafendes Kind gerollt und hielt es warm und sicher an sich gedrückt. Eine andere brach mit einem Stein die Muscheln für die Kleinen auf. Zwei erwachsene Paare schmiegten sich beim Feuer aneinander. Einer wimmerte im Schlaf, und sein Partner strich ihm sacht über das silberbraune Fell, bis er wieder ruhig schlummerte. Zavahl rührte der Anblick. Wenn es stimmte, was Toulac erzählt hatte, dann hatten die Dobarchu genug erlitten, um ihr Leben lang Albträume zu haben. Er empfand großes Mitgefühl. Sie hatten kein Zuhause mehr, genau wie er, und auch sie hatten seither gelitten.

Und nun müssen wir uns alle an fremdem Ort eine neue Heimat und ein neues Leben schaffen. Ich habe viel mehr mit diesen komischen kleinen Geschöpfen gemeinsam als mit den meisten Menschen, die ich kenne.

Das war ein ernüchternder Gedanke.

Doch auch seine Anteilnahme konnte ihn nicht völlig von der beißenden Kälte ablenken. Er fror und schob die kalten Hände unter sein Hemd – wodurch er natürlich noch mehr fror. Plötzlich bemerkte er neben sich eine Bewegung, und etwas Warmes, Weiches drückte sich an ihn. Es war die schlanke Heranwachsende, die der unstillbaren Neugier der Jugend nachgab und kam, um Zavahl und seine Hütte zu untersuchen. Soweit er das einschätzen konnte, war das unzweifelhaft ein Weibchen. Das sah er an ihrer Feingliedrigkeit, besonders im Gesicht und um die Schultern, auch die anmutigen, fließenden Bewegungen und der weiche Blick ihrer großen, dunklen Augen zeugten von Weiblichkeit.

Zavahl war bezaubert. »Willkommen«, sagte er lächelnd. »Es ist kalt heute Nacht, nicht wahr?« Das Weibchen legte eindeutig ratlos den Kopf auf die Seite, aber das größte der Männchen, das bei Toulac am Wasser gewesen war, blickte beim Klang der menschlichen Stimme auf und nickte eindringlich.

Zavahl spürte, wie der Drache sich regte. »Mrainil ist der einzige, der deine Sprache versteht«, sagte Aethon. »Nur wenige Dobarchu können Gedanken übertragen, darin gleichen sie den Menschen, und in dieser Gruppe ist er der einzige. Darum ist er ein Wissenshüter. Die Gedanken bilden sich im Bewusstsein zwar wie gesprochene Worte, aber die Gedankensprache bewegt sich innerhalb allgemeingültiger Begriffe und schlägt eine Brücke zwischen den verschiedenen Sprachen, sodass die Verständigung unter den Völkern ganz einfach wird. Darum kann Mrainil dich verstehen, obwohl er mit seiner Schnauze nicht sprechen kann wie ein Mensch.«

Zavahl bemerkte die Wehmut im Ton des Drachens. »Sicher konntest auch du Gedanken übertragen, als du noch deinen eigenen Körper hattest«, sagte er.

»Drachen sind anders. Wir verständigen uns ausschließlich mittels Gedankenübertragung.«

»Und jetzt kannst du das nicht mehr, weil mir diese Fähigkeit fehlt?«

Der Drache schwieg einen Moment. »Du kannst nichts dafür.«

»Bestimmt sehnst du dich danach.«

Aethon seufzte. »Mehr als du dir vorstellen kannst.«

Zavahl fing an zu begreifen, dass es verschiedene Arten von Verbannung gab.

Da sein innerer Gefährte wohl nicht weiter darüber reden wollte, wandte der einstige Hierarch seine Aufmerksamkeit dem großen Dobarchu zu. »Ich sagte soeben zu der kleinen Dame, dass wir eine kalte Nacht haben.«

Mrainil sah ihn eine Weile ernst an, und Zavahl hatte das deutliche Gefühl, soeben eingeschätzt zu werden. Dann brach plötzlich ein Sturm aufgeregten Gekichers los, und ohne Warnung sprangen die Flüchtlinge von ihrem Ruhebett beim Feuer auf und brausten als braune Woge auf Zavahl zu.

Großer Myrial! Es gefiel ihm wohl nicht, dass ich mit den Kleinen geredet habe!

Unfähig sich zu helfen, schreckte er vor dem Ansturm zurück, schrie und schlug um sich, während die Dobarchu über ihn herfielen, aber er war völlig machtlos. Sie drückten ihn gegen den Boden und drohten, ihn zu zertrampeln. Dann aber, als sie sich eng an ihn drängten, erkannte er ihre Absicht und zwang sich zur Ruhe. Die pelzigen Wesen deckten ihn warm zu, gaben ihm von ihrer Körperwärme ab, wie sie es untereinander zu tun pflegten.

Mrainil blickte auf ihn hinab und schnatterte tadelnd, und Zavahl fühlte sich für seine kurze Angst gerügt. Das junge Weibchen drückte sich unter seinem Arm hindurch bis an seine Schulter und schmiegte sich mit dem Kopf an ihn, während sie ihn mit schmachtenden Augen betrachtete. »Danke«, sagte Zavahl. »Ich bin sehr dankbar.«

Ein Schatten im Hütteneingang verdunkelte das wenige Licht. »Was soll das Geschrei?«, verlangte Toulac zu wissen.

»Ich bitte um Verzeihung«, sagte Zavahl, dem langsam schön warm wurde, und blinzelte dem Schattenriss entgegen, machte aber keine Anstalten, sich zu rühren. Ihm war zum ersten Mal in dieser Nacht behaglich zumute. »Es war ein Missverständnis. Die Dobarchu haben sich alle gleichzeitig auf mich gestürzt, und ich war ein bisschen erschrocken«, erklärte er. »Ich dachte, dass sie mich angriffen, stattdessen wollten sie mich nur warm halten.«

»Sieh an, du lernst heute sehr viel«, antwortete Toulac trocken. »Versuche trotzdem keinen Lärm zu machen. Wenn das Schiff erst einmal da ist, werden wir es warm und trocken haben, aber in der Zwischenzeit will ich unsere Anwesenheit nicht in die Welt hinausposaunen.«

»Aber wir sind hier im hintersten Winkel von Nirgendwo«, wandte Zavahl ein. »Hier kann doch meilenweit niemand sein.«

»Wahrscheinlich hast du Recht«, räumte Toulac ein. »Aber es gibt da eine Sache, die mich schon den ganzen Tag beschäftigt, und das ist die Menge Zeug, die wir am Strand aufgesammelt haben. Denn das stammt alles von verunglückten Schiffen.«

»Und?«

»Warum verunglücken so viele Schiffe gerade an diesem Küstenstreifen?«

Zavahl zuckte die Achseln. »Nun, die Klippen, die hier aus dem Wasser ragen, sehen gefährlich genug aus, und es gibt vielleicht auch tückische Strömungen.«

»Tückische Strömungen, von wegen! Wenn das so ist, wissen die Seeleute darüber Bescheid und halten sich hübsch fern, es sei denn dass sie im Sturm gegen die Küste geweht werden.« Toulac schüttelte den Kopf. »Nein, die Sache gefällt mir nicht. Mir schwant eher, dass die Schiffe hier nicht von selbst untergehen, und ich werde keine Ruhe haben, bis wir unbeschadet von hier fort sind.«

»Bin ich mit Wachen an der Reihe?« Zavahl musste sich das Anerbieten abringen. Er war so müde und fühlte sich so behaglich, dass er sich eigentlich nicht bewegen wollte.

Toulac bedachte ihn mit einem durchdringenden Blick. »Ich will dich nicht stören, Junge. Ich schaffe es noch eine Weile.« Damit stapfte sie wieder ans Wasser und ließ ihn mit einem unbestimmten, aber nagenden Schuldgefühl zurück. Zum Glück gelang es ihm, dieses Unbehagen zu überwinden, und bald sank er durch einen warmen Schleier der Zufriedenheit in Schlaf. Er machte sich kein bisschen Sorge wegen Toulacs unheilvoller Ahnung. Wahrscheinlich war das auch nur wieder ihre Art, einem unerfahrenen Abenteurer gegenüber als besonders kundig zu erscheinen, entschied er.

»Du solltest auf sie hören«, riet Aethon. »Was solche Dinge angeht, besitzt sie viel mehr Erfahrung als du.«

Aber Zavahl hörte ihn nicht mehr. Er war schon eingeschlafen.

Oben auf der Klippe lauerten die Strandräuber. »Ich wünschte, das Schiff käme endlich«, murrte Shafol. »Die alte Streitaxt fängt an, misstrauisch zu werden.«

Tuld zuckte die Achseln. »Und wenn schon. Den anderen Dummkopf schien es nicht aufzuregen, und sie kann es nicht beweisen. Sie wird heute kein zweites Mal hier heraufklettern, nicht in ihrem Alter, also wird sie nicht auf uns stoßen, und sie wird auch unser Leuchtfeuer nicht sehen, wenn das Schiff kommt. Sie kann unten am Strand ruhig ihre kleine Fackel schwenken, aber es wird unser Feuer sein, auf das sie schauen. Und du weißt, dass es wirkt. Hier wohnt keine Menschenseele, also kommen die Schiffe immer herein, um nachzusehen, ob jemand in Seenot ist – und dieser Haufen hat ausnahmsweise einen Grund. Wenn wir sie auf die Felsen gelockt haben, läuft für uns alles wie immer. Das alte Mädchen wird an einen Angriff von der Landseite her nicht denken. Wir gehen einfach runter und räumen mit ihnen auf.«

»Was ist mit den Tieren?«, wollte Shafol wissen. »Solche habe ich noch nie gesehen, und sie sind reichlich groß. Sieh sie dir an, wie sie um das Feuer hocken und auf dem Mann drauf liegen. Das ist nicht natürlich, finde ich.«

»Was sie sind, tut nichts zur Sache«, erwiderte Tuld. »Sind irgendwelche Tiere, und sie können nicht besonders wild sein, wenn sie wie ein Rudel dummer Schoßhunde dasitzen. Wahrscheinlich rennen sie einfach weg, wenn wir kommen, und wenn nicht, werden wir damit fertig, wenn es soweit ist.«

»Ich wünschte wirklich, das Schiff würde sich beeilen«, klagte Pelorm. »Ich friere mir hier oben den Hintern ab.«

»Und ich wünschte, wir brauchten das alles gar nicht zu tun«, sagte der vierte. »Die meisten Leute, die wir ausgeraubt haben, mögen ertrunken sein, aber kaltblütiger Mord ist es trotzdem.«

»Halt den Mund, Feresh«, knurrte Shafol. »Welche Wahl hatten wir denn? Als Fischer waren wir doch erledigt, nachdem die Fische alle verschwunden waren. Wir müssen unsere Familien irgendwie durchbringen.«

Feresh schüttelte den Kopf. »Da kommt nichts Gutes bei rum«, warnte er. »Es wird der Tag kommen, wo wir feststellen, dass wir unser Glück einmal zu oft versucht haben.«

»Wenn du so darüber denkst, warum verziehst du dich nicht einfach?«, erwiderte Tuld. »Wir brauchen dich sowieso nicht, und von deinem Gejammer kriegt man Bauchweh.«

»Na schön.« Feresh stand auf. »Ich gehe. Ich nehme meine Familie und gehe flussaufwärts. Irgendwo muss es einen Platz geben, wo es Arbeit und Nahrung gibt.«

Tuld spuckte aus. »Gut, aber gib mir nicht die Schuld, wenn ihr alle in einem Graben sonstwo verhungert.«

»Dann sterben wir wenigstens ehrlich«, antwortete Feresh ruhig und ging.

Tuld sah die anderen beiden an. »Geht ihm nach und tötet ihn«, sagte er leise. »Ich will nicht, dass er einen Anfall von schlechtem Gewissen kriegt und den Haufen am Strand vor uns warnt.«

»Guter Einfall«, fand Shafol. Er und Pelorm verschwanden in die Dunkelheit. Kurz darauf gab es eine Rauferei und einen erstickten Schrei, der rasch abriss.

Shafol und Pelorm kehrten zurück und schoben die Messer in die Scheide. »Macht unsern Anteil größer«, sagte Pelorm und legte sich wieder unter den Busch. »Feresh war schon immer ein ausgewachsener Blödmann, aber ich hätte nie geglaubt, dass er gerade jetzt ein schlechtes Gewissen entwickelt.«

»Vermutlich hat seine Frau ihn bearbeitet«, meinte Shafol. »Ihr wisst, wie Frauen sind, und ihr hat nie gefallen, was wir machen.«

»Dann hat sie ihm keinen Gefallen getan«, erwiderte Tuld und grinste gehässig. »Sie mag ja wenig im Kopf haben, aber ordentlich hübsch ist sie! Jetzt wo sie Witwe ist, könnte ich es glatt bei ihr versuchen. In dieser Gegend wird sie einen Mann brauchen.«

Während die Nacht voranschritt, wartete und wachte Toulac mit zunehmender Angst, starrte angestrengt ins Dunkle, um nur ja den ersten Schein der Schiffslampen am Horizont zu entdecken. Obwohl sie müde und richtig durchgefroren war, hatte sie beschlossen, lieber selbst Wache zu halten, als Zavahl zu wecken. Sie wusste sehr wohl, dass er ihr Unbehagen hinsichtlich der vielen Schiffsunglücke nicht ernst nahm. Auch war er das Wachen nicht gewöhnt, und sie fürchtete, dass er im heiklen Augenblick in der Aufmerksamkeit nachließe. So sehr sie auch fror, war sie doch immer erst zum Feuer gegangen, wenn sie Hände und Füße nicht mehr gespürt hatte oder wenn die dunkle Glut ihr gesagt hatte, dass Holz nachzulegen war. Nicht dass sie sich Sorgen machte, das Feuer könnte ausgehen, wenn Zavahl dafür zuständig war – weit gefehlt – und die Dobarchu würden das ohnehin nicht zulassen. Nein, sie hatte keinerlei Angst, dass sie auf dem Meer ein Licht sähe und dann erst noch das Leuchtfeuer wieder neu entfachen müsse. Was ihr aber Sorge bereitete, war die Sache mit den Strandräubern. Es mochte sein, dass sie übertrieb und dass Zavahl Recht hatte –

Das möchte ich sehen!

– mit den tückischen Klippen. Aber daran glaubte sie nicht. Diese Küste hatte etwas an sich, das sie ziemlich beunruhigte, und sie hatte nicht so lange überlebt, weil sie ihr Gespür außer Acht ließ oder zuversichtlich durchs Leben hüpfte und hoffte, dass schon nicht das Schlimmste einträfe.

Wer heute Nacht die Wache hält, muss auf der Hut sein – und eben das würde Zavahl nicht tun. Ich übernehme das lieber selbst, schlafen kann ich auf dem Schiff – wenn das verdammte Ding endlich mal käme.

Die Zeit verging, und nach und nach wurden ihr die Lider schwer, und Toulac merkte, dass sie in der Aufmerksamkeit nachließ. Da sie keinesfalls zugeben wollte, dass sie es nicht mehr so leicht fand, die ganze Nacht aufzubleiben, wie in jüngeren Jahren, blieb ihr nur übrig, sich selbst für ihr Nachlassen zu schelten, und das tat sie ausgiebig. Es war ihr eine große Erleichterung, als Mrainil das Feuer und seine schlafenden Leute verließ und zu ihr ans Wasser kam, um ihr Gesellschaft zu leisten. Von Zeit zu Zeit hatte sie versucht, Veldan anzurufen, aber ohne den Ansporn einer Gefahr war die Verbindung auf diese Entfernung zu schwierig für sie gewesen. Mit dem Anführer der Dobarchu eine gedankliche Unterhaltung zu führen brachte ihr, außer dass sie anregend war, sie von den Sorgen ablenkte und wach hielt, die Zuversicht, dass ihr anfänglicher Erfolg mit harter Arbeit und guter Anleitung wiederholt werden könnte.

Auf den Felsen ausgestreckt, sprachen sie eine Zeit lang und schauten über das Meer. Bei ihrem letzten Gespräch hatte er von seinem Volk und der Flucht aus ihrer Heimat erzählt. Diesmal wollte er wissen, wie sie ihr Land verlassen hatte und warum sie an dieser Küste gestrandet war. Währenddessen schweifte ihr Blick über den Horizont, aber am Ende war sie so davon beansprucht, ihm ihre Abenteuer und Missgeschicke zu erzählen, dass das schwache, ferne Blinken auf der Höhe der Landspitze als Überraschung kam.

Toulac stieß einen Freudenschrei aus. »Da ist es!« Sie sauste den Strand hinauf, um die Fackeln zu holen, und hielt sie mit einem Ende in das Feuer. »Zavahl, wach auf!«, rief sie. »Sie kommen!« Ein undeutliches Murmeln kam aus der Hütte. Also, sie hatte nicht die Zeit, um zu warten, bis er auf die Beine käme. Sowie die Fackeln brannten, raste sie ans Wasser hinunter, die Flammen wie zwei Schweife hinter sich herziehend und zwei weitere Fackelstöcke sicherheitshalber unter den Arm geklemmt. Mrainil, der dieses Gewässer durchschwommen hatte, zeigte ihr die Stelle, von wo sie das Zeichen zu geben hatte, damit das Schiff unbehindert einlaufen konnte. Der eigene Befehl, keinen Lärm zu machen, war vergessen, und so hüpfte sie schreiend auf und ab, schwenkte die Fackeln über dem Kopf und war sich dabei bewusst, dass sie sich wie ein neunjähriges Kind benahm, doch sie freute sich zu sehr, als dass es sie kümmerte.

Bald war klar zu erkennen, dass die Lichter näher kamen. Mrainil jedoch stach von Toulacs Ausgelassenheit dadurch ab, dass er still wie ein Standbild auf den Hinterbeinen hockte und auf die See hinausstarrte. »Sieht es für dich so aus, als drehten sie zur Seite ab?«, fragte er.

Ein wenig von seiner Besorgnis teilte sich Toulac mit, und sie hörte auf, mit den Armen zu wedeln, und stand still wie der Dobarchu, während sie die Fackeln in die Höhe hielt. »Ich glaube, du hast Recht.«

Mrainil schnatterte aufgeregt. »Was denken sich diese Dummköpfe denn dabei? Sie halten geradewegs auf das Riff zu!«

Kapitel 14

Gefährliche Klippen

Zavahl hatte so tief geschlafen, dass es ihm außergewöhnlich schwer fiel, wieder zu sich zu kommen. Als Toulacs Stimme in seine Träume drang, wusste er einen Moment lang nicht, wo er war und warum sich sein Bett so hart und klumpig anfühlte und seine Decke so schwer und dick. Hatte ihn jemand gerufen, fragte er sich benommen. Nun, es war gleichgültig. Er war sicher, so wichtig konnte es nicht sein. Er sank soeben zurück ins Traumreich, als ihn ein fischiger Atemstoß gründlicher aufweckte als eine ganze Flasche Riechsalz. Er riss die Augen auf und blickte in ein rundes, pelziges Gesicht mit blanken, schwarzen Augen, die ihn aus nächster Nähe anguckten. Das Tier schnatterte fragend, kitzelte ihn mit buschigen Schnurrhaaren im Gesicht, dann steckte es ihm seine breite, schwarze Nase ins Ohr. Zavahl erkannte seine kleine Freundin und endlich fanden seine nebelhaften Gedanken zurück in die Wirklichkeit. Aus der Ferne konnte er noch immer Toulac rufen hören … Großer Myrial! Das Schiff musste gekommen sein!

Die Dobarchu stoben auseinander, während er sich auf Hände und Knie stemmte und aus der Hütte krabbelte. Sobald er die Senke zwischen den Felsen und den grellen Schein des Feuers verlassen hatte, sah er Toulac auf den Steinen im Wasser, wie sie wild rufend über ihrem Kopf die Fackeln schwenkte.

Mist! Ich bräuchte auch eine Fackel!

Zavahl machte kehrt und kletterte so schnell er konnte über das steinige Gelände zurück zum Feuer. Dort fand er ein langes Stück Treibholz in ihrem Vorrat und hielt es in die Flammen, bis es gut brannte. Dann drehte er sich hastig um und rannte wieder zurück, um Toulac zu helfen – zunächst wenigstens rannte er, solange er auf dem oberen Teil des Strandes war, wo man auf den trockenen Steinen guten Halt fand. Weiter unten in der Gezeitenzone waren sie voller Algen und Schlamm, und das zwang ihn, seinen Schritt beträchtlich zu bremsen, wenn er nicht stürzen wollte.

So bahnte er sich einen Weg ans Wasser, als plötzlich Männer aus der Dunkelheit auftauchten und ihm den Weg abschnitten. Er blickte von den wilden, unbarmherzigen Gesichtern auf die Messer, die in ihren Händen blitzten, und ihn durchfuhr die nackte, kalte Angst. Sie kamen langsam auf ihn zu, wobei sie achtsam auf die schlüpfrigen Steine traten, und Zavahl wich mit klopfendem Herzen zurück, und schwang vor sich die Fackel als seine einzige Waffe in einem weiten, schwankenden Bogen. Sie waren schon nah heran, da öffnete er den Mund, um nach Toulac zu schreien – und in dem Moment sah er aus den Augenwinkeln, dass sich ein Mann an sie heranschlich, der mit einem Schwert anstelle eines Messers bewaffnet war. Weil sie den ganzen Lärm veranstaltete, den sie ihm befohlen hatte nicht zu machen, hörte sie ihren Angreifer nicht kommen, und weil ihre ganze Aufmerksamkeit dem nahenden Schiff galt, war sie blind für die drohende Gefahr.

Zavahl schrie mit äußerster Kraft – und seine Gegner drangen auf ihn ein. Als er versuchte wegzurennen, geriet er in eine tiefe Stelle zwischen den Steinen und spürte den Schmerz sein Bein hinauffahren, als er sich das Fußgelenk verdrehte. Taumelnd stürzte er hin, die Fackel fiel ihm aus der Hand und erlosch. Dann waren sie über ihm. Aus dem

Augenwinkel sah er eine Messerklinge niedersausen, und er wusste, dass alles aus war.

Toulac versuchte verzweifelt, Veldan mit ihren Gedanken zu erreichen, aber jedes Mal brach ihre geistige Kraft ein. Plötzlich hörte sie Zavahl aus Leibeskräften schreien, und fast gleichzeitig Veldans Stimme in ihrem Kopf. »Toulac! Hinter dir!« Sie fuhr herum und sah sich von Angesicht zu Angesicht mit einem Schwert schwingenden Rüpel gegenüber. Im nächsten Moment hatte der Mann beide Fackeln im Gesicht. Er kreischte und schlug sie weg, schlug sich auf seine brennenden Haare und den Bart und ließ dabei das Schwert fallen. In der Zeit, die ihr diese Ablenkung verschaffte, zog sie ihr eigenes Schwert, und bis er das seine wieder aufgehoben hatte, war sie längst für ihn bereit.

Es wurde ein unbeholfener Kampf, da beide Teilnehmer von dem dicken, grünen Schleim auf den Steinen in ihren Bewegungen arg behindert waren. Toulac war wütend auf sich selbst. Wie hatte sie ihn nur so dicht an sich heran lassen können? Jetzt war es unmöglich, eine Gedankenübertragung auch nur zu versuchen, da sie völlig auf den Kampf Acht geben musste. Wie sollte sie also das Schiff, da sie nun die Fackeln weggeworfen hatte, hereinlotsen? Und dieser elende Hurensohn hielt sie davon ab, sich neue zu verschaffen.

»Ich werde auf das Schiff aufpassen.« Mrainil sprang klatschend ins Wasser und war fort, womit Toulac sich ganz ihrem Gegner widmen konnte.

Da der Strandräuber seinen Überraschungsvorteil schon vergeben hatte, wirkte er auf einmal gar nicht mehr so mutig, aber er war noch grimmig entschlossen, nicht zu weichen, und stand genau zwischen der alten Kriegerin und Zavahl. Sie bewegten sich vorsichtig auf dem glatten, unebenen Boden, rückten Schritt für Schritt gegeneinander vor, teilten schwerfällige Hiebe aus, die in der Notwendigkeit, nicht auszugleiten, ihre Beschränkung fanden.

Wenngleich Toulac auf den eigenen Widersacher Acht geben musste, hatte sie doch wie alle guten Kämpfer hart daran gearbeitet, ihre Wahrnehmung am äußeren Blickfeldrand zu schulen. Aus dem Augenwinkel sah sie Zavahl zu Boden gehen, und ihr rutschte das Herz in die Hose. Er hatte doch nicht so viel erlitten und war auf verschlungenen Wegen so weit gekommen, um jetzt von einem gemeinen Räuber wie ein Schwein aufgespießt zu werden? Dann setzte das furchtbare Schreien ein. Toulac fluchte und machte einen Ausfall, wobei sie eine Seite antäuschte und sich zur anderen wegduckte. Als ihre Füße wegzurutschen drohten, versuchte sie erst gar nicht, das Gleichgewicht zu behalten, sondern warf sich in die Bahn, ließ sich vorwärts fallen und rollte sich zur Seite, während das Schwert ihres Feindes auf die Steine niedersauste, wo sie soeben noch gewesen war. Jetzt war es an ihrem Gegner, zu taumeln und um Gleichgewicht zu ringen.

Die alte Kämpferin vergeudete keine Zeit mit dem Versuch, aufzustehen. Aus der Bauchlage führte sie einen mächtigen, beidhändigen Hieb und zielte damit auf die Knie des Räubers. Sie spürte den Ruck der Klinge, die durch Fleisch und Bein stach, dann stürzte der Mann wie ein gefällter Baum, das Schwert fiel ihm aus der Hand, und er schlug der Länge nach auf die Steine. Jetzt schrie er wie ein abgestochenes Tier. Mit einiger Mühe kam Toulac auf den Steinen, die nun vom Blut glitschig waren, auf die Füße. Ein rascher Blick sagte ihr, dass ihr Gegner nicht mehr aufstehen würde, also brauchte sie keine Zeit damit zu verlieren, ihm ein Ende zu bereiten – er würde ohnehin in Kürze tot sein. Stattdessen wandte sie sich Zavahl und seinen Widersachern zu, obwohl sie in ihrem Innersten wusste, dass sie zu spät kam.

Myrial hatte zu guter Letzt beschlossen, ihn zu sich zu nehmen – so jedenfalls dachte Zavahl. Ganz sicher hatte er nicht erwartet, was als Nächstes geschah. Von seinem kräftigen Stoß aus dem Gleichgewicht gebracht, rutschte der Messerstecher selbst auf den schlüpfrigen Steinen aus. Er fiel nach vorn auf sein Opfer drauf, stach daneben und Zavahl schrie angstvoll auf, als die Klinge durch sein Hemd riss und an seinen Rippen entlangglitt. Der andere Angreifer, bereits auf seinen Hieb festgelegt und nun überrascht, trieb sein Messer dem Kumpan in den Rücken. Der arme Tropf rang darum, sich aus seiner ausgestreckten Lage zu erheben, stieß üble Verwünschungen aus und fuchtelte hilflos mit dem Messer, während der andere bestrebt war, ihm das Messer zwischen den Schultern herauszuziehen. Irgendwie gelang es Zavahl, sich von unten hervorzuwinden, und er stolperte aus dem Tümpel heraus in dem verzweifelten Bemühen, zu Toulac zu gelangen, die noch mitten in dem scheußlichen Kampf mit ihrem eigenen Angreifer steckte.

Der Räuber gab seine Versuche, das Messer zurückzugewinnen, auf und schnappte sich das Messer seines Kumpans, dessen Gezappel schwächer wurde. Der Anblick des gefallenen Freundes machte ihn umso wütender, und brüllend nahm er die Verfolgung seines verängstigten Opfers auf. Zavahl wusste, dass er nur mit Glück den ersten Angriff überlebt hatte. Er konnte nicht erwarten, noch einmal so viel Glück zu haben. Unbewaffnet wie er war, und im Kampf unerfahren, lag sein Heil allein in der Flucht.

Toulac, die ihren Gegner soeben niedergestreckt hatte, kam auf die Beine, aber sie würde nicht mehr rechtzeitig bei ihm sein. Zavahl war auch kein guter Läufer. Nachdem er sein Leben innerhalb der Mauern von Tiaronds Heiligem Bezirk verbracht hatte, war er auf das Leben, das er jetzt führte, schlecht vorbereitet, und ermüdete rasch. Er konnte seinen Mörder unmittelbar hinter sich keuchen und fluchen hören, und er wusste, dass der Mann ihn jeden Moment einholen würde. Der Räuber schloss zu ihm auf, packte ihn beim Ärmel und drehte ihn herum. Zavahl wurde trotz allen Widerstands immer dichter herangezogen, und der andere hob schon die Klinge.

Mit einem Mal stieg eine Masse dunkler, dicht über den Boden flitzender Gestalten, die erst jetzt vor dem dunklen Hintergrund erkennbar wurden, an den Beinen seines Angreifers empor und brachte ihn ins Stolpern, sodass er lang hinschlug. Die Dobarchu waren Zavahl zu Hilfe gekommen. Sie stürzten sich im Schwarm auf den Räuber, vereitelten seine Aufstehversuche und schnappten mit ihren kräftigen, scharfen Zähnen nach ihm, während er fluchend darum kämpfte, auf die Beine zu kommen. Zavahl stand ängstlich zögernd dabei und wartete darauf, dass Toulac mit ihrem Schwert käme und sich der Sache annahm. Er hatte vergessen, dass der Mann sein Messer noch hatte. Plötzlich blitzte die Klinge auf und fuhr mitten unter die Dobarchu. Ein schriller Schrei brach jäh ab, und Zavahl wusste, dass die Waffe ein Opfer gefunden hatte.

Es schossen ihm die Bilder durch den Kopf, wie das Paar sich beim Feuer aneinanderschmiegte, die Mutter ihr Kind fütterte, die schmachtenden Augen des jungen Weibchens, die an ihm solchen Gefallen gefunden hatte. Mit lautem Wutgeheul warf er sich auf den Mann und entrang seiner Hand das Messer. Die Waffe nunmehr in beiden Händen stieß er sie so fest er konnte dem Räuber in die Brust, zog sie heraus und stieß sie noch einmal tiefer in ihn hinein. Er spürte das Übelkeit erregende Kratzen von Stahl auf Knochen, und heißes Blut quoll zwischen seinen Fingern hervor. Der Mann würgte, gurgelte, umklammerte vergebens das Heft in seiner Brust und die Hände, die es geführt hatten. Dann brach ein Schwall Blut aus seinem Mund hervor, und er krümmte sich zusammen, seine Augen richteten sich geradeaus und fixierten den Himmel mit leerem, blindem Blick.

»Also, da schubs mich doch einer in ’nen Hundehaufen!

Gut gemacht, Zavahl. Ich hätte nie erwartet, was da in dir steckt!« Plötzlich merkte er, dass Toulac bei ihm stand und ihm auf die Schulter klopfte. Endlich fiel ihm ein, das Messer loszulassen. Er erlebte einen Augenblick ungestümer Hochstimmung, weil er überlebt und dieses Mordgesindel ausgelöscht hatte. Dann überwältigte ihn die Wirklichkeit. Er beugte sich vornüber und übergab sich, wobei er das Gesicht abwandte, damit er das Blutbad, das er angerichtet hatte, nicht noch einmal zu sehen brauchte.

Dann hörte er Toulac wie von Ferne sprechen. »Myrial in der Baumkrone, das Schiff! Was ist mit dem Schiff geschehen?«

Der seetüchtige Lastkahn war gut vorangekommen. Die See war recht ruhig, und der mäßige Wind wehte zur Abwechslung zu ihren Gunsten. Mit Arnond am Ruder und Meglyn, die die Schote bemannte, glitten sie durch die dunklen Gewässer. Rowen war unter Deck und stellte eine Mahlzeit zusammen, während Elion versuchte dabei zu helfen und auf dem beengten Raum doch nur im Weg stand. Kaz döste an Deck, nur Veldan und Ailie hielten die ganze Fahrt an der Küste entlang im Bug Ausschau. Sie hatten versucht sich abzuwechseln, doch wer immer mit Schlafen an der Reihe gewesen war, hatte am Ende unweigerlich doch an der Reling gestanden und besorgt in die Dunkelheit gespäht. Darum hatten sie beschlossen, dass sie einander ebenso gut Gesellschaft leisten konnten.

Es war unmöglich zu sagen, wer das Leuchtfeuer zuerst sah. Der Ausruf kam von beiden gleichzeitig, als das Licht oben auf der Steilklippe aufleuchtete. Ihr Geschrei brachte Meglyn nach vorn, und Elion kletterte durch die Luke. Einen Augenblick nach ihm zog sich Rowen an Deck.

Der Feuerdrache hob schläfrig den Kopf und sah blinzelnd zu dem Licht an der Küste. »Wurde auch Zeit«, brummte er.

»Du kannst gegen Amaurn sagen, was du willst, aber er hat Skreeva genau zur rechten Zeit umgebracht und verhindert, dass ihre Günstlinge Toulac und Zavahl noch weiter fortschleppen. Sonst hätten wir womöglich einen ganzen Monat in diesem schwimmenden Gefängnis festgesessen.« Kaz hatte sich mit dem Leben an Bord eines Schiffes nicht recht anfreunden können. Im Laufe des Tages hatte er Veldan öfter, als ihr lieb war, davon unterrichtet, dass das Deck zu vollgestellt war, als dass er sich bequem darauf bewegen könnte, dass er ständig darauf achten müsse, wohin er seinen Schwanz legte, und dass er darüberhinaus ziemlich sicher sei, dass Feuerdrachen nicht schwimmen können, weshalb die Gegenwart von so viel tiefem Wasser ringsum ihn ganz entschieden beunruhigte. Und obwohl niemand vor Kaz selbst Angst hatte, so war doch die Anwesenheit eines Geschöpfes, das Feuer speien konnte, dazu angetan, dass Meglyn und den anderen ein wenig unbehaglich war.

Arnond stand stirnrunzelnd am Ruder. »Sie mussten ja hier landen«, sagte er. »Das ist die felsenreichste Küste der ganzen Gegend. Sie hat schon viele Leben gefordert.«

Jetzt konnten sie das Zischen und Tosen der Wellen hören, die sich am Riff brachen, sahen die weiße Gischt entlang des Ufers. »Werden wir dicht genug herankommen, was meinst du?«, fragte Veldan besorgt. »Du wirst doch Rowen jetzt sicher keinem Wagnis aussetzen wollen.«

»Oder mein Schiff«, fügte Meglyn hinzu.

»Oder mich – falls das jemanden kümmert«, murmelte Kaz, aber nur die beiden Wissenshüter konnten ihn hören.

»Kennen sich eure Freunde da überhaupt mit der Seefahrt aus?«, fragte Rowen. »Würden sie ihr Leuchtfeuer an jeder beliebigen Stelle anzünden oder würden sie die Strömungen und Felsen bedenken?«

»Das bezweifle ich«, antwortete Veldan. »Zavahl ganz sicher nicht. Über Toulac kann ich nichts Genaues sagen. Sie hat gewiss ein abwechslungsreiches Leben hinter sich, hat aber nie erwähnt, je auf See gewesen zu sein. Doch das heißt nichts. Wir hatten keine Zeit, bei unseren Gesprächen alles anzuschneiden, was sie schon gemacht hat.«

»Also gut«, sagte Arnond, »wir bleiben besser auf der sicheren Seite und nehmen an, dass keiner von ihnen weiß, was er tut. Folgendes werden wir tun. Meglyn, reffe die Segel auf das Mindestmaß. Wir müssen sehr langsam und vorsichtig hineinfahren. Rowen, willst du das Senkblei nehmen und loten?«

»Natürlich.« Rowen ging und beeilte sich, so gut sie konnte.

»Was ist ein Senkblei?«, fragte Ailie flüsternd.

Veldan zuckte die Achseln. »Wenn das ein Gerät ist, fragst du besser Elion. Seine Partnerin war ein guter Matrose.«

»Mit dem Senkblei wird die Wassertiefe gemessen«, erklärte Elion. »Es ist an einem Seil befestigt, das in Faden unterteilt ist, und einer steht im Bug und wirft es nach vorn aus. Da ist auch ein Loch im Boden des Bleistücks. Wenn man es mit weichem Talg füllt, bleibt etwas vom Boden daran kleben, und dann weiß man, ob man über Sand oder Stein fährt.« Er lächelte Ailie an. »So. Nun weißt du genau so viel darüber wie ich.«

Das Schiff tastete sich vorsichtig voran. Nach einem Moment der Eingebung erklärte Veldan Arnond das bemerkenswerte Sehvermögen des Feuerdrachen, und Kaz wurde sofort in den Bug geschickt, um die Felsen im Wasser zu erspähen oder vor Änderungen der Wasseroberfläche zu warnen, die auf Strömungen hindeuteten.

Plötzlich stieß Ailie einen Schrei aus und zeigte auf das Ufer. »Seht, Leute! Am Strand, rechts unterhalb des Leuchtfeuers. Da scheint noch ein Feuer zu sein – zwischen den dicken Felsblöcken nahe am Abhang. Und weiter unten ist jemand, der uns mit Fackeln winkt!«

Kaz blickte von seiner Beobachtung des Wassers auf, senkte aber sofort wieder den Blick, als Arnond brüllte:

»Du, schau gefälligst hin, wo wir fahren! Der Strand hat dich nicht zu kümmern, du hast an Wichtigeres zu denken.«

Veldan folgte Ailies Finger mit den Augen. »Das ist Toulac! Und ist das Zavahl hinter ihr?«

»Ganz bestimmt nicht«, sagte Ailie entschieden.

»Sie wird angegriffen«, rief Elion. »Toulac, aufgepasst ... Verflucht. Wir sind zu weit entfernt, als dass sie uns durch die Brandung hören könnte.«

Veldan versuchte es mit Gedankenübertragung. Es kam keine Antwort von der alten Kämpferin, aber sie fuhr herum, um ihrem Angreifer entgegenzutreten, also musste sie doch etwas gehört haben. Mit rasendem Herzen sah Veldan zu, wie Toulac dem Mann die Fackeln ins Gesicht schleuderte und ihr Schwert zog. Im selben Moment kreischte Ailie: »Zavahl! Zavahl! Nein!«

Da erst entdeckte Veldan Zavahl, der ein Stück weiter oben von zwei Männern verfolgt wurde. Plötzlich fielen sie alle übereinander, und sie meinte ein Messer blitzen zu sehen. So nah waren sie und doch so fern. Sie waren um einen Augenblick zu spät gekommen. Sie fluchte und hörte ein unterdrücktes Schluchzen von Ailie.

Dann drang plötzlich eine fremde Stimme in ihren Kopf. »Wissenshüter! Ihr haltet auf das Riff zu!«

Fast im selben Augenblick brüllte Kaz: »Felsen voraus!«

»Arnond, wir laufen auf Grund!«, schrie Elion.

»Anker werfen, Meglyn!«, rief Arnond. »Rowen, Segel einholen!«

Das Krachen der Brandung wurde lauter. Für kurze Zeit herrschte an Deck angespannte Geschäftigkeit, dann legte sich das Schiff in die Strömung. Der Anker griff in den Meeresgrund, zog ein Stück weit und hielt es fest. Man konnte aufatmen. Die erleichterte Pause wurde sogleich von Ailies Schrei beendet. »Zavahl! Er ist wieder aufgestanden! Weg von ihm, ihr verdammten Kerle. Lasst ihn in Frieden!«

Einer der Männer lag noch zusammengekauert am Boden, der andere war auf den Beinen und rannte hinter Zavahl her, den er rasch einholte. Veldan sah, wie weit es noch bis ans Ufer war. »Arnond ...«, begann sie drängend.

»Es tut mir Leid, Veldan.« Der Kapitän klang entschlossen. »Ich wage es nicht, sie weiter hereinzubringen. Wir lassen das Beiboot zu Wasser und rudern, aber das wird ein bisschen dauern.«

Unterdessen brach eine Woge dunkler, pelziger Wesen zwischen den Felsblöcken hervor und riss Zavahls Gegner zu Boden. »Veldan!«, rief Elion verblüfft. »Sind das nicht Dobarchu?«

»Sieht ganz danach aus. Aber was tun sie hier?«

Alle hörten sie den Schrei, als ein Dobarchu durch das Messer des Gegners starb, und den darauf folgenden Wutschrei von Zavahl. Zu Veldans Erstaunen warf er sich auf den Messerstecher, packte das Messer und stieß es dem Mann zweimal in die Brust. Toulac rannte hinzu, aber offensichtlich brauchte Zavahl ihre Hilfe nicht mehr.

»Sieht aus, als würde er sich erbrechen«, meinte Kaz trocken. Seit das Schiff sicher vor Anker lag, hatte auch er den Kampf beobachten können, ohne sich den Zorn des Kapitäns zuzuziehen.

Veldan und Elion tauschten einen mitfühlenden Blick. »Erinnerst du dich noch, wie du zum ersten Mal einen Menschen getötet hast?«, fragte Elion leise.

Sie zog ein Gesicht. »Das werde ich nie vergessen. Es war furchtbar.«

»Das Beiboot ist bereit«, sagte Meglyn. »Wer von euch kommt mit mir? Veldan oder Elion? Wenn wir eure beiden Freunde im Boot haben, ist kein Platz für noch jemanden.«

»Ich schlage vor, dass ich gehe«, sagte Elion. »Ich habe ein bisschen mehr Erfahrung mit Booten, und deine alte Schulterverletzung könnte das Rudern schwierig machen.«

Widerstrebend räumte Veldan ein, dass er Recht hatte. Meglyn hielt das kleine Boot stetig an der Schiffswand, indem sie mit den Rudern bremste, und Elion über eine Strickleiter herabkletterte. Toulac und Zavahl hatten sie vom Strand aus schon entdeckt und standen winkend und laut rufend auf den Felsen.

»Wissenshüterin Veldan?« Die Worte hatten einen leicht eigenartigen Tonfall, und jetzt fiel ihr die rätselhafte Stimme wieder ein, die sie vor dem Felsenriff gewarnt hatte. Kaz hatte sie bestimmt auch gehört. Er drehte den Kopf und sah sie ratlos an. »Ja? Wer ist da?«, fragte sie.

»Ich bin Mrainil, der letzte überlebende Wissenshüter der Dobarchu.« Ein glatter, runder Kopf brach durch die Wasseroberfläche.

»Danke für die rechtzeitige Warnung, Mrainil«, sagte Veldan. »Du hast uns wahrscheinlich das Leben gerettet. Aber was bringt dich hierher, so weit in nördliche Gewässer?«

»Ach, ich bringe bittere Botschaft.« Die Trauer des Dobarchu schwemmte in einer Woge zu ihr herüber. »Mein Volk wurde fast vernichtet, und ich habe die letzten, bedauernswerten Überlebenden nach Gendival gebracht, um Zuflucht zu suchen. Ich weiß, das geht gegen Cergorns Verbot, aber das kann mich nicht mehr kümmern. Er ist unsere letzte Hoffnung, und wenn er uns nicht aufnimmt, ist es mit den Dobarchu vorbei.«

»Darüber brauchst du dir keine Sorgen mehr zu machen«, versicherte ihm Veldan. »Cergorn ist nicht mehr Archimandrit, und während sich die Lage allerorten zuspitzt, befinden sich auch die Bestimmungen in einem Wandel. Du wirst bei uns ein Heim haben und willkommen sein. Dessen bin ich sicher.«

»Das beruhigt mich, Veldan, und diese Neuigkeit ist die beste, die ich seit einer langen, finsteren Zeit gehört habe. Aber wenn Cergorn nicht mehr herrscht, wer ist dann an seiner Stelle Archimandrit?«

Veldan holte tief Luft. »Amaurn, einst auch bekannt als der Abtrünnige.«

»Amaurn? Ich dachte immer, dass er tot ist!« Es entstand eine Pause, in der Mrainil die bestürzende Nachricht verdaute. »Du musst mir bei Gelegenheit einmal erzählen, wie diese erstaunliche Sache zustande kommen konnte. Ich bin sehr jung gewesen, als er des Verrats angeklagt wurde, und die meisten jungen Leute haben sich an seine Seite gestellt. Seit damals hat sich meine Sicht der Welt beträchtlich geändert, und damit auch meine Meinung über Amaurn, der in mancher Hinsicht bestimmt irregeleitet war, wenn nicht in jeder. Aber wenn er mein Volk rettet, sind die Ansichten meiner Jugend vielleicht doch richtig gewesen. Ein mitleidsvolles Herz muss man hoch einschätzen, besonders in diesen Zeiten.«

Mitleidsvolles Herz? Veldan dachte an den unbarmherzigen Hauptmann Blank und schauderte, behielt aber ihre Meinung für sich.

Leute können sich ändern, und ich glaube wirklich, dass Amaurn sein Bestes tut, um Blank hinter sich zu lassen. Wenigstens hoffe ich es, um unser aller willen. Fürs Erste jedoch muss ich im Zweifel zu seinen Gunsten entscheiden – und das müssen wir alle.

In der Zwischenzeit schadete es nicht, von etwas anderem zu sprechen. »Wie viele seid ihr?«, fragte sie Mrainil.

»Achtzehn – siebzehn jetzt«, verbesserte er sich traurig. »Ach, sie haben Recht daran getan, eurem Freund beizustehen. Aber wir können uns kaum erlauben, noch jemanden zu verlieren. Unsere Zukunft hängt an einem seidenen Faden.«

»Ich bedaure euren Verlust ungemein«, sagte Veldan. »Es war sehr tapfer von deinen Leuten, Zavahl so zu Hilfe zu kommen, wo sie doch einfach hätten ins Wasser tauchen und sich retten können. Wenigstens kann ich dir eine Nachricht überbringen, die deine Trauer ein wenig erleichtert. Du bist nicht der letzte überlebende Wissenshüter der Dobarchu. Kyrre hat es bis zu uns geschafft. Zwar ist sie arg verwundet gewesen, aber sie erholt sich bereits und wird sehr froh sein, dich zu sehen.«

Mrainil quiekte vor Freude. »Kyrre? Sie lebt? Oh, das ist wundervoll! Ich kann es kaum glauben.«

Veldan lächelte. »Du und dein Volk haben in der Tat gelitten, Mrainil, aber jetzt werden wir gut für euch sorgen. Wir nehmen euch alle an Bord, wenn ihr nichts dagegen habt, und bringen euch stilvoll nach Gendival. Und später, wenn ihr zurück an die Küste wollt, können wir sicherlich einen Platz finden, wo ihr euch niederlassen könnt. Es wird viel kälter sein, als ihr gewöhnt seid, aber vielleicht lernt ihr, damit zurecht zu kommen.«

»Der See in Gendival wird uns in der Zwischenzeit sehr gut passen«, sagte Mrainil. »Süßwasser ist nicht das Beste für uns, aber unter den gegebenen Umständen soll es uns recht sein.«

»Und wenn ihr die Süßwasserfische leid seid, können euch die Navigatoren Muscheln und Krebse von der Küste bringen«, versprach Veldan. »Wenn wir sie auf Eis legen, sollten sie ausreichend frisch bleiben.«

»Ich störe euer Stelldichein nur ungern«, sagte Kaz dazwischen, »aber das Boot ist am Ufer angekommen. Sie werden gleich wieder hier sein.«

»Ich muss meine Leute sammeln«, sagte Mrainil und flitzte durch das Wasser dem Strand zu.

Veldan umarmte den Feuerdrachen, dann lief sie einer aufgeregten Ailie an die Reling nach, um die Streuner zu begrüßen.

Unter Mitleid erregenden Schreien hatten sich die Dobarchu um ihren Kameraden geschart. Als Zavahl sich näherte, machten sie für ihn Platz und ließen ihn bei dem reglosen

Körper niederknien. Er legte eine Hand auf das glatte, weiche Fell. »Es tut mir Leid«, sagte er leise. »Es tut mir aufrichtig Leid.«

Solange er Hierarch gewesen war, hatte Gilarra ihn oft beschuldigt, zu gleichgültig zu sein, zu wenig mit dem Leben des Volkes, das von ihm abhing, verbunden zu sein und sich nicht um es zu sorgen. Jetzt wusste er, wie Recht sie gehabt hatte. In einer kurzen Nacht war es geschehen, dass ihm die fremden Dobarchu näher standen als je einer von seinen Callisioranern. Er hatte erfahren, was es heißt, Sorge zu tragen – und es war ein zweischneidiges Schwert.

Würde ein einziger meiner Untertanen sein Leben für mich hingegeben haben, wie dieses kleine Geschöpf es heute getan hat? Ich weiß sehr wohl, dass sie das nicht getan hätten. Aber ich war von ihnen so abgeschnitten. Warum sollte es sie kümmern, was mit mir geschieht?

Aber hier kümmerte es jemanden. Seine neue Freundin, das kleine Weibchen, schaute zu ihm auf. Sie schob sich unter seinen Arm und drückte sich an ihn. Zavahl umarmte sie. »Myrial sei Dank, dass es nicht dich getroffen hat, Kleine«, sagte er leise. »Wahrscheinlich kannst du mich nicht verstehen, aber ich bin froh, dass dir nichts geschehen ist.«

In dem Moment berührte ihn jemand an der Schulter. »Komm«, sagte Toulac leicht ruppig. »Sie kommen mit einem Boot. Wir haben dich im Nu bei deiner kleinen Dame.«

Zavahl ließ sich nur widerstrebend fortziehen. »Sollten wir ihn nicht begraben?«, fragte er.

»Seine Leute werden sich seiner annehmen, ehe wir abfahren«, sagte Toulac. »Mrainil sagt, dass sie ihre Toten immer auf See bestatten.«

»Hauptsache er hat eine angemessene Ruhestätte«, fand Zavahl. »Ihm und seinen Freunden verdanke ich mein Leben.«

»Und wir werden uns nicht um die Strandräuber bemühen«, fügte Toulac hinzu. »Soll das Aas für sich selbst sorgen. Wenigstens die Krabben haben heute einen Schmaus.«

Zusammen gingen sie hinunter zum Boot, das inzwischen dicht heran gekommen war. Zavahl sah, dass es von einer fremden Frau mit dunklen, kurzen Haaren und, zu seiner Erleichterung, von Elion gerudert wurde. Nach all diesen Ereignissen tat es gut, ein bekanntes Gesicht zu sehen. Es war nicht einfach, von den schlüpfrigen Steinen in das leichte, rollende Boot zu steigen, und Zavahl entging nur knapp einem Sturz ins Wasser, aber die fremde Frau bekam sein Hemd zu fassen und zog mit einem solchen Ruck, dass er sich plötzlich als Knäuel am Boden des Bootes wiederfand, wo er sich benommen fragte, wie er dorthin gelangt war. Zu seiner Überraschung hatte ihn seine kleine Freundin ins Wasser begleitet, war hinter ihm hineingesprungen, um ihn nur ja nicht aus den Augen zu lassen.

Elion grinste ihn an. »Ich hoffe, Ailie wird nicht eifersüchtig.«

Zavahl wusste nicht, was er darauf sagen sollte. Er war es nicht gewöhnt, so geneckt zu werden – wer würde es schließlich wagen, den Hierarchen von Callisiora aufzuziehen? – aber wenn es auch ein wenig peinlich war, gab es ihm ein warmes Gefühl der Verbundenheit, und das gefiel ihm.

Er und Toulac ließen sich im Heck nieder, während Elion und die Frau, die ihm als Meglyn vorgestellt wurde, an die Ruder gingen. Zavahl warf einen Blick zurück auf den Strand, wo so viel geschehen war. Die Dobarchu waren jetzt fort, brachten ihren Toten an seine letzte Ruhestätte. Nahe beim Abhang bezeichnete ein mattes Glühen die Stelle, wo er und Toulac so hart gearbeitet hatten, um sich einen Unterschlupf zu schaffen. Zwar war er froh, nun fortzukommen, aber trotzdem gab es ihm einen Stich, was er da zurücklassen musste. Die Hütte würde für immer in seinem

Gedächtnis verankert sein als das Erste, was er mit eigenen Händen geschaffen hatte.

Aber ein richtiges Bett wäre auch nicht schlecht. Er zitterte vor Erschöpfung, vor Entsetzen über den Überfall, vor Kälte. In die leichte Wunde an den Rippen war Salzwasser gekommen, und nun brannte und stach sie. Er fühlte sich unendlich erleichtert, als sie das rettende Schiff erreichten. Nachdem er seine Dobarchu-Freundin, die offenbar entschlossen war, ihn nie mehr zu verlassen, an Deck gehoben hatte, kletterte er selbst mühevoll an Bord, und da ging seine Erleichterung schließlich so tief, dass er fast Weinen musste.

Zum ersten Mal in seinem Leben befand sich Zavahl unter Freunden. Ailie kam auf ihn zugestürzt und umarmte ihn. Im Überschwang des Augenblicks schloss er selbst Veldan in seine Arme. Sie erstarrte vor Verblüffung, doch dann erwiderte sie die Geste und ihr Lächeln brachte ihr Gesicht zum Leuchten. Zum ersten Mal sah er an ihrer Narbe vorbei und war erstaunt, welch außerordentliche Schönheit er vor sich hatte.

Lieber Myrial! Ich habe sie ein Ungeheuer genannt! Kein Wunder, dass sie mich verabscheut.

Dann schloss er wieder Ailie in die Arme, ihm war ganz leicht vor Glück, und wenn in diesem Moment jemand gekommen wäre und hätte angeboten, ihn wieder in sein altes Leben als Hierarch von Callisiora zurückzuversetzen, mit allem Pomp und Reichtum, er hätte ihm ins Gesicht gelacht.

Kapitel 15

Erstarrte Luft

Scall ritt hilflos durch die Dunkelheit, hin und her gerissen zwischen Wut und Angst. Er konnte den Griff des Überbringers spüren, der seine Wünsche nichtig machte, seine Gedanken tief in ihm gefangen hielt. Er zwang ihn auf dem Pferd sitzen zu bleiben und durch den Sturm zu reiten, fern von sicherem Schutz und vertrauter Umgebung, fern von dem Händler und Rochalla und all seinen Hoffnungen auf eine neue Zukunft für sich.

Innerlich wütete er gegen Kalt.

Wie kann er mir das nur antun? Ich habe ihm vertraut! Welches Recht hat er, mich so von Tormon und den anderen fortzureißen?

Unter dieser Wut nagte jedoch die Angst an ihm. Wenn er nur Kalts Gesicht sehen könnte. Das hätte ihm einen Hinweis auf den Gemütszustand seines Entführers gegeben. Aber dessen Züge waren hinter der Knochenmaske verborgen, und so fand der Junge keine Antwort auf seine Fragen. Warum war Kalt überhaupt weggerannt, wo er doch Grimms Mörder hätte bloßstellen können und ihn, Scall, als Zeugen gehabt hätte? Das war unverständlich. Warum hatte er ihn auf die Flucht mitgenommen? Wenn er entkommen wollte, konnte doch ein Gefangener nur hinderlich für ihn sein.

Was hat er mit mir vor? Wohin bringt er mich? Was wird

mit mir geschehen? Werde ich meine Freunde je wiedersehen?

So sehr er um sich selbst Angst hatte, so sehr war er auch um die anderen besorgt; besonders um Rochalla, die die Veränderung, die mit Presvel vor sich gegangen war, nicht bemerkt hatte. Presvel war nun gefährlich und unberechenbar wie ein wildes Tier. Er hatte Scalls wegen auf der Lauer gelegen und ihn bedroht. Er hatte den alten Überbringer umgebracht. Tormon hatte Scall gewarnt, sich vor dem Mann in Acht zu nehmen, und er hatte Recht gehabt, aber das tatsächliche Ausmaß der Gefahr konnte auch er nicht ahnen. Presvel war es immer schwerer gefallen, mit einem Leben ohne die Bequemlichkeit und Sicherheit von Tiaronds Mauern zurecht zu kommen. Es war offenkundig gewesen, sogar für Scall, dass sein inneres Gleichgewicht mit jedem Schritt, der ihn von der Stadt fortbrachte, weiter gestört wurde, und jetzt schien es, als habe er den letzten Rest gesunden Verstandes verloren. Rochalla war mit ihm in der Rottenfestung eingeschlossen, ohne dass sie die Gefahr ahnte – und er, Scall, konnte sie nicht warnen.

In diesem Augenblick verabscheute er Kalt von ganzem Herzen. Sein einziges Ziel musste es nun sein, den rechten Augenblick abzupassen – nicht dass es viele Möglichkeiten gab – und die Flucht zu ergreifen. Der Überbringer würde ihn doch sicher nicht ewig auf diese unnatürliche Weise beherrschen können. Scall würde bereit sein müssen, sobald sich eine Chance bot. Er betrachtete die verhüllte Gestalt, die vor ihm ritt und durch den treibenden Schneeregen kaum zu erkennen war.

Du solltest aufpassen, Kalt. Ich habe nicht vor, ewig dein Gefangener zu bleiben!

Nur die schwache Hoffnung, dass er irgendwie von ihm wegkommen könnte, hielt ihn davon ab, in Verzweiflung zu versinken.

Leider hielt die unnachgiebige Umklammerung des Überbringers die bittere Kälte nicht von ihm fern. Scalls Ohren, Kinn, Zehen und Finger schmerzten. Der Wind schien ungehindert durch seine nassen Kleider zu blasen und machte nicht eher Halt, als bis er auf seinen Knochen angelangt war. Was ihm jedoch noch mehr Sorgen bereitete, war das Elend seiner kleinen Stute. Für dieses raue Wetter war sie von viel zu zarter Rasse und hatte nicht das zottige Fell, das die Tiere der Rotten die Unbill der wilden Landschaft überstehen ließ. Auch fehlte ihr alle Robustheit und Zähigkeit. Nach dem langen Ritt von Tiarond hatte sie Erholung bitter nötig gehabt, und nun war sie vom Kampf gegen Kälte und Sturm erschöpft. Er spürte, wie sie zitterte, und fragte sich, wie lange sie noch laufen würde, ehe sie zusammenbrach. Scall konnte ihr Leiden kaum ertragen. Wenn sie irgendeinen Schaden nähme, würde er einen Weg finden, um Kalt dafür büßen zu lassen, und wenn er sein ganzes Leben damit zubringen müsste.

Alle Gedanken an Flucht, an die Freunde und sogar an sein geliebtes Pferd verflüchtigten sich, als sein Entführer mit ihm dicht an die Grenze des einzigen Landes zog, das er je gekannt hatte. Wenngleich er natürlich von der Schleierwand gehört hatte, so hatte er sie doch nie gesehen, und die Geschichten darüber hatte er nur halb geglaubt. Nun erstreckte sich vor ihm die vielfarbige Lichtwand über den Horizont bis in den Himmel und versetzte ihn in Ehrfurcht. Selbst durch den dichten Schneeregen leuchtete sie hell, und er scheute vor der schieren Unermesslichkeit zurück. Das unnatürliche, gleißende Flimmern, das die Landschaft meilenweit beleuchtete, machte ihn unruhig, und das tiefe Surren ging ihm durch Mark und Bein. Der Wind trug einen Geruch heran, wie er ihn von schweren Gewittern kannte, und er spürte ein unangenehmes Prickeln auf der Haut wie von tausend Insekten.

Nach einiger Zeit verlangsamte Kalt den Trab, und er schien zu zögern, spähte um sich, als suchte er nach einem

Erkennungszeichen. Wieder fragte sich Scall, wohin er gebracht werden würde. Ein furchtbarer Gedanke dämmerte in ihm herauf. War der Überbringer vor Trauer über den Tod seines Meisters wahnsinnig geworden? Hatte eine vorübergehende Trübung des Verstandes ihn bei diesem Sturm in die Heide ziehen lassen? Scall hatte schon von solchen Dingen gehört, doch wusste er nie, ob an den Geschichten etwas Wahres war.

Wenn er nicht den Verstand verloren hat, dann weiß ich nicht, was der Trottel im Sinn hat. Hier draußen ist überhaupt nichts, und wenn wir nicht bald Unterschlupf finden, werden wir ganz sicher umkommen.

Endlich schien Kalt zu einer Entscheidung gekommen zu sein. Er wandte sich von ihrem bisherigen Weg ab und folgte der Biegung am Fuß eines steilen Hangs. Plötzlich befand sich die leuchtende Wand unmittelbar vor ihnen, und Scall spürte umso stärker das Surren und das unbehagliche Prickeln. Sie waren in einem engen Tal mit steilen Grashängen und hohen Kämmen zu beiden Seiten. Etliche kleine Bäche, an denen vereinzelt Stechginster und Dornbüsche standen, entsprangen hier und da den Hängen und flossen ins Tal, aber er konnte sich kaum solchen Einzelheiten widmen. Sein Verstand zitterte vor dem Anblick der Schleierwand und weigerte sich zu glauben, dass gerade sie das Ziel sein könnte. Hatte der Überbringer etwa beschlossen, sein Leben zu beenden, indem er in die Schleierwand ritt? Was würde mit einem geschehen, der geradewegs in diese Wand grauenhafter Kräfte hineinritt? Würde er die Erfahrung überleben? Scall zweifelte sehr daran. Kalt jedoch schien andere Vorstellungen zu haben. Mit dem Ziel unmittelbar voraus, beschleunigte er ein wenig den Trab und zog seinen widerstrebenden Gefangenen auf dessen ebenso widerstrebenden Pferd hinter sich her.

Plötzlich wurde das Kreischen, das Scall bisher dem Wind zugeschrieben hatte, lauter – so laut, dass es das Surren der

Schleierwand übertönte –, und er erkannte die schrillen, misstönenden Stimmen, die seine dunkelsten Albträume bevölkerten, seit er die Stadt verlassen hatte. Die fliegenden Ungeheuer von Tiarond nahten, und hier saß er eingepfercht in diesem Flaschenhals von einem Tal wie eine Ratte in der Falle.

Sein Mund wurde trocken. Eine übermächtige Angst ließ sein Herz in der Brust donnern. Verzweifelt versuchte er, sich zu bewegen, zu sprechen, Kalt vor der Gefahr zu warnen, aber der Einfluss des Überbringers war vollkommen. Er konnte nichts tun, als hilflos im Sattel zu sitzen und zu warten, dass der Tod aus dem Himmel herabstieß. Aber Scall war nicht der Einzige, der sich erinnerte. Ohne Vorwarnung brauste die Braune im Galopp davon, fort von der Bedrohung und hin zur Schleierwand.

Kalt war vollkommen überrascht. Den ganzen Weg über hatte die Stute an ihrem Strick gezerrt, sodass er sich schon daran gewöhnt hatte. Jetzt schoss sie in die entgegengesetzte Richtung davon und riss ihn beinahe aus dem Sattel. Um sich zu retten, ließ er die Leine fahren, und die Stute rannte, einmal befreit, noch schneller. Ihre Panik wirkte ansteckend. Die anderen Pferde drehten sich im Kreis und schlugen aus, wodurch Kalt seine ganze geistige Kraft darauf richten musste, die verängstigten Tiere im Zaum zu halten.

Scall spürte, wie der eiserne Griff, der seinen Willen unterjocht hatte, plötzlich erschlaffte und er die Herrschaft über seinen Körper wiedergewann. Nach und nach gelang es ihm auch, die durchgegangene Stute zu zügeln – eine Anstrengung, die durch ihre Erschöpfung erleichtert wurde, sowie durch den Umstand, dass sie vor der gleißenden Wand ebenso viel Angst hatte wie vor den Scheusalen hinter ihr. Scall war darin ganz ihrer Meinung. Er würde sich dieser Wand keinesfalls nähern – nicht wenn er es verhindern konnte! Indem er ihren Kopf herumzog, brachte er sie wieder auf den Weg, den sie gekommen waren, und fand Kalt nach kurzer Strecke, der die Verfolgung aufgenommen hatte und sich der Gestalt in der Luft nicht bewusst war, die zwischen den wehenden Graupelvorhängen halb verborgen schnell näher kam.

In diesem Augenblick kam ihm sein Groll gegen den Überbringer unbedeutend vor. Obschon er sie beide in diese Lage gebracht hatte, so war er doch ein Mensch und kein schändliches, grausames Ungeheuer. Außerdem mochte er vielleicht geheimnisvolle Kräfte besitzen oder ein Mittel kennen, um sie beide zu verteidigen, von dem Scall nichts ahnte. »Kalt! Pass auf! Über dir!« Mit aller Kraft schrie er die Worte in den Sturm.

Ohne abzuwarten, ob Kalt ihn verstanden hatte, sah er sich suchend nach etwas um, das als Waffe taugte. Einer der Bäche floss unmittelbar neben ihm, am Rand des flachen Bettes lagen glattgewaschene Steine verschiedenster Größe. Scall glitt aus dem Sattel. Dabei vergaß er nicht, einen Arm durch die Zügelschlinge zu stecken, wie Tormon ihn gelehrt hatte, damit das Pferd nicht weglaufen konnte. Er bückte sich und ergriff ein Wurfgeschoss. Als Lehrling im Heiligen Bezirk war er unter seinen Kameraden immer der beste Steinewerfer gewesen. Er zielte auf die schwarze Gestalt, die dicht über Kalts Kopf kreiste, und warf.

Kalt hatte Scalls Schrei gehört, aber bei dem Dröhnen der Schleierwand und dem Geheul des Sturms hatte er kein Wort verstehen können. Kaum dass er sich über das Entsetzen im Gesicht des Jungen wunderte, da begann Scall, Steine nach ihm zu werfen.

Obwohl der Überbringer bei mehreren Gesprächen über die fliegenden Ungeheuer dabei gewesen war, hatte diese Gefahr von oben für ihn etwas Unwirkliches bewahrt, das außerhalb des Erfahrbaren lag, und es kam ihm vollkommen unnatürlich vor, nach einer Bedrohung am Himmel auszuschauen. Außerdem hatte niemand erwartet, dass die Tod bringenden Kreaturen schon so bald von so weit her kämen. In dem Glauben, er sei Scalls Ziel, krümmte er sich dicht über den Hals des Pferdes, was seine Sicht noch weiter einschränkte.

Plötzlich traf ihn etwas mit beträchtlicher Wucht, schlug ihn aus dem Sattel und trieb ihm den Atem aus der Lunge. Er schlug hart auf dem Boden auf, schlug sich den Kopf an, und entging nur knapp den Hufen der beiden von Angst gepackten Pferde. Benommen versuchte er, sich herumzurollen, um auf Hände und Knie zu gelangen und aufzustehen, aber ein Gewicht drückte ihn nieder und hielt ihn am Boden fest. Als seine Benommenheit von dem Sturz nachließ und das bunte Flimmern im Kopf verschwand, schlug er die Augen auf – und blickte in das Antlitz des Todes.

Die schmalen, knochigen Gesichtszüge seines Angreifers waren viel schrecklicher als seine eigene Totenmaske je erscheinen konnte, vielleicht um so mehr, da sie eine grauenhafte Verzerrung des menschlichen Gesichts darstellten. Der Mund war der gierige Rachen eines Raubtieres und voller grausamer, spitzer Zähne. Er stank nach faulendem Fleisch, und in den mitleidlosen Augen brannte ein unirdisches rotes Licht. All das sah Kalt in einem einzigen, starren Moment des Schreckens, und das Bild brannte sich ihm unauslöschlich ins Gedächtnis.

Der Tod hockte über ihm wie ein Falke auf der Beute und stieß ein langes Fauchen aus. Die großen, schwarzen Flügel waren über Kalt ausgebreitet und schlossen das Licht aus. Die langen, scharfen Krallen der einen sehnigen Hand stachen ihm durch den Kleiderstoff in die Haut, während die andere mit ausgefahrenen Krallen erhoben war, im Begriff, ihn zu zerreißen. Kalt bog den Kopf weg und schrie vor Angst, überzeugt, dass sein letzter Augenblick gekommen war, aber die Kreatur zögerte, legte den Kopf zur Seite. Der Anblick seiner Maske verwirrte sie eindeutig. Sie gab einen kleinen, fragenden Laut von sich, streckte die Klaue aber weiter vor und griff zaghaft nach seinem Gesicht – dann taumelte sie mit einem Mal und fiel mit einem Aufschrei zur Seite, der urplötzlich abbrach, als Scall hinter ihr auftauchte und sie mit einem Stein schlug.

Der Bursche stand über ihm und wog den blutigen Stein in der Hand, als dächte er darüber nach, den Überbringer ebenfalls damit zu erschlagen. Kalt sah, dass alles Jungenhafte aus dem Gesicht verschwunden war. »Ich nehme an, du weißt, was das war«, sagte er gefährlich ruhig. »Da du uns nun in diesen Schlamassel gebracht hast, möchtest du mir nicht endlich sagen, was du als Nächstes vorhast? Denn wo eines dieser Ungeheuer ist, werden bald mehr sein, und ich glaube nicht, dass sie lange brauchen, um uns zu finden.« Dann brach seine Ruhe zusammen. *»Das ist alles deine Schuld!«* Mit einem Aufheulen griff Scall den Überbringer an, während dieser aufzustehen versuchte, und trat ihn und bearbeitete ihn mit den Fäusten. »Warum?«, schrie er. »Warum hast du das getan, du blöder Dummkopf? Begreifst du nicht, dass du uns beide damit umbringst?«

Obwohl der Junge zu erschöpft und zu durchgefroren und steif war, um mit seinen Schlägen viel anzurichten, verhinderte er immerhin, dass Kalt sich so weit sammeln konnte, um Scalls Geist wieder seinen Willen aufzuzwingen. »Halt! Scall, hör auf damit!«, rief er, während er sich verteidigte und gleichzeitig versuchte, auf die Beine zu gelangen.

Unvermittelt riss Scall aus und rannte zu seinem Pferd, das er an einen Dornbusch am Rand eines nahen Dickichts angebunden hatte.

»Verflucht!« Endlich konnte Kalt vom Boden aufstehen. Er gab sich gar nicht erst die Mühe, seinem fliehenden Gefährten nachzusetzen, sondern zwang dessen Körper unter seine Herrschaft.

Scall kämpfte dagegen an, aber ohne Erfolg. Der kurze, heftige Kampf geschah in völliger Stille, aber Kalt spürte die

Gegenwehr und konnte den Jungen innerlich schreien hören. Jeder Schrei zerriss ihm das Herz. Aber er wusste auch, dass er keine andere Wahl hatte. Auf keinen Fall würde der Junge freiwillig durch die Schleierwand gehen, und nach seinen Worten zu urteilen, nahten bereits mehr von diesen stinkenden Wesen.

Den beiden Rottenponys, durch ihre Haltestricke noch miteinander verbunden, war es in ihrer Furcht gelungen, sich ein Stück bachabwärts in einem Dornenstrauch zu verheddern. Kalt hielt Scall fest in seiner Gewalt, während er sich beeilte, die durchgegangenen Tiere zurückzuholen, und schließlich hatte er es geschafft, dass er und sein Gefangener sich wieder sicher auf dem Rücken eines Pferdes befanden. Diesmal jedoch ließ er Scall nicht reiten, sondern er hatte das Seil aus seinem Gepäck dazu benutzt, den Jungen quer über den Sattel zu fesseln. Er würde seine ganze Aufmerksamkeit benötigen, um den Weg durch die Schleierwand zu finden, und durfte keine darauf verschwenden, die Gewalt über den Gefangenen zu behalten.

Kalt war reisefertig, als sein Blick auf das Wesen fiel, das unweit von ihm am Boden lag. Es war am Leben, aber bewusstlos, man konnte das rasche Steigen und Senken der Brust beim Atmen sehen. Er zwang sich, seinen Abscheu zu überwinden und es genau anzusehen – freilich aus sicherem Abstand. Dabei kam ihm ein Gedanke, und in der Erinnerung hörte er die Stimme seines Lehrers.

»Wann immer du einen Widersacher zu haben glaubst, bedenke, dass du hinter das Offensichtliche schauen musst, denn der wahre Feind ist die Unwissenheit.«

Das war Grimms Lieblingslehrsatz gewesen, und er hatte ihn oft wiederholt. Jetzt fragte sich sein Schüler, ob der Schattenbund je die Gelegenheit gehabt hatte, diese schrecklichen Räuber anhand eines lebenden Beispiels zu untersuchen. Er bezweifelte es. Sie dürften nicht allzu leicht zu fangen sein. Es war nur ein glücklicher Zufall gewesen, dass dieser allein geflogen kam und dass Scall mit dem Stein gekommen war. Bestimmt wären doch die Erkenntnisse, die man von diesem einzelnen gewinnen konnte, unschätzbar wertvoll, um ein Mittel zu entdecken, mit dem seine Mitbrüder zu vernichten wären. Kalt betrachtete den drahtigen Körperbau, der für Schnelligkeit und Kraft geschaffen war, und die bösartigen Fänge und Klauen und erlebte einen Augenblick des Zweifels. Würde der Schattenbund für solch eine Gabe wirklich dankbar sein? Oder würden sie ihn dafür bestrafen, dass er diese tödliche Bedrohung mitten unter sie brachte? Er konnte es nicht einschätzen. Ihm blieb nichts als der Mut seiner eigenen Überzeugung, und in seinem Innersten wusste er, dass es das Richtige wäre, diese Scheusale eingehend zu untersuchen.

»Wenn man dahin gelangt ist, seinen Feind zu begreifen, stellt man häufig fest, dass er eigentlich gar kein Feind ist.«

Wieder schossen ihm Grimms Worte durch den Kopf. Er blickte auf die Furcht erregenden, natürlichen Waffen seines Widersachers, erwog dessen Fähigkeit, von der Luft aus zuzuschlagen, bedachte den Blick der mitleidlosen roten Augen und bezweifelte in dem Moment, dass Grimm auch in diesem Punkte Recht hatte – aber es gab nur einen Weg, das herauszufinden, und dabei hatte er keine Zeit zu verlieren.

Es war gut, dass Grimm darauf bestanden hatte, viel Seil mitzunehmen. So schnell er es mit seinen steif gefrorenen Händen vermochte, fesselte er das schreckliche Wesen und band es auf den Rücken von Grimms Pferd. Das dauerte länger, als er dachte, besonders da die Möglichkeit, dass dessen Mitbrüder aus dem Sturm herbeigeflogen kämen, ihm beständig zusetzte. Immer wieder wich er vor dem widerlichen Gestank und vor der fettig und unsauber anmutenden Berührung der grauen, groben Haut zurück oder fürchtete, das Wesen würde plötzlich zu Bewusstsein kommen, ehe es ganz gefesselt war. Das Pferd war nicht weniger beeindruckt, und es brauchte kostbare Zeit und die ganze Willenskraft des Überbringers, ehe es sich beruhigte und seine Last widerstrebend aufnahm.

Bis sie so weit waren, war Kalt beinahe verrückt geworden. Das Heulen des Sturms nahm erneut zu und damit seine innere Unruhe. Endlich war alles fertig, und mit einem Seufzer der Erleichterung bestieg er sein Reittier und führte den eigentümlichen kleinen Reiterzug auf die Schleierwand zu.

Je näher er kam, desto schlimmer wurde das Kribbeln auf der Haut, und das war ein weiterer Grund für ihn, sich zu beeilen. Er wusste, dass die Pferde es nicht lange in der Nähe einer so unangenehmen Erscheinung aushielten. Er schloss die Augen, um Grimms letzte geflüsterte Anweisung besser ausführen zu können, und streckte seinen Geist nach der Lichtwand aus, mit dem Ziel, zu dem geheimnisvollen Verstand in ihrem Innern – sofern man es so nennen konnte – irgendwie hindurchzudringen. Es war noch schwieriger, als selbst er es sich vorgestellt hatte. Grimm hatte ihn darauf vorbereitet, dass dies kein menschlicher Geist war, mit dem er sich zu verbinden hatte, sondern etwas Unermessliches und vollkommen Fremdes. »Ich kann es dir nicht erklären«, hatte er gesagt, »aber wenn du es erlebst, wirst du es begreifen.«

Schön, Grimm, das hilft mir sehr.

Kalt kniff die Augen fest zu und strengte sich noch mehr an – dann mit einem Mal hatte er es geschafft. Er spürte ein eigentümliches Verschmelzen seines Geistes, eine Verschränkung mit *etwas Anderem*. Nicht mit einem menschlichen Bewusstsein, wie er es bei seinen Gefechten mit Scall oder bei dem kleinen Knaben vorgefunden hatte, dessen Hinscheiden er kürzlich herbeiführte. Noch war es ein weiser Verstand, wie er ihn bei Grimm gespürt hatte, wenn sie ihre Gedanken untereinander austauschten. Das hier war mehr eine geistige *Kraft*, und zwar eine so unermessliche, dass sie alle Vorstellung überstieg. Einen Schwindel erregenden Augenblick lang verschmolz er mit einer ganzen Welt – einer Welt, von der er bisher nicht gewusst hatte, dass es sie überhaupt gab. Sein Lehrer hatte ihm gesagt, es gebe andere Reiche jenseits der Schleierwand, und er hatte geglaubt, zu begreifen, aber jetzt war er überwältigt von der ungeheuren Größe, der verwirrenden Vielschichtigkeit, der Schönheit, der Schrecklichkeit und dem reinen Zauber seiner ersten Begegnung mit der Welt Myrial.

Das Summen der Schleierwand veränderte sich in Lautstärke und Tonhöhe, und am Rande seines Bewusstseins merkte Kalt, dass sie sich geteilt hatte, um ihn durchzulassen. Er holte tief Luft und ritt hindurch, und während er das tat, spürte er, wie die Geisteskraft ihn mit einem reißenden Knall verließ. Als sich die Öffnung hinter ihm zu schließen begann, sank er, von der Berührung mit dem Wesen einer ganzen Welt vollkommen aufgezehrt, auf den Hals seines Pferdes.

Es waren die durchdringenden Schreie, die ihn warnten. Kalt fuhr in die Höhe, und heiße Angst fegte die Erschöpfung mit einem Schlag hinweg. Ein, zwei, drei schwarz geflügelte Gestalten kamen durch die kleiner werdende Öffnung gesaust. Eine vierte kam zu spät, und er hörte ihre Schmerzensschreie, als die Wand sich um sie schloss. Den Tod ihres Kameraden nicht beachtend, gingen die anderen mit ausgestreckten Krallen auf Kalt los, und aus ihren Augen leuchtete dämonisches Feuer. Es gab keinen Ort, an den er fliehen konnte, und kein Mittel, sie zu besiegen.

Mit mir ist es aus!

Zugleich mit diesem jammervollen Gedanken entsann er sich, was Grimm an dem Tag getan hatte, als der Vater des kleinen Rottenjungen sie angegriffen hatte. Indem er seinen ganzen Willen zusammennahm, schuf er um sich eine Wand, einen Kraftschild, der ihn, seinen Gefangenen und die Pferde einschloss wie eine Kuppel aus erstarrter Luft. Als die Scheusale gegen das durchsichtige Hindernis prallten, zuckte Kalt zurück, aber irgendwie hielt er seine Willenskraft beisammen, und die Kuppel hielt stand. Die Geschöpfe wurden mitten in der Luft angehalten, als hätten sie einen Zusammenstoß mit einer Steinmauer, glitten an ihrer gekrümmten Oberfläche herunter und stürzten in einem Gewirr aus fuchtelnden Flügeln und Gliedern ab.

Verwirrt, mit zornig blitzenden Augen warfen sie sich erneut auf Kalt – und prallten ein zweites Mal ab, nur eine Armeslänge von ihrer Beute entfernt am Ergreifen gehindert. In Raserei versetzt, verdoppelten sie ihre Anstrengung und waren entschlossen, sich eine Bresche zu schlagen zu dem Schmaus, den sie so dicht vor Augen hatten. Für Kalt war es entsetzlich, sie so nah zu erleben. Der Kraftschild nutzte weder etwas, was den widerwärtigen Gestank, noch was die durchdringenden Schreie anging. Er war sogar sicher, dass er das schwache Kratzen ihrer Krallen auf der Außenseite des Schildes hören konnte.

Inzwischen hatten sie sich in gleichen Abständen um ihn verteilt und griffen aus drei Richtungen gleichzeitig an, aber dabei wurde Kalt klar, dass ihm das nützte. Wenn sie ihre Anstrengungen alle drei auf einen Punkt richteten, so würde er vermutlich nicht genügend Kraft haben, um sie abzuhalten – und darüber hinaus hätten die Pferde in dem Versuch der Bedrohung zu entkommen von innen gegen seinen Schild gedrückt. Aber so hatten sie sich in einen vor Angst schwitzenden Knäuel in der Mitte der Kuppel verwandelt, der versuchte, so weit wie möglich von der Bedrohung weg zu kommen.

Kalt war stolz auf seinen Schild. Nach dem Zusammenstoß mit dem Rottenvater hatte Grimm ihn diese Kunst gelehrt, aber es war das erste Mal, dass sich tatsächlich die Gelegenheit – oder vielmehr die Notwendigkeit – auftat, das Gelernte in die Tat umzusetzen. Jedoch hatte es keinen

Sinn, sich allzu bald zu beglückwünschen. Die Kuppel mochte wirksam sein und seine einzige Hoffnung auf Überleben, aber leider war sie auch ein Käfig. Kalt war in der Kunst, sich fortzubewegen und gleichzeitig die Verteidigung aufrechtzuerhalten, noch nicht vollkommen. Vielleicht könnte er es schaffen, wenn er nur sich selbst zu schützen hätte – zumindest war er sich dessen recht sicher –, aber seine Fähigkeit reichte nicht aus, um auch noch drei tänzelnde Pferde abzuschirmen, die vor lauter Angst jeden Augenblick auf Nimmerwiedersehen davonzuspringen drohten.

Um alles noch schlimmer zu machen, war den Bestien keineswegs anzumerken, dass es sie etwa entmutigte, nicht an ihre Beute heranzukommen. Sie sahen eindeutig, dass es hier Futter gab, und sie würden ihren Ansturm einfach mit blinder Wut weiterführen, bis Kalts Kräfte nachließen und seine Verteidigung durchbrochen werden konnte.

Wunderbar. Und was mache ich jetzt, Grimm?

Die Anstrengung, einen so großen Schutzschild aufrechtzuerhalten, war außerordentlich, und Kalt spürte bereits die Ermüdung. Trotz der Kälte brach ihm am ganzen Körper der Schweiß aus, und er begann schneller zu atmen. Er war froh, auf dem Pferd geblieben zu sein. Denn er fing schon an zu zittern, und bezweifelte sehr, dass ihn seine schlotternden Beine noch getragen hätten. Konnten die Menschenfresser seine Schwäche durch den Schild hindurch wahrnehmen? War es nur seine Einbildung, dass sie gerade jetzt die Wut ihres Angriffs verdoppelten? Grimm hatte ihm zugetraut, durch die Schleierwand und zum Schattenbund zu gelangen. Sollte er denn seinen Lehrer so enttäuschen? Es war ihm doch sicher nicht bestimmt, sein Leben als Fleischfetzen im Bauch dieser stinkenden Geschöpfe zu beenden?

Hilfe! Bitte! So helfe mir doch einer!

Dieser innere Aufschrei entfuhr ihm unwillkürlich, ein reiner Ausbruch der Verzweiflung, die letzte Tat eines Mannes, der sich nicht mehr zu helfen weiß. Niemand hätte verblüffter sein können als Kalt, als ihm jemand antwortete.

»Halte stand. Ich komme.« Einen Moment später sauste eine flammende Gestalt heran wie ein Komet aus der Dunkelheit, einen langen Funkenschweif hinter sich herziehend. Sie platzte mitten unter Kalts Angreifer und zielte ohne Umschweife auf die Augen. Ein markerschütternder Schrei ertönte, und der stechende Gestank nach verbranntem Fleisch drang durch den Schild des Überbringers. Eine Bestie stürzte, sich an die Augen greifend und garstige Schreie ausstoßend, und ihre beiden Kumpane stoben in verschiedene Richtungen auseinander. Der eine floh im rechten Winkel zur Außenseite der Schleierwand, und das feurige Wesen raste ihm hinterher. Der andere floh entsprechend dem Verlauf der geheimnisvollen Scheidewand, wobei er sich mit außerordentlicher Schnelligkeit nach Norden wandte.

Was im Namen der Schöpfung war das denn?

Kalt verließ die Kraft, und er sank im Sattel zusammen, wollte auch am liebsten seinen Schutzschild aufgeben, war aber zu misstrauisch gegen seinen unbekannten Wohltäter, um sich schon ganz zu entspannen. Nun, da das Schlimmste vorüber war, fiel ihm auf, dass das fremde Wesen ihn mittels Gedankenübertragung angesprochen hatte, gerade wie sein Lehrer es zu tun pflegte. Der Überbringer schüttelte den Kopf, um zu klarem Verstand zu kommen. Er wusste, dass er nicht richtig denken konnte, seine Gedanken waren eine siedende Mischung aus Ratlosigkeit, Erschöpfung und Angst. Gehörte das feurige Wesen etwa zum Schattenbund? Grimm hatte behauptet, dass alle Arten unvorstellbarer und ulkiger Geschöpfe diesem Zusammenschluss von Auserwählten angehörten, aber Kalt hatte es nur halb geglaubt. Sein Meister hatte bekanntlich immer gern Späße gemacht.

Nun, was es auch war, es hatte ihm diese widerlichen Scheusale vom Hals geschafft. Gerade erwog er die Möglichkeit, den Schutzschild aufzugeben und seinen Weg fortzusetzen, als er in der Ferne ein flackerndes Licht sah, das zu golden war, als dass es ein Stern sein konnte, und das sich schnell über den Horizont bewegte. Kurz darauf wurde offensichtlich, dass der Brennende – oder ein weiterer seiner Art – zurückkehrte, und Kalt wappnete sich für die unausweichliche Auseinandersetzung.

Immer näher kam das flammende Geschöpf, schließlich bremste es ab und schwebte genau vor seinem Schild, und er sah voller Erstaunen, dass es ein schöner Vogel von der Größe und Gestalt eines Adlers war. Er hatte einen lodernden Federkamm, und jede einzelne Feder leuchtete in einem anderen Goldton und wurde durch einen glühenden Rand scharf hervorgehoben. Vom Schnabel und den grausamen Augen eines Raubvogels bis zu dem fließenden Schwanz aus Feuer und Funken wenigstens zwei Ellen lang, bot das strahlende Geschöpf einen übernatürlichen Anblick, und, was noch wundersamer war, Kalt konnte tatsächlich die Hitze spüren, die es ausstrahlte und die seinen Schild durchdrang, und zum ersten Mal in dieser Nacht brauchte er nicht zu frieren.

»Wer im Namen alles Erstaunlichen bist denn du?« Die Stimme, die sich in seinem Kopf bildete, schaffte es, zugleich ratlos und ärgerlich barsch zu klingen. Dabei klang sie auch ganz entschieden weiblich. »Du bist kein Mitglied des Schattenbundes«, beschuldigte ihn das prächtige Wesen. »Wer hat dich gelehrt, durch die Schleierwand zu dringen? Wieso beherrschst du die Gedankenübertragung? Und was hast du dir um Himmels willen dabei gedacht, diese widerwärtigen Ungeheuer nach Gendival zu lassen? Sie sind beide entkommen, weißt du. Ich konnte den einen nicht einholen, und weiß der Himmel, wo der andere inzwischen ist. Wer immer du bist, der Archimandrit wird nicht sehr erfreut sein über dieses nächtliche Tun, das kann ich dir sagen.« Sie – er nahm jedenfalls an, dass es eine Sie war – hielt inne, um ihn mit wachen Augen zu mustern. »Nun? Haben dir die Ak'Zahar die Zunge abgebissen? Und warum gibst du um Himmels willen nicht deinen Schutzschild auf, bevor du zusammenbrichst. Was glaubst du denn, was ich dir antun werde? Dich verspeisen?«

Mit dem grausamen, gebogenen Schnabel sah sie aus, als könnte sie ihn durchaus verzehren – und ihn vorher braten. Mit Mühe riss sich Kalt zusammen. »Ich ... Es tut mir Leid, dass ich die Bestien durchgelassen habe«, antwortete er. »Ich konnte es nicht verhindern – sie kamen plötzlich wie aus dem Nichts, als ich die Schleierwand öffnete. Niemand hätte vermutet, dass sie schon so bald von Tiarond hierher kommen.«

»Du kommst aus Tiarond?«

»Nein. Aus dem Gebiet der Rotten, was nicht weit von hier ist. Aber meine Sippe beherbergt eine Hand voll Flüchtlinge aus der Stadt, wie auch diesen Jungen hier.« Er deutete auf Scall, der nach wie vor gefesselt auf dem Sattel der Braunen lag und jetzt den Kopf bog, um den feurigen Anblick zu begaffen. »Mein Lehrer Grimm sagte, ich muss –«

»Moment mal! Du bist ein Freund von Grimm?« Plötzlich verschwand einiges von der Schärfe in ihrer Stimme. »Warum hast du das nicht gleich gesagt? Nimm diese lächerliche Maske ab, damit ich dein Gesicht sehen kann. Und wo wir schon dabei sind, willst du *bitte* endlich den Schild aufgeben, ehe du zusammenbrichst?«

»Oh.« Vor lauter Verwunderung darüber, dass er von einem so ungewöhnlichen Geschöpf angesprochen wurde, hatte Kalt den Schutzschild völlig vergessen. Erleichtert gab er ihn auf und es fühlte sich an, als hätte er endlich eine schwere Last von seinem Rücken abgeladen. Widerstrebend setzte er auch die Maske ab und fühlte sich sehr verwundbar ohne sie. Jahrelang hatte es nur zwei Menschen gegeben, die sein nacktes Gesicht sehen durften: Izobia und Grimm. Ein Frösteln durchlief ihn, als ihm die kalte Nachtluft über die

Haut strich. Verspätet entsann er sich seiner guten Erziehung und verbeugte sich vor seiner leuchtenden Gesellschafterin. »Ich heiße Kalt und war Grimms Lehrling – bis heute.«

Sie nickte, und der feurige Kamm wippte auf ihn zu. »Ich bin Vaure, eine Phönix und Horcherin, und … Augenblick mal! Was soll das heißen, du *warst* sein Lehrling?«

Einmal mehr spürte er, wie sich schwere Trauer auf ihn herabsenkte. »Grimm ist tot. Er wurde heute Abend von einem Gefährten dieses Jungen umgebracht. Er muss den Verstand verloren haben, glaube ich, während des Angriffs dieser … Wie hast du sie genannt?«

»Ak'Zahar«, antwortete Vaure geistesabwesend. »Kalt, das sind schlimme Neuigkeiten! Es ist lange her, dass Grimm in Gendival gewesen ist, aber ich erinnere mich an ihn, als er noch so jung war wie du. Er trug damals einen anderen Namen, aber er war im Schattenbund hoch angesehen und beliebt.«

»Auch ich habe ihn geliebt.« Kalt stellte fest, dass man selbst im Geiste schluchzen konnte. »Und ich weiß nicht, was ich ohne ihn tun soll. Mit seinem letzten Atemzug hat er mir auferlegt, hierher zu kommen und diesen Jungen mitzubringen, sowie einige fremdartige Gegenstände, die er unter der Stadt gefunden hat, nachdem sie aus Tiarond entkommen waren.«

»Und nun bist du hier, wie er verlangt hat, und das spricht für dich. Aber ich fürchte, du hast mehr als das Verlangte mitgebracht.« Plötzlich war Vaures Stimme wieder streng. »Wie kannst du es wagen, einen dieser stinkenden Ak'Zahar einzuschleppen und damit unser Land in Gefahr zu bringen?«

Verflucht! Ich wusste, dass es deswegen Ärger gibt.

Aber Kalt war davon überzeugt, dass er richtig gehandelt hatte. »Durch einen glücklichen Zufall konnte ich das Biest lebend fangen. Das geschieht sicherlich nicht allzu oft, darum dachte ich, der Schattenbund würde die Gelegenheit schätzen, ein lebendiges Exemplar zu untersuchen. Ich dachte, wir könnten jede neue Erkenntnis gebrauchen, wenn wir diese Bedrohung je wieder loswerden wollen.«

»*Wir?* Welche Vermessenheit! Aber wir werden sehen, was der Archimandrit Amaurn zu deiner Verwegenheit zu sagen hat. Er mag ganz andere Vorstellungen von der Zukunft eines Mannes haben, der die Ak'Zahar auf Gendival losgelassen hat.«

Einen Augenblick lang hätte Kalt beinahe aufgegeben und vorgeschlagen, sie sollten das Geschöpf an Ort und Stelle töten und die Sache beenden – aber die Eingebungen seines sturen Gewissens wollten es nicht gestatten. Er wusste einfach, dass er Recht hatte. Diese Geschöpfe sollten genau untersucht werden.

Ich habe ohnehin schon Ärger, weil ich die Scheusale durch die Schleierwand gelassen habe. Ein bisschen mehr macht jetzt auch nicht viel aus.

Aber könnte es ihm denn gelingen – würde er es überhaupt wagen – den Archimandriten von seiner Anschauung zu überzeugen? Kalt hoffte es. Anderenfalls würde sein Aufenthalt beim Schattenbund ziemlich kurz werden.

Kapitel 16

Unter dem Tempel

In der Nebenwelt, die Thirishris Gefängnis war, gab es kein Gefühl für Zeit. Zwar hatte Helverien vom Zaubervolk ein wunderschönes Trugbild mit Himmel und Meer geschaffen, es blieb aber immer gleich, ohne die kleinste Veränderung in Farbe oder Helligkeit, die das Verstreichen eines gewöhnlichen Tages kennzeichnen. Das hätte ermüdend sein sollen, aber der Windgeist wurde dessen nicht überdrüssig, und obwohl sie nicht aß wie andere Geschöpfe, sondern Kraft aus ihrer Umgebung aufnahm, brauchte sie hier nicht einmal das zu tun. Es war gut, dass sie Gesellschaft hatte, sonst hätte sie über kurz oder lang den Verstand verloren. Innerlich kochte sie vor Wut und Enttäuschung, weil sie an diesem elenden Ort gefangen saß und mit niemandem draußen sprechen konnte, wo doch die Welt eine solche Unglückszeit durchmachte – oder zumindest durchgemacht hatte, als man sie gefangen setzte. Es gab kein Mittel, um herauszufinden, wie viel Zeit in der Außenwelt vergangen war, seit sie hier schmachtete. Waren es nur Augenblicke? Stunden? Tage? Oder würde sie, wenn sie irgendwann wieder freikäme, feststellen, dass Jahrhunderte vergangen und alle ihre Freunde lange tot waren, und alles Bekannte längst verschwunden? Oder würde sie enden wie Helverien, die man dazu verdammt hatte, für Jahrtausende gefangen zu sein, während die

Geschichte an ihr vorüberging, bis die Welt für sie nicht wiederzuerkennen wäre?

Wie war das zu ertragen? Wie hatte Helverien geistig gesund bleiben können? Oder war sie es gar nicht mehr?

»Thirishri?« Ihre Mitgefangene blickte sie an, eine dünne Falte zwischen den Brauen. »Du bist sehr still. Geht es dir gut?«

So gut es einem hier gehen kann, antwortete Thirishri nörglerisch. *Ich habe nur darüber nachgedacht, wie du es so lange aushalten konntest.*

»Das frage ich mich selbst manchmal. Irgendwie ist es mir gelungen, nie die Hoffnung zu verlieren, dass ich eines Tages von hier fortkomme, und das hat mir geholfen. Das andere Mittel war, die Landschaft, die du hier siehst, mit vielerlei Einzelheiten aus dem Gedächtnis zu schaffen. Das hat mich ein ganzes Zeitalter gekostet, kann ich dir sagen. Es war nicht so einfach, wie es erscheinen mag. Ich kann mir nicht vorstellen, wie die Schöpfer unsere ganze Welt hervorbringen konnten.«

Nun, wie immer sie es geschafft haben, sie scheinen sie nicht auf Dauer gebaut zu haben, entgegnete der Windgeist missmutig. *Wenn wir nicht bald ein Mittel finden, um den Zusammenbruch der Schleierwand aufzuhalten, dann wird von unserer Welt nicht mehr viel übrig bleiben, und der Himmel weiß, wie wenige Völker am Ende noch am Leben sein werden.*

Helverien seufzte. »Du ahnst nicht, wie sehr ich mich danach gesehnt habe, die Welt wiederzusehen, und wie lange schon. Es wäre wirklich grausam, wenn wir je hier herauskämen und nichts wäre mehr da. Wenn wir nur von hier fort kämen, könnten wir vielleicht etwas tun, um sie zu retten. Aber wie die Dinge stehen, sind wir machtlos.«

Was meinst du damit, dass wir vielleicht etwas tun könnten?, fragte Thirishri sofort. *Was können *wir* schon tun?*

»Weißt du das nicht?«, fragte die Zauberin in einem Ton, den Thirishri als ärgerlich überheblich empfand. »Die Schöpfer haben unter der Erde etliche Eingänge gelassen. Die führen zu den Dingen, die die Ordnung des Planeten erhalten. Ich weiß mit Bestimmtheit, dass es unter dem Tempel von Tiarond einen Einstieg gibt. Wenn wir nur fliehen könnten und die Stelle finden, ließe sich vielleicht feststellen, warum alles falsch läuft.«

So einfach soll das sein? Soll das heißen, die Alten würden jeden an diesen besonderen Ort vordringen und in die Abläufe unserer Welt eingreifen lassen? Das glaube ich nicht! Und angenommen, du findest tatsächlich, was da nicht stimmt – wie willst du es denn wieder richten? Wir haben nicht die Macht der Schöpfer.

Helverien zuckte die Achseln. »Darüber könnten wir uns Gedanken machen, wenn wir dort sind – wenn wir nur hinkämen. Du hast Recht damit, dass es nicht so einfach ist, wie es aussieht. Soweit ich weiß ist der Eingang vollkommen frei, aber wenn man erst einmal dort unten ist, hat man es mit allerlei tödlichen Fallen und Hindernissen zu tun, die mit unbefugten Eindringlingen kurzen Prozess machen.«

*Und was willst du *dagegen* unternehmen?*, fragte Thirishri scharf. Die lässige Haltung dieser Frau, die schon an Überheblichkeit grenzte, begann sie zu reizen. *Oder hältst du dich für jemand Besonderes, sodass die Gefahren nicht für dich gelten und du einfach durch einen Wald von Hindernissen schreiten kannst? Immerhin wurden sie von Leuten ersonnen, die weise und machtvoll genug waren, eine Welt zu erschaffen.«

»Soweit würde ich nicht gehen«, erwiderte Helverien gelassen, »aber ich halte es für recht wahrscheinlich, dass ich mich dort zurecht finde. Du vergisst, dass ich Geschichtsschreiberin und Schriftenverwalterin bin. Ich muss der einzige noch lebende Mensch sein, der die Schriftstücke der Schöpfer lesen kann. Wenn wir nur zu einem der

Kontrollpunkte gelangten, ich würde wetten, dass sie Anweisungen hinterlassen haben, mit deren Hilfe wir uns einschalten und den Schaden beheben können. Wenn die Welt in einem so schlimmen Zustand ist, wie du sagst, wäre es sicherlich einen Versuch wert.«

Der Windgeist war bass erstaunt. Welch eine Anmaßung, hingehen zu wollen und sich an den Erfindungen von Leuten zu schaffen zu machen, die die Macht hatten, eine Welt zu erbauen! Sie dachte daran, was Cergorn dazu sagen würde, wäre er jetzt hier. Das war genau die Art unverantwortlichen Eingreifens, die er immer ausmerzen wollte.

Aber hätte er in diesem Fall wirklich Recht, nicht einzugreifen? Wenn sich die Dinge weiterhin verschlechtern, dann wird sicher keiner mehr von uns übrig bleiben, um diese Welt noch zu bewohnen. Und widerspräche das nicht dem Willen der Schöpfer, die uns diesen Zufluchtsort geschenkt haben, damit unsere verschiedenen Völker erhalten bleiben?

Cergorn ist mein Archimandrit, mein Partner und mein Freund. Ich habe seine Wünsche zu achten.

»Sogar auf Kosten der ganzen Welt?« Für einen kurzen Augenblick nahm Thirishri nicht wahr, dass die letzte Stimme ihres inneren Streitgesprächs nicht ihre eigene gewesen war. Als sie die Erkenntnis traf, brach sie in Zorn aus. *Du hast dich in meinen Geist geschlichen. Wie kannst du es wagen!*

Helverien zuckte völlig ungerührt die Achseln. »Sagen wir einfach, ich habe viel Zeit gehabt, um schlechte Angewohnheiten zu entwickeln. Deswegen habe ich aber nicht weniger Recht. Wer immer dieser Cergorn ist, er ist ein Dummkopf, wenn er einfach den Kopf in den Sand steckt und hofft, dass sich die Lage von selbst bessert. Das tut sie nicht. Die Schleierwand ist nur der Anfang, du wirst sehen. Wenn die Ordnung erst einmal zusammenbricht, wird eins das andere nach sich ziehen, bis die Welt Reich um Reich eine unbewohnbare Einöde voller Leichen ist. Wenn wir nicht anfangen uns einzumischen, liebe Freundin, und zwar ziemlich bald, dann wird für uns keine Welt mehr da sein.«

Thirishri war vor Entsetzen wie gelähmt. *Bist du dessen vollkommen sicher?*, fragte sie schließlich.

»Warum sollte ich es sagen, wenn ich nicht davon überzeugt wäre? Meinem Volk ist es gelungen, eine beträchtlichen Menge an Kenntnissen von den Schöpfern zu erlangen, ehe sie begriffen haben, worauf wir hinaus wollten – dank mir.« Sie seufzte, und der Schatten eines alten Leids überzog ihr Gesicht, dann rieb sie sich über die Augen, wie um eine Erinnerung wegzuwischen. »Wie dem auch sei, eines Tages, bevor ich zur Verräterin wurde, stieß ich zufällig auf einen Bericht darüber, was mit einer anderen, von ihnen geschaffenen Welt geschehen war, nachdem ihre Ordnung zusammengebrochen war. Aus irgendeinem Grund war die übliche Überwachung und Schadensbehebung unterblieben, und alles war sich selbst überlassen – ganz wie bei uns, wie es scheint.« Sie schüttelte den Kopf. »Sie entdeckten den Fehler zu spät. Bis sie wieder auftauchten, war nicht mehr viel am Leben. Wir wollen doch nicht, dass das hier auch geschieht. Wenn es keine Schöpfer mehr gibt, die sich um die Welt kümmern, dann müssen wir es eben selbst tun.«

Tief unter der Erde unter Myrials Tempel blieb Aliana stehen, ließ sich gegen die Wand sinken und daran hinabgleiten, bis sie auf dem Boden saß. Seufzend streckte sie ihre schmerzenden Beine aus. Sie mussten schon meilenweit durch diese endlosen, dunklen, immer gleichen Tunnel gelaufen sein. Nach den Anstrengungen der letzten Tage war sie nun am Ende ihrer Kraft. »Ich weiß ja nicht, wie es dir geht«, sagte sie, »aber ich brauche eine Rast.«

»Ich auch, und das schon verdammt lange.« Packrat sank

neben ihr nieder. »Ich dachte schon, du lässt uns weitergehen, bis wir umfallen.«

»Ich hatte Angst, dass sie uns schnappen«, gestand sie. »Ich wollte lieber so weit wie möglich weg sein, bevor wir uns ausruhen.«

»Ich stelle jedenfalls fest, dass du nicht danach gefragt hast, wie weit *ich* ohne Rast laufen kann.«

»Ich kann mich nicht erinnern, dass ich dich gebeten habe, überhaupt mitzukommen.«

Ausnahmsweise fiel ihm keine Erwiderung ein – sie waren beide viel zu müde, um sich zu zanken –, und Aliana nutzte ihre Atempause, um das mitgebrachte Essen hervorzuholen, woraufhin ihr Gefährte das Gleiche tat. Kurz erwog sie ihm anzubieten, sie möchten ihre Vorräte zusammentun und gleichmäßig teilen, aber dann verwarf sie den Gedanken. Sie war nicht sicher, ob sie etwas mögen würde, das einmal in Packrats Taschen gesteckt hatte. Die Luft hier unten war sehr trocken, und sie waren beide furchtbar durstig, aber Aliana hatte nur die Feldflasche bei sich, die sie in der vorigen Nacht im Brauhaus gefüllt hatte, und Packrat hatte gar nichts zu Trinken. Sie wagten es nicht, sich mehr als zwei dürftige Schlucke zuzuteilen, und Aliana hoffte, irgendwo einen Wasservorrat zu entdecken, denn anderenfalls steckten sie in Schwierigkeiten.

Nachdem sie gegessen hatten, blies sie die Kerze aus, um das Wachs für den weiteren Weg zu sparen, und sie wurden von völliger Dunkelheit verschluckt. Leider kam es, dass sie, sobald das Licht aus war, die Augen nicht mehr offen halten konnte. »Glaubst du, wir dürfen schlafen, ohne dass einer von uns Wache hält?«, flüsterte sie.

Packrat brummte. »Das ist mir völlig wurscht.«

Das war das Letzte, was sie vor dem Einschlafen hörte.

Aliana wurde mit einem Schlag wach, und sofort packte sie die Furcht. Wie lange hatte sie geschlafen? Wie weit hatte Galveron sie schon eingeholt? Bisher hatte es keine nen-

nenswerte Abzweigung in dem Gang gegeben, dem sie gefolgt waren. Nur ein paar gelegentliche Öffnungen hoch oben in den Seitenwänden hatten sie gesehen, zu denen kurze Leitern hinaufführten und die gerade so groß waren, dass sich ein Mensch hindurchquetschen konnte. Die Öffnungen waren vergittert und schienen so eine Art Luftlöcher zu sein. Vielleicht waren sie dazu da, alles sauber zu halten. Es lag kein Staub auf dem Boden, wo sie welchen erwartet hätte, stattdessen hatte sich eine Menge Schmutz in den rostenden Gittern gesammelt. Mehr als einmal hatte sie überlegt, in diese Schächte hineinzuklettern und da drinnen nach einem Versteck für den Ring zu suchen. Aber die Gitter sahen aus, als säßen sie unverrückbar an ihrem Platz, und sie hatte keine Zeit mit dem Versuch vergeuden wollen, sie herauszulösen.

Sie waren eigenartig, diese Gänge. Wände, Boden und Decke waren scheinbar aus demselben dunklen, blau schimmernden Metall gemacht, es spiegelte nicht, aber es war glatt poliert und hatte einen weichen Glanz. Seltsamerweise fühlte es sich warm an. Auch die Luft war warm und strich einem sacht übers Gesicht. Der schwache Zug trug einen leicht scharfen Geschmack mit sich, den sie nicht recht zuordnen konnte. Soweit das Kerzenlicht gereicht hatte, war bisher nichts Besonderes zu sehen gewesen, aber andererseits waren sie auch von keiner Gefahr bedroht worden, weshalb Aliana alles in allem mit ihrer Umgebung nicht unglücklich war. Nur eines machte sie ratlos: wie sollte sie hier ein Versteck für den Ring finden, wenn diese unterirdischen Gänge weiterhin so glatt und leer blieben?

Sei nicht albern. Sie müssen irgendwohin führen. Wir sind nur noch nicht weit genug gelaufen.

Sie zündete die Kerze wieder an, und dann, weil es sehr unklug war, einen Grauen Geist plötzlich zu wecken, begab sie sich außer Reichweite von Packrats Messer, ehe sie ihn wachrief. Wie erwartet, war er auf den Beinen und hielt das

Messer in der Hand, noch bevor er die Augen aufmachte. »Los«, sagte sie. »Zeit, dass wir weiterziehen.«

Packrat sah sie unwirsch an und murmelte einen Fluch. Aliana wollte ihn schon daran erinnern, dass ihn niemand gezwungen habe mitzukommen, aber als sie sein saures Gesicht sah, ließ sie es bleiben. Sie konnten den Tag – falls es Tag war – auch einmal ohne Streit anfangen.

Nach einem sparsamen Schluck Wasser setzten sie, von Alianas Bewegungsdrang angetrieben, ihren Weg fort. »Galveron ist nicht dumm«, meinte sie zu ihrem maulenden Gefährten. »Wenn sie uns erst einmal vermissen, ist es nur noch eine Frage der Zeit, bis sie heraus haben, wohin wir gegangen sind. Sie werden überall nachschauen, und dann werden sie merken, dass wir nur hier unten sein können.«

»Mitten in ihrem kostbaren Allerheiligsten, wohin kein anderer als der Hierarch seinen Fuß setzen darf«, sagte Packrat nachdenklich. »Das bringt sie ganz schön in die Klemme, wie? Wird sie ihr eigenes Gesetz brechen und uns Galveron hinterherschicken, was meinst du?«

»Also, einen anderen kann sie nicht schicken, das steht fest. Galveron weiß als Einziger über den Ring Bescheid. Sie wird ihr Geheimnis nicht weiter gefährden wollen.«

»Was ist mit Alestan und den anderen? Sie wissen auch Bescheid. Vielleicht bringt sie sie dazu, ihr zu helfen. Dein Bruder da dürfte ganz wild darauf sein, dich zu finden, besonders da er weiß, dass du Ärger am Hals hast.«

»Mein Bruder da ist in einer Gefängniszelle eingesperrt – falls Gilarra ihn nicht schon mitsamt den anderen aus dem Tempel geworfen hat.«

»Nein. Jedenfalls jetzt noch nicht. Deine Freunde sind das einzige Faustpfand, das sie hat.« Packrats Stimme nahm einen vorwurfsvollen Ton an. »Weißt du, jeder andere würde deswegen von den Grauen Geistern ausgeschlossen werden. Du weißt verdammt gut, was Galveron übers Stehlen gesagt hat – und dann gehst du und rennst mit dem wertvollsten

Ding davon, das es in dem ganzen verfluchten Tempel gibt. Jetzt hast du es geschafft, du dumme Nuss. Wir sind alle erledigt. Für uns wird es im Tempel keine Zuflucht mehr geben. Selbst wenn es dir gelingt, dich bei unserem Blauäugigen rauszureden, dann ist da immer noch die Hierarchin, mit der du fertig werden musst, und die verzeiht dir nie, und wenn du eine Million Jahre alt wirst – was überhaupt, da sie uns alle auf die Straße schmeißt, sehr unwahrscheinlich ist.«

Packrat fing an, schneller zu gehen, und er klang immer zorniger. »Ich weiß nicht, was du dir dabei gedacht hast. Nach allem, was wir durchgemacht haben, um sicher in den Tempel zu kommen, und nach allem, was du auf dich genommen hast – kriechst unter der Nase der fliegenden Ungeheuer zwischen all den Leichen hindurch, um das blöde Sprengpulver rüberzuschaffen – warum hast du das alles weggeworfen? Und wie konntest du nur uns andere in solche Gefahr bringen? Ich dachte, wir wären deine Freunde?«

»Es ist diese Gilarra«, entrüstete sich Aliana. »Nicht nur, dass sie uns hasst und wir ihr nicht trauen können und sie Alestan eingesperrt hat. Sie ist auch als Hierarchin nicht zu gebrauchen. Sie weiß nicht, wie man die Leute begeistert, ihnen das Gefühl gibt, dass sie etwas zählen. Und sie ist eine solche Kuh! Galveron würde einen viel besseren Anführer abgeben, aber er ist so rechtschaffen und ehrenwert und ergeben, es würde ihm nie in den Sinn kommen, den Ring für sich selbst zu nehmen …«

»Und darum hast du beschlossen, ihn an seiner Stelle zu nehmen.« Packrat warf die Hände über dem Kopf zusammen. »Um Himmels willen, Aliana, ich habe immer gedacht, du hast ein bisschen Grips im Kopf! Wann hast du aufgehört, wie der Anführer der Grauen Geister zu denken, und angefangen, dich wie eine gezierte Jungfrau mit flaumweicher Birne zu benehmen, die keinen vernünftigen Gedanken fassen kann?« Er boxte sich in die Handfläche. »Ich kann es nicht glauben. Du verguckst dich in ein hübsches Gesicht und zwei blaue Augen, und als nächstes hören wir, dass du dem mächtigsten Menschen der Stadt gegenüber dein Wort gebrochen und deine Freunde verraten hast – deine einzige Familie – und wozu? Glaubst du denn wirklich, dass Herr Ehrenwert sagen wird ›Ach, Aliana, was für ein guter Einfall, ich wäre nie darauf gekommen, ich reiße die Macht an mich?‹ Du Rindvieh!«

Ich glaube es nicht. Das kann doch nicht wahr sein. Er klingt ja geradezu, als wäre er eifersüchtig!

Aliana blieb so plötzlich stehen, dass Packrat fast über sie fiel. »Das stimmt nicht!«, schrie sie. »Gilarra hat damit angefangen, als sie meinen Bruder eingesperrt hat, diese verlogene, hinterhältige Schlampe. Das zahle ich ihr heim, und wenn es das Letzte ist, was ich tue. Und ich bin nicht verliebt in Galveron! So ist es nicht. Es ist nur so offensichtlich, dass er der Anführer sein sollte! Ich dachte einfach, wenn ich den Ring verstecke, sodass er ihn nicht gleich hergeben kann, dann hätte ich die Möglichkeit, ihn zu überzeugen, das ist alles. Und Gilarra kann uns in der Zwischenzeit nicht aus dem Tempel werfen, sonst wäre der Ring für sie verloren. Und Galveron würde es doch bestimmt nicht tun? Besonders nicht, wenn wir ihm gerade zur Macht verholfen haben, oder?«

Es dauerte eine Weile, bis Packrat wieder etwas sagte. »Eigentlich weißt du doch, dass Galveron am Ende den Ring nur von dir annehmen wird, um ihn Gilarra zurückzugeben.«

Aliana seufzte und sank auf den Boden, sie kam sich erbärmlich vor. »Ich weiß. Diesen Teil des Plans hatte ich noch nicht ganz zu Ende gedacht – wie man mit seiner verfluchten Ehrlichkeit zu Rande kommen soll.«

Packrat setzte sich neben sie, und als er weitersprach, hörte es sich an, als tappte er Schritt für Schritt über ein schadhaftes Dach, wohl wissend, dass ein Fehltritt das ganze Gebäude zum Einsturz bringen könnte. »Aliana, wenn du entschlossen bist, Gilarra als Hierarchin loszuwerden, dann ist die einzige Art und Weise, das zu erreichen, sich Gilarra selbst vom Hals zu schaffen.«

Eisiger Schrecken überkam sie. »Du meinst … sie umbringen?«

»Warum nicht?« Packrat klang völlig sachlich. »Meinst du denn, sie kostet es den Schlaf, wenn sie uns umbringt? Denk darüber nach. Seit wir den Fuß durch die Tür dieses blöden Tempels gesetzt haben, wollte sie uns ganz dringend wieder rauswerfen. Was ist das denn anderes als uns zu ermorden? Sie sagt sich einfach, dass an ihren Händen kein Blut klebt, falls uns die Scheusale rein zufällig töten. Aber da irrt sie sich. Sie wäre trotzdem eine Mörderin – nur von der niederträchtigen, feigen Sorte. Für uns wäre das natürlich unwichtig. Wir wären so oder so tot.«

Die Vorstellung, die Hierarchin wirklich umzubringen, war jedoch zu drastisch für Aliana, als dass sie alles auf einmal hätte verarbeiten können. Sie hatte diesen Streich begonnen, als sie erschöpft und wütend gewesen war, und ihr Denkvermögen war nicht gerade auf der Höhe gewesen. Sie war noch immer davon überzeugt, dass ihr Plan, Galveron zum Anführer zu machen, seine Vorteile hätte – wenn sie es nur fertigbringen könnte. Aber deswegen Gilarra umzubringen? Wenn Packrat Recht hatte, dann bedeutete dies, dass was als augenscheinlich einfacher Plan angefangen hatte, am Ende aus dem Ruder lief und auf lange Sicht schwerwiegende Folgen hatte. »Komm weiter.« Sie sprang hastig auf. »Wir bewegen uns besser. Das Wichtigste ist erst mal, dass wir den Ring in ein Versteck kriegen.« Ohne auf ihn zu warten, ging sie los und legte einen schnellen Schritt vor.

»Es hat keinen Zweck davonzulaufen.« Packrats Stimme folgte ihr. »Du wirst dich früher oder später der Sache stellen müssen.«

»Ach, halt den Mund, Packrat.«

Sie zogen eine Zeit lang weiter, wenngleich Aliana nicht schätzen konnte, wie viel Zeit eigentlich verstrich. Es wäre ein Leichtes, sich hier unten in der Dunkelheit zu verirren, und außerdem rang sie im Geiste mit Packrats Vorschlag. Sie hatte schon zweimal jemanden im Kampf getötet, seit sie bei den Grauen Geistern war, aber sie hatte noch nie kaltblütig gemordet. Das Messer im Rücken war das Werk einer ganz anderen Sorte Dieb, als die Grauen Geister darstellten – was einer der Gründe dafür war, dass die Bande so lange unentdeckt geblieben war. Auch als Blank noch Hauptmann der Gottesschwerter war, hatte Galveron die unmittelbare Verantwortung für die Männer gehabt, die in der Stadt Streife gingen, und für Mord hatte er überhaupt kein Verständnis.

Aliana seufzte. Schon wieder Galveron. Warum lief alles immer wieder auf ihn hinaus? Sie wünschte, sie hätte ihn nie gesehen, und auch nicht die verdammte Hierarchin.

Vielleicht sollte ich den Ring einfach zurückgeben, mich entschuldigen und sagen, dass alles ein Irrtum ist, dass ich ihn ganz vergessen habe und irgendwo eingeschlafen bin. Aber wie soll das gehen? Ganz gleich, was Packrat da andeuten wollte, hier geht es nicht nur um Galveron. Als Gilarra Alestan einsperrte, hat sie bewiesen, dass ihr nicht zu trauen ist. Wenn ich ihr den Ring wiedergebe, verlieren wir das Einzige, womit wir Macht über sie haben, und dann kann sie mit uns machen, was sie will.

Soweit sie es beurteilen konnte, gab es keine andere Möglichkeit, als mit ihrem ursprünglichen Plan fortzufahren. Sobald sie den Ring nicht mehr bei sich trug, würde ihn ihr niemand mehr wegnehmen können, sie dagegen hätte einigen Verhandlungsspielraum. Im Augenblick schien das die einzige Hoffnung für sie, ihre Freunde und ihren armen Bruder zu sein.

Und was war mit Packrats Plan, Gilarra umzubringen? Stimmte es wirklich, dass ihr keine andere Wahl blieb?

Lieber Myrial, hoffentlich kommt es nicht so weit!

Schließlich wurde Aliana von ihren düsteren Gedanken abgelenkt, denn von weiter vorn drang Licht um eine Biegung des Ganges. »Was ist das?« Sie blieb stehen und blies die Kerze aus, um den schwachen Schein besser sehen zu können, und während Packrat vorsichtig neben sie kam, ging sie auf Zehenspitzen weiter. Es war kein gleichmäßiges Licht, sondern es nahm in kurzen Stößen zu und ab, sah aus wie ein sichtbar gemachter Herzschlag. Bei jedem Pulsschlag änderte sich die Farbe von Rot nach Orange nach Gelb, Grün, Blau und Violett.

»Beim Hintern Myrials«, murmelte Packrat. »Das treibt einem die Tränen in die Augen.«

»Aber wozu soll es gut sein?«, wunderte sich Aliana. »Wenn sie nur Licht machen wollten, warum dann kein gewöhnliches Licht? Es wäre viel einfacher. Was haben all die Farben zu bedeuten?«

»Tja, es gibt nur einen Weg, um das herauszufinden«, sagte Packrat. »Wir können um die Ecke biegen und nachsehen, was es ist. Oder wir können zum ersten Mal heute etwas Vernünftiges tun und umkehren.« In dem düsteren, bunten Licht begegneten sich ihre Blicke. »Gib es auf, Aliana. Wir haben kaum noch Wasser und bald auch nichts mehr zu essen, und hier unten ist nichts – zumindest nichts, das uns irgendetwas nützen könnte.« Er legte eine Hand auf ihren Arm. »Den Versuch war es wert, aber es ist nichts dabei herausgekommen. Wir konnten nicht wissen, wie es hier unten aussieht. Hör zu, lass uns umkehren, der dummen Kuh ihren Ring wiedergeben und Alestan aus dem Gefängnis befreien. Dann sollten wir alle zusammen da verschwinden und in die Stadt zurückgehen. Bestimmt finden wir einen Platz, wo wir vor den Ungeheuern sicher sind. Vielleicht könnten wir in so einer Gruft bleiben, von der du erzählt hast, wo du neulich die Nacht verbracht hast. Wir sollten den Tatsachen ins Auge blicken. Ganz gleich, wie sehr wir uns Mühe geben – oder wie sehr du dir Mühe gibst, denn schließlich hast du bisher die ganzen Opfer gebracht – wir werden einfach nie zu diesem Tempelvolk passen.«

Seine Worte waren wie ein Schlag ins Gesicht. Und umso mehr als sie im Grunde ihres Herzens wusste, dass sie stimmten. Da ihr ein besseres Ziel – wahrscheinlich Gilarra – fehlte, trat sie gegen die Wand und fluchte fürchterlich. »Das ist einfach ungerecht, Packrat! Warum werden wir immer ausgeschlossen, beargwöhnt, verachtet? Schließlich und endlich sind wir auch nicht anders als andere Leute!«

»Oh, doch«, erwiderte Packrat ruhig. »Mach dir nichts vor, Aliana. Wir sind Diebe, Gesindel, Pack. Sie wollen uns nicht, weil wir nicht nach ihren Gesetzen leben, und da führt kein Weg dran vorbei.« Er sah ihr noch einmal ganz offen in die Augen. »Ich nehme an, dir fällt es schwerer, das hinzunehmen. Früher hast du mal zu dieser trauten Gemeinschaft dazugehört, bevor deine Familie harte Zeiten durchmachen musste. Darum möchtest du, dass sich die Dinge wieder ändern. Für mich ist es anders. Ich bin immer ein Ausgestoßener gewesen. Ich kenne es nicht anders.«

Während der ganzen Zeit, da Packrat zu den Grauen Geistern gehörte, hatte sie nie bemerkt, dass er so unvoreingenommen und geradeheraus war, und sie wusste nicht, wie sie darauf antworten sollte. Zum Glück ließ er sie vom Haken. »Also schön«, sagte er grob. »Was hältst du davon: Wir gehen um die Ecke und sehen uns die komischen Lichter an, und wenn sich herausstellt, dass es da genauso aussieht wie hier, nur hübsch bunt, dann gehen wir zurück. Abgemacht?«

»Vielleicht«, antwortete Aliana ausweichend. »Diese Lichter müssen doch etwas bedeuten. Lass uns einen Blick darauf werfen und dann entscheiden.«

Vorsichtig schlichen sie auf das pulsierende Licht zu und um die Ecke. »Siehst du«, sagte Packrat. »Hier ist es wie überall.«

»Nein, stimmt nicht«, beharrte Aliana. »Weiter hinten im Gang schimmern die Wände nicht mehr. Entweder sind sie nicht mehr aus diesem Metall sondern sonstwie schwarz, oder dort hört das Licht auf.«

Packrat kniff die Augen zusammen. »Ich kann keinen Unterschied sehen. Lass uns umkehren.«

Aliana sah ihn durchdringend an. »Das sagst du nur, weil du nicht weiter gehen willst. Also, ich werde es mir ansehen. Du kannst nach Belieben hierbleiben oder mitkommen.« Ohne seine Entscheidung abzuwarten, lief sie den Gang hinunter und konnte ihre Füße nicht davon abbringen, mit dem Pulsieren des Lichtes im Gleichschritt zu bleiben. Sie suchte angestrengt nach einer Leuchtquelle, aber es schien von überall und nirgendwo her zu kommen, strahlte von Wänden ebenso ab wie vom Boden und der Decke. Je weiter sie ging, desto mehr schien selbst die Luft vor Farbe zu sprühen.

Das ist alles sehr hübsch, aber wozu das alles? Ich kann mir nicht denken, was es nützen soll, dass das Licht die Farbe wechselt, und langsam kommt es mir vor, als wäre dieser Ort etwas Lebendiges.

Nachdem sie noch ein kleines Stück gegangen war, sah sie ganz deutlich die Stelle, wo sich alles änderte. Man konnte meinen, der Gang endete plötzlich vor einer tief schwarzen Wand, aber dann erkannte sie, dass keine ihrer Vermutungen stimmte. Der Gang endete – das war alles. Beim nächsten Schritt würde sie hinunter stürzen, und soweit sie sagen konnte, war hinter den Kanten der Wände nichts als ereignislose schwarze Leere. Scheinbar hatte Packrat Recht gehabt. Ihr Plan war von Anfang an zum Scheitern verurteilt gewesen.

Ohne Vorwarnung schwammen ihre Augen plötzlich in Tränen, aber was sie vor einem höchst unpassenden und peinlichen Weinkrampf bewahrte, war Packrats spöttische Stimme hinter ihr. »Ich hab's dir gesagt. Können wir *jetzt* umkehren?«

»Ich denke schon.«

»Hurra.« Packrat klatschte mit beißendem Spott in die Hände. Und als er das tat, flutete von irgendwoher aus der nichts sagenden Schwärze Licht herab – strahlendes, weißes Licht – und erhellte den leeren Raum. Aliana staunte mit offenem Mund. Wo vorher nur Dunkelheit gewesen war, sah man nun einen Schacht, der etwa acht Schritt durchmaß und sich in unerkennbare Tiefe und Höhe fortsetzte. In der Mitte gab es eine weitere Plattform, die an die sechs Fuß breit und nichts weiter als das flache Ende einer viereckigen Säule war. Soweit Aliana sehen konnte, bestand die Oberfläche aus einem Metallgitter mit daumenbreiten Löchern. Durch die Löcher war nur dunkler Untergrund zu erkennen, wenngleich das aus dieser Entfernung nicht überraschte. Auf der gegenüberliegenden Seite des Schachtes befand sich eine eckige Öffnung, die offensichtlich eine Fortsetzung des Ganges bildete, in dem sie standen. Drüben sah alles genauso aus, außer dass die Beleuchtung von eher gewöhnlicher Art war.

Packrat schaute über die Schlucht und schätzte die Entfernung, dann spähte er in die dunkle Tiefe hinunter. »Wie ich gesagt habe, es ist Zeit, umzukehren.«

»Jetzt warte mal«, widersprach Aliana aufsässig. »Wir haben vereinbart: ›wenn es genauso aussieht wie überall‹, aber hier sieht es anders aus. Wir können es schaffen.«

»Ja, klar«, höhnte Packrat. »Nimm nur zuviel Anlauf, spring ein bisschen zu weit, und du gehst auf der anderen Seite der Plattform über die Kante, ohne dass dich etwas halten kann. Und wenn du es doch schaffst, im Ziel zu landen, dann kannst du nur ganz knapp Anlauf nehmen für den nächsten Sprung hinüber – oder wieder zurück, denn hierher zu springen wird genauso unmöglich sein. Dann hast du die Wahl, auf der Plattform zu verhungern oder hinunterzuspringen, um das Ende zu verkürzen.«

Verärgert, weil er sich schon wieder querlegte, fuhr sie ihn an: »Würdest du bitte aufhören, in einem fort zu verzagen, Packrat? Wenn wir im zweiten Stock herumklettern, machen wir ständig größere Sprünge als den hier.«

»Aber dann ist immer etwas zum Festhalten da«, hielt er ihr entgegen, »ein Mauervorsprung, ein Fensterladen, ein Abflussrohr. Wenn du den Sprung hier falsch einschätzt, dann saust du in einem Rutsch bis ganz nach unten.«

Der Witz war der, dass wenn Aliana allein gewesen wäre, sie es sich zweimal überlegt hätte, den Weg fortzusetzen. Aber Packrats Einwände hatten die gegenteilige Wirkung dessen, was er erreichen wollte, und machten sie nur noch entschlossener. Hauptsächlich aber trieb sie ihre Verbitterung gegen die Hierarchin voran. Von der ersten Begegnung an hatten die beiden Frauen einander abgelehnt, schon als die Diebin ihr Leben aufs Spiel gesetzt hatte, um das verzweifelt benötigte Sprengpulver von der Zitadelle in den Tempel zu bringen, und dann mit so wenig Wertschätzung und Dankbarkeit von Gilarra empfangen worden war, und daran hatte sich im Laufe ihrer weiteren Bekanntschaft nichts geändert. Im Gegenteil, ihr Verhältnis zu einander schien sich beständig zu verschlechtern. Wenn Gilarra nur Alestan nicht eingesperrt hätte, Aliana hätte ihren verrückten Plan angesichts der Schwierigkeiten, denen es zu begegnen galt, vielleicht fallen gelassen. Aber niemand, nicht einmal die Hierarchin, durfte Anklagen gegen ihren Bruder erfinden und damit durchkommen. Was Aliana betraf, so war sie um so zufriedener, je schwieriger es für die anderen sein würde, den verwünschten Ring wiederzuerlangen. »Ich gebe nicht auf«, beharrte sie stur.

Packrat gab einen langen Seufzer von sich, und sie sah ihm an, wie schwer es ihm fiel, seinen Ärger zurückzuhalten. »Weißt du, vielleicht gibt es noch einen anderen Weg, Gilarra beizukommen«, sagte er. »Einen, an den du noch nicht gedacht hast. Warum schmeißt du den Ring nicht einfach da runter?« Mit einem Wink deutete er die Bodenlosigkeit des Schachtes an. »Dann kriegt sie ihn nie zurück.«

Aliana schüttelte den Kopf. »Nein, Packrat, das wage ich nicht. Alle scheinen dem Ding eine bestimmte Bedeutung zuzumessen. Mir fällt zwar nichts ein, wozu man den Ring gebrauchen kann, aber für den Fall, dass er wirklich wichtig sein sollte, will ich ihn irgendwo bereit liegen haben. Nein, ich werde hinüberspringen. Hör zu, du wartest hier auf mich. Es ist nicht nötig, dass du dich in Gefahr begibst. Ich werde auf der anderen Seite hoffentlich nicht weit zu gehen haben, bis ich ein Versteck finde, dann komme ich sofort zurück.« Sie wartete nicht auf eine Antwort, sondern ging ein kurzes Stück den Gang entlang, drehte sich um und rannte los, dann sprang sie genau von der Kante weg in die Luft.

Sie kam hart mit den Füßen auf der Plattform auf, und wie Packrat so düster vorhergesagt hatte, war der Schwung so groß, dass sie Mühe hatte, abzubremsen und nicht am anderen Ende über den Rand zu rutschen. Ihr Herz setzte für einen Schlag aus, als sie an der Kante schwankte und mit den Armen ruderte, dann gelang es ihr, sich nach hinten zu werfen, und sie landete äußerst würdelos, aber sehr erleichtert, auf dem Hintern. Sie rappelte sich auf und drehte sich zu Packrat um, um ihm zu sagen, dass überhaupt nichts dabei sei. Doch die Worte erstarben ihr auf den Lippen, denn sie sah, wie er sich zum Sprung bereit machte.

»Packrat, nein!«, schrie sie. Der Sprung erschien mit einem Mal viel gefährlicher, wenn einer ihrer Freunde ihn unternahm, und Packrat war nicht gerade der geschmeidigste Turner der Welt. Er hielt lediglich inne, um eine schamlose Geste anzudeuten, dann warf er sich über den Abgrund.

Er lief nicht Gefahr, über die Plattform hinauszuschießen, denn er kam nicht einmal bis zur Mitte, aber er landete wenigstens sicher. Aliana stützte ihn. »Lass mich los.« Er schüttelte ihre Hand ab, und die Bewegung war ganz eckig vor Zorn. Aliana sah, dass er weiß im Gesicht war, und ihr wurde weich ums Herz. So sehr sie sich manchmal über ihn ärgerte, er hatte sowohl seine Furcht als auch seine gegenteilige Überzeugung hintangestellt, um ihr zu folgen, weil er sie nicht allein lassen wollte. Allerdings hütete sie sich, diesen Umstand zu erwähnen. »Aha, du hast also beschlossen, doch noch mitzukommen«, stellte sie fest. »Ich hätte dich für vernünftiger gehalten.«

Er warf ihr einen gemeinen Blick zu. »Ich komme mit, weil man sich auf dich allein nicht verlassen kann«, schnauzte er. »Du hast nicht einmal so viel Verstand wie ein frisch geschlüpfter Sperling. Los jetzt – quatsch nicht, damit wir von dem verdammten Ding wegkommen. Es gefällt mir nicht, hier oben zu thronen, wenn es auf allen vier Seiten abwärts geht.«

Von der Mitte der Säule wirkte die Entfernung zur gegenüberliegenden Öffnung viel größer als vom Gang aus gesehen, auch wenn Aliana wusste, dass der Abstand gleich war. Dennoch hatte Packrat Recht gehabt. Der Sprung würde viel schwieriger werden, weil die Plattform keinen Platz für einen anständigen Anlauf hergab. Kurz stand sie da, atmete tief durch und sammelte sich, dann schob sie beiläufig den üblen Moment beiseite, wo sie sich selbst hätte bloßstellen müssen, und sah plötzlich, dass zum Zögern keinerlei Zeit mehr blieb.

Eine dünne Stichflamme, so hoch wie sie selbst, schoss aus einem Loch in der Mitte des Gitters empor. Mit einem lauten Fauchen sprang sie in die Höhe, sank zurück und verschwand in dem Moment, da eine weitere an anderer Stelle aufschoss, die wiederum durch die nächste und noch eine ersetzt wurde, alle an wahllosen Stellen, sodass man nicht erahnen konnte, wo die nächste erscheinen würde.

»Komm weiter«, schrie Packrat. »Beweg deinen Hintern, ehe wir beide geröstet werden!«

Aliana fasste sich, sauste auf den Rand der Plattform zu und sprang. Sie war noch nicht ganz bereit gewesen und es wurde ein unbeholfener Sprung, bei dem sie mit einem Fuß ein wenig abrutschte. Während des Augenblicks in der Luft spürte sie den Abgrund, der unter ihr klaffte, mit entsetzlicher Eindringlichkeit. Würde sie es schaffen?

Erleichterung durchschoss sie, als sie mit den Füßen festen Grund berührte. Sie taumelte in den Gang und fiel auf die Knie, aber mit Packrat auf der anderen Seite blieb keine Zeit, das eigene Glück überhaupt wahrzunehmen. Sie sprang auf und drehte sich nach ihm um. Er machte sich zum Sprung bereit, und sie sah ihm am Gesicht an, dass er nicht zuversichtlich war. Als er schon vorwärts rannte stieg eine Stichflamme fast direkt vor seinen Füßen in die Höhe, sodass er gezwungen war, zur Seite auszuweichen. Aliana war sicher, dass er den Anlauf abbrechen würde, aber noch während ihr der Gedanke durch den Kopf schoss, sah sie, wie er die Kante erreichte und sich schonungslos in die Luft warf.

Vom allerersten Augenblick an war klar, dass er es nicht schaffen würde. Das Gesicht schreckverzerrt, prallte er in Brusthöhe gegen die Kante und versuchte beim Abwärtsgleiten auf dem glatten Metallboden mit den Händen vergeblich Halt zu finden. Aliana warf sich schreiend nach vorn, landete auf dem Bauch, die Arme so weit ausgestreckt, wie sie eben reichten, und griff wie rasend nach seinen wegrutschenden Händen. Sie hielt ihn und zog, aber es gelang ihr kaum, nicht selbst weiter zu rutschen, da Packrat von seinem Gewicht hinabgezogen wurde. Dann, just als sie glaubte, ihn zu verlieren, gelang es ihm irgendwie, die Stiefelspitzen fest gegen die Wand zu stemmen und sich vor dem Endgültigen zu bewahren. Es wurde ein langsames und schwieriges Unternehmen, aber Stückchen für Stückchen zogen und stemmten sie ihn aus dem Abgrund und brachten ihn auf sicheren Boden.

Aliana rollte sich auf den Rücken und wimmerte. Ihre Arme fühlten sich wie halb ausgerissen an. Packrat lag mit dem Gesicht nach unten ausgestreckt da, keuchte und zitterte. Am Ende hob er den Kopf und brüllte Aliana an: »Beim nächsten Mal wirst du vielleicht auf mich hören, du albernes Gör.«

»Beim nächsten Mal wirst du vielleicht auf *mich* hören, du querköpfiger Bastard«, schrie Aliana zurück. »Ich habe dir gesagt, du sollst auf mich warten.« Aber dann packte sie ihn und drückte ihn, seine berüchtigte Erscheinung missachtend, fest an sich, bis er zu zittern aufgehört hatte.

Armer Packrat. Er hat es nicht verdient, da hineingezogen zu werden. Ich hoffe nur, dass die Dinge von jetzt an einfacher werden – aber ich habe das ungute Gefühl, dass das hier erst der Anfang ist.

Kapitel 17

Der Sündenbock

Seriema wunderte sich, wie schnell sie begonnen hatte, die Rottenfestung als ihr Zuhause anzusehen. Just in dem Augenblick, als sie mit Cetain und seinen Kriegern über die Hügelkuppe ritt, war ihr der Anblick von Arcans Tal so lieb wie noch nie einer – das kleine Dorf mit den grob gemauerten Häusern und den Grasdächern, der Turm der Überbringer an dem stillen Bergsee und die Festung, die unerschütterlich und sorglos auf dem Hügel stand.

Das schlechte Wetter war endlich nach Süden gezogen und schenkte ihnen einen ruhigen, hellen Tag, an dem nur ein dünner Schleier aus hohen, grauen Wolken die Sonne verblassen ließ. Bei Tagesanbruch hatten sie die Turmruine verlassen und den Rückweg ohne den hinderlichen Sturm viel schneller zurückgelegt, sodass sie die Rottensiedlung nun kurz vor Mittag erreichten. Unterwegs war von den Raubvögeln keine Spur gewesen, was Seriemas Vermutung bestätigte: die Scheusale jagten nachts. Dennoch hatte sie während des Rittes nicht einen Moment lang gewagt, sich zu entspannen, für den Fall dass plötzlich die furchtbaren Schreie der Jäger zu hören wären und sich der Himmel wieder einmal von ihren Flügeln verdunkelte.

Wissend, dass der Stall nahe war, beschleunigte ihr müdes Pferd den Trab, und Seriema ließ ihm glücklich seinen Willen. Sie wusste genau, wie es sich fühlte. Nachdem sie eine

Nacht draußen in der Heide verbracht hatte, im Keller einer Ruine, unter dem fortwährenden Versuch, die anstürmenden Scheusale abzuhalten, freute auch sie sich auf eine Mahlzeit und auf Schlaf und die Sicherheit der dicken, fest gefügten Mauern. Sie blickte Cetain von der Seite an, der neben ihr ritt und wie stets Schritt hielt. Überraschenderweise sah er nicht aus, als freute er sich über seine Heimkehr. Noch während sie sein stirnrunzelndes Schweigen beobachtete, begriff sie, welche Sorge es ihm bereitete, seinem Vater sagen zu müssen, dass er seinen Auftrag nicht hatte ausführen können.

Seriema griff hinüber und berührte ihn am Arm. »Du hast die richtige Entscheidung getroffen«, sagte sie leise. »Diese scheußlichen Geschöpfe sind während der letzten Nacht im Hochmoor gewesen, darum ist es sehr wahrscheinlich, dass sie die anderen Sippen schon gefunden haben. Es hat keinen Sinn, noch mehr Leben zu opfern, zumal deine Krieger zu Hause von größerem Nutzen sind und dort sicherlich auch eher am Leben bleiben werden.«

»Ich hoffe nur, dass mein Vater die Dinge genauso sieht.« Cetain schüttelte den Kopf. »Das Dumme ist nur, dass niemand, der deine Dämonen nicht selbst erlebt hat, sich vorstellen kann, wie Tod bringend sie sind.« Er zögerte. »Ich muss dir ein Geständnis machen, Mädchen. Als ich deinen Bericht über die Geschehnisse in Tiarond zum ersten Mal hörte, habe ich ihn nicht so ernst genommen – obwohl ich dir geglaubt habe«, fügte er hastig hinzu. »Trotzdem hielt ich deine Schilderungen für den überschwänglichen Erguss eines Haufens verängstigter Städter, die an ein bequemes Leben gewöhnt sind und denen alles gleich bedrohlich vorkommt.«

Er lächelte gequält. »In der vergangenen Nacht wurde ich eines Besseren belehrt, das meine ich ganz ernst. Als wir heute Morgen ins Freie traten und die blutigen Überreste unserer Leute fanden, da habe ich erst begriffen, wie viel unsere Sippe dir schuldig ist. Wäre eure Warnung nicht gewesen, die ganze Siedlung wäre letzte Nacht niedergemetzelt worden. Aber wird mein Vater das auch begreifen?« Wieder schoben sich seine Brauen zusammen. »Er ist nicht im Besitz deiner ungewöhnlichen Erfahrungen, verehrte Dame. Was du als Klugheit ansiehst, mag er für Feigheit halten. Ich habe seine Befehle missachtet, und er ist nicht der Mann, der es hinnimmt, wenn seine Pläne vereitelt werden.«

Das gab Seriema neuen Grund zur Beunruhigung – aber worüber sich Cetain sorgte, war doch sicherlich eine Nichtigkeit? Jeder vernünftige Mann musste doch begreifen, dass er das einzig Richtige getan hatte?

Ich hoffe es jedenfalls. Ich habe kaum einen Augenblick Ruhe gehabt, seit die fliegenden Bestien ins Land eingefallen sind, und ich könnte dringend eine Verschnaufpause gebrauchen. Aber was ist mit dem armen Cetain? Er hätte wirklich nichts weiter tun können – tatsächlich hat er sich sehr gut geschlagen, dass er überhaupt so viele seiner Krieger wieder heil zurückbringt. Sein Vater muss doch so viel Verstand haben, dass er das einsieht!

Doch weder Seriema noch Cetain konnten ahnen, welches Unglück sie in der Festung erwartete. Als sie durch den Torbogen in den Hof ritten, sahen sie erstaunt einige Reiter von ihren schlammbespritzten Pferden steigen. Arcan schritt mit Donnermiene umher und scheuchte seine Männer mit gelegentlichen barschen Befehlen. Er blickte auf, als sich Cetain mit Seriema an seiner Seite näherte. »Was willst du denn hier? Wieso seid ihr schon zurück?«, schnauzte er.

»Mein Häuptling, es wäre sicherlich besser, das im Haus zu besprechen«, sagte Seriema in dem Versuch zu vermitteln.

Arcan, zunächst überrascht, dann ärgerlich, blickte sie drohend an. »Halte deine Zunge im Zaum, Weib.« Er wandte seinen zornigen Blick seinem Sohn zu. »Nun?«

»Die Ungeheuer haben sich über die Ebene ausgebreitet,

wie Tormon und Grimm vorhergesagt haben. Sie haben uns in der Nacht draußen angegriffen, und ich habe vier meiner Männer verloren, leider konnten wir nicht rechtzeitig in den alten Turm gelangen.« Im Hof breitete sich Schweigen aus, als die eben heimgekehrten Krieger die Neuigkeiten mit anhörten. Cetain sah seinen Vater erlaubnisheischend an und fuhr fort: »Vater, die Bedrohung durch diese Ungeheuer ist viel größer, als wir uns vorstellen können. Wir wurden bis Tagesanbruch belagert, dann verstreuten sie sich, aber es schien keinen Zweck mehr zu haben, den Auftrag noch weiter zu verfolgen. Da die Bestien sich während der Nacht draußen herumtrieben, haben sie sehr wahrscheinlich auch die ungeschützten Siedlungen der anderen Sippen gefunden. Ich beschloss daher, kein weiteres Leben aufs Spiel zu setzen, nur um einer Warnung willen, die zu spät käme.«

Arcan fluchte. »Als ob wir nicht schon genug Schwierigkeiten hätten!« Und dann brüllte er über den Hof: »He, ihr Männer! Wenn ihr gegessen habt, überprüft eure Waffen und auch den Waffenvorrat. Es scheint, dass der Krieg schneller zu uns kommt, als wir erwartet haben.« Mancher stieß bei der Ankündigung einen wilden Jubelruf aus, aber andere, die die verstörten, gehetzten Gesichter von Cetains Gefolge gesehen hatten, zeigten ein Gutteil weniger Selbstvertrauen als noch am Tag vorher.

Der Häuptling wandte sich seinem ältesten Sohn zu, der offenbar mit den Reitern in der Heide gewesen war. »Lewic, du kommst mit deinem Bruder in meine Räume. Ich möchte eure Berichte gerne zusammen hören – wenngleich es so aussieht, als wäre keiner von euch bei der Erfüllung seiner Aufgabe besonders erfolgreich gewesen.«

Arcan ging voraus, und nachdem seine Söhne ihren Männern Befehle gegeben und sich gestärkt hatten, folgten sie ihm. Seriema blieb beharrlich an Cetains Seite. Als sie den Hof verließ, brach hinter ihr Stimmengewirr los und sie vermutete, dass die Heimkehrer wegen der Einzelheiten ihres knappen Entrinnens bedrängt wurden. Sie fragte sich, wo Tormon und Presvel und die anderen steckten. Die Neuigkeit würde ein Schlag für sie sein, wie für jeden, der die Schreckensstunden in Tiarond miterlebt hatte.

Während sie dem Häuptling in seine Gemächer folgten, fiel Seriema auf, dass die allgemeine Stimmung in der Festung seltsam verändert war. Gestern noch hatte geschäftiges, lautes Treiben geherrscht, als die Bewohner sich mit den verteilten Aufgaben beschäftigten. Trotz der Drohung, die über ihnen schwebte, hatte es viel gute Laune, Geplauder, Gelächter und Neckereien gegeben. Aber heute wirkten die Rotten gedämpft und gingen nahezu schweigend und mit ernsten Gesichtern ihrer Arbeit nach. Insbesondere schienen sie darauf bedacht zu sein, ihrem Häuptling nicht in den Weg zu laufen, und Seriema fragte sich, was um alles in der Welt geschehen sein konnte, das diese Veränderung bewirkt hatte. Nichts Gutes jedenfalls.

Arcan sah nicht erfreut aus, als Seriema seinem Sohn ins Zimmer folgte. »Wer hat dich eingeladen?«, polterte er.

»Ich.« Cetain legte einen Arm um seine Gefährtin. »Die Dame Seriema weiß mehr über die Räuber als du oder ich, und ihr Bericht über die vergangene Nacht sollte ebenso viel Gewicht haben wie der meinige.«

»Es ist mir gleich, was sie weiß«, schnauzte Arcan. »Ich will mit meinen Söhnen allein sprechen. Es ist besser, du erfährst sofort, was sich gestern Abend hier zugetragen hat, Cetain. Überbringer Grimm wurde ermordet, erstochen von einem, der sich in unserer Festung aufhielt. Wir wissen nicht, wie es geschehen ist, aber Kalt, sein Gehilfe, ist geflohen, und mit ihm der junge Bursche, der mit Händler Tormon gekommen ist.«

»Scall?«, rief Seriema aus. »Aber das ist lächerlich. Wie kann er denn etwas damit zu tun haben?«

Arcan blickte sie finster an. »Geh und frage deinen Freund

Tormon. Er weiß über die Sache ebenso viel wie jeder andere.« Damit schlug er ihr die Tür vor der Nase zu.

Seriema schäumte vor Wut. »Von allen ungehobelten, widerlichen …« Ihr erster Gedanke war es, hineinzustürmen und ihm zu sagen, was sie von ihm hielt, doch ihr gesunder Menschenverstand gewann die Oberhand. Da Scall der Beteiligung an dem Mord verdächtigt wurde, waren sie und ihre Leute beim Häuptling vermutlich gerade nicht sehr beliebt. Die Festung war ihre einzige Zuflucht, besonders da die Bestien sich nun schon in der Umgebung ausgebreitet hatten. Es schien also klug, ein gewisses Maß an Zurückhaltung an den Tag zu legen, bis Arcans Laune sich gebessert hatte. Außerdem stand wie immer eine Wache vor der Tür, ein stämmiger junger Kerl, der so breit war wie ein Scheunentor. Seriema schätzte ihn sicher richtig ein, wenn sie ihre Möglichkeiten, an ihm vorbeizukommen, mit null berechnete. Da der Häuptling sie im Beisein des Wächters so eindeutig ausgeschlossen hatte, konnte sie sich nicht einmal mit einer List Einlass verschaffen. So bedachte sie die Tür des Anstoßes mit einem wütenden Blick, dann drehte sie sich achselzuckend um und ging. Besser, wenn sie Tormon so schnell wie möglich fände. Es war Zeit, ihren lächerlichen Streit von gestern zu begraben. Es galt ein paar Dinge herauszufinden, und sie hatte Neuigkeiten, die auch für ihn wichtig waren.

Zuerst schaute sie in das kleine Zimmer, das Tormon mit seiner Tochter teilte. Der Händler war nicht dort, aber Annas und Rochalla saßen auf dem Bett beim Fadenspiel, für das sie ein langes blaues Garnstück zur Verfügung hatten. Ein Paar dicker, stumpfer Stricknadeln mit einer Art buntem Vogelnest daran war zwischen ihnen abgelegt, als stummer Beweis, dass das blonde Mädchen versucht hatte, die Kleine das Stricken zu lehren. Seriema musste schmunzeln, als sie das sah. »Meine Strickversuche sehen noch genauso aus«, sagte sie.

Rochalla machte ein überraschtes Gesicht, als sie so freundlich angeredet wurde, und wagte ein zaghaftes Lächeln. »Aber Stricken ist so einfach«, erwiderte sie.

»Für dich vielleicht«, schnaubte Seriema. »Ich hatte immer zwei linke Hände, wenn es ans Stricken ging. Meine Nähkünste sind sogar noch geringer.« Sie versuchte einen unbeschwerten Plauderton beizubehalten, denn Rochalla sah trotz ihrer Geduld mit dem Kind müde, blass und sorgenvoll aus. Bestimmt hatte sie aus Angst um den vermissten Scall nicht geschlafen.

»Nun, jeder hat so seine Begabung«, sagte Rochalla soeben. »Ich könnte mir nicht einmal vorstellen, wie man erfolgreich ein großes Handelshaus führt. Ich weiß nicht, wie du das geschafft hast.«

»Manchmal frage ich mich das selbst. Und ich bin nicht sicher, ob ich das Zeug hätte, noch einmal damit anzufangen, selbst wenn die Umstände besser wären. Ich nehme an, in den kommenden Monaten werden sich Stricken und Nähen ohnehin als sehr viel nützlicher erweisen.« Seriema beschloss, dass es entschieden Zeit war, über etwas anderes zu sprechen. »Haben die Damen Tormon irgendwo gesehen?«

»Er ist gegangen, um Scall zu suchen«, legte Annas los. »Scall ist fortgelaufen, und er hat sein hübsches Pferd mitgenommen. Aber Esmeralda hat er nicht mitgenommen.«

Rochalla sah ihr ins Gesicht. »Woher weißt du das alles?« Ihr Tonfall wurde ernst. »Annas, hast du an der Tür gelauscht, als ich mich draußen mit deinem Vater unterhalten habe?«

Das kleine Mädchen errötete und senkte den Blick. »Es war ein Versehen. Ich konnte nichts dafür. Du hast die Tür nicht richtig zugemacht.«

»Nun, beim nächsten Mal gehst du und schließt die Tür, anstatt zu lauschen. Das ist kein sehr nettes Benehmen.«

Annas Unterlippe schob sich vor, aber zu Seriemas

Erleichterung wurden sie vor dem heraufziehenden Sturm gerettet, weil Tormon eintrat. Auch er sah sehr niedergeschlagen aus, und er war mit Schlamm bespritzt und brauchte dringend eine Rasur. »Warum bist du schon zurück?«, wollte er von Seriema wissen. Er klang überrascht, aber sie stellte erleichtert fest, dass von der gestrigen Feindseligkeit nichts mehr zu merken war.

Sie schaute vielsagend auf das Kind. »Können wir irgendwo miteinander sprechen?«

Rochalla verstand den Wink und stand sofort auf. »Komm mit, Annas«, sagte sie. »Wir wollen sehen, ob wir für deinen Papa und die Dame Seriema etwas zu Essen bekommen. Sie müssen halb verhungert sein.«

»Einverstanden.« Annas kletterte vom Bett herunter, nahm Rochalla bei der Hand und zog sie hinaus. »Ich hole etwas für meinen Papa, und du kannst der Dame Seriema etwas bringen.«

Aber ehe sie das Zimmer verließen, hielt Rochalla kurz inne. »Tormon ...?«

Er schüttelte den Kopf. »Es tut mir Leid, Mädchen. Die Spuren führten alle zur Schleierwand und brachen dann ab. Es gab Anzeichen einer Rauferei und ausgebrochener Pferde, aber kein Zeichen von Scall.« Er zog die Brauen zusammen. »Seltsamerweise führten keine Spuren wieder aus dem Tal heraus. Es war, als hätten sie sich in Luft aufgelöst – aber gib die Hoffnung nicht auf. Wir werden weiter nach ihm suchen, das verspreche ich.«

Rochalla nickte und schluckte schwer, dann ging sie hinaus. Tormon seufzte. »Armes Ding. Armer Scall.« Er blickte Seriema an. »Auch du klingst nicht, als hättest du gute Nachrichten.«

»Wir hatten Schwierigkeiten«, begann sie ohne Umschweife. »Scall ist nicht unsere einzige Sorge.« Sie atmete einmal tief durch. »Tormon, es gibt schlimme Neuigkeiten, für uns alle. Die Bestien haben Tiarond verlassen. Sie haben uns in der vergangenen Nacht angegriffen, draußen in der Heide, und haben vier von Cetains Männern getötet. Wir anderen haben Glück gehabt, dass wir davongekommen sind.«

Der Händler erbleichte und ließ sich schwer auf das Bett sinken. »Oh, lieber Myrial, nur das nicht! Was soll nun aus uns werden? Und was ist dem armen Jungen zugestoßen, wenn die Bestien da draußen die Ebene durchstreifen?«

Einen Augenblick später hatte er sich wieder gefasst. »Also darum die Aufregung unten im Hof. Ich habe mich einfach aufgemacht – wie du wahrscheinlich schon erraten hast – und bin mit Lewic und seinen Männern heute Morgen ausgeritten, um zu sehen, ob wir Scalls und Kalts Spur aufnehmen können, und auf dem Rückweg bin ich ein wenig hinter den anderen zurückgefallen. Nach den Sefrianern muss ich mich an die Rottenponys erst noch gewöhnen. Als ich wieder hier war, bin ich sofort heraufgeeilt, um mit Rochalla zu sprechen. Ich wusste, wie beunruhigt sie ist, und ich wollte keine Zeit damit vergeuden, bei den Kriegern herumzustehen und zu schwatzen.«

»Da wir gerade von Kriegern sprechen, Arcan scheint uns nicht mehr allzu gewogen zu sein«, sagte Seriema. »Ich habe entschieden den Eindruck, als wäre es ihm lieber, wir würden uns anderswo aufhalten.«

Tormon nickte. »Du hast Recht. Aus irgendeinem Grund ist der Häuptling davon überzeugt, dass Scall in den Mord verwickelt ist.« Er machte ein finsteres Gesicht. »Als ob er dazu fähig wäre!«

Seriema setzte sich neben ihn. »Wahrscheinlicher ist, dass der Junge auf den wahren Mörder gestoßen ist und ...« Sie wollte dem Gedanken nicht zu Ende folgen. »Aber das ist auch nicht einleuchtender«, sprach sie hastig weiter. »Wenn der Mörder entkommen ist, warum sollte er dann Scall mitnehmen? Es wäre nicht klug, sich so zu belasten.« Sie runzelte die Stirn. »Arcan sagt, dass Grimms Gehilfe auch fehlt, stimmt das?«

»Ja, das stimmt. Aber ich komme schon seit Jahren hierher, und ich kenne Kalt so gut wie jeden anderen Rotten. Ich habe ihn immer für einen feinen jungen Mann gehalten und meine, dass seine Rechtschaffenheit außer Frage steht. Bei jedem meiner Besuche bin ich auf einen Plausch zum Turm gegangen und habe mit Grimm die Neuigkeiten der Welt ausgetauscht – darin war er unersättlich – und Kalt war immer dabei. Tatsächlich habe ich immer meine Witze darüber gerissen, dass sie so unzertrennlich waren. Der Junge liebte den alten Mann wie einen Vater, und was Arcan auch glauben mag, ich bin mir sicher, dass er seinen Meister nicht umgebracht hat.«

»Wer hat es dann getan?«, überlegte Seriema laut. »Und warum, während Scall und Kalt dabei waren, und was hat er mit den beiden jungen Männern gemacht?« Sie seufzte und schlug mit der Faust auf die Bettdecke. »Verfluchter Mist, wir drehen uns im Kreis! Nichts von alledem klingt sehr wahrscheinlich!«

»Nun, ehe wir sie gefunden haben, werden wir es nicht erfahren«, sagte Tormon. »Und deine Nachricht macht die Aufgabe noch sehr viel schwieriger. Ich hatte heute Morgen ohnehin ein schlechtes Gefühl dabei, Annas allein zu lassen. Ich habe eine besondere Verantwortung für das Kind, seit ihre Mutter … nicht mehr da ist. Sie hat immer an erster Stelle zu stehen, und ich weiß, dass ich kein Recht habe, mein Leben aufs Spiel zu setzen und mich draußen von einem dieser verfluchten Biester erwischen zu lassen – aber ich spüre doch, dass ich Scall zu Hilfe eilen sollte. Er ist ein guter Junge, und er ist mir in sehr kurzer Zeit ans Herz gewachsen. Wie kann ich ihn da einfach im Stich lassen?«

Eine Lehre, die Seriema schon in frühester Kindheit zuteil geworden war, besagte, dass sie niemals vor einer Verantwortung wegrennen durfte. Zwischen den Flüchtlingen aus

Tiarond bestand ein Band, und wenn sie die Möglichkeit hatte, Scall und Tormon zu helfen, so war sie es den beiden schuldig, ihr Bestes zu tun. Außerdem war es wichtig, den Mord so schnell wie möglich aufzuklären, da Arcan seine Besucher verdächtigte. Der Häuptling war ein schwieriger, jähzorniger Mann, und wer konnte wissen, wann seine Dankbarkeit aufgezehrt wäre?

Seriema dachte daran, wie unerfreulich es draußen bei dem Sturm gewesen war und welche neue Schrecken sie durchlebt hatte. Sie war so erleichtert gewesen, wieder in die Sicherheit der Festung zurückzukehren. Wie hätte sie ahnen sollen, dass dieses Heil nur von kurzer Dauer sein würde? Sie seufzte. »Ich werde mit Cetain sprechen«, sagte sie zu Tormon. »Vielleicht können wir nach Scall suchen, dann kannst du hier bei Annas bleiben, wo du hingehörst.«

Einen Augenblick lang sagte der Händler nichts – er blickte sie nur an, als habe er sie noch nie zuvor gesehen –, aber die Erleichterung stand ihm auf der Stirn geschrieben. Endlich antwortete er. »Weißt du, als du noch Tiaronds erste Händlerin warst, habe ich nie an deinem Mut gezweifelt. Du musstest mutig sein, um die Entscheidungen zu treffen, die tagtäglich anstanden, und um als Frau die Stellung zu erreichen, die du schließlich inne hattest. Aber aus irgendeinem Grund wurde dir niemals Großzügigkeit oder Freundlichkeit nachgesagt.« Er lächelte. »Dazu weiß ich nur zu sagen, dass die Leute vielleicht nicht gründlich genug geurteilt haben.«

Seriema war gerührt. »Vielleicht hatten sie aber auch Recht«, erwiderte sie ein wenig bitter. »Womöglich gelange ich erst jetzt zu Freundlichkeit und Weisheit, anstatt nur immer gerissen zu sein. Die zurückliegenden Ereignisse haben uns alle verändert. Presvel zum Beispiel ...« Sie stockte. »Weißt du eigentlich, wo er ist? Ich dachte, er verbrächte neuerdings jeden Augenblick seines Wachseins damit, hinter Rochalla herzulaufen.« Es war verblüffend, wie wenig sie die mangelnde Treue ihres Dieners inzwischen noch kümmerte. »Heute scheint er aber nicht um sie herumzuscharwenzeln.«

Tormon zuckte die Achseln. »Vielleicht hat sie ihm endlich gesagt, er soll sich verziehen.«

»Das bezweifle ich doch stark. Rochalla ist viel freundlicher, als ihr manchmal gut tut. Sie würde wahrscheinlich davor zurückschrecken, ihn zu kränken.«

»Ich wünschte dennoch, sie hätte ihm das gesagt«, entgegnete der Händler. »Ich will dir nicht zu nahe treten, Dame, ich weiß, er war dein Diener und Vertrauter. Die Art aber, wie er sich in letzter Zeit benimmt, hat mich manchmal am Zustand seines Verstandes zweifeln lassen, und ...«

Keuchend ergriff Seriema seinen Arm. »Tormon, wurde Presvel in der letzten Nacht von jemandem gesehen? Ich meine, seit Grimm ermordet wurde? Sag mir nicht, dass er auch vermisst wird.«

Tormon starrte sie mit offenem Mund an. »Du denkst doch nicht ... du denkst doch nicht, dass er es war?«

»Was?« Seriema war bestürzt. »Nein, natürlich nicht. Von allen Männern, die ich kenne, neigt er am wenigsten zur Gewalt. Und Arcan hat gesagt, dass Grimm erstochen wurde – ich bin ganz sicher, dass Presvel bei einem Messer nicht weiß, wo vorne und hinten ist. Warum sollte er den alten Überbringer auch umbringen wollen? Er kennt ihn nicht einmal. Es muss einer der Rotten getan haben, der einen Groll gegen Grimm gehegt hat.«

»Vermutlich hast du Recht«, pflichtete der Händler zögernd bei. »Wenn man es so betrachtet, sieht es ganz unwahrscheinlich aus. Trotzdem meine ich, wir sollten ein Auge auf Presvel haben, sobald wir ihn einmal gefunden haben ...«

»Papa, Papa, wir haben dir ein paar gute Sachen zu essen gebracht.« Annas platzte so unvermittelt ins Zimmer, dass

Seriema zusammenschrak. Rochalla kam hinterher, beladen mit einem schweren Tablett. »Annas, du solltest anklopfen«, tadelte sie.

»Wozu denn«, fragte das Kind unbekümmert.

Rochalla reckte Arme und Schultern, als Tormon ihr das Tablett abgenommen hatte. »Habt ihr gerade davon gesprochen, Presvel zu suchen?«, fragte sie. »Verzeiht, aber es war nicht zu überhören. Ich habe ihn eben unten gesehen.« Sie runzelte die Stirn. »Er beharrt darauf, dass es ihm gut geht, wisst ihr, aber ich glaube ihm eigentlich nicht. Er schaut vollkommen elend aus.«

Seriema warf Tormon einen Blick zu. Auch er sagte darauf nichts, aber sie war sicher, dass sie beide dasselbe dachten.

Lieber Myrial, nein. Es kann nicht sein. Presvel ist immer ein guter Mensch gewesen. Er würde doch niemanden umbringen – oder?

Bestimmt wissen sie, dass ich es gewesen bin. Sie müssen es mir am Gesicht ansehen, an den Augen, an der Hand, in der ich das Messer hielt…

Für Presvel gab es keine Ruhe und kein Versteck. Keine Zuflucht vor der schrecklichen Tat, die er begangen hatte. Kein Entrinnen vor dem Entsetzlichen, das hinter jedem seiner Gedanken lauerte und immer und immer wieder die Erinnerung an Grimms Gesicht zurückbrachte, das von Schmerzen und Überraschung entstellt war, an den Ruck der Klinge, als sie in den Leib des Überbringers eindrang, an den warmen Blutschwall, der ihn überlief.

Doch trotz der abscheulichen Klarheit seiner Erinnerung hatte er Mühe zu glauben, was geschehen war. Ihn hatten immer schon lebhafte Albträume geplagt, wie jeden anderen auch, nicht wahr? Wenn doch nur das entsetzliche Bild von Grimms Tod auch ein solcher wäre.

Aber in seinem Innern wusste er, dass es sich anders verhielt.

Lieber Myrial, ich wollte ihn nicht töten! Ich würde alles geben, wenn ich die Zeit zurückdrehen und ungeschehen machen könnte, was ich getan habe!

Und was würde jetzt werden? Das Messer hatte er verloren, hatte er ins Stroh fallen lassen, als er vor Angst geflohen war. Er wagte es nicht, dahin zurückzukehren und es zu suchen – damit würde er sich nur verdächtig machen. Außerdem, welchen Zweck hätte es denn? Bestimmt hatten sie schon alles abgesucht. Sie hatten es längst gefunden. Inzwischen musste Arcan wissen, dass der Mörder zu Tormons Gruppe gehörte.

Wie lange noch, bis sie uns alle der Reihe nach befragen?

Bisher war es Presvel gelungen, sich unauffällig zu verhalten, mal hier, mal dort zu sein, damit keiner auf den Gedanken käme, dass er verdächtig umherschlich, hatte sich immer an Orten aufgehalten, die spärlich besetzt waren oder wo man zu beschäftigt war, um ihn besonders zu beachten. Schließlich war er auf das flache Dach des Turmes gelangt. Aber er wusste auch, dass es nur eine Frage der Zeit war, bis die Kälte ihn wieder nach unten trieb. In der Zwischenzeit hatte er von oben beobachtet, wie Seriema mit Cetain und seinen Kriegern zurückkehrte. Sein Herz hatte einen Sprung getan, einen verrückten, wilden Augenblick lang hatte er daran gedacht, zu ihr zu laufen und alles zu gestehen. Sie würde ihn bestimmt beschützen, nicht wahr? Sie würde wissen, was zu tun war.

Dann befielen ihn Zweifel. Seine Dame hatte sich verändert. Sie hatte sich mit diesen unfeinen Rotten eingelassen, schien sich in Arcans Sippe einzufügen, als wäre sie in sie hineingeboren. Er konnte nicht mehr sicher sein, dass sie sich auf seine Seite stellen oder ihn sonstwie unterstützen würde. Außerdem ließ ihn ein Rest Ehrlichkeit die Frage stellen, warum sie das denn tun sollte. So besessen, wie er von seiner Leidenschaft für Rochalla gewesen war, hatte er Seriema in den letzten Tagen keine Beachtung geschenkt, sondern sie ständig vernachlässigt. Wenn sie über ihn verärgert war, dann hatte sie jedes Recht dazu.

Falls er gezwungen wäre, sein Gewissen zu erleichtern, gab es niemanden, dem er trauen würde, nicht einmal seiner teuren Rochalla. Und doch erwog er einen Moment lang, eben dies zu tun. Das Geheimnis war zu furchtbar, um es allein zu tragen, und wenn Arcan das Messer gefunden hatte, dann waren seine Gefährten seinetwegen in Gefahr – denn die ganze Gruppe, einschließlich Rochalla, musste unter Verdacht stehen. Aber sollte er denn gestehen? Wenn er Seriema seine Schuld gestand, würde sie doch – müsste sie eigentlich den Rotten sagen, wer ihren Überbringer getötet hatte.

Ich kann es nicht. Ich kann nicht! Sie werden mich umbringen. Es war ein Versehen. Ich wollte es nicht tun, und es tut mir schrecklich Leid, aber das würden sie mir nicht glauben – oder es wäre ihnen jedenfalls gleichgültig. Ihnen wäre nur wichtig, dass der Mörder bestraft wird. Diese ungezügelten Wilden hätten keine Gnade mit mir. Ach, warum musste das mir zustoßen?

Presvel wurde von einer verzweifelten Wut gepackt: gegen die grässlichen Umstände, die ihn dem sicheren, pflichterfüllten Leben in seiner geliebten Stadt entrissen und ihn hinausgetrieben hatten, damit er in der feindlichen, gottvergessenen Wildnis umherwanderte; gegen diesen dummen Tormon, der ihn an diesen unwirtlichen Ort zu den erbärmlichen Wilden gebracht hatte; gegen Seriema, die sich mit dem Rotten einließ; gegen Scall, der überhaupt den Anstoß dazu gegeben hatte, dass er wie ein liebeskranker Welpe hinter Rochalla hergelaufen war, und der zur falschen Zeit am falschen Ort gewesen war.

Er ist daran schuld, verdammt! Sie alle sind daran schuld! Ich kann überhaupt nichts dafür!

Er war sogar auf Rochalla wütend, weil sie den Jungen ermunterte. Auch sie war schuld! Er hätte klüger sein sollen, als sie aus ihrem schmutzigen kleinen Leben zu retten. Oh, sie sah hübsch aus, und jung und unschuldig, aber unter der Oberfläche war sie noch dieselbe kleine Hure, die sie immer gewesen war.

Plötzlich kam ihm eine Idee. Vielleicht könnte er die eigene Haut retten und es ihnen gleichzeitig allen heimzahlen – oder wenigstens einem von ihnen – dafür dass sie ihn in diese schreckliche Lage gebracht hatten. Wenn er schnell und klug vorginge, müsste es doch möglich sein, ausreichende Beweise zu fälschen und die Schuld demjenigen zuzuschieben, dem sie eigentlich zukam – so, dass jeder mit der Nase darauf stieß.

Auf dem eiskalten Dach des Turmes lächelte Presvel in sich hinein. Endlich hatte er die Lösung. Blieb nur noch eines zu entscheiden. Wen sollte er nehmen?

Kapitel 18

Vifang

Den ganzen Morgen über war Amaurn scheinbar mit verschiedenen Dingen befasst gewesen, aber in Wirklichkeit beschäftigte ihn Vaures Nachricht, dass ein junger Unbekannter es geschafft hatte, durch die Schleierwand zu dringen, und dabei auch zwei Ak'Zahar in das friedliche Gendival gelangt waren. Noch schlimmer war der Grund, warum der Fremde allein reisen musste und sich ohne Aufsicht an der Grenze zu schaffen machte. Es war kaum zu glauben, aber Grimm war tot.

Wäre es denn zuviel verlangt, zur Abwechslung eine gute Neuigkeit zu hören?

Der Tod seines alten Freundes grämte Amaurn maßlos. Während der langen Zeit, die er als Hauptmann Blank getarnt in Callisiora verbracht hatte, war er sehr, sehr einsam gewesen. Diese Zurückhaltung war notwendig gewesen, um seine Macht in Tiarond zu begründen und das Geheimnis seiner Person zu wahren, aber es war ihm nicht leicht gefallen. Manchmal fragte er sich, ob es nicht die selbst auferlegte Absonderung von freundlichen Menschen war, die ihm ermöglicht hatte, in diesen Jahren so kaltblütig und unbarmherzig zu sein. Er hatte sich einen Panzer zugelegt, der ihn davor schützte, seinen Gefühlen freien Lauf zu lassen, und der ihm den Zugang zu den Gefühlen anderer verwehrte. Seine Rückkehr nach Gendival jedoch, an die Orte seiner

Vergangenheit und zu den Leuten, die einst seine Gefährten gewesen waren, schien in seine harte Schale einen Riss nach dem anderen zu schlagen, und seine neu entdeckte Empfindsamkeit war noch sehr frisch. Den ältesten Freund zu verlieren, den einen, der ihn im Geheimen so lange unterstützt und den eines Tages wiederzusehen er sich so sehr gefreut hatte, das war allerdings ein harter Schlag für ihn. Amaurn kam nicht umhin zu wünschen, der Gehilfe möge derjenige sein, der tot war, und Grimm derjenige, der sich auf dem Heimweg befand.

Immer wieder hat er mich gebeten, ihn heimkehren zu lassen, und immer habe ich ihn zurückgewiesen. Ach, warum habe ich seinem Wunsch nicht nachgegeben? Wenn ich es getan hätte, wäre er jetzt noch am Leben ...

Auch waren sie nicht in bestem Einvernehmen geschieden, nachdem Grimm seine Absichten hinsichtlich des Jungen aus Tiarond beargwöhnt hatte, denn er selbst hatte darauf mit kalter Wut geantwortet.

Es ist schlimm, den besten Freund nach einem solchen Streit zu verlieren. Ich wünschte nur, ich könnte noch einmal mit ihm reden.

So sehr ihm sein Verstand auch sagte, dass solche Überlegungen unvernünftig und nutzlos, ja geradezu zerstörerisch waren, so sehr hatte er doch mit sich zu kämpfen, dass er nicht in jedem unbedachten Augenblick in endlose Reue und Selbstvorwürfe abglitt. Doch sich damit zu befassen wäre jetzt unverantwortlich. Er hatte so viel zu tun und so viele Schwierigkeiten abzuwägen – besonders da die Schleierwand auf der Seite von Callisiora in einem ganz unsicheren Zustand zu sein schien – da blieb keine Zeit, um seinen Kummer zu bewältigen.

Amaurn hatte seit seiner Rückkehr nach Gendival ununterbrochen gearbeitet – ja wirklich, er hatte den Saal seit dem ersten Betreten nicht mehr verlassen. Seine treuen Wissenshüter hatte er zu Bett geschickt, er selbst hatte die

Nacht über Karten und Berichten von anderen Reichen zugebracht und versucht, seine Quellen in Einklang zu bringen und seine Kundschafter – die ein kleines, unzureichendes Heer waren angesichts der Schlacht, die es gegen das Durcheinander in der Welt zu schlagen galt – dort zu verteilen, wo sie am meisten ausrichten konnten.

Während der Arbeit war er immer wieder an seinen Vorgänger erinnert worden. Cergorns Wirken war überall zu spüren, und seine nachlässige Art, der Krise zu begegnen, und die Weigerung, sich einiges vom Geheimwissen des Schattenbundes zunutze zu machen, hatte in manchen Reichen die Lage noch verschlimmert. Wenn der Zentaur überlebte, dachte Amaurn grimmig, würde er feststellen, dass sich während seiner Genesung mehr als nur ein paar Dinge geändert hatten. Bislang schien er durchzuhalten, und dabei wurde er gerade von den Heilkünsten am Leben gehalten, die er so vielen anderen vorenthielt. Im Ganzen gesehen war Amaurn darüber erleichtert. Cergorns Überleben würde ihm zwar in der Zukunft manchen Stein in den Weg legen, sein Tod jedoch würde ihm sofort eine Menge zusätzlicher Gefahrenpunkte bescheren. Wenigstens hielt sein Überlebenskampf Syvilda davon ab, dem neuen Archimandriten ins Handwerk zu pfuschen, denn sie wäre eine erbitterte Feindin.

Doch als die Zeit voranschritt, begriff er langsam, warum Cergorn sich so gern hinter der Ausrede des Nichteinmischens versteckte. Die Versuchung, vor so vielen Schwierigkeiten wegzulaufen, war übermächtig. Nur die eiserne Entschlossenheit, die er sich als Hauptmann Blank antrainiert hatte, hielt ihn fest bei seinen Aufgaben, wie auch das Wissen, dass er endlich nach langer Zeit an sein Ziel gelangt war, um das er unter hohen Verlusten sowohl für andere wie für sich selbst gekämpft hatte. Und es gab noch einen Grund dafür, einen, bei dem er im Land der Gedankenleser nicht zu verweilen wagte und den er darum tief in seinem Herzen vergrub: das schuldbewusste Wissen, dass er derjenige war, der sich zu allererst an der Schleierwand zu schaffen gemacht hatte.

Als die Wissenshüter, die ihm beistanden, am Morgen wieder zu ihm kamen, fanden sie ihn noch genauso vor, wie sie ihn am Abend verlassen hatten – erschöpft, mit geröteten Augen, das Gesicht grau von den Schmerzen, die ihm die gebrochenen Rippen und der verletzte Arm bereiteten, aber entschlossen arbeitend. Trotz ihres Drängens weigerte er sich schlafen zu gehen, und selbst dem Furcht erregenden Maskulu hatte er widerstanden. Also brachten ihm Bailen und Kyrre Tee und Essen und etwas zur Linderung der Schmerzen – und standen daneben, bis er alles hinuntergeschluckt hatte.

Das Frühstück hielt ihn dann noch für ein paar Stunden länger aufrecht, aber nun begann Amaurn endgültig zu erschlaffen. Als er merkte, dass er denselben Absatz zum fünften oder sechsten Mal las und noch immer nicht wusste, was darin stand, gab er sich schließlich geschlagen (wie er meinte) oder kam endlich zur Vernunft (wie seine Gefährten meinten). Maskulu jagte ihn fast aus dem Saal, und Kyrre schickte ihn unter der strikten Anweisung fort, nicht eher wiederzukehren, als bis er vollständig ausgeschlafen sei. So trat er ans Tageslicht, rieb sich blinzelnd die Augen und atmete tief die kalte Herbstluft ein. Nach den vielen Schreckensberichten, mit denen er sich befasst hatte, verspürte er ein leichtes Erstaunen beim Anblick des stillen, schönen Tals. Bei den sanften Farben in der blassen, dunstigen Sonne fühlte er sich wie in einem Traum. Wie lange würde es diesen Zufluchtsort noch geben, wenn Gendivals Schleierwand weiter zusammenbrach?

Amaurn entfernte sich bereits vom Versammlungshaus, als ihm klar wurde, dass er es versäumt hatte, sich eine Unterkunft zu beschaffen. Während er sich ganz und gar mit dem Leid der Welt beschäftigt hatte, waren ihm solche

Nebensächlichkeiten nicht in den Sinn gekommen. Das fiel ihm natürlich erst jetzt ein, wo er Schlaf brauchte. Sein erster Gedanke war, in Veldans Haus zu gehen. Er kannte es gut, denn es hatte einst ihrer Mutter gehört, wenngleich er vermutete, dass es seit damals sehr verändert worden war, um es den Bedürfnissen des Feuerdrachen anzupassen. So nahe liegend es ihm vorkam, in dem ehemaligen Haus seiner Geliebten unterzuschlüpfen, so begriff er doch, dass er sich Veldan damit aufdrängte und sie solch eine Belästigung nicht freundlich aufnehmen würde. Er wollte sie nicht schon so bald, nachdem sie sich kennen gelernt hatten, gegen sich aufbringen. Es würde nicht viel Mühe bedeuten, jemanden eine Schlafstätte besorgen zu lassen, aber eigentlich wollte er lieber niemanden bitten. Sicherlich würde es seine neu gewonnene Autorität untergraben, wenn der Archimandrit um eine Schlafstelle bitten müsste wie ein umherziehender Bettler! Außerdem erregte er in Gendival noch immer einiges Aufsehen, und es wäre angenehm, den vielen Blicken, die ihn mit Neugier oder gar Ablehnung betrachteten, für eine Weile zu entfliehen.

Es steckte ein gewisser Hohn darin, dass er, der sich so viele Jahre über nach dem Schattenbund gesehnt hatte, ihm nun plötzlich entfliehen wollte.

Ich muss einen klaren Kopf bekommen.

Ohne sich um die neugierigen Blicke der Leute zu scheren, begab er sich zu dem eingestürzten Torbogen, durch den man die Siedlung verließ. Von dort nahm er den Weg, der vom Dorf wegführte, und lief am anderen Seeufer entlang, wo keine Häuser standen.

Nach kurzer Entfernung gabelte sich der Weg, und hier wurde das Tal durch einen langen, steilen Ausläufer in zwei Arme geteilt, der am Sitz der Weisheit begann, dem großen Berg, der sich über Gendival erhob. Südlich des Ausläufers lag das tiefe, düstere Tal, in dem sich das kalte, graue Gewässer des oberen Sees befand, wo dunkle, niedrig wachsende immergrüne Pflanzen sich an die steilen Böschungen des Ufers klammerten und Bussarde in einsamen Höhen ihre Schreie ausstießen. Nach Norden zu verließ der Weg die Seen und kletterte steil hinauf durch einen Bergeinschnitt, wobei der Sitz der Weisheit linker Hand lag und zur rechten kahle, steinige Hänge aufragten – die Zeugen aus alter Zeit, als sie von verheerenden Machtkämpfen zweier feindlicher Gruppen unter den Wissenshütern gesprengt worden waren. Das verfallene Dorf mit seinen bröckelnden Mauern und Gebäuden lag etwas weiter voraus; ein trauriges, spukhaftes Mahnmal der letzten Epoche, wo es innerhalb des Schattenbundes Streit und Spaltung gegeben hatte.

Und es hat mich nichts gelehrt.

Amaurn hatte nicht die Absicht, bis zu diesem trostlosen, gespenstischen Ort zu gehen. Zur Zeit träfe es bei ihm eine zu empfindliche Saite. Er nahm den steilen Weg nach Norden, verließ ihn aber nach einem kurzen Stück und schlug die Richtung nach dem Sitz der Weisheit ein. Es gab keinen deutlichen Pfad dahin, aber er brauchte keinen, denn er erinnerte sich genau, wie man dorthin kam. Der Berg erhob sich sehr steil über mehrere abgestufte Felswände und nahezu senkrechte Hänge, wo Efeu, Stechginster und Brombeeren wucherten und zähe kleine Bäume – Ebereschen, Haselsträucher, Stechpalmen und Birken – sich stur festhielten und wie es schien allen Widrigkeiten zum Trotz überlebten.

Nach den hiesigen Sagen war der Sitz der Weisheit unbesteigbar, aber in der großen unterirdischen Bibliothek von Gendival hatte der junge Amaurn ein altes Tagebuch entdeckt, das von Iskander, dem Gründer des Schattenbundes, stammte. Unter all den fesselnden Schilderungen, die für einen ehrgeizigen jungen Mann sehr nützliche Auskünfte enthielten, war auch die Beschreibung zweier geheimer Orte in Gendival, an die Iskander zu gehen pflegte, wenn er seine Gedanken sammeln, Pläne schmieden oder einfach nur allein sein wollte. Der eine war eine Höhle, versteckt zwischen den Felsen über dem oberen See. Amaurn hatte sie ein- oder zweimal besucht, sie aber kalt, eng und unerfreulich gefunden. Der andere Rückzugsort jedoch lag dicht unter dem Gipfel des großen Berges, der den Sitz des Schattenbundes überblickte, und lag so nahe, dass Amaurn sich oft wunderte, warum es scheinbar nie jemandem einfiel, dort hinaufzusteigen.

So viele Generationen von Wissenshütern, und nicht eine hat sich darum bemüht zu untersuchen, warum der Berg Sitz der Weisheit genannt wird! Nun, meine Vorgehensweise mag zweifelhaft sein, aber irgendjemand muss den Schattenbund aus seiner Selbstzufriedenheit herausreißen. Wir sollten lernend voranschreiten, anstatt in diesem beschaulichen Nest auf der Stelle zu treten und nichts weiter zu tun, als den Fortschritt anderer Reiche zu verhindern.

Der Aufstieg war keineswegs leicht, besonders für einen, der gebrochene Rippen und nur eine Hand zur Verfügung hatte, aber er war möglich – sofern man genau wusste, wohin man zu treten hatte. Amaurn kletterte stetig aufwärts, hackte dabei mit dem Schwert auf das Gestrüpp ein und schob sich durch Stechginster- und Brombeerdickichte. An den steileren Stellen suchte er sorgfältig nach Gesteinsfurchen, die Händen und Füßen beim Klettern Halt gaben, steckte das Schwert in die Scheide, um die gesunde Hand frei zu haben, und zog sich an den Ästen von Bäumen hinauf. Trotz der Schwierigkeit genoss er den Aufstieg. Nachdem er so lange ununterbrochen im Versammlungssaal gesessen hatte, umgeben von Berichten über Zerstörung und Tod, tat es gut, an die frische Luft zu kommen und eine Zeit lang seine Muskeln anstelle des müden Gehirns zu gebrauchen.

Die Felsen und die Baumstämme fühlten sich angenehm hart und fest an. Die Luft war kühl und brannte auf der

Haut. Er roch die herbstliche Würze, die nach Bergquellen schmeckte und sich mit den Gerüchen des Waldes mischte, von denen einer belebender wirkte als der andere: der holzige Moschusgeruch des Erdreichs und das modernde Laub, der berauschende Duft der Farne und Moose an dunklen, feuchten Plätzen, der würzige Geruch der Stechginsterblüten, die in goldgelben Flecken an der Bergseite leuchteten.

Ein leichter Wind flüsterte in den Bäumen, die Luft war erfüllt von Vogelgezwitscher und dem weniger lieblichen Gezänk der Drosseln, die in Scharen gekommen waren, um sich an den leuchtend roten Beeren der Ebereschen vollzufressen. Die großzügigen Gaben der Natur standen jetzt am Ende der Wachstumszeit für die kommenden kargen Wintermonate überall bereit. Die Pilze reckten haufenweise die hellen Köpfe aus dem Waldboden, an den Baumstämmen sprossen absonderliche Kolonien, von denen manche essbar, andere tödlich giftig waren. Die Brombeeren hingen in dichten Trauben und die Zweige der Haselsträucher bogen sich unter dem Gewicht der Nüsse. Amaurn spürte plötzlich, wie lange sein hastiges Frühstück zurücklag, und füllte sich beim Klettern die Taschen.

Schließlich erreichte der neue Archimandrit mit schmerzenden Gliedern und brennenden Kratzern auf der Haut sein Ziel. Nicht weit unterhalb des steilen Gipfels lag eine kleine abschüssige Wiese, ein überraschend ebenes, grünes Plateau, das sich aus dem schroffen Antlitz des Berges hervorstreckte. Genau in der Mitte stand eine ausladende Eiche von erlesener Gestalt, ein vollkommenes Beispiel ihrer Art. Es war ein zauberhafter Platz, hoch gelegen und abgeschieden, voll starker Klarheit und Frieden. Das ferne Gezwitscher aus dem Wald, das Flüstern des Windes im langen, saftigen Gras und im rotbraunen Eichenlaub waren alles, was man hier hörte.

Amaurn überquerte die Wiese, jeder Schritt auf dem federnden, grünen Teppich ohne Laut. Den Baum umgab eine zeitlose, heitere Ruhe, was für sein sorgenvolles Gemüt ein Trost war. Er näherte sich ehrfürchtig dem Stamm und legte eine Hand darauf, damit sich seine Aura mit der des alten Riesen verband, und spürte den Strom seiner Lebenskräfte prickelnd seinen eigenen Körper durchziehen.

Eine Weile stand er so versunken da, dann nahm er seufzend die Hand fort. Er fand die alte Stelle von damals wieder, wo zwei Wurzeln einen bequemen Rastplatz bildeten und von wo man den unteren See und das Dorf sehen konnte. Amaurn zog das Schwert aus der Scheide und legte die blanke Waffe griffbereit neben sich – eine Angewohnheit aus seiner Zeit als Hauptmann, die sich nicht so leicht abschütteln ließ, aber das wollte er ohnehin nicht. Er lehnte sich zurück und ließ den Frieden des Ortes über sich kommen, damit er seinen Verstand befreite, wie er es schon vor langer Zeit für den Gründer des Schattenbundes getan hatte.

Ich frage mich, wie viele Leute diesen magischen Ort seitdem gefunden haben. Nicht viele, könnte ich schwören. Ich habe keinen weiteren Bericht darüber finden können, aber das ist kaum verwunderlich. Jeder, der ihn findet, möchte ihn für sich allein haben, so wie ich. Aveole war die Einzige, der ich je davon erzählt habe, und wir haben uns geschworen, dass es unser Geheimnis bleibt.

Amaurn aß die Nüsse, Pilze und Beeren, die er beim Klettern gesammelt hatte, dann schob er alles Belastende entschieden beiseite und entspannte sich. Bald merkte er, dass ihm die Augen zufielen, und zufrieden ließ er es geschehen. Hier, in dieser friedfertigen Abgeschiedenheit konnte er sicher sein, dass ihn niemand störte. So dachte er jedenfalls.

So, so! Sieh an, Amaurn kennt diesen Platz.

Die Takur hatte ihn natürlich von jeher gekannt. Die Gestaltwandler, da an den Rand der Gendivaler Gemeinschaft verbannt, kannten jeden Fingerbreit Boden rings um die Siedlung. Vifang war dem aufrührerischen Emporkömmling gefolgt und hatte überrascht gemerkt, welches Ziel dieser Mensch ansteuerte, jedoch hätte er vom Standpunkt eines Meuchelmörders betrachtet kein besseres auswählen können. Amaurn würde, so erschöpft wie er war, nicht Acht geben und ein leichtes Opfer werden. Er wäre dort oben allein und fern von jeder Hilfe. Amaurn – und Vifang lachte grimmig in sich hinein – war sogar so freundlich gewesen, heimlich zu gehen. Hier oben würde ihn in absehbarer Zukunft niemand suchen. Es war unwahrscheinlich, dass die sterblichen Überreste dieses Narren je entdeckt würden. Wenn Syvilda und ihre Anhänger ein wenig nachhalfen und die entsprechenden Gerüchte ausstreuten, könnte der Schattenbund sogar zu dem Schluss kommen, dass der Abtrünnige, nachdem er aus Gründen der Rache die Saat des Unfriedens gesät hatte, erneut verschwunden war, wie er es schon damals getan hatte.

Man stelle sich vor, dass er sich an einen einsamen Ort wie diesen begibt und keinen Leibwächter mitnimmt oder irgendjemandem sagt, wohin er geht! Ein Mann, der so viele Feinde hat, muss verrückt sein, so unbedacht zu handeln.

Es hatte sich gelohnt, auf günstige Umstände zu warten. Es hätte gar nicht besser kommen können.

Der Mensch hatte nicht die leiseste Ahnung, dass ihm jemand gefolgt war. Sich zu verbergen war für einen geübten Gestaltwandler ein Kinderspiel, besonders im Wald. Während sie den Berg erstiegen, verschmolz er mal mit dem einen, mal mit dem anderen Ding, wurde ein Vogel, ein Baumstumpf, ein Schatten im Gras. Jetzt stand da ein neuer Strauch am Rand der Wiese – eine Vogelbeere mit glänzenden dunklen Blättern, die vor dem Steilhang ganz unauffällig wirkte. Von diesem günstigen Punkt aus beobachtete die Takur den Archimandriten mit lebhafter Aufmerksamkeit und wartete darauf, dass er sich entspannte und schläfrig wurde. Welche Gestalt sollte sie für den Angriff wählen? Welche eignete sich am besten, um sein Opfer zu überrumpeln? Sowie Amaurn die Augen geschlossen hatte, sandte seine Mörderin einen vorsichtigen Gedanken in des Mannes schlafenden Verstand und fand die vollkommene Gestalt. In nur einem kurzen Augenblick war die Wandlung vollzogen.

Amaurn verlor sich in einem Traum von seiner Vergangenheit. Er war wieder jung, unschuldig und voll hehrer Anschauungen, frei von Schuld und Zweifeln. Er hatte Aveole auf das Plateau geführt, um ihr diesen magischen Ort zu zeigen, und sie saßen unter dem großen Baum in der warmen Sommersonne. Er hatte den Arm um ihre Schultern gelegt, und sie lehnte sich an ihn, während sie die müßige Unterhaltung von Verliebten führten und über das weit unten liegende Tal schauten.

Plötzlich schien der Traum zu flimmern und blasser zu werden, und als Amaurn die Augen öffnete, hatte sich der honiggelbe Sonnenschein des Sommertags in das braune Gold des Herbstes verwandelt. Aveole war nicht mehr da. Aber was war das? Er sah sie vom Wald her kommen, sie schritt durch das weiche Gras auf ihn zu. Er blinzelte und schüttelte den Kopf, benommen und verwirrt und unsicher, ob er träumte oder wach war. Dann kam ihm die bittere Erkenntnis, dass die glücklichen Zeiten längst vergangen und seine geliebte Aveole tot war. Die Gestalt jedoch kam weiter auf ihn zu und langsam sah er die lange Narbe an der Seite ihres Gesichts. Veldan. Natürlich. Er musste wahrhaftig müde sein, dass er sich so täuschte. Sie war viel früher als erwartet von der Küste zurückgekehrt.

Er begrüßte sie, erhielt aber keine Antwort, und plötzlich beschlich ihn das Gefühl, dass etwas nicht stimmte. Wie war sie hierher gekommen? Woher hatte sie gewusst, wo er zu finden war? Warum blieb sie stumm, ihre Miene so unbewegt? Sie näherte sich gleichmäßig, war fast in Reichweite, und da begriff Amaurn, was verkehrt war, was sein Gespür ihm schon die ganze Zeit über hatte sagen wollen.

Die Narbe saß auf der falschen Seite.

Amaurn ergriff mit der falschen Hand das Schwert und war mit einer flinken Bewegung auf den Beinen, sein Arm holte schon aus, um den tödlichen Schlag zu versetzen, als ihn ein Gedanke erschlaffen ließ.

Bist du sicher?

Wenn er sich irrte, würde Veldan sterben. Es war zu spät, um den Schlag abzubrechen – sein ganzer Körper war schon im Schwung gespannt – aber dieser Augenblick des Zögerns kam ihn teuer zu stehen.

Veldan verschwand vor seinen Augen.

Das Schwert, seines Zieles beraubt, schnitt durch die Luft, ohne auf einen Widerstand zu treffen, und warf ihn aus dem Gleichgewicht. Noch während er sich zu fangen versuchte, packte etwas seine Fußgelenke, umschlang seine Beine, sodass er stolperte, sein Schwert losließ und der Länge nach ins Gras fiel, worauf ihm ein stechender Schmerz durch die Rippen fuhr. Amaurn blickte an sich hinunter und sah eine riesige grüne Schlange; ihr Leib, der dicker als der Arm eines Schwertkämpfers war, wickelte sich um seine Beine.

Ein Gestaltwandler! Wie sehr verfluchte Amaurn seine Sorglosigkeit, dass er allein hierher gekommen war, ohne jemandem zu sagen, wohin er ging. Er hatte alle Wissenshüter, die fliegen konnten, fortgeschickt, um die Schleierwand zu überwachen, und bis ihn jemand zu Fuß erreichen konnte, würde es zu spät sein. Trotzdem ... Amaurn hatte in jüngster Zeit ein, zwei Dinge dazugelernt, wie etwa nicht aus falschem Stolz auf Hilfe zu verzichten. Mit der ganzen Kraft seines Geistes schickte er das Bild seines Aufenthaltsortes an Maskulu samt der verzweifelten Bitte um Beistand.

Die Schlange hatte sich bereits drei- oder viermal um seine Beine gewickelt und arbeitete sich weiter hinauf, wobei sie ihn fester einschnürte. Sie sperrte das Maul auf und zischte, die langen gebogenen Zähne entblößend, und ihre drohenden Augen, die kalt und leer und schwarz wie Obsidian waren, wandten sich keinen Moment lang von ihm ab.

Würgeschlangen waren für gewöhnlich nicht giftig, aber er wollte es nicht darauf ankommen lassen. Er wagte keine auffällige Bewegung, während er im Gras nach dem Schwert tastete. Erleichtert spürte er das Heft in seine Hand gleiten. Er rollte sich herum – die Schlange stieß nach seinem Gesicht, aber da ging das Schwert schon auf sie nieder, in einem Enthauptungsschlag, der ganz lächerlich geriet. Wieder traf der pfeifende Stahl ins Leere. Der Druck um Amaurns Beine löste sich, und ein Habicht stieg aus dem Gras auf, flatterte durch die Zweige der Eiche und verschwand zwischen den Blättern.

Herzhaft fluchend kam Amaurn auf die Beine. Was nun? Wo war das verwünschte Geschöpf? Es konnte überall sein, wie sonstwas aussehen. In welcher Gestalt würde es als nächstes über ihn herfallen? Es dauerte nicht lange, bis er es erfuhr. Vom Rand des Waldes hörte er ein tiefes Knurren – es war laut, drohend und klang seltsam vertraut. Dort unter den Bäumen hervor kam der genaue Doppelgänger von Veldans Feuerdrachenfreund Kazairl.

Na prächtig!

Schon beim ersten Gedanken warf er sich zur Seite. Eine Flamme schoss aus dem Maul seines Angreifers heraus, verfehlte ihn knapp und brannte stattdessen ein großes schwarzes Loch in die Wiese. Als Amaurn sich herumrollte und wieder auf die Beine kam, arbeitete sein Verstand blitzartig. Es hätte keinen Zweck, den Takur in dieser Gestalt anzugreifen. Als Feuerdrache war er schneller, zäher, stärker und besser bewaffnet – *und* er konnte einen Mann aus der Entfernung in Asche verwandeln. Ohne einen zweiten Gedanken darauf zu verschwenden, nahm Amaurn die Beine in die Hand und rannte im Zickzack, um den Flammenstößen zu entgehen, auf die Kante des Plateaus zu, wo es steil abwärts ging. Der Feuerdrache setzte ihm nach, aber von schierer Angst getrieben erreichte Amaurn sein Ziel rechtzeitig. Ohne Zögern sprang er über die Kante und schlitterte den steilen, bewaldeten Hang hinunter.

Auf einer losen Schicht modernden Laubs, Erde und Steinen wurde er ohne sein Zutun abwärts getragen. Er versuchte verzweifelt, nicht das Schwert loszulassen und zu verhindern, dass seine Füße unter ihm wegrutschten, aber er wusste, es war nur eine Frage der Zeit, bis er stürzte. Wären die Bäume nicht gewesen, er hätte ganz sicher das Gleichgewicht verloren, aber so stieß er mit einem kräftigen Stamm nach dem anderen zusammen, was seinen Verletzungen bestimmt nicht gut tat, aber es nahm ihm genug Schwung, dass er sich aufrecht hielt. Von oberhalb hörte er das wütende Gebrüll des Feuerdrachen, dann war es still. Sein Leib war zu groß und plump, um ungehindert zwischen den Bäumen hindurchzupassen, und Amaurn war sich ziemlich sicher, dass das Tier ihn nicht würde einäschern und dabei den Wald in Brand setzen wollen. Ein Feuer im feuchten Herbstwald würde die Wissenshüter darauf bringen, dass oben am Berghang etwas nicht stimmte, und da Kazairl zur Zeit weit weg war, würden die Umstände beim Tod des Archimandriten zu viele Fragen aufwerfen. Ein Gestaltwandler jedoch hatte unzählige Möglichkeiten. Wenn sich die Gestalt des Feuerdrachen als ungeeignet erwies, würde er es mit einer anderen versuchen und dann wieder mit einer anderen, bis er endlich an sein Ziel gelangte.

In welcher Gestalt kommt er als Nächstes?

Amaurn hatte es geschafft, über eine ansehnliche Strecke nicht den Halt zu verlieren und sogar die steilsten Abschnitte zu meiden, aber solches Glück konnte nicht von Dauer sein. Als er einem großen Felsblock ausweichen wollte, der in seiner Bahn lag, landete er mit dem Kopf voran in einem niedrigen Gestrüpp, wo seine Abfahrt ein plötzliches – und dorniges – Ende fand.

Unter großen Schmerzen befreite er sich daraus, ohne auch nur einmal sein Schwert loszulassen. Die Anspannung in Erwartung des nächsten unvorhersehbaren Angriffs war überwältigend.

Wo ist er?

Aus welcher Richtung wird er kommen?

Wie wird er aussehen?

Voller Grimm und so schnell er es eben wagte, setzte Amaurn seinen Weg nach unten fort, wobei er die Dornbüsche nach Möglichkeit umging. Es hatte keinen Sinn, abzuwarten, dass das verdammte Biest wieder zuschlug. Hier auf dem unteren Bergabschnitt war das Gefälle sanfter, und er konnte seine Schritte achtsamer lenken, wenn er auch nicht gerade trödelte. Inzwischen war er davon überzeugt, dass sein Mörder mit ihm spielte. Wie weit würde er ihn kommen lassen, bevor er ihn wieder anspränge?

Nicht weit. In einem Dickicht zu seiner Rechten bewegte sich ein Schatten, gerade noch am Blickfeldrand.

Da bist du also.

Nun drängte sich auf, entweder selbst zum Angriff überzugehen oder sich in eine günstige Verteidigungsstellung zu bringen und mit dem Rücken an einem Baum oder Felsblock auf den Gegner zu warten. Amaurn tat keins von beidem – bei einem Gestaltwandler wäre beides ein tödlicher Fehler. Solange sein Mörder nicht wusste, dass er entdeckt war, hatte Amaurn einen geringen Vorteil auf seiner Seite: die Überraschung. Zähneknirschend ging er weiter, als ob nichts geschehen wäre.

Schnell wie ein Blitz kam der Angriff aus dem Gebüsch. Der Takur gebrauchte endlich seine eigentliche Gestalt. Das dunkle Geschöpf war fast so groß wie ein Mann und hatte einen schattenhaften, fließenden Körper, der flimmernd und mit kaum wahrnehmbarer Schnelligkeit mit dieser und jener Form verschmolz. In der Mitte des Körpers waren viele kleine Augen zu erkennen, die in einem kalten, weißen Glanz strahlten. Er schien auch eine Anzahl biegsamer, langer Glieder zu haben, und Amaurn erkannte entsetzt, dass einige mit gebogenen und schonungslos spitzen Krallen besetzt waren, während andere in langen Klingen endeten, die den messerscharfen Glanz von gewetztem Stahl hatten.

All das nahm er in einem einzigen Schreckensmoment in sich auf – dann war der Takur über ihm. Amaurn jedoch war darauf vorbereitet, und als die schwarzen Fangarme nach ihm griffen, drosch er mit dem Schwert darauf ein, hackte mehrere ab, die sich darauf am Boden wanden, als Waffen aber nutzlos waren. Das Geschöpf fauchte und knurrte vor Schmerz, aber schon wuchsen die scharfen Enden der Glieder nach und brachten neue Klingen und Krallen hervor.

Wieder griff Amaurn die angreifenden Glieder an. Zwar hatte er den Überraschungsvorteil verloren, aber er stellte dankbar fest, dass die Wunden und die Anstrengung, Ersatz wachsen zu lassen, den Gestaltwandler ein wenig verlangsamten. Jedenfalls hoffte er, dass es so war. Auch er ermüdete. Er hatte diesen Kampf schon mit frischen Verletzungen aus dem vorigen begonnen und war gezwungen, mit der falschen Hand zu fechten, wenngleich er in seinen Jahren als Hauptmann Blank sich darin geübt hatte, mit beiden Händen wenigstens geschickt zu sein.

Ob nun rechts- oder linkshändig, Amaurn hatte nur einen Arm und ein Schwert gegen eine Unmenge tödlicher Waffen, die von vielen Gliedern geschwungen wurden. Verzweifelt hackte er in einem fort nach den fuchtelnden Tentakeln, die schlangengleich zustießen, mal hoch, mal niedrig, ihm mal den Bauch aufschlitzen und mal die Augen auskratzen wollten und seinen erlahmenden Muskeln immer größere Verteidigungsanstrengungen abverlangten.

Eine Zeit lang schien es, als wären die beiden Gegner festgefahren – doch es musste sich etwas ändern, und zwar rasch. Der Archimandrit, verletzt und erschöpft wie er war, spürte mit tödlicher Gewissheit, dass ihm die Zeit davonlief. Auch sein Mörder schien einige Not zu haben, und beide wurden merklich langsamer in ihren Schlägen. Aber wer würde zuerst zurückweichen?

Amaurn sah ihn überhaupt nicht kommen. Er wusste erst, dass er getroffen war, als ein eisiger Stoß in die Seite ihn wegtaumeln ließ und ihn eine Woge von Schmerzen überrollte. Er spürte, dass er blutete, die Welt verschwamm vor seinen Augen, und er wurde von Schwindel übermannt. Der Takur nutzte das gnadenlos aus. Die blutbefleckte Klinge, die sich als sein Untergang erwiesen hatte, schwebte über ihm, um noch einmal zuzuschlagen.

All die Jahre, all die finsteren Schachzüge und Opfer, und nun endet es so.

Er musste zugeben, dass darin eine gewisse grausame Gerechtigkeit lag.

Dann tat sich ohne ein Vorzeichen unter seinem Mörder die Erde auf, was diesen in einem Regen aus Erde, Steinen und totem Laub nach rückwärts schleuderte. Ein Baum knickte um und stürzte krachend nieder, dass die Erde bebte. Aus der Tiefe brach Maskulu hervor, ein ungeheures Leibsegment nach dem anderen, mit seinem Panzer, der jede Takurklinge abgleiten ließ, und den eigenen Furcht erregenden Waffen, den zahlreichen Klauen und rasiermesserscharfen Diamantkiefern. Amaurn hatte im Leben noch keinen schöneren Anblick erlebt, aber dieser riesenhafte Kamerad war zwischen den Bäumen im Nachteil. Als der Gestaltwandler flüchtete, wollte er sich an die Verfolgung machen, doch ehe er seinen langen, plumpen Körper gewendet hatte, war die Beute schon verschwunden.

»Bleib hier«, rief Amaurn, als Maskulu Anstalten machte, die Verfolgung aufzunehmen. »Das ist ein Takur – du wirst ihn nicht finden.«

»Ich kann es versuchen.«

»Nein – geh nirgendwohin«, japste der Archimandrit. »Bleibe, wo ich dich sehen kann. Nur so kann ich sicher sein, dass du du bist.«

»Daran hätte ich nicht gedacht«, knurrte Maskulu. »Aber wie können wir einen Meuchelmörder auf freiem Fuß lassen? Er kann überall und jederzeit wieder über dich herfallen. Du könntest tot sein, ehe du weißt, wie dir geschieht.«

»Wem sagst du das«, stöhnte Amaurn. Jede kleine Bewegung brachte ihm betäubende Schmerzen in der Seite. »Komm her. Du musst mich auf dem Rückweg stützen.«

Der Wissenshüter senkte seinen abscheulichen Kopf, um die Wunde in Augenschein zu nehmen. »Soweit ich es beurteilen kann, ist das hauptsächlich eine Fleischwunde. Sie sieht nicht sehr tief aus und hat hoffentlich keinen ernsten Schaden angerichtet.«

»Solange ich nicht verblute, heißt das.«

»Du kannst jedenfalls nicht laufen«, fand Amaurns Gefährte. »Wenn du auf mich klettern kannst, nehme ich dich auf den Rücken – oder vielleicht sollte ich Hilfe holen, damit man dich zur Siedlung zurückträgt.«

Amaurn sah ihn an. »Aber wem kannst du trauen?« Er zog ein Gesicht, halb vor Schmerzen, halb vor Wut über die Gerissenheit, mit der Syvilda an seiner Vernichtung arbeitete. Sie musste dahinter stecken – dessen war er vollkommen sicher. Obwohl sein Meuchelmörder zunächst versagt hatte, bewirkte seine Wandelbarkeit doch, dass Amaurn von Freund wie Feind abgeschnitten war.

Ich will verdammt sein, wenn ich sie hiermit davonkommen lasse!

Ihm wurde jetzt schwindelig, und Arme und Beine fühlten sich ganz kalt an. Er begriff, dass die Schockwirkung einsetzte, aber das letzte, was er sich jetzt leisten durfte, war eine Ohnmacht. »Komm«, sagte er zu Maskulu. »Wir haben keine Zeit zu verlieren. Ich steige auf den umgestürzten

Baum und von da aus auf deinen Rücken. Sobald wir in der Siedlung sind, denken wir über das andere nach, aber wir müssen dort ankommen, solange ich bei Bewusstsein bin.«

Maskulu knurrte besorgt. »Bist du sicher, dass du es schaffen wirst?«

Amaurn dachte an jene Nacht zurück, als er in die Schlucht gestürzt war und es geschafft hatte, mit blutigen Fingern wieder nach oben zu klettern, nur weil er sich der anderen Möglichkeit verweigert hatte. Es war ein Trost zu wissen, dass er noch genügend von dem eisenharten Hauptmann Blank in sich hatte, um auch mit dieser Notlage zurechtzukommen. »Oh, ja«, antwortete er grimmig. »Ich werde es schaffen.«

Kapitel 19

Fallen und Rätsel

»Sie können unmöglich da hinübergelangt sein!« Auf Galverons Gesicht spiegelte sich, von dem pulsierenden Licht bunt beleuchtet, Schrecken. Alestan, der am Rand stand, wo der Gang so plötzlich aufhörte, blickte wieder in den scheinbar bodenlosen Schacht vor ihnen, dann auf die kleine viereckige Plattform in der Mitte, auf der eine Art feinmaschiges Gitter zu liegen schien, und maß den langen Sprung auf die andere Seite, wo der Gang weiterführte. In Wirklichkeit gefiel ihm das nicht mehr als seinem Gefährten, aber das würde er bestimmt nicht zugeben. »Wohin sollten sie sonst gegangen sein?«, fragte er.

Galveron runzelte die Stirn. »Diese Seitenschächte ...«, begann er.

»Galveron, wir haben jedes Gitter an jedem Seitenschacht abgesucht«, erwiderte der Dieb. »Nach dem Dreck zu urteilen und dem Rost daran, hat sie seit Menschengedenken keiner mehr bewegt. Du musst es einsehen. Aliana und Packrat müssen den Schacht überquert haben, wenn sie hier entlanggekommen sind – und wir wissen, dass das richtig ist. Die Essenskrümel überall, die Stellen, wo sich einer erleichtert hat – von wem sollte das sonst stammen?«

Trotz der ständig wechselnden Farbe auf seiner Haut, sah der Hauptmann sehr blass aus, als er die furchtbare Tiefe musterte, aber er schob entschlossen das Kinn vor.

»Du hast Recht«, räumte er ein. »Wir werden hinüberspringen müssen.«

»Du kannst jederzeit hier warten«, schlug Alestan hoffnungsvoll vor. »Ich bin das Herumklettern und Hinüberspringen gewöhnt. Ich gehe voraus und finde die anderen und bringe sie zurück.«

Galveron bedachte ihn mit einem vernichtenden Blick. »Du willst vorauslaufen, zu den anderen aufschließen und mich hier sitzen lassen wie eine alte Jungfer auf der Hochzeit«, widersprach er. »Glaubst du vielleicht, ich bin von gestern?«

»Aber wir müssten doch auf demselben Weg zurückkehren.«

»Ja – aber nur, wenn ihr keinen anderen Weg nach draußen findet.«

Der Dieb fluchte im Stillen. Er vergaß immer wieder, wie scharfsinnig der Hauptmann war.

»Aber wie dem auch sei«, fuhr der Hauptmann fort, »wie denkst du dir das, wenn du allein weitergehst und an eine neue Leiter kommst?«

Alestan starrte ihn wütend an. »Das sieht dir ähnlich, dass du mir das vorhältst!« Mit seinem geschienten Arm in der Schlinge hatte er die Leiter von der ersten Plattform nicht hinabsteigen können, sondern musste warten, bis Galveron mit einem Seil kam. Dann hatte er die Schmach über sich ergehen lassen, daran hinuntergelassen zu werden. Aber so sehr er es verabscheute, das zuzugeben, der Hauptmann hatte Recht. »Also gut.« Er machte eine übertrieben höfliche Geste zum Abgrund hin. »Nach dir.«

Sein Gefährte zögerte. »Meinst du, dass du das mit deinem Arm schaffen kannst?«

»Ich springe mit den Beinen, nicht mit den Armen.«

»Aber wenn du landest, brauchst du die Arme, um das Gleichgewicht zu halten«, hielt Galveron ihm entgegen. »Weißt du, nachdem ich das Seil den ganzen Weg über getragen habe, ist es ein Jammer, dass hier nichts ist, woran man es festmachen kann. Es wäre schön gewesen, wenn wir uns keine Sorgen zu machen bräuchten, ob wir bis ganz nach unten fallen. Aber wenn ich zuerst gehe, kann ich dich wenigstens auffangen und stützen, wenn du landest.«

»Sofern du es nicht vermasselt hast und schon unten liegst«, erwiderte Alestan säuerlich. Die Andeutung, dass ihm der Sprung vielleicht nicht gelingen könnte, verletzte seinen Stolz – und berührte tief im Innern seine Vermutung, dass es wahr sein könnte. »Dann also los«, knurrte er. »Mach schon.«

Galveron stand am Rand, nahm die Länge der beiden Sprünge in sich auf, dann die unzureichende Größe der Plattform in der Mitte – und die Tiefe des Schachtes. Er schluckte schwer, ging ein gutes Stück zurück, drehte sich um, rannte und unternahm einen riesigen, fliegenden Sprung, der mehr Kraft als Anmut bot. Er landete hart und stolperte dabei. Alestan hörte sein Knie knacken, als Galveron auf dem Boden aufkam, und zuckte zusammen. »Geschickt wie ein Schwein auf dem Eis«, rief er, denn bei dem Hauptmann der Gottesschwerter konnte er unmöglich eine so gute Gelegenheit zum Sticheln verstreichen lassen.

Galverons Lippen bewegten sich lautlos, als er sich erhob, und nach seiner Miene zu urteilen, sprach er kein Gebet. Leicht hinkend drehte er sich um und sah Alestan wütend an. »Immerhin habe ich mir nicht den Arm gebrochen.«

Nun war es der Dieb, der finster blickte. Während er üble Verwünschungen über Galverons Abstammung murmelte, schritt er den Gang hinunter, bis er sicher war, dass der Anlauf lang genug war. Er atmete tief durch, sammelte seine Kräfte für den Sprung, beschleunigte leichtfüßig bis zur Absprungstelle und warf sich im richtigen Augenblick in die Luft.

Für einen, der gewohnt war, seinen Weg durch Tiarond über die Dächer zu nehmen, war der Sprung nicht weiter schwierig. Alestan landete sacht, machte ein, zwei Schritte vorwärts, um das Gleichgewicht zu halten, dann drehte er sich zu Galveron um und verbeugte sich. »Wann immer du ein paar Stunden nehmen möchtest, Hauptmann ...«

»Beim nächsten Mal lasse ich dich einfach im Gefängnis«, grummelte Galveron – dann grinste er und klopfte dem Dieb auf die Schulter. »Guter Sprung«, lobte er, und Alestan wollte gerade etwas darauf erwidern, als ein rumpelndes Geräusch unter seinen Füßen herkam. Unwillkürlich sprang er zur Seite, just da eine Flamme durch das Gitter schoss, wo er soeben noch gestanden hatte, und kaum einen Augenblick später schoss eine weitere vor der Nase des Hauptmanns empor.

»Spring«, schrie Alestan. »Jetzt!« Ohne abzuwarten sauste er zum Rand der Plattform und warf sich über den Abgrund. Dem Sprung fehlte es sowohl an Kraft als auch an Anmut, aber er brachte ihn in Sicherheit, ein paar Finger breit hinter die Bodenkante. Sowie er gelandet war, drehte er sich ängstlich nach seinem Gefährten um. Galveron, mit einem verzweifelten Jetzt-oder-nie-Blick, war schon im Sprung begriffen, aber der kurze Anlauf hatte ihn eindeutig gehemmt.

Er schafft es nicht!

Der Dieb schaute voller Entsetzen zu, in der sicheren Erwartung, den Hauptmann gleich in den Tod stürzen zu sehen, aber irgendwie rang sich dieser jenes zusätzliche Quäntchen Anstrengung ab und kam genau am Rand auf, wo der Gang sich fortsetzte. Heftig schwankend warf er sich nach vorn, und Alestan zuckte zusammen, als der Gefährte mit dem Knie, demselben wie beim vorigen Mal, hart auf den Boden prallte. Mit kalkweißem Gesicht und schmerzverzerrter Miene stand Galveron vorsichtig auf und sah den Dieb an. »Wenn ich deine Schwester finde«, sagte er in freundlichem, beinahe beiläufigem Ton, »werde ich ihr den Hals umdrehen.«

Alestan blickte zurück zur Plattform, wo die Flammen wahllos und immer häufiger aufwärts schossen. »Dann stell dich hinten an.«

Sie machten eine Weile Halt, um zu essen, und waren erleichtert, dass dieses ärgerliche Farbenspiel aufgehört hatte, rätselten aber doch, wozu es eigentlich gedient haben sollte. »Ich meine, das könnte eine Art Warnvorrichtung gewesen sein«, schlug Galveron vor. »Vielleicht haben wir, weil wir die bunten Lichter durchquert haben, die Fallen ausgelöst – weißt du, wie bei einer gespannten Armbrust.«

Der Dieb zuckte die Achseln. »Die Erklärung ist so gut wie jede andere – nicht dass es einen Zweck hätte, hier irgendetwas Vernünftiges zu erwarten. Ich meine, wem würde es einfallen, diesen Schacht zu bauen und dann eine Säule hineinzustellen, wo obendrauf Flammen herausschießen? Wenn du mich fragst, waren die Erbauer nicht ganz richtig im Kopf.«

Galveron, damit beschäftig, von seinem Hemdsaum Streifen abzureißen, um sich das Knie zu verbinden, hatte offenbar andere Sorgen. »Ich glaube nicht, dass es je wieder so sein wird wie vorher«, sagte er reumütig und rieb sich behutsam das Anstoß erregende Körperteil. »Wir wollen hoffen, dass wir nicht noch mehr solcher Sprünge vor uns haben.«

»Nimm's leicht«, sagte Alestan. »Vielleicht brauchen wir wirklich nicht mehr zu springen.« Er zögerte. »Andererseits können wir nicht wissen, ob das nächste Hindernis nicht noch viel schlimmer sein wird.«

Eine Zeit lang schien es jedoch, als hätte diese seltsame Höhle unter der Stadt ihnen nichts mehr entgegenzusetzen. Sie wanderten eine Stunde lang weiter durch dieselben gleichförmigen Tunnel, und Alestan war gerade versucht zu glauben, dass die ganze Gefährlichkeit in Langeweile umgeschlagen sei, als Galveron ihn mit ausgestrecktem Arm anhielt. »Warte«, sagte er. »Was ist das?«

Über eine Strecke von mehreren Schritten waren die

Wände mit Platten von einem Fuß Kantenlänge bedeckt, und darauf waren in sehr einfacher Weise Menschen dargestellt, die mit verschiedenen Tätigkeiten beschäftigt waren. Alestan ging näher heran, um sie zu untersuchen. »Myrials Zehen und Fingernägel!«, keuchte er. »Schau – die Bilder bewegen sich!«

Die kleinen Figuren auf den Platten durchliefen eine kurze Abfolge von Handlungen, mit denen sie dann wieder von vorn begannen und die sie immerzu wiederholten. Ein Mann wurde von einem riesigen Fisch verschluckt; derselbe Mann verließ ein Haus auf einem Hügel und winkte einer Frau und weinenden Kindern zum Abschied; jetzt kehrte er zu dem Haus auf dem Hügel zurück, einen Esel am Zügel, der mit Säcken voller Schätzen beladen war; hier befand er sich tief unter der Erde und kämpfte mit einem Drachen; dann stand er drei abscheulichen Riesen gegenüber; hier wieder stand er an Bord eines Schiffes, das gegen ein anderes mit Seeräuberflagge einen verzweifelten Kampf austrug. Die Platten schienen keine bestimmte Ordnung zu haben, alle Unternehmungen des kleinen Mannes wirkten wahllos und hatten nichts miteinander zu tun.

Galveron war von der unglaublichen Wand völlig gefesselt, er schien die Augen nicht abwenden zu können, und auch Alestan hatte dergleichen noch nie gesehen. Vorsichtig streckte er einen Finger aus und berührte eine Platte, neugierig, ob das die Bewegung der Figuren auf irgendeine Weise beeinflussen würde. Er spürte jedoch nichts weiter als die glatte, kühle Oberfläche, während die Handlung des Bildes unter seinem Finger unverändert voranschritt, wie schwimmende Fische unter einer dicken Eisschicht. Nach einer Weile fragte er sich, wozu sie gut sein mochten. Die bewegten Bilder waren erstaunlich, und die Possen des kleinen Helden waren unterhaltsam anzusehen, aber wozu dienten die Platten? Und warum waren sie hier unter der Erde mitten in einen Gang gesetzt?

Alestan schob die Brauen zusammen. Die bewegten Bilder waren nicht zum Vergnügen hierher geschafft worden. Sie mussten einem anderen Zweck dienen. Nach einer Lösung suchend, blickte er den Korridor hinunter.

Dort wo die bebilderte Wand wieder in das glatte blaue Metall überging, wechselte der Boden zu einem karierten Muster von derselben Größe wie die Platten an der Wand. Die Karos waren zumeist weiß, aber in zufälligen Abständen waren blaue eingestreut. Die blauen sahen eingesunken aus, lagen etwa eine Fingerspitze tiefer als die übrigen, und obschon unregelmäßig verteilt, waren sie jeweils einen großen Schritt weit voneinander entfernt. Dieses gekachelte Stück reichte etwa dreißig Schritte weit, dann konnten sie sehen, dass der Boden wieder wie vorher gestaltet war.

Galveron, der noch ganz hingerissen vor den Bildern stand, lachte herzhaft darüber, wie der kleine Mann sich fürs Abendessen einen Vogel aus einem Baum schießen wollte und stattdessen ein Hornissennest traf, worauf er von dem wütenden Schwarm durch den ganzen Wald gejagt wurde. Als Alestan ihn am Ärmel zog, wandte er sich nur widerstrebend ab. Der Dieb verdrehte die Augen zum Himmel.

Vielleicht soll das der Zweck sein. Eine Ablenkung, die uns hier aufhalten und unsere Wachsamkeit senken soll. Dann wird wieder etwas Scheußliches geschehen, so etwas wie die aufschießenden Flammen.

Aber gegenwärtig schien sich nichts Schlimmeres zu ereignen, als dass sich Galveron über die Unterbrechung ärgerte. »Was denn?«, schnauzte er.

Unter großer Beherrschung unterließ es Alestan, ihn daran zu erinnern, warum sie hergekommen waren. Stattdessen zeigte er auf das gekachelte Stück des Ganges. »Was hältst du davon? Mir persönlich gefällt der Anblick gar nicht.«

Galveron runzelte die Stirn. »Du hast Recht. Das sieht sehr verdächtig aus.« Er setzte seinen Rucksack ab und holte einen von den harten, teigigen Blechkuchen heraus. »Bleib zurück«, sagte er leise und mit einer Drehung des Handgelenks schnellte er das Kuchenstück auf die weißen Kacheln.

Aus den Wänden zu beiden Seiten kam zischend etwas herausgeschossen, das sehr nach Blitzstrahlen aussah. Sie sausten kreuz und quer über den Gang, so weit wie das gekachelte Stück reichte. Nach ein paar Augenblicken hörten sie auf, und der Gang sah so harmlos aus wie vorher.

»Das habe ich mir gedacht.« Vorsichtig trat Galveron näher heran. »Es muss eine Falle sein. Es sieht so aus, als müssten wir uns an die blauen Kacheln halten, um sicher hinüberzukommen.«

»Warte.« Alestan zog ihn zurück. »Das ist zu leicht. Das vorige Hindernis sah einfach aus, erinnerst du dich? Und bedenke, was da passiert ist.« Er zog nun auch ein halb gegessenes Kuchenstück aus der Tasche und warf es mit beeindruckender Genauigkeit auf eine blaue Kachel. Galveron sprang fluchend zurück, als die Blitze ein weiteres Mal über den Gang schossen.

Alestan sah ihn neugierig an. »Weißt du, ich bin mir nicht sicher, ob ich dich je fluchen gehört habe, bevor wir hierher gekommen sind.«

Der Hauptmann blickte wütend auf das Anstoß erregende Gangstück. »Hier unten lerne ich schnell. Aber was tun wir jetzt?«

»Du musst lernen, wie ein Dieb zu denken«, sagte Alestan gemein grinsend. »Du wärst verblüfft, was für Fallen, Schlösser und Hindernisse die Leute erfinden, um ihre Habe vor unsereinem zu schützen. Mit der Zeit lernt man, damit fertigzuwerden, oder man verhungert.«

»Oder wird geschnappt.« Galveron klang verärgert.

»Ja, das kommt manchmal vor – aber kaum so oft, wie du gern glauben möchtest«, erwiderte der Dieb.

Hierauf ließ sich Galveron auf dem Boden nieder, lehnte sich an die Wand, legte die Füße auf seinen Rucksack und verschränkte die Arme in höchst aufreizender Weise hinter dem Kopf. »Dann mal los. Wecke mich, wenn du herausgefunden hast, wie man durchkommt.«

Alestan knirschte mit den Zähnen. Dieses verfluchte Gottesschwert! Wenn der Hauptmann doch nur wirklich einschliefe, dann könnte er auf eigene Faust losziehen, wohin er ihm nicht folgen könnte. Bis Galveron die Lösung selbst heraushätte – wenn überhaupt –, wäre er selbst schon über alle Berge und seiner Schwester dicht auf den Fersen.

Und wenn ich einen Augenblick glaubte, dass dieses verfluchte Gottesschwert sich tatsächlich schlafen legt, dann könnte ich wohl die Falle auf einem fliegenden Schwein überwinden.

Alestan tat so, als ob er nicht bemerkte, wie Galveron ihn unter halbgeschlossenen Lidern verstohlen beobachtete, er wandte sich ab und begann das Rätsel zu untersuchen. Weder auf den blauen Kacheln, noch auf den weißen – was dann? Vielleicht eine Art Trittreihenfolge? Aber wenn es so wäre, könnten sie sie unmöglich herausfinden. Sie hatten nicht genug Kuchenstücke oder sonst etwas, um jede einzelne Kachel zu überprüfen, und könnten auch auf die entfernteren nicht genau genug werfen. Unter wütendem Gemurmel begann er auf und ab zu gehen – und kam in Gedanken wieder auf die Bilder an der Wand zurück. Sein Gespür sagte ihm, dass darin die Lösung lag. Aber wie sah sie aus?

Komm schon, Alestan – denk nach! Jeden Moment, den du hier vergeudest, kommt Aliana weiter voran.

In der Zwischenzeit hatte Galveron eindeutig entschieden, dass er Alestan genug geärgert hatte, und hörte auf, sich schlafend zu stellen. Nach ein paar Augenblicken schon stand er vor den elenden Wandkacheln und war sofort wieder völlig gefesselt – was natürlich zur Folge hatte, dass er den Dieb nur noch mehr verärgerte. Alestan ging weiter auf und ab und starrte wütend auf das Gangstück vor ihnen. Es musste eine Lösung geben. Unbedingt!

Fast gleichzeitig hörte er Galveron sagen: »Ich glaube, ich habe die Lösung.«

Alestan fuhr herum. »Was? Du?«

»Nicht schlecht für ein schwerfälliges Gottesschwert, wie?« Sein Grinsen war breit und hämisch. »Vielleicht sind wir euch Dieben ein bisschen öfter einen Schritt voraus, als ihr denkt.«

»Vorausgesetzt, du hast Recht«, sagte Alestan. »Dann rede, wenn du so verdammt klug bist. Wie heißt die Lösung?«

»Sieh her.« Sachte drückte Galveron eine der Wandkacheln mit den Fingerspitzen. Es gab einen leisen Klicklaut und zur Überraschung des Diebes löste sie sich von der Wand. »Siehst du?«, meinte er. »Man kann sie herausnehmen und mitnehmen.«

»Wie außergewöhnlich fesselnd. Wenn du aufgehört hast, mit diesen lächerlichen Dingern herumzuspielen, kannst du mir vielleicht erzählen, wie du vorhast, den Gang zu durchqueren.«

»Aber das ist das Verfahren, um hinüberzugelangen.« Bei Galverons selbstgefälliger Miene zuckten Alestan die Fäuste. »Verstehst du denn nicht? Die bewegten Bilder ergeben eine Geschichte. Jetzt sind sie noch durcheinander, aber wenn wir sie in die richtige Reihenfolge bringen, setzen wir sie hernach in die vertieften blauen Felder auf dem Boden. Wenn ich mich nicht irre, werden die Blitze damit abgeschaltet – oder wir müssen auf die eingesetzten Kacheln treten und kommen so sicher hinüber.«

Alestan sah ihn entrüstet an. »Eine Geschichte? Wir sollen aus diesen blöden Dingern eine Geschichte machen? Hast du den Verstand verloren?«

»Hast du einen besseren Vorschlag?«

»Bei Myrial, ich wünschte, ich hätte einen. Das ist lächerlich! Was im Namen alles Erschaffenen kann am Ende dieses Tunnels sein, dass es die Erbauer bewegt hat, es so ausgefeilt zu beschützen?« Er klang plötzlich nachdenklich. »Es muss etwas richtig Wertvolles sein.«

»In diesem Augenblick befinden sich der Ring der Hierarchin und deine elende Schwester in diesem Gang«, erinnerte ihn Galveron grimmig. »Was mich betrifft, so ist alles andere nebensächlich. Komm, hilf mir, die Kacheln abzunehmen. Wir legen sie auf den Boden und wollen sehen, ob wir sie in die richtige Reihenfolge bringen können.«

Alestan glaubte nur halb, was sein Gefährte sich zurechtgelegt hatte, aber es war auch nicht so, dass er etwas Besseres zu tun gehabt hätte. Als er die Platten abnahm, sah er überrascht, dass sich die Bilder weiter bewegten und der kleine Held seine Taten in einem endlosen Kreislauf wiederholte. Aber wie konnte das angehen? Wodurch bewegten sich die Bilder derartig? Neugierig schaute er auf die Rückseite, aber die war einfach glatt und weiß. Inzwischen fing er an zu begreifen, warum Galveron davon so gefesselt war.

Wie haben sie – wer immer »sie« waren – das herstellen können? Es ist unglaublich!

Galveron hielt zwei Stück in die Höhe. »Hier haben wir den Anfang und das Ende«, sagte er. »Siehst du? Auf dieser verlässt der Mann seine Familie und geht auf Abenteuer, und auf der anderen kommt er mit den gewonnenen Schätzen zurück.«

»Nun, das ist ein Anfang«, sagte Alestan stirnrunzelnd, »aber welche Reihenfolge bekommen die übrigen? Ich meine, wird er von dem Fisch gefressen, bevor er mit dem Drachen kämpft, oder was? Und wie passen die Hornissen hinein?« Er warf die Arme in die Luft. »Wie sollen wir das denn hinkriegen? Das blöde Ding ist doch unmöglich!«

»Nein, nein.« Galveron lief an der Reihe Kacheln entlang, die auf dem Boden lagen. »Lass mal sehen … Er muss bei dem Piratenkampf gewesen sein, ehe das Schiff sank und der Fisch ihn fraß … Und hier sieht man ihn, wie er an Bord geht, diese kommt also vor den anderen ... Und wo er in den Wald läuft – wo die Hornissen sind –, trieft er noch, also nehme ich an, das muss sein, nachdem er dem Fisch entkommen ist und bevor er mit dem Drachen ... Komm, Alestan, hilf mir mal.«

Alestan gab sich geschlagen und machte mit. Schon sah die Reihe nach einer zusammenhängenden Geschichte aus. »Warum kann der Drache nicht vor den Piraten kommen?«, fragte er.

»Weil er den Drachen mit einem großen Sack voller Schätze verlässt.« Galveron zeigte auf das Bild. »Und den hat er auf dem Schiff nicht bei sich.«

»Vielleicht haben die Piraten ihm alles weggenommen?«

»Sei nicht albern. Er hat ihn noch, als er nach Hause kommt. Schau, da hat er ihn auf seinem Esel.«

Alestan biss die Zähne zusammen. »Ich kann die blöde Geschichte nicht leiden.«

»Mir dagegen macht sie Spaß«, erwiderte Galveron lachend.

»Vergisst du nicht, dass Aliana mit jedem Augenblick, den wir hier vergeuden, weiter vorankommt?«

»Nein, tut sie nicht. Bedenke, dass auch sie das Rätsel lösen musste, ehe sie weiterlaufen konnte, und das muss sie anständig Zeit gekostet haben. Am Ende gleicht sich das alles aus – zumindest, wenn wir uns hiermit beeilen, anstatt noch länger zu trödeln.«

»Warte mal.« Alestan bekam einen Schreck. Der dumme Einfall des Hauptmanns ärgerte ihn zwar, war aber immerhin eine Lösung. Jedoch ... »Galveron, ich glaube, es gibt ein Problem.«

Galveron blickte von seinen Kacheln auf. »Was für eines?«

»Tja, Aliana ist vor uns, und wenn sie das Rätsel auf unsere Weise gelöst hat, wenn sie die Geschichte begriffen und die Kacheln in die richtige Reihenfolge gebracht hat ...«

»Ja?«

»Warum sind die Kacheln dann nicht mehr hier auf dem Boden? Warum haben wir sie an der Wand vorgefunden?«

Galverons Gesicht erinnerte ihn an eine weit entfernte Zeit in seiner Kindheit, da er und seine Schwester Geburtstagsgeschenke auspackten und anstelle von Spielzeug ein Kleidungsstück zum Vorschein kam. Dann schob der Hauptmann entschlossen das Kinn vor. »Nein, verflucht. Ich bin sicher, dass ich Recht habe. Ich kann mir zwar nicht vorstellen, wie die Kacheln wieder an die Wand gelangen, aber ich habe nicht vor, mir jetzt darüber Gedanken zu machen.«

»Ich an deiner Stelle täte es«, erwiderte der Dieb. »Denn wenn du Recht hast und ich die Sache richtig sehe, ist die einzige Möglichkeit, wie die verdammten Dinger wieder an die Wand kommen, die, dass jemand hier entlanggeht und sie dort hinsetzt – und wenn jemand anderes hier unten rumläuft, sollten wir lieber vorbereitet sein.«

»Guter Gedanke. Ich bin also darauf gefasst. Wenn einer, der die verdammten Fallen und Rätsel erfunden hat, hier unten herumrennt, wäre ich entzückt, ihn kennen zu lernen«, sagte Galveron grimmig, ehe er sich wieder seinen Kacheln zuwandte.

Achselzuckend schloss Alestan sich ihm an. Wenn es keine andere Möglichkeit gab, konnte er sich genauso gut in die Sache vertiefen. »Sieh mal«, sagte er einen Augenblick später, »der Esel gehört den Riesen, und der Held rennt mit ihm davon, als er sie überlistet. Und da er ihn bei den anderen Abenteuern nicht hat, muss es das letzte sein, bevor er zu Hause anlangt.«

»Gut gemacht!« Galveron klopfte ihm auf die Schulter, und aus irgendeinem Grund war er mit sich lächerlich zufrieden. Vielleicht hatte der Hauptmann am Ende doch Recht gehabt, was den Spaß anging. »Bleibt nur noch der Teil, wo der Mann von einer Hexe gefangen wird, und weil er lauter Brandflecke auf den Kleidern, aber den Sack mit den

Schätzen noch nicht hat, gehört das zwischen den Drachen und die Riesen. Das war's. Wir haben's geschafft.«

Die beiden Männer lachten einander an. »Komm«, sagte Galveron, »wir wollen sie an ihren Platz legen. Dabei merken wir dann, ob ich richtig oder falsch vermutet habe.«

Sie stapelten die Kacheln aufmerksam in der richtigen Reihenfolge. Am Rand der gefährlichen Zone ging Galveron in die Hocke und zuckte zusammen, weil er das Knie so weit beugen musste. »Gib mir die erste«, bat er und streckte eine Hand nach hinten. Alestan reichte ihm die, wo der tapfere kleine Mann seine Familie verließ, um auf Abenteuer zu gehen, und der Hauptmann setzte sie in die erste blaue Vertiefung, wo sie mit einem lauten Knacken einrastete. »Und jetzt gib mir noch so ein Stück von dem Brotzeug, oder wie immer du es nennen willst.«

Alestan kramte in seinem Rucksack und brach seiner Ration etwas ab. »Hoffen wir, dass das nicht zu oft nötig ist, sonst werden wir hier unten verhungern.«

Galveron besah sich das Bruchstück zweifelnd. »Wenn du mich fragst, so ist das die beste Verwendung dafür. Das ist wie Steine kauen.«

»Ich werde Telimon erzählen, was du gesagt hast. Bestimmt liegt ihm etwas an deiner Meinung.«

»Wenn du das tust, lasse ich dich den ganzen Berg allein essen«, drohte der Hauptmann. Er trat ein paar Schritte zurück. »Gut – und jetzt aufgepasst.« Er brach das harte Kuchenstück in zwei Hälften und warf eine wie gehabt auf die weißen Kacheln. Wieder zuckten die Blitze über den Gang und ein scharfer Geruch breitete sich aus. Galveron nickte. »Die Kachel an die richtige Stelle zu setzen entschärft also noch nicht die Falle«, meinte er halb zu sich selbst. »Das dachte ich mir. Versuchen wir es auf die andere Art.« Sorgfältig zielend, warf er das zweite Geschoss auf die Kachel mit dem bewegten Bild.

Nichts geschah, und ein breites, erleichtertes Grinsen

überzog sein Gesicht. »Wie ich gesagt habe. Komm, gib mir die nächste.«

Er trat auf die soeben eingesetzte Platte, musste aber beide Füße daraufstellen, sodass ihm kaum Bewegungsfreiheit blieb. »Das hat keinen Zweck«, murmelte er. Er kehrte auf den sicheren Fußboden zurück, setzte sich hin und zog die Stiefel aus, stopfte die aufgerollten Socken hinein und befestigte sie an seinem Rucksack. »Du wirst mir mit den Platten folgen müssen«, sagte er zu Alestan. »Ich schlage vor, dass du ebenfalls die Schuhe ausziehst.«

»Es geht auch so.« Der Dieb zeigte ihm die leichten, biegsamen Schuhe, die in seinem Gewerbe so notwendig waren. »Bist du jetzt fertig?«, fuhr er sogleich fort. »Ich möchte wirklich gern weitermachen.«

»Dann komm.« Galveron stand auf und straffte die Schultern. »Los geht's.«

Schritt für Schritt ertasteten sie ihren Weg über den gefährlichen Abschnitt des Ganges, peinlich darauf achtend, die Füße nur auf die bebilderten Platten zu setzen, die Galveron soeben abgelegt hatte. Nach jedem Schritt vorwärts reichte Alestan eine weitere von dem Stapel, den er trug, und der Hauptmann ging in die Hocke – auf einem so begrenzten Fleck ein schwieriges Unterfangen – und passte eine in die nächste blaue Vertiefung ein, ehe er sich sehr vorsichtig wieder aufrichtete. Alestan bewunderte seine Kraft. Das ständige Hinhocken und Aufrichten musste für seine Oberschenkelmuskeln eine große Anstrengung sein und was es dem verletzten Knie antat, wagte er gar nicht zu denken. Er selbst hatte es viel leichter. Das Einzige, worauf er Acht geben musste, war, dass er die Platten nicht fallen ließ. Ansonsten musste er Galveron lediglich folgen, weshalb er immer nur mit einem Fuß auf einer Platte zu stehen brauchte – eine Bequemlichkeit, die dem Hauptmann verwehrt war, weil er mit einem nach hinten gestreckten Bein nicht weit genug nach vorn greifen könnte.

Sie kamen nur quälend langsam voran, und der Dieb knirschte längst ungeduldig mit den Zähnen, ehe sie das Ziel erreichten. Endlich aber kamen sie am Ende der Falle an, wo sie zutiefst erleichtert die Füße auf den glatten Metallboden setzten. Galveron streckte sich mächtig aus und rieb sich die Oberschenkel. »Gottseidank ist es vorbei. Ich –«

»Sieh, Galveron, rasch!« Alestan hatte zurückgeschaut und den Beginn der stattfindenden Veränderung bemerkt. Eine nach der anderen sanken die Bildplatten ein wenig tiefer, dann wurden sie blau wie die übrigen, sodass der Boden wieder genau so aussah, wie die beiden Männer ihn zuerst angetroffen hatten. Mit einem Gefühl der Unabwendbarkeit blickte der Dieb auf die Wand, wo sie die bebilderten Platten vorgefunden hatten, und sah die Bilder eines nach dem anderen wieder erscheinen, bis alles so aussah wie vorher. »Also ich will verdammt sein!«, staunte er. »Aber damit ist wenigstens ein Rätsel gelöst.«

»So ist es mir lieber«, sagte Galveron. »Die Vorstellung, dass hier ein Haufen Fremder umherwandert und hinter uns die Fallen wieder aufstellt, hat mir gar nicht gefallen.«

Alestan drehte sich zu seinem Gefährten um. »Sollen wir weitergehen oder brauchst du eine kleine Rast für dein Knie?«

»Nein, lass uns weitergehen. Vielleicht kann ich die Steifheit durch ein bisschen Bewegung wegbringen.« Der Hauptmann schulterte sein Gepäck und schleppte sich entschlossen den Gang hinunter. Alestan folgte ihm mit einem Achselzucken.

Von dem Plattenrätsel war es nicht weit bis zum nächsten Hindernis. Galveron stöhnte, als er es sah. »Ich glaube es nicht! Nicht schon wieder!«

Ein neuer Schacht teilte den Gang. Leise fluchend trat Alestan bis an den Rand, um ihn zu untersuchen – und ihm sank der Mut. »Das Mistding ist doppelt so breit wie der vorige. Und hier gibt es noch nicht mal eine Säule in der

Mitte oder etwas Ähnliches. Es ist einfach eine verdammte Grube, und wir kommen da niemals hinüber!« Wütend schleuderte er seinen Rucksack auf den Boden und setzte sich hin, erschöpft, empört und niedergeschlagen.

Galveron blickte nun ebenfalls über den Rand. »Wenigstens kann man diesmal den Grund sehen, aber das macht keinen Unterschied. Der Schacht ist tief genug, um uns zehnmal umzubringen.« Er ließ sich mit Donnermiene neben den Dieb sinken. »Es läuft einfach alles verkehrt«, klagte er. »Die anderen Hindernisse waren zu umgehen, aber diesmal haben sie uns keine Möglichkeit gelassen.«

»Weißt du was?«, sagte Alestan. »Du hast vollkommen Recht. Es läuft verkehrt – aber nicht so, wie du denkst. Wenn der Abgrund nicht überwindbar wäre, wie kommt es dann, dass Aliana nicht hier ist?«

Galverons Gesicht hellte sich auf. »Gut für Aliana! Ich hätte wissen müssen, dass sie es schafft! Nun, wenn sie es gekonnt hat, dann auch wir.«

Alestan blickte ihn seltsam an. »Ich dachte, du wärest wütend auf sie.«

»Das bin ich«, versicherte Galveron hastig. »Wie kommst du darauf, dass es anders sein könnte?«

Alianas Bruder lachte. »Ich glaube dir«, sagte er. »Aber da bin ich bestimmt der Einzige.«

Der Hauptmann der Gottesschwerter bedachte ihn mit einem zornigen Blick. »Wenn du mit den Albernheiten fertig bist, könntest du mir helfen, einen Weg auf die andere Seite zu finden.«

Während sie überlegten, ob es wieder darauf ankäme, an der richtigen Stelle zu stehen, untersuchten sie eingehend die letzten zwanzig Schritt Gang bis zum Rand. Sie suchten die Wände ab, betasteten das glatte Metall, spähten aufmerksam, bis ihnen die Augen weh taten. Dann untersuchten sie die Wand des Abgrunds, indem sie sich gefährlich weit hineinhängen ließen, und sogar die

Decke darüber, indem sich Alestan auf Galverons Schultern setzte.

Sie fanden nicht das Geringste.

Schließlich schüttelte Galveron den Kopf. »Ich weiß nicht, was wir noch tun sollen«, gab er zu. »Wir können nicht einfach aufgeben, aber mir fällt auch nichts mehr ein.« Er machte ein finsteres Gesicht. »Soll sie doch die Pest holen! Ich habe deiner verdammten Schwester vertraut – ich hätte niemals geglaubt, sie könnte zur Verräterin werden. Aber bei Myrial, wenn das kleine Biest uns schon verraten musste, so wünschte ich, überall, nur nicht hier.«

Das war zuviel für Alestan. »Lass meine Schwester aus dem Spiel«, schrie er. »Du musst dich gerade über Verrat beschweren – was ist denn mit deinem Versprechen, uns zu beschützen? Ihr seid so selbstherrlich, du und diese verfluchte Schlampe von einer Hierarchin, aber bei all eurem Gehabe seid ihr nicht besser als wir! Ihr seid ...«

»STILL!« Galverons Gebrüll kam so unerwartet, dass Alestan zusammenzuckte und schwieg. »Höre«, sagte der Hauptmann. »Hörst du das Wasser rauschen?«

Wie ein Mann beugten sich die beiden über den Abgrund. Knapp unterhalb des Gangbodens zeigten sich vier runde Öffnungen, eine an jeder Wand, und daraus strömte Wasser mit außerordentlicher Geschwindigkeit, sodass sie zusehen konnten, wie sich der Schacht füllte.

Plötzlich fing Galveron an zu lachen. »Gut gemacht, Dieb!«

»Was redest du da?«, fauchte Alestan. Er schäumte noch immer vor Wut und konnte einfach nicht erkennen, was diesen Dickschädel von einem Hauptmann so freute. »Die Grube füllt sich also mit Wasser ... Na und? Was hat das mit mir zu tun?«

»Du hast es ausgelöst – nehme ich an«, antwortete Galveron. »Ich weiß nicht, ob es schon genügt hat, dass du geschrien hast oder ob das Zauberwort in deinem Geschimpfe verborgen war, aber damit hast du das Wasser in Gang gesetzt. Etwas anderes haben wir nicht gemacht. Und wenn es auch ein Zufall gewesen ist, du hast uns aus der Klemme geholfen. Wir brauchen nur zu warten, bis das Becken voll ist, dann schwimmen wir hinüber.«

Alestan blieb der Mund offen stehen. Wenn er nicht so wütend gewesen wäre, die Sache wäre ihm früher klar geworden. »Ich frage mich, wer von den beiden das Schreien übernommen hat, Aliana oder Packrat«, sagte er schließlich.

»Ich kann es mir denken«, erwiderte Galveron trocken. »Ihr seid Zwillinge. Es ist nur natürlich, dass ihr euch in der gleichen Lage ähnlich benehmt.«

Die Grube füllte sich rasch. Das Wasser würde die Öffnungen bald erreicht haben und sie könnten hinüberschwimmen. Dann ergab sich eine neue Schwierigkeit. Alestan hielt seinen verbundenen Arm in die Höhe. »Was ist damit? Für dich ist das alles gut und schön, aber ...«

»Tja«, meinte Galveron nachdenklich, »du kannst auf alle Fälle hier warten, bis ich –«

»*Nein!*«

Der Hauptmann zuckte die Achseln. »Komisch, vorher bei der Feuersäule schienst du das für einen guten Einfall zu halten, aber da war der Stiefel noch am anderen Fuß. Ich könnte ja herausstellen, dass du jetzt ganz schön dumm daständest, wenn du allein weitergegangen wärst – vorausgesetzt, du hättest es je geschafft, das Bilderrätsel zu lösen.«

»Also gut«, schnauzte der Dieb. »Einen Punkt für dich.«

»Kannst du überhaupt schwimmen?«, fragte Galveron gespannt. »Ich meine ...«

»Du meinst, eingedenk meiner Herkunft?« Alestan sah ihn drohend an. »Tatsächlich kann ich es, wenn ich auch seit langer Zeit nicht mehr geschwommen bin. Wir wurden nicht im Labyrinth geboren, Alinana und ich. Unser Vater war ein Händler, er hat all sein Geld verloren und sich umgebracht, als wir neun Jahre alt waren. Unsere Mutter war schon tot, darum mussten wir danach für uns selbst sorgen.«

Galveron wandte den Blick ab. »Das tut mir Leid«, sagte er. »Das habe ich nicht gewusst.«

»Warum?«, erwiderte Alestan herausfordernd. »Hättest du uns dann etwa anders behandelt?«

»Wenn du schwimmen kannst, kannst du dich auch treiben lassen«, sagte der Hauptmann, plötzlich den Gesprächsgegenstand wechselnd. »Ich werde dich ziehen. Das wird ganz gut gehen.«

Sie verstauten ihre Kleider im Rucksack und banden die Schuhe außen fest. Dann befestigten sie das Seil an den Rucksäcken und schlangen das andere Ende Alestan um die Taille. Sie wollten das Gepäck zurücklassen und es herüberziehen, sobald sie auf der anderen Seite wären. Das Kniffligste war, den Dieb ins Wasser zu bekommen, aber Galveron ging als Erster und stützte ihn ab, während Alestan sich über die Kante gleiten ließ, dann hielt er ihm den Kopf über Wasser, bis der Dieb ruhig auf dem Wasser lag. Das Wasser war nicht allzu unangenehm, kalt zwar, aber nicht eisig. Sich der Tiefe nur allzu bewusst, fiel es Alestan schwer, sich zu entspannen, was aber, wie er wusste, notwendig war, ebenso dem Mann zu vertrauen, der ihn schleppte. Schließlich gelang es ihm, sich abzulenken, indem er sich vorstellte, was er seiner Schwester alles an den Kopf werfen würde, sobald er sie eingeholt hätte.

Die Überquerung war nicht allzu schwierig – besonders im Vergleich zu den vorigen Hindernissen. Auf der anderen Seite angekommen, klammerte sich Alestan mit dem gesunden Arm an die Kante und trat Wasser, während Galveron mehrere Versuche unternahm, sich hochzuziehen, was nur mit sehr viel Spritzen und Fluchen gelang. Sobald er auf dem Trocknen war, zog er Alestan heraus, dann ruhte er sich aus – immerhin hatte er beim Schwimmen die ganze Arbeit geleistet –, ehe sie die Rucksäcke auf ihre Seite zogen.

Das Wasser war bis zu einem gewissen Maße eingedrungen, aber als Ausrüstung der Gottesschwerter bestanden sie aus gewachstem Segeltuch, und der Inhalt war doch recht trocken geblieben. Alestan dachte an seine Schwester, die gezwungen war, triefend nass weiterzulaufen, während ihr die Kleider am Leib klebten. Jetzt, wo er daran dachte, sah er auch die kleine Pfütze und die feuchten Fußspuren. Ein Lächeln kroch über sein Gesicht.

Das wird sie lehren, sich wie ein Hohlkopf zu benehmen und hier unten rumzurennen.

Galveron musste in eine ähnliche Richtung gedacht haben. »Arme Aliana«, sagte er. »Sie kann sich jetzt nicht sehr wohl fühlen.«

Alestan verdrehte die Augen zum Himmel, verkniff sich aber eine Bemerkung. »Wenigstens hat Packrat zur Abwechslung mal ein Bad genommen«, war alles was er dazu sagte.

»Den hatte ich ganz vergessen«, antwortete der Hauptmann. »Du meinst, er kann schwimmen?«

»Er ist auf den Abfallhaufen groß geworden, und du weißt, wie die jedes Frühjahr überflutet werden. Die Kinder, die bis dahin nicht schwimmen können, überleben nicht.«

»Guter Myrial«, sagte Galveron leise. »Mir scheint, es gibt eine Menge Dinge, die ich über euresgleichen nicht weiß, Alestan. Es tut mir Leid. Ich glaube, wir haben sehr voreilig geurteilt und uns ein falsches Bild von euch gemacht. Stehlen ist natürlich trotzdem falsch«, fügte er rasch hinzu, »aber eigentlich verkehrt ist, dass junge Menschen wie du und Packrat zu diesem Leben gezwungen sind. Wenn es uns je gelingt, die Stadt wieder aufzubauen, müssen wir an unseren Kindern besser handeln.«

Alestan starrte ihn an.

Bewundernswert! Wir können nicht einmal sicher sein, die nächsten paar Tage zu überleben, und er redet davon, die Stadt wieder aufzubauen. Vielleicht hat Aliana doch Recht. Er würde einen viel besseren Anführer abgeben als Gilarra.

Sie schulterten ihr Gepäck und machten sich wieder auf den Weg, beide in nachdenkliches Schweigen versunken.

Kapitel 20

Der Neuankömmling

Je mehr sich Kalt dem Sitz des Schattenbundes näherte, desto froher war er, eine Begleitung zu haben. Nach seinem Kampf mit den Ungeheuern – den Ak'Zahar, wie sie anscheinend hießen – war er von der Phönix zu einem Unterschlupf gebracht und geheißen worden, mit Scall und dem Gefangenen zu warten, bis jemand käme und ihn sicher zur Siedlung brächte. Sie könne es nicht selbst tun, hatte sie gesagt, weil sie gebraucht würde, um die Schleierwand zu überwachen, aber sie hatte ihm versichert, dass er nicht lange warten müsste. Der Überbringer wusste sehr wohl, dass dieser erstaunliche Vogel sich weniger um sein Wohlergehen sorgte, als vielmehr darum, dass er nicht unbeobachtet durch Gendival wanderte. Aber er war mehr als zufrieden mit dieser Regelung. Obwohl Grimm ihn gewarnt hatte, dass er auf einige sehr eigentümlich aussehende Geschöpfe stoßen werde, so hatte ihn die Erscheinung eines großen goldenen Vogels, der sich mittels Gedankenübertragung unterhalten konnte und darüber hinaus beim Fliegen einen Feuerschweif hinter sich herzog, reichlich erschüttert, und er fragte sich schon, was der Tag sonst noch Bestürzendes für ihn bereit hielt.

Er hatte immerhin halb gewusst, was ihn erwartete. Der arme Scall dagegen sah fürchterlich verängstigt aus. Kalt hätte ihn gern losgebunden, bis der neue Wächter erschien, aber er wagte es nicht, für den Fall, dass der Junge davonzurennen gedachte. Der Überbringer hatte hier nicht gerade einen verheißungsvollen Anfang gehabt, da er zufällig drei von den fliegenden Scheusalen in die Schleierwand eingeschleust und ein viertes absichtlich als Gefangenen mitgeführt hatte.

Im Unterschlupf nun hatte er versucht, sich bei dem Jungen zu entschuldigen und ihm zu erklären, warum er ihn hergebracht hatte, aber Scall hatte sich geweigert zu antworten und seinen Entführer nur hasserfüllt angesehen. Zuletzt hatte Kalt den Versuch aufgegeben und sich stattdessen darauf verlegt, es dem armen Jungen bequemer zu machen, als er von draußen jemanden rufen hörte – sowohl mit lauter Stimme als auch mittels Gedankensprache, und zu seiner Erleichterung hörte sich dieser Jemand sehr menschlich an.

Sein neuer Begleiter war ein junger Mann von mittlerer Größe mit schulterlangem blonden Haar und einem fröhlichen Gesicht. Er ritt einen lebhaften Braunen mit drei weißen Fesseln und einer weißen Blesse. Auf dem Rücken trug er eine ihm unbekannte, verwirrend aussehende Waffe mit dem Schaft einer Armbrust an einem Gebilde aus Metall und Glas, welches in eine lange, glänzende Röhre aus einem seltsamen Stoff auslief. Kalt dachte an Scalls geheimnisvolle Fundstücke und erkannte, dass er die Gegenstände an den rechten Ort gebracht hatte.

Der junge Mann stellte sich als Wissenshüter Kher vor. »Es wird mir ein Vergnügen sein, euch nach Gendival zu bringen«, sagte er zu dem Überbringer. »Um die Wahrheit zu sagen, wurde es langsam recht langweilig, die Schleierwand zu bewachen. Ich bin froh, dass ich einen Grund habe, für eine Weile ins Dorf zurückzukehren.«

Als der junge Mann vom Pferd gestiegen war, stellte sich heraus, dass er sehr ausgeprägt hinkte. Er zog einen Stock hervor, der in einer Schlinge am Sattel festgemacht war, und stützte sich darauf, als er den Unterschlupf betrat. Als er das Ungeheuer sah, das gefesselt in einer Ecke vor sich hin stank, riss er die Augen auf. (Der Überbringer hatte es höchst widerstrebend hereingebracht, da er fürchtete, dessen Kameraden könnten es draußen entdecken und retten – oder fressen wollen.)

»Also stimmt es, was Vaure erzählt hat!«, sagte Kher. »Als sie meinte, du habest einen lebenden Ak'Zahar bei dir, dachte ich, sie wollte mich veralbern.«

Kalt seufzte kläglich. »Da ich nun mal einen lebend gefangen hatte, dachte ich, er könnte für den Schattenbund von Nutzen sein – vielleicht um ihre entscheidende Schwäche herauszufinden –, aber Vaure schien zu glauben, dass das nicht gut ankommen wird. Ich hoffe, es bringt mir nicht zu viel Ärger ein.«

Kher runzelte die Stirn. »Um ehrlich zu sein, ich weiß nicht, wie es aufgenommen wird. Wenn Cergorn noch Archimandrit wäre, würde ich mir gar nicht ausmalen wollen, in welchen Schwierigkeiten du jetzt stecktest. Da der Anführer aber gewechselt hat – tja, da kann man's nicht wissen. Amaurn ist für die meisten Wissenshüter noch eine unbekannte Größe, besonders für uns Jüngere. Schwer zu sagen, wie er sich dazu stellen wird. Aber ich wäre nicht sonderlich überrascht, wenn er an deinem Einfall Gefallen fände.« Er grinste Kalt an. »Wollen wir's hoffen, wie? Du siehst mir wie einer aus, den wir gerade jetzt im Schattenbund gut gebrauchen könnten.«

Als Nächstes richtete er seine Aufmerksamkeit auf Scall, der auf einem Bett lag. »Und wer ist das?«

Kalt wollte gerade antworten, aber der Junge kam ihm zuvor. »Ich heiße Scall und war bei den Rotten untergekommen – bis dieser Schuft mich entführt hat.«

»Mir blieb nichts anderes übrig«, widersprach der Überbringer. »Dieser Junge hat ein paar sehr fesselnde Gegenstände unter der Stadt Tiarond gefunden, und der neue Archimandrit hat uns befohlen, ihn hierher zu bringen, wie mein Lehrer Grimm gesagt hat. Er ist ein Wissenshüter und ein alter Freund von Amaurn gewesen.« Wieder drohte ihn der Schmerz zu überwältigen, als er den Namen seines Lehrers erwähnte. »Mit seinem letzten Atemzug wies er mich an, seinen Auftrag zu Ende zu führen und Scall hierher zu bringen, und so habe ich es getan.«

Er sah das Mitgefühl in Khers Miene. »Ich kenne keinen Wissenshüter mit diesem Namen, aber es tut mir Leid, dass du einen Freund verloren hast, und du hast Recht daran getan, seinen Wunsch auszuführen. Aber wie kam es, dass er starb?«

»Er wurde ermordet.« Kalts Stimme wurde streng. »Von einem seiner Gefährten.« Er zeigte auf Scall. »Der Mann ist mit dem Messer auf den Jungen losgegangen und Grimm kam ihm in die Quere.«

»Ich kann nichts dafür«, rief Scall. »Ich konnte doch nicht –«

»Genug!«, sagte Kher unerwartet scharf und blickte zwischen den beiden hin und her. »Scall, hör mir gut zu. Du befindest dich jetzt auf der anderen Seite der Schleierwand, und du kannst nur auf Sicherheit hoffen, wenn du bei uns bleibst. Hast du verstanden?«

Scall nickte.

»Gut. Nun kannst du den Ritt entweder quer über den Sattel gebunden hinter dich bringen oder wir können dich losmachen und du reitest, wie es sich gehört – sofern du versprichst, dass du friedlich mitkommst und uns keinen Ärger machst. Wie soll es geschehen?«

Scall zögerte. »Ich verspreche es«, sagte er schließlich schmollend.

»Ein vernünftiger Junge«, fand Kher. »Nun werde ich dich losbinden, und du wirst mit uns zur Siedlung reiten. Wenn unser Anführer herausgefunden hat, was er von dir erfahren muss, wird er dich, da bin ich sicher, dahin zurückschicken, wohin du gehörst. In Ordnung?«

Das Gesicht des Jungen hellte sich auf. »Wird er das?«

Kher klopfte ihm mitten beim Losbinden auf die Schulter. »Ich kann dir nichts versprechen, aber ich sehe auch keinen Grund, warum er das nicht tun sollte, besonders wenn ihm deine Auskünfte von Nutzen sind. Auf diese Weise steht es wenigstens gut für dich, dass du durch die Schleierwand zurückkehrst. Aber allein würdest du es keinesfalls schaffen. Wenn keiner von uns dabei ist, der sie für dich öffnet, sitzt du hier für immer fest.«

Scall nickte. »Ich verstehe.« Er sah Kalt wütend an. »Warum konntest du mir das nicht einfach sagen, anstatt mich zu fesseln und mir eine Todesangst einzujagen? Und das nachdem ich dir das Leben gerettet habe, als das Scheusal dich angegriffen hat.«

»Ich bin zutiefst zerknirscht, Scall. Aber wenn du dich erinnerst: da blieb keine Zeit für Erklärungen, als wir geflohen sind«, stellte der Überbringer heraus. »Und wärst du denn überhaupt mitgekommen? Mal ehrlich?«

Scall errötete und schlug die Augen nieder. »Wahrscheinlich nicht«, murmelte er.

»Lasst uns aufbrechen«, unterbrach Kher ihre Aussprache. »Wir haben ein gutes Stück zu reiten, und da diese verdammten Ak'Zahar vielleicht frei herumfliegen, will ich vor Sonnenuntergang ankommen.«

Der junge Wissenshüter erwies sich als guter, fröhlicher Reisegefährte. Er war zweifellos gesprächig veranlagt – wie der Überbringer bald merkte –, aber das unbeschwerte Geplauder lenkte Kalt von Grimms Tod ab, und was er zu erzählen hatte, war sehr aufschlussreich. Sogar Scall, der anfangs absichtlich Abstand zu den beiden gehalten hatte, drängte bald näher heran, um zu hören, was ihr neuer Bekannter zu sagen hatte, und der trotzige Ausdruck verschwand aus seinem Gesicht.

Kher berichtete, wie sein Bein verwundet wurde, als er in einem anderen Reich einen Auftrag erledigte, und dass er zur Genesung heimgeschickt worden war. »Auf einem Pferd mache ich mich schon ganz gut«, meinte er gut gelaunt zu Kalt, »aber beim Gehen hinke ich noch ganz furchtbar. Ich bin im Wolkengebirge von Yetis angegriffen worden, und einer hat mir hübsch gründlich das Bein zerfleischt, ehe mein Partner die Horde zurückschlagen konnte.«

»Was sind – wie hast du sie genannt? Jeti?«, fragte Kalt neugierig.

»Stell dir eine Kreuzung aus einem Affen und einem Bären vor, und …«

»Was ist ein Affe? Die gibt es nicht, da wo ich herkomme.«

Kher seufzte. »Macht nichts. Yetis sind sehr groß, sehr zottig und hellgrau oder weiß. Sie leben oberhalb der Schneegrenze, wo das Futter so rar ist, dass sie alles jagen, was sich bewegt. Als sie noch reichlich Platz da oben hatten, waren sie ganz zufrieden, aber seit die Schleierwand zerfällt, zieht sich die Schneegrenze immer weiter zurück, und nun kommen sie von den Gipfeln herab und rauben die Brutplätze der Engel aus …«

»Was sind Engel?«

Der Wissenshüter warf hilflos die Arme in die Luft. »Tut mir Leid, ich vergesse immer wieder, dass du gerade erst angekommen bist und nichts weißt. Weil Vaure sagte, dass du die Gedankensprache beherrschst, dachte ich, du seist auch ein Wissenshüter. Doch ich würde mir darüber nicht den Kopf zerbrechen. Wenn du vor ein paar Tagen angekommen wärst, als Cergorn noch am Ruder war, sähe die Geschichte ganz anders aus, aber da jetzt Amaurn Archimandrit ist, haben sich auch die Bestimmungen geändert. Ich weiß ganz sicher, dass er gerade jetzt dringend kräftige und gesunde Wissenshüter braucht, und es geht das Gerücht, dass er vorhat, die jetzigen Schüler durch die Ausbildung zu jagen und gleich ins Feld zu schicken. So ergibt sich viel Platz für neue Anwärter wie dich. Ich denke mal, Amaurn wird dich mit offenen Armen empfangen.«

»Das hoffe ich«, sagte der Überbringer leidenschaftlich. »Grimm hat gesagt, dass er Amaurn bitten wollte, mich zu nehmen, aber jetzt wo er tot ist ...«

»Du vermisst ihn wirklich sehr, nicht wahr?«

Kalt schluckte mühsam. »Mehr als ich sagen kann. Ich hatte keine Familie mehr, seit ich zum Überbringer bestimmt wurde, und er war wie ein Vater für mich.«

Kher runzelte leicht die Stirn. »Was ist ein Überbringer eigentlich? Der Ausdruck ist mir fremd.«

Kalt merkte, wie ihm die Hitze ins Gesicht stieg. »Das wird dir furchtbar urtümlich und roh erscheinen«, begann er, »aber es ist so ...« Er brauchte sich jedoch keine Sorgen zu machen, denn Kher begegnete ihm teilnahmsvoll anstatt spöttisch, und während sie ins Gespräch vertieft weiterritten, erkannte der Überbringer, was er all die Jahre vermisst hatte, die er ohne einen gleichaltrigen Freund hatte zubringen müssen.

»Das ist mal eine nette Abwechslung, muss ich sagen.« Toulac stand mit Veldan im Bug des Fährboots und sah dankbar zu, wie das Flussufer an ihnen vorbeizog. »Es ist Jahre her, dass ich auf einem Boot gewesen bin. Ich hatte schon vergessen, wie schön es ist, dahinzugleiten, anstatt laufen oder reiten zu müssen.«

Sie hatten auf dem Rückweg gute Fahrt gemacht und waren rechtzeitig zum Frühstück im Hafen von Neymis angekommen. Im Gasthaus aßen dann alle wie hungrige Wölfe, besonders aber Toulac und Zavahl, und der Fischmarkt am Kai war für die hungrigen Dobarchu-Flüchtlinge geleert worden, die ihre erste Bekanntschaft mit einem Leben an Bord wirklich sehr befremdlich fanden. Sofort nach dem Essen bedankten sie sich bei Arnond und Rowen, nahmen Abschied und stiegen für die Fahrt flussaufwärts auf das Fährboot um. Bis dahin war die Reise ereignislos verlaufen, obwohl Veldan und Elion beinahe über Bord gefallen wären, als sie Meglyn und Chalas dabei helfen wollten, das Boot durch die Engen zu staken, wo die Strömung am schnellsten war. Das Schwierigste war aber nun vorbei, der Fluss hatte sich wieder verbreitert, und das hohe Segel hatte die Arbeit übernommen. Bald würden sie zurück in der Schattenbundsiedlung sein.

»Wie lange wird es noch dauern, bis wir da sind?«, fragte die alte Kriegerin.

»Nicht mehr lange. Eine Stunde, vielleicht ein bisschen länger, bis zum Handelsposten, dann noch einmal so lange bis zur Siedlung.«

Toulac sah sie scharf an. »Und hast du vor, den ganzen Rückweg zu warten, bevor du mir sagst, was dich beschäftigt, oder sollen wir das jetzt hinter uns bringen?«

Veldan errötete, und ihre Narbe stach weiß gegen ihre rosige Gesichtshaut ab. Sie öffnete den Mund, schloss ihn wieder und seufzte. »Ist es wirklich so offensichtlich?«

»Also ich will es mal so ausdrücken – du solltest nicht um Geld Karten spielen.« Dann wurde Toulac ernst. »Nun mal raus damit, Mädelchen, was ist los? Du und Elion, ihr wart die ganze Zeit ziemlich wortkarg, was Neuigkeiten aus der Schattenbundsiedlung betrifft. Macht euch dieser Anführer immer noch Ärger?«

Es folgte eine Pause. Dann redete Veldan plötzlich, und dabei schien sie die Betrachtung des vorbeigleitenden Ufers sehr fesselnd zu finden. »Du hast Recht. Du musst es früher oder später sowieso erfahren – aber ich warne dich, es wird dir nicht gefallen.«

Die Söldnerin zuckte die Achseln. »In meinem Leben hat es eine Menge Dinge gegeben, die mir nicht gefallen haben. Ich werd's überleben. Nun spuck schon aus.«

Veldan drehte sich zu ihr um und sah sie an. »Ist dir Hauptmann Blank wirklich so sehr verhasst?«

»Was hat der denn damit zu tun? Fange nicht einfach von etwas anderem an, Veldan.«

»Tue ich nicht.« Sie betrachtete ihre Hände. »Toulac, Hauptmann Blank ist viel mehr, als du glaubst. Bevor er nach Callisiora kam, lebte er hier in Gendival, und er war ein Wissenshüter wie ich.«

»*Was?*« Toulac traute ihren Ohren nicht. »Dieser Hurensohn stammt von hier?«

»Ja. Es hat ihm nicht gepasst, wie Cergorn seiner Aufgabe nachging –«

»Ich hätte nie geglaubt, dass ich das mal sagen würde, aber darin bin ich seiner Meinung«, schnaubte die Söldnerin.

Veldan überging die Unterbrechung. »Und so führte er einen Aufstand an, der misslang. Dann ließ ihn der Archimandrit vor Gericht stellen und zum Tode verurteilen, aber mit Hilfe meiner Mutter konnte er fliehen. Die folgenden Jahre über versteckte er sich in Tiarond und wartete auf die Gelegenheit, zurückzukehren und ...«

Toulac starrte ihre junge Freundin entsetzt an. »Myrial fährt die Gosse runter! *Bitte* erzähl mir nicht, dass der Bastard wieder da ist!«

»Ich fürchte, doch. Er hat Cergorn besiegt und ist Archimandrit geworden und ... wir haben ihm dabei geholfen, Elion, Kaz und ich«, schloss sie aufsässig.

»*Was* habt ihr getan?« Der Zorn schoss Toulac wie Feuer durch die Adern.

»Ich habe ihm geholfen«, antwortete Veldan und klang schon ruhiger, da die Wahrheit jetzt heraus war. »Er war es, der dir Rettung geschickt hat, wo Cergorn keinen Finger rühren wollte. Cergorn hat nicht geglaubt, dass Zavahl den Geist des Drachensehers in sich trägt, darum fand er, dass ihr beide keinen Wert hättet. Amaurn – das ist Blanks eigentlicher Name – will das Wissen des Schattenbundes nutzen, um den leidenden Völkern zu helfen. Er hat mir gesagt, nachdem Cergorn ihm alles genommen habe, was ihm etwas bedeutete, habe er in Callisiora gelernt, mitleidlos zu handeln, damit er am Ende nach Gendival zurückkehren und sein Leben wiedergewinnen könne. Er will wiedergutmachen, was er als Hauptmann Blank getan hat und ...«

»Und diese Lügen hast du tatsächlich geglaubt? Wo hattest du deinen Verstand? Im Hintern? Er ist ein Ungeheuer, du dummes Mädchen – ein gewissenloser, unbarmherziger, kaltblütiger Mörder.«

»Das weiß ich, verdammt!«, schrie Veldan, aber dann wurde sie wieder ruhig. »Ich weiß, dass er so war, und ich weiß auch, dass sich Menschen nicht über Nacht ändern und dass er jederzeit wieder ins Alte zurückfallen kann. Aber ich glaube nicht, dass er immer so gewesen ist. Er hat in Gendival viele Unterstützer, und die können nicht alle dumm sein. Er war der Freund meiner Mutter, und sie konnte man nicht so leicht täuschen. Und ich sage dir hier und jetzt, dass er im Augenblick der Beste ist, den wir als Archimandriten haben können. Du kennst die inneren Angelegenheiten des Schattenbundes nicht, Toulac. Gerade jetzt brauchen wir unbedingt einen starken Anführer, einen, der sich nicht fürchtet, ein Wagnis einzugehen. Das ist für uns die einzige Hoffnung. Du ahnst nichts von dem schieren Ausmaß und der Vielschichtigkeit dieser Welt und nichts von dem hereinbrechenden Unglück, das alle trifft, wenn nicht etwas getan wird, das den Zusammenbruch verhindert ...«

»Schon möglich, Mädchen«, schnauzte Toulac, »aber ich weiß verdammt gut, wann ich einen üblen Burschen vor mir habe. Solange er mich meiner Wege ziehen lässt, will ich nichts damit zu tun haben.«

»Was, abhauen?«, keuchte Veldan. »Aber, Toulac ...«

»Auf gar keinen Fall bleibe ich, wo dieser Bastard ist, und nichts, was du anführen könntest, kann meine Meinung ändern. Er hat damals in Callisiora mein Leben zunichte gemacht, als er sich der Frauen unter den Gottesschwertern entledigt hat. Er soll nicht die Gelegenheit bekommen, das noch einmal zu tun. Und wo wir gerade davon sprechen, ihr solltet besser ein Wort mit Zavahl reden. Blank hat ihn auf den Scheiterhaufen geschickt – schon vergessen? Mag sein, dass ich nichts über die inneren Angelegenheiten des Schattenbundes weiß, aber du weißt nichts über die inneren Angelegenheiten von Callisiora. Blank hat die Stellung des Hierarchen jahrelang untergraben. Hast du dir mal überlegt, wie sich der arme Kerl fühlt, wenn er herausfindet, dass der Mann, der ihm ans Leben wollte, jetzt hier in der Siedlung die Verantwortung hat?«

»Elion spricht gerade mit ihm«, sagte Veldan kühl. »Da du sowieso weg willst, was kümmert's dich?«

»Er könnte mit mir gehen wollen«, sagte Toulac.

»Und Ailie verlassen? Das bezweifle ich doch sehr. Nein, Toulac, diesmal bist du auf dich allein gestellt. Bestimmt kann jemand abgestellt werden, um dich wieder durch die Schleierwand zu bringen. Du solltest jedoch kurz bedenken, welche Möglichkeiten dir entgehen, wenn du dich deinen Vorurteilen hingibst. Amaurn wäre mehr als froh, dich in den Schattenbund aufzunehmen – ganz im Gegensatz zu Cergorn.« Und damit drehte sie sich um und ließ Toulac stehen.

Unten in der Kabine des Fährboots fuhr Zavahl das Entsetzen in die Glieder. »Er kann nicht hier sein …«, flüsterte er. »Das kann nicht wahr sein!« Verflucht, das war nicht gerecht. Er hatte in den vergangenen Tagen so viel durchgestanden – in den vergangenen *Jahren* – und endlich hatte es so ausgesehen, als würde sich sein Leben zum Besseren wandeln. Der Dämon in seinem Kopf, vor dem er zuerst so furchtbare Angst gehabt hatte, war doch kein böser Geist, wie sich herausgestellt hatte, sondern gehörte einem alten und weisen Volk an. Aethon war klug und ein angenehmer Gesellschafter und nahm insofern große Rücksicht, als er sich nicht in die Gedanken seines Gastgebers drängte.

Was Zavahl an handwerklichen Dingen von Toulac gelernt hatte, gab ihm die Hoffnung, er könnte in diesem neuen, fremden Land von Nutzen sein, und Cergorn, der ihn in Gendival nicht hatte haben wollen, war nicht mehr an der Macht. Da war das Gasthaus und Ailie, die neben ihm auf dem Bett saß und seine Hand hielt, als wollte sie sie nie wieder loslassen. Des Weiteren glaubte er, dass zwischen ihm und Elion eine zaghafte Freundschaft begann. Und nun, wo es aussah, als würde alles besser werden, und er zu hoffen wagte, dass er ein neues Leben anfangen könnte, erzählte ihm der Wissenshüter diese schreckliche Neuigkeit und all seine Hoffnungen und Pläne waren mit einem Schlag zunichte.

Zavahl spürte Wut in sich aufkeimen. »Er soll verdammt sein – er hat mir alles genommen, wollte mir sogar das Leben nehmen. Ich werde nicht zulassen, dass er das noch einmal tut!«

Elions Gesicht überzog ein breites Grinsen. »Prima, Zavahl! Tritt ihm mutig gegenüber! Du hast unser aller Unterstützung, das verspreche ich. Amaurn wird auf mich und Veldan hören – besonders auf Veldan. Seine Stellung ist noch nicht so gefestigt, dass er sich erlauben kann, seine Unterstützer zu verlieren.«

»Es nützt ihm gar nichts, wenn er auch die Hilfe der Dörfler verliert«, warf Ailie heftig ein. »Wir tun viel für die Wissenshüter – die meisten wären sogar verloren, wenn wir uns nicht um sie kümmerten – und wir können eine Menge tun, um es ihnen ungemütlich zu machen, falls wir herausgefordert werden.«

»Ganz zu schweigen von mir.« Die Stimme des Drachen hallte sacht durch Zavahls Geist. »Ich erinnere mich, wie dieser Hauptmann Blank gehandelt hat, als er dich gefangennahm, und auch ich hätte fast das Leben verloren, als er dich auf den Scheiterhaufen brachte. Er wird von mir keinerlei Unterstützung erhalten, bis sein Sinneswandel verbürgt ist und er an uns beiden seine früheren Untaten wiedergutgemacht hat.«

Zavahl war von der allseitigen Unterstützung so gerührt, dass er fast weinte. Er dachte daran zurück, wie er gewesen war, als er Callisiora verließ: erschöpft, eingeschüchtert, entsetzt und niedergeschlagen. Vieles hatte sich in sehr kurzer Zeit geändert, und wenn er auch sein Selbstvertrauen nicht über Nacht zurückgewinnen würde, so wusste er doch, dass er einen guten Anfang gemacht hatte und auf dem Weg zu einem neuen, erfüllteren Leben war. Beschämt erinnerte er sich daran, wie er sich zuerst Veldan und Toulac gegenüber verhalten hatte, den beiden bemerkenswerten Frauen, die ihm das Leben gerettet und diese Zukunft eröffnet hatten. Wie hatte er sie zuerst gefürchtet und verabscheut! Wie grausam war er bei ihrer ersten Begegnung zu Veldan gewesen. Er schuldete den beiden Dank und sollte sie um Verzeihung bitten.

Plötzlich bemerkte er die Stille um sich und die erwartungsvollen Gesichter von Ailie und Elion. »Nun?«, fragte der Wissenshüter.

»Meine Angst vor Amaurn soll mich nicht von hier vertreiben«, sagte Zavahl entschlossen. »Ich werde ihm gegenübertreten und bleiben. Ich bin viel zu lange ein Sklave meiner Angst und meines Hasses gewesen. Ich weiß jetzt, wo ich hingehöre, und fühle, dass ich wahrhaftig zu Hause angekommen bin.«

Mit einem Schrei des Entzückens schlang Ailie die Arme um seinen Hals. Elion lachte. »Ich bin stolz auf dich, mein Freund«, sagte er. »Und da das nun erledigt ist, lasse ich euch beide allein.« In der Tür blieb er noch einmal stehen. »Da Amaurn von Callisiora heimgekehrt ist, glaube ich wirklich, dass er versucht, einen anderen Weg zu beschreiten, Zavahl.

Ich glaube nicht, dass du diesmal etwas von ihm zu befürchten hast.«

Vielleicht – aber wird er umgekehrt etwas von mir zu befürchten haben?

Der Gedanke verblüffte Zavahl, aber er behielt ihn für sich. Nur Aethon hatte ihn gehört – und der Drache dachte sich still sein Teil.

»Warum muss sie so stur sein?« Veldan kochte vor Wut.

Elion schüttelte den Kopf. »Ich weiß es nicht – aber das ist nur das halbe Dilemma. In einem hat sie Recht: wir können nicht wissen, wie es war, unter Blanks Herrschaft in Callisiora zu leben. Er hat selbst zugegeben, dass er zahlreiche Dinge getan hat, auf die er nicht stolz ist. Vielleicht wären wir selbst auch weniger versöhnlich, wenn wir dort gelebt hätten und wüssten, dass wir und unsere Lieben in seiner Hand sind.«

»Aber das waren wir nicht – ich meine, sie waren nicht in seiner Hand«, widersprach Veldan. »Blank war nur das Oberhaupt der Gottesschwerter. In Wirklichkeit hatte Zavahl die Verantwortung. Es ist schön und gut, dass er jetzt das Opfer spielt und sagt, dass Blank ihn betrogen, seine Macht untergraben und ihn fast getötet hat, aber er war der Herrscher. Dann sollte die Verantwortung letztlich bei ihm liegen.«

»Hüte dich, zu viele Entschuldigungen für Amaurn anzubringen, Boss«, warnte der Feuerdrache. »Es stimmt, wenn du sagst, dass Zavahl sich nicht aus der Verantwortung stehlen kann, aber er war kein strenger Herrscher, wie es scheint, und wir wissen alle, wer wirklich am Ruder saß. Und wenn Toulacs Groll persönliche Gründe hat, wie sie sagt, dann ist es gleich, wer die Stadt eigentlich regiert hat und wer nicht. Persönlicher Groll ist etwas anderes.«

»Das ist wahr«, sagte Veldan seufzend. »Aber sie ist meine

Freundin, und ich kann es nicht ertragen, dass sie so kurz davor stand, in den Schattenbund aufgenommen zu werden, und im letzten Moment sollte nichts daraus werden. Es wäre schrecklich, wenn wir ihre Erinnerung daran auslöschen und sie dahin zurückschicken müssten, wo sie herkommt. Außerdem würde ich sie wirklich vermissen – selbst wenn sie so dickköpfig ist, dass ich sie am liebsten erwürgen möchte.«

»Mir würde die alte Streitaxt auch fehlen«, stimmte Kaz zu.

»Mir auch«, gestand Elion. »Obwohl sie mich immer Kleiner nennt.«

»Also, es hat keinen Zweck, wenn wir Veldan schicken, um mit ihr zu reden«, bemerkte der Feuerdrache. »Es hat beim ersten Mal nicht geklappt, und sie brauchen beide ein wenig Zeit, um sich abzuregen. Wir haben noch ein kurzes Wegstück vor uns. Wir beide können sie bearbeiten, Elion, solange wir noch auf dem Fluss sind, aber wir müssen wirklich feinfühlig vorgehen ...«

»Feinfühlig? Du?«, platzte Elion lachend heraus.

Kaz starrte ihn wütend an, bleckte seine großen Zähne und schlug mit dem Schwanz – wobei er fast den Mast umknickte. »Kommt dir das komisch vor?«

»Mir? Nein, überhaupt nicht«, sagte Elion hastig mit beiden Händen abwehrend, während er langsam zurückwich. Er hörte Veldan hinter sich kichern. »Ich halte das für einen prächtigen Einfall. Wir werden so feinfühlig sein, wie wir irgend können.«

Der Feuerdrache gab sich mit einem letzten fiesen Blick zufrieden. »Richtig«, sagte er. »Darauf kommt es an. Willst du als Erster zu der sturen alten Kuh gehen? Oder soll ich?«

Veldan hatte sich etwas beruhigt und überließ die Sache den beiden. Sie glaubte, dass nicht einmal Toulac einem entschlossenen Angriff dieser beiden lange standhalten würde.

Sie schlenderte zum Heck und plauderte eine Weile mit Meglyn, wusste aber, dass sie den Kapitän beim Steuern eigentlich nicht ablenken durfte. Dann lehnte sie sich an die Reling und betrachtete den sich ständig verändernden Fluss, die Bäume und Wiesen. Fast döste sie nach den vergangenen schlaflosen Nächten ein und ließ ihre Gedanken eine Zeit lang bereitwillig treiben, um die Gelegenheit zum Entspannen ausgiebig zu nutzen.

Dann sprach Amaurn sie an und weckte sie ganz unmissverständlich auf. Knapp berichtete er von dem Anschlag auf sein Leben durch den Takur und warnte sie, auf der Hut zu sein, wenn sie in die Siedlung zurückkehrte. »Ich möchte nicht, dass der Gestaltwandler einen von euch umbringt und dessen Gestalt übernimmt«, sagte er. »Es nützt aber nichts, Zavahl und Toulac, auf die Gefahr vorzubereiten, sie würden das gar nicht begreifen«, fügte er noch hinzu, »sorge aber dafür, dass Elion und dein Feuerdrachenfreund davon erfahren.«

»Soll ich Ailie warnen?«, fragte Veldan. »Sie weiß über die Takuru Bescheid und könnte immerhin ein Auge auf die beiden anderen haben.«

»Nein, tu das nicht. Ich will auf keinen Fall, dass das im Augenblick weiter bekannt wird. Maskulu hat mich in seine Behausung gebracht, weil sie sicher und abgeschieden ist. Der restliche Schattenbund soll nicht erfahren, dass ich verletzt wurde, ehe Kyrre, die auf dem Weg hierher ist, mich wieder zusammengeflickt hat. Erst dann habe ich Aussichten, Licht in die Sache zu bringen. Ihr drei Wissenshüter kommt sofort zu Maskulus Behausung, sobald ihr eingetroffen seid, dann spreche ich mit euch – aber sagt niemandem, wohin ihr geht.«

»Verstanden. Ach, übrigens, sagtest du, dass Kyrre bei dir war? Ich habe gute Neuigkeiten, die du ihr vielleicht ausrichten möchtest. Ich habe vergessen, das zu erwähnen. Toulac und Zavahl sind, ehe wir sie fanden, auf eine kleine

Gruppe Dobarchu-Flüchtlinge getroffen. Mrainil, ihr Wissenshüter, hat sie nach Gendival gebracht, um Schutz zu suchen. Er glaubt, dass sie die letzten ihres Volkes sind.«

»Sie sind uns natürlich willkommen«, sagte Amaurn. »Unsere Meere sind nicht so gastlich wie die warmen Gewässer, die sie gewohnt sind, aber wir werden alles tun, damit sie sich hier einleben können. Bringst du sie mit?«

»Ja. Ich hielt das für das Beste. Sie befinden sich mit uns auf dem Boot. Es wird ein Schlag für Kyrre sein, dass nur noch so wenige von ihnen übrig sind, aber andererseits ist es eine wunderbare Neuigkeit, dass überhaupt welche überlebt haben. Sag ihr, dass Mrainil später mit ihr sprechen will, wenn wir näher an die Siedlung herangekommen sind. Er reicht mit seiner Gedankensprache zur Zeit nicht sehr weit, weil er noch zu erschöpft ist. Er hat eine weite Reise hinter sich und seine Leute durch viele Gefahren gebracht, ganz zu schweigen von den Schleierwänden, die zwischen ihren Inseln und Gendival liegen.«

»Sie sind alle sehr tapfer«, antwortete Amaurn. »Du kannst sie beruhigen, dass sie jetzt in Sicherheit sind. Der Schattenbund wird gut für sie sorgen.«

»Da wir gerade von Tapferkeit sprechen, geht es dir gut? Wirklich?« Veldan merkte ihm an, dass er Schmerzen vor ihr abschirmte. Ihr fiel kein Grund ein, warum ihr das wichtig sein sollte, aber irgendwie mochte sie die Vorstellung nicht, dass er verwundet war und dabei gezwungen, sich in Maskulus ungemütlichen Tunneln zu verstecken.

»Ich werd's überleben«, meinte er. »Beeilt euch, Veldan. Ich brauche euch hier. Ihr seid fast die einzigen Leute auf der Welt, denen ich vertraue.«

Und damit war er fort. Zurück blieb eine sehr überraschte Wissenshüterin, die auf den Fluss hinausschaute.

Kapitel 21

Die letzte Falle

Helverien hätte niemals geglaubt, dass sie des Redens so schnell müde werden würde. Sie wusste kaum, ob sie über diese Ironie lachen oder weinen sollte. Sie hatte Äonen voll Einsamkeit in der verzweifelten Sehnsucht nach Gesellschaft zugebracht – und nun, wo sie sie hatte, wollte sie nichts weiter als ein bisschen Ruhe und die Gelegenheit, mit ihren Gedanken eine Weile allein zu sein. Nicht dass dieser Windgeist keine angenehme Gesellschaft wäre, sagte sie sich eilig. Endlos hatten sie das Vergangene, wie sie es sah, erörtert, und auch das gegenwärtige Geschehen, soweit Thirishri es kannte, und jeder hatte dem, was der andere zu sagen hatte, große Beachtung geschenkt.

Zu dumm, dass wir über die Zukunft nicht sprechen können. Solange wir nicht von hier fortkommen, wird es für uns keine Zukunft geben, und auf Grund der Beschaffenheit dieses Ortes können wir nichts anderes tun als reden. Das ist für uns beide hart, denn es liegt in unserem Wesen, dass wir handeln und in den Lauf der Dinge eingreifen wollen. Diese erzwungene Untätigkeit ist außerordentlich ärgerlich, und wir müssen sehr darauf achten, unseren Ärger nicht aneinander auszulassen.

Nach einiger Zeit stellte sich heraus, dass der Windgeist ähnlich empfand wie sie. Sie verfielen beide in Schweigen, jede hing den eigenen Gedanken nach und war in die

Betrachtung der Landschaft, der graugrünen Haine unter dem immerfort strahlenden Himmel und des pfauenblauen Meeres versunken.

Könnten wir nicht versuchen, es für eine Weile Nacht werden zu lassen?, fragte Thirishri schließlich. *Ich könnte mir vorstellen, wenn wir beide unseren Kopf anstrengen, können wir es zu ein paar Sternen bringen, vielleicht sogar zu einem Mond. Das ist eine sehr schöne Gegend, die du hier geschaffen hast, aber du musst zugeben, ein wenig Veränderung wäre nett.*

Die Zauberin spürte Ärger in sich aufwallen. »Manche Leute sind nie zufrieden! Meinst du, du könntest es besser? Ich möchte dich mal sehen, wie du eine Landschaft von solcher Vielfalt erschaffst.«

Dann sollte ich es vielleicht tun, entgegnete Thirishri. *Ich sollte vielleicht eine andere Stelle in diesem Nichts auswählen und ein paar Berge machen – nur zur Abwechslung.*

»Dann los, Windgeist«, sagte Helverien herausfordernd. »Wir wollen sehen, wie gut du wirklich bist.« Mit einem Mal genoss sie dieses zänkische Geplänkel ungemein. Ein Wettbewerb brächte zweifellos einen neuen Reiz in ihr Leben.

Also gut. Ich wer- Mitten im Satz brach Thirishri ab. *Habe ich mir das eingebildet oder hast du auch eben etwas gespürt?*

Helverien nickte, während die Aufregung wie ein Lauffeuer durch sie hindurchging. »Da war eine Schwankung im Gefüge dieses Ortes – fast als hätte sich irgendwo eine Tür geöffnet.« Sie blickte auf das Funkeln und Schimmern in der Luft, wo sich der Windgeist befand. »Als du hier ankamst, habe ich etwas sehr Ähnliches gespürt.«

Es folgte ein stiller Moment, wo keine von beiden es wagte, ihre Hoffnung auszusprechen. Dann endlich redete Thirishri. *Glaubst du, jemand versucht uns zu befreien?*

Die Zauberin schüttelte den Kopf. »Das bezweifle ich. Das würden wir doch sicherlich ganz anders merken? Ich glaube eher, dass noch jemand zu uns gesteckt wurde.« Sie seufzte. »Also wirklich. Da hat man für Millionen Jahre keinen einzigen Besuch, und dann kommt plötzlich ein ganzer Haufen auf einmal.«

Galveron und Alestan waren seit dem Durchschwimmen der Wasserfalle so lange gelaufen, dass auch die letzte Feuchte aus ihren Kleidern verdunstet war. Sie hatten gerastet und gegessen und dann ihren Weg fortgesetzt, stur – oder hoffnungsvoll – bis zum letzten. Früher oder später müssten sie Aliana und ihren Gefährten doch einholen? Sie würden nicht ewig so weitermachen können. Da sie nun langsam daran gewöhnt waren, mit Fallen umzugehen, hatten sie die nächste im Handumdrehen überwunden – ein entzückendes Zusammenspiel aus einem halben Dutzend sich drehender Klingen, die in gestaffelten Abständen aus der Wand sausten, und Bündeln langer Spieße, die aus kleinen Löchern aus dem Boden aufschossen und wieder verschwanden. Obwohl die Sache hinterhältig aussah, entdeckten sie doch, dass die einmal in Gang gesetzten Waffen sich nach einem immergleichen Muster bewegten. Die beiden Männer brauchten also nur herauszufinden, wann sie zu rennen, stehenzubleiben oder sich zu ducken hatten. Freilich musste das sehr genau befolgt werden. Für Irrtümer gab es keinerlei Spielraum, und als sie auf der anderen Seite angelangt waren, meinten sie, dass ihnen die Haare darüber völlig ergraut sein mussten – aber nichts dergleichen war geschehen, und beide waren unverletzt.

Bei so viel Erfolg begannen sie großspurig zu werden. Bald redeten sie selbstgewiss davon, Aliana einzuholen – bei schweigendem Einverständnis, nicht zu erwähnen, was sie dann mit ihr tun würden. In den gleichförmigen Gängen ließ man leicht die Achtsamkeit sinken. Abgesehen von den gelegentlichen Fallen – und davor gab es immer eine Warnung – blieb der Weg, den sie entlangzogen, immer gleich, von den plötzlichen Biegungen und verschieden langen Strecken, wo der Gang aufwärts oder abwärts führte, einmal abgesehen. Darum waren sie völlig unvorbereitet, als sie um eine Ecke bogen und in einer Sackgasse standen.

»Was zum…« Ohne nachzudenken schritt Alestan auf die Wand zu, um sie zu untersuchen. Galveron stieß einen Warnschrei aus, aber zu spät. Am Ende des Ganges fiel der Boden unter Alestan weg und riss ihn mit sich.

Galveron warf sich am Rand des Lochs auf Hände und Knie. »Alestan? Alestan!«

»Alles bestens.« Die Stimme des Diebes hallte herauf. Einen Augenblick später hörte Galveron ein eigentümliches metallisches Quietschen und spürte einen Luftzug. Das Bodenstück stieg hoheitsvoll aus der Tiefe auf, mit einem bleichen, aber grinsenden Alestan an Bord. »Spring auf – rasch!«, rief er. »Das Ding bringt uns auf die nächste Ebene.«

Galveron erkannte darin einen Verwandten der Vorrichtung im Tempel, die sie auf die erste Plattform gebracht hatte. Schon als er auf das bewegliche Bodenstück zulief, begann es wieder zu sinken. Er fand sich in einem Schacht mit den gleichen glatten Metallwänden wieder – und einem Boden, der so schnell fiel, dass er meinte, sein Magen käme nicht recht mit. Diese Vorrichtung bewegte sich viel schneller und tiefer als ihr Gegenstück. Plötzlich verschwand eine Wand. Der Boden machte einen Ruck, bremste und setzte hart auf. Alestan, der des Gleichgewichts wegen breitbeinig dastand, schaute auf Galveron herab und lachte. »Komm, lass uns aussteigen – es sei denn du möchtest den ganzen Tag hoch und runter fahren.«

Galveron wollte ganz entschieden nicht länger als unbedingt nötig in diesem Gerät stecken. Er kam schleunigst auf die Füße und sprang auf einen netten standfesten Fußboden, gerade als der andere aufzusteigen begann und oberhalb der Decke des kleinen Raumes, in dem sie jetzt standen, außer Sicht geriet. Er kam nicht noch einmal herab.

Hauptmann und Dieb tauschten einen besorgten Blick. »Sieht so aus, als würde das Ding sich nur bewegen, wenn einer draufsteht«, sagte Alestan. »Die übrige Zeit wartet es oben im Schacht.«

Galveron zog die Stirn kraus. »Das ist ja gut und schön, aber was tun wir, wenn wir umkehren wollen? Wie sollen wir es herunterbringen?«

»Wer weiß?« Alestans Schulterzucken war beredt.

Nachdem sie sich vergewissert hatten, dass es kein offensichtliches Mittel gab, um den fahrenden Boden zu rufen – eine Aufgabe, die bei den völlig glatten Wänden kaum Zeit in Anspruch nahm –, beschlossen sie, sich dieser Frage später zu widmen. Schließlich mochte es irgendwo vor ihnen einen anderen Ausgang geben – wenigstens behauptete das der ewig zuversichtliche Alestan. Galveron seufzte und behielt seine Gedanken für sich.

Es gab zwei Gänge, die aus der Kammer führten, sie befanden sich einander gegenüber. Die rechte Öffnung führte auf einen weiteren Gang, der von den bisherigen nicht zu unterscheiden war. Der zweite Gang zur Linken jedoch sah vollkommen anders aus, wie das Innere einer Röhre, die, vom Fußboden abgesehen, kreisrund war. Die Wände waren glatt, warm und gaben unter der Berührung nach, was Galveron an menschliche Haut denken ließ. Auf eine absonderliche Weise fühlten sie sich schrecklich lebendig an. Und das wechselnde Licht in der Röhre erinnerte ihn an den bunt beleuchteten Gang, durch den sie vor vielen Stunden gelaufen waren, kurz bevor sie auf die erste Falle trafen. Sie strahlte in weichen, dunstigen Farben von Violett nach Blau, Grün, Gelb und Rot, und der Wechsel geschah im Takt eines schlagenden Herzens.

Vor diesem seltsamen Weg schreckten die beiden Männer einmütig zurück. Sie blickten sich an. »Mir scheint«, begann Alestan vorsichtig, »das könnte eine neuerliche Falle sein oder auch ein Dutzend. Wir sind schon einmal durch buntes Licht gelaufen, ehe die Hindernisse anfingen.«

Galveron nickte. »Es leuchtet ein, dass der Gang, dem wir folgen sollten, demjenigen gleicht, den wir soeben hinter uns gelassen haben ... Meinst du nicht auch?«

»So gut wie sicher.«

»Und würdest du meinen, dass deine Schwester ähnlich gedacht hat?«

Alestan nickte. »Bis vor ein paar Tagen konnte man da noch ziemlich sicher sein.« Er runzelte die Stirn. »Wir haben immer gleich gedacht. Jetzt weiß ich nicht mehr, was sie denkt.«

»Macht nichts«, sagte Galveron. »Wir kommen auch so zurecht. Vorwärts.«

Mit unziemlicher Hast verließen die beiden Männer den verstörenden Tunnel mit seinem beunruhigenden Leuchten und der unheimlichen Ähnlichkeit mit lebendiger Haut, und eilten den vertrauten Weg in dem anderen Gang entlang, der eine Zeit lang schnurgerade verlief und dann scharf nach links abbog. Aber auch hier waren sie vor Überraschungen nicht gefeit, und Galveron zog klirrend sein Schwert aus der Scheide. In einiger Entfernung kamen zwei Gestalten auf sie zu, die eine etwas kleiner als die andere, und es waren eindeutig nicht Packrat und Aliana.

Galveron blieb stehen, und die ferne Gestalt blieb ebenfalls stehen, die andere zog ein Schwert. Dabei dämmerte ihm die Wahrheit. Er machte einige Schritte vorwärts und fing an zu lachen. Der Dieb an seiner Seite stieß einen empörten Schrei aus. »Wir sind aber auch zwei Trottel! Lassen uns von unserem eigenen Spiegelbild ins Bockshorn jagen!«

Auch Galveron kam sich einfältig vor. »Ich glaube nicht, dass wir das jemandem erzählen müssen, oder? Wahrscheinlich endet der Gang wieder vor einer Wand, nur dass sie diesmal ein Spiegel ist.«

»Es könnte auch wieder eine Falle sein«, stellte Alestan heraus. »Ich weiß nicht, wie's mit dir steht, aber ich habe aus dem vorigen Mal eine Lehre gezogen. Lass uns hingehen und nachsehen – aber langsam.«

Vorsichtig rückten sie vor und hielten ein scharfes Auge auf Veränderungen an Wänden, Fußboden und Decke, auf einen Wechsel in der Farbe, im Belag, sie horchten sogar auf Änderungen im Klang ihrer Schritte, die ihnen eine Falle anzeigen mochten. Aber da war nichts. Der Gang verlief gleichförmig, bis sie an der Spiegelwand ankamen.

Der Hauptmann betrachtete sich darin. Es war kein einnehmender Anblick. Er war abgezehrt und unrasiert, die Augen eingesunken, die halb verheilte Narbe verbesserte sein Aussehen kein bisschen, und was er am Leibe trug, war völlig verknittert, nachdem er seine Kleider vor dem Schwimmen in den Rucksack gestopft hatte.

»Komm, Galveron«, drängte Alestan. »Du bist nicht hier, um dich zu bewundern. Gibt es einen Durchgang, was meinst du? Oder müssen wir umkehren und den anderen Weg nehmen?«

Allein der Gedanke an den merkwürdigen Tunnel ließ Galveron sofort tätig werden. »Das werden wir gleich sehen«, sagte er und fing an, gegen die Wand zu drücken, sodass er überall Abdrücke seiner Hände hinterließ.

Plötzlich hörten sie hinter sich ein Geräusch wie von einer Schere und fuhren herum. Eine zweite Spiegelwand glitt aus der Decke herab und schnitt ihnen den Rückweg ab. Galveron erlebte eine gewaltige Verwirrung der Sinne, sodass ihm schwindelte – und dann verschwand die Umgebung und alles wurde schwarz.

So ist das also, wenn man tot ist? Ich habe mich oft gefragt, wie es sich anfühlt.

Angesichts der Umstände blieb Aliana unnatürlich ruhig. Ihr war, als schwebte sie in einem dunklen, stillen Nichts und ob sie ihren Körper noch hatte, wusste sie nicht. Sie meinte, sie müsste eigentlich entsetzliche Angst empfinden, stattdessen dämpfte sie der Eindruck völliger Unwirklichkeit – vermutlich die Wirkung der Überrumpelung. Sie nahm an, dass dieser herrliche, traumartige Zustand nicht allzu lange dauern würde, darum beschloss sie, ihn zu genießen. Falls das Totsein aber immer so blieb, dann hätte sie noch den Rest der Ewigkeit, um Angst zu haben und verrückt zu werden.

War Packrat auch umgekommen? War sie mit ihm zusammen hier? Sie wollte ihn rufen, brachte aber keinen Ton heraus.

Wenn er tot ist, bin allein ich daran schuld.

Ihre segensreiche Taubheit wurde von Schmerz angegriffen. Nur weil sie es nicht gewagt hatte, umzukehren und sich Galveron und Gilarra zu stellen, ehe der Ring sicher versteckt war, war sie immer weiter gelaufen, obwohl Packrat lautstark darum gebeten hatte. Sie hatte sie beide immer weiter durch die Gänge in den Berg geführt und eine Falle nach der anderen unschädlich gemacht.

Alle bis auf diese letzte offenbar.

Was ist uns überhaupt zugestoßen?

Sie erinnerte sich an zusammenhanglose Einzelheiten, an eine glänzende silberne Fläche zum Beispiel, dann hatte sie sich plötzlich hier wiedergefunden. Wo immer dieses *Hier* war.

Sie fragte sich, was aus ihrem Bruder geworden war, und wurde von Trauer fast zerrissen, weil sie ihn nie wieder sehen würde. War er noch im Gefängnis? Oder hatte man ihn freigelassen? Würde er herausfinden, wohin sie gegangen war? Würde er in dieselbe Falle gehen? Hätte sie also auch seinen Tod auf dem Gewissen? Würde Galveron ihr unter die Stadt folgen, um den Ring zu bekommen? Würde er ihn ihrem toten Körper entreißen und Gilarra zurückgeben? Wenn ja, dann hätte sie Packrat – und sich selbst – sinnlos zu Tode gebracht. Noch schlimmer war, dass auch Galveron ums Leben kommen könnte. Die Last ihrer Reue erdrückte Aliana. Bisher, während ihrer Zeit mit den Grauen Geistern, war es ihr immer gelungen, den Folgen ihres hitzigen Verhaltens zu entkommen. Zu spät erkannte sie, dass sie nur davongekommen war, weil sie sich in vertrauter Umgebung bewegt und deren Gesetzmäßigkeiten bis ins Kleinste unbewusst erfasst hatte. Indem sie sich aber unter den Tempel gewagt hatte, war sie in einen Ort eingedrungen, wo vieles anders war, und in ihrer Unkenntnis hatte sie einen tödlichen Fehler begangen – und ihre Freunde in Mitleidenschaft gezogen. Zum ersten Mal wurde ihr bewusst, dass ihr vorschnelles Handeln ernsthafte Auswirkungen, nicht nur für sie selbst, sondern auch für andere haben konnte.

Eine Zeit lang verlor sich Aliana in einem Abgrund von Schuld und Selbstanklage, der finsterer war als ihre Umgebung. Aber gerade die Finsternis, die all den Schmerz in ihr hatte aufsteigen lassen, war es am Ende, die sie aus dem Abgrund befreite. Denn in dem schwarzen Nichts fiel es ihr zunehmend schwerer, sich auf einen klaren Gedanken zu konzentrieren, ganz zu schweigen von solchen, die ihr Qualen bereiteten. Wahllos schossen ihr Bilder durch den Kopf, zerstoben und bildeten sich neu wie leuchtende Fischschwärme. Einige entsprangen ihrer Fantasie, aber da gab es auch welche, die ihr unverständlich waren. Wieder andere entstammten der Erinnerung, und sie sah sogar das Gesicht ihres toten Vaters, dessen Züge ihr lange entfallen gewesen waren, weil die Zeit das Andenken an die Kindheit verdunkelt hatte.

Dann entstand plötzlich ein Bild, das deutlicher als die übrigen war und nicht wieder verschwand: eine Frau mit dunklen Haaren, in denen einige silberne Strähnen glänzten. Sie trug ein Kleid in einem lebhaften Blau, die klugen blauen Augen passten in das gebieterische Gesicht. Sie streckte Aliana die Hand entgegen. »Komm«, befahl sie. »Folge mir.«

Ohne zu wissen wie, schwebte Aliana auf die Frau zu, die sich darauf umdrehte und vor ihr her ging, während die Diebin wie ein Drachen an der Schnur hinterhertrieb. Die Dunkelheit wurde von blendendem Licht zerteilt, und Aliana fiel. Es gab einen Stoß, der ihr durch alle Knochen fuhr, und sie fand sich auf Händen und Knien wieder, auf einem Kieselstrand an einem ultramarinblauen Meer. Ihr Vater hatte sie einmal an die Küste mitgenommen, als sie noch sehr klein war, darum hatte sie dunkle Erinnerungen an die See, aber dort war es nicht annähernd so schön gewesen. Sie hörte die Wellen rauschend auf den Strand rollen und Vögel zwitschern, Insekten summten und in einem Gehölz flüsterte der Wind. Die Sonne brannte auf ihrer Haut, und sie schmeckte die salzige Luft, es roch nach Blumen, sonnenwarmen Kräutern und Erde. Nach diesem schrecklichen schwarzen Nichts waren ihre Sinne überwältigt.

Und wo sie nun aus dem finsteren Gefängnis befreit war, begann sie heftig zu zittern. Sie biss sich auf die Lippe gegen den übermächtigen Drang zu weinen, aber trotz bester Absichten flossen ihr die Tränen übers Gesicht. Dort im Sand, wo sie kniete, weinte sie ihre Erleichterung heraus.

»Also wenn das kein Prachtweib ist! Da gibt es überhaupt nichts zu heulen, du alberne Kuh.« Die Stimme kam von hinten.

»Packrat!« Aliana fuhr herum, sprang dabei auf und riss gleichzeitig, in einem würdelosen Gerangel der Glieder, ihren Freund in eine Umarmung. »Ich dachte, ich hätte dich umgebracht«, sagte sie leise. »Ich glaubte, wir wären tot.«

Packrat machte sich los und blickte sie wütend an. »Falls wir das nicht sind, so haben wir es nicht dir zu verdanken.

Beim nächsten Mal, wenn ich sage, wir kehren um, kehren wir um – und wenn ich dich bewusstlos schlagen und den ganzen Weg am Kragen ziehen muss.«

»Beim nächsten Mal möchte ich, dass du mich bewusstlos schlägst, bevor ich auch nur losgelaufen bin«, antwortete Aliana reumütig.

»Wird mir ein Vergnügen sein.« Packrat schenkte ihr sein Zahnlückengrinsen. »Falls du jetzt damit fertig bist, die alberne Göre zu spielen: da drüben steht eine Frau. Sie sagt, sie will mit dir reden.«

Aliana blickte auf und sah zum ersten Mal, was es außer dem Strand noch gab. Ein paar Stufen führten eine steile Böschung hinauf zu einer weißen Marmorterrasse und einem Haus aus dem gleichen Stein, das in der Mitte eines schönen Gartens stand. Am Rand der Terrasse an die Brüstung gelehnt stand jene große dunkelhaarige Frau, deren Kleid die gleiche blendende Farbe wie das Meer hatte. Aliana erkannte ihre Führerin aus der Dunkelheit. Ein Stückchen über ihr war eine seltsame Störung in der Luft zu sehen, ein eigentümliches Flimmern und Funkeln, das da zu sein schien und doch wieder nicht. Ein genaueres Hinsehen brachte Aliana nur Kopfschmerzen und ließ ihr die Augen tränen, sodass sie rasch fortblickte. Sie wandte ihre Aufmerksamkeit der fremden Frau zu, die wieder vorausging und ihr zurief: »Kommt und folgt mir. Wir müssen miteinander reden.«

Der Befehlston ließ Ungehorsam gar nicht erst aufkommen. Sich dicht beisammen haltend gingen Aliana und Packrat über den Strand und stiegen die Stufen hinauf.

Helverien brannte vor Neugier, aber sie verbarg es gut. »Seid willkommen«, sagte sie, als die beiden Fremden am Ende der Treppe ankamen. »Macht es euch bequem.« Sie deutete auf einen Tisch, wo aus dem Nichts zwei weitere Stühle zusammen mit zwei Tassen erschienen. Bei dem atemlosen

Staunen ihrer Gäste musste sie ein Lächeln unterdrücken. Wie befriedigend!

Es sind nur Menschen, merkte der Windgeist scharf an. *Sie sind viel leichter zu beeindrucken als ich.*

»Sie kommen mir gerade recht«, erwiderte die Zauberin. »Weißt du seit welcher Ewigkeit ich niemanden mehr beeindrucken konnte?« Sie wandte sich den Neuankömmlingen zu, die behutsam auf der Stuhlkante saßen, als fürchteten sie, die Möbel könnten wieder verschwinden. »Nun«, begann sie freundlich lächelnd, »es wäre angebracht, dass wir uns vorstellen, meine ich. Wer seid ihr und wie kommt ihr hierher?« Doch noch bevor das Mädchen antworten konnte, wurde Helverien von dem gleichen Empfinden wie schon vorher abgelenkt, einem seltsamen Wellenschlag in der Landschaft und in ihr selbst, der anzeigte, dass die Außenhülle der Nebenwelt durchbrochen worden war. Aufgeregt blickte sie zu dem Windgeist hinauf.

Ja, bestätigte Thirishri. *Ich habe es auch gespürt. Da ist noch jemand gekommen.*

Helverien empfand einen ärgerlichen Stich – und eine gewisse Beunruhigung. »Wie kommen sie nur plötzlich alle herein?«

Ich weiß es nicht, antwortete Thirishri nachdenklich. *Aber wenn die Leute hereingelangen, können wir vielleicht auch hinaus.*

Für die Flüchtlinge im Tempel gab es nun keine Zuflucht mehr. Sie saßen fest, alle zusammen, auf beengtem Raum. Denn Kaitas schlimmster Albtraum war Wirklichkeit geworden. Das Unheil hatte bereits begonnen. Und obwohl sie das schon erwartet hatte, seit die überlebende Bevölkerung von Tiarond in einem einzigen Gebäude eingeschlossen hauste, während draußen haufenweise die Leichen verwesten, traf es sie doch wie ein Schlag, als sie die ersten Fälle erkannte.

Der Schreck darüber schlug ihr in Bauch und Magen, und ihr Herz klopfte wild.

Durch eine barmherzige Tat hatte es seinen Anfang genommen. Cerella, die Frau, die Galveron und Aliana hatten retten wollen, hatte die Krankheit in den Tempel eingeschleppt. Vom Blutverlust schon geschwächt, war sie zusätzlich von Erbrechen, Durchfall und Fieber gequält worden und wenige Stunden, nachdem die ersten Anzeichen zutage traten, gestorben. Da hatte Kaita, die bereits Ansteckung befürchtete und an das Schlimmste dachte, ihre Helfer angewiesen, die Tote sorgfältig einzuwickeln und durch die Gänge hinter dem Tempel bis zu dem verborgenen Eingang im Gebirge zu tragen. Den sollten sie entriegeln und die Tote in den Abgrund werfen. Es war bestimmt nicht die beste Lösung, aber die beste, die sich machen ließ. Eine Verbrennung wäre angebracht gewesen, aber unter den gegebenen Umständen war das einfach nicht möglich.

Sie beaufsichtigte gerade das Entfernen der armen Frau, als Shelon herbeigerannt kam. »Kaita! Cerellas Kind hat auch angefangen zu erbrechen – und die Frau die es gestillt hat sagt, sie fühlt sich nicht wohl. Auch ihre Kinder jammern und sind fiebrig.«

Da hatte Kaita es gewusst. Cerella hatte sich in einem Haus des Bezirks versteckt gehalten. Dort musste es Ratten und Fliegen geben, die von den verwesenden Leichen gefressen hatten. Sie hatten Cerella die Seuche gebracht, und Cerella gab sie an ihr Kind weiter, das wiederum die Amme ansteckte und diese gab sie an ihren Säugling weiter – ganz zu schweigen von ihren anderen Kindern, die inzwischen mit der halben Kinderschar im Tempel gespielt haben dürften, welche wiederum zu ihren Eltern gelaufen waren …

Einen Augenblick lang schwanden Kaita die Sinne. Sie tastete nach einem Stuhl und setzte sich hin, atmete tief durch, bis der Schwindelanfall vorbei war. Ihr Helfer blickte sie besorgt an. »Es wird eine Seuche geben, stimmt's?«, sagte er leise und schaute sich um, ob ihn auch niemand hörte.

Kaita riss sich schleunigst zusammen. »Ja«, antwortete sie. »Nimm dir ein paar Boten, die zu schweigen wissen, und schick sie zu den übrigen Heilern und den Leuten, die hier für das tagtägliche Arbeiten verantwortlich sind. Sie sollen so schnell wie möglich zu einer Besprechung herkommen. Und du selbst gehst jetzt zu Gilarra, Shelon. Bring sie sofort hierher.«

Als der junge Mann hinausstürmte, arbeitete Kaitas Verstand wie rasend und suchte nach Mitteln und Wegen, um weitere Ansteckungen zu verhindern. Ein Gedanke jedoch drängte sich immer wieder dazwischen.

Ach, wenn doch Galveron hier wäre!

Kapitel 22

Ein neuer Blickwinkel

Scall stellte befriedigt fest, dass das Wetter auf dieser Seite der Schleierwand viel besser war als in Callisiora. Hohe Wolken jagten über den Himmel, warfen ihre Schatten auf die grünen Hänge und rissen gänzlich auf, um blendenden Sonnenschein durchzulassen. Der Wind wehte mit kräftiger Schärfe, doch der Luft fehlte die trostlose feuchte Kälte seines heimatlichen Gebirges, und es war offensichtlich, dass der Winter hier noch kaum eingezogen war. An einem solchen Tag war es unmöglich, sich niedergeschlagen zu fühlen, und seit dem Gespräch mit Kher in der Schutzhöhle, der ihm erklärt hatte, dass sein Aufenthalt nicht dauerhaft sein müsste, war er sehr beruhigt.

Es gab noch einen weiteren Grund für Scalls gute Stimmung. Während er mit seinen zwei Begleitern über luftige Höhen und durch saftig grüne Täler ritt, merkte er, dass er Kalt schon so gut wie verziehen hatte. Der Überbringer hatte sich so häufig entschuldigt, dass es längst zu anstrengend war, noch länger zu grollen. Scall hatte ihn vom ersten Augenblick an gemocht, und das obwohl sein Gesicht von der Furcht einflössenden Schädelmaske verhüllt gewesen war. Von Kalt als Menschen war nicht mehr zu sehen gewesen, als dass er mittelgroß war, seine schwarze Robe mit ruhiger Anmut trug und seine langen schwarzen Locken bis über die Schultern reichten. Den Ausschlag hatte aber gegeben, dass er den ängstlichen Jungen ganz entgegen seiner einschüchternden Erscheinung freundlich behandelt hatte.

Seit Scall das Gesicht seines Gefährten sehen konnte, mochte er ihn noch viel mehr, wenngleich dieser auch ohne Maske einschüchternd wirken konnte. Seine Haut war sehr weiß – weil er, wie Scall begriff, sein Gesicht für so lange Zeit bedeckt gehalten hatte. Er hatte hohe Wangenknochen, eine gewölbte Nase und ein ausgeprägtes Kinn. Wenn er die schwarzen Brauen zusammenzog, konnte er wahrhaft Furcht erregend aussehen, und die feinen Fältchen um die Augen deuteten darauf hin, dass er ein wenig älter war, als man auf den ersten Blick dachte. Scall fand aber bald heraus, dass es Lachfältchen waren. Zwar war Kalt gegenwärtig zu traurig und sorgenvoll, um viel zu lächeln, aber wenn er es tat, dann wirkten seine Augen freundlich und sein Gesicht bekam etwas einnehmend Jungenhaftes.

Scall war nach seiner Entführung, die er schließlich als Verrat ansehen musste, tief enttäuscht gewesen. Inzwischen verstand er Kalts Beweggründe ein bisschen. Er sah, wie tief der Überbringer um seinen Lehrer trauerte – wie könnte er den armen Mann dafür tadeln, dass er einem Sterbenden den letzten Wunsch erfüllen wollte? Zwar verstimmte es ihn nach wie vor, dass er von Tormon und Rochalla fortgerissen worden war, doch Kher hatte ihm ja gesagt, dass er höchstwahrscheinlich so bald wie möglich zurückgeschickt würde. Sofern der heitere junge Mann ein Vorbote dessen war, was Scall am Ziel erwartete, brauchte er sich kaum Sorgen zu machen. Nachdem der Schrecken verblasst war und er Kalts Beweggründe kannte, nahm er diese außergewöhnliche Reise hinter die Schleierwand als großartiges Abenteuer. Das müsste Rochalla doch eigentlich beeindrucken?

Das sollte mir vor dem blöden Presvel einen Vorsprung verschaffen! Diese verweichlichte Lusche ist zu weibisch, um vor die Tür zu gehen!

Kher setzte gerade zu einem neuen Bericht von seinen

Reisen an, und Scall schob die eigenen Gedanken beiseite, um zuzuhören. Für jemanden, der so jung aussah, schien Kher eine erstaunliche Anzahl Abenteuer mit allerhand absonderlichen Geschöpfen bestanden zu haben, sodass man sich unwillkürlich fragte, ob sie womöglich ausgedacht waren. Dennoch hörte Scall begeistert zu und prägte sich jede Einzelheit genau ein. Schon dachte er daran, sie Rochalla zu erzählen – natürlich mit ihm selbst als dem Helden! Als er überlegte, wie viele er sich würde erlauben können, blickte er die Männer an seiner Seite an und seufzte. Die beiden waren mit gewinnenden Zügen wirklich reich bedacht worden, Kher mit seinen blonden Haaren und seinem aufgeschlossenen, heiteren Wesen und Kalt mit seinen rabenschwarzen Locken und dem eindrucksvollen Gesicht. Dagegen hielt sich Scall seine eigene linkische Erscheinung vor Augen, sein Gesicht, auf dem immer wieder Pickel blühten, seine Haare, die immer und überall in die Höhe standen. Dass er von seiner Tante Agella die kupferrote Farbe geerbt hatte, half auch nicht sonderlich. Er seufzte wieder.

Das ist wirklich ungerecht. Wie soll ich jemals bei Rochalla ankommen?

Mit Grimms Schimmel, der das gefesselte Scheusal auf dem Rücken trug, am Zügel hinter sich, ritten sie durch den Nachmittag und in den frühen Abend hinein. Die Sonne hatte wohl noch eine Strecke vor sich, aber sie begann sich bereits zu färben, und das Licht erhielt einen dunklen Goldton. Die drei Reiter gelangten über einen gewundenen Weg von der Höhe des Heidelands in ein Tal hinab. Auf einer Seite stiegen grüne Hänge an, auf der anderen war die Talsohle von einem Baumgürtel verdeckt. Über den Wipfeln sah man das spitze Dach eines runden Turmes herausragen.

Der Weg machte eine scharfe Biegung und führte durch bebaute Felder, dann durch ein Dorf, wo er die einzige Straße bildete. Die Häuser waren aus hellem grauem Stein und völlig anders als die Bauten in Tiarond, die über die Jahrhunderte hinweg vom Rauch zahlloser Schornsteine verschmutzt waren. In Größe und Form waren sie alle verschieden, jedoch gefällig anzusehen und einladend und verbanden sich miteinander zu einem wohltuenden Anblick. Türen, Fensterrahmen und Läden waren in fröhlichen Farben gestrichen, und auf den Simsen wuchsen leuchtende Blumen in langen Blumenkästen. Die Kinder auf der Dorfstraße unterbrachen ihr Spiel, um den Reitern neugierig nachzublicken, und die Erwachsenen, die zu verschiedenen Besorgungen die Straße hinauf- und hinuntereilten, blieben stehen, um mit offenem Mund den schrecklichen Raubvogel anzustarren. Scall entging dabei nicht, wie gern sie Kher gefragt hätten, was das zu bedeuten hätte, aber alle bewahrten achtungsvolles Schweigen.

»Da sind wir«, sagte Kher auf die Umgebung deutend. »Endlich zu Hause. Scall, du wirst für eine Weile im Gasthof bleiben. Sie werden dir etwas zu Essen vorsetzen und sich um dich kümmern, und du kannst dich ausruhen. Du hast, soviel ich weiß, in der vorigen Nacht keinen Schlaf gehabt. Kalt, du kommst mit mir. Der Archimandrit will dich sofort sehen.«

Scall schluckte. Der frisch gewonnene Mut verließ ihn urplötzlich, als er hörte, dass die einzigen zwei Menschen, die er an diesem Ort kannte, ihn allein lassen und einem Haufen fremder Leute ausliefern wollten.

Kher klopfte ihm auf die Schulter. »Mach dir keine Gedanken, Junge«, sagte er. »Olsam und seine Tochter Ailie sind brave Leute. Sie werden es dir gemütlich machen, und Ailie ist die beste Köchin im ganzen Tal. Ich komme so bald wie möglich zu dir – aber ich warne dich, wenn du erst einmal von Ailies Kirschkuchen gekostet hast, wirst du nie wieder fort wollen.«

Er lachte Scall an, der sich schon wieder besser zu fühlen begann – besonders wenn er seine Lage mit der von Kalt verglich. Der Überbringer knetete mit rastlosen Fingern die

Mähne seines geduldigen Pferdes und schoss ängstliche Blicke nach allen Seiten. Sein blasses Gesicht hatte einen grünlichen Stich bekommen. Scall fühlte mit ihm.

Ich weiß ja nicht, was dieser Archimandrit für einer ist, aber ich bin froh, dass es Kalt ist, den er sehen will.

Er bemühte sich, nicht daran zu denken, wer vielleicht mit ihm irgendwann würde sprechen wollen.

Wenigstens können sie auf mich nicht böse sein. Es ist nicht meine Schuld, dass ich hier bin.

Der Gasthof war das große Haus am Ende der Straße. Mühsam entzifferte Scall die Worte *Zum Greifen* auf dem Schild und bestaunte das darauf abgebildete Tier, das einen Adler mit vier Raubtierpranken darstellte. Kher stieg kerzengerade vom Pferd und hakte seinen Gehstock vom Sattel. »Warte hier einen Moment, Kalt, und halte ein Auge auf dein Ungeheuer. Ich bringe Scall hinein und bin gleich wieder zurück. Dann reiten wir zur Siedlung weiter.«

Kalt wollte lächeln, aber es wurde eine Grimasse. »Nimm dir so viel Zeit, wie du brauchst. Ich habe keine Eile.«

Kher gab ihm im Vorbeigehen einen Klaps auf den Oberschenkel. »Kopf hoch, Mann. Amaurn wird dich nicht fressen.«

»Wie kannst du das denn wissen?« Kalts Tonfall hatte eine gewisse Schärfe. »Du hast ihn ja noch gar nicht gesehen.«

Kher blieb stehen und sah zu ihm hinauf. »Weil er ein alter Freund deines Lehrers gewesen ist«, antwortete er ruhig. »Um Grimms Willen wird er dich freundlich behandeln, soviel kann ich dir versichern.« Er drehte sich zu Scall um. »Bist du bereit?«

Scall war inzwischen abgesessen, aber er blieb, wo er stand und klammerte sich an die Zügel seiner Stute. »Was geschieht mit meinem Pferd?«, fragte er. »Wer wird sich um sie kümmern? Hat der Gasthof einen Stall?«

»Lass sie nur fürs Erste bei Kalt«, sagte Kher. »Sie wird mit unseren Tieren zusammen in die Ställe des Schattenbundes kommen.«

Scall fasste die Zügel nur um so fester. »Ich will aber selbst für sie sorgen«, beharrte er stur. »Ich will sie nicht einem Haufen Fremder überlassen. Woher willst du wissen, dass man sich anständig um sie kümmert?«

Kher seufzte. Bisher war er die Freundlichkeit in Person gewesen, aber seine Geduld hatte offensichtlich Grenzen. »Sieh mal, Junge, ich habe dich bis hierher gehätschelt, aber jetzt muss ich Kalt zum Archimandriten bringen und habe dafür keine Zeit mehr. Hör mir zu. Bei Harral wird sie in guten Händen sein. Er sorgt sehr aufmerksam für alle seine Pferde und wird mit deiner Stute so umsichtig umgehen, als wär sie ein Seidengespinst. Nun gib die Zügel an Kalt ab und dann hinein mit dir!« Er packte Scall beim Arm und ehe der sich versah, war er durch die Tür verfrachtet und stand in einem langen geweißelten Flur. »Olsam!«, brüllte Kher. »Ailie! Wo steckt ihr denn?«

»Bin schon da, bin schon da.« Die Stimme schien unter ihren Füßen herzukommen. Kurz darauf knarrte eine Tür, die unter der Treppe eingelassen war und ein kleiner Mann mit grauen Haaren eilte herbei. »Ach, du bist es«, sagte er schroff. »Was willst du?«

»Redet man so mit seinem besten Kunden?«, erwiderte Kher, doch der tadelnde Ton war so flüchtig, dass Scall meinte, er habe es sich vielleicht eingebildet.

Der Gastwirt blieb unbeeindruckt. »Wenn es dir nicht gefällt, kannst du ja zum Handelsposten ziehen und Ruthars übles Gebräu versuchen«, versetzte er.

Khers Augenbrauen schossen in die Höhe. »Was ist in dich gefahren? Hast du gestern Abend zu viel von deinem Bier getrunken? Du benimmst dich, als hättest du einen richtig schlimmen Schädel.«

Olsam seufzte. »Schon gut, schon gut. Aber ich habe so viel Arbeit, dass ich nicht weiß, wohin ich mich zuerst wenden soll. Ailie ist seit gestern fort, macht eine Bootsfahrt den Fluss runter, stell dir das vor, mit Wissenshüterin Veldan und ihrem fremdländischen Partner, und Wissenshüter Elion ist auch dabei. Dabei ist unser Gasthof in einem solchen Zustand, seit uns diese verfluchten Dierkane neulich nachts angegriffen haben, kommen rein und brechen die Wände nieder und ich weiß nicht was noch alles. Und mir bleibt die ganze Arbeit, dabei habe ich auch nur zwei Hände . . .«

Es sah so aus, als würde die Rede noch länger dauern, und Kher unterbrach ihn eilig. »Und um deine Freuden zu krönen, bringe ich dir einen neuen Gast. Das ist Scall, hat den weiten Weg von Callisiora gemacht. Er ist auf Einladung des neuen Archimandriten hier, darum wirst du es ihm sicher recht bequem machen.«

Olsam warf ihm einen säuerlichen Blick zu. »Ich würd's dem Jungen bequem machen, wenn ihn sonstwer eingeladen hätte, wie du sehr wohl weißt, Wissenshüter Kher.«

»Das ist großartig«, antwortete Kher rasch. »Du musst ihm übrigens bald eine Mahlzeit vorsetzen. Wir hatten es zu eilig, um unterwegs zu essen, und seit gestern hat er kaum etwas zu sich genommen. Wir wollen ja nicht, dass er noch weniger wird.« Er drehte sich um und tätschelte Scall die Hand. »Du ruhst dich jetzt aus, Bürschchen. Ich komme später wieder, wenn ich weiß, was los ist. Und mach dir wegen deines Pferdchens keine Sorgen. Harral wird sich gut um sie kümmern, das verspreche ich.« Er zögerte. »Da fällt mir ein, dass er ein Tier im Stall hat, das fast genauso aussieht wie deins. Sie ist sein Herzblatt und sein Augenstern. Ich bin also sicher, er wird für deine Stute genauso gut sorgen. Bis später.« Er verschwand durch die Tür, ohne zu merken, dass Scall ihm entsetzt hinterherblickte.

Elion? Elion stammt von hier? Und Kher sagt, dass Harral, wer das auch ist, genauso ein Pferd hat wie ich . . .

Auf einmal fügte sich manches zusammen. »Kher, nein!

Warte!« Er wollte zur Tür springen, aber Olsam fing seinen Arm und riss ihn zurück. »Hiergeblieben, junger Mann«, sagte er streng. »Fremden ist es nicht erlaubt, hier allein umherzulaufen – das gehört zu den Regeln. Du bleibst hier, bis Wissenshüter Kher dich holen kommt.« Damit schob er Scall die Treppe hinauf und auf einen breiten Flur. Durch eine offene Tür sah Scall in ein Zimmer, wo ein Maurer ein beträchtliches Loch in der Wand ausbesserte und ein Tischler einen neuen Fensterrahmen zusammennagelte, um die Bruchstücke des alten zu ersetzen. »Entschuldige das Gehämmer«, sagte Olsam und machte ein finsteres Gesicht. »Die verdammten Dierkane. Brechen mir glatt das Haus ab.«

Scall wollte ihn fragen, was ein Dierkan sei. Es klang ziemlich beunruhigend, wenn es ein Loch dieser Größe in eine dicke Wand machen konnte. Seine Zeit als Lehrling hatte ihn jedoch gelehrt, dass es klug war, den Kopf unten und den Mund geschlossen zu halten, wenn die Erwachsenen ein solches Gesicht machten. Olsam geleitete ihn in ein freundliches, sauberes Zimmer, das auf die Dorfstraße hinausging. »So«, sagte er. »Du ruhst dich aus, junger Mann. Ich bin gleich wieder da und bringe dir etwas zu essen.«

Inzwischen hatten Scalls Sorgen die Dierkane wieder verdrängt. In seiner Bestürzung hatte er kein Auge für die Umgebung, sondern sank nur auf das Bett.

Feuervogel hat gar nicht Elion gehört! Sie gehörte diesem Harral, sie war sein Herzblatt und sein Augenstern und jetzt will er sie wiederhaben, und ich werde sie nie wieder sehen. Ich habe sie verloren!

Während der ganzen Entführung, der Trennung von Rochalla und Tormon, während des Kampfes mit den Scheusalen und der Reise durch die Schleierwand in ein fremdes Land war Scall tapfer geblieben. Das jedoch war ein Schlag zu viel. Er rollte sich herum und boxte in sein Kissen, bis die Federn flogen, dann brach er in Tränen aus.

»Tut es noch weh?« Den meisten Leuten fiel es schwer, zu glauben, dass ein Geschöpf von Maskulus Größe und Erscheinung tatsächlich so besorgt klingen konnte. Amaurn aber kannte ihn besser. Er hatte die ganze Wucht überwältigenden Mitgefühls ertragen, seit er ihn von dem Berghang fortgebracht hatte. »Natürlich tut es noch weh«, antwortete er aufgebracht. Er wünschte, Maskulu würde ihn eine Zeit lang allein lassen. Er brauchte dringend Ruhe, musste seine Gedanken sammeln, schlafen. Leider war das einfach unmöglich. Es war zu viel zu tun – zu viel, um das es sich zu kümmern galt. Bei allem war es entscheidend, dass er seine Verletzung so weit wie möglich herunterspielte, damit die Leute nicht das Vertrauen zu ihm verloren. Cergorns Anhänger würden aus jeder Schwäche rasch ihren Vorteil ziehen. Auf keinen Fall durfte jemand erfahren, dass er fast von einem Meuchelmörder umgebracht worden wäre. Ein Anschlag war schlimm genug – er wollte nicht, dass noch einer auf denselben Gedanken verfiel.

Überdies könnte sich der verfluchte Gestaltwandler wieder an mich ranschleichen, wenn ich schlafe.

Selbst wenn der Furcht erregende Maskulu über ihn wachte, war ihm die Vorstellung unbehaglich.

»Was willst du also dagegen tun?« Offenbar hatte Maskulu seinen Gedanken aufgeschnappt. »Es muss etwas geben, was wir tun können, um den Mörder zu finden! Wie sollst du als Archimandrit richtig arbeiten, wenn ständig diese Bedrohung über dir schwebt?«

»Ich denke bereits darüber nach«, antwortete Amaurn. »Wenn ich könnte, würde ich jeden einzelnen Takur aus Gendival entfernen. Aber wenn ich ganz sicher sein wollte, dass sie sich nicht wieder einschleichen, müsste ich den ganzen Haufen umbringen, und selbst dann gäbe es keine Gewissheit, sie alle erwischt zu haben.«

Es könnte noch ein anderes Mittel geben …

»Maskulu, ich will, dass du dem Oberhaupt der Takuru

eine Nachricht übermittelst und ihn bittest, hierher zu kommen. Und sei höflich. Dann nimmst du Verbindung zu den Verwaltern der Schriftensammlung auf. Sie sollen jedes bisschen, was wir über die Takuru haben, für mich heraussuchen. Sag ihnen, sie müssen schnell sein.«

Der altgediente Wissenshüter starrte ihn an. »Amaurn, bist du verrückt geworden? Du kannst das Oberhaupt der Takuru unmöglich *hierher* bitten.«

Anstatt Amaurn in die Siedlung zu bringen, hatte er ihn in seine eigene unterirdische Behausung getragen. Dort lag der Archimandrit in einer Kammer mit nur einem Ausgang, die leicht zu bewachen war. Er hatte es ihm so bequem gemacht, wie es unter diesen Umständen irgend ging, sodann Bailen und der heilkundigen Kyrre mitgeteilt, was geschehen war, sie zu unbedingtem Schweigen verpflichtet und in seine Wohnung befohlen.

Wieder einmal kehrte Amaurn den Hauptmann Blank hervor und spürte, wie sein Gesicht unerbittlich und hart wurde. Er bedachte Maskulu mit jenem kalten Blick, der in Tiarond jeden bis hinauf zum Hierarchen eingeschüchtert hatte. »Erstens bin ich nicht verrückt geworden; zweitens brauche ich den Takur genau hier; drittens brauche ich die Auskünfte schnellstmöglich. Warum stehst du also da und verschwendest unsere Zeit?«

Brummend wandte sich Maskulu ab und begann die Botschaften zu übermitteln, womit es dem Archimandriten überlassen war, sich wach zu halten, bis die Heilerin käme. Zum Glück für Amaurn hatte der übereilte Schlag des Takur ihn mehr geschnitten als gestochen, aber die Wunde in seiner Seite hatte reichlich geblutet, obwohl sie nicht so tief zu sein schien. Sie schmerzte entsetzlich, aber es war ihm gelungen, ein Stück Stoff, das er aus seinem Hemd gerissen hatte, über die Wunde zu legen und trotz der schwer erreichbaren Stelle mit den Handballen dagegen zu drücken. Die Blutung schien inzwischen nachgelassen zu haben, dennoch brauchte die Wunde eine fachkundige Heilbehandlung.

Als die beiden Wissenshüter eintrafen, war Amaurn erfreut, sie zu sehen, doch blieb er vorsichtig, bis Maskulu, der sie besser kannte, ihnen gewisse Fragen stellte, auf die nur sie die Antwort kennen konnten. Ihm fiel kein anderes Mittel ein, um sich zu vergewissern, dass seine Freunde tatsächlich seine Freunde waren und nicht irgendwelche mordlustigen Gestaltwandler. Das taugte ganz gut bei engen Vertrauten wie Bailen und Kyrre, war aber zu plump und ungenau, um es auf jeden anzuwenden, sodass die Prüfung auch misslingen konnte. Amaurn wusste, er würde sich etwas Besseres ausdenken müssen, aber im Augenblick fiel es ihm schon schwer genug, bei Bewusstsein zu bleiben, ganz zu schweigen davon, seinen Verstand auf eine so kniffige Aufgabe zu richten.

Kyrre und Bailen waren schwer mit Taschen und Körben beladen. »Wir haben allen erzählt, wir machen ein Picknick«, sagte der blinde junge Mann schmunzelnd. »Du wärst erstaunt, wie viele Leute uns gewarnt haben, dass wir mit dem Archimandriten Ärger kriegen, weil wir uns davonmachen, wo doch die ganze Gegend von seinen neuen Plänen und Anweisungen nur so brummt.« Währenddessen packte er tastend die Körbe aus und bediente sich dabei manchmal Kyrres Augen, um seine Wahrnehmung zu bestätigen. »Du kannst hier unten kein Feuer machen, darum haben wir ein paar Wärmekristalle aus der Sammlung der Altertümer – äh – ausgeborgt. Du weißt schon, die wir noch nicht durchschaut haben und die uns Cergorn nicht benutzen lassen wollte, falls wir sie in unserer Dummheit zerbrechen oder verschleißen.«

»Nun, ihr habt meine innige Erlaubnis, sie zu gebrauchen«, sagte Amaurn, der heftig zitterte, einesteils wegen des Blutverlusts, andernteils wegen der feuchten Kälte in Maskulus Erdwohnung.

Sie hatten etwa zwei Dutzend von den kostbaren Kristallen mitgebracht. Bailen nahm sie einen nach dem anderen aus dem Korb und wickelte sie vorsichtig aus ihrer jeweiligen Filzhülle. Sie waren unregelmäßig geformt, der größte etwa zwei Fäuste groß, der kleinste nur so groß wie ein Hühnerei. Sie leuchteten rotgolden, und wenn man sie aneinander rieb, erhitzten sie sich in kurzer Zeit so stark, dass man sie zum Wasserkochen benutzen konnte. Bailen verteilte sie rings um den Archimandriten, sodass die Wärme von allen Seiten kam. Die letzten vier sparte er auf und legte sie ein wenig abseits an der Wand nieder. Indem er sich Kyrres Blick auslieh, ging er und füllte einen Topf mit Wasser an einem Rinnsal, das auf der anderen Seite von Maskulus Höhle aus einer Falsspalte lief. Er setzte den Topf zwischen die Wärmekristalle, damit das Wasser zum Kochen käme. »Etwas Tee wäre jetzt angenehm«, sagte er. »Das wird dich aufwärmen. Und eine Menge zu essen habe ich auch mitgebracht.«

Kyrre hatte in der Zwischenzeit eine Reihe Glimmer in Gebrauch genommen, und der Archimandrit war für das zusätzliche Licht dankbar. Aus einer Tasche holte sie eine zusammengerollte Decke hervor und machte sich daran, sie mit ihren Stummelfingern auszubreiten. Obwohl ihre geringe Körpergröße ihr Schwierigkeiten machte, weigerte sie sich beharrlich, sich von Amaurn helfen zu lassen. »Es sieht so aus, als habe deine Wunde zu bluten aufgehört«, sagte sie ernst, »wage es also nur nicht, dich anzustrengen, sonst öffnet sie sich wieder.« Sie breitete die Decke auf dem Boden aus und hieß ihn, sich seitlich daraufzulegen. »Mit der anderen Hälfte decken wir dich zu, sobald ich dich untersucht habe«, sagte sie.

Amaurn merkte, wie sich die Wärme von den Kristallen über ihn auszubreiten begann, und mit der Wärme kam die Schläfrigkeit. Am Ende gab er nach und entspannte sich. Er war hier sicher – wenigstens im Augenblick. Mit Maskulu, diesem ernsten jungen Mann und der Heilerin um sich herum fühlte er sich unter Freunden, und das hatte er seit vielen Jahren nicht mehr erfahren.

Der Schmerz stach ihn in die Seite, und er atmete scharf ein, als Kyrre sein zerrissenes Hemd öffnete und ihm den Behelfsverband abnahm. Die Dobarchu hielt einen Glimmer nahe an die Wunde und besah sie eingehend. »Es blutet noch ein wenig«, murmelte sie, »aber das Schlimmste hast du verhindert. Es war richtig, die Wunde abzudrücken. Die Klinge ist nicht so weit eingedrungen, dass etwas Lebenswichtiges getroffen wurde, sie hat aber ein paar Muskeln durchtrennt, und es wird eine Weile brauchen, um zu heilen, fürchte ich. Du wirst dich in nächster Zeit nur spärlich bewegen können.«

»Das geht nicht«, erwiderte Amaurn durch die zusammengebissenen Zähne. »Ich habe dafür keine Zeit.«

»Ich fürchte, du wirst sie dir nehmen müssen«, sagte die Dobarchu. »Nicht, dass du überhaupt eine Wahl hättest. Wenn wir dich zum Krankenhaus bringen, können wir die Heillampen anwenden, und wir haben bestimmte Arzneien, die die Heilung beschleunigen können. Trotzdem heilt die Wunde nicht über Nacht, und je mehr du dich bewegst, desto länger wird es dauern.«

Während sie mit ihm sprach, wühlte sie in einem Korb zwischen Päckchen und Pulvern. »Falls du vorhast, was ich vermute«, sagte Amaurn, »ich will nicht bewusstlos sein.«

»Das wird dir später Leid tun«, erwiderte Kyrre, »aber wenn du darauf bestehst, gebe ich dir nur etwas, das deine Schmerzen lindert.«

»Hast du nichts, womit man sie ganz beseitigen kann?«

Die Dobarchu lachte schnatternd, wie es ihrer Art entsprach. »Doch«, antwortete sie, »ein Mittel zur Bewusstlosigkeit.«

»Kommt nicht in Frage«, sagte Amaurn bestimmt. »Wirst du die Wunde nähen?«

Wieder lachte sie. »Du bist hier nicht in Callisiora, weißt

du. Wir haben etwas anderes aus der Kunst der Alten, das dein Gewebe verschließen wird. Aber ehe du fragst: du wirst dennoch sehr vorsichtig sein müssen, bis die Wunde Zeit gehabt hat, zu heilen. Und sie wird auch weiterhin schmerzen.«

Er seufzte. »Wenn es denn sein muss. Also gut, Kyrre. Bringen wir es hinter uns.«

Aber Bailen unterbrach sie. »Ich empfange eine Nachricht von Kher, Archimandrit. Er sagt, er ist mit dem Fremden hier, mit Kalt, der allein durch die Schleierwand gelangt ist – der Hohlkopf, der dabei auch die Ak'Zahar durchgelassen hat.« Er riss die Augen auf. »Der Mann hat sogar einen gefangen und mitgebracht! Der ist vielleicht kühn!«

Amaurn blickte zu Maskulu hinüber. »Ich will den jungen Mann sprechen. Er ist der Gehilfe meines ältesten Freundes. Sag Kher, er soll ihn herbringen.«

»Glaubst du, das ist sicher?«, fragte der Altgediente zweifelnd. »Du hast schon den Anführer dieser verfluchten Takuru hergerufen, und jetzt willst du noch einen völligen Fremden und einen der todbringendsten Räuber der Welt hier haben.«

»Ich kann mich nicht ewig vor allen verstecken«, sagte Amaurn achselzuckend – und zuckte zusammen. »Der Ak'Zahar ist bewegungsunfähig, es wird also gehen. Kher kannst du überprüfen, und wenn der Fremde mich angreift, hast du meine Erlaubnis, ihn zu töten. Das gilt auch für das Oberhaupt der Takuru.«

»Und wenn der Anführer statt seiner den Mörder schickt? Du setzt großes Vertrauen darauf, dass ich schneller bin als ein Takur«, erwiderte Maskulu mürrisch.

Amaurn lächelte. »Ich bin sicher, du schaffst es. Das ist nicht das erste Mal, dass ich dir mein Leben anvertraue, und wie die Dinge liegen, wohl auch nicht das letzte Mal. Warum gehst du also nicht mit Bailen und bringst ihn zu mir? Frage ihn nach Grimms kleinen Boten, wenn du seine Geschichte überprüfen willst. Kein verdammter Gestaltwandler kann etwas über sie wissen.«

»Ich wünschte, das träfe auch auf mich zu«, sagte Maskulu hitzig. »Seit Grimm sie hergeschickt hat, sind sie die reinsten Quälgeister.«

Amaurn konnte noch immer nicht ohne Trauer über Grimm sprechen. Er atmete tief durch. »Nun, dann wird es ein Vorteil sein, dass wir seinen Gehilfen hier haben. Wenn der junge Mann echt ist, wirst du ihm die Pflege der Kobolde abtreten können.«

»Ich gehe ihn sofort holen. Bailen, kommst du mit und trägst eine Fackel?« Maskulu lachte grimmig. »Wir wollen ihm nicht gleich zu viel Angst einjagen, oder? Das wollen wir ganz unserem geschätzten Archimandriten überlassen.«

Amaurn winkte ihn hinaus. »Mach, dass du hinaus kommst, du Geck.« Dann wandte er sich an Kyrre. »In der Zwischenzeit solltest du dich beeilen. So sehr ich es auch wünschte, wir können die Behandlung der Wunde nicht ewig aufschieben.«

Kapitel 23

Heimkehr

Vor dem Gasthof hielt Kher inne und lauschte eindeutig einer nur an ihn gerichteten Gedankenbotschaft. »Der Archimandrit befindet sich gerade am anderen Ende des Tals. Wir müssen die Siedlung umgehen und dorthin reiten«, teilte er dem Überbringer mit. »Deinen Gefangenen werden wir mitnehmen müssen, und ich habe nicht die Absicht, ihn auf dem Rücken den Hügel hinaufzutragen.«

Kalt hatte nichts dagegen zu reiten. Er war so aufgeregt, dass seine Beine ihn ohnehin nicht getragen hätten.

Ach, wie wünschte ich, du wärst jetzt hier, Grimm! Wir hatten uns diesen Tag so gänzlich anders vorgestellt. Es sollte deine freudige Rückkehr werden, nach der du dich so lange gesehnt hast. Wird das je meine Heimat werden können, da du nun nicht mehr bist? Werden mich diese Leute ohne deine Unterstützung überhaupt anerkennen? Und was tue ich, wenn nicht?

Inzwischen hatten sie das Ende des Dorfes erreicht und ritten über eine Steinbrücke und ein schnell fließendes Flüsschen. Auf der anderen Seite stand eine verfallene Mauer und eine kurze Treppe führte zu einem Torweg, der früher bestimmt einmal überdacht gewesen war, doch nach dem Moos und den verwitterten Steinen zu urteilen, hatte er sein Dach seit langem verloren. »Der Torweg führt zur Siedlung«, sagte Kher. »Für Pferde ist der Weg leichter, wenn man der Mauer nach links folgt. Wir nehmen den Weg um den See herum.«

Hinter dem Torweg wandten sie sich nach rechts und folgten einer schmalen Straße am Fluss entlang, die an einer alten Mühle vorbeiführte. Nach und nach schrumpfte die Mauer längs der Straße zu einer niedrigen und neueren Begrenzung, die aus herabgefallenen Steinen der Torruine gefertigt war. Hinter dem Mäuerchen wuchsen Bäume, und zwischen den Stämmen hindurch hatte man hin und wieder einen Blick auf herrliches, glasklares Wasser. »Das ist der untere See«, sagte Kher. »Wenn du über die Schulter schaust, kannst du ein bisschen von der Siedlung am Ufer sehen, und über den Bäumen den Kundschafterturm.«

Gehorsam drehte Kalt sich um und sah den runden Turm, der ihm schon früher aufgefallen war, und eine Reihe niedriger Steinhäuser, die sich um den Fuß drängten. »Warum reiten wir von der Siedlung fort?«, fragte er.

»Ich habe doch gesagt, dass wir Amaurn woanders treffen sollen.«

»Ja, aber du hast nicht erzählt, warum.«

Es trat eine Pause ein, solange Kher mit Scalls Stute rangelte, die er am Zügel mitführte. Aus irgendeinem Grund wollte sie sich in die entgegengesetzte Richtung davonmachen. Nach einem kurzen Tauziehen hatte er sie soweit, dass sie ihm gehorsam folgte, und er wandte sich seiner Antwort zu. »Der Archimandrit erwartet uns in der Behausung von Maskulu, einem der altgedienten Wissenshüter. Der Himmel weiß, warum – sie liegt unter der Erde und ist kalt, dunkel und feucht und verflucht unbequem. Ganz gewiss kein Ort, wo *ich* einen Neuankömmling empfangen würde.« Er zuckte die Achseln. »Vielleicht will er dich und deinen Ak'Zahar aus irgendeinem Grund eine Zeit lang geheim halten. Was wohlgemerkt ziemlich aussichtslos ist. Wir haben mit dem Viech schon das Dorf durchquert, also weiß es inzwischen die ganze Siedlung.«

Bald hörten die Bäume auf, und zwischen ihnen und dem Seeufer war nichts mehr als ein Stück Sumpfland, und am Wasser wuchs büschelweise Schilf. Der Gesang der Vögel und das Blätterrauschen wurde abgelöst vom Knistern des Windes in Schilf und Segge, dem Plantschen und Rufen der Enten am seichten Ufer und dem Quaken der Frösche.

Der Fluss nahm eine scharfe Biegung und floss zum See, sodass sie eine weitere Brücke überqueren mussten. Dort endete die Mauer, und auf der anderen Seite verließen sie die Straße und hielten auf die weite stille Wasserfläche zu. Sie waren nun am oberen Ende des Sees angekommen, wo sie einen gewundenen Uferweg nahmen und vorsichtig über den weichen Boden ritten. Überrascht entdeckte Kalt, dass gleich hinter dem See ein zweiter lag, und der Wissenshüter ritt mit ihm über eine Landenge aus Feuchtland und überschwemmten Wiesen zwischen beiden Gewässern hindurch.

Es war keine Menschenseele zu sehen. Kalt blickte sich an diesem wilden, einsamen Ort um und ein Schauder durchlief ihn. »Bist du sicher, dass der Archimandrit gesagt hat, wir sollen ihn in dieser verlassenen Gegend treffen?«

Kher drehte sich nach ihm um. »Nicht genau hier. Wir haben noch ein kleines Stück zu reiten, um den See herum und den Berghang hinauf.« Er zuckte die Achseln. »Frag mich nicht, warum. Ich kenne Amaurn nicht. Er ist erst seit ein paar Tagen hier, ich habe aber gehört, dass er vor vielen Jahren Wissenshüter in Gendival gewesen ist und nach einem Streit mit Cergorn, der vor ihm Archimandrit war, fliehen musste.«

Kalt nickte. »Ich weiß. Grimm hat es mir erzählt. Amaurn hat damals erfolglos nach der Macht gegriffen, und Cergorn verurteilte ihn zum Tode. Ein anderer Wissenshüter, eine Frau, soviel ich weiß, half ihm zu entkommen, und er hat sich seitdem in Callisiora versteckt gehalten und auf die Gelegenheit zur Rückkehr gewartet. Die ganze Zeit über hat er im Schattenbund heimliche Unterstützer gehabt, wie auch meinen Lehrer.«

Der Wissenshüter zog die Brauen hoch. »Für einen Außenstehenden weißt du recht viel. Ich habe nicht ...«

Ein lautes Brüllen schnitt ihm das Wort ab. Das Wasser des unteren Sees wurde ein schäumendes Gebrodel, hohe Wellen wuschen über das sumpfige Ufer und wirbelten um die Beine der erschrockenen Pferde. Unter lautem Wiehern riss sich die braune Stute los und rannte mit großen Sprüngen den Weg zurück, den sie gekommen waren. Dann galoppierte sie auf die Siedlung zu – aber der Überbringer hatte keine Augen für sie. Er verbiss sich seinen Schreckensschrei, als ein grässlicher Kopf mit einer riesigen Schnauze und behängt mit Seegras triefend aus dem Wasser stieß und sich auf einem nicht enden wollenden Hals höher und höher zum Himmel reckte. Dann tauchte ein glänzender, dunkelgrüner Leib aus dem Wasser auf wie eine verwunschene Insel.

»Oh, Mist«, murmelte Kher. »Es ist der Afanc.«

»Wer hatte die Stirn, dieses Scheusal in unser Tal zu bringen?« Die Frage wurde mit solchem Ungestüm übermittelt, dass Kalt meinte, ihm müsse der Kopf platzen. Nur sein sehnlicher Wunsch, sich eines künftigen Wissenshüters würdig zu erweisen, hielt ihn davon ab, seinem Pferd die Zügel schießen zu lassen und mit ihm zurück nach Callisiora zu jagen. Unter Aufbietung seines ganzen Willens gelang es ihm, sein Entsetzen, sein scheuendes Tier und Grimms Pferd mit dem gefesselten Ak'Zahar auf dem Rücken zu beherrschen.

Kher begegnete dem Ungeheuer aus dem See mit einem Stirnrunzeln, das vielleicht Verärgerung oder Besorgnis oder beides anzeigte. Er sprach es mittels Gedankenübertragung an. »Ehrwürdiger Wissenshüter Bastiar, du hast nicht das Recht uns aufzuhalten. Wir wurden zum Archimandriten gerufen, und wir haben uns bereits verspätet.«

Kalt war verblüfft. Dieses – dieses Ungeheuer war ein Wissenshüter? Grimm hatte zwar angedeutet, es gebe außer Menschen noch andere Wesen im Schattenbund, aber er hatte ihn nicht im Mindesten auf so etwas vorbereitet!

Khers Antwort gefiel Bastiar offensichtlich nicht. Seine Augen bekamen einen kalten Schimmer, er senkte den Kopf schwungvoll zu den beiden Männern herab und hüllte sie in eine Wolke stinkenden Atems. »Und hat dieser aufrührerische Emporkömmling dich auch aufgefordert, einen tödlichen Räuber durch die Schleierwand zu bringen? Antworte mir!«

»Ich muss zu allererst dem Archimandriten Rede und Antwort stehen, und er hat mir befohlen, diesen Fremden und den Ak'Zahar sofort zu ihm zu bringen. Er hat *nicht* gesagt, ich dürfe unterwegs stehen bleiben und ein bisschen plaudern«, entgegnete Kher gelassen. »Im Schattenbund spricht sich alles schnell herum, und es ist kein Geheimnis, dass du ein Feind Amaurns bist. Wenn er dir seine Gedanken und Pläne mitteilen möchte, wird er das zweifellos tun.«

»Wie kannst du es wagen, so mit einem Altgedienten zu sprechen!« Bastiar bog den Hals herab und versperrte den Reitern den Weg. »Ihr geht zu dem Aufrührer, wenn ich mit euch fertig bin, und nicht einen Augenblick eher. Ich werde meine Antwort bekommen, Wissenshüter Kher.« Er senkte die Stimme und bekam einen listigen Blick. »Wenn ihr zum Archimandriten wollt, was habt ihr dann hier oben am See zu suchen? Wo ist Amaurn, dass ihr ihn nicht in der Siedlung aufsucht?« Der fürchterliche Kopf schwang zu Kalt herum. »*Du* wirst mir Auskunft geben, Fremder!«

Dem Überbringer stockte der Atem. Dann bemerkte er aus den Augenwinkeln, wie Kher den Vorgang aufmerksam und unbehaglich verfolgte, und sein Verstand begann fieberhaft zu arbeiten. Wenn dieses Ungeheuer ein Wissenshüter war und ein altgedienter noch dazu, würde er kaum wagen, ihn körperlich anzugreifen, so dachte sich Kalt. Aber das hieß nicht, dass er und sein Begleiter nicht in übler Bedrängnis waren. Von seiner Antwort würde viel abhängen, und hier wurde zweifelsfrei seine Treue zu Grimms altem Freund, dem neuen Archimandriten, auf die Probe gestellt, sowie seine Eignung als Mitglied des Schattenbundes.

»Nun?«, knurrte das Ungeheuer. »Wo ist Amaurn und warum hat er dich gerufen?« Der massige Kopf kam noch ein Stück näher. Einen Moment lang dachte Kalt daran, sich dumm zu stellen und vorzugeben, er verstünde keine Gedankensprache. Aber er begriff, dass solch ein Betrug auf ihn zurückfallen könnte, sobald es darum ging, dem Schattenbund beizutreten. Stattdessen verbarg er seine Angst so gut er konnte und blickte den Furcht einflößenden Wissenshüter scheinbar unbekümmert an. »Warum fragst du mich? Kher hat mich soeben erst hierher gebracht. Wie soll ich mich hier auskennen?«

Bastiar schwenkte zu Kher hin. »Und wer ist dieser Neuling überhaupt? Woher kommt er und warum hast du ihn hergebracht?«

Kher nahm sich offenbar ein Beispiel an Kalt. »Weil der Archimandrit es mir befohlen hat«, antwortete er.

Der Afanc knurrte drohend, aber ehe er sich dazu äußern konnte, geschah etwas. Sein Schlangenhals schoss in die Höhe und der riesige Kopf schien zu lauschen. Falls der Wissenshüter eine Botschaft empfing, konnte Kalt jedenfalls nichts davon hören. Jedoch zeigte, was immer es war, große Wirkung, denn Bastiar zog sich unter unwilligem Fauchen, von dem ihnen die Ohren sausten, in den See zurück und tauchte unter. »Wir sprechen uns noch«, versprach er drohend, dann verschwand er.

Allmählich beruhigten sich die Pferde und auch die Menschen. Kher stieß erleichtert die Luft aus, und Kalt schluckte schwer. »Was meinst du, was geschehen ist? Warum hat er so plötzlich von uns abgelassen?«

»Während er sich mit dir beschäftigt hat, habe ich den

Archimandriten um Hilfe gebeten«, erzählte Kher. »Er klang ein bisschen gepresst, sagte aber, er werde ein Wort mit Bastiar reden.« Er zog die Brauen hoch. »Ich hätte liebend gern gehört, was er zu ihm gesagt hat.«

»Solange er es nicht zu mir sagt«, ergänzte Kalt. »Ich möchte bei einem Mann, der ein Geschöpf dieser Größe einschüchtern kann, nicht auf die falsche Seite geraten.«

»Ich auch nicht«, stimmte Kher zu. »Komm, lass uns von hier fortreiten, ehe der Afanc seine Meinung ändert und zurückkommt.«

Sie hielten sich so weit wie möglich vom Ufer fern und umrundeten das obere Ende des Sees. Nicht nur Kalt war erleichtert, als sie auf der anderen Talseite angelangt waren und über einen unebenen Pfad den felsigen Berghang hinaufstiegen. Die steilen Hänge auf dieser Seite des Tals waren weiter unten dicht bewaldet, eine Biegung des Weges führte sie aber in die entgegengesetzte Richtung zu dem anderen See hin und durch Brombeergestrüpp und Stechginsterbüsche, vereinzelt auch Dornensträucher. Nach und nach wurde der Abhang schroffer, bis sie an einem niedrigen Felsen entlangkletterten. Kher stieg vom Pferd, bedeutete Kalt, das Gleiche zu tun, und begann an einer Stelle gegen den Fels zu drücken, die sich von anderen nicht unterschied. Eine Felsplatte schwenkte ein Stück weit auf und gab eine schmale Öffnung frei. »Hier müssen wir hinein«, sagte der Wissenshüter. »Wir werden –«

Plötzlich unterbrach ihn eine Stimme, die auch Kalt in seinem Innern hörte. »Danke, Wissenshüter Kher, dass du Kalt hierher gebracht hast. Würdest du bitte die Pferde zu den Ställen bringen, ehe du dich zur Ruhe begibst? Und du, Kalt, wirst mit deinem, äh, Gefangenen einen Augenblick warten. Es wird dich jemand holen kommen.«

Kher schaute seinen Gefährten an und zuckte hilflos die Achseln. »Tut mir Leid. Es scheint, ich bin entlassen. Schade – ich hätte zu gern einen Blick auf den geheimnisvollen neuen Archimandriten geworfen.« Er half Kalt, den gefesselten Ak'Zahar vom Sattel loszubinden, dann legten sie ihn zwischen sich auf den Boden. Der Gefangene hatte die ganze Zeit über Essen und Trinken verweigert und musste inzwischen die Folgen der Entbehrung spüren, dennoch war er sehr kampfeslustig, riss an den Fesseln und schnappte mit seinen spitzen Zähnen nach den beiden Männern. Nun, da die Begegnung mit dem Archimandriten so kurz bevorstand, stiegen Zweifel in Kalt auf. »Wie man dieses Wesen im Zaum halten kann, um es zu erforschen, weiß nur der Himmel«, sagte er. »Hoffentlich war es richtig, es überhaupt mitzubringen.«

»Nun, es ist zu spät, um sich darüber Gedanken zu machen«, erwiderte Kher und lud das letzte Bündel des Überbringers auf den Boden. »Wenn sie das Vieh nicht haben wollen, können sie jederzeit ein Messer hineinstoßen. Was soll an der Sache so schwierig sein?« Er schüttelte Kalt die Hand. »Gib auf dich Acht«, sagte er, »und sei unbesorgt. Es kommt alles ins rechte Lot. Wie du dich dem Afanc gestellt hast, war großartig. Wenn sie dich nicht als Wissenshüter nehmen, müssen sie verrückt sein.« Er winkte ab, als Kalt ihm danken wollte, saß auf und ritt, die beiden Rottenpferde am Zügel führend, den Pfad hinab zur Siedlung.

Der Überbringer fühlte sich allein gelassen, unwillkommen und verwundbar, wie er da mit seiner gesamten Habe in zwei kleinen Bündeln an dem nackten Berghang stand und keine andere Gesellschaft hatte als ein tödliches Raubtier, das er streng genommen überhaupt nicht hätte bei sich haben dürfen. Er spähte in die Tunnelöffnung und schauderte. Warum wollte der Archimandrit ihn an einem so feindseligen Ort treffen? Warum war ihm nicht gestattet worden, in die Siedlung zu gehen? Das alles verhieß nichts Gutes für seine Zukunft hier.

Dann hörte er Kratz- und Gleitgeräusche aus der Dunkelheit hinter dem Eingang. Ein fremdartiges grünliches Licht leuchtete in der Hand eines jungen Mannes mit hellbraunem Haar und einem ordentlich zurückgekämmten Pferdeschwanz. Kalt merkte mit dem feinen Gespür des Überbringers, dass an dem Mann etwas Seltsames war, und beim Näherkommen erkannte er, dass seine Augen blind waren. Trotzdem bewegte sich der Fremde sicher, und als er Kalt ansprach, schien er genau zu wissen, wohin er sich wenden musste.

»Du musst Kalt sein«, sagte der junge Mann. »Ich heiße Bailen. Wir kommen, um dich zu Amaurn zu bringen.« Er trat einen Schritt zur Seite und hob die bleiche Lichtquelle. Aus der weichenden Dunkelheit erschien eine lange, glänzende Gestalt, borstig und gepanzert, mit einer Menge Beine und Krallen. Ihr Gesicht war schrecklicher als alle Ungeheuer aus Kalts kindlichen Albträumen. Dagegen sah der Afanc ausgesprochen niedlich aus. Der Überbringer kam nicht umhin, erschrocken zurückzuweichen. Bailen schmunzelte. »Und das«, sagte er, »ist der altgediente Wissenshüter Maskulu.«

Kalt gewann nur mit Mühe die Fassung wieder und stammelte einen Gruß. Im Stillen hoffte er, Amaurn werde nicht so Furcht einflößend sein. Er hatte für einen Tag genügend Schrecken durchgestanden. Dann hörte er in seinem Kopf die knirschende Stimme Maskulus: »Nicht so Furcht einflößend wie ich? An deiner Stelle würde ich nicht darauf zählen.«

Toulac hatte nicht geahnt, wie schwer es sein würde, mit Veldan böse zu sein. Den ganzen Weg flussaufwärts hielt sie sich fern und stand allein im Bug, die Gefährten entschlossen ignorierend. Aber das Gespräch ging ihr immer wieder durch den Kopf, und nach einiger Zeit begann sie sich zu fragen, ob sie vollkommen Recht hatte.

Sei nicht albern! Natürlich hast du Recht! Du weißt, was

Blank für ein Ungeheuer ist – stell dir vor, was aus der Welt wird, wenn er es erst einmal geschafft hat, so viel Macht in die Hand zu bekommen.

Aber Veldan behauptet, er habe sich geändert.

Was kann ein Mädchen wie sie schon wissen? Sie hat nicht in Callisiora leben müssen, als Blank dort die Fäden zog. Und ich habe geglaubt, ihn loszuwerden, als ich nach Gendival ging! Unter seiner Herrschaft will ich nicht noch einmal leben. Wie lange kann es dauern, bis es wieder so kommt wie damals, als er die Gottesschwerter übernahm? Er hat sich die weiblichen Kämpfer vom Hals geschafft – wann wird er mit den weiblichen Wissenshütern dasselbe tun? Und Veldan wird keine Ausnahme bilden. Dieser verräterische Hund wird sich gegen sie wenden, wie er es mit jedem anderen auch tut.

So überlegte sie endlos hin und her, doch am Ende schien immer dieselbe Antwort herauszukommen. Sie sollte sich von der ruhmreichen Zukunft verabschieden, die sie geplant hatte, und einfach fortgehen. Zu schön, um wahr zu sein, das hatte sie schon die ganze Zeit geahnt. Natürlich blieb immer noch die andere Möglichkeit: sich bei Veldan entschuldigen und Blank einen Vertrauensvorschuss geben, ehe sie sich zu gehen entschloss. Aber der Stolz verbot ihr zuzugeben, dass sie vorschnell geurteilt haben könnte, und die vielen Jahre der Erfahrung mit den schlimmsten Seiten der menschlichen Natur machten sie sicher, dass sie sich diesmal nicht irrte.

Plötzlich hörte sie hinter sich einen Schritt. Kam Veldan, um einzugestehen, dass sie falsch lag? Doch ein verstohlener Blick über die Schulter zeigte, dass das Mädchen am Mast stand und mit Kaz redete. Es war Elion, der zu ihr in den Bug kam. Er zögerte, bevor er zu sprechen begann. »Zavahl wird bei uns bleiben. Ich dachte, das würdest du gern wissen wollen.«

Toulac zuckte die Achseln. »Er kann tun und lassen, was

er will.« In Wirklichkeit aber sank ihr der Mut. Wenn Zavahl, der von Blank so furchtbar behandelt worden war, sich bereit zeigte, in Gendival zu bleiben und dem Mann zu vertrauen, stellte das nicht ihr eigenes Handeln als kleinlich und feige hin?

Das kümmert mich nicht.

Sogar für sie selbst klang dieser Satz hohl. Toulac seufzte.

Warum musste es so kommen? Alles lief wunderbar, aber dann musste ja dieser Blank aufkreuzen und alles verderben. Dieser Mensch vergiftet alles, was er anfasst.

Es gab eine lange Pause, bevor Elion wieder etwas sagte. »Bitte, hab's nicht so eilig, Toulac. Weißt du, Veldan ist sehr aufgeregt darüber, dass sie dich verliert. Bist du sicher, dass du es dir nicht noch einmal überlegen willst? Ihr zuliebe?«

Das war ein Tiefschlag! Toulac biss die Zähne zusammen. »Ich würde eine Menge für Veldan tun, Kleiner, aber das ist zu viel verlangt. Ich wünschte, es wäre anders, ist es aber nicht.«

»Du sture alte Schrulle!« Diese Stimme drängte sich in ihre Gedanken, und sie gehörte dem Feuerdrachen.

»Lasst mich in Frieden!« Toulac stützte den Kopf in die Hände und fühlte sich von allen Seiten angegriffen. Zu ihrer Überraschung ging Elion dazwischen. »Komm schon, Kaz. Das ist nicht sehr feinfühlig, oder? Beleidigungen sind noch genauso wenig hilfreich wie seinerzeit, als wir sie uns gegenseitig um die Ohren schlugen.« Er wandte sich wieder Toulac zu. »Wenn wir wieder zurück sind, geh doch einfach in den Gasthof, iss etwas und ruhe dich richtig aus. Man weiß nie, eine Sache kann ganz anders aussehen, wenn man sie überschlafen hat.« Damit ließ er sie allein und ging zurück zu Kaz und Veldan.

Die drei Wissenshüter begaben sich nach achtern und steckten die Köpfe zusammen. Sie schienen über irgendetwas sehr leidenschaftlich ihre Meinungen auszutauschen.

Reden sie etwa über mich? Oder bin ich nur ein misstrauisches altes Weib?

Toulac fühlte sich einsamer denn je. Alle Freude über ihre Rettung und die neue Heimat war nun dahin. Es half auch nicht, dass ihre Zweifel wuchsen, je näher sie der Siedlung kamen. Beging sie eine Dummheit? War sie im Irrtum? Warf sie ihre Zukunft wegen eines Vorurteils weg? Und das vielleicht nur, weil sie sich stur weigerte, zuzugeben, dass sie sich geirrt haben könnte?

Als das Fährboot am Handelsposten anlegte, wurden Fahrgäste und Mannschaft wärmstens empfangen. Ein stämmiger Mann mit grauen Haaren und lustig zwinkernden Augen begrüßte sie von der Anlegestelle, und ein jüngerer dunkelhaariger Mann, der eine gewisse Ähnlichkeit mit Meglyn hatte, kam aus dem Haus geeilt. Toulac sah verblüfft zu, wie er Veldan mit einer Hand an Land half und in seine Umarmung zog. Es war offensichtlich, dass er sie mochte.

Sie hat mir gar nichts von ihm erzählt! Nicht, dass das für mich noch wichtig wäre.

Dann erwies der Ältere Toulac denselben Dienst, machte eine höfliche Verbeugung und lachte über das ganze Gesicht. Trotz ihrer düsteren Stimmung fand Toulac es unmöglich, das Lachen nicht zu erwidern. Die beiden Männer wurden ihr als Skeryn und Ruthar vorgestellt, und sie waren sehr darauf erpicht, die Geschichte ihrer Rettung zu hören, aber Elion, Veldan und Kaz hatten es mit der Weiterreise außerordentlich eilig. »Wir holen es nach, versprochen«, sagte Elion zu den beiden. »Aber jetzt müssen wir heimwärts.«

»Amaurn will dringend mit Zavahl sprechen«, sagte Veldan.

Toulac entging nicht, dass Ailie ärgerlich das Gesicht verzog – und dass ein Anflug von Furcht über Zavahls Gesicht huschte.

Vielleicht möchte er doch lieber mit mir gehen?

Doch die alte Söldnerin schaute Ailies üppige Gestalt und ihr liebliches Gesicht von der Seite an und begriff, dass bei einem Mann, der ein einsames und unerfülltes Leben hinter sich hatte, weder Angst noch Vernunft sich gegen diese machtvollen Argumente, zu bleiben, behaupten konnten.

Endlich kommt er zu sich selbst. Wer bin ich, dass ich mich da einmische? Ich weiß, wie glücklich ich gewesen bin, als ich meinte, ein neues Leben zu beginnen.

»Es zwingt dich niemand zu gehen«, sagte eine Stimme in ihrem Kopf.

Toulac drehte sich wütend zu dem Feuerdrachen um. Er wusste sehr gut, dass sie ihm nicht laut antworten konnte, weil sie sonst alle anderen in das Gespräch einbezog, und dass sie gegen ihn machtlos war, solange sie ihm die Antwort nicht lautlos schicken konnte.

Sie könnte ihn natürlich einfach nicht beachten. Als Ruthar die Pferde aus dem Stall brachte, beschloss sie, nicht auf dem Rücken des Feuerdrachen zu reiten. Veldan bemerkte nichts dazu, doch Toulac sah ihre gekränkte Miene und spürte wieder drängende Gewissensbisse. Mit wachsendem Zorn dachte sie an Blank. Es war alles seine Schuld – doch, doch. Jedenfalls war es leichter, ihm Vorwürfe zu machen als sich selbst.

Während sie am Fluss entlangritten, wurde ihre Freude, auf einem Pferderücken zu sitzen, erneut getrübt, denn sie sah sich wehmütig an Mazal erinnert. Der dunkelbraune Wallach, den sie ritt, war ein zufriedenstellendes Tier, gut gepflegt und ausgebildet, doch verglichen mit ihrem grauen Hengst sehr träge und folgsam. Nur Kaz sorgte bald für Ablenkung, indem er die einseitige Unterhaltung wieder aufnahm.

»Warum wartest du nicht ab und sprichst erst einmal mit Amaurn?«, sagte er. »Ich persönlich würde dem Hurensohn nur so weit trauen, wie ich ausspucken kann, aber ich glaube, der Boss hat Recht. Im Augenblick ist er der beste Anführer für den Schattenbund. Sprich einfach mit ihm, Toulac. Veldan zuliebe. Wann hättest du sonst wieder die

Gelegenheit, ihm entgegenzuhalten, was er in Callisiora so alles gemacht hat? Er sagt, er hatte seine Gründe. Warum hörst du sie dir nicht an, bevor du urteilst? Wenn du das nicht tust, verbringst du den Rest deines Lebens mit der Frage, ob du vielleicht einen Fehler begangen hast. Oder noch schlimmer: sie machen sich an deinem Gedächtnis zu schaffen, wenn du Gendival verlässt, sodass du dich an Veldan und mich überhaupt nicht erinnerst und völlig vergisst, dass du je hier gewesen bist.«

Toulac schnappte nach Luft. Daran hatte sie nicht gedacht. Wie könnte sie es ertragen, sich die Erinnerungen an diese Abenteuer nehmen zu lassen und wieder die verbitterte, unglückliche alte Frau zu werden, die mühsam ihre letzten Tage in der Sägemühle verbrachte?

Der Feuerdrache drehte den Kopf nach hinten und sah sie an. »Wenn es nur Blank ist, der dir Kopfzerbrechen macht, dann brauchst du dich nicht zu sorgen.« Er ließ lässig die Zunge heraushängen, was ein Grinsen nach Feuerdrachenart war. »Wenn er dich nur im Geringsten ärgert, brate ich den Lümmel.«

Toulac konnte nicht anders als lächeln. »Danke, Kaz, vielleicht komme ich auf dein Angebot zurück.«

Sie merkte nicht, dass sie die Gedankensprache gebrauchte, bis Kaz mit dem Kopf zu ihr herumfuhr und sagte: »Toulac, du hast es wieder gekonnt! Ich habe das gehört! Das entscheidet die Sache. Jetzt kannst du nicht mehr weggehen. Du gehörst hierher, in den Schattenbund.« Seine Augen funkelten. »Und wenn ich noch irgendwelchen Unsinn höre von wegen abhauen und uns sitzen lassen, dann brate ich *dich*. Es ist eine Weile her, dass ich einen Menschen verputzt habe.«

Toulac riss die Augen auf. »Hast du nicht!«

Kaz sah sich mit hängender Zunge um. »Einen von Blanks Wachen bei der Sägemühle«, erzählte er. »Jetzt weißt du's.«

»Also, mir ist deswegen nicht bange«, erwiderte Toulac und versuchte ihr Bestes, nicht entsetzt zu klingen – oder wenigstens nicht so auszusehen. »Ich bin viel zu zäh und sehnig.«

Eine kleine Rauchfahne zog zwischen den Zähnen des Feuerdrachen heraus. »Nicht im gekochten Zustand.«

An dieser Stelle merkte Toulac, dass sich der gesamte Wortwechsel im Stillen abgespielt hatte. Kaz hatte sie – mit Absicht vermutlich – davon abgelenkt, dass sie ihm ganz selbstverständlich antwortete.

Ich kann's! Ich kann es jederzeit! Es fällt mir nur schwer, wenn ich mich eigens anstrenge, aber daran kann ich arbeiten. Und kann ich jetzt wirklich noch gehen? Kann ich einfach nach Callisiora zurückgehen und Veldan den Rücken kehren und auf Gedankenübertragung und all die Abenteuer verzichten, die ich beim Schattenbund hätte? Wie könnte ich zulassen, dass dieser verfluchte Blank mir all das nimmt? Und warum sollte ich?

Aber ich habe Veldan unmissverständlich klar gemacht, dass ich nicht bleiben kann, wo Blank sich aufhält. Wie kann ich jetzt einen Rückzieher machen, ohne dumm und jämmerlich auszusehen?

Toulac schwankte noch, überlegte hin und her, und Kaz, der sein Ziel erreicht sah, ließ sie dabei in Ruhe. Er sprach aber offensichtlich mit seiner Partnerin, denn Toulac merkte, dass Veldan immer wieder heimlich zu ihr hinsah.

Nach einer Weile erreichten sie die Straße, die zu den Ställen des Schattenbundes führte, wo eine Anzahl Pferde, die Toulac traurig an Mazal denken ließen, friedlich auf den umliegenden Koppeln standen. Ailie hatte es höchst eilig, zum Gasthof zu kommen – vorzugsweise mit Zavahl –, und Veldan bot an, ihr die Zeit zu ersparen und ihre beiden Pferde zu Harral mitzunehmen. »Ich nehme auch die übrigen, wenn ihr wollt«, sagte sie. »Auf Kaz bin ich genauso schnell daheim wie ihr.« Elion nahm ihr Angebot dankbar an und meinte, er werde so lange draußen bei Kaz bleiben. Toulac wunderte sich, warum es ihm widerstrebte, in die Ställe zu gehen.

In der Zwischenzeit hatte die Sölderin beschlossen, dass es am besten wäre, ihre Entscheidung zu verschieben. Als sie vom Pferd stiegen, ging sie zu Veldan. »Also gut«, sagte sie. »Ich werde tun, was du möchtest. Ich werde euch heute Abend doch nicht verlassen. Ich warte mit der Entscheidung bis morgen, bis ich mit diesem elenden, hartherzigen Lumpen gesprochen habe. Aber ich bleibe im Gasthof, wohlgemerkt«, fügte sie noch hinzu, entschlossen, wenigstens unabhängig zu sein. Sie wollte nicht, dass Veldan die Nacht damit zubrachte, sie vom Bleiben zu überzeugen. »Bis du nun zufrieden, Mädelchen?«

Veldan lächelte. »Sehr zufrieden, Toulac, und auch du wirst sehr zufrieden sein, wenn du dich entschließt zu bleiben. Ich habe es schon zu Cergorn gesagt, und später zu Amaurn, und jetzt sage ich es zu dir: du gehörst hierher.«

»Wenn das so ist, hat sich das Schicksal verdammt spät herabgelassen, mich hierher zu verschlagen«, erwiderte die Söldnerin brummend, aber es war ihr unmöglich, ein Grinsen zu unterdrücken.

»Wenn das so ist, solltest du lieber keine Zeit mehr verschwenden, oder?« Mit selbstgefälliger Miene, weil sie mal wieder das letzte Wort gehabt hatte, bog Veldan in die Straße ein und wurde von da an von den Pferden gezogen, die ihren Stall witterten.

Toulac wusste, wie sich die Tiere fühlten. Die vergangenen zwei Nächte und der Tag dazwischen hatten sie erschöpft. Sie konnte es nicht erwarten, in den behaglichen Gasthof zu kommen und endlich die Beine hochzulegen. Als die kleine Gruppe zum Dorf zog, begann sie zu wünschen, sie wäre doch bei den anderen geblieben. Angesichts der Vertrautheit zwischen Ailie und Zavahl kam sie sich überflüssig vor.

Natürlich wollten die beiden dringend allein sein – und das passte ihr gut.

Als sie am Gasthof anlangten, überließ sie das Liebespaar eilig sich selbst. Während diese in der Schankstube nach Olsam suchten, ging sie in die Küche und holte sich etwas Brot, Käse, einen Krug Milch und eine halbe Fleischpastete, die zufällig unbeachtet dalag. Die Beute an sich gedrückt, stieg sie die Treppe hinauf. Oben hörte sie Stimmen und Hämmern und Kratzen aus Zavahls Zimmer, daher spähte sie im Vorbeigehen hinein und sah Tischler und Maurer am Werk, die den Schaden durch die Riesendrohnen behoben. Sie schauderte bei dem Gedanken an die schrecklichen Geschöpfe – und grinste dann bös in sich hinein.

Wollen wir hoffen, dass Ailies Schlafzimmer hübsch abgeschieden und bequem ist, denn das werden sie nötig haben. Sonst wird es ihnen ein bisschen schwerfallen, sich auszutoben.

Ein wenig schadenfroh, dass es Zavahls Zimmer gewesen war, das sie zertrümmert hatten, während ihres verschont geblieben war, trat sie, der Verlockung ihres weichen Bettes folgend, geradewegs an ihre Tür. Darum war es eine böse Überraschung, dass schon jemand darin lag: ein schlaksiger halbwüchsiger Junge, der sich, nach dem verschmierten Gesicht zu urteilen, in den Schlaf geweint hatte. Wenngleich sie sicher war, dass sie ihn nicht kannte, fand sie doch vertraute Züge in dem Gesicht und fühlte sich an irgendjemanden erinnert.

Toulac stellte das Essen auf dem Tisch ab und stemmte die Fäuste in die Hüften. »Also, bei allen guten Geistern! Wer bist du nun schon wieder, möcht ich mal wissen!«

Der Junge schlug die Augen auf und schaute sie blinzelnd an. »Ich heiße Scall«, sagte er, »und wer bist du?«

Kapitel 24

Ein neuer Standpunkt

Kalt hatte so etwas wie Maskulus Erdhöhle noch nie gesehen. Die schwarzen Stollen wirkten nach dem offenen Himmel und der Weite des Heidelandes umso beengender. Er fühlte sich wie in einer Falle und meinte, das Gewicht von Erdreich und Gestein zu spüren. Mit klopfendem Herzen ging er neben dem blinden Wissenshüter her und hielt zaghaft den eiförmigen Gegenstand fest, den Bailen ihm gegeben hatte und der Glimmer genannt wurde. Zu jedem anderen Zeitpunkt wäre der Überbringer von dem leuchtenden Ding gefesselt gewesen, aber heute waren seine Gedanken ganz auf etwas anderes gerichtet.

Bailen trug das Bündel, das Grimm gehört hatte, und Maskulu den Ak'Zahar, indem er schlicht und ergreifend eine Kralle in den Fesseln einhakte und ihn über den Boden schleifte. Wäre Kalt von der unbarmherzigen Grausamkeit dieses Geschöpfes nicht unmittelbar Zeuge geworden, es hätte ihm Leid getan, wie sein schmaler Kopf fortgesetzt auf dem steinigen Boden aufschlug. Doch wie die Dinge standen, war er mehr über sein eigenes Schicksal beunruhigt, als dass er sich um jemanden sorgen konnte, der ihn fast umgebracht hätte.

Seinem Empfinden nach gingen sie schon einige Zeit durch die gewundenen, verzweigten Gänge, doch er ahnte, dass sein Unbehagen über die Umgebung, verbunden mit der

Angst vor dem kommenden Gespräch mit dem Archimandriten, bewirkte, dass ihm jeder Augenblick fünfmal so lang erschien. Daher kam es ihm wie eine Erlösung vor, als ihn der grässlich aussehende Maskulu nach sämtlichen Details der Gefangennahme des Ak'Zahar zu fragen begann. Während Kalt seine Geschichte erzählte, wie er hierher gelangt war, und erklärte, warum er in Begleitung eines Räubers kam, der dem Schattenbund verhasst war, konnte er gleichzeitig seine Gedanken ordnen und sich von der kommenden Prüfung ablenken.

Kalt war gerade an der Stelle angekommen, wo sie Scall im Gasthof ließen, und hatte die Begegnung mit dem Afanc noch nicht berührt, als Maskulu ihn unterbrach. »Wir sind da. Halte Abstand zum Archimandriten und bewege dich nicht plötzlich auf ihn zu. Dein Leben hängt davon ab.« Er zwängte sich durch eine Türöffnung, wobei er den Ak'Zahar noch hinter sich herzog, und führte Kalt in eine Kammer, die wie die Stollen aus dem Fels gehauen war. Kalt war froh, dass die Prüfung bald vorüber sein würde, ganz gleich mit welchem Ergebnis. Er straffte die Schultern und folgte Maskulu, während Bailen hinter ihm eintrat.

Die Erscheinung des gefürchteten Archimandriten entsprach ziemlich seiner Erwartung. Kurzes graues Haar, kalte graue Augen und ein Gesicht wie aus Granit. Was er nicht erwartet hatte, war jedoch, dass diese einschüchternde Person gebeugt auf einer Decke auf dem Boden lag und von einem Wesen umsorgt wurde, das wie ein großer, aufrecht gehender Otter aussah, ein rundes, pelziges Gesicht hatte sowie Pfoten, die geschickt wie Menschenhände waren.

An die düsteren Wohnungen der Rotten gewöhnt, konnte Kalt auch in dem wenigen Licht der Glimmer scharf sehen. Er sah zum Beispiel, dass Amaurns Kleider blutig waren und er eine offene Wunde an der Seite hatte. Das Otterwesen, wahrscheinlich auch ein Wissenshüter, tat etwas mit einer kurzen, engen Röhre, die einen sehr hellen Lichtstrahl abgab. Nach der grauen Gesichtsfarbe, dem verkrampften Unterkiefer und den Schweißperlen auf der Stirn zu urteilen, bereitete das Verfahren Amaurn große Schmerzen. Neugierig trat der Überbringer einen Schritt vor, doch ein warnendes Rasseln Maskulus hielt ihn auf.

Amaurn blickte auf. Der Mann hätte, wie er unter Schmerzen am Boden lag, weniger einschüchternd wirken sollen, doch Kalt ließ sich keinen Augenblick lang täuschen.

Du hättest Grimm heißen sollen, nicht mein Meister.

Plötzlich begriff er, warum sein Lehrer diesem Menschen so viele Jahre gefolgt war. Wenn man ihn mit einem Gewicht in einem Sack einbände und in den See würfe, so hätte man dennoch mit ihm zu rechnen.

Die grauen Augen blitzen auf. »Danke für die Würdigung«, sagte Amaurn trocken. »Ich hoffe, du fühlst dich nicht versucht, es auszuprobieren.«

Verlegenheit und Zorn überzogen Kalts Gesicht mit Hitze, als er erkannte, dass er in der Anspannung des Augenblicks vergessen hatte, seine Gedanken abzuschirmen, und dass Amaurn sie beiläufig aufgefangen hatte. Kurz wünschte er sich verzweifelt seine weiße Knochenmaske zurück, die seinen Gesichtsausdruck – und die roten Flecken – verborgen hätte. Doch der bloße Gedanke an die Maske genügte, dass er die gebieterische Ausstrahlung des Überbringers zurückgewann. »Ich mag achtlos gewesen sein«, sagte er scharf, »doch woher nimmst du das Recht, mich auszuforschen?«

Seine wütenden, hitzigen Augen begegneten dem kühlen Blick des Archimandriten. Keiner wollte dem anderen weichen, und der Zweikampf ihres Willens hätte sich endlos fortgesetzt, wenn nicht der kleine pelzige Wissenshüter Amaurn dazu gebracht hätte, vor Schmerz zusammenzuzucken und das Patt damit aufzugeben.

Als sich ihre Blicke wieder begegneten, war Amaurns Miene weniger hart und kalt. »Ich bin in deine Gedanken eingedrungen, weil ich es für notwenig hielt«, sagte er zu

Kalt. »Wie du sehen kannst, treffen wir einander nicht unter den besten Umständen. Was ich dir gleich mitteilen werde, ist im Schattenbund noch nicht allgemein bekannt, darum verlange ich von dir, dass du deinen Mund verschlossen hältst und deine Gedanken beherrschst, junger Mann. Ich bin heute von einem Meuchelmörder angegriffen worden und nur knapp mit dem Leben davongekommen. Leider ist auch der Mörder entkommen. Er ist ein Takur – ein Gestaltwandler, der sich verwandeln kann, wie es ihm gerade einfällt – selbst die Gestalt des geschätzten Gehilfen meines ältesten Freundes könnte er annehmen. Du siehst also, ich muss sehr vorsichtig sein, bis der Angreifer gefasst ist. Darum behandelt Kyrre meine Wunde in Maskulus Wohnung, anstatt mich in der Siedlung zu behandeln. Wir verschweigen meine Verwundung, damit sie nicht im Schattenbund die Runde macht und womöglich noch jemandem einen ähnlichen Einfall beschert.« Er zog eine Grimasse, die mehr von den Schmerzen herrühren mochte als von dem Versuch zu lächeln. »Darum entschuldige ich mich nicht dafür, dass ich in deine Gedanken eingedrungen bin. Ich weiß nun, dass du der bist, für den du dich ausgibst, und nicht irgendein Hochstapler.«

Dann wurde er freundlicher. »Es tut mir so entsetzlich Leid um Grimm. Er war mein bester und ältester Freund. Er hatte sich schon so lange darauf gefreut, nach Gendival zurückzukehren, und nun ist es nicht mehr dazu gekommen.« Amaurn wandte kurz das Gesicht ab, ehe er sich Kalt mit einem herzlichen, wenn auch angestrengten Lächeln erneut zuwandte. »Aber sein Gehilfe ist doppelt willkommen. Ich weiß, dass er dich und deine Fähigkeiten hoch geschätzt hat, Kalt, und wenn du hier zu bleiben wünschst: ich kann jeden Gefolgsmann gebrauchen, der ...«

Wieder verzog er vor Schmerzen das Gesicht. »Wirst du das verfluchte Ding wegnehmen, Kyrre!«, schnauzte er. »Wie soll ich denn ein Gespräch führen, während du mir mit diesem mörderischen Gerät das Fleisch versengst?«

»Ganz wie es dir beliebt, mein Herr Archimandrit.« Die Stimme des Otterwesens hatte einen ausgesprochenen weiblichen Klang. »Aber du weißt, je länger ich die Versiegelung aufschiebe, desto schwerer wird die Wunde heilen – besonders wenn du weiterhin nicht stillhälst und immerzu versuchst, dich aufzusetzen. Ich habe dich gewarnt, dass es mächtig schmerzt, aber du wolltest ja nicht, dass ich dich betäube.«

Kalt kämpfte kurz mit seiner Schüchternheit und wagte nicht gleich, sich zu äußern. Doch er musste sich des neuen Daseins als Wissenshüter erst noch würdig erweisen, und wenn er gleichzeitig dem ältesten Freund seines Lehrers helfen konnte, dann war er das Grimm schuldig. Er räusperte sich und sprach. »Vielleicht kann ich bei dieser Wunde helfen.«

»*Du* kannst helfen?« Amaurn starrte ihn schmerzerfüllt und ein wenig gereizt an. »Ich gehe doch davon aus, dass Grimm dir die Geschichte des Schattenbundes erzählt hat?«

»Das tat er, ja, aber ...«

»In diesem Fall muss dir bekannt sein, dass wir hier die ärztliche Ausstattung eines Volkes besitzen, das uns an Kenntnissen und Kräften weit überlegen war. Was kann also – nimm es mir nicht übel – der Zauberpriester eines Stammes von Wilden, der noch nicht trocken hinter den Ohren ist, tun, um es mit solcher Kunstfertigkeit aufzunehmen?«

Kalt biss die Zähne zusammen. »Nun, ich kann gewiss deinen Schmerzen ein Ende machen, ohne dich bewusstlos zu schlagen. Grimm hat jahrelang daran gearbeitet, die Kräfte der Gedankenübertragung dahin auszudehnen, dass wir mit unserem Geist unsere körperlichen Vorgänge und die anderer Menschen beeinflussen können. Wir haben für die Rotten nicht viel tun können – Zauberpriester mögen wir sein, aber die rückständigen Wilden sind nicht bereit etwas zu dulden, was sie für Zauberei halten. Grimm sagte, dass

Cergorns Weisungen verboten, was wir taten, daher wussten wir nicht, wie weit wir unser Verfahren treiben konnten. Aber wenn du dich lieber auf die halb verstandenen Hinterlassenschaften eines längst zu Staub zerfallenen Volkes verlassen willst, so steht dir das frei. Es sind deine Schmerzen. Behalte sie, wenn sie dir lieb geworden sind.«

Amaurn öffnete den Mund, dann schloss er ihn wieder. Offenbar hatte er von einem Neuankömmling eine derart kühne Antwort nicht erwartet. Er erholte sich jedoch schnell von seiner Überraschung. »Was willst du denn mit deinen neuen Künsten eigentlich ausrichten? Und woher weißt du, dass sie wirken?«

Kalt lächelte. »Jetzt kann ich *deine* Gedanken auffangen, Archimandrit. Du denkst, dass mein Verfahren gut sein muss, da Grimm es erfunden hat – und dass er dir sicher hätte helfen können. Mir dagegen traust du eher zu, dass ich die Sache verpfusche und dich irgendwie verletze.« Er zuckte die Achseln. »Ich fürchte, da kann ich dir nicht helfen. Am Ende kannst nur du entscheiden, ob du dich mir anvertraust oder nicht.«

Der Blick des Archimandriten wurde hart. »Willst du damit sagen, dass ich Angst habe?«

»Ich will sagen, dass ich deine Zweifel verstehe«, antwortete Kalt. »Nachdem du heute deinem Mörder begegnet bist, hast du jedes Recht, auf der Hut zu sein. Ich komme einfach dahergelaufen, stelle unerhörte Behauptungen auf, du kennst mich kaum eine Stunde, und da bitte ich dich, mir zu vertrauen.« Er lächelte schief. »Wenn ich in deiner Haut steckte, würde es mir bestimmt nicht anders gehen.«

»Und du willst dennoch bei deinen Behauptungen bleiben?«

Kalt nickte. »Ich kann dir die Schmerzen nehmen, solange die Heilerin ihr Gerät benutzt, und möglicherweise hilft dir das auch, eine Entzündung abzuwehren, sodass die Heilung ein wenig schneller vonstatten geht. Ich bin nicht so erfahren wie Grimm, aber als sein Freund müsstest du wissen, dass er nicht der Mann war, der Dinge um der Heimlichkeit willen geheim hielt. Er hat mich alles, was er über dieses Heilverfahren wusste, gelehrt – zumindest mit Worten«, fügte er wahrheitsgemäß hinzu. »Vergessen wir nicht, dass er wenig Gelegenheit hatte, seine Erkenntnisse in die Tat umzusetzen.«

Es entstand ein kurzes Schweigen, ehe Amaurn antwortete. »Ich schätze deine Ehrlichkeit, und ich meine, dass die Lehrzeit bei Grimm dich mehr geprägt hat, als du ahnst. Ich erkenne viel von ihm an dir wieder«, sagte er. »Also gut, Kalt, du hast mich überzeugt. Versuchen wir's.«

»Amaurn, nein! Das ist vollkommen närrisch.«

»Archimandrit, es gibt keinen Grund, solch ein Wagnis einzugehen.«

Maskulu und Kyrre redeten gleichzeitig, aber Amaurn winkte ab. »Er soll es versuchen«, sagte er, und wandte sich wieder an Kalt. »Kümmere dich zuerst um die Schmerzen. Wenn du Erfolg hast, darfst du alles tun, was du für angemessen hältst.«

Kalt schluckte schwer ob der Verantwortung, die der Archimandrit ihm auflud. Dann kam ihm ungewollt das Gesicht des Jungen in den Sinn, dessen Leben er beendet hatte, und zugleich stellte sich ein neues Begreifen ein. Er hatte das Kind nicht retten können, aber was er dabei gelernt hatte, würde ihm jetzt helfen. In der Erinnerung hörte er Grimms Worte: *»Ich habe volles Vertrauen zu dir.«*

So gewann auch er volles Vertrauen zu sich selbst. »Gut«, sagte er, »fangen wir an.«

Der Überbringer näherte sich Amaurn behutsam, denn er spürte Maskulus wachsamen, missbilligenden Blick. Er kniete sich hin und wollte dem Archimandriten soeben die Hand auf den Kopf legen, als Kyrre neben ihn trat, um ihre Arbeit fortzusetzen. Bei ihr spürte Kalt Neugier, Zweifel und Hoffnung. »Hast du etwas dagegen einzuwenden, wenn ich mich mit deinem Geist verbinde?«, fragte sie. »Ich möchte gern sehen, was du tust. Neue Heilverfahren sind für uns sehr wichtig.«

»Ich würde es sogar begrüßen«, sagte Kalt. »Ich bin meinerseits neugierig auf dein Gerät. Vielleicht können wir uns später darüber austauschen. Ein Gespräch mit einer erfahrenen Heilerin wäre gut für mich.«

»Das würde mir gefallen«, antwortete Kyrre, und er wusste, dass er soeben eine Freundin gewonnen hatte.

Sacht legte er Amaurn die Finger auf die Stirn und drang in Amaurns Geist ein – zumindest war das seine Absicht. Stattdessen stieß er gegen eine glatte graue Wand, die so undurchdringlich war wie Granit.

Mist!

Den Rotten zu helfen war eine Sache, aber mit einem Menschen zu arbeiten, der gewöhnt war, seine Gedanken gegen andere abzuschirmen, brachte einen ganzen Haufen neuer Schwierigkeiten mit sich.

Vielleicht aber auch neuen Gewinn. Man könnte dem Kranken beibringen, den Heiler zu unterstützen.

Aber dafür war es noch zu früh. »Archimandrit«, sagte er geduldig, »du schirmst dich ab. Du musst mich jedoch einlassen, sonst kann ich gar nichts für dich tun.«

Amaurn blickte ihn ungehalten an. »Aber ich lasse dich ja ein. Was redest du?«

»Ich fürchte, das tust du nicht.«

»Oh.« Amaurn sah ein wenig verlegen aus. »Alte Gewohnheiten sind hartnäckig. Versuch es noch einmal, Kalt. Ich werde mir alle Mühe geben, entgegenkommender zu sein.«

Noch einmal berührte der Überbringer Amaurns Stirn und versenkte sich in dessen Geist. Diesmal fand er einen Spalt in der Wand, durch den er hindurchpasste. Der Archimandrit war offenbar kein Mann, der sich unnötig preisgab. Kalt suchte die Stellen, wo die Schmerzen empfangen wurden, und kappte die Übertragung von Amaurns Wunde. Er nickte Kyrre zu. »Du kannst jetzt weitermachen und die Wunde verschließen. Er wird nichts davon spüren.« Dabei klang er gekünstelt, weil er sich anstrengte, die Gedankenverbindung zu Amaurn nur ja nicht abreißen zu lassen.

Ich hoffe jedenfalls, dass er nichts spürt.

Dann sah er gespannt zu, wie Kyrre mit dem Lichtstrahl Schicht um Schicht die Schnittwunde schloss, bis schließlich eine dunkelbraune Narbe zurückblieb. Amaurn lag still und ließ die beiden ihren Dienst verrichten. Sein Blick blieb argwöhnisch, doch offensichtlich litt er keine Schmerzen.

»Was tut ihr denn da?«

Das war die Stimme einer Frau, doch Kalt durfte sich nicht erlauben, neugierig aufzublicken, wer da redete. Er sah nur, wie Amaurns Miene sich in einer Weise aufhellte, dass er wie ein anderer Mensch erschien. »Veldan!«, sagte der Archimandrit. »Ich bin froh, dass du wieder da bist. Und Kazairl und Elion auch.«

Jemand kniete sich neben Kalt, doch er wagte noch nicht, sich von Amaurn abzuwenden. Die junge Frau redete weiter, und er merkte, dass seine Konzentration nachließ. »Wollt ihr *bitte* still sein?«, sagte er durch die Zähne. »Nur noch ein paar Augenblicke!«

Keiner sprach noch ein Wort, doch Kalt war so eng mit Amaurns Geist verbunden, dass er am Rande seiner Wahrnehmung spürte, wie eine dicht abgeschirmte Unterhaltung mit der jungen Frau stattfand. Er merkte ihre Blicke und wusste, dass Amaurn ihr alles über ihn erzählte. Kalt hätte vieles dafür gegeben, um zu erfahren, was sie redeten, sagte sich aber, er habe sich um seine Aufgabe zu kümmern. Er wünschte, Kyrre würde sich beeilen und fertig werden. Es wurde ihm immer schwerer, die Übertragung der Schmerzen zu verhindern, und er bekam davon Kopfschmerzen. Außerdem war er sehr neugierig auf Amaurns Besucherin oder vielmehr auf die Besucher.

Endlich war es geschafft, und er brauchte nur noch eine leichte Sperre zu hinterlassen, um die restlichen Schmerzen bei der Heilung zu dämpfen. Er zog sich erleichtert aus Amaurns Geist zurück und streckte seinen verkrampften Rücken. Dabei begegnete er zwei großen grauen Augen in einem Gesicht von erlesener Schönheit. Er merkte nicht, dass er sie anstarrte, bis sie ihm ins Gesicht schlug. Er hatte den Schlag nicht kommen sehen, und es riss ihm den Kopf heftig zur Seite. Da erst fiel ihm die Narbe auf ihrer Wange auf, und er begriff, dass sie annehmen musste, er habe darauf gestarrt.

Es würde nicht leicht werden, aus dieser Lage herauszukommen. Wenn er bestritt, ihre Entstellung angestarrt zu haben, bewies das nur, dass er hingesehen hatte. Und je länger er schwieg, desto tiefer wurde das Missverständnis. Sein Verstand raste. »Es tut mir Leid, dass ich dich angestarrt habe«, sagte er. »Das war sehr ungehobelt. Aber hat dir noch niemand gesagt, dass du wunderschöne Augen hast?«

Die wunderschönen Augen verengten sich misstrauisch – aber was hätte die Besitzerin sagen können? Wenn sie ihn beschuldigte, auf die Narbe geblickt zu haben, würde sie selbst die Aufmerksamkeit darauf lenken. Plötzlich empfing er ein Kichern auf einem sehr geheimen Gedankenstrang. »Hi, hi. Das hat sie durcheinander gebracht. Nicht schlecht, Fremder. Du könntest mir gefallen.« Der Überbringer blickte an der jungen Frau vorbei und sah dort ein großes Drachenwesen bei einem bärtigen, dunkelhaarigen Mann stehen – und es war keinesfalls der Mann, der gesprochen hatte.

Inzwischen fand die junge Frau die Sprache wieder. »In diesem Fall habe ich mich bei dir zu entschuldigen«, antwortete sie steif. Kalt hörte heraus, dass sie ihm nicht glaubte, aber sie bemühte sich, gute Miene zum bösen Spiel zu machen.

Während der ganzen Begegnung hatte der Überbringer am Rande bemerkt, dass Amaurn sehr aufmerksam zwischen ihnen beiden hin und her geblickt hatte. Schließlich ergriff er das Wort. »Gut gemacht, Kalt. Das war sehr eindrucksvoll. Ich habe gar nichts gespürt. Wie ich schon sagte, du bist Grimm ein würdiger Nachfolger. Er wäre sehr stolz auf dich, und du gehörst zweifellos in den Schattenbund.« Er wandte sich der jungen Frau zu. »Veldan, würdest du mir einen Gefallen tun? Kalt ist noch ganz neu hier. Würdest du ihn umherführen und ihm alles erklären?«

»Warum ich?«, erwiderte sie schroff. »Wäre Elion nicht viel geeigneter?«

»Nein, der Ansicht bin ich nicht«, antwortete der Archimandrit freundlich. »Was meinst du, Kalt? Würde es dir gefallen, wenn Veldan dir die Siedlung von Gendival zeigte?«

»Das würde mir sehr gefallen«, sagte der Überbringer.

Amaurn schmunzelte in sich hinein. Ihm war nicht entgangen, wie Kalt die junge Frau angesehen hatte, und er war überzeugt, dass die Narbe wirklich das Letzte war, was er dabei im Sinn gehabt hatte.

»Das sollte Veldan die Augen öffnen. Sie hat sich so sehr darauf versteift, jeder würde nur auf diese dumme Narbe sehen, dass sie das Beste im Leben versäumt.« Diese Gedanken kamen von Kazairl, und zwar unter äußerster Abschirmung.

Der Archimandrit tauschte mit dem Feuerdrachen einen verschwörerischen Blick. »Ganz meine Meinung«, sagte er. »Ich will nicht, dass sie sich immerzu hinter ihrer Arbeit als Wissenshüterin versteckt – sie verdient viel mehr. Kalt wird ihr gut tun.«

Der Feuerdrache ließ die Zunge heraushängen. »Weißt du«, entgegnete er, »für einen Gewaltherrscher bist du manchmal gar nicht so übel.«

Amaurn bemühte sich, nicht zu grinsen, und wandte sich

Kalt zu. »Dann ist das also abgemacht«, sagte er. »Veldan wird sich um dich kümmern. Aber ich sollte euch einander vorstellen, wie es sich gehört. Kalt, das sind Wissenshüterin Veldan und ihre Gefährten, die Wissenshüter Elion und Kazairl. Kazairl ist der mit den Zähnen und dem Schwanz. Er ist ein Feuerdrache und Veldans Partner.« Dann deutete er auf den Überbringer. »Und das ist Kalt, er war Überbringer bei den Rotten und der Gehilfe meines besten Freundes. Er ist neu bei uns und eine sehr willkommene Verstärkung des Schattenbunds. Und da wir gerade von Verstärkung sprechen: wie geht es den Dobarchu-Flüchtlingen, Veldan?«

Die Wissenshüterin riss ihre Gedanken von Kalt los. »Wir haben sie fürs Erste ins Krankenhaus geschickt. Danach gedachten wir, sie in einem der Häuser am Seeufer unterzubringen.«

»Ich soll dir ihren Dank ausrichten«, warf Kyrre ein. »Ich habe eben mit Mrainil gesprochen und gehe zu ihnen, sobald ich hier fertig bin.«

Hier wurden sie von Maskulu unterbrochen. »Das Oberhaupt der Gestaltwandler naht. Soll ich gehen und ihn herbringen?«

»Bitte, sei so gut, Maskulu. Würdet ihr beide mir aufhelfen?«, bat er Kalt und Veldan. »Ich kann dem Takur nicht entgegentreten, wenn ich so darniederliege.«

Veldan warf Kyrre einen fragenden Blick zu. »Ich würde ihm nicht dazu raten«, sagte die Dobarchu, »aber du kannst dich darauf verlassen, dass er sowieso aufsteht. Also könnt ihr ihm ebenso gut helfen. Ich möchte nicht, dass die Wunde mehr belastet wird als unbedingt notwendig.«

Mit beider Unterstützung kam Amaurn leise fluchend auf die Beine. Der Schmerz stach ihn noch immer in die Seite. »Ich dachte, du wolltest ihn betäuben«, beklagte er sich bei dem Überbringer.

Kalt sah ihn unbußfertig an. »Wenn ich das getan hätte, würdest du nicht daran denken, dich zu schonen. Wenn du dich zu viel bewegst, wirst du Kyrres gute Arbeit zunichte machen.«

Der Archimandrit warf ihm einen wütenden Blick zu, und Veldan unterdrückte ein Glucksen. Kaz hatte sich inzwischen ebenfalls erhoben und bezog neben Amaurn Stellung wie ein – sehr bedrohlicher – Leibwächter. Elion stellte sich in ihre Nähe. Wenngleich er wie ein beiläufiger Zuschauer an der Wand lehnte, hatte er doch die Hand am Schwertknauf. Amaurn war dankbar für ihre Unterstützung. Immer mehr begriff er, wie bitter einsam die Jahre in Callisiora gewesen waren.

In diesem Augenblick trat das Oberhaupt der Takuru ein, zusammen mit dem Altgedienten, der drohend neben ihm aufragte und bei dem sich vor Missbilligung die Borsten sträubten. Der Takur hatte die Gestalt einer grauhaarigen Frau mit weißer Robe und majestätischer Haltung angenommen. Nach ein paar Schritten wurde sie mit einem warnenden Brummen Maskulus angehalten. Sie blieb sofort stehen und neigte vor Amaurn das Haupt. »Ich bin Kalevala, Oberhaupt der Takuru.« Sie sprach freundlich, doch ihre Augen blickten misstrauisch. »Ich grüße erfreut den neuen Archimandriten. Wie kann dir mein Volk zu Diensten sein?«

Amaurn bedachte sie mit einem langen, ruhigen Blick. »Die Frage ist, wie der neue Archimandrit deinem Volk zu Diensten sein kann.«

Obwohl sie nicht in ihrer eigenen Gestalt dastand, war ihr die Überraschung anzusehen. »Was meinst du damit?«

»Ehe wir darüber sprechen«, sagte Amaurn, »sei so frei und gib dich in deiner wahren Gestalt. Ich bin sicher, du fühlst dich dann viel wohler.«

Wieder hatte er sie verblüfft. »Aber ... bist du sicher?«, stotterte sie. »Es war meine Absicht gewesen, mit dieser Erscheinung Rücksicht auf dein Wohlbefinden zu nehmen. Offen gesagt finden andere uns abstoßend.«

»Das sind Vorurteile, und gerade hier möchte ich Abhilfe

schaffen«, sagte Amaurn. »Bitte ändere deine Gestalt, Kalevala. Wir sind unter Freunden.«

»Also gut.« Die Takur verschwamm und bog sich, während sie in eine halb durchsichtige, sich ständig verändernde, vielgliedrige Form überging, bei der kalte, weiß glänzende Augen irgendwo in der Mitte saßen. Amaurn hörte, wie Kalt scharf einatmete, doch er rechnete dem jungen Mann hoch an, dass seine Miene keinerlei Entsetzen oder Abscheu verriet.

Er wird sich sehr gut machen.

»Nun, da wir uns alle wohlfühlen«, sagte Amaurn zu Kalevala, »möchte ich die Stellung der Takuru innerhalb des Schattenbundes erörtern.«

»Wir haben keine Stellung innerhalb des Schattenbundes«, zischte die Gestaltwandlerin. »Wir sind Ausgestoßene, Gemiedene, werden nur geduldet, weil wir hin und wieder nützlich sind.«

Der Archimandrit nickte. »Ach ja«, entgegnete er glatt. »Cergorn hielt euch als seine Spitzel, nicht wahr? Er war so gnädig und ließ euch in der unwirtlichsten Gegend, die wir hier haben, wohnen und wollte euch nie erlauben, Wissenshüter zu werden. Und mit solch geringfügigen Gesten erkaufte er eure Treue und bedeutete euch, dass ihr nichts Besseres erwarten dürftet. Nun, ich beabsichtige, all dies zu ändern – mit eurer Zustimmung natürlich. Zweifellos verdient ihr ein besseres Leben als unter Cergorns Herrschaft. Und ich werde dafür sorgen, dass ihr es bekommt.«

Einen Moment lang herrschte verblüfftes Schweigen in der Höhle. Amaurn sah, dass Maskulu kurz davor stand, mit seiner Wut herauszuplatzen, und bedeutete ihm entschieden, sich still zu verhalten. Kaz knurrte, Veldan starrte ihn mit großen Augen an und Elion stand der Mund offen.

»Falls man das Benehmen deiner Wissenshüter ernst nehmen darf, so wirst du bei deinem Plan mehr als nur ein bisschen Widerstand erleben«, stellte die Takur mit einer gewissen Bitterkeit fest.

Amaurn zuckte die Achseln und vermied es, vor Schmerz das Gesicht zu verziehen. »Sie werden sich an die Vorstellung gewöhnen, sobald ich ihnen ein paar Dinge erklärt habe.« Plötzlich kam eine eiserne Härte in seinen Blick und seine Stimme. »Ich kümmere mich darum. Dieser ganze Wirbel um die Gestaltwandler ist höchst unnötig, und der Schattenbund sollte klüger sein. Ich bin überzeugt, dass es für die Schwierigkeiten eine ganz einfache Lösung gibt. Abgesehen von eurer zugegebenermaßen – ungewöhnlichen – Erscheinung begegnen euch die meisten Leute mit Angst und Misstrauen, weil ihr euch mitten unter ihnen verbergen könnt. Während ihr euch wiederum, in den meisten Fällen, verbergt, weil ihr wisst, dass ihr unwillkommen seid und abgelehnt werdet. Aber solange ihr so abseits lebt wie jetzt, werden euch die Leute stets misstrauen. Euer Volk stammt ursprünglich aus dem Wald von Rakha, nicht wahr?«

»Ich – äh, ja.« Das plötzliche Abschweifen verwirrte Kalevala.

Amaurn schüttelte den Kopf. »Dann müsst ihr euch auf dem düsteren, felsigen Landstrich am oberen See, den Cergorn euch so großzügig überlassen hat, schrecklich ungeschützt fühlen.«

»Du hast völlig Recht. Mein Volk ist dort unglücklich.«

»Da ihr Waldbewohner seid, darf ich als richtig voraussetzen, dass ihr eigentlich Pflanzenwesen seid?«

Die Takur verschwamm und bewegte sich rascher. »Offenbar hast du nachgeforscht, Archimandrit. Ich nehme an, dass du die Antwort bereits kennst. Worauf willst du hinaus?«

»Ich lade die Takuru ein, zu uns zu kommen und mit uns zu leben, Kalevala. Soweit ich weiß, seid ihr die einzigen Pflanzenwesen im Schattenbund, und auf den Hängen oberhalb der Siedlung steht ein Eichenwald. Ihr braucht mit dem übrigen Schattenbund nicht um Platz zu streiten, um euch ein Heim zu schaffen. Die Baumkronen sollen sämtlich euch gehören.« Er machte eine kurze Pause. »Des Weiteren möchte ich, dass du aus eurer Mitte Anwärter vorschlägst, die zum Wissenshüter ausgebildet werden und ihren gebührenden Platz unter uns einnehmen sollen.«

Die Takur sank überwältigt zu Boden. Aus der dunklen, bewegten Gestalt leuchteten die dicht beieinander sitzenden Augen. Doch sie fasste sich rasch. »Dein Angebot ist überaus großzügig, Amaurn. Aber was verlangst du von uns als Gegengabe?«

»Ich will, dass die Takuru hier ihre wahre Gestalt gebrauchen«, sagte er. »Die Leute misstrauen euch, weil sie nicht wissen, in welcher Tarnung ihr vielleicht gerade irgendwo lauert. Ich möchte das Misstrauen beseitigen, indem ich eure Tarnung beseitige – und den Grund für dieselbe. Ihr sagt, dass die Leute euch abstoßend finden. Aber es gibt viele andere Geschöpfe im Schattenbund, deren Erscheinung beängstigend ist. Maskulu ist dafür ein ausgezeichnetes Beispiel. Und wie steht's mit dem Afanc? Und mit den Alvai? Niemand stört sich an ihnen, weil sie uns vertraut sind, und wenn man euch allezeit überall sieht, werden sich die Leute bald an euren Anblick gewöhnt haben.«

»Ist das alles?«, fragte Kalevala argwöhnisch.

»Nicht ganz. Ich bin sicher, du weißt sehr genau, dass Syvilda aus deinem Volk einen Mörder auf mich angesetzt hat.«

»Ja«, gab sie zu. »Und ich bin sicher, du weißt genau, dass ich Vifangs Tat nicht billige.«

»Allerdings. Und darum führen wir diese Unterhaltung. Ich möchte, was das Tarnen betrifft, eine Ausnahme machen. Als Syvilda einen Mörder gegen mich aussandte, hat sie ihr Schicksal und das Schicksal Cergorns besiegelt. Sobald er so weit genesen ist, dass er reisen kann, wird jede Spur der Erinnerung an den Schattenbund aus ihrem Gedächtnis gelöscht werden und sie werden zu den Inseln ihres Volkes zurückgeschickt. Bis dahin aber will ich, dass sie von eurem Volk beschattet werden, ohne dass sie es merken, damit sie nicht noch einmal etwas gegen mich anzetteln können.«

»Du verbannst sie?« Kalevala klang überrascht. »Ist das alles? Ich war mir sicher, dass du zumindest Syvilda hinrichten würdest, sobald du ihr auf die Schliche gekommen bist.«

Amaurn schüttelte den Kopf. »Cergorn ist derjenige, der auf Hinrichtungen erpicht war – wie ich mich nur allzu gut erinnere. Ich möchte seine Fehler nicht nachahmen, aber ich handle auch nicht nur aus Mildtätigkeit. Wenn ich den ehemaligen Archimandriten und seine Lebensgefährtin hinrichte, verliere ich auf immer jede Möglichkeit, ihre Anhänger für mich zu gewinnen. Ein Akt von offensichtlicher Großherzigkeit könnte jedoch dazu führen, dass die Leute zweimal nachdenken. Und wenn ich Cergorns und Syvildas Erinnerung auslösche, brauche ich wenigstens nicht andauernd über die Schulter zu blicken.«

Die Takur funkelte ihn an. »Du willst also, dass wir nun deine Spitzel sind. Wie bisher für Cergorn. Trotz deiner feinen Reden willst du uns benutzen, wie er es immer getan hat!«

»Ich will keine Gewohnheit daraus werden lassen. Dies ist jedoch ein besonderer Fall. Und sofern ihr, was eure Treue angeht, Gewissensbisse habt, so solltet ihr bedenken, dass ihr Cergorn und Syvilda das Leben rettet, indem ihr sie davon abhaltet, weiter gegen mich vorzugehen. Denn wenn sie noch einen Versuch wagen, werde ich sie hinrichten.«

Das Oberhaupt der Gestaltwandler überlegte – aber nur einen Augenblick lang. »Also gut«, sagte sie. »Im Namen meines Volkes nehme ich deine Bedingungen an und ...«

»Halt«, sagte Amaurn. »Es gibt noch einen kleinen Vorbehalt. Ich will den Kopf des Mörders, der mich heute angegriffen hat.«

Kalevala seufzte. »Das dachte ich mir. Bist du dir darüber im Klaren, dass du dir dann Feinde unter den Takuru schaffst, besonders wenn du Syvilda, die den Mord angewiesen hat, verschonst? Mein Volk wäre über eine solche Ungerechtigkeit außer sich, und ich bin sicher, du willst dir über grollende Gestaltwandler keine Sorgen machen müssen.«

Amaurn blickte sie finster an. »Er hätte mich beinahe umgebracht. Willst du sagen, ich soll einfach darüber hinwegsehen?«

»Nein«, antwortete Kalevala. »Als Zeichen der Dankbarkeit für deine heutige Großzügigkeit werde ich mich selbst des Mörders annehmen. Vifang wird dich nie wieder belästigen, Amaurn. Darauf hast du mein Wort.«

»Ich danke dir, Kalevala. Ich schätze deine Hilfe in dieser Sache mehr als ich sagen kann.« Der Archimandrit neigte achtungsvoll den Kopf. »Ich hoffe, du gewährst mir noch eine Nacht, um mich von meiner Verwundung zu erholen, ehe ich die glückliche Neuigkeit dem Schattenbund kundtue? Ich will nicht bestreiten, dass ich die Leute gehörig werde beschwatzen müssen, um ihr Einverständnis zu erlangen. Ich werde am Morgen eine Versammlung einberufen. Warte bitte so lange, ehe du deinen Leuten sagst, was wir vorhaben.«

»Das scheint mir vernünftig zu sein.« Zum ersten Mal klang sie liebenswürdig. »Wahrscheinlich werde ich es leichter haben als du, Archimandrit. Ich wünsche dir Glück.«

Amaurn lächelte dünn. »Ich werde mit allen Widerreden fertig werden, mach dir keine Sorgen. Gemeinsam werden wir die Sache zum Erfolg führen, und ich sehe dem beiderseitigen Nutzen und der vollen Einbindung der Takuru in den Schattenbund freudig entgegen.«

»Ganz meinerseits. Und da sich der neue Anführer so gut eingeführt hat, meine ich, können wir alle mit neuer Zuversicht in die Zukunft blicken.«

Als Kalevala gegangen war, stieß Veldan einen langen Seufzer aus. »*Mann!*«, sagte sie. »Das ist mal etwas, was man nicht jeden Tag sieht. Nach deiner Herrschaft, Amaurn, wird man den Schattenbund nicht mehr wiedererkennen.«

»Das war zweifellos ein glänzender Schachzug, um deinen Mörder loszuwerden«, fand Maskulu, »doch wie willst du den Schattenbund überzeugen, dass es ein guter Einfall ist, die Takuru unter uns leben zu lassen?«

»Oh, ich halte ihnen einfach die grundlegende Gerechtigkeit meines Plans und seine langfristigen Vorteile für den Schattenbund vor Augen«, sagte Amaurn unbekümmert. »Und wenn das nicht reicht, werde ich sie unmissverständlich daran erinnern, dass ich sie nicht um ihre Meinung bitte, sondern lediglich in Kenntnis setze.«

Kapitel 25

Pferdeverstand

Toulac sah den Eindringling böse an. »Ich bin der Mensch, in dessen Bett du schläfst.«

»Das stimmt nicht«, widersprach der Junge entrüstet, »also, nicht ganz.«

»*Wie?*«

«Es ist nicht dein Bett. Es ist meins.« Er setzte sich auf und betrachtete sie argwöhnisch. »Der Mann – der Gastwirt – hat mich in dieses Zimmer gebracht und gesagt, ich soll hier bleiben.« Dann nahm er einen klagenden Ton an. »Er hat gesagt, er würde mir etwas zu essen bringen, aber das hat er nicht getan. Und ich *sterbe* vor Hunger.«

Inzwischen hatte Toulac herausgehört, woher er stammte. »Du kommst aus Tiarond, stimmt's?« Der Junge nickte und sah dabei so unglücklich aus, dass er ihr Leid tat. »Wie war noch gleich dein Name?«, fragte sie.

»Scall.«

»Und was hast du *hier* zu suchen, bei allem, was heilig ist?«

»Ich kann nichts dafür!«, platzte er heraus. »Ich wollte nicht hierher. Er hat mich gezwungen!«

»Wer?«

»Der Überbringer … Kalt. Er hat mich auf mein Pferd gesetzt und was gemacht, damit ich mich nicht bewegen konnte. Es war furchtbar!«

Toulac unterbrach ihn eilig, um davon abzulenken, was verdächtig nach Tränen aussah. Er war in diesem gewissen Alter – wenn er in ihrem Beisein weinte, würde ihn das so verlegen machen, dass sie nachher kein Wort mehr aus ihm herausbekäme. »Ach, sieh mal an. Überbringer gibt es nur bei den Rotten. Ich dachte, du seist aus Tiarond.«

»Bin ich auch.«

»Wie bist du aus der Stadt entkommen?«

»Das ist eine lange Geschichte«, sagte Scall. »Es fing damit an, dass meine Tante mich gebeten hat, die Pferde des Händlers zu Meisterin Toulac in die Sägemühle zu...«

»Moment mal, Söhnchen. Ich bin Toulac von der Sägemühle.«

Er riss die Augen auf. »Du bist das? Aber wie kommst du hierher?«

»Ich bin es – und vor allem bin ich es, die jetzt die Fragen stellt. Du kommst später an die Reihe, wenn du Glück hast. Wieso habe ich weder von dir noch von irgendeinem Pferd etwas zu Gesicht bekommen? Und wer ist überhaupt deine Tante?«

»Schmiedemeisterin Agella. Ich bin – oder war zumindest – ihr Lehrling.«

Toulac schlug sich an die Stirn. »Agella! Natürlich! Ich wusste doch, dass ich dein Gesicht kenne.« Ihr wurde sofort klar, dass Scalls Geschichte in der Tat lang werden würde. Nach einem letzten bedauernden Blick auf ihr bequemes Bett schritt sie durch das Zimmer und legte einen Arm voll Scheite auf das Feuer, dann klopfte sie auf einen der Stühle am Tisch und sagte: »Komm her. Du bist doch hungrig, oder?«

Scall brauchte nicht zweimal aufgefordert zu werden. Er sprang aus dem Bett und fiel wie ein Wolf über das Essen her. Toulac setzte sich auf den anderen Stuhl und griff nach ihrem Anteil Pastete, ehe der Junge alles verschlang. »Gut«, sagte sie dann. »Lass deine Geschichte hören. Von Anfang an, und lass nichts aus.«

Seine Erzählung hielt eine ganze Reihe Überraschungen bereit, eine davon war, dass er Elion kennen gelernt hatte. Während der letzten Tage, die Toulac in Callisiora verbrachte hatte, waren im Gebirge unglaubliche Dinge geschehen, aber was Scall seit seiner Flucht aus Tiarond erlebt hatte, war mindestens ebenso erstaunlich.

Die schlimmste Neuigkeit war, dass die Bestien die Stadt verlassen und sich über das Land ausgebreitet hatten. Fast ebenso schlimm war auch die Nachricht von Grimms Tod. In jüngeren Jahren hatte Toulac sich ihren Lebensunterhalt damit verdient, dass sie als Söldnerin für die verschiedenen Rottensippen kämpfte, und sie hatte Grimm schon gekannt, als auch er noch jung und kraftvoll war – sehr kraftvoll, wie sie sich entsann. Es war viele Jahre her, dass sie ihn zuletzt gesehen hatte, doch der Verlust traf sie hart. Wieder war ein alter Freund gegangen und hatte sie zurückgelassen, und die Welt war ein Stück ärmer geworden. Es war seltsam, dachte sie, wie doch solche Nachrichten den Blickwinkel verändern. Der Verlust eines alten Freundes brachte ihr plötzlich nahe, wie hoch sie die neuen schätzte.

Ich kann sie nicht verlassen. Wie könnte ich das?

Sie merkte, dass sie mitten in dem Bericht über Scalls Entführung mit ihren Gedanken abgeschweift war, doch nun lenkte langsam lauter werdende Empörung ihre Aufmerksamkeit zu ihm zurück. Er redete von seiner Ankunft in der Siedlung und dem Verlust seines geliebten Pferdes, das ein Geschenk von Elion gewesen war.

Und davon wissen sie hier natürlich nichts – oder vielleicht gehörte das Tier eigentlich gar nicht Elion.

Toulac verstand seinen Jammer. Er hatte sein Zuhause, seine Familie und seine Gefährten verloren. Dass ihm seine kleine braune Stute genommen wurde, mochte im Vergleich zu all den schrecklichen Dingen, die ihm in den vergangenen

Tagen zugestoßen waren, nicht so schwer wiegen, doch bestimmt war ihm das Tier ein großer Trost gewesen, und nun war es fort.

Armer kleiner Kerl. Das ist ungerecht. Ich werde nicht dabeistehen und einfach zusehen!

»Hör zu«, sagte sie zu ihm. »Ich habe eine Freundin, die auf den Mann, der hier das Sagen hat, eine Menge Einfluss hat. Ich kann dir nichts versprechen, verstehst du, aber ich werde ein Wort mit ihr reden, wenn ich sie morgen früh sehe. Dann spricht sie mit dem Archimandriten.« Sie lächelte ihn an. »Ich schätze, es ist gut möglich, dass wir deinen Feuervogel wiederkriegen.«

Wenn es nur jemanden gäbe, der mir Mazal zurückbringt.

Das Gesicht des Jungen hellte sich auf. »Wirklich? Ist das dein Ernst? Das ist wundervoll – ich kann es nicht glauben. Wie gut, dass du hier bist.«

Toulac merkte, dass er viel zu aufgeregt war, um noch einen Gedanken darauf zu verwenden, warum und wie sie schließlich hierher gelangt war. Wenn sie etwas unternehmen konnte, um ihm sein kostbares Pferd zurückzubringen, schien alles andere unwichtig. Unvermeidlich kam sie auf Mazal zurück. Sie verstand, was Scall durchmachte. Als sie aufblickte, stellte sie bestürzt fest, dass seine Miene sich wieder verdüstert hatte. »Was ist los?«

»Woher willst du wissen, dass man sich richtig um sie kümmert? Was, wenn sie unglücklich ist? Vielleicht hat sie Angst?«

»Scall, das ist kaum wahrscheinlich«, erklärte die Söldnerin. »Wenn sie von hier stammt, dann steht sie jetzt in ihrem eigenen Stall, ist unter vertrauten Leuten. Sie wird heute Nacht ziemlich froh sein.«

»Aber wenn sie mich nun vermisst? Ich bin jeden Abend zu ihr gegangen. Tormon sagt, dass Regelmäßigkeit sehr wichtig für ein Pferd ist.«

Ach, dieser Tormon soll in die Grube fahren!

Toulac seufzte. »Scall, wenn ich dich zu deiner Stute bringe und du dich vergewissert hast, dass es ihr gut geht, wirst du dann Ruhe geben?«

»Oh, Meisterin Toulac, wenn du mich zu ihr bringst, werde ich alles tun, was du sagst.«

»Wenn das so ist, dann nenne mich nie wieder im Leben Meisterin Toulac, hast du verstanden? Toulac genügt. Nun lass uns gehen – und Scall, du musst leise sein. Olsam hat heute eine Menge zu tun, und Ailie ist auch sehr beschäftigt. Wenn wir uns jetzt hinausschleichen, werden wir hoffentlich zurück sein, ehe es jemand merkt.«

Toulac lauerte an der Treppe durch das Geländer spähend, bis die Luft rein war. Dann winkte sie Scall, ihr zu folgen, und sie schlüpften durch die Gasthaustür, ohne dass jemand sie bemerkte. Die Dämmerung war hereingebrochen, und die Dörfler saßen alle zu Hause beim Abendessen. Niemand sah die beiden, wie sie die verlassene Straße entlangschlichen. Als sie sicher aus dem Dorf heraus waren, eilten sie über den dunklen Weg beim Fluss. Toulac war froh, dass sie den Weg schon einmal gegangen war und wusste, wo die Ställe lagen. Noch günstiger fand sie, dass Netze mit Glimmern in den Ästen hingen und den Weg beleuchteten.

Bei den Ställen angelangt duckten sie sich hinter eine Hecke, von wo sie über die Koppel schauen konnten. In den Gebäuden brannte noch Licht, und Leute liefen hin und her, die die Pferde für die Nacht versorgten. »Wir werden eine Weile warten müssen, bis alles ruhig ist«, flüsterte Toulac.

Die Zeit verging. Nach und nach kamen die Sterne hervor, und die Lampen in den Ställen gingen eine nach der anderen aus. Der Abend war herbstlich kühl, das Gras nass vom Tau. Toulac sah, dass Scall fror – tatsächlich hörte sie ihn mit den Zähnen klappern –, doch er klagte kein einziges Mal. Kurz spielte sie mit dem Gedanken, ihm ihren Schaffellmantel zu geben, doch Vernunft zwang sie zur Hartherzigkeit. Der

Junge würde in seinem zarten Alter bestimmt nicht das Reißen kriegen, und wenn sich einer bei diesem Streich eine Erkältung einfangen sollte, dann besser er als sie, besaß er doch viel mehr Kraft, um eine Krankheit abzuwehren.

Plötzlich zerriss ein entsetzlicher Schrei die Stille, als würde jemandem unerträgliche Qualen zugefügt. Scall schrak heftig zusammen und klammerte sich keuchend und zitternd an Toulac. »Was... was ...?« Er brachte nur ein ersticktes Quieken heraus.

»Das war nichts«, flüsterte sie. »Nur eine Schleiereule – ein großer, weißer Vogel.«

»War das ihr Todesschrei?«

Toulac war froh, dass die Dunkelheit ihr Lächeln verbarg. Sie hatte vergessen, dass Scall ein waschechtes Stadtkind war. »Nein, sie hören sich immer so an. Man erschrickt doch mächtig, so im Dunkeln, wie? Erschreck nicht, wenn du eine siehst – sie fliegen völlig lautlos, und sie haben riesige dunkle Augen, mit denen sie aussehen wie ein Geist.«

»Ich bin froh, dass du mich gewarnt hast«, flüsterte Scall. »Ich hoffe, Feuervogel freut sich, mich zu sehen, nach allem, was war.«

»Bestimmt – mach dir keine Sorgen.«

Endlich war alles still, und Toulac entschied, sie könnten sich vorwärts wagen. Sie gab Scall einen Knuff. »Weißt du noch unseren Plan, wenn etwas schief geht? Vergiss nicht, dass du sofort rennst. Wenn jemand kommt, lenke ich ihn ab, weil ich vielleicht ungestraft davon komme, du aber nicht. Du läufst schnurstracks zum Gasthof, und lass dich bloß nicht beobachten, wie du hineingehst. Wenn sie herausfinden, dass wir weg waren, und wenn es Ärger gibt, schnapp dir Ailie und erkläre ihr die ganze Sache. Sie wird sich um dich kümmern, bis ich wieder da bin. Klar?«

»Klar.« Scall klang angespannt.

»Dann los jetzt. Und sei um Himmels willen leise.«

Sie schlichen um den Rand der Koppel, Toulac hielt sich

dabei geduckt, Scall ahmte sie linkisch nach. Unterdessen dämmerte ihr, dass sie für das ganze Unternehmen wahrscheinlich eine Erlaubnis bekommen hätte, wenn sie nur Veldan und Elion einen Gedanken geschickt und die Lage erklärt hätte. Warum also hatte sie das nicht getan?

Zum einen, weil sie an diesem Abend nicht noch einmal mit den Wissenshütern darüber reden wollte, ob sie nun bleiben würde oder nicht, und zum andern weil sie ihnen – und Blank – unbedingt zeigen wollte, dass sie unabhängig war und niemand ihr zu sagen brauchte, was sie zu tun hatte. Wenn sie jedoch ganz ehrlich sein sollte, war der Hauptgrund der, dass es einen Riesenspaß machte, im Dunkeln umherzuschleichen.

Du verrückter alter Besen. Wirst du denn nie erwachsen?

Nicht, solange ich es verhindern kann.

Als sie durch das Tor in den Hof schlichen, brannte noch eine einzelne Lampe in der Sattelkammer. Durch das Fenster war eine einsame Gestalt zu sehen, die an einem Tisch saß und etwas schrieb, dahinter eine Wand voller Haken für Sättel, Zaumzeug und anderes Zubehör. Toulac gefiel es, wie der Stall geführt wurde. Auch nachts sollte immer jemand da sein, für den Fall dass ein Pferd erkrankte oder ein anderer Notfall eintrat. Natürlich machte das die Dinge nicht einfacher, wenn man sich mal hineinschleichen wollte, aber damit kam sie zurecht. Sie war angenehm überrascht, dass es hier keine Hunde gab, denn sie wusste, dass manche Pferde keine leiden mochten. Mazal zum Beispiel konnte sie in seiner Nähe nicht ertragen und hatte ein oder zwei erledigt, als sie seinen Hufen zu nahe gekommen waren. Als Fohlen war er von einem großen Hund gebissen worden und nahm seitdem wohl immer wieder Rache.

Scall stieß sie mit dem Ellbogen an, und sie merkte ein wenig verdrießlich, dass sie mit den Gedanken woanders gewesen war. Sie gab ihm ein Zeichen, ihr zu folgen, und schlüpfte dicht an die Wände gedrückt um den Hof, bis sie das Haupttor zu den Ställen erreichten. Sie öffnete es nur einen Spalt breit, schob den Jungen hindurch und hastete hinter ihm in das warme, nach Pferden duftende Dunkel. Durch die Stallfenster fiel ein wenig Licht, das die Farben der Pferde erkennen ließ, während sie an den großzügigen Boxen vorbeiliefen. Es machte Scall keine Umstände, seine Stute herauszufinden. Sie wieherte glücklich, als er zu ihr kam, sodass Toulac erschrocken den Atem anhielt. »Psst!«, machte sie leise. »Halte sie ruhig, Scall.«

Die Wirkung ihrer Worte war nicht die, die sie erwartet hätte. In der Box am Ende der Reihe brach ein heilloser Tumult los. Eine Reihe donnernder Schläge gegen splitterndes Holz kam von dorther, wo ein Pferd versuchte, sich den Weg durch die Tür freizutreten, samt einem lauten, freudigen Gewieher, das Toulac in jeder Lage erkannt hätte. Es war unmöglich, aber ... Ihr Herz machte einen Sprung. »Mazal«, schrie sie. »Oh, Mazal!« Dann war sie in der Box und schlang mit tränennassem Gesicht die Arme um den Hals des Hengstes, der den Kopf an ihre Schulter schmiegte.

Die Stalltür wurde aufgerissen und zeigte einen stämmigen, zu allem entschlossenen Mann, der eine Mistgabel in der einen Hand, eine Laterne in der anderen trug. Das Trappeln rennender Füße offenbarte, dass er nicht allein war. »Was zum ...« Er schnappte nach Luft. »Was hast du mit dem Pferd zu schaffen?«

»Was hast du mit meinem Pferd zu schaffen?«

Sie redeten beide gleichzeitig. »Also gehört es dir?«, sagte der Stallmeister. »Ich sehe es deutlich. Du bist der erste Mensch, den er überhaupt in seine Nähe lässt, seit er gebracht wurde. Ich musste die Hunde aussperren, und er hat zwei Pfleger gebissen und einen dritten getreten, dass ihm Sehen und Hören verging. Du ahnst nicht, wie froh ich bin, dich zu sehen. Ich hatte vorgehabt, ihn zu ein paar Stuten auf die Weide zu lassen, aber dann sah es so aus, als wäre es unmöglich, mit ihm klarzukommen. Du bist bestimmt glücklich, ihn heil wiederzufinden, schätze ich, so ein prächtiges Tier, wie er ist. Äh ...« Er zögerte. »Hättest du etwas dagegen, wenn ich ihn mit den Stuten weiden lasse? Ich wette, die Fohlen wären sehenswert, und für dich wäre es auch schön, wenn sein Stammbaum weiterbesteht.«

»Ich habe gar nichts dagegen«, antwortete Toulac. »Ich bin sicher, dass die Abmachung jedem zugute kommt – besonders Mazal. Solange ich mir von den Fohlen welche aussuchen kann, natürlich.«

Der Stallmeister lachte wehmütig. »Ich dachte mir, dass du das sagen würdest. Aber das ist nur gerecht.« Sie wechselten einen verschwörerischen Blick von Züchter zu Züchter, und der Mann streckte Toulac die Hand entgegen. »Ich bin Harral. Das sind meine Ställe.«

»Ich bin Toulac. Es tut gut, einem wie dir zu begegnen.«

Ein Geräusch am Tor ließ sie beide herumfahren, und Toulac sah die neugierigen Blicke der Pferdeknechte auf sich gerichtet, die dort versammelt standen. »Es ist schon gut«, sagte Harral. »Kein Grund zur Sorge. Ihr könnt wieder ins Bett gehen.« Sie bemerkte, dass ihm die Knechte fraglos gehorchten.

Harral lächelte sie an. »Wo waren wir? Toulac, hast du gesagt, ist dein Name? Ach ja. Ich entsinne mich. Das ist der Name, der mir genannt wurde. Aber wer bist du? Du gehörst nicht zu den Wissenshütern, und ich habe dich noch nie im Dorf gesehen.«

»Es hat mich einfach hierher verschlagen«, gab sie zu. »Ich bin mit Wissenshüterin Veldan von Callisiora gekommen. Sie glaubt, ich habe gewisse Begabungen, die dem Schattenbund nützen könnten.«

»Tatsächlich?« Er schob die buschigen Brauen in die Höhe. »Das würde ihr ganz ähnlich sehen. Ihr habt aber wirklich Glück, dass der Archimandrit gewechselt hat, sonst würdet ihr jetzt beide in Schwierigkeiten stecken. Cergorn hielt nichts davon, Fremde mitzubringen. Doch Amaurn könntest du ganz recht sein. Er ist viel gelassener.«

Toulac machte große Augen. »Wirklich? Bist du sicher, dass wir von demselben Amaurn reden? Der vor kurzem von Callisiora gekommen ist?«

»Das ist er, richtig. Es klingt, als könntest du ihn nicht besonders gut leiden.«

»Ich habe auch nie Grund dazu gehabt.«

»So?« Die buschigen Brauen gingen wieder in die Höhe. »Das überrascht mich, wo er dir doch dein Pferd zurückgebracht hat und so weiter.«

Die Söldnerin sperrte den Mund auf. »*Was* hat er getan?«

»Hast du das nicht gewusst?«

»Er hat Mazal hierher gebracht?« Sie schien es nicht fassen zu können.

»Hat ihn selbst den ganzen Weg geritten – und ich muss sagen, dass er mit ihm keine Schwierigkeiten hatte.« Er lächelte. »Der Kerl weiß mit Pferden umzugehen wie kein zweiter. Kennt sie durch und durch.«

Toulac wurde vom Zorn übermannt. »Er hat Mazal *gestohlen*? Unglaublich! Dieser Hundesohn hat mein Pferd gestohlen! Pech und Schwefel! Ich habe Veldan ja gesagt, dass er ein verräterischer Hund ist, der vor nichts zurückschreckt.«

»Nicht doch, nicht doch. Augenblick mal!« Harral musste laut werden, um sich Gehör zu verschaffen. »Hast du mir nicht richtig zugehört? Er hat es dir zurückgebracht.«

Toulacs Geschimpfe brach ab. »Mir? Sei nicht dumm! Als ob der niederträchtige Kerl für einen anderen als für sich etwas täte!«

Harral legte eine Hand auf ihre Schulter, wobei er jedoch ein wachsames Auge auf Mazal hielt. »Also nun beruhige dich und hör zu. Ich schätze, du hast eine falsche Vorstellung von unserem neuen Archimandriten. Mir kommt er vor wie ein wirklicher Ehrenmann. Er brachte das Pferd persönlich zu mir und befahl mir, es für dich zu versorgen. Er nannte mir deinen Namen und hat dich beschrieben und so weiter. Meinte, dein Schlachtross sei ein prachtvolles Tier und dass du froh sein würdest, es wiederzukriegen. Ich soll dir seinen Dank ausrichten für die Leihgabe, und falls du einmal Fohlen haben würdest, ob er eines kriegen könnte.« Er kicherte. »Wenn hier jeder ankommt und Fohlen haben will, schätze ich, wird der Hengst viel beschäftigt sein. Doch ich wage zu behaupten, dass er nichts dagegen hat. Ich hätte jedenfalls nichts dagegen, wenn ich an seiner Stelle wäre.«

»Blank, ich meine, Amaurn hat Mazal um *meinetwillen* hierhergebracht?« Toulac unterzog sich einigen vertrackten Denkanpassungen.

Der Stallmeister zuckte die Achseln. »So hat er's gesagt. Ist dir nicht wohl?«

»Doch, doch.« Mit einiger Anstrengung kam sie wieder zu sich. Langsam begriff sie, dass Mazal wahrhaftig wieder bei ihr war, und ein riesiges, geistloses Grinsen zog über ihr Gesicht. »Ich kann es nicht glauben«, sagte sie, »ich dachte, ich würde ihn nie mehr wiedersehen.«

»Ich weiß genau, wie du dich fühlst.« Auch Harral machte ein freudiges Gesicht. »Du bist nicht die Einzige, die ein kostbares Pferd verloren geglaubt hat – aber meins war eine Stute. Die Geschichte ist beinahe die gleiche. Irgendein dämlicher Wissenshüter hat sie mitgenommen und nicht auf sie aufgepasst, und ich hatte die Hoffnung schon aufgegeben, sie je wiederzusehen.«

Über seine Schulter hinweg sah Toulac Scall bei dem Tier stehen. Seine Miene war verzweifelt, seine Augen flehten sie um Hilfe an.

»Oh, du meinst die kleine Braune.«

»Woher weißt du das?«, fragte der Stallmeister verblüfft. »Und wer ist überhaupt der Junge da bei ihr? Du, Bursche! Was tust du da bei meinem Pferd?«

»Harral«, sagte Toulac, »ich kann es dir erklären. Aber ich

muss unter vier Augen mit dir sprechen. Dringend.« Sie hakte sich bei ihm ein und steuerte ihn auf die Sattelkammer zu. Als sie an Scall vorbeikam, warf sie ihm einen grimmigen Blick zu und zischte: »Bleib dort!« Sie hoffte inständig, dass er gehorchte. Wenn er jetzt versuchte, mit der Stute wegzulaufen – und die Versuchung konnte sie ihm nachfühlen –, dann hätten sie beide einen Riesenärger am Hals und die Lage wäre nicht mehr zu retten.

Den ganzen Weg über den Hof wollte Harral immer wieder stehen bleiben. »Aber was ist mit dem Jungen?«, verlangte er zu wissen.

Toulac drängte ihn in die erleuchtete Sattelkammer. »Scall wird deiner kostbaren Stute nichts tun«, sagte sie. »Was meinst du eigentlich, wer sich so ausgezeichnet um sie gekümmert hat, während sie fort war?«

»Was? Der junge Kerl?«

»Ja. Und darüber muss ich mit dir reden.« Sie setzte sich an den Tisch. »Du hast nicht zufällig etwas zu Trinken da?«

»Ich lehne es ab, bei den Pferden zu trinken«, sagte Harral streng, »aber da steht Tee auf dem Ofen, wenn du welchen möchtest.«

»Der genügt mir vollkommen.« Sie gähnte herzhaft. »Eigentlich ist Tee sogar besser. Ich brauche dringend eine Nacht Schlaf. Die vergangenen Tage sind unglaublich gewesen.«

Harral stellte schmunzelnd den starken schwarzen Tee vor sie hin und setzte sich mit seiner Tasse dazu. »Klingt nach einer schweren Geburt«, sagte er. »Der Tee wird dich wieder ein bisschen munter machen. Und jetzt erzähl mir von dem jungen Burschen und was er mit meiner Stute zu tun hat.«

Toulac gab die Geschichte wieder, wie sie sie von Scall gehört hatte. »Du siehst also«, schloss sie, »Elion hat Scall das Tier tatsächlich geschenkt und gesagt, er dürfe es behalten. Der arme Kerl denkt, dass es jetzt ihm gehört, und wenn er nicht gegen seinen Willen hierhergebracht worden wäre, hättest du womöglich nie erfahren, was aus dem Tier geworden ist. Er hat beim Untergang Tiaronds sein Zuhause verloren und wahrscheinlich auch seine Familie. Bitte nimm ihm nicht einfach sein geliebtes Pferd weg.«

Harral schüttelte den Kopf. »Das ist alles gut und schön, Toulac, und ich will gar nicht sagen, dass ich nicht mit ihm fühle, aber Elion durfte die Stute nicht einfach verschenken. Sie ist das Beste, was ich je gezüchtet habe, und sie ist mein Herzblatt. Ich habe dich mit deinem Schlachtross gesehen – du weißt also, was ich meine. Ich traute meinen Augen nicht, als sie in meinen Hof gejagt kam, völlig allein, nachdem dieser Hohlkopf Kher es zuließ, dass ihr der Afanc einen Schreck einjagt. Es war wie ein Wunder.« Er seufzte. »Was soll ich machen? Der Junge tut mir Leid, aber Kher hat mir auch erzählt, was in Callisiora vor sich geht. Auf gar keinen Fall lasse ich zu, dass er oder irgendein anderer sie wieder dahin mitnimmt, wo sie von diesen verfluchten Ak'Zahar gefressen wird. Sie bleibt hier, wo sie sicher ist.«

»Tja, das kann ich verstehen«, räumte Toulac ein. »Aber es wird ihm das Herz brechen.« Sie dachte einen Augenblick nach. »Sieh mal, gibt es denn keinen Weg, wie ihr euch einig werden könnt? Ich meine, worauf kommt es dir bei der ganzen Sache an? Du willst die Stute sicher bei dir haben und du willst ihre Fohlen. Warum lässt du Scall nicht bei ihr? Er kann mit Pferden umgehen, und du musst zugeben, er hat sich unter sehr widrigen Umständen wunderbar um sie gekümmert. Bestimmt kannst du ihm eine Arbeit auf deinem Hof geben. Lass ihn die Stute versorgen unter der Bedingung, dass sie in Gendival bleibt, und verhandelt über eines der Fohlen. Du würdest einen ziemlich guten Pferdeknecht bekommen, und mal ehrlich, in Callisiora gibt es für den Jungen keine Zukunft. Meinst du nicht, er verdient es, dass du es mit ihm versuchst?«

Harral überlegte kurz. »Es könnte gehen«, sagte er dann. »Ich will zwar nicht, dass sie ein anderer sein eigen nennt, aber du hast Recht – es wäre hart für den Jungen, sie zu verlieren, nachdem dieser schwachsinnige Elion sie ihm geschenkt hat.«

Toulac lächelte. »Danke, Harral. Du bist ein guter Kerl. Du verdienst jedes Fohlen, das Mazal dir verschaffen kann.«

»Was glaubst du, warum ich so entgegenkommend bin?«, meinte er lachend. »Ich darf mich dir jetzt nicht mehr zum Feind machen, oder?«

»Komm«, sagte Toulac. »Lass uns gehen und Scall die Nachricht überbringen. Ich kann es kaum erwarten, sein Gesicht zu sehen.«

Sie waren so eingenommen von ihrem hübschen kleinen Plan, dass sie auf die tatsächliche Wirkung nicht vorbereitet waren. Als sie Scall das großzügige Angebot unterbreiteten, verwandelte sich sein Gesicht in eine Maske des Schreckens. »Hier bleiben?«, wiederholte er atemlos. »Aber das geht nicht!«

Toulac wusste plötzlich, warum sie nie Kinder bekommen hatte. »Myrial in der Jauchegrube! Warum denn nicht, zum Henker noch mal?«, schnauzte sie. »Was ist los mit dir, dummer Junge? Du kannst doch unmöglich nach Callisiora zurückwollen!«

Warum nicht? Das hast du doch selbst auch vorgehabt.

Toulac befahl ihrer inneren Stimme, den Mund zu halten, und schwenkte auf einen anderen Kurs ein. »Ach, komm, Scall«, schmeichelte sie, »das ist ein schöner, sicherer Platz um erwachsen zu werden. Du hättest deine Stute und könntest dir hier eine schöne Zukunft aufbauen.«

Scall schlang die Arme um den Hals des Tieres, das Gesicht qualvoll verzogen. »Aber was wird aus meinen Freunden?«, sagte er. »Was wird aus Tormon und Rochalla?

Ich kann sie nicht einfach im Stich lassen – besonders wo die Scheusale jetzt die Länder der Rotten erreicht haben.«

»Mein Sohn«, begann Harral freundlich, »deine Treue ehrt dich sehr, aber du solltest vielleicht nicht so voreilig sein. Was könntest du schließlich ausrichten? *Du* kannst die Ak'Zahar nicht besiegen ...«

»Ich habe den Ak'Zahar besiegt, den Kher und Kalt mitgebracht haben«, widersprach der Junge hitzig. »Wäre ich nicht gewesen, dann wäre Kalt jetzt tot.«

»Nun, das mag sein«, sagte Harral. »Aber du kannst sie nicht alle besiegen, und letztendlich wirst du eine Wahl treffen müssen. Wenn du bleiben willst, hier ist Platz für dich und du bist willkommen. Wenn du nach Callisiora zurück willst, steht es dir frei, sofern der Archimandrit sagt, du darfst. Aber wenn du wirklich gehst, dann ohne die Stute. Ich lasse sie nicht wieder von hier fort, und damit Schluss. Und wenn du meine Meinung hören willst: Es wäre verrückt, in ein Land zurück zu wollen, das von den schlimmsten Geschöpfen überrollt wird, die der Schattenbund kennt. Es tut mir Leid, Junge, aber diese Entscheidung hast du zu treffen. Hier gibt es eine Zukunft für dich. In Callisiora nicht. Ich bin sicher, dass deine Freunde – wenn sie wirkliche Freunde sind – genau dasselbe sagen würden.«

»Aber ...« Scall wurde still. Toulac hatte Mitleid mit ihm. Sie verstand, was er durchmachte, denn sie befand sich in einer ähnlichen Lage. Sie klopfte ihm auf die Schulter. »Denk darüber nach, Kleiner. Überstürze nichts – das ist eine folgenschwere Entscheidung. Überlege es dir sehr genau. Eine solche Chance kommt kein zweites Mal.«

Und das gilt auch für mich.

Kapitel 26

Eine unerwartete Frage

Die Räume des Häuptlingssohns waren sehr viel behaglicher als die Zimmer, die man Seriema und ihren Gefährten zugeteilt hatte, und sie gestand sich freimütig ein, dass sie es genoss, verwöhnt zu werden. Cetain, der sich bemühte, das unfreundliche Benehmen seines Vaters auszugleichen, hatte sie eingeladen, mit ihm zu speisen, und so sehr sie sich auch schuldig fühlte, weil sie Tormon und Rochalla in ihrer Sorge um Scall im Stich ließ, entschied sie doch, dass sie nichts Wesentliches beitragen könnte und dass die beiden, die dem Jungen am nächsten gestanden hatten, besser unter sich blieben. Sie selbst wäre bei Cetain ganz gut aufgehoben, fand sie – und falls sie ihr Gewissen zu entlasten wünschte, könnte sie jederzeit mit ihm sprechen, ob man am Morgen mit einem neuen Suchtrupp ausreiten sollte.

Seriema stellte bald fest, dass sie sich richtig entschieden hatte. Cetain war äußerst gastfreundlich gewesen. Er hatte ihr gewürzten Wein eingeschenkt, der nach dem langen, kalten Ritt vom Vormittag besonders gut tat. Außerdem konnte sie sich auf ein viel besseres Mahl freuen, als die Brocken hergaben, die Rochalla aus der Küche schnorrte. Bald saßen sie in niedrigen, bequemen Sesseln an einem lodernden Kaminfeuer, redeten, dachten nach und saugten die Wärme in sich auf. Seriema hätte niemals geglaubt, dass sie die Gesellschaft eines Mannes – den sie zumal erst kurze

Zeit kannte – so anheimelnd und angenehm empfinden könnte.

Das Zimmer besaß eine entschieden männliche Ausstrahlung, war aber gemütlich und ordentlich. Auf einem Tisch unter dem Fenster lagen sauber gestapelte, ledergebundene Bücher und Pergamentrollen sowie Papier, das mit einer kühnen, ausladenden Handschrift bedeckt war. »Womit befasst du dich?«, fragte Seriema, im Stillen beeindruckt von den Anzeichen seiner Gelehrsamkeit. Wenn er auch ein Krieger war, so doch kein begriffsstutziger Dickschädel.

»Ich versuche ein wenig mehr über die Geschichte unseres Landes zu erfahren, und welche Bedeutung die Rotten dabei gespielt haben«, erzählte er. »Es war Grimm, der mich darauf gebracht hat – er lehrte mich Lesen und Schreiben und vieles andere mehr.«

Nachdem er von dem Überbringer gesprochen hatte, wurde er still und in sich gekehrt, und Seriema, die wusste, was Trauer bedeutet, fasste seinen Arm. »Nach Hause zu kommen und zu erfahren, dass er umgebracht wurde, muss dich hart getroffen haben.«

»Das ist wahr. Ich kann es noch kaum fassen. Er war einer der tugendhaftesten und freundlichsten Männer, die ich je gekannt habe – aber ich musste ihm feierlich versprechen, das nicht zu verbreiten. Ich hatte das Glück, dass er aus Arcans Nachkommenschaft das eine Kind mit dem neugierigen Verstand entdeckte und mich unter seine Fittiche nahm – obwohl meine Eltern gar nicht darauf erpicht waren. Bis Grimm Kalt als Lehrling nahm, hat mein Vater wahrscheinlich gefürchtet, dass er mich auswählt. Er würde es niemals zugeben, aber er hat den Überbringer stets ein wenig ängstlich beargwöhnt, wie alle anderen Leute auch. Die meisten hatten Angst vor Grimm, allerdings hauptsächlich aus Unwissenheit. Weißt du, die Mütter drohen ihren Kindern, dass der Überbringer sie holen kommt, wenn sie böse sind.« Er lächelte schief. »Meine Mutter brauchte so etwas natürlich nie zu tun. Die Drohung, etwas dem Vater zu sagen, genügte völlig, damit wir ängstlich gehorchten.«

»Aber Arcan hat Grimm offensichtlich gemocht«, sagte Seriema. »Er versucht zwar, das zu verbergen, aber sein Tod hat ihn sehr aufgewühlt.«

»Es tut mir Leid, wie sich mein Vater dir gegenüber benommen hat«, antwortete Cetain. »Ich glaube, das kommt daher, dass die Sippen sich so fest zusammenschließen, jede gegen die anderen. In schlechten Zeiten will er unwillkürlich die Reihen gegen Außenseiter geschlossen sehen.«

Sie seufzte. »Ich weiß. Ich spüre deutlich, dass wir nicht mehr willkommen sind.«

»Was mich betrifft, so bist du es.« Cetain lächelte sie an und bedachte sie mit einem unverblümten Blick.

Seriema missfiel das keineswegs, doch war sie es nicht gewohnt, dass ein Mann sie auf diese Art ansah.

Das kann nicht ernst gemeint sein! Was könnte er wohl an einer alten Jungfer wie mir finden?

Völlig verlegen haspelte sie sich aus ihrem Sessel heraus. »Mir fällt gerade etwas ein. Ich muss Tormon etwas sagen ...«

»Nicht so eilig, Mädchen.« Cetain sprang auf und legte die Arme um sie. »Was es auch ist, du kannst es ihm später sagen.« Dann ließ er ihr keine Fluchtmöglichkeit mehr, sondern küsste sie.

Seriema erstarrte. »Warum hast du das getan?«, fragte sie misstrauisch. »Es gibt eine Menge jüngerer und hübscherer Frauen in der Festung. Warum ich?«

Cetain machte keine Anstalten, sie loszulassen. »Weil ich dich jedes Mal, wenn ich dich sehe, küssen möchte, dich aber scheinbar nie allein haben kann. Weil die Mädchen in der Festung zwar ganz bestimmt prächtig sind, dir aber keine das Wasser reichen kann. Weil ich mich mit dir vermählen will, wenn du mich haben willst.« Er holte tief Luft. »Und noch etwas sei dir versichert: ich handle hier gerade sehr schnell und habe dich bestimmt überrumpelt, doch ich meine es vollkommen ernst.« Er beugte sich zu ihr hinab und küsste sie noch einmal, dann lächelte er sie schalkhaft an. »Und weil ich mich danach sehne, dich in mein Bett zu kriegen, seit ich dich das erste Mal sah.«

»*Was?*« Das war kaum eine sehr würdevolle Erwiderung, doch Seriema schwindelte vor Bestürzung. Sie konnte nicht glauben, was sie gehört hatte.

»Das ist eigentlich nicht die Antwort, auf die ich gehofft habe«, sagte Cetain gekränkt. »Welches Wort setzt dir am meisten zu, Vermählen oder Bett? Oder beides? Ist die größte Händlerin von Tiarond zu groß für den zweitältesten Sohn eines Räuberhauptmanns?«

»Was?« Sie schien über dieses Wort nicht hinauszukommen. »Bin ich nicht, ich meine, ich … Verdammt, Cetain! Hör auf, dieses Spiel mit mir zu treiben! Du hast ein bisschen Spaß gehabt auf Kosten einer reizlosen alten Jungfer, und es ist weit genug gegangen.« Ihre Augen schwammen in Tränen. Sie schimpfte sich eine Närrin, riss sich von ihm los, und den Arm vor das Gesicht haltend machte sie einen Satz zur Tür.

Irgendwie kam er vor ihr dort an und fing sie ein. »He! Nun mal langsam, du verrücktes Weib.« Er hielt sie fest an sich gedrückt, sodass ihr nichts anderes übrig blieb, als ihn anzusehen. »Ich weiß nicht, ob es wahr ist, was du über dein Jungferndasein sagst – aber ich habe die Absicht, das gleich herauszufinden …« Wieder lachte er über das ganze Gesicht. »Und lass dir nicht noch einmal einfallen, dich selbst reizlos und alt zu nennen. Hörst du?«

»Nun, ich bin älter als du«, murrte Seriema.

»Nicht viel, du Dumme.« Er küsste sie auf die Stirn. »Weißt du, was ich vermute? Wegen der vielen Jahre, wo die Pflichten des Oberhaupts eines Handelsreiches auf deinen Schultern lasteten, fühlst du dich lange vor der Zeit alt. Du hast Bemerkenswertes geschaffen, was umso bewunderungswürdiger ist, da du ganz allein standst und dir niemand half oder für dich sorgte, wenn du erschöpft warst oder traurig oder mit deiner Weisheit am Ende. Du musst dich die meiste Zeit deines Lebens sehr allein gefühlt haben – aber all das ist nun vorbei. Wenn du bei mir bleibst, werde ich entschlossen dafür Sorge tragen, dass du nie wieder einsam bist.«

Seriema schüttelte den Kopf. »Aber *warum*?«

Cetain ließ sie stöhnend los und wedelte verständnislos mit den Armen. »Weil ich dich liebe, du närrisches Weib! Ich habe mich schon am ersten Tag in dich verliebt. Da – ich hab's ausgesprochen. Was willst du noch mehr? Muss ich es buchstabieren? Mit Blut an die Wände schreiben?«

»Aber ...«

»Jetzt habe ich aber genug davon.« Ehe sie wusste, wie ihr geschah, hatte er sie hochgehoben, trug sie durch das Zimmer und warf sie ohne Umschweife auf das Bett. »So«, sagte er. »Du wolltest meinen Worten nicht glauben, darum werde ich es dir *zeigen*. Und damit nicht genug, ich werde es dir immer wieder von neuem zeigen, bis du mir glaubst – wahrscheinlich werden wir einen Monat lang hier bleiben.«

Es dauerte keinen Monat. Angesichts seiner Entschlossenheit schmolzen Seriemas Zweifel im Laufe der nächsten Stunden dahin. Er drängte sie weder, noch zwang er sie – aber er ließ sie auch nicht aus dem Bette fort. Er lag neben ihr, hielt sie im Arm, redete und küsste sie, bis sie ihre Anspannung aufgab und sein Verlangen erwiderte. Seriema war verlegen, unruhig, schüchtern, doch er blieb geduldig und sanft. Schließlich fand sie Vertrauen zu ihm und nahm für immer Abschied von der alten Jungfer aus Tiarond.

Seriema wachte im grauen Licht des frühen Morgens auf, das durch die Spalten der Fensterläden fiel. Als sie merkte, wo sie war, riss sie vor verwundertem Entzücken die Augen auf und war zugleich bestürzt. Wie hatte sie überhaupt so wollüstig sein können? Und warum hatte sie das nicht schon viel früher getan?

Weil nie der Richtige gekommen ist, darum.

Wenn er nun aber nicht der Richtige war? Wenn er es nun doch nicht ernst gemeint hatte? Sie drehte sich herum und fand das Bett leer.

Verfluchter Kerl! Ich wusste es!

Sie wollte weinen, doch bei alldem empfand sie auch die sinnlose Genugtuung, dass sie doch Recht gehabt hatte. Alles war wieder beim Alten. Der einzige Mensch, auf den sie wirklich vertrauen konnte, war sie selbst. In diesem Augenblick schwang die Tür nach innen auf, von einem halb nackten Cetain mit der Schulter geschoben, der sich mit einem gefährlich geneigten Tablett hereinschlängelte. Er blickte zu ihr herüber und lächelte. »Ich dachte, du könntest Hunger haben«, sagte er. »Ich scheine mir jedenfalls einen mächtigen Appetit geholt zu haben.«

Seriema merkte, dass sie über und über rot wurde, doch sie konnte nicht anders, als über das ganze Gesicht zu strahlen. Sie war so glücklich, ihn zu sehen, dass es fast albern war. Nicht einmal der unvermeidliche Haferbrei, Haferkuchen und Käse konnten ihre Laune dämpfen, und sie sehnte sich nicht wie sonst nach ihrer morgendlichen Tasse Tee. Doch anscheinend sollte sie ihr Frühstück noch nicht bekommen. Cetain stellte das Tablett auf den Tisch und legte sich neben sie auf das Bett, schlang besitzergreifend einen Arm um ihren Leib und stützte sich auf den Ellbogen, sodass er ihr von oben in die Augen sehen konnte. »Nun?«, fragte er. »Hast du die Sache überschlafen? Wie lautet deine Antwort?«

Sie blinzelte ihn an. »Was überschlafen?«

Er seufzte. »Meine Frage natürlich. Von gestern Abend, der du bequemerweise ausgewichen bist. Hast du dich schon entschieden? Willst du meine Frau werden?«

Seriema keuchte. »Du meinst, es war dir ernst?«

Er schlug sich vor die Stirn. »Mögen die Götter der Moore und Seen uns bewahren! *Natürlich* war es mir ernst!«

»Wirklich?«

Er rückte ein Stück ab und sah sie zornig an. »Du treibst es ein Stück zu weit, Mädchen.«

»Ja«, flüsterte Seriema, die das Wort kaum an dem Klumpen in ihrem Hals vorbeibekam. »Ich möchte sehr gern deine Frau werden. Also sieh zu, wie du da wieder rauskommst.«

Cetain stieß einen Siegesschrei aus und drückte sie an sich, dass ihre Rippen knirschten. »So lange ich lebe, will ich da nicht wieder raus.« Er küsste sie herzhaft. »Wirklich, ich dachte, du würdest nein sagen.«

Seriema lachte und nahm einen Lakenzipfel, um sich die Freudentränen abzuwischen. »Ich kann es nicht glauben«, sagte sie. »Als Tiarond fiel, dachte ich alles verloren zu haben. Ich wusste damals noch nicht, welches Glück schon um die Ecke auf mich wartet.«

»Also, Mädchen – du bringst es noch dahin, dass ich rot werde. Möchtest du etwas frühstücken?«

»Ich sterbe vor Hunger«, gestand sie. »Selbst kalter Haferbrei sieht langsam verlockend aus.«

Cetain legte ihr die Decke um die Schultern. »Ich schichte noch etwas Holz aufs Feuer, bevor du erfrierst.«

Sie hielten sich nicht lange mit dem Frühstück auf, es war nicht das köstlichste Essen der Welt und im Zimmer war es zu kalt, um in unbekleidetem Zustand dazusitzen. Als sie fertig waren, nahm Cetain ihre Hand. »Nun, Mädchen? Wollen wir die gute Nachricht meinen Eltern überbringen?«

»Hoffen wir, dass es nicht eine furchtbare Enttäuschung für sie wird«, sagte Seriema zweifelnd. Plötzlich fühlte sie sich schrecklich unruhig.

»Das wird es nicht«, antwortete Cetain verlegen. »Ich, äh ... ich war so frei, ihnen meine Absicht vorher kundzutun. Als ich gestern mit meinem Vater sprach, hatte ich mich bereits entschlossen, dich zu fragen, und war in Gedanken so sehr damit beschäftigt, dass – dass es aus mir herausbrach. Daher wussten sie, was ich tun würde.«

Seriema sah ihn fassungslos an. »Du hast es ihnen schon gesagt? Und wenn ich nun nein gesagt hätte?«

»Tja, in diesem Fall bräuchte ich jetzt alles verfügbare Mitgefühl.«

»Und sie hatten nichts einzuwenden?«

Er zuckte die Achseln. »Also, zuerst murrten sie etwas, die Mädchen unserer Sippe seien wohl nicht gut genug – du weißt, wie das ist. Darum gab ich zu bedenken, dass wenn ich noch keine ins Auge gefasst hätte, ich es wahrscheinlich auch in Zukunft nicht tun würde. Meine einzige Möglichkeit bestünde also darin, mich bei einer anderen Sippe umzusehen. Du hättest gestaunt, wie schnell sie ihre Ansicht änderten. Meine Vater meinte, was ihn beträfe, so hättest du schon bewiesen, dass du eine von uns bist, als du mit mir und meinen Männern geritten bist, und meine Mutter fand, du seist trotz allem die Erbin eines großen Vermögens, falls Tiarond wieder aufleben würde, und das käme der Sippe zugute.«

»Puh«, schnaubte sie. »Hoffentlich hält sie keine Wette darauf. Aber solange sie beide zufrieden sind, können sie denken, was sie wollen.«

Cetain schmunzelte und seufzte erleichtert. »Ich bin froh, dass du es mir nicht übel nimmst«, sagte er. »Wollen wir jetzt zu ihnen gehen?«

»Warte«, wand Seriema entrüstet ein. »Ich möchte mich wenigstens vorher waschen.«

»Natürlich.« Er küsste sie wieder. »Wer hätte gedacht, dass du wirklich eine Jungfer bist? Wenngleich man hört, die Männer von Tiarond hätten zu viel zwischen den Ohren und gar nichts zwischen den Beinen! Ich persönlich vermute jedoch, dass sie auch nichts zwischen den Ohren haben, wenn sie dich haben entwischen lassen. Ich bin wirklich höchst zufrieden mit mir, zu einem solchen Schatz gekommen zu sein.«

Es lag an Seriemas Unerfahrenheit, dass sie noch immer

nicht wusste, ob er etwa auf ihre Kosten Witze machte. Und sie war es auch nicht gewöhnt, über geschlechtliche Dinge zu sprechen. Mit hochrotem Gesicht floh sie hinter den Vorhang, wo Wasserkrug und Waschschüssel standen. Wie sie sich in dem blank geriebenen Silberspiegel betrachtete, der auf einem Wandbord lehnte, konnte sie noch immer nicht glauben, dass er sie gewählt hatte. Sie hatte noch dasselbe reizlose Altjungferngesicht – oder doch nicht? Sie musste zugeben, dass die vergangenen Tage eine Veränderung bewirkt hatten. Vom Reiten an der frischen Luft hatte sie Farbe auf die Wangen bekommen, und ihre jüngsten Possen hatten ein Strahlen in ihre Augen gezaubert und ihre ganze Erscheinung besaß ein nie dagewesenes Feuer. Denn ausnahmsweise hatte sie keine Kopfschmerzen, weil sie über Berichten, Bestandslisten und Rechnungsabschlüssen gehockt hatte, ihre dichten dunklen Brauen waren nicht zusammengezogen, und die neue Angewohnheit, das Haar offen zu tragen, milderte ihr kräftiges Kinn und gab den harschen Gesichtszügen einen schöneren Rahmen. Die Liebe hatte sie weicher gemacht, und wenn sie auch nie hübsch aussehen würde, so war sie doch zweifellos verwandelt.

Erstaunlich. Alles ist noch so wie eh und je – und sieht trotzdem völlig anders aus.

Sie wusch sich munter planschend mit dem kalten Wasser. Einen Augenblick später griff eine Hand um die Vorhangkante und hielt ihr einen dampfenden Kessel hin. »Wir wollen doch nicht, dass etwas abfriert, oder?«, sagte eine schmeichelnde Stimme. Seriema stieg die Röte ins Gesicht, dann fing sie an zu lachen.

Sie war soeben mit Ankleiden fertig, als es an der Tür klopfte. Es war Lewic, Cetains älterer Bruder, der einzige, den sie bisher kennen gelernt hatte. Der nächst jüngere der Brüder war im vorigen Jahr getötet worden, als eine fremde Sippe einen Überfall auf das Vieh unternommen hatte. Zwei andere, das wusste sie, waren der Kindheit noch nicht entwachsen, und die übrigen drei befanden sich in den verschiedenen Altersstufen der Heranwachsenden, der größte davon etwa so alt wie Scall. Seriema hoffte, sie irgendwann auseinanderhalten zu können.

Lewic trug einen Bart und war stämmiger als Cetain, hatte aber das gleiche rotbraune Haar. Er lächelte sie an. »Nun?«, fragte er den Bruder. »Hat sie ja gesagt?«

Cetain legte einen Arm um ihre Schultern. »Gewiss doch.«

Der bärtige Krieger stieß einen Freudenschrei aus und nahm seinen Bruder in den Arm, dann Seriema. »Gut gemacht, Mädchen, und willkommen in der Familie.« Er fügte zwinkernd hinzu: »Und ich schulde dir Dank. Die Wetten standen hoch gestern Nacht. Jetzt habe ich ein verflucht gutes Schwert von Attan gewonnen, weil du ja gesagt hast.«

Cetain, der seinem Bruder verzweifelt zu schweigen bedeutet hatte, stöhnte auf und schlug die Hände vors Gesicht. Seriema fuhr wütend zu ihm herum. »Du hast der ganzen verdammten Festung davon erzählt?«

Er trat einen Schritt zurück. »Seriema, nein. Ich schwöre es!« Er blickte zornig zu seinem Bruder. »Aber ich kann mir denken, wer es getan hat.«

Lewic grinste nur, doch Seriema war zu glücklich, um ihm länger böse zu sein. »Ich hoffe nur, es ist ein richtig gutes Schwert«, sagte sie süß, »denn du hattest bestimmt geplant, es Cetain zur Hochzeit zu schenken.«

Cetain brüllte vor Lachen über das verdrießliche Gesicht seines Bruders, und Lewic schüttelte den Kopf. »Die Rotten sind schon immer als ein Haufen Gauner bekannt«, sagte er. »Und wie ich sehe, passt du prächtig zu uns.«

»Aber was bringt dich so früh hierher?«, fragte Cetain. »Warst du so erpicht darauf, deinen Wettgewinn einzutreiben?«

Lewic wurde ernst. »Ich wünschte, es wäre nur das«, sagte er. »Ich habe unseren Vater endgültig davon überzeugt, dass

Seriema auf unserer Seite steht, und er hat in seiner rücksichtsvollen und empfindsamen Art verlangt, dass ich das Messer sofort zu ihr bringe, um zu sehen, ob sie es erkennt.«

»Was soll das heißen?« Cetains Miene verfinsterte sich. »Lewic, das kann nicht dein Ernst sein!«

Sein Bruder zuckte die Achseln. »Mein Einfall war das nicht. Es tut mir Leid für euch beide, dass ich diese glückliche Stunde verderbe.«

»Nein, nein«, sagte Seriema rasch. »Der Mord an Grimm war eine scheußliche Sache, und ich will helfen, falls ich kann. Aber warum ist Arcan so sicher, dass der Mörder mit uns zu tun hat?«

»Nicht mit dir«, rückte Cetain schnell zurecht. »Du bist nicht einmal hier gewesen. Du warst mit mir draußen in der Heide.«

Seriema fegte seine Spitzfindigkeit beiseite. »Dann eben mit meinen Freunden.«

»Hat Tormon dir denn nicht von dem Messer erzählt?«, fragte Lewic überrascht.

»Messer? Nein, das hat er nicht erwähnt, allerdings kamen Rochalla und Annas gerade herein und unterbrachen das Gespräch, ehe wir fertig waren. Was für ein Messer denn?«

»Es wurde bei Grimms Leichnam gefunden, voller Blut. Es ist kein Rottenmesser, Seriema. Leider stammt es aus Tiarond.« Lewic griff tief in sein Wams. »Ich habe es bei mir.« Er zog ein gewickeltes Stück Tuch heraus, das er mit einigem Widerwillen behandelte, und reichte es ihr. Sie nahm es gleichfalls mit Abscheu entgegen und wickelte den Gegenstand vorsichtig aus.

Beim Anblick der Waffe durchfuhr sie ein Schauder. An Heft und Klinge klebte getrocknetes Blut, doch sie hätte das Messer in jedem Zustand erkannt. Sie hatte es während der Reise von Tiarond bei mehreren Gelegenheiten in der Hand seines Besitzers gesehen. Der grausige Fund zitterte in ihren

Händen, und sie sah Cetain voller Bestürzung an. »Es gehört Presvel«, sagte sie leise.

Cetain nahm ihr das Messer schnell ab und wickelte es wieder in das Tuch, wofür Seriema äußerst dankbar war. Sie war froh, das schreckliche Ding nicht mehr ansehen zu müssen. Lewic goss ihr einen Becher Wein aus dem Krug auf dem Tisch ein, und sie nahm einen dankbaren Schluck. »Bist du vollkommen sicher?«, fragte er.

Sie nickte. »Er steckte es ein, als wir Tiarond verließen. Es ist ein Messer der Gottesschwerter. Ich habe auch eines. Wir haben uns in dem Wachhaus am Rand der Ebene bewaffnet.«

»Aber heißt das nicht, dass es jeder von euch getan haben kann?«, fragte Cetain stirnrunzelnd.

Seriema schüttelte den Kopf. »Tormon hat sich keins genommen, er besaß bereits ein Messer. Wir übrigen nahmen jeder eins, aber Presvel tat ein bisschen selbstgefällig, weil er ein Sergeantenmesser gefunden hatte, während wir die schlichten hatten. Es hatte einen Silberstreifen rings um den Griff, genau wie dieses. Ich war dabei, als er es fand, und er bot es mir an – darum weiß ich es so genau. Ich glaube, sonst war niemand bei uns.« Sie seufzte und trank noch einen Schluck Wein. »Er schien sich so sehr darüber zu freuen, dass ich sagte, er solle es selbst behalten.«

»Das war weise«, sagte Lewic leise. »Dadurch wissen wir wenigstens, wer der Mörder ist.«

»Aber wie kann das möglich sein«, rief Seriema aus. »Bei Myrial, Presvel ist nur ein Diener! Gestern Abend sagte ich noch zu Tormon, dass er bei einem Messer nicht weiß, wo vorne und hinten ist. In seinem ganzen Leben hat er kaum einer Fliege etwas zu Leide getan. Wie konnte er sich so verändern?«

Cetain schüttelte den Kopf. »Wer weiß?«

Seriema stand auf und begann auf und ab zu gehen. »Hätte ich doch nur eher mit ihm gesprochen. Vielleicht hätte man das noch verhindern können. Mir ist aufgefallen – uns allen –, dass er anfing, sich ein wenig seltsam zu benehmen, seit wir die Stadt verlassen mussten. Er hat viel Zeit allein verbracht, und er ist gewissermaßen in Rochalla vernarrt, wenngleich ich nicht glaube, dass sie es erwidert ...« Sie hielt inne und zog die Brauen zusammen. »Ich glaube allerdings, dass sie einander schon vorher gekannt haben, denn es war Presvel, der sie mir ins Haus brachte, damit sie sich um Annas kümmert, als wir das Kind noch für eine Waise hielten.«

Sie schritt weiter auf und ab. »Wisst ihr, Grimms Tod kann auch ein furchtbares Versehen gewesen sein. Wegen Presvels Vernarrtheit meine ich, dass er gegen die beiden anderen Männer unserer Gruppe Groll gehegt haben könnte ...«

»Du meinst Scall?« Lewic zog die Brauen hoch. »Diesen Jüngling nennst du einen Mann?«

»Er ist alt genug«, erwiderte Seriema schief lächelnd, »und ich weiß zufällig, dass er und Rochalla sich ein wenig näher gekommen sind, seit wir hier sind.«

»Aha. Das erklärt vielleicht einiges.«

»Es könnte sein, dass er Tormon oder Scall töten wollte, Grimm aber irgendwie in den Weg geraten ist«, gab sie zu bedenken.

»Das kann sein Tun nicht rechtfertigen, Mädchen«, sagte Cetain leise. »Auch wenn es stimmt, was du sagst, und ich halte das für möglich, so war die Absicht zu töten dennoch vorhanden. Wie die Umstände von Grimms Tod auch gewesen sein mögen, sie zeigen jedenfalls, dass Presvel ein verzweifelter und gefährlicher Mann ist.«

Seriema blieb stehen und biss sich auf die Lippe. »Es hilft alles nichts, nicht wahr? Wir werden mit dieser Erkenntnis zu Arcan gehen müssen.« Sie zögerte, dann fragte sie sehr leise: »Was werden sie mit ihm machen?«

Cetain nahm sie in die Arme und hielt sie fest. »Sie werden ihn hängen, so Leid es mir tut, Mädchen.«

Die Antwort traf sie hart. Presvel war jahrelang ihr Helfer, ihr Schatten, ihr Vertrauter und als einziger Mensch so etwas wie ein Freund gewesen. Nun schien es, dass der tüchtige, bescheidene Diener den Verstand verloren hatte und zum Mörder geworden war. Presvel würde einen schrecklichen Tod sterben, erwürgt am Ende eines Seils – und es war ihre Aussage, die ihm die Schlinge um den Hals legte.

Für ein paar Augenblicke ließ sich Seriema von ihrem künftigen Lebensgefährten trösten, dann nahm sie sich zusammen. Sie löste sich aus Cetains Umarmung, trat zum Kamin, wo sie sich die Tränen fortwischte, und nahm noch einen Schluck Wein. Als sie sich umdrehte, waren ihre Augen trocken und sie atmete ruhig. »Gehen wir also. Es hat keinen Zweck, die Sache aufzuschieben.«

Presvel hatte sich alles zurecht gelegt. Bei seinem Plan, die Schuld an Grimms Tod auf einen der Gefährten zu schieben, hatte er nach einigem Nachdenken beschlossen, Tormon und Rochalla zu belasten. Das war nur gerecht. Nachdem sie ihn betrogen hatte, indem sie sich an Scall und den Händler hängte, verdiente sie, was immer nun auf sie zukam. Außerdem hatte er entdeckt, dass sie Annas mehr oder weniger zur selben Zeit zu Bett gebracht hatte, als Scall die große Halle verließ. Es war demnach wahrscheinlich, dass sie zusammen gewesen waren, als Grimm starb. Falls sie nicht beide schuldig erschienen, könnte einer den anderen entlasten.

Und was hatte sie mit Tormon getan, als sie allein waren? Hatte sie ihm erlaubt, sie anzufassen, wie auch schon dem Jungen? Das Luder verdiente es, die ganze Geschichte auszubaden. Wäre sie nicht gewesen, nichts von alledem wäre geschehen.

Das Erste, was er unternommen hatte, war, sich ein anderes Messer zu beschaffen – ein Rottenmesser. Es in die Hand zu nehmen war ihm zuwider, doch es war besser für ihn, vorbereitet zu sein. Als zweites hatte er Rochalla das Soldatenmesser gestohlen, das sie im Wachhaus an sich genommen hatte. Sie hatte es ohnehin nie so recht haben wollen und es auch nicht benutzt. Er hatte es aus ihrem kleinen Bündel mit den wenigen Habseligkeiten entwendet und mit etwas Glück würde sie das Fehlen nicht bemerken.

Auch war es ihm gelungen, eine Weste und einen Schal zu stehlen, genauer gesagt, von den Kleidern, die Tormon und Rochalla aus Mildtätigkeit von den Rotten bekommen hatten. Von dem Huhn, das er in der Nacht von der Stange geholt und getötet hatte, stammte das Blut, mit dem er die Kleidungsstücke und das Messer so überzeugend beschmierte. Er konnte noch immer nicht begreifen, wie viel schwerer es gewesen war, vorsätzlich das Tier zu töten, als versehentlich den alten Mann.

Nun wurde es Zeit für den nächsten Schritt seines Plans. Heute Morgen würde er die Waffe und die blutbefleckte Kleidung Seriema bringen und sagen, er habe beides in Tormons Zimmer gefunden. Dann würde sie den Rest erledigen. Presvel wickelte beides in einen alten Sack und machte sich auf die Suche nach ihr.

Als er entdeckte, dass die Herrin sich beim Häuptlingssohn aufhielt, konnte er es zunächst gar nicht glauben, und was das Gerücht anging, das sich wie ein Lauffeuer in der Festung verbreitete – nein, einfach unmöglich. Bei weiterem Nachdenken befand er aber, dass sich die Dinge für den unwahrscheinlichen Fall, das Gerücht wäre wahr, vielleicht doch zu seinem Besten entwickelten. Die Sache hatte ohnehin schon alle von dem Mord abgelenkt, und weil ihre Aufmerksamkeit von etwas völlig anderem gebannt war, würden sie seine Geschichte viel leichter hinnehmen. Wenn er Seriema jetzt aufsuchte, solange sie beim Häuptlingssohn war, wären sie alle beide, ob sie nun ihr Jawort gegeben hatte oder nicht, mit ihren Gedanken ganz woanders, und Arcan würde seine Darstellung des Geschehens umso schneller anhören. Außerdem war doch ein Rohling wie dieser sicher mehr geneigt, etwas nach dem äußeren Schein zu beurteilen, als unangenehme Fragen zu stellen, wie sie der gerissenen Seriema einfielen.

Die Hand schon zum Klopfen erhoben, zögerte Presvel vor Cetains Tür, als er dahinter die Stimmen vernahm. Die Neugier siegte, er ließ die Hand sinken und legte ein Ohr an das Holz.

Als er hörte, was drinnen gesprochen wurde, stockte ihm der Atem und seine Eingeweide verkrampften sich. Der älteste Sohn des Häuptlings war bei ihnen. Und er hatte das Messer! Dieser verfluchte Straßenräuber wollte Seriema das Messer zeigen.

Wird sie es erkennen? Bitte, Myrial, lass sie nicht erkennen, dass es meins ist! Und wenn doch, dann lass sie es verschweigen!

Einen Augenblick lang wagte er zu hoffen. Vielleicht ginge es noch einmal gut. Nachdem er ihr so viele Jahre treu gedient hatte, würde sie ihn doch nicht kurzerhand verraten, ohne ihm zu ermöglichen, dass er sich zuerst erklärte. Dann schien der Boden unter ihm wegzubrechen, als sie das Messer als seines bezeichnete.

Presvel ließ sein blutiges Bündel fallen und floh. Nun konnte er die Schuld nicht mehr auf andere schieben. Die Zeit für irgendwelche Schliche war abgelaufen. Als er am Fuß der Treppe ankam, zwang er sich vernünftigerweise, so langsam zu gehen, als wäre nichts geschehen. Es fiel ihm nicht leicht. Obwohl er wusste, dass das Unsinn war, hatte er das Gefühl, als wären alle Blicke auf ihn gerichtet.

Noch konnten Seriema und Cetain nicht bei Arcan sein, dazu war zu wenig Zeit gewesen. Und vermutlich würden sie die Sache vorher ein wenig durchsprechen wollen. Er hoffte, dass Seriema ihm die Tat trotz des augenfälligen Beweises nicht so recht zutraute.

Ich kann es selbst noch kaum glauben.

Dennoch würden sie nicht lange brauchen, um zu einem Entschluss zu kommen. Bald würden sie zum Häuptling gehen. Er hätte noch eine kurze Frist, solange sie mit Arcan sprachen – dann wäre die Jagd eröffnet. Jedermanns Hand in der Festung wäre gegen ihn erhoben. Presvel sann fieberhaft auf ein Mittel, um sich zu retten. Wenn er jetzt aus der Festung flüchtete, würden Arcans Männer ihn verfolgen, um Rache zu fordern. Sie kannten die Heide viel besser als er, und sie waren die geschickteren Reiter. Sie würden ihn leicht einfangen und, so vermutete er, sich nicht damit aufhalten, ihn zurückzubringen, sondern erklären, es habe ein bedauerliches Unglück gegeben. An Ort und Stelle würden sie ihn erschlagen und seinen Leichnam den Bussarden überlassen.

Du brauchst eine Geisel.

Die ruhige Stimme seines Verstandes bezwang die wilde Angst des gehetzten Tieres. Presvel blieb wie angewurzelt stehen. Natürlich! Warum war ihm das nicht eher eingefallen? Wenn er eine Geisel bei sich hätte, wie könnten sie es dann noch wagen, ihm zu nahe zu kommen? Ein vager Plan begann heraufzudämmern und nahm in seinem Kopf Gestalt an. Er könnte es sogar zur Stadt zurück schaffen und sich in den Tunneln verstecken, die Scall entdeckt hatte. Dort wäre er vor den fliegenden Scheusalen bestimmt sicher.

Blieb nur noch die Wahl des Opfers. Doch es brauchte wenig Überlegung, um zu entscheiden, wen er mitnehmen sollte. Tormons Tochter natürlich. Sie war noch klein, also schwächer als er. Er würde sie mühelos an sich reißen können und sie war leicht einzuschüchtern. Außerdem war das eine sehr befriedigende Art, es diesem unausstehlichen Hausierer heimzuzahlen und zu zeigen, dass der feine Städter Presvel trotz allem jemand war, mit dem man zu rechnen hatte.

Er wusste, er musste rasch handeln. Er machte kehrt und ging über einen anderen Flur in die Küchenräume. Während des vergangenen Tages war er zum Essen zu unruhig gewesen, darum stand ihm noch eine erkleckliche Menge Vorräte zu. Er nahm sich Haferkuchen, Käse und kaltes Fleisch und wickelte alles in eine abgelegte Schürze, als niemand hinsah. Dann begab er sich, nunmehr eiligen Schrittes, zu den Ställen. Dort angekommen, sattelte er das Tier, das er auf dem Weg von Tiarond geritten hatte, sowie eines der Rottenpferde. Ihm war eingefallen, und vermutlich hatte er das irgendwo gelesen, dass man schneller vorankam, wenn man ein zusätzliches Pferd mitnahm, weil man wechseln konnte, wenn ein Tier müde wurde. Er versteckte seinen Vorrat ihn einem Heuhaufen, ohne zu bemerken, dass der Mann, den er getötet hatte, schon das Gleiche getan hatte, und eilte die Treppe hinauf.

Ein rascher Blick in die große Halle bestätigte ihm, dass Tormon beim Frühstück saß. Das bedeutete, dass sein Balg wahrscheinlich noch im Bett lag. Es war wirklich ein Glücksfall, dass der Vater nicht bei ihr war. Würde Rochalla nach dem Kind sehen? Wenn ja, würde er seinen Plan einfach ein wenig ändern ...

Es hatte eine Ewigkeit gedauert, Annas am Abend ins Bett zu bringen. Rochalla hatte ihren Geschichtenvorrat nahezu verbraucht, ehe sie gewahr wurde, dass das Kind sie ärgern wollte, weil es lieber unten bei seinem Vater gesessen und dem Geschichtenerzähler zugehört hätte. Darauf kam es zu einem kurzen Ringen ihrer Willenskräfte, doch am Ende siegte Rochallas Beharrlichkeit.

Heute Morgen lag die Sache nun anders, und Annas hatte einfach noch nicht aufwachen wollen. Rochalla hatte angeboten, bei ihr zu bleiben, damit Tormon zum Frühstück gehen und dann nach den Pferden sehen könne. Jetzt wo Scall fort war, fehlte ihm dessen Hilfe, und er brauchte mehr Zeit für die zusätzliche Arbeit.

Rochalla war es zu guter Letzt gelungen, das Kind aufzuwecken, und half ihm soeben unter den üblichen Fragen beim Anziehen. Es war schwer, geduldig zu bleiben und gut gelaunt zu antworten. Sie fühlte sich heute Morgen sehr müde. Annas war ein forderndes und sehr lebhaftes Kind, und man musste ständig auf sie Acht geben. Zum Teil rührte das natürlich daher, dass sie sich noch nicht mit dem Tod ihrer Mutter abgefunden hatte. Dass nun noch jemand aus ihrem engsten Kreis plötzlich verschwunden war, hatte die Lage nicht gerade verbessert. Das arme kleine Ding war sehr verunsichert, brauchte dauernd Aufmerksamkeit und Bestätigung – und schreckte vor nichts zurück, um sie sich zu verschaffen. Hoffentlich würde sie sich mit der Zeit beruhigen. Sie verdiente es, glücklich zu sein. Sie war ein entzückendes Kind und hatte eine so spaßige Art, die Welt zu betrachten, dass es Rochalla oft schwer fiel, ihr Lachen zu unterdrücken. Heute war ihr allerdings gar nicht zum Lachen zumute, denn sie war krank vor Sorge um Scall. Bis Annas aufwachte, hatte es keine Ablenkung gegeben, und sie hatte nichts tun können, als zu grübeln und sich um den linkischen Jungen Sorgen zu machen, der, ehe sie es so recht bemerkt hatte, in ihr Herz gestolpert war.

Armer Scall. Wo bist du jetzt? Bist du wohlauf? Oder verwundet? Bist du …

Der Gedanke, dass er tot sein könnte, war zu schrecklich, um darüber nachzusinnen. Doch Seriema hatte gesagt, die Scheusale seien schon in der Heide, und Tormon hatte die Spur des Jungen im Tal bei der Schleierwand verloren.

Aber er hat auch keine – Überreste gefunden.

Rochalla klammerte sich an diesen Gedanken und hoffte. Sie hätte gern gebetet, dachte aber an die vielen Gebete für ihre kranken Geschwister, die alle vergeblich gewesen waren. Nachdem sie das letzte Geschwister, die kleine Derla, begraben hatte, fluchte sie Myrial und schwor, niemals wieder zu beten, und seitdem hatte sie nichts gehört oder gesehen, das sie ihre Meinung ändern ließ. Wenn es Myrial wirklich gäbe, dann hätte auch Er Annas Mutter umgebracht – und obendrein vor den Augen des Kindes. Und was war mit den Hunderten von Toten in Tiarond, die sogar während einer Zeremonie für Ihn abgeschlachtet wurden? Wie hatte Er das zulassen können? Wenn es Ihn überhaupt gab, so hatte Rochalla jedenfalls keine Zeit für eine so grausame Gottheit.

Während sie Annas' Haar bürstete, hörte sie Schritte über den Gang kommen. Rochalla wunderte sich, ob Tormon etwa schon zurückkam. Sie hoffte es. Dann könnte sie in ihr eigenes Zimmer gehen und sich ein bisschen wohl verdienten Schlaf gönnen – falls sie Schlaf fände, solange Scall irgendwo in der düsteren Heide verschollen war. Als sich die Tür öffnete, drehte sie sich um – und das freundliche Lächeln verging ihr augenblicklich.

Presvel. Nein – nicht jetzt! Ich kann ihn dieser Tage einfach nicht ertragen.

Sie stand auf. »Was bringt dich hierher...« Der Satz erstarb ihr auf den Lippen, als er sich an ihr vorbeidrängte. Er packte Annas, und plötzlich hielt er ihr mit der Hand den Mund zu und ein Messer an den Hals. Rochalla machte eine unwillkürliche Bewegung nach vorn und erstarrte, als die Klinge näher an die Kehle des Kindes rückte.

»Keine Bewegung – alle beide«, befahl Presvel in ruhigem, fast beiläufigem Ton. »Ich weiß, wie sehr dieses Balg dir am Herzen liegt, Rochalla, und möchte dir versichern, dass ich der Kleinen nicht wehtun will – es sei denn, dass ihr etwas Dummes tut wie laut schreien oder wegrennen. Wir machen jetzt einen kleinen Spaziergang zu den Ställen. Du gehst vor mir her, sodass ich dich jederzeit sehen kann. Wenn du eine falsche Bewegung machst oder ein falsches Wort sagst, wird Tormon nicht nur keine Frau mehr haben, sondern auch keine Tochter mehr. Sobald wir im Stall sind, reiten wir aus. Ich bringe euch nach Tiarond zurück.«

Rochalla keuchte. In die Stadt? Presvel hatte sich in den vergangenen Tagen sehr seltsam benommen, aber jetzt musste er wirklich den Verstand verloren haben, um so etwas zu planen! Sie schauderte. Dieses verzweifelte Verhalten konnte nur bedeuten, dass er der Mörder des Überbringers war – und ein Mann, der einmal getötet hatte, würde es wieder tun. »Presvel«, sprach sie ihn vorsichtig an, »ich würde sehr gern mit dir nach Tiarond zurückkehren. Aber was ist mit diesen Ungeheuern?«

»Wir versuchen unser Glück«, antwortete Presvel kurz angebunden. »Los, beweg dich!«

Kapitel 27

Enthüllungen

Die Mitglieder der Gruppe, die Amaurn inzwischen als seine kleine Verschwörerbande ansah, verbrachten die Nacht in Veldans Haus. Die einzigen Ausnahmen waren Kyrre, die einige Zeit bei ihren Verwandten verbringen wollte, Maskulu, der beim besten Willen nicht hineinpasste, und Bailen, der seinen Freund und Mithorcher Dessil besuchen wollte, welcher von dem Stich des Dierkans aus der Nacht des Überfalls auf das Gasthaus noch nicht genesen war.

Die Bettenverteilung entwickelte sich nicht ganz wie geplant. Ursprünglich hatte Veldan nur Amaurn ein Bett in ihrem Haus angeboten. Maskulus dunkle, feuchte Behausung war ein Unterschlupf in unsicheren Zeiten, aber kein Platz für einen verwundeten Mann, um sich zu erholen. Bis die Nachricht von Kalevala kam, dass der gedungene Takurmörder ausgeschaltet war, war es jedoch das Beste für den Archimandriten, einen kräftigen Leibwächter zu haben, und Kaz konnte diese Aufgabe erfüllen. Obendrein wurde Amaurn in der Siedlung schon seit Stunden vermisst. Es war wichtig für ihn, im Schattenbund gesehen zu werden und seine Gegenwart spürbar zu machen. Veldans Haus lag günstiger, um von dort aus die Dinge zu lenken – allerdings hatte sie ihn gewarnt, sich nicht allzu sehr einzurichten. »Entscheide, ob du ein neues bauen oder eines der bestehenden umbauen willst«, sagte sie zu ihm, »aber wie auch immer, weise die Handwerker aus dem Dorf an, es als vordringliche Arbeit zu behandeln. Der Archimandrit braucht ein eigenes Haus. Es ist der Mittelpunkt seiner Macht. Und außerdem wollen Kaz und ich dich schnell hier raus haben. Ich will nicht, dass der ganze Schattenbund hier von morgens bis abends ein und aus geht, während du von meinem besten Sessel aus die Geschäfte führst.«

So war beschlossen worden, dass Amaurn zu Veldan ging und Elion für diese Nacht Kalt mitnahm, da Ailie bereits Zavahl, Toulac und Scall im Gasthaus hatte, wo noch ein Zimmer infolge des Angriffs der Dierkane ausfiel. Am Ende kam es jedoch anders. Elion und der Überbringer schauten auf dem Heimweg bei Veldan vorbei, und weiter kamen sie nicht.

Auf dem Weg von Maskulus Höhle zu Veldans Haus hatte sich der Archimandrit von Kazairl bis an den Rand der Siedlung tragen lassen, dann war er zu Fuß weitergegangen, allerdings mit heimlicher Unterstützung von Elion und Veldan, die rechts und links von ihm gingen und vorgaben, sich angeregt zu unterhalten, in Wirklichkeit aber pausenlos bereit waren, ihn zu stützen, sollte er taumeln oder stolpern.

In einer Gemeinschaft von Gedankenlesern war es schwierig, alle seine Gefühle für sich zu behalten. Wo Amaurn auch entlangging, empfing er schwache Regungen – manche waren enttäuscht ihn zu sehen, andere erleichtert. Er war keinen ganzen Tag fort gewesen, doch die Gerüchte hatten nicht lange gebraucht, um die Runde zu machen. Zum Glück war auch Maskulu bei ihnen, um Kalts gefangenen Ak'Zahar mitzunehmen. Amaurn war sehr beeindruckt gewesen, nachdem er der Vorstellung des jungen Mannes, einen lebendigen Feind zu untersuchen, einige Überlegung gewidmet hatte. Grimms Schüler war genau die Art frisches Blut, ein gescheiter und furchtloser Denker, wie ihn der Schattenbund jetzt brauchte. Und das Auftauchen des gefährlichen Räubers in ihrer Mitte sowie Amaurns

Anweisung, für ihn sofort eine besonders stabil befestigte Behausung zu bauen, genügten natürlich, dass man sich mächtig das Maul zerriss und alle von dem rätselhaften Verschwinden des Archimandriten abgelenkt waren.

Ursprünglich hatte Amaurn vorgehabt, die unvermeidliche Auseinandersetzung mit Syvilda an diesem Abend auszutragen, aber auf Drängen Elions und Veldans beschloss er, sie bis zum nächsten Morgen aufzuschieben. Von seiner Rückkehr würde sie bald erfahren und folglich wissen, dass Vifang versagt hatte. Wenn das Oberhaupt der Takuru sein Wort hielt, würde Cergorns Lebensgefährtin nie wieder etwas von ihrem Mörder hören und auch keinen neuen dingen können – zumindest keinen Gestaltwandler. Außerdem waren Kalevalas Späher schon in Stellung gegangen. Syvilda würde keinen Schritt tun können, ohne dass Amaurn sofort davon erführe. Er überlegte, wie sie es aufnehmen würde, dass ihr Anschlag vereitelt war, und er gestattete sich ein kaltes, freudloses Siegeslächeln.

Die Takuru gehören jetzt mir.

Amaurns Siegerlaune dauerte nur so lange, bis er in Veldans Haus ankam. Als er über die Schwelle trat, strömte eine Flut von Erinnerungen auf ihn ein. Selbst nach all der Zeit wurde er von dem heftigen Schmerz über den Verlust Aveoles beinahe niedergestreckt. Er taumelte, und Veldan und Elion stützten ihn von beiden Seiten. »Komm«, sagte Veldan. »Der Fußmarsch hat dir eine Menge abverlangt. Besser, du legst dich für eine Weile hin.«

Er drehte sich um, seine Füße trugen ihn unwillkürlich zu der Tür, die zur Treppe führte, und Veldan sah ihn mit hochgezogenen Brauen an. »Ich sehe, du kennst dich hier aus.«

»Ich – ich habe hier häufig deine Mutter besucht.« Amaurn brachte es nicht fertig, ihrem Blick zu begegnen. Zu seiner Erleichterung erwiderte sie nichts, sondern brachte ihn nach oben und öffnete auf dem Treppenabsatz eine weitere Tür. »Hier ist es.« Sie sah ihn durchdringend an, doch ihr Tonfall blieb nichtssagend. »Hier hast du es bequem. Es war das Schlafzimmer meiner Mutter. Ich selbst benutze es nicht, weil ich mir unten ein anderes eingerichtet habe, als ich das Haus umbauen ließ, damit Kaz und ich zusammen schlafen können. Ich überlasse das obere Stockwerk meinen Gästen, sonst hält sich niemand darin auf.«

Veldan schob die vertraute Tür auf, und kurz darauf lag Amaurn in Aveoles Bett. Elion kam mit einem Glas Wasser herauf, die beiden Wissenshüter zogen die Vorhänge zu, vergewisserten sich, dass er keine Beschwerden hatte, und versprachen, ihm nach einer Weile Tee und warmes Essen zu bringen, sobald sie sich selbst eingerichtet hätten.

Sie hätten ihn ebenso gut auf eine Folterbank schnallen können.

Wie gut er dieses Zimmer kannte! Seine glücklichste Zeit hatte er hier verbracht. Und weil Veldan es nicht benutzte, hatte sie nie etwas verändert. Aveole war überall spürbar; so mächtig, dass er fast meinte, sie neben sich liegen zu sehen, wenn er nur den Kopf wandte. Aber sie würde nie wieder hierher zurückkommen, außer vielleicht als rastloser Geist. Sie war damals gestorben, und er war nicht bei ihr gewesen. Er hatte geglaubt, sie zu schützen, indem er ihr seinen Aufenthaltsort nicht nannte, nachdem er vor Cergorn geflohen war. Nach seinem Kampf mit dem Meuchelmörder hatte er Maskulu, während sie auf Kyrre und Bailen warteten, überreden können, ihm zu erzählen, was damals mit Aveole geschehen war, nachdem er fort war. Das Kind hatte sie offenbar bei ihrem letzten verzweifelten Beisammensein im Turm empfangen, in der Nacht, wo sie ihm zur Flucht verhalf. Dann vergingen die Tage und schließlich die Monate, ohne dass er ihr Nachricht gab, und am Ende verlor sie die Hoffnung. Sie verließ die Siedlung, bevor sich ihr Zustand zu zeigen begann, damit Cergorn niemals sicher wüsste, wer der Vater des Kindes war. Für einige Zeit verschwand sie spurlos, und niemand wusste, wo sie war, bis man sie fieberkrank und sterbend an Gendivals Grenze fand, völlig allein bis auf ein kleines Kind und ein Feuerdrachenei.

Amaurn jedoch wusste genau, wo Aveole gewesen war. Um das Ei zu bekommen, musste sie, allein und schwanger, die nahezu unmögliche Reise in das verborgene Land seines Volkes unternommen haben. Sie musste vermutet haben, er sei dorthin zurückgegangen. Der Gedanke an ihre fruchtlose Anstrengung zerriss ihm das Herz.

Vergib mir, Aveole! Ich wollte dir Nachricht geben, sobald meine Lage sicherer wäre, und ich hätte nie geglaubt, dass es so lange dauert! Mein Verlustschmerz, meine Bitterkeit, meine Rachepläne nahmen mich zu sehr gefangen, als dass ich begriff, welche Seelenqual du gefühlt haben musst und welch verzweifelten Mut du aufgebracht hast, um allein und heimatlos eine Schwangerschaft durchzustehen. Hätte ich doch nur nach dir geschickt – aber ich hatte Angst, Cergorn würde mich durch dich aufspüren. Ich habe dich so sehr geliebt. Wie konnte ich nur so gedankenlos und selbstsüchtig und grausam sein? Wäre ich nicht gewesen, so könntest du heute noch leben.

Solange er in Callisiora lebte, hatte er alle Gedanken an ihren Tod stets abwehren können, denn er konnte unmöglich glauben, dass er sie nie wiedersehen würde. Hier, in ihrem Haus, in ihrem Zimmer, nahm er die Wahrheit endlich an, und auch die Schuld, die er an ihrem Tod trug. Er schlug die Hände vor das Gesicht und weinte heiße Tränen der Qual und Reue, trauerte um seine verlorene Liebe und all die vergeudeten Jahre, die sie in Freude zusammen hätten verbringen können.

Als Elion die Treppe hinunterging, blieb Veldan zurück und verschwand in das andere, kleinere Zimmer. Sie wollte nicht mit Elion und Kalt reden, nicht einmal mit Kaz. Ihr ging zu viel im Kopf herum, und sie brauchte eine Weile für sich allein, um nachzudenken. Ihr Verdacht wegen ihrer Beziehung zu dem neuen Archimandriten, den sie schon eine Zeit lang hegte, hatte sich erhärtet.

Amaurn schien ihr mehr Vertrauen und Zuneigung entgegenzubringen als ihren Gefährten, oder vielleicht eher eine andere Art von Vertrauen. Wenn sie sich nicht täuschte, dann verließ er sich mehr auf sie. Doch schon bei der ersten Begegnung, in den Bergen über Tiarond, hatte sie die nackte Bestürzung, der Angst nicht unähnlich, in seinem Gesicht gesehen.

Als hätte er einen Geist gesehen.

Und war da nicht eine eigentümliche Zurückhaltung in Maskulus Benehmen gewesen, als er sie beide zusammen sah, hatte sie nicht eine gewisse Mischung aus Mutmaßung, Neugier und feinem Spott gespürt, oder bildete sie sich das ein?

Und warum fühlte sie sich außerdem so seltsam zu Amaurn hingezogen? Was brachte sie dazu, ihn ständig zu verteidigen und zu unterstützen, obwohl sie genau wusste, was für ein Mensch er als Hauptmann Blank gewesen war?

Warum war ihr in seiner Nähe nicht unbehaglich? Die meisten Leute wurden seinetwegen aus dem einen oder anderen Grund unruhig.

Er hatte gesagt, er sei ein guter Freund ihrer Mutter gewesen.

Er kannte den Weg in Aveoles Schlafzimmer.

Und nun konnte sie durch die Wand das Weinen hören, die erschütternden Schluchzer, die von dem Elend und der Verlassenheit eines gequälten Herzens sprachen, das von unaussprechlicher Trauer überwältigt wurde.

Veldan merkte, dass sie zitterte, hin und her gerissen zwischen Hoffnung und Angst und Zweifel. Wollte sie wirklich, dass ein Mann wie Amaurn, einer mit dunkler Vergangenheit und rücksichtslosem Ruf, ihr Vater war? Und wenn er es war, wollte sie es eigentlich wissen? Sie wusste sehr wohl, dass es das Vernünftigste wäre, sofort durch die nächste Tür zu marschieren und von ihm Auskunft zu fordern, und dennoch fand sie nicht den Mut dazu.

Von diesem Zimmer aus blickte man auf den bewaldeten Hang, der hinter dem Haus steil anstieg. Veldan trat ans Fenster, ihre Augen suchten die nahe Lichtung, wo ihre Mutter begraben lag. Sie lehnte die Stirn an das kalte Glas und seufzte. »Ich wünschte, du würdest es mir erzählen«, sagte sie leise. »Konntest du mir nicht etwas hinterlassen – einen Brief, eine Nachricht, einen Hinweis? Ach, wenn ich dich doch nur gekannt hätte, Mutter. Ich wünschte, du wärst jetzt hier und könntest mir die Wahrheit sagen.«

»Du brauchst sie nicht, Schätzchen. Ich glaube, du kennst die Wahrheit schon.« Kaz konnte zwar nicht die Treppe hinauf, doch er trieb sich gedanklich in ihrer Nähe herum. Sie war froh, dass er da war. Zu wissen, dass sie einander immer haben würden und sich das niemals ändern würde, so lange sie lebten, war ihr ein unbeschreiblicher Trost, besonders in dieser Zeit der Umwälzungen.

Veldan straffte die Schultern und atmete tief durch. »Ich sollte lieber gehen und mit ihm sprechen, oder?«

»Das wäre das Beste, Boss«, stimmte Kaz zu. Sie spürte sein freches Feuerdrachengrinsen. »Und wenn dir nicht gefällt, was er dir antwortet, dann locke ihn einfach die Treppe runter und ich mach ihn für dich zu Asche.«

Veldan lächelte bedrückt. »Das Angebot könnte ich glatt annehmen. Es würde mein Leben ein ganzes Stück einfacher machen.«

»Weißt du«, meinte Kaz sanft, »es ist nicht leicht, allein in der Welt zu stehen. Wir sind beide entwurzelt aufgewachsen, haben keine Familie außer uns selbst. Wenn ich die Gelegenheit dazu hätte, ich würde wissen wollen, wer meine Verwandten sind.« Er legte eine Pause ein. »Und wenn sie ein Haufen Halunken wären.«

»Vielen Dank«, sagte Veldan trocken. »Aber gleichviel, du hast Recht.« Und bevor sie andere Zweifel ausgraben konnte, richtete sie sich auf, ging ein Zimmer weiter und blieb in der geöffneten Tür stehen. »Bist du mein Vater?«

Amaurn nahm die Hände vom Gesicht, und ihr Herz krampfte sich zusammen, als sie die Trostlosigkeit in seinen Augen sah. »Ich glaube, ja.« Er zögerte und holte dann tief Luft. »Willst du, dass ich es bin?«

Nun war es Veldan, die zögerte – aber nur für einen Moment. Sie ging ins Zimmer und setzte sich auf das Bett. »Ich glaube, ja.«

»Wann kam dir der Verdacht, dass er ihr Vater sein könnte?«

Elion brauchte nicht zu fragen, wen der Feuerdrache meinte. »Am ersten Abend, als er nach Gendival kam – spätestens aber am nächsten Morgen«, antwortete er.

»Mir auch.«

»Du kennst Veldan am besten, Kaz. Glaubst du, sie hat es zur selben Zeit vermutet?«

»Also, wenn, dann hat sie mich jedenfalls nicht eingeweiht.« Kaz überlegte. »Ich nehme es aber trotzdem an, tief im Innern hat sie es geahnt. Sie war nur noch nicht bereit, es sich einzugestehen.«

Fast eine Stunde war vergangen, und Veldan war noch nicht die Treppe heruntergekommen. Elion und Kaz hatten im Untergeschoss Feuer gemacht, mit Hilfe des einfachen Verfahrens, wo der Mensch einen Arm voll Holz in den Kamin wirft und der Feuerdrache es mit einem Schnauben entfacht. Elion hatte für sich und Kalt Tee aufgebrüht, doch war er noch nicht bereit, welchen nach oben zu bringen und zu unterbrechen, was zwischen Veldan und Amaurn vorging. Nun ging er vor dem Kamin auf und ab und seufzte in einem fort. »Ich wünschte, ich könnte herauskriegen, was da oben geschieht«, sagte er. »Diese Ungewissheit macht mich fertig.«

»Natürlich reden sie«, meinte der Feuerdrache. »Aber wenn sie noch lange so weiter machen, könnte ich anfangen, eifersüchtig zu werden.«

»Ja, aber worüber reden sie?« Der Wissenshüter trat ärgerlich gegen die Kamineinfassung.

»Veldans Mutter.« Kaz hatte viel weniger Hemmungen zu lauschen und weil er seine Partnerin so gut kannte, schaffte er es, zumindest oberflächlich, dass sie es nicht merkte – so dachte er jedenfalls. Elion fragte sich manchmal, ob Veldan den Feuerdrachen nur glauben ließ, er käme davon, weil sie wusste, wie viel Spaß es ihm machte.

Kalt, der auf dem Sofa am Feuer gedöst hatte, fuhr hoch und blickte erschrocken um sich. Einen Augenblick lang schien er nicht zu wissen, wo er war. Elion bekam Gewissensbisse. »Geht es dir gut?«, fragte er den Fremden.

Der junge Mann rang sich ein Lächeln ab. »Ja, natürlich, so gut wie noch nie.«

»Er kann wirklich glänzend gute Miene zum bösen Spiel machen, wie?«, merkte Kaz nüchtern an.

»Das braucht er aber nicht«, sagte Elion. Er setzte sich zu ihm auf das Sofa. »Ich bedaure, dass wir noch nicht mehr unternommen haben, damit du dich zu Hause fühlst, Kalt. Wir haben dich vernachlässigt, fürchte ich. Für gewöhnlich benehmen wir uns besser, aber wir haben einen sehr ungewöhnlichen Tag hinter uns.«

»Zumindest *mein* Benehmen ist gewöhnlich besser«, kicherte Kaz. »Über Elions mag ich gar nicht reden.«

»Du!« Der Wissenshüter hob die Stimme zu entrüsteter Beschwerde. »Du hast überhaupt keins, du aufgeblasene Eidechse!«

Kalt lachte.

»Elion, warum gehst du nicht zum Gasthof rüber und holst uns etwas zu essen?«, schlug der Feuerdrache vor.

»Wir haben so gut wie nichts im Haus, weil wir zuletzt so viel unterwegs gewesen sind. Wenn ich nicht bald etwas kriege, bin ich gezwungen, unseren Besucher hier zu fressen.«

»Aber ...« Elion blickte nach oben, als könnte er durch die Decke sehen.

»Mach dir keine Sorgen«, unterbrach Kaz ihn trocken. »Wenn es irgendeine Entwicklung gibt, bist du der Erste, der davon erfährt.«

Bevor Veldan wieder auftauchte, hatte Elion alle Zeit, um zum Gasthaus zu laufen, sich dort Olsams Klagen anzuhören, dass Ailie mit Zavahl beschäftigt sei, und darauf zu warten, dass man ihm einige Speisen zusammenpackte. Bei seiner Rückkehr verabschiedete Veldan sich gerade von Kyrre, die gekommen war, um rings um Amaurn ein paar bunte Heilstrahler aufzustellen. Schon von weitem war das Glück der Heilerin zu spüren. »Entschuldige, dass ich mich so eilig wieder fortmache«, sagte sie zu Veldan. »Ich muss zurück zu Mrainil und den anderen.« Und damit huschte sie in die Nacht hinaus.

»Ich habe etwas zu essen geholt.« Elion hielt zwei schwer beladene Körbe und einen Sack in die Höhe, der ein halbes, fettes Lamm für Kaz enthielt. Veldan nahm den Sack, dessen Gewicht sie ein bisschen ins Taumeln brachte, und sie gingen ins Haus. »Gott sei Dank«, sagte sie. »Ich bin so hungrig, dass ich den Afanc essen könnte, und Maskulu noch zum Nachtisch.«

»Das wäre sehenswert.« Während sie das Essen auf dem Tisch ausbreitete – nur Brot, Käse und kaltes Fleisch, das aber in rauen Mengen –, wartete Elion, dass sie ein Wort darüber verlor, was es zwischen ihr und Amaurn gegeben hatte. Er wollte eigentlich nicht laut danach fragen, darum räusperte er sich, blickte sie an und machte ganz zuversichtlich ein teilnahmsvolles Gesicht. Veldan begegnete ihm mit einem kühlen, ungerührten Blick. »Was?« Schon der Ton drohte ihm, nur ja nicht die Nase in ihre Angelegenheiten zu stecken. »Nichts«, sagte Elion hastig und schaute weg. Er wusste nun, dass nicht einmal Kaz von ihr zu hören bekäme, was sich oben in dem Zimmer wirklich abgespielt hatte.

Veldan fühlte sich innerlich ausgebrannt und war zu müde zum Essen und zu hungrig, um nichts zu essen. Sie wollte an diesem Abend nicht mehr an Amaurn denken – ihre ganze Welt hatte sich sehr plötzlich verändert, und sie wollte ihre Eindrücke und Empfindungen in Ruhe bewältigen, ehe sie ihn wiedersah. Es hatte aber auch keinen Sinn, mit Elion zu reden. Er war zu neugierig und schoss ihr andauernd seltsame Blicke zu, bis sie ihn am liebsten geohrfeigt hätte. Stattdessen wandte sie sich dem Neuen zu. »Es tut mir Leid, dass heute so ein Aufruhr herrschte«, sagte sie. »Du wünschst dir bestimmt, gar nicht erst hergekommen zu sein.«

Kalt setzte sein hinreißendes Lächeln auf. »Ich will nicht abstreiten, dass es aufreibend war – besonders die Ungeheuer. Als ich mit Kher um das Ende des Sees bog und dieser Wasserriese sich plötzlich aufbäumte, hätte ich fast die Beine in die Hand genommen und wäre nach Callisiora zurückgerannt. Und mein Herz hatte sich noch nicht beruhigt, als ich diesem Furcht erregenden Höhlenbewohner vorgestellt wurde.« Er schüttelte den Kopf. »Bis ich glauben konnte, dass sie beide altgediente Wissenshüter sind, musste ich gehörig umdenken. Nach diesen beiden sieht dein großer Begleiter geradezu niedlich aus.«

»Das lässt du Kaz besser nicht hören«, antwortete Veldan glucksend. »Ich warne dich. Sonst wird er sein ganzes Leben dem Zweck widmen, einen zitternden Feigling aus dir zu machen – nur um dir einen Denkzettel zu verpassen.« Sie gähnte. »Ich weiß nicht, wie's um euch bestellt ist, aber ich könnte eine Woche lang schlafen.« Auf einmal merkte sie, dass sie die anderen nicht gehen lassen wollte. Nach den

Überraschungen dieses Tages fand sie ihre Gesellschaft mehr als willkommen – und wenn Amaurn in der Nacht etwas brauchen sollte, wäre ein anderer da, um zu ihm zu gehen. »Wollt ihr beide heute Nacht hier bleiben?«, fragte sie einladend.

»Danke, Veldan«, sagte Elion. »Es ist schon so spät, ich habe nicht mehr die Kraft, nach Hause zu gehen. Solange es nicht zu viele Umstände macht.«

»Ich wäre froh, euch hier zu haben. Elion, nimmst du das Sofa, und Kalt das zweite Schlafzimmer oben?«

Elion nickte. »Selbstverständlich.« Und an den Überbringer gewandt: »Wir haben dir nicht gerade einen guten Anfang in Gendival beschert, darum meine ich, wir schulden dir wenigstens ein bequemes Bett.«

Sie wünschten einander gute Nacht, und Veldan brachte Kalt in sein Zimmer und half ihm mit den beiden Bündeln. Vor seiner Tür angekommen, reichte sie ihm die Lampe. »Es liegen ein paar Glimmer bereit, falls du sie benutzen möchtest«, sagte sie. »Drehe einfach die Hälften gegeneinander, und sie fangen an zu leuchten.« Sie sah ihm ins Gesicht und war ein wenig erschrocken. Er sah erschöpft aus und hatte Ringe unter den Augen wie sie alle, aber seine ungewöhnliche Blässe machte ihr Sorge.

»Geht es dir einigermaßen gut?«, fragte sie. »Du siehst schrecklich blass aus.«

»Doch, mir geht's gut«, sagte der junge Mann. »Es ist nur so – das hört sich wahrscheinlich albern an, aber das kommt, weil ich in den vergangenen Jahren tagein tagaus eine Maske tragen musste.«

Veldan runzelte die Stirn. »Ach wirklich?« Sie wunderte sich. An seinem Gesicht war nichts Verkehrtes. Im Gegenteil, es war sogar sehr angenehm. »Warum denn das?«

Er grinste verlegen. »Wo ich herkomme, sind die Menschen viel einfältiger und leichtgläubiger als hier in Gendival. Die Maske war das Zeichen des Überbringers, und sie sollte die Leute einschüchtern, damit sie ehrfürchtig und gehorsam sind. Sie wirkte tatsächlich, möchte ich sagen. Weißt du, sie bestand aus einem echten Menschenschädel.«

»Puh!« Veldan schauderte. »Das wäre nichts für mich. Aber ich weiß, wie scheußlich es ist, immerzu eine Maske zu tragen. Ich habe das auch einmal eine Zeit lang getan.«

»Du? Aber warum?«

Veldan merkte, dass sie rot wurde. »Was glaubst du wohl?«, fauchte sie.

Er zog die Brauen zusammen. »Wie? Wegen der Narbe? Aber die macht doch gar nichts aus.«

»Also, mir hat sie verdammt viel ausgemacht!« Veldan wusste nicht, sollte sie froh sein über seine zwanglose Haltung oder ihn wegen seiner Begriffsstutzigkeit ohrfeigen oder weggehen, um ihre Verlegenheit zu verbergen.

Nun war es Kalt, der rot wurde. »Es tut mir Leid«, sagte er. »Ich habe meine Worte schlecht gewählt. Ich begreife, dass das ein Schlag für dich gewesen ist und will es nicht abtun. Aber schau, für mein Empfinden gehört sie zu dir. Ich kenne dein Gesicht nicht anders – und ich mag es, wie es ist.«

Als wäre ihnen beiden plötzlich aufgegangen, dass diese Unterhaltung zu schnell zu weit gegangen war, wandten sie den Blick voneinander ab. Mit einem hastig gemurmelten Gute Nacht floh Veldan die Treppe hinunter, und Kalt schloss sich in sein Zimmer ein.

Bis sie unten in ihrem Schlafzimmer ankam, wo Kaz sich in seinem Lager am Feuer eingerollt hatte, schalt sie sich bereits, nicht so albern zu sein. »Das war der seltsamste Abend meines Lebens«, sagte sie zu Kaz, während sie auf dem Weg zum Kamin eine Kleiderspur hinterließ.

Der Feuerdrache öffnete ein Auge. »Mach dir nichts draus, Schätzchen. Ich werde schon auf dich aufpassen.«

Weil sie dringend getröstet werden musste, zog Veldan die Decken aus ihrem Bett und brachte sie in sein Lager, wo sie sich mit dem Feuerdrachen zusammen einrollte. »Wie gut, dass ich dich habe«, murmelte sie. »Wenn man auf der einen Seite unerwartete Schmeicheleien von fremden jungen Männern erhält und auf der anderen verschollene Väter aus dem Nichts auftauchen, braucht ein Mädchen einen, auf den es sich verlassen kann.«

Kapitel 28

Anfang mit Frühstück

Toulac war bis spät in die Nacht aufgeblieben, hatte mit Harral im Stall geplaudert, aber hauptsächlich war sie bei Mazal gewesen. Scall hatte sie schon früher zurückgeschickt und ihm eine Nachricht an Ailie mitgegeben, des Inhalts, dass seine Abwesenheit ihre Schuld sei. Und als sie sich endlich zum Gasthaus schleppte, war sie so müde, dass sie die Schelte der Gastwirtin gar nicht wahrnahm und auch nicht, dass die junge Frau eigens aus dem Bett musste, um ihr die Tür zu öffnen. Das Einzige, was sie wichtig fand, war die Frage, ob Ailie ein anderes Zimmer für Scall gefunden hatte und sie ihr Bett für sich haben würde. Die Anstrengungen der vergangenen Tage hatten sie schließlich eingeholt, und sie hatte kaum die Stiefel ausgezogen, da lag sie schon unter den Decken und sank in tiefsten Schlaf.

Am nächsten Morgen schlief sie lange – und hätte noch sehr viel länger geschlafen, wäre sie nicht von einem stürmischen Klopfen an der Tür geweckt worden. Sie rollte sich herum und öffnete ein trübes Auge. »Verzieh dich, wer immer du bist.«

Das Klopfen setzte von neuem ein. »Toulac, Toulac! Du musst mir helfen!« Schon wieder Scall. Die Söldnerin stöhnte und stemmte sich fluchend aus dem Bett. Sie ging zur Tür und riss sie auf. »Was ist denn nun schon wieder los?«

Der Junge trat von einem Bein aufs andere und rang die Hände. »Bitte, Toulac«, platzte er heraus, »kannst du mit mir kommen? Der Anführer will mich sehen – der Arch ... der Archi ... so was wie der Hierarch jedenfalls, und –«

»Und du hast Angst«, ergänzte Toulac rundweg, die noch nicht wach genug war, um taktvoll zu sein.

Scall lief rot an. »Hab ich nicht!«, schrie er. »Ach, was kann man mit dir schon anfangen? Du bist nichts weiter als eine dumme alte Frau.«

Wunderbar. Ein jugendlicher Wutanfall vor dem Frühstück. Das hat mir heute Morgen gerade noch gefehlt.

Sie blickte ihn so kalt und gleichgültig an, dass der Junge ein paar Schritte zurückwich. »Das mag schon sein, Söhnchen, aber nicht ich bin es, die Angst vor dem Archimandriten hat. Willst du nun, dass ich mitkomme, oder nicht? Andernfalls gehe ich wieder ins Bett.«

»Na gut«, druckste Scall.

»Na gut, was?«

»Ja, ich möchte, dass du mitkommst ... bitte. Aber nicht weil ich Angst hätte«, fügte er kämpferisch hinzu.

»Natürlich nicht.« Toulac widerstand dem Drang, ihm den Kopf zu tätscheln. »Ich will mir nur das Gesicht waschen und auf die Beine kommen, dann bin ich gleich bei dir.« Sie gähnte herzhaft. »Weißt du, ob es hier heute Morgen irgendwo Tee gibt?«

Ein gequälter Ausdruck huschte über Scalls Gesicht, und sie wusste, dass er sich fragte, wie sie mit der Aussicht auf den Archimandriten an so etwas Gewöhnliches wie Tee denken konnte. »Unten gab's keinen«, antwortete er, »aber das Treffen findet bei jemandem zu Hause statt, und es kommen ziemlich viele Leute, darum geht Ailie hin und macht für alle Frühstück. Dann wollen sie sich das Zeug ansehen, was ich gefunden habe.«

Frühstück! Der Tag hellte sich plötzlich auf. »Warte nur kurz hier«, sagte Toulac und verschwand in ihr Zimmer für die schnellste Morgenwäsche ihres Lebens. Da erst bemerkte sie den Zettel, der unter der Tür durchgeschoben war. Nach dem Stiefelabdruck zu urteilen, musste er schon in der Nacht dagelegen haben. Offenbar war sie so müde gewesen, dass sie ihn nicht gesehen hatte. Die Nachricht kam vom Archimandriten und lud sie ebenfalls zu der Morgenbesprechung ein. Toulac strahlte. Ungeachtet ihrer Meinung von Hauptmann Blank war es immer ein schönes Gefühl, gebraucht zu werden.

Wie vermutet, fand das Treffen in Veldans Haus statt, und Ailie würde sie hinbringen. Toulac und Scall warteten vor der Gasthaustür, als sie dicht gefolgt von Zavahl herauskam. Scall erbleichte, als er den einstigen Hierarchen sah. Er stieß Toulac mit dem Ellbogen an. »Was macht denn der hier?«, fragte er in einem Flüsterton, der bis zum Handelsposten der Navigatoren zu hören war.

Zavahl drehte sich nach dem Jungen um und lächelte ihn an. »Ich lebe jetzt hier«, sagte er. »Wie du dich erinnerst, in Callisiora wollten sie mich auf dem Scheiterhaufen verbrennen, deshalb habe ich beschlossen, eine freundlichere Gegend aufzusuchen. Hier gefällt es mir viel besser.«

Toulac schmunzelte, als Scall errötete, weil er von einer so hehren Persönlichkeit angesprochen wurde.

Sie gingen mit Ailie den Weg entlang, der hinten um das Dorf herumführte, und überquerten den Fluss auf einem Steg anstelle der Steinbrücke an der Straße, die sie mitten durch die Siedlung geführt hätte. Unterwegs trat Toulac neben Zavahl. »Hast du gut geschlafen?«, fragte sie zweideutig.

Er schüttelte den Kopf. »Eigentlich nicht – aber nicht aus den Gründen, die du vermutest.« Sein Blick wirkte gehetzt. »Ailie hat gesagt, dass ich heute Morgen mit Blank zusammentreffen werde, und darauf freue ich mich kein bisschen.«

»Dann sind wir schon zwei«, sagte Toulac. »Veldan wollte mich immer wieder davon überzeugen, dass hier alles anders ist und dass er versucht, sich zu ändern und ein besserer Mensch zu sein, und allen möglichen anderen Quatsch.« Sie wedelte abschätzig mit dem Arm. »Das glaube ich erst, wenn ich es sehe – vielleicht.«

Ailie ließ sich über die Schulter hinweg vernehmen. »Aber Scall hat mir heute Morgen erzählt, dass Amaurn dein Pferd für dich zurückgebracht hat und dass du vor Freude außer dir warst. Macht dich das nicht ein bisschen versöhnlicher?«

»Ich wette, er hätte es nicht getan, wenn er nicht ein Pferd gebraucht hätte, um hierher zu kommen«, erwiderte sie achselzuckend.

»Andererseits ist er der Archimandrit und kann tun, was ihm beliebt«, machte Ailie geltend. »Scall sagt, du hast ein wahrhaft prächtiges Schlachtross, das sehr wertvoll sein muss, und Zavahl hat mir erzählt, dass Amaurn Pferde leidenschaftlich liebt. Was sollte ihn davon abhalten, das Tier zu seinem Eigentum zu machen?«

»Scall und Zavahl sollten sich besser um ihre eigenen Angelegenheiten kümmern«, brummte Toulac, »und mit dieser lächerlichen Amaurn-Geschichte braucht man mir nicht zu kommen. Für mich ist er Blank und wird es auch immer bleiben.« Damit ließ sie sich ein Stück zurückfallen und stapfte hinter den anderen her.

Dies war das erste Mal, dass die Söldnerin die Waldlichtung mit Veldans Haus sah. Elion öffnete ihnen und nahm Scall freundlich in Empfang. »He, schön, dich wiederzusehen! Hast du noch die kleine Stute, die ich dir geschenkt habe?«

»Ich hatte sie«, antwortete der Junge bitter, »bis ich hier ankam und Harral sie mir weggenommen hat.«

»Ach, bleibt doch nicht auf der Schwelle stehen«, sagte der Wissenshüter, hastig das Thema wechselnd. »Kommt herein alle miteinander.«

Sie betraten das große Zimmer – und standen vor Kaz, der am Feuer lag. Toulac hatte gar nicht daran gedacht, Scall auf seinen Anblick vorzubebreiten, und alle anderen natürlich auch nicht. Er gab einen erstickten Laut von sich, und als seine Knie nachgaben, packte sie mit eisernem Griff seinen Arm. »Ruhig Blut«, zischte sie. »Alles in Ordnung. Er ist Veldans Freund und Kampfgefährte, und er wohnt auch hier.« Sie konnte der Gelegenheit zu prahlen nicht widerstehen. »Ich bin auf seinem Rücken von Tiarond bis hierher geritten.«

Scall machte ein ungläubiges Gesicht und wollte gerade etwas darauf erwidern, als langsame Schritte auf der Treppe zu hören waren. Veldan kam als Erste herab, hinter ihr Blank. Toulac spürte, wie Zavahl neben ihr erstarrte. Sie konnte es ihm nicht verdenken. Sie selbst geriet beim Anblick des Hauptmanns in Harnisch, wenngleich sie zugeben musste, dass er schon gar nicht mehr so kalt und einschüchternd aussah, vor allem auch da er aus der dunklen Soldatenkluft heraus war und ein weiches grünes Hemd trug. Einen Arm trug er verbunden in einer Schlinge, aber Toulac hatte selbst so viele Verwundungen überstanden und sah genau, dass er ganz woanders verletzt war. Er ging sehr steif und drückte den Arm an die Seite, und sie merkte, dass er bei jedem Schritt den Atem anhielt.

Geschieht ihm recht.

Es blieb keine Zeit, um mehr Eindrücke aufzunehmen. Sowie Blank die letzte Treppenstufe herabgestiegen war, gab es neben Toulac eine plötzliche Bewegung. Zavahl sprang vor und schlug ihm so hart ins Gesicht, dass der Archimandrit rücklings auf die Treppe fiel.

»Zavahl!« Veldan schob sich zwischen die zwei Männer. »Das darfst du nicht tun – er ist verwundet!«

Der einstige Hierarch blickte auf den niedergestreckten Mann. »Er wird noch ganz was anderes sein, wenn er sich jemals wieder in mein Leben einmischt«, fauchte er. »Lass mich in Zukunft in Ruhe, Blank – ich warne dich. Oder, ich sorge dafür, dass es dir Leid tut, das schwöre ich.«

Veldan und ein dunkelhaariger junger Mann, den Toulac nicht kannte, halfen Blank aufzustehen. Der Archimandrit rieb sich das Kinn und warf Zavahl einen wütenden Blick zu – dann warf er den Kopf in den Nacken und lachte. »Also, wie ich sehe, hat es dir jedenfalls nicht geschadet, Tiarond zu verlassen.«

Zavahl blieb der Mund offen stehen.

Der einstige Hauptmann der Gottesschwerter streckte ihm die Hand entgegen. »Zavahl, ich habe dir übel mitgespielt. Ich hatte einen Vertrauensposten inne und habe dein Vertrauen missbraucht und das bereue ich zutiefst. Ich habe dich gnadenlos für meine Pläne benutzt und dank meiner hast du deinen Platz in der Welt verloren und beinahe auch dein Leben. Aber wenn ich dich so betrachte, muss ich sagen, ich habe dich noch nie so gut aussehend und glücklich gesehen – und weil das so ist, hoffe ich sehr, dass du mir mit der Zeit vergeben wirst. Wenn es etwas gibt, das ich tun kann, um wiedergutzumachen, was du ertragen musstest, brauchst du nur ein Wort zu sagen. Ich wünsche dir ein langes und erfülltes Leben hier in Gendival, und ich verspreche, dass du von mir nie wieder etwas zu befürchten hast.«

Toulac starrte den neuen Archimandriten an.

Also, ich glaub, mich tritt ein Pferd! Ob Blank einen Zwillingsbruder hat? Ich möchte wetten, dass das nicht der Mann ist, den ich kenne.

Die freundliche Entschuldigung hatte scheinbar auch Zavahl den Wind aus den Segeln genommen. Er schaute Blank zweifelnd an, und Toulac sah an seiner bewegten Miene, wie Abscheu und Hoffnung im Widerstreit lagen. »Warum?«, fragte er schließlich mit unsicherer Stimme.

Blank lächelte gequält. »Erstens, weil ich meine, es dir schuldig zu sein. Zweitens, weil du deinen Körper mit dem Bewusstsein des Drachensehers Aethon teilst und somit mir, dem Schattenbund und der ganzen Welt helfen kannst. Es erscheint mir schicksalhaft, dass du als Aethons Wirt viel bedeutender bist, als du als Hierarch von Callisiora jemals warst. Du kannst in deiner jetzigen Lage viel mehr Gutes bewirken.«

»Es ist wahr, Zavahl«, warf Veldan leise ein. »Du kannst ihm diesmal vertrauen. Er wird sein Wort halten.« Dabei heftete sie denselben eisernen Blick auf Blank, der diesem so eigen war, und Toulac bekam eine Gänsehaut. »Stimmt's?«

»Ja, meine Tochter.« Als er Veldan dabei ansah, ging in seinem Gesicht eine so grundlegende Veränderung vor, bei der sich alle Härte in Zärtlichkeit verwandelte, dass Toulac ihren Augen nicht traute.

Seine Tochter? Myrial auf der Fahnenstange! Was ist denn jetzt los?

Ähnliche Bestürzung sah sie bei Ailie und Zavahl, und sogar Scall schaute verwirrt zwischen Blank und Veldan hin und her. Andererseits war es ganz offensichtlich, dass Elion, der Dunkelhaarige und der grinsende Feuerdrache darüber Bescheid wussten.

Zavahl fand als Erster die Sprache wieder. »Also gut, Blank. Ich nehme dein Angebot an, und dein Versprechen. Immerhin bist du nun da, wo du immer sein wolltest: bei den Gewinnern. Was du willst, habe ich nicht mehr, besitze weder Rang noch Macht, daher sollte ich vermutlich einigermaßen sicher sein.«

Blank lächelte dünn. »Du erfasst die Lage offenbar gut, Zavahl, und hast viel gelernt, seit wir uns zuletzt gesehen haben.« Mit der Miene eines Mannes, der bestrebt ist, den Gesprächsgegenstand zu wechseln, wandte er sich der Söldnerin zu. »Und du Toulac? Willst du nicht bleiben? Es würde Veldan beträchtliche Freude bereiten.«

»Beantworte mir eine Frage«, entgegnete Toulac. »Warum hast du damals sämtliche Kriegerinnen der Gottesschwerter rausgeworfen?«

Der Schatten eines alten Kummers zog über Blanks Gesicht. »Weil sie mich so qualvoll an meine verlorene Liebe erinnert haben – an Veldans Mutter. Sie war ebenfalls eine Wissenshüterin in Gendival.« Er legte seiner Tochter den Arm um die Schultern. »Trauer und Schuld können einen Mann selbstsüchtig machen. Können ihn verändern und gefühllos machen, dass man ihn kaum wiedererkennt. Zu sagen, dass es mir Leid tut, ist nicht angemessen, nachdem ich dein Leben zerstört habe. Aber wenn du dich als Wissenshüterin uns anschließen willst, kann ich wenigstens auf bescheidene Weise versuchen, den Schaden wiedergutzumachen.«

Toulac kam ein seltsamer Gedanke.

Hat er wirklich mein Leben zerstört? Ich habe so viel von der Welt gesehen, so viele Abenteuer erlebt, als Söldnerin so viele Freunde gehabt – all das wäre mir entgangen, wenn ich in Tiarond geblieben und aus mir eine Kriegerin der Gottesschwerter geworden wäre.

Sie blickte von Veldan zu …

Verfluchter Kerl! Ich werde mich daran gewöhnen müssen, ihn Amaurn zu nennen.

»Also gut, Kleiner. Ich bin dabei.«

Mit einem Freudenschrei stürzte Veldan auf sie zu und umarmte sie, und der Archimandrit schaute in die Runde und sagte: »Wenn sonst keiner mehr da ist, der sich zu entschuldigen hat, schlage ich vor, dass wir frühstücken.«

Das Frühstück bot gute Gelegenheit, sich mit einander bekannt zu machen und die Herkunft derer, die einander fremd waren, zu erläutern. Nachdem sie sich um Veldans großen Küchentisch gezwängt und jeden Krümel von Ailies ausgezeichnetem Essen verputzt hatten, kehrten sie in das große Zimmer zurück und nahmen auf den verschiedensten Sitzmöbeln Platz. Amaurn richtete an alle das Wort. »Ihr sollt die Ersten sein, die Scalls Fundstücke zu sehen bekommen, aus dem einfachen Grund, weil sie unter Tiarond entdeckt wurden und weil ich das unbestimmte Gefühl habe, dass sich das als wesentlich herausstellen könnte. Wir alle sind kürzlich in Callisiora gewesen – mancher länger, als er eigentlich wollte«, fügte er gequält hinzu. »Bevor ich die Entdeckung dieser Gegenstände im Schattenbund weiter bekannt mache, will ich eure Meinung über Scalls Funde, über die Bedeutung des Fundortes und über die Gefährlichkeit der Lage im Allgemeinen gehört haben.«

»Was ist mit mir?«, fragte die Gastwirtin. »Ich bin noch nie in Callisiora gewesen.«

Amaurn lächelte sie an. »Du, Ailie, bist hier wegen deiner besonderen Verbundenheit mit Zavahl, wegen deines gesunden Menschenverstands und der Tatsache, dass du ein köstliches Frühstück zubereitest – insbesondere aber weil du den Gasthof führst, der unter den dienstfreien Wissenshütern stets eine Quelle von Erkenntnissen nichtamtlicher Art gewesen ist. Außerdem verkehrst du häufig mit den Navigatoren, die gewöhnlich Neuigkeiten und Klatsch aufschnappen und viel von ihren Reisen zu berichten haben. Wenn dir zu dem, was du heute hörst und siehst, irgendetwas einfällt, das du schon von anderswoher kennst, seien es nun Tatsachen oder Gerüchte, so könnte uns das sehr helfen.« Er blickte nacheinander die anderen an. »Nun, Kalt, sei so freundlich und zeige uns, was Scall gefunden hat.«

Kalt ging nach oben, um das Verlangte zu holen, und während alle auf seine Rückkehr warteten, bat Amaurn den Jungen zu erzählen, wie es zu der Entdeckung gekommen war. Mit viel Rotwerden und Gestammel erzählte Scall seine Geschichte, und jeder hörte mit lebhafter Anteilnahme zu – nur als sie von Tormons Beteiligung erfuhren, tauschten Amaurn und Zavahl einen unbehaglichen Blick. Den Händler hätten sie beinahe umgebracht, die Lebensgefährtin hatten sie ihm genommen, und Amaurn wusste, dass sie beide, sollten sie ihm je wieder begegnen, keine Schonung erwarten konnten und sie auch nicht verdienten.

Wenigstens bin ich zur Abwechslung einmal nicht daran schuld. Es war Zavahls Einfall, sich der Leute zu entledigen, die den halbtoten Aethon gefunden hatten. Damit glaubte er, sich selbst als den Finder hinstellen zu können.

Das gab ihm einen bitteren Stich.

Ich weiß, wem man trotzdem die Schuld geben wird. Scheinbar wird von mir verlangt, dass ich für alles und jedes büße – für das Meiste wohl zu Recht, wenn ich ehrlich bin –, aber man scheint irgendwie vergessen zu haben, dass der Hierarch von Callisiora auch nicht immer ein Ausbund an Güte gewesen ist.

Inzwischen war Scall mit Erzählen fertig, und Kalt kam mit einem kleinen Stoffbeutel zurück. Amaurn konnte seine Erregung kaum bändigen. Er hoffte inständig, auf einen Hinweis zu stoßen, wie die Schleierwand wiederherzustellen wäre. Auf dem Kaminvorleger kniend brachte der Überbringer zwei Gegenstände zum Vorschein, eine kleine Silberkugel und eine dünne Scheibe von etwa einer Elle Durchmesser, und übergab die Silberkugel Amaurn, der sie näher betrachtete.

»Bette sie in die Handfläche«, wies Kalt ihn an.

Amaurn tat wie geheißen, streckte die Hand vor – und alle sperrten staunend den Mund auf. Dort über dem Ding in seiner Hand schwebte ein Bild aus grünen und braunen Landschaften, blauen Meeren und einem flimmernden Netz bläulich weißer Linien, die nur die Schleierwand sein konnten.

Das erinnert mich an den riesigen Ring im Allerheiligsten des Myrialtempels, wo der Hierarch sehen konnte, was in den anderen Landesteilen geschieht – zumindest so lange, bis ich kam und ihm den Fingerring stahl.

»Schließe die Hand und öffne sie wieder«, bat Kalt. »Denke an einen Ort, den du sehen möchtest. Grimm glaubte, dass die Kugel aufgrund unserer Gedankenübertragung ihre Tätigkeit aufnimmt. Doch da sie sich auch bei Scall rührt, braucht man anscheinend keine solche Begabung zu haben.«

Amaurn befolgte die Anweisung – und sogleich entstand ein Bild von Tiarond und seinem Berg. Er schloss und öffnete die Hand, und da war Gendival zu sehen, und die Siedlung an den beiden Seen. Und wieder … Er hielt den Atem an. Da, auf der anderen Seite der Weltkugel befand sich eine blinde, graue Kuppel, auf der einen Seite vom Meer begrenzt und auf der anderen von Bergen. Seine Heimat, das Reich des enteigneten Zaubervolkes, zugedeckt und verborgen von dem rätselhaften Kraftfeld der Schöpfer.

»Was ist denn das da?«, fragte Veldan erstaunt.

Amaurn sah den Feuerdrachen an. »Das ist deine Heimat, Kazairl, wo dein Volk lebt. Deins und meins.«

»Aber warum kann man es nicht sehen?«, wollte Elion wissen.

»Weil die Schöpfer Myrials meinten, das Zaubervolk – mein Volk – würde zu mächtig und wäre eine Gefahr für ihre Pläne. Sie haben uns vor langer, langer Zeit von der übrigen Welt ausgesperrt. Was ihr hier seht, ist ein Kraftfeld, das tausendmal undurchlässiger ist als die Schleierwand. Es lässt keine Gedankenübertragung zu und setzt andere, sehr mächtige Fähigkeiten des Geistes, wie wir sie besaßen, außer Kraft.«

»Und die Feuerdrachen leben auch dort?«, fragte Kaz dazwischen.

»Ja, das tun sie. Dein Volk ist mit meinem gefangen.«

»Aber wie bist du da rausgekommen?«, wollte Toulac wissen.

»Unterirdisch. Ich habe weit verzweigte Höhlen entdeckt, die tiefer gingen als das Hindernis.« Mühsam drängte er die Erinnerungen zurück. »Doch das führt zu nichts.« Er legte die Kugel ab und einen Moment später verblasste das Bild und verschwand. »Dieser Fund wird für den Schattenbund sehr nützlich sein, da er uns erlaubt zu beobachten, was entlang der Schleierwand vor sich geht und was in den anderen Reichen. Doch auf Anhieb fällt mir nichts ein, wie die Kugel unsere gegenwärtigen Schwierigkeiten lösen könnte. Sehen wir uns nun den anderen Gegenstand an.«

Er nahm die flache Scheibe mit der spiegelnden Oberfläche in die Hand – und hätte sie beinahe fluchend fallengelassen, weil die Fläche plötzlich schwarz wurde und Schriftzeilen darauf erschienen. Die fremdartigen Buchstaben bildeten sich aus einem hellgrünen Licht, sie erschienen am unteren Rand und bewegten sich langsam über die Seite – denn eine Seite war es eindeutig, wenn sie auch keiner Sache glich, die Amaurn je gesehen hatte.

Ihn durchlief ein Schauder. Das musste die Schrift der Schöpfer sein. Er reichte das Gerät Zavahl. »Zavahl, dürfen wir bitte mit dem Seher sprechen? Und Aethon, gibt es etwas Derartiges in deinem Gedächtnis?«

In Zavahls Gesicht ging eine geringfügige, schwer bestimmbare Veränderung vor sich. »Die Schrift ist jedenfalls sehr alt.« Auch seine Stimme hörte sich ein wenig anders an. »Es scheint eine Liste zu sein, aber sehr vieles verstehe ich nicht. Wartung ... Arbeitsspeicher ... was kann das heißen? Ach, da ist etwas, das ich verstehe: Tunnelplan ...« Er tippte mit dem Finger auf das Wort – und sofort verschwand die Schrift und wurde durch Zeichnungen und Karten ersetzt, deren Linien alle aus demselben grünen Licht bestanden. Zavahls Stimme zitterte von der Aufregung des Sehers. »Amaurn, Veldan, seht nur ... Das ist der Berg – der Chaikar! Das ist eine Karte von Tiarond!«

Sie drängten sich alle um Amaurn, während immer wieder anderes langsam am unteren Scheibenrand erschien. Zavahl gab einen erstickten Laut von sich, denn er sah die Zeichnung einer Brücke und einer Plattform über einem tiefen Abgrund und einen großen Ring, der darüber in der Luft schwebte. »Das ist das Allerheiligste des Tempels, das außer dem Hierarchen niemand betritt!«, keuchte er mit seiner eigenen Stimme.

Amaurn sah schuldbewusst weg.

Das glaubst du.

Unterhalb dieser Zeichnung war der Hierarchenring dargestellt. Amaurn fröstelte. Er wusste, jetzt wurde es entscheidend, würde endlich zu etwas führen – da hier der Ring ins Bild kam, war er ziemlich sicher, dass eine Verbindung zur Schleierwand bestand.

Zavahl sprach wieder mit Aethons volltönender Stimme und bestätigte seinen Verdacht. »Amaurn, es gibt da eine Erinnerung meines Volkes an einen geheimen Zugangsort – oder vielleicht auch mehr als einen – der zu der geistigen Kraft führt, die die Welt aufrechterhält. Ich glaube, einer befindet sich hier unter dem Tempel. Vielleicht ist er von dem Ort aus zugänglich, den der Hierarch das Auge Myrials nennt, oder wir können durch die Tunnel hingelangen, die Scall gefunden hat. Um herauszufinden, was wir wissen wollen, müssen wir anscheinend nach Tiarond zurückkehren, ungeachtet der Ak'Zahar. Wir werden auch den Ring von Gilarra verlangen müssen – wenn sie überlebt hat.«

Amaurn verbarg das Gesicht in den Händen und stöhnte. »Der Ring ist also der Schlüssel zum Ganzen?«

»Das vermute ich.«

»Dann sind wir in arger Bedrängnis.« Er sah Zavahl an. »Als du gerettet wurdest, brach die Plattform ein und der Ring glitt Gilarra vom Finger. Ich habe es gesehen, aber ich lag unter einem Balken eingeklemmt und kam nicht rechtzeitig an ihn heran. Ein Ak'Zahar schnappte ihn sich. Sie haben nun den Ring. Er kann sonstwo sein.«

Es folgte ein langes Schweigen. Amaurn schaute Veldan von der Seite an und sah, dass sie sehr blass geworden war. Da erst fiel ihm ein, dass Elion erwähnt hatte, sie sei bei der letzten Begegnung mit den Bestien schlimm verwundet worden. Dann reichten die Narben also tiefer, als man sehen konnte. Der Gedanke griff ihm ans Herz.

Toulac schließlich unterbrach die Stille. »Es sieht also so aus, als gingen wir bald nach Tiarond zurück – was immer dann geschieht.«

»Aber wozu denn? Es hat doch bestimmt keinen Zweck, wenn wir den Ring nicht haben, und wir wissen nicht einmal, was wir dort tun sollen«, hielt Elion ihr entgegen. Amaurn entsann sich, dass der Wissenshüter in demselben Scharmützel seine Partnerin verloren hatte. Kein Wunder, dass er sich sträubte.

»Nun, wir erreichen gar nichts, solange wir in Gendival auf unserem Hintern sitzen bleiben, das steht fest«, warf Toulac darauf ein.

»Sie hat Recht«, sagte Aethon durch Zavahl. »Wir wissen wohl nicht genau, wie wir die Gefahr bannen können, aber das entscheidende Geheimnis befindet sich unter Tiarond, und das Gerät, das Scall gefunden hat, zeigt uns Pläne der Tunnel. Vielleicht können wir, wenn wir hingelangen, an Ort und Stelle herausfinden, was zu tun ist. Vielleicht sehe ich dort etwas, das in mir eine entscheidende Erinnerung weckt ...«

»Und vielleicht werden wir alle für nichts und wieder nichts umkommen«, schnaubte Kaz.

Eine Rückkehr nach Tiarond war zwar das Letzte, was Amaurn gern unternommen hätte, doch er wusste, er würde es tun müssen.

Das alles ist meine Schuld. Ich kann hier kein neues Leben beginnen und für meine Tochter und die Welt keine Zukunft aufbauen, ehe ich wieder gut mache, was ich angerichtet habe. Und ich will nicht andere in die Gefahr schicken, damit sie den Preis bezahlen, den ich gerechterweise auf mich nehmen müsste.

»Du hast vollkommen Recht, Toulac«, sagte er. »Wir werden zurückgehen müssen – und wir haben keine Zeit zu verlieren. Mit jedem Tag, der verstreicht, schwinden die Chancen, den Ring zu finden, und was noch schlimmer ist: Der Verfall der Schleierwand scheint sich zu beschleunigen. Je länger wir zögern, desto mehr Völker teilen das Schicksal der Dobarchu.« Er blickte alle der Reihe nach an, wobei er sich anstrengte, nicht bei Veldan zu verweilen. »Doch nicht alle brauchen diese Reise zu unternehmen oder vielmehr sollten sie es gar nicht.«

»Ja, du zum Beispiel.« Die schonungslosen Worte kamen von seiner Tochter.

»Was lässt dich glauben, dass ich die Absicht hatte?«, fragte er, um Zeit zu gewinnen.

Sie bedachte ihn mit einem missbilligenden Blick. »Dein Gesichtsausdruck, dein Tonfall, deine Wortwahl ... Muss ich fortfahren?«

»Nein, du hast ganz Recht.« Hier war offenbar eine feste Hand erforderlich. »Ich hatte es im Sinn – und mehr noch, meine Absicht steht unwiderruflich fest.«

»Trotz der Tatsache, dass du erst gestern verwundet wurdest«, sagte Veldan rundweg. »Und du bist jetzt der Archimandrit, falls du's vergessen hast. Auf keinen Fall sollte das Oberhaupt des Schattenbundes bei einem so gefährlichen Unternehmen sein Leben aufs Spiel setzen. So läuft der Laden nicht, und das weißt du.«

Er sah sie zornig an. »Bei einem Notfall – und ich bin sicher, du wirst nicht bestreiten, dass das ein Notfall ist – kann eine Ausnahme gemacht werden. Meine Kenntnis der Stadt wird gebraucht. Ich muss mitgehen.«

»Wie kannst du auch nur daran denken, Gendival jetzt zu verlassen?«, platzte Veldan heraus. »Du hast deine Aufgaben gerade erst in die Hand genommen und wirklich kaum Zeit gehabt, deine Stellung zu festigen. Cergorns Anhänger werden sich gegen dich verschwören, noch ehe du an der Schleierwand angekommen bist.«

»Cergorn wird nicht hier sein.« Plötzlich war es vollkommen still im Raum, und alle Augen waren auf ihn gerichtet. »Zum Donnerwetter«, sagte er gereizt, »ich rede nur von Verbannung, nicht von Hinrichtung. Ich schicke ihn auf seine Heimatinsel zurück, und Syvilda mit ihm. Ich habe heute Morgen mit den Heilern gesprochen, und sie sagen, dass er unter gewissen Vorsichtsmaßnahmen reisen kann. Quave, Myssil und Shimir haben sich freiwillig gemeldet, um ihn zu begleiten, folglich wird es ihm gut gehen.«

»Bei aller Hochachtung für deine Milde, ist es nicht ein Fehler, seinen Feind so frei herumlaufen zu lassen?«, gab Elion zu bedenken. »Wenn er nun zurückkommt, so wie du, irgendwann, wenn du es nicht erwartest? Oder wenn seine Anhänger ihn holen?«

Amaurn schüttelte den Kopf. »Das wird nicht geschehen. Ich lasse bei beiden das Gedächtnis auslöschen und durch ein falsches ersetzen. Sie werden nicht mehr wissen, dass es Gendival und den Schattenbund gibt. Und für ihre Anhänger wird es keinen Zweck haben, sie aufzuspüren und daran zu erinnern, weil ich diese Erinnerungen dauerhaft vernichten lasse.«

»Aber … so seiner Erinnerungen beraubt und weggeschickt zu werden«, sagte Ailie zögerlich, »das ist doch ein grausames Schicksal.«

Als Amaurn sie ansah, waren seine Augen kalt wie Stahl. »Trotzdem ein viel angenehmeres, als er damals für mich im Sinn hatte.«

»Und seine Anhänger?«, fragte Veldan. »Willst du ihnen deine Überlegungen erklären oder es ihnen hinterher mitteilen?«

»Letzteres ist eine starke Versuchung«, sagte Amaurn, »aber leider werde ich es ihnen vorher sagen müssen. Auf diese Weise wissen sie genau, was geschieht, und es sollte irgendwelchen Gerüchten, ich hätte Cergorn verschwinden lassen und ihm den Garaus gemacht, den Riegel vorschieben. Außerdem wissen sie, wenn ich ihnen gegenübertrete und ihnen die Stirn biete, sofort, wer hier der Anführer ist. Wenn ich das hinter ihrem Rücken mache, könnten sie glauben, dass ich Angst vor ihnen habe.«

»Wann wirst du es tun?«, fragte Elion.

»Heute. Ich habe schon bei den Navigatoren die Vorkehrungen getroffen, es wird ein Schiff bereitliegen, das ihn flussabwärts bringt. Ich will ihn so schnell wie möglich forthaben, nachdem ich meine Absicht bekanntgegeben habe, damit seine Anhänger keine Zeit haben, sich Gegenmaßnahmen auszudenken.« Er zuckte die Achseln. »Gleichzeitig werde ich alle wissen lassen, dass sie demnächst die Takuru als Nachbarn haben werden ...«

»Wie bitte?«, rief Ailie erschrocken aus.

Amaurn lächelte sie schief an. »Das ist in etwa die Wirkung, die ich erwartet habe. Ich hoffe, dass sich die Empörung auf beiden Seiten ausgleicht.«

Elion schüttelte den Kopf. »Vielleicht tust du gut daran, Callisiora zu verlassen. Ich habe das Gefühl, dass du hier nicht beliebt sein wirst.«

»Ich weiß. Wenn es mir jedoch gelingt, die Schleierwand in Stand zu setzen, kann ich sie vielleicht zu meiner Denkweise bekehren und sie sehen ein, dass ich schließlich doch Recht hatte. Aber wir sind vom ursprünglichen Gegenstand der Erörterung abgekommen. Wer geht mit nach Callisiora und wer bleibt hier?«

Zavahl sah krank aus. »Ich werde wohl gehen müssen, wie?«, sagte er bedrückt. »Ohne mich habt ihr Aethon nicht dabei, und ihr braucht sein Gedächtnis.«

Amaurn nickte. »Ich bedaure das sehr, Zavahl. Du fängst hier gerade ein neues Leben an, und eine Rückkehr nach Tiarond ist das Letzte, was du willst. Aber wir brauchen in der Tat Aethons Erinnerungen. Und auch die Kenntnisse des Hierarchen werden uns nicht ungelegen kommen.«

Ailie sah die beiden voller Entsetzen an. »Nein!«, rief sie.

»Zavahl, das darfst du nicht! Du gehörst nicht zum Schattenbund. Das können sie nicht von dir verlangen!«

Er sah sie hilflos an. »Ailie, ich muss es tun. Ich habe hier an mehr als nur an uns zwei zu denken. Du musst das verstehen – es geht nicht nur darum, Aethon umherzutragen. Als Hierarch habe ich mein Volk enttäuscht. Wenn ich jetzt etwas tun kann, was ihnen hilft, darf ich diese Pflicht nicht ablehnen.« Er gab sich Mühe zu lächeln. »Schließlich wird es das letzte Mal sein. Wenn wir die Welt in Ordnung gebracht haben und ich wieder hier bin, werde ich mich für den Rest meines Lebens nicht weiter als hundert Schritte vom Gasthof entfernen.«

Ailies Mund bildete eine sture Linie. »Dann komme ich mit dir.«

»Nein«, sagte Amaurn entschieden. »Auf keinen Fall. Das ist kein Ausflug auf dem Fluss, Ailie. Wir werden es mit den tödlichsten Geschöpfen zu tun haben, die die Geschichtsschreibung des Schattenbundes kennt. Du weißt dich nicht selbst zu verteidigen, und wir werden ohnehin hart genug bedrängt werden. Wenn wir auf dich aufpassen müssen, wird uns das schwächen.«

»Ihr werdet auch auf Zavahl aufpassen müssen«, konterte die Wirtin zornig.

»Ohne Zavahl geht es aber nicht.« Der Archimandrit war unerbittlich. »Dass er mitkommt, ist zu rechtfertigen. Du wärst nur totes Gewicht – wahrscheinlich in mehr als einer Bedeutung. Versuche nicht, dich mir zu widersetzen, Ailie, und komm nicht auf dumme Gedanken, uns etwa zu folgen. Ohne meine Erlaubnis wird dich niemand durch die Schleierwand bringen. Es genügt, dass ich Zavahls Leben zu Grunde gerichtet habe. Jetzt kann ich wenigstens dafür sorgen, dass du in deinem sicheren Zuhause sitzt und dort auf ihn wartest.«

»Ach, verflucht!«, fauchte Ailie und wandte sich an Zavahl. »Willst du ihn etwa damit durchkommen lassen?«

Zavahl seufzte. »Es tut mir Leid, aber ich glaube, er hat Recht. Du wirst mir sehr fehlen, aber wenn du hierbleibst, brauche ich mir wenigstens nur über einen von uns beiden Sorgen zu machen.«

»Wenn du mich dabeihaben willst«, sagte Toulac und unterbrach das angespannte Schweigen, »ich komme mehr als bereitwillig mit.«

»Du bist mehr als willkommen«, antwortete Amaurn.

»Du kannst sicher sein, dass auch wir anderen mitkommen, wenn du nach Tiarond gehst«, fügte Veldan hinzu.

Er sah ihr unmittelbar in die Augen. »Das ist nicht nötig, weißt du. Ich meine, dass du, Kaz und Elion genug Ak'Zahars gesehen habt, und ihr leidet noch immer an den Folgen der letzten Begegnung. Ihr habt schon mehr als euren Anteil geleistet. Ich will nicht, dass ihr das alles noch einmal durchmacht.«

Veldan schüttelte den Kopf. »Wenn du gehst, gehe ich auch.«

»Und wenn sie geht, gehe ich auch«, fügte Kaz an. »Andernfalls kannst du dein Leben verwetten, dass ich alles tue, um es ihr auszureden.«

»Und ich möchte auch gern mitkommen«, meldete sich Kalt. »Sofern ihr meint, dass ich von Nutzen bin.«

Elion schaute auf den Boden und schwieg. Hatte er beschlossen, dazubleiben, oder schwankte er noch?

»Vielleicht sollten wir später noch einmal darüber sprechen, wenn wir genügend Zeit gehabt haben, alles zu überdenken«, warf Amaurn ein. »Einen gibt es jedoch, den ich gern bei mir haben möchte.« Er sah Scall an. »Du warst es, der die unterirdischen Gänge gefunden hat, Scall. Ich will dich weder zwingen noch überreden – ich habe einem guten Freund versprochen, das nicht zu tun. Aber wenn du es übers Herz brächtest, freiwillig mitzukommen, wäre das eine beträchtliche Hilfe, und ich verspreche dir, dass wir unser Bestes tun, um dich zu beschützen. Wenn wir fertig sind, kommst du mit uns nach Gendival. Du kannst hier leben, wenn du das möchtest, oder wir bringen dich zu deinen Freunden nach Callisiora. Das liegt bei dir.«

Scalls Augen wurden immer größer. »Ich soll noch einmal dorthin zurück? Auf keinen Fall ...« Dann schien ihm ein Gedanke zu kommen. »Ich möchte gar nicht hier leben, wenn's dir nichts ausmacht. Ich möchte lieber zu meinen Freunden zurück. Aber es gibt eine Sache, an der mir sehr viel liegt, und wenn ich die behalten dürfte, dann komme ich mit und zeige dir alles, wovon ich weiß.«

Amaurn beugte sich nach vorn. »Was immer du möchtest, Scall. Nenne es nur.«

»Nun«, begann der Junge. »Elion hat mir ein Pferd geschenkt, aber dieser Harral sagt, es gehört ihm, und ...«

Toulac brach in Lachen aus. »Das hätte ich mir ja denken können!«

Kapitel 29

Jäger und Gejagte

Seriema und Cetain waren gerade bei Arcan und zeigten ihm das Messer, als ein Rottenkrieger nach äußerst flüchtigem Anklopfen hereinstürmte. »Mein Häuptling! Der Tiarondianer Presvel hat den Verstand verloren! Er hat der Tochter von Händler Tormon ein Messer an den Hals gesetzt und ist mit ihr fortgeritten, und das blonde Mädchen, das auf sie aufpasste hat er auch entführt.«

Arcan sprang drohend vom Sessel auf. »Er hat ein Kind geraubt? Und konnte aus der Festung entkommen? Wer hat das zu verantworten? Warum hat man nicht sofort nach mir geschickt?«

Der Krieger wich einen Schritt zurück. »Es tut mir Leid, mein Häuptling, aber es ging so schnell, und alle waren überrascht. Es geschah, als die meisten beim Frühstück saßen, sodass fast niemand auf den Gängen war. Er war fast bei den Ställen, ehe er überhaupt jemandem auffiel, und bis die Wachen geholt wurden, saß er schon auf dem Pferd und drängte hinaus. Zwei Pferde warteten bereits gesattelt, also ist er keinem plötzlichen Wahn gefolgt. Er muss die Tat geplant und gut vorbereitet haben. Als er drohte, dem Kind die Kehle durchzuschneiden, wurden ihm die Tore geöffnet. Was hätten wir sonst tun können, mein Häuptling? Tormon flehte uns an, den Schurken ziehen zu lassen. Der arme Mann hat schon sein Weib verloren, und er wollte nicht auch noch das Leben seiner Tochter aufs Spiel setzen.«

»Wo ist Tormon jetzt?«, fragte Arcan.

»Sattelt sein Pferd«, antwortete der Bote. »Der Boden ist feucht genug, um die Spur zu verfolgen. Presvel hat gesagt, er will seine Geisel töten, wenn ihn jemand verfolgt, darum hat der Händler vor, bis zur Dunkelheit auf Abstand zu bleiben um nicht gesehen zu werden. Dann will er die Gelegenheit abpassen, um seine Kleine wiederzuholen.«

»Wenn ihn die Dämonen nicht zuerst kriegen«, erwiderte der Häuptling. »Ich gehe sofort runter und rede mit ihm, will sehen, welche Hilfe wir anbieten können. Er kann es mit dem Verrückten nicht allein aufnehmen – besonders nicht, da wir wissen, dass Presvel Grimms Mörder ist. Darum ist es auch unsere Angelegenheit.« Er blickte auf das Messer in seiner Hand und fluchte. Zu Seriemas Überraschung neigte er den Kopf und sagte schroff: »Ich muss mich entschuldigen. Wenn ich dich gestern nicht ausgeschlossen hätte, wäre das Messer längst erkannt und wir hätten den Schurken eingesperrt, bevor er neues Unheil anrichtet.« Er winkte ihnen zu folgen und fegte aus dem Zimmer.

Während sie die Treppen hinabeilten, fasste Seriema Cetain am Arm. »Ich muss Tormon begleiten«, sagte sie. »Ich kann ihm das nicht allein überlassen. Ich bin es, die Presvel hierher gebracht hat. In gewisser Weise fühle ich mich verantwortlich.«

»Dann bin ich auch dabei«, antwortete Cetain entschlossen. »Und ich nehme welche von meinen besten Männern mit. Ein paar Bogenschützen wären auch nützlich, wo sich die Scheusale doch hier herumtreiben.«

Seriema fühlte eine warme Dankbarkeit ob dieser ungebetenen Unterstützung.

Ich bin so glücklich, dass ich ihm begegnet bin. Wer hätte gedacht, dass ich nach all den einsamen Jahren noch einen solchen Mann finde?

Als sie Tormon entdeckte, empfand sie tiefes Mitleid mit ihm. Zorn und Angst schienen von ihm auszuströmen, und sie konnte die Qual in seinen Augen sehen. Als Arcans kleine Schar in den Stall kam, bestieg der Händler seinen großen Rappen. »Tormon, warte!«, rief der Häuptling. »Ich will dir ein paar Männer mitgeben. Du kannst das nicht allein machen – nicht wo die Ungeheuer frei herumfliegen.«

»Ich habe keine Zeit zu warten.« Der Händler machte ein entschlossenes Gesicht und ritt auf das Stalltor zu. Die beiden Wachen verstellten ihm den Weg und tauschten unruhige Blicke.

Seriema rannte auf ihn zu. »Tormon, so lass dir doch helfen. Du musst dich sowieso bis zur Dunkelheit von Presvel fernhalten. Es dauert nicht lange, um ein paar Männer aufsitzen zu lassen – und sie kennen die Gegend viel besser als wir. Mit ihrer Hilfe können wir uns verbergen, während wir ihm folgen. Und Annas muss nicht nur vor Presvel, sondern auch vor den Bestien geschützt werden. Wenn die bei Dunkelheit zuschlagen, wirst du über jede Hilfe froh sein, die du kriegen kannst.«

Tormon zügelte sein stampfendes Pferd. »Wir?«

»Selbstverständlich«, rief Seriema, die bereits zu dem flinken Rottenpony eilte, das Cetain ihr geschenkt hatte. »Du hast doch nicht einen Augenblick geglaubt, dass ich dich damit allein lasse? Cetain und ein paar seiner Männer kommen auch mit.«

Der Händler zögerte, während die Vernunft gegen seinen drängenden Wunsch, die Tochter zu retten, ankämpfte. Dann nickte er. »Beeilt euch.«

Es dauerte nicht lange und sie ritten aus der Festung. Tormon hatte Seriema seinen Wallach angeboten, doch sie entschied, da sie sich für immer den Rotten anzuschließen gedachte, dass es besser sei, eines ihrer Pferde zu reiten. Auch saß sie damit auf der richtigen Höhe, um mit Cetain zu reden, und da der Händler keine Unterhaltung zu wünschen schien, würde das vermutlich das Beste sein.

Bei nasskaltem Winterwetter brachen sie in die Heide auf. Kurze Graupelschauer und manchmal ein nasser wirbelnder Schnee fielen halbherzig aus einem eisengrauen Himmel herab. Es ging nur ein leichter Wind, aber in den Mulden waren Heidekraut, Farn und Stechginster mit Reif überzogen. Cetains Schar – acht Krieger insgesamt, von denen drei als fähige Bogenschützen galten – folgten stetig den Spuren, die Presvels Pferde hinterlassen hatten. Wie sie es von unzähligen Streifzügen und Kämpfen gewöhnt waren, ritten sie nicht unmittelbar auf der Spur, sondern folgten der allgemeinen Richtung, indem sie sich in Bodenfalten und Senken hielten. Cetain, der sie anführte, wusste, wie wichtig es war, außer Sicht zu bleiben. Wenn Presvel auch nur einen Zipfel von ihnen zu sehen bekäme, konnte dies Annas' Ende bedeuten. Dem Händler war jedoch anzusehen, wie schwer es ihm fiel, Abstand zu halten, während er mit jeder Faser seines Herzens seinem kleinen Mädchen zu Hilfe eilen wollte. Seriema ritt näher an ihn heran. »Wir werden es schaffen«, sagte sie schlicht. »Wenn es menschenmöglich ist, werden wir sie zurückbekommen.«

Er wandte ihr einen schmerzverzerrten Blick zu. »Nach allem was passiert ist, fällt es mir schwer, zuversichtlich zu sein, Seriema. Erst habe ich Kanella verloren. Dann wuchs mir Scall ans Herz, und er verschwand. Nun geht es um meine Tochter.« Er hob die Augen zum Himmel. »Was habe ich getan? Ich habe in meinem Leben noch niemandem geschadet. Womit habe ich das verdient?«

Darauf konnte es keine Antwort geben.

Eine Weile ritten sie schweigend nebeneinander her, dann sprach er sie an. »Er hat Grimm umgebracht, ja?«

»Ich fürchte, ja. Ich habe sein Messer sofort wiedererkannt.« Seriema schüttelte den Kopf. »Ich kann nicht begreifen, was in ihn gefahren ist, Tormon. Er schien immer der feinfühligste, ausgeglichenste Mensch der Welt zu sein, aber seit die Stadt gefallen ist, hat er sich seltsam verändert.«

Der Händler nickte. »Ich hatte den Eindruck, dass er Rochalla belästigt hat, obwohl sie sich nie beklagt hat. Ich weiß, dass sie Annas gern hat, aber ich meine, sie bot auch deshalb an, sich um sie zu kümmern, weil sie dadurch Abstand zu Presvel halten konnte.«

Seriema seufzte. »Also, warum hat uns das dumme Ding denn nichts gesagt? Dann wären wir vielleicht gewarnt gewesen und ...« Dann machte sie eine abwehrende Geste. »Nein, ich bin ungerecht gegen sie. Wir alle haben bemerkt, dass Presvels Benehmen immer seltsamer wurde, aber wir hatten unsere eigenen Sorgen und waren zu sehr damit beschäftigt, uns in der neuen Welt zurechtzufinden. Aber da muss schon vorher eine gewisse Beziehung zwischen ihnen bestanden haben, dessen bin ich mir sicher. Er hat sie in meinen Haushalt eingeführt, damit sie sich um Annas kümmert, benutzte dafür eine fadenscheinige Geschichte, sie sei eine entfernte Verwandte oder Tochter eines Freundes oder etwas dergleichen. Aber das konnte mich von Anfang an nicht überzeugen. Doch sie schien mir ein freundliches, anständiges Mädchen und geschickt mit Kindern zu sein, also beließ ich es dabei. Ich hatte vor, mich nach dem Großen Opfer genauer über sie zu erkundigen, aber ...«

»Nun, was immer vorher zwischen den beiden gewesen ist, jetzt will sie ihn jedenfalls nicht mehr«, unterbrach Tormon sie schonungslos. »Mir kam es inzwischen so vor, als sei sie sogar ein bisschen in Scall verliebt.«

Seriema sah ihn mit aufgerissenen Augen an. »Tormon, wenn er den alten Überbringer ermordet hat, glaubst du, er hat vielleicht auch Scall getötet?«

»Ich weiß es nicht«, seufzte Tormon. »Der Umstand, dass auch Kalt verschwunden ist, gibt mir Hoffnung. Vielleicht dachten sie, man würde sie beschuldigen, und rannten weg –

obwohl es Scall nicht ähnlich sieht, keine Nachricht zu hinterlassen.« Er zuckte die Achseln. »Hoffentlich bringen wir aus Presvel die Wahrheit heraus – ehe ich ihn umbringe.«

Es setzte ihr sehr zu, ihn so von einem Mann reden zu hören, der jahrelang ihr Freund und Vertrauter gewesen war. Cetain, dem nichts entgangen war, kam zwischen sie und legte Seriema eine Hand auf den Arm. Tormon sah die Geste und blickte stirnrunzelnd auf die beiden herab. »Ihr beide scheint ja plötzlich dicke Freunde zu sein. Geht da irgendetwas vor, wovon ich noch nichts weiß?«

»Ja«, antwortete Cetain. »Ich habe Seriema gefragt, ob sie meine Frau werden will, und sie hat ja gesagt.«

Tormon sah die beiden für einen langen Moment an, und seine Miene verriet nichts. »Meinen Glückwunsch«, sagte er dann kalt, spornte sein Pferd an und setzte sich an die Spitze der Reiter.

Seriema sah ihm kopfschüttelnd nach. Da sein eigenes Leben in Scherben lag, war es vorerst zuviel von ihm verlangt, sich über das Glück anderer zu freuen.

Armer Tormon. Seine Frau kann ihm keiner mehr zurückbringen, aber wir müssen ein Mittel finden, um seine Tochter zu retten. Wenn uns das misslingt, wird es sein Ende sein.

Rochalla hatte sich vielleicht ein bisschen mehr gefürchtet, als die fliegenden Ungeheuer über Tiarond herfielen, aber da war es nur darauf angekommen, wegzurennen. Was ihr jetzt von allem am meisten zusetzte, war der Umstand, dass eben jener Mensch, der seinerzeit ihr Beschützer gewesen war, jetzt ihr Leben bedrohte.

Alles war so schnell gegangen. Als Presvel dem Kind das Messer an die Kehle drückte, hatte sie ihm fassungslos gehorcht, war außerstande gewesen, für sich oder das Kind auf Rettung zu sinnen. Nun, da sie immer tiefer in Gefahr geriet, begann ihr Verstand wieder zu arbeiten – aber welchen Zweck hatte es noch? Es war längst zu spät. Wenn sie nichts tun konnte, um sich und Annas in die Festung zurückzubringen, welche Hoffnung gab es dann noch für sie, allein mit einem hilflosen Kind und einem Verrückten in dieser düsteren Einöde? Denn es bestand kein Zweifel mehr, dass sie es mit einem Verrückten zu tun hatte. Ihre einzige Hoffnung, sich und Annas durch diesen Albtraum zu bringen, war, Presvel davon zu überzeugen, sie sei auf seiner Seite – ganz gleich, was es dafür zu tun galt.

Ich muss Annas retten, ganz gleich, was aus mir selbst wird. Tormon hat schon so viel verloren – er könnte es nicht ertragen, wenn seinem kleinen Mädchen etwas zustieße.

Sofort war sie mit ihrer Sorge bei dem Kind. Annas trug weder Mantel noch Umhang, und der Tag war bitterkalt. Ihrer Haut sah man die Kälte bereits an. Noch beängstigender war jedoch, dass sie in dieselbe dumpfe Reglosigkeit verfallen war wie nach dem Tod ihrer Mutter. Presvel hatte sie vor sich auf den Sattel gesetzt, und dort saß sie wie eine Puppe mit gläsernen Augen, ohne die Umgebung wahrzunehmen. Es war, als habe sie sich zum zweiten Mal von der Welt ausgeschlossen.

Rochalla hatte Mühe, ihren Hass auf Presvel nicht sichtbar werden zu lassen.

Wie konnte er das nur tun? Wie kann er es wagen? Die arme Kleine hatte gerade wieder Vertrauen gefasst. Der Himmel weiß, wie schlimm es sich diesmal auswirkt.

Falls wir überleben.

Wusste Presvel überhaupt, dass die Ungeheuer schon bis in die Heide vorgedrungen waren? Kümmerte es ihn? Selbst wenn sie von den Scheusalen unbemerkt bis Tiarond kämen, was sollte dann werden? Glaubte Presvel wirklich, er könnte an einem Ort leben, wo es von diesen Tieren nur so wimmelte? Hatte er sich überhaupt Gedanken gemacht? Oder rannte er einfach nur davon?

Nach einer Weile beschleunigte Presvel seinen Ritt, und Rochalla war eine Zeit lang zu sehr damit beschäftigt, mit ihrem Pferd zurecht zu kommen, als dass sie sich ihren Gedanken widmen konnte. Presvel war beileibe kein guter Reiter, aber was er konnte genügte. Sie dagegen war vorher noch nie geritten. Es war ein großer Unterschied, auf einem Pferd mitgenommen zu werden oder selbst zu reiten. Sie wusste nicht, wie man die Zügel hielt, wie man richtig saß und die Erschütterungen ausglich, darum rutschte und hüpfte sie im Sattel hin und her, ständig in der Gefahr zu stürzen, und hielt sich nur oben, weil sie sich an den Sattel klammerte, als ginge es um ihr Leben. Ihr Pferd, das wie alle Tiere spürte, wer der Herr und wer der Knecht war, war es schließlich müde, dem Stallgefährten zu folgen, blieb einfach stehen und senkte den Kopf, um zu grasen. Rochalla flog über seinen Hals hinweg und landete mit dem Gesicht im kratzigen Heidekraut.

Fluchend wendete Presvel sein Pferd und kam zu ihr zurück, wo er mit den Zügeln hantierend Annas im Sattel halten musste und mit der anderen Hand vorgebeugt nach dem Zaumzeug des zweiten Tieres griff. Rochalla, die zerkratzt und schmutzig und mit verwickelten Kleidern am Boden lag, brach in Tränen aus, aber Presvel blickte mitleidlos auf sie herab. »Steh auf«, forderte er kalt.

»Ich kann nicht«, schluchzte sie. »Du weißt, dass ich das verdammte Vieh nicht reiten kann!«

Urpötzlich fuhr er wieder mit dem Messer an Annas Kehle. »Dann lerne es.«

Glühender Hass trocknete ihr die Tränen. Während sie ihn anstarrte, gelang es ihr wundersamerweise, sich auf den Rücken ihres zappelnden Pferdes zu ziehen. Dann beugte er sich zu ihr und schlug ihr mit der offenen Hand ins Gesicht. »Und setz ein anderes Gesicht auf.«

Rochalla senkte den Blick und widerstand dem Drang, die Hand auf ihre brennende Wange zu drücken. »Es tut mir

Leid, Presvel«, sagte sie demütig. Es war nicht schwer, sich eingeschüchtert zu geben. Zu denken, er könnte ihr etwas tun, war eine Sache, es tatsächlich zu erdulden aber eine ganz andere. Der Schlag hatte ihr deutlicher als alles andere zu Bewusstsein gebracht, wie groß die Gefahr war, in der sie und Annas steckten. Besser er glaubte, sie eingeschüchtert zu haben – andernfalls, das wusste sie, hätte sie weitere Strafen zu erwarten.

Presvel band ihre Zügel an einen Sattelring und führte sie. Es dauerte eine Zeit lang, bis Rochalla ihren Mut zusammengerafft hatte und ihn wieder ansprach. »Presvel, ich versuche zu verstehen. Warum hast du den Überbringer getötet? Du hast ihn doch getötet, oder? Aber es war doch sicher ein Versehen? Ein Missgeschick?«

Presvel lachte kurz und trocken. »Oh ja, es war ein Versehen. Es war dein guter Freund Scall, hinter dem ich her war, aber der alte Narr ist mir dazwischen gekommen.«

Schwindelndes Entsetzen überkam sie. »Du hast *Scall* umbringen wollen?«

Er blickte sie finster an. »Oh, du brauchst dir um deinen kleinen Freund keine Sorgen zu machen«, schnarrte er höhnisch. »Wenigstens nicht, was mich betrifft. Ich wollte ihm nur Angst einjagen, damit er sich verzieht – zu diesem Zeitpunkt jedenfalls. Nein, es scheint, dass Kalt ihn irgendwohin verschleppt hat.« Er grinste hässlich. »Aber wie das so geht, wenn viel zusammenkommt, haben sie die Nacht hier draußen wahrscheinlich nicht überlebt. Doch das ist kaum meine Schuld. Und da sich der Wettstreit nun erledigt hat, wirst du wieder mir gehören, und mir allein.« Er drückte Annas so grausam, dass das Kind wimmerte. »Wir könnten eine nette kleine Familie abgeben, meinst du nicht?«

Rochalla gab sich alle Mühe, ausgeglichen zu klingen. »Natürlich. Aber Presvel, wie sollen wir in Tiarond überleben? Können wir nirgendwo anders hin?«

»Wir gehen nach Hause«, sagte Presvel entschieden. »Ich

glaube nicht, dass die Biester noch da sind. Ich glaube auch nicht, dass es überhaupt so viele waren. Seriema hat die Angst gepackt, und diesen Dummkopf von Tormon ebenfalls. Es war gar nicht notwendig, die Stadt zu verlassen und sich alldem auszusetzen. Du hast selbst gesehen, dass da noch Gottesschwerter ihre Runde machten, als wir dem Trupp begegnet sind. Sie werden sich der Lage angenommen haben und alles wird sein wie vorher, außer dass *ich* die Zügel über Seriemas Reich in die Hand nehme – ganz zu schweigen von ihrem Haus.«

Er lächelte Rochalla an, als habe er seine vorige Grausamkeit vergessen. »Jeder sollte ein Zuhause haben. Seriema will ihr Haus nicht mehr – sie wird diesen rohen Tölpel heiraten, diesen Häuptlingssohn, und den Rest ihres Lebens wie eine Wilde in der Heide herumlaufen. Darum habe ich beschlossen, dass wir es genauso gut für uns nehmen können. Nachdem ich mein Leben lang jeder Laune und Vorliebe dieser Dame entgegengekommen bin, habe ich das verdient, meinst du nicht? Und warum solltest du keine große Dame werden? Du bist vielleicht eine verlogene, falsche kleine Hure, aber ich bin sicher, das können wir dir austreiben.«

Ein Schauder durchlief Rochalla. Jetzt wusste sie erst recht, dass sie und Annas vor diesem Wahnsinnigen fliehen mussten. Doch da er dem Kind weiterhin das Messer vorhielt, war sie völlig ratlos, wie sie von ihm fortkommen sollten.

Tormon und die Rotten dürften uns mittlerweile folgen, da bin ich ganz sicher, aber sie werden bis zur Dunkelheit nicht wagen, näher zu kommen, und dann sind die fliegenden Bestien unterwegs. Lieber Myrial, ich weiß nicht, wie wir das je überstehen können.

An ihrem Verbannungsort kam Helverien zu dem Schluss, dass für ihre unerwarteten Besucher wohl die Zeit für gegenseitige Beschuldigungen gekommen war. Sobald das zweite

Paar eingetroffen war, nachdem es in dieselbe Falle geraten sein musste wie das Erste, hatte zwischen der Frau des ersten Paares und einem der neu hinzugekommenen Männer ein sehr lautes Wettschreien eingesetzt, bei dem viel mit den Armen gefuchtelt wurde. Sie waren so sehr mit Streiten beschäftigt, dass sie Helverien überhaupt nicht beachteten, und so war sie ein wenig zurückgetreten und hörte nicht sehr erfreut, aber aufmerksam mit einer hochgezogenen Augenbraue dem ganzen Aufruhr zu. »Im Laufe ihrer Zankerei verraten sie mehr, als sie uns freiwillig erzählen würden«, meinte sie zu Thirishri.

Wahrhaftig. Thirishri, die für das menschliche Auge buchstäblich unsichtbar war, hörte über ihren Gästen schwebend ebenfalls zu. *Sie kommen zweifellos aus meiner Zeit*, sagte sie. *Ich kenne keinen von ihnen, aber einer ist ein Gottesschwert, ein Tempelkrieger aus Tiarond. Ich frage mich, wie er hierher kommt. Er ist es jedenfalls, der uns genau sagen kann, was in der Stadt vorgefallen ist, aber ich bezweifle, dass wir etwas Sinnvolles aus ihm herausbekommen, ehe diese vier Verrückten ihre Meinungsverschiedenheiten beigelegt haben.*

Helverien nickte. Dem hitzigen Wortwechsel entnahm sie, dass die beiden Streithähne Bruder und Schwester waren, dass sie etwas gestohlen hatte und damit weggerannt und er ihr gefolgt war. Obwohl ihr das Feld menschlicher Gefühle für eine sehr lange Zeit verschlossen gewesen war, begriff sie bald, dass die beiden einander liebten, und der Streit endete denn auch wie erwartet mit einer tränenreichen Umarmung, und der Friede war wiederhergestellt.

Zwischenzeitlich fiel ihr auf, dass sich der Gefährte der jungen Frau von dem großen, blauäugigen Soldaten, der das Auftreten eines Befehlshabers hatte, mit Bedacht fernhielt. Als Thirishri ihn näher betrachtete, beteuerte er gerade seine Unschuld. »Aber ich kann gar nichts dafür. Ich sah sie durch den Tempel schleichen und das Essen klauen und habe erst später rausgekriegt, was sie sonst noch gestohlen hat. Ich bin ihr gefolgt, weil klar war, dass sie in Schwierigkeiten kommt, und ich wollte ihr helfen. Die ganze Zeit über habe ich versucht sie zu überreden, dass sie umkehrt, aber sie wollte nicht.«

Reichlich verärgert, weil sich die vier ausschließlich mit ihren eigenen Angelegenheiten befassten und sie gar nicht beachteten, beschloss sie, dass es Zeit war einzuschreiten. Sie richtete sich würdevoll auf und trat einen Schritt vor, sodass die vier Menschen verstummten und sie ansahen. »Ich heiße Helverien«, begann sie. »Dies hier ist seit ungezählten Jahrhunderten mein Aufenthaltsort und Gefängnis. Ehe ihr noch ein weiteres Wort sagt, will ich wissen, wer ihr seid, wie ihr hierher kommt und was ihr hier zu suchen habt.« Sie deutete auf den Tisch auf der Terrasse und schuf für die Neuankömmlinge zwei zusätzliche Stühle. Ihren Gesichtern nach zu urteilen, beeindruckte auch diese beiden die Entstehung von Möbeln aus dem Nichts. Thirishri seufzte. Helverien beachtete sie nicht, sondern richtete ihre ganze Aufmerksamkeit auf die neuen Gäste. »Nun?«

Es folgten einige verwirrende Geschichten. Trotz Thirishri, die als Zeitgenossin gelegentlich mit erhellenden Bemerkungen half, brauchte Helverien eine Weile, um alle Erzählteile in den richtigen Zusammenhang zu bringen – und wenn sie ehrlich sein sollte, fand sie es langweilig, sich mit den herrschaftlichen Überlegungen und den kleinlichen Machenschaften in den Reihen der Überlebenden dieser Stadt zu befassen, welche Aliana dazu veranlasst hatten, sich in die Höhlen unter den Tempel zu schleichen. Von der ganzen Geschichte war überhaupt nur eine Sache von Bedeutung. »Darf ich den Ring einmal sehen?«, fragte sie.

Widerstrebend und mit einem misstrauischen Blick zu ihrem gebieterischen Gefährten zog die Fremde ihn aus der Tasche, wickelte ihn aus und legte ihn auf den Tisch, wo der große rote Stein leuchtete wie die Glut in der Asche.

Helverien keuchte. »Ich ahnte es! Wisst ihr, was das ist? Das ist ein Schlüssel. Ein Schlüssel, mit dem man die Schleierwand wiederherstellen kann. Mit diesem Ring und meinen Kenntnissen besteht für uns die Aussicht, die Welt wieder gerade zu rücken.« Dann fügte sie seufzend hinzu: »Das heißt, sofern wir hier herauskommen.«

Galveron war blass geworden. »Du meinst also, dass das ohne diesen Ring da draußen niemand schaffen kann?«

Die Zauberin schüttelte den Kopf. »Es mag andere Mittel geben, aber der Ring ist das Einzige, das ich kenne. Es ist jedoch zu bezweifeln, dass euer Volk sich ihn hätte zunutze machen können ...«

Aber Galveron hörte schon nicht mehr zu. Mit einer beängstigenden Mischung aus Zorn und Verachtung starrte er die junge Frau an. »Da hast du es«, sagte er. »Siehst du nun, was du getan hast? Du hast das Leben all der Menschen auf dem Gewissen. Ich hoffe, du bist stolz auf dich.«

Mit einem gequälten Schrei sprang Aliana vom Tisch auf und rannte davon. Packrat stand auf, um ihr nachzulaufen, aber Alestan hielt ihn zurück. »Lass sie. Gib ihr ein paar Augenblicke, um das zu verdauen. Ich werde ihr dann selbst nachgehen.« Dann wandte er sich mit hartem Blick Galveron zu. »Früher oder später wirst du dafür bezahlen.«

Der Soldat zuckte die Achseln. »Ach wirklich? Früher oder später werden wir alle dafür bezahlen, was sie getan hat.«

»Ach, Galveron«, ließ sich Helverien wieder vernehmen. »Du warst zu hart zu dem Kind. Sie hat das nur dir zuliebe getan.« Sie betrachtete das leuchtende Juwel auf dem Tisch. »Man kann nicht von ihr verlangen, die Bedeutung des Ringes zu erkennen. Wenn ich dich recht verstanden habe, wusste nicht einmal der Hierarch davon.«

»Aber sie sollte den Unterschied zwischen Recht und Unrecht kennen«, erwiderte Galveron unerbittlich. »Sie hat ganz genau gewusst, dass sie Unrecht tat, als sie den Ring stahl – aber sie ging hin und tat es trotzdem.«

Die Zauberin schüttelte den Kopf. »Mag sein«, antwortete sie, »aber in Wahrheit läuft die ganze Sache auf einen glücklichen Zufall hinaus. Sobald jemand nach euch sucht und uns alle befreit, dann wird Aliana das einzig Mögliche getan haben, das die Welt retten konnte. Dann hat sie nämlich den Ring zu der einzigen Person gebracht, die weiß, wie man ihn benutzt. Wenn sie ihn nicht gestohlen, sondern einfach eurer Hierarchin ausgehändigt hätte – nun, dann wärt ihr alle zum Untergang verurteilt gewesen.«

»Wie willst du das wissen?«, erwiderte Galveron beleidigt. »Wir hätten vielleicht herausgefunden, wozu er gut ist.«

»Und die Schweine hätten fliegen gelernt.« Helverien bedachte ihn mit einem langen ruhigen Blick. »Ich für mein Teil halte es für nahezu unmöglich, dass etwas dergleichen eingetreten wäre. Was immer das arme fehlgeleitete Kind an Handlungsgründen gehabt hat, es war falsch und grausam, ihr die Schuld am Tod einer ganzen Welt aufzubürden. Du solltest dich entschuldigen.«

Galveron stotterte. »*Ich* sollte mich entschuldigen?«

»Du hast richtig gehört. Denk nur einmal nach, warum sie das getan hat. Sie hat keinen Augenblick daran gedacht, den Ring für sich selbst zu behalten. Sie hat ihn für dich gestohlen – weil sie an dich glaubt, und sie ist überzeugt, dass du einen viel besseren Herrscher für euer Volk abgeben würdest, als die jetzige Hierarchin.« Helverien schmunzelte. »Du musst zugeben, dass es nicht viele Frauen gibt, die den Mumm hätten, ein ganzes Reich zu stehlen, um es dem Mann zu schenken, den sie lieben.«

»Wie bitte?«

»Das ist vollkommen lächerlich!«

»Auf keinen Fall würde sich Aliana in ein verdammtes Gottesschwert verknallen!«

Die Einwände der drei Männer kamen gleichzeitig und mit

solcher Macht, dass Helverien fast auf ihrem Sitz zurückfuhr. »Sieh an«, sagte sie im Geheimen zu Thirishri. »Wir mögen hier gefangen sitzen, aber es sieht so aus, als wäre ab sofort für Unterhaltung gesorgt.«

Wen kümmert schon ein weiteres Beispiel menschlicher Torheit? Wie kannst du nur so leichtfertig sein, wenn die Zukunft der Welt auf dem Spiel steht?

Helverien zuckte die Achseln. »Wenn ich das Schicksal der Welt ändern könnte, würde ich es tun, Thirishri, das solltest du wohl wissen. Da ich aber zur Zeit nicht in der Lage bin, auch nur das Geringste zu beeinflussen, kann ich ebenso gut mit den Möglichkeiten arbeiten, die ich hier habe.«

Thirishri verließ grollend die Terrasse und machte ihrem Ärger mit einem heftigen Windstoß Luft, dass Staub und Blätter aufwirbelten, sich die Olivenbäume bogen und eine riesenhafte Welle donnernd auf den Strand zurollte. Bevor sie jedoch die Menschen erreichen konnte, machte Helverien eine Handbewegung, und die Wasserwand brach plötzlich zusammen, verteilte sich über den Strand und lief harmlos ins Meer zurück.

»Was im Namen der Verdammnis war das?«, fragte Alestan. Packrat setzte einige seiner kräftigeren Flüche ein, nur Galveron saß still und ernst und so tief in Gedanken versunken da, dass das Ereignis fast unbemerkt an ihm vorübergezogen war. Plötzlich sprang er auf. »Ich gehe Aliana suchen.«

Alestan sprang ebenfalls auf und trat ihm in den Weg. »Lass sie in Ruhe. Du hast genug Schaden angerichtet.«

Galveron blitzte ihn an, doch dann klang er ganz versöhnlich. »Du verstehst mich falsch. Ich folge Helveriens Rat. Es war falsch, den Ring zu stehlen, daran lasse ich nicht rütteln. Aber es war auch falsch von mir, sie so zu behandeln. Ich wollte sie nicht kränken, Alestan. Sie – sie bedeutet mir sehr viel. Ich werde mich bei ihr entschuldigen, und dann können wir beide die ganze Sache noch einmal durchsprechen.«

»Lass ihn nicht gehen«, mischte sich Packrat ein. »Sorge dafür, dass der stinkende Bastard sie in Ruhe lässt.« Aber Alestan trat zurück. »Also gut«, sagte er. »Ausnahmsweise will ich dir glauben, Gottesschwert.«

Galveron drückte dem Grauen Geist knapp die Hand. »Danke, Alestan. Ich weiß das zu schätzen«, sagte er. »Und mach dir keine Sorgen. Ich werde behutsam sein. Ich weiß, die letzten Tage müssen sehr hart für sie gewesen sein, seit sie den Ring gestohlen hat.« So ging er zielstrebig in die Richtung davon, in die die Diebin verschwunden war.

Alestan schüttelte den Kopf. »Ich hoffe, die Sache nimmt nicht den Lauf, an den ich jetzt denke«, sagte er. »Wenn's damit endet, dass ich so ein verdammtes Gottesschwert als Schwager kriege, davon kann ich mich nie wieder reinwaschen.«

Packrat schnappte nach Luft. »Aber du würdest doch nicht zulassen, dass sie ...«

»Wie soll ich sie denn daran hindern? Sie hat ihren eigenen Kopf, das solltest du inzwischen wissen. Darum sitzen wir ja jetzt hier. Solange sie damit glücklich ist und er auf sie aufpasst, kann ich es vermutlich aushalten.«

Helverien betrachtete die beiden milde lächelnd. Es war schön, wieder Leute um sich zu haben.

Aliana saß unter einem Baum, die Arme um ihre Knie geschlungen, und starrte aufs Meer hinaus. Sie weinte nicht und sie war nicht einmal zornig – noch nicht jedenfalls. Sie fühlte sich nur leer, eine dumpfe Leere, wo all ihre Gefühle hätten sein müssen. Sie wollte an Galverons Worte nicht einmal denken, geschweige denn sie annehmen. Packrat hatte Recht gehabt. Ihr ganzes hitziges Unternehmen hatte ins Unglück geführt. Aber sie wollte sich noch ein Weilchen etwas vormachen. Indem sie den wackligen Zustand der Leere aufrechterhielt, konnte sie so tun, als hätte die schreckliche Szene zwischen ihr und dem Hauptmann gar nicht stattgefunden.

Als Alestan und Galveron hier aufgetaucht waren, beide offenbar unverletzt, hatte sie vor Erleichterung weiche Knie bekommen. Leider schien die Freude nicht beiderseitig zu sein. Ihr Bruder war noch nie so wütend auf sie gewesen. Doch es fiel ihr leichter an Alestans aufbrausenden Zorn zu denken als an Galverons kalte Verachtung. Sie und ihr Bruder konnten nie lange miteinander böse sein. Sie hatten sonst niemanden auf der Welt, und sie teilten die rätselhaften Bande aller Zwillinge. Ihre Auseinandersetzungen waren laut und aufwühlend und von kurzer Dauer, und wenn sie sich alles mögliche von der Seele geschrien hatten, dann war das Verzeihen so selbstverständlich wie Atmen.

Ich wünschte, er wäre jetzt hier bei mir. Es wäre so tröstlich…

Aber dieser Gedanke trieb sie in eine Richtung, wohin sie nicht wollte, und sie brach ihn sofort ab und kehrte zu ihrer Betrachtung des leuchtend blauen Meeres zurück.

Sie hörte ihn überhaupt nicht kommen. Soeben war sie noch allein gewesen, jetzt saß Galveron neben ihr. Sie versteifte sich, unsicher, was sie erwartete, und machte sich auf das Kommende gefasst.

»Aliana, ich bin gekommen, um zu sagen, dass es mir Leid tut.«

»Was hast du gesagt?« Das war ohne Zweifel das Letzte, womit sie gerechnet hätte.

»Treib es nicht zu weit«, brummte er. »Mehr als eine Entschuldigung kriegst du nicht.«

Sie blickte lieber weiter aufs Meer hinaus, als ihm jetzt ins Gesicht zu sehen. Das machte alles irgendwie einfacher. »Mir tut es auch Leid, Galveron. Es war ein dummer Einfall.«

Galveron hob einen Kiesel auf und schleuderte ihn ins Wasser. »Weißt du, die ganze Zeit über, wo wir in den verfluchten Gängen unterwegs waren, habe ich mir lang und breit wiederholt, was ich alles zu dir sagen würde. Doch am Ende läuft es alles auf eine Frage hinaus: Warum?«

Aliana nahm allen Mut zusammen und sah ihm geradewegs in die Augen. »Warum ich den Ring gestohlen habe? Weil du ihn dir nicht genommen hättest«, sagte sie leise. »Du bist Gilarra so entsetzlich ergeben, aber jeder außer dir kann sehen, dass sie ihrer Aufgabe nicht gewachsen ist. Sie wendet sich immer den falschen Dingen zu, es scheint, sie kann weder sich selbst noch andere beherrschen, sie weiß überhaupt nicht, wie man Menschen Mut macht, ihnen das Gefühl gibt, dass sie wichtig sind – eher im Gegenteil. Sie glaubt immer, es sei unter ihrer Würde, danke zu sagen. Wenn du nicht gewesen wärst, sie hätte nicht einmal die erste Nacht überstanden, und die übrigen Flüchtlinge auch nicht. Ich wollte dich zu der Einsicht bringen, dass du die Verantwortung übernehmen musst – wenigstens so lange, wie die Not anhält. Bei der Lage im Tempel braucht es den sachlichen Verstand eines Feldherrn, nicht den eitlen eines Oberpriesters. Wenn ich zu dir gesagt hätte, du sollst die Sache übernehmen, hättest du mir nicht zugehört – entweder das oder du hättest dich über mich lustig gemacht oder mir gesagt, ich solle mich um meine eigenen Angelegenheiten kümmern. Du solltest dadurch begreifen, wie ernst es mir damit ist. Darum dachte ich, ich gehe in die Tunnel und verstecke den Ring – um ihn als Pfand zu benutzen, bis Gilarra einwilligt, zurückzutreten, und du bereit bist, uns alle zu führen. Es wäre ja nicht nur meinetwegen, weißt du. Außer vielleicht den Priestern hättest du den gesamten Tempel hinter dir.«

Der Hauptmann schüttelte den Kopf. »Und was ist mit der Strafe, die auf Stehlen steht, du kleine Närrin?«

»Du konntest mir kaum etwas anhaben, da ich als Einzige gewusst hätte, wo der Ring ist.«

Er seufzte. »Dir vielleicht nicht. Aber wenn nun ich oder Gilarra beschlossen hätte, deine Freunde zu foltern, bis du ihn zurückgibst?«

Das traf sie wie ein Schlag. Aliana blieb der Mund offen stehen. »Das – das hättest du doch nicht getan, oder?«

»Du kannst nicht wissen, was ich getan hätte«, sagte Galveron streng, »und überdies wusstest du nicht einmal, was du selber tust. Das war das hirnloseste, unüberlegteste, sinnloseste Unternehmen, von dem ich je gehört habe, und es war von Anfang an zum Scheitern verurteilt.«

Aliana fühlte sich sehr klein. Sie ließ den Kopf hängen. »Das weiß ich jetzt«, gab sie zu. »Ich hatte wirklich nicht die Zeit, um die Sache richtig zu durchdenken. Ich wusste, Gilarra würde den Ring bald zurückverlangen, und es war nur ein glücklicher Zufall, dass ich ihn überhaupt hatte. Es kam mir vor wie ein Wink des Schicksals ...« Sie schluckte mühsam. »Aber als ich dann einmal in den Tunneln war, gab es kein einziges Versteck für das dumme Ding, und darum lief ich immer weiter und wagte auch nicht zurückzugehen, und inzwischen war auch Packrat in die Sache hineingeraten, und alles lief so aus dem Ruder ...« Sie merkte, wie ihre Stimme zu zittern begann, und schluckte wieder. Auf gar keinen Fall würde sie vor seinen Augen weinen!

Er legte einen Arm um ihre Schultern. »Nun, es ist jetzt vorbei, und Helverien sagt, wenn uns rechtzeitig jemand findet, dann hast du das einzige Mögliche zur Rettung Callisioras getan.«

»Aber wenn sie uns nicht finden?«, fragte Aliana unglücklich. »Oder wenn uns jemand gefolgt ist und in dieselbe Falle tappt wie du und Alestan?«

Galveron seufzte. »Ich weiß es nicht. Aber mach dir keine Sorgen. Wir finden einen Ausweg.«

Kapitel 30

Neue Mitglieder

Ein wenig abseits der Siedlung, um das nördliche Ende des Sees herum, auf der anderen Seite gegenüber des bewaldeten Hanges, wo die Wissenshüter wohnten, und einige hundert Schritte vom Dorf und der Mühle entfernt, stand ein verlassenes Haus. Vor etwa zehn Jahren hatte es der älteste Sohn des Müllers gebaut, dessen wachsende Kinderschar – seine Frau gehörte zu jenen stets vergnügten und fruchtbaren, die jedes Jahr ein Kind zur Welt bringen – ihn zwang, aus der Mühle auszuziehen und sich in einem größeren Haus einzurichten. Der Platz, den er dafür aussuchte, erwies sich jedoch als unglücklich. Es war hübsch dort, am Rand des Wassers, aber im zweiten Winter nach ihrem Einzug gab es einen wütenden Sturm, der See trat über die Ufer und die Flut überschwemmte das Haus.

Alles geschah so schnell und unerwartet, dass zwei kleine Kinder der Familie bei der Flucht ertranken, und seitdem hatte niemand mehr dort leben wollen. Zwar kam solch ein Sturm höchst selten auf, doch die Leute wussten nun, dass der Platz bei Hochwasser gefährdet war, und schließlich war ein großes Stück vom Ufer weggebrochen. Die Dörfler hielten die Stelle für verflucht, und sie befand sich auf der falschen Seite des Sees, viel zu weit von den Häusern der Wissenshüter entfernt, um für den Schattenbund geeignet zu sein.

Nun jedoch wurde das verlassene Haus wieder benutzt, und zwar als neues Heim und Gefängnis des Ak'Zahar. Der Hauptwohnbereich wurde an Wänden, Böden und Decken durch ein robustes, besonders verstärktes Geflecht in einen Käfig verwandelt, der selbst der Kraft dieses Räubers standhalten würde. Eine Gruppe Freiwilliger, deren wissenschaftliche Neugier stärker war als Besorgnis und Abscheu, zog soeben in die übrigen Räume des Hauses ein, um das Geschöpf zu beobachten, wobei sie die Küche zum Forschungsraum und zwei Schlafzimmer zu Arbeits- und Besprechungsräumen umfunktionierten. Das dritte Schlafzimmer behielt seine ursprüngliche Verwendung für die Forscher, die sich vom täglichen oder nächtlichen Dienst ausruhen mussten.

Als es in Gendival dämmerte, war die Beleuchtung rund um das Haus bereits aufgestellt, und die Forschungsgruppe sowie eine Anzahl Arbeiter und Handwerker aus dem Dorf setzten ihre Arbeit bis in die Nacht hinein fort, um alles für den neuen Bewohner vorzubereiten. Das Hämmern und Sägen und die lauten Stimmen, die den Arbeitslärm übertönten, hallten bis nach draußen, und durch die Fenster waren helle Lichtblitze zu sehen, als der Käfig zusammengeschmiedet wurde.

Veldan lehnte an der niedrigen Gartenmauer und beobachtete alles aus sicherer Entfernung. Sie hatte einen anstrengenden Tag hinter sich, an dem sie zusammen mit Amaurn scheinbar nichts getan hatte, als mit Cergorns Anhängern zu streiten – ganz zu schweigen von den anderen Mitgliedern des Schattenbundes und den Dorfbewohnern. Niemand wollte, dass die Takuru unter ihnen lebten, niemand wollte, das der Ak'Zahar am Leben blieb, um erforscht zu werden, und viele wollten nicht, dass man Cergorns Gedächtnis auslöschte. Am Ende war es allein Amaurns Willensstärke zu verdanken, dass sie alle drei Vorhaben durchsetzten, aber es hatte furchtbar viel Zank und Überzeugungsarbeit erfordert, bis die Leute einwilligten. Veldan fühlte sich zerschlagen und ausgelaugt von den heftigen Gefühlen, die hin und her gegangen waren, und das umso mehr als die Teilnehmer alle Meister der Gedankensprache waren. Sie war hierher gekommen, um das alles hinter sich zu lassen, und das Letzte, was sie wollte, war, dass sie jemand für eine Aufgabe anwarb.

»Verdammt richtig.« Kaz war wie immer an ihrer Seite. »Ehrlich, Boss, manchmal könnte ich dich ohrfeigen. Jemand sollte dir ein bisschen Vernunft einbläuen. In ein paar Stunden werden wir wieder nach Callisiora aufbrechen. Das war unsere letzte Gelegenheit, vor einem netten, prasselnden Feuer zu Abend zu essen, und anstatt das Beste daraus zu machen, stehen wir hier an einem feuchtkalten Abend draußen herum und sehen uns das hässliche Gesicht dieses blöden Ungeheuers an.« Er schlug ärgerlich mit dem Schwanz.

»Ach, sei still, Kaz.« Veldan machte eine unverschämte Geste. »Du weißt sehr gut, warum ich hierher wollte.« Ihre Augen wanderten zu dem Ak'Zahar, der sich noch in einem Behelfskäfig auf der anderen Seite der Gartenmauer befand. Er hockte in einer Ecke und betrachtete sie mit einem starren Blick, der Gnadenlosigkeit versprach, sollte sie je in seine Reichweite gelangen. Sie schauderte. Den ganzen Tag über hatte sie der Gedanke an die geplante Rückkehr nach Tiarond gequält. Sie hatte nie daran gezweifelt, dass sie mitgehen würde, aber die Vorstellung, diesen reißenden Tieren noch einmal gegenüberzustehen, fand sie entsetzlich. Sie hatte sich zu dem gefangenen Ak'Zahar in der Hoffnung gezwungen, sich durch die Gegenwart ihres alten Feindes gegen die Angst vor seinesgleichen abhärten zu können. Es schien aber nicht zu wirken. An einem Abend wie diesem traten die rauen, steifen Narben an Arm und Schulter hervor und schmerzten, was sie umso deutlicher an ihre letzte Begegnung mit den Ak'Zahar erinnerte. Unwillkürlich fasste sie sich an die Wange, und wieder einmal tastete sie die veränderte Haut und deren unheimliche Taubheit.

Wird es wieder genauso kommen?

Wird es diesmal schlimmer?

Werde ich langsam und qualvoll sterben wie Melnyth, von Klauen und Zähnen in tausend Stücke gerissen?

Der Feuerdrache knurrte tief im Rachen. »Nein, nein und nochmals nein!«, fauchte er. »Diesmal werde ich bei dir sein, und ich werde nicht zulassen, dass irgendetwas geschieht.«

Veldan legte den Arm um seinen gebogenen Hals und beschloss, dass es keinen Sinn hatte, ihre Zweifel vor ihm verbergen zu wollen. »Aber du hast gehört, was Scall gesagt hat. Es wird wieder Tunnel geben. Wenn es nun wie beim vorigen Mal ist und du nicht mitkommen kannst?«

»Ah, ich wusste, dass dir das Sorgen machen würde«, sagte der Feuerdrache selbstgefällig. »Darum habe ich mit Amaurn gesprochen. Er ist einverstanden, dass wir die Sprengausrüstung mitnehmen und ein paar von diesen Feuerwerfern, mit denen Kher so gut umgehen kann, damit wir Öffnungen vergrößern können, die nicht für so schöne und kluge und prächtig gebaute Wesen wie mich gemacht sind.«

Er grinste sie anzüglich an, und Veldan lachte lauthals los, während die Erleichterung, den Partner an ihrer Seite zu wissen, sie durchströmte. »Ach, Kaz – du bist wunderbar.«

Plötzlich fuhr er mit dem Kopf herum und spähte ins Dunkle. »Wer ist da?«

Kalt trat hervor und sah ein wenig verunsichert aus. »Entschuldigung, ich wollte nicht stören. Amaurn hat mich geschickt, um dich zu suchen, Veldan. Er sagt, wir sollten uns alle noch etwas ausruhen, weil wir die Nacht über reiten werden.« Es war beschlossen worden, die Reise zu so unbarmherziger Stunde zu beginnen, damit sie die Schleierwand bei Tagesanbruch erreichen und das von den Ungeheuern heimgesuchte Land bei Helligkeit durchqueren könnten.

Die Wissenshüterin lachte. »Amaurn sagt, *wir* sollen uns ausruhen? Das ist geradezu köstlich, wo er den ganzen Tag mit dieser Verwundung Befehle gibt und sich nur mit Arzneien und durch deine Betäubungskünste aufrecht hält.«

»Ich weiß«, sagte Kalt. Er stellte sich neben sie und lehnte sich genau wie sie bequem an die Mauer. »Am Ende musste ich ablehnen, damit er ein bisschen langsamer tritt und sich vernünftig verhält – zumindest war es so gedacht. Ich weiß, dass Kyrre die Wunde künstlich geschlossen hat, aber noch kann sie wieder aufreißen. Nur die natürliche Heilung kann das endgültig verhindern. Er ist verrückt, dass er sich so antreibt, und dieser Ritt nach Tiarond in seiner Verfassung ist beinahe lächerlich.«

»Das finde ich auch«, stimmte Veldan ein, »aber er glaubt wohl, dass er gar keine Wahl hat.« Sie zuckte die Achseln. »Mir geht es wahrscheinlich auch nicht anders. Wenn man es einmal mit den Ak'Zahar zu tun gehabt hat, wird die Sache persönlich.«

»Hattest du?« Kalt machte ein überraschtes Gesicht.

»Klar.« Veldan berührte leicht die entstellte Gesichtshälfte. »Es waren die Ak'Zahar, die mir das zugefügt haben.« Vielleicht weil sie die Sache mit Kalt schon einmal gestreift hatte, konnte sie nun ganz leicht darüber reden. »Wir waren in Ghariad, ihrer Heimat, ein gutes Stück nördlich von hier. Cergorn war damals Archimandrit, und er hatte uns geschickt, um sie auszukundschaften, Kaz und mich und Elion mit seiner Partnerin Melnyth.« Sie schluckte schwer, denn die Erinnerung schmerzte noch immer. »In gewisser Weise bin ich noch gut weggekommen. Als sie uns entdeckten, rissen sie die arme Melnyth in Stücke, und wir anderen hatten Glück, mit dem Leben davonzukommen. Wir glaubten, Elion würde nie darüber hinwegkommen.«

»Und doch seid ihr drei nun bereit, euch ihnen wieder zu stellen«, sagte Kalt staunend. »Das erfordert ganz besonderen Mut.«

Veldan spürte, wie sie errötete. »Aber wie steht's mit dir?«, fragte sie, um ihre Verlegenheit zu überspielen. »Du bist bestimmt der Einzige, der je einen Ak'Zahar gefangen hat. Das ist mächtig beeindruckend.«

Der Überbringer lachte. »Sag es keinem, sonst hängt mir das ewig an, aber ich fürchte, der Ruhm dafür gebührt Scall. Das Wesen hat mich angegriffen – hatte mich schon am Boden –, als er es mit einem Stein bewusstlos schlug.« Für einen Augenblick wurde seine Miene ernst. »Um ganz ehrlich zu sein, ich dachte, das ist das Ende.«

»Und doch bist auch du bereit, dich noch einmal mit ihnen zu messen«, sagte Veldan.

Kalt nickte. »Um der Leute willen, die ich bei Arcans Sippe zurückgelassen habe«, sagte er. »Ich bin jetzt nicht mehr ihr Überbringer, aber das heißt nicht, dass ich mich nicht mehr verantwortlich fühle. Grimm würde nichts weniger von mir erwarten.«

»Grimm war Amaurns alter Freund?«

»Ja. Er war auch mein Freund, und mein Lehrer und Ratgeber. Er war wie ein Vater zu mir.« Seine Stimme klang nach aufgestauten Tränen, und ganz in Gedanken schob Veldan den Arm unter seinen. »Es ist schlimm, jemanden zu verlieren, den man liebt«, sagte sie.

Ganz plötzlich ging er zu anderen Dingen über. »Hast du es bei unserem Gefangenen hier schon mit Gedankenübertragung versucht?«

»Nein.« Veldan fröstelte. »Ich bin nicht einmal sicher, wie viel Verstand sie überhaupt besitzen. Der Vorsehung sei Dank, dass sie sich beim Jagen nicht gegenseitig unterstützen, sonst wären wir in noch ärgerer Bedrängnis, als wir schon sind. Andererseits erscheinen sie mir klüger als viele andere Tiere. Warum fragst du? Hast du es schon versucht?«

Der Überbringer nickte. »Ich bin heute schon einmal hier gewesen. Ich dachte, wenn wir eine Form der Verständigung mit ihnen finden, könnte uns das vieles ersparen. Und Amaurn hätte noch mehr gute Gründe anführen können, um diesen hier zu behalten.«

»Und was ist passiert?«

»Nichts. Da war eine Wand. Aber es war nicht zu unterscheiden, ob ihm die Fähigkeit zur Gedankenübertragung fehlt oder ob er sich gegen mich abschirmt, weil ich sein Feind bin.«

»Ich überlege gerade ...« In Veldans Kopf nahm ein Plan Gestalt an. »Wenn wir einen Takur dazu gewinnen könnten, sich der Forschergruppe anzuschließen und dabei die Gestalt eines Ak'Zahar anzunehmen, könnte das den Gefangenen zutraulicher und vielleicht mitteilsam machen.«

Kalts Miene hellte sich auf. »Das ist ein großartiger Einfall!«

Veldan strahlte ihn an. »Er ist geradezu eine Erleuchtung, wenn ich das so sagen darf. Das würde auch Amaurns Plan unterstützen, dass sie sich in unsere Gemeinschaft integrieren.«

»Ich bin zwar neu hier«, sagte Kalt, »aber ich verstehe nicht so ganz, was die Leute gegen die Takuru haben. Es gibt so viele eigenartige Geschöpfe und wundersame Wesen im Schattenbund; warum dann diese Abneigung gegen ein bestimmtes Volk? Ich dachte schon, es würde einen Aufstand geben, als Amaurn ankündigte, sie dürften unter uns leben. Fast schien es, als hätten die Leute mehr gegen die Takuru einzuwenden als gegen den Ak'Zahar, und das ist lächerlich.«

»Die Takuru haben im Schattenbund einen schlechten Ruf«, erklärte Veldan. »Die Leute verabscheuen es, wenn sich jemand völlig unbemerkt in ihrer Mitte aufhält, und wenn die meisten Takuru auch anständig sind, so hat es in der Vergangenheit verschiedene Gestaltwandler gegeben, die mehr als bereit waren, Unheil anzurichten, indem sie

Klatsch verbreiteten und Geheimnisse weitergaben, die sie erlauscht hatten.«

Kalt nickte. »Und so hat sich die gegenseitige Abneigung vertieft. Die Takuru stiften Unheil, weil sie nicht wohl gelitten sind, und sie sind nicht wohl gelitten, weil sie Unheil stiften.«

»Genau. Und Cergorns Angewohnheit, sie als Spitzel einzusetzen, war auch nicht gerade hilfreich. Darum leben sie hier in einer recht großen Gemeinschaft – abseits natürlich. Der Archimandrit fand sie zu nützlich, um sie heimkehren zu lassen, aber in der Siedlung unterbringen wollte er sie auch nicht. Wahrscheinlich glaubte er, sie beherrschen zu können, indem er ihnen gelegentlich ein paar Krumen Anerkennung zuwirft und sie nach mehr hungern lässt. Es ist sehr traurig, wirklich.«

»Nun, hoffen wir, dass sich das jetzt ändert«, antwortete der Überbringer. »Ich fand, dass Kalevala heute gut gesprochen hat. Der feierliche Eid, dass die Takuru innerhalb Gendivals bei ihrer wahren Gestalt bleiben, hat die Leute sehr beruhigt.«

»Das ist wahr«, stimmte Veldan zu. »Und weil Cergorn selbst die Takuru eingesetzt hat, fanden seine Anhänger am Ende nicht viel, was sie einwenden konnten.«

Kalt drehte den Kopf und sah sie an. »Du kannst sagen, dass es mich nichts angeht, aber ich dachte, es war hart für dich, als Cergorn heute abreiste.«

»Das stimmt.« Nun war es Veldan, die mit den Tränen rang. Der Abschied von Cergorn und Syvilda am Nachmittag war für sie schwierig gewesen. Sie kannte sie schon ihr Leben lang – die beiden hatten sie gewissermaßen großgezogen. Zwar war das Verhältnis zwischen ihnen zuletzt bitter gewesen, doch sie hatten in ihrem Leben immer große Bedeutung gehabt, und sie verdankte ihnen viel. So war es für sie das Schlimmste von allem gewesen, dass es in ihren Gesichtern keinerlei Zeichen des Wiedererkennens gab, als

Cergorn und Syvilda an Bord des wartenden Navigatorschiffs gebracht wurden. Veldan wusste, die Auslöschung des Gedächtnisses war schmerzlos, und auch, dass bei beiden künstlich erzeugte, lückenlose Lebenserinnerungen zur Wirkung kämen, sobald das Schiff Gendival verlassen hatte. Aber Veldan fühlte sich, als wäre damit auch ein Teil ihrer eigenen Vergangenheit ausgelöscht. Und obwohl Cergorn und Syvilda weiterlebten und hoffentlich glücklich werden würden, für Veldan war es, als wären sie gestorben. Sie würde sie niemals wiedersehen.

Sie seufzte. »Schlimm daran ist auch, dass wir zuletzt so schlecht miteinander standen. Cergorn war mit mir und Elion überhaupt nicht einverstanden, als wir aus Callisiora zurückkamen, aber vielleicht hätten wir das mit der Zeit wieder flicken können. Doch als Amaurn auf der Bühne erschien, habe ich mich auf seine Seite gestellt ...« Sie schüttelte den Kopf. »Da gab es so viel alten Hass. Selbst wenn es für Cergorn und Syvilda einen Weg gegeben hätte, um in Gendival zu bleiben, sie hätten mir nie verziehen, dass ich mich für Amaurn entschied, so wie er ihnen niemals seine Verurteilung und das Leben in der Verbannung vergeben hat und ihnen damit auch die Schuld am Tod meiner Mutter gibt.«

Plötzlich wollte Veldan nicht mehr darüber reden und wechselte ihrerseits den Gesprächsgegenstand. »Entschuldige, dass ich frage, ist Kalt dein richtiger Name?«

Er zuckte die Achseln. »Inzwischen ja. Grimm gab mir den Namen, als er mich zum Lehrling nahm. Zwar habe ich die Rotten wegen des Schattenbundes verlassen und bin nun kein Überbringer mehr, aber ich möchte ihn um seinetwillen behalten.«

Plötzlich machte der Ak'Zahar einen Sprung an die vordere Käfigwand. Er zischte und fauchte, streckte den knochigen Arm zwischen den Stäben durch und schlug mit den Krallen nach Kalt. Veldan sprang fluchend rückwärts, dann grinste sie ihn verlegen an. »Eine hartnäckige Angewohnheit. Auch wenn er hinter Gittern sitzt, werde ich mich wohl nie daran gewöhnen, einen in meiner Nähe zu haben.«

»So geht es den meisten«, meinte Kalt. »Amaurn musste sehr in sie dringen, damit die Wissenshüter ihr Einverständnis gaben, und die Dörfler gebärdeten sich fast noch schlimmer.«

»Amaurn kann so etwas gut. Es brauchte viel Überredung, doch dann ließen sie sich umstimmen.«

»Nur weil er ihnen kaum eine Wahl ließ«, hielt Kalt ihr entgegen. »Außer dieser Hand voll Forscher wollte es eigentlich niemand.«

»Vielleicht siehst du das ein bisschen zu schwarz«, erwiderte Veldan. »Es ist nur natürlich, dass den Leuten nicht wohl dabei ist. Mir geht es genauso, obwohl ich weiß, dass er sicher eingesperrt ist. Aber ich gebe dir darin Recht, dass Wissen eine wertvolle Waffe ist. Als Amaurn ihnen das entgegenhielt, lenkten die meisten ein, wenn auch widerstrebend.«

»Ich bin froh, dass er diese Auffassung vertreten hat und nicht ich es zu tun brauchte«, sagte Kalt. »Sonst hätten sie Hackfleisch aus mir gemacht, besonders dieser Afanc. Er hat mich zu Tode erschreckt. Wir haben einander nicht auf die beste Art kennen gelernt, als er sich so bedrohlich aus dem Wasser aufbäumte, und unsere zweite Begegnung heute war wohl auch nicht besser. Seine Einwände gegen den Ak'Zahar brachte er ungestüm vor, gelinde gesagt, und ich weiß genau, dass er mir übel nimmt, dass ich das Biest überhaupt mitgebracht habe.«

»Bastiars Einwände richteten sich mehr gegen Amaurns Anführerschaft als gegen dich und deinen Ak'Zahar«, meinte Veldan. »Er gehört zu Cergorns treuesten Anhängern.« Sie musste sich schütteln. »Ich habe ihn noch nie so wütend gesehen wie in dem Augenblick, als Cergorns Verbannung bekannt gegeben wurde, und das wo er im Grunde anerkennen müsste, dass diese Strafe milder ist als eine Hinrichtung.«

»Ist es immer so, wenn der Archimandrit wechselt?«, fragte Kalt. »Es kommt mir ein wenig drastisch vor.«

»Nein.« Veldan schüttelte den Kopf. »Soweit ich weiß, verläuft der Übergang von einem Anführer zum nächsten gewöhnlich ganz glatt. Aber du schließt dich dem Schattenbund in stürmischen Zeiten an, mein Freund. Teilweise liegt das wohl am Zusammenbrechen der Schleierwand und der damit verbundenen Nöte. Mit einem Mal waren die alten Auffassungen, sich abzuschotten und unser Wissen geheim zu halten, für die Bemühungen hinderlich, den Opfern der Kriege und Wetterveränderungen zu helfen, mehr noch, sie verhinderten sogar die Beendigung der Notlage. Als wäre das noch nicht schlimm genug, hatten wir Cergorn und Amaurn, deren Ansichten so entgegengesetzt waren, dass sie zu Feinden werden mussten, und dementsprechend haben wir jetzt hier ihre Gefolgsleute, und der Schattenbund ist in zwei Lager gespalten.«

Sie rupfte ein Stück Flechte von der Mauer und seufzte. »Es war heute so ermüdend, wieder all die alten Streitfragen über die herkömmliche Lenkung des Bundes und die ach so gefährlichen Neuerungen anzuhören. Tatsache ist doch, dass niemand wissen kann, was die neuen Wege taugen, ehe sie nicht ausprobiert wurden. Aber bisher wollte sie niemand versuchen, denn wenn unser Wissen erst einmal allgemein verfügbar ist, kann es nicht wieder zurückgenommen werden. Ich weiß, es ist ein Wagnis, aber ich glaube nicht, dass wir das Zeug ewig geheimhalten können. Nimm zum Beispiel diese Lampen da drüben.« Sie zeigte zu dem hell beleuchteten Haus hin. »Ihre Leuchtkraft stammt von Kristallen, die wir in den Wüsten der Drachen gefunden haben, und es ist zweifellos Brauch bei ihnen, sie zu benutzen. Aber war es uns erlaubt, sie hier zu benutzen? Natürlich nicht. Cergorn und seine Vorgänger wollten sogar den Schattenbund auf einem niedrigen Entwicklungsstand halten, damit wir nicht abhängig würden und heftiges Verlangen nach den Geräten hätten, wenn wir draußen in der Welt mit Schwierigkeiten kämpfen. Amaurn dagegen ließ die Lampen aus dem Museum holen, befahl den Forschern, sie zu benutzen, aber eine Menge Leute sind darüber nicht glücklich. Dasselbe ist es mit der Absicht, Sprengpulver gegen die Ak'Zahar einzusetzen, wenn sie schlafen.« Sie sprach über einen Vorschlag, den Amaurn gegen Ende der Besprechung gemacht hatte. »Das ist die einzige Art, wie man meiner Ansicht nach mit ihnen fertig werden kann, und zweifellos die sicherste – außer für die arme Seele, die reingehen und die Sprengladungen setzen muss. Aber wenn man den Afanc reden hört, könnte man meinen, dass die Welt bald untergeht. Ich würde gern glauben, dass ein Ende der Meinungsverschiedenheiten in Sicht ist, wo Cergorn fort ist, aber so wird es nicht kommen. Seine Anhänger sind noch da und sie sind voller Groll, und da der einstige Archimandrit am Leben ist, werden sie danach trachten, ihn zurückzubringen.«

»Glaubst du, dass ihnen das gelingt?«, fragte Kalt unbehaglich. »Nach dem Benehmen des Afanc zu urteilen, würde ich Amaurn und seiner Gruppe im Falle des Erfolgs wenig Aussichten einräumen.«

»Ich glaube nicht, dass sie Cergorn als Anführer zurückbringen können«, sagte Veldan. »Nicht nach der vollständigen Auslöschung des Gedächtnisses. Aber es könnte sie bestimmt nichts davon abhalten, sich hinter einen neuen Bewerber zu stellen.« Dabei fiel ihr Cergorns früherer Partner, der verschollene Windgeist ein.

Ich frage mich, was mit Thirishri geschehen ist. Wenn sie je zurückkommt, wird Amaurn wirklich auf der Hut sein müssen.

Es entstand ein Schweigen, und eine Weile standen sie mit dem Rücken zu dem hell beleuchteten Haus und betrachteten die Sterne am Himmel und die vom Wind gekräuselte Oberfläche des Sees.

»Ich störe wirklich ungern, aber Amaurn will wissen, wo ihr beide seid. Er sagt, er und Kher sind mit den Plänen für das Sprengpulver fertig, und wir sind fast aufbruchbereit.« Der Feuerdrache kicherte. »Natürlich habe ich ihm nicht verraten, wo ihr zu finden seid – aber du und dein neuer Freund solltet euch besser beeilen, Schätzchen, ehe er euch suchen geht.«

Erst als sie Kaz reden hörte, fiel ihr wieder ein, dass er bei ihnen gewesen war, und sie wunderte sich, wann er gegangen war. »Wo bist du?«, wollte sie wissen.

»Ich genieße das Abendessen vor dem Kamin, das du jetzt nicht mehr bekommen wirst. Ich dachte, dass du mich da drüben nicht mehr brauchst.« Er machte eine Pause, und sie spürte sein Grinsen. »Kalt gefällt mir. Ich glaube, er ist sehr viel versprechend – besonders für einen aus Callisiora.«

Veldan war froh, dass es im Dunkeln nicht auffiel, wie sie errötete. »Ich bin froh, dass er dir gefällt, Kaz. Mir gefällt er nämlich auch.«

Dann wandte sie sich dem Überbringer zu. »Wir sollten umkehren. Kaz sagt, Amaurn ist bereit, loszureiten.«

Kalt riss überrascht die Augen auf. »Was, jetzt schon? Die Zeit ist wie im Flug vergangen.« Als Veldan sich in Marsch setzte, zögerte er. »Veldan – meinst du wirklich, dass ich hierher passe?«

Sie kehrte noch einmal um und nahm seine Hand. »Ich meine, dass du sogar ausgezeichnet hierher passt.«

Kapitel 31

Der Weg zurück

Annas hatte Angst vor Presvel, und nicht nur das: sie verabscheute ihn. Er war grob mit ihr umgegangen, hatte ihr mit dem Messer weh getan, hatte Rochalla geschlagen – und das Schlimmste von allem, er hatte sie von ihrem Papa getrennt. Er war ein böser Mann, genau wie die bösen Männer, die ihre Mama getötet hatten. Ihr Instinkt riet ihr, sich sehr still zu verhalten. Sie saß schlaff im Sattel und tat, als schliefe sie. Wenn sie nichts machte oder sagte, so überlegte sie, würde er vielleicht vergessen, dass sie da war, und ihr nicht weh tun.

Hin und wieder linste sie unter den Wimpern hervor zu Rochalla hinüber. Sie war mit Pferden aufgewachsen und geritten, bevor sie laufen konnte, darum sah sie, dass das Mädchen vom Reiten nicht das Geringste verstand. Rochalla saß falsch und rutschte im Sattel, weil sie sich mit den Beinen nicht richtig festhielt. Sie sah unglücklich und ängstlich aus. Annas wollte ihr gern helfen und sagen, was sie verkehrt machte, aber dann würde Presvel vielleicht ärgerlich werden, und das wollte sie nun ganz und gar nicht. Nur zu gut hatte sie noch vor Augen, was der andere böse Mann mit ihrer Mama gemacht hatte. Wenn nun dieser hier das Gleiche mit Rochalla täte – oder mit ihr?

Der Regen ging in große, nasse Schneeflocken über, und Annas hatte keinen Mantel. Sie fror, sie war müde und hungrig und hatte Angst und wurde jeden Augenblick nasser, und sie wünschte sich, ihr Papa wäre bei ihr. Er würde nicht zulassen, dass Presvel ihr etwas tat. Wo war er? Warum war er nicht da? Warum hatte er nicht verhindert, dass der böse Mann sie erwischte? Aber er würde bestimmt kommen. Seltsamerweise wäre es jetzt sogar tröstlich, die Dame Seriema um sich zu haben. Sie benahm sich immer ein bisschen mürrisch, aber sie war gar nicht so übel, eigentlich, und sie würde sich von Presvel nichts gefallen lassen. Sie konnte ihm befehlen – Annas hatte schon gesehen, wie sie das machte.

Mein Papa wird kommen. Er muss kommen. Ich brauche jetzt nur auf Rochalla aufzupassen, bis er hier ist, und so lange darf mich der böse Mann nicht kriegen. Dann wird alles wieder gut.

Wenn sie natürlich irgendwie wegrennen könnte, wäre das noch besser. Wahrscheinlich würde es nicht dazu kommen, aber sie war entschlossen, wachsam zu bleiben. Wenn eine Gelegenheit zum Wegrennen käme, sollte sie sie nicht vergeuden.

Presvel begann tatsächlich zu hoffen, dass er ungeschoren davonkam. Es wurde schon dunkel, und bisher gab es keine Anzeichen für eine Verfolgung. Zwar war er nicht so unvernünftig zu glauben, dass Tormon und die Rotten nicht hinter ihm waren, aber wenn er genügend Abstand hielt, könnte er Scalls Tunneleinstieg erreichen, bevor sie seine Absicht bemerkten. Dort waren die fliegenden Bestien keine Bedrohung mehr, und dort könnte er auch die Verfolger endgültig abschütteln.

In den Tälern war es bereits dunkel, aber am Abendhimmel schien noch ein Rest Tageslicht. Voraus sah man das Gebirge aufragen, wo sich der Gipfel des Chaikar stolz über die anderen Berge erhob, als Warnung und Wegweiser gleichermaßen. Da es nun dunkel war und er der Stadt immer näher kam, begann er sich doch wegen der reißenden Vögel Sorgen zu machen. Ein- oder zwei Mal meinte er in der Ferne einen grellen Schrei zu hören, aber da er im Hinblick auf die Natur völlig unwissend war, mochte es auch der Schrei einer Eule oder eines anderen harmlosen Nachttiers gewesen sein. Der Wind wehte nun auch schärfer und pfiff über die kahlen Vorberge, sodass alle anderen Geräusche darin untergingen.

Während das Gebirge näher rückte und die Hänge steiler und zerklüfteter wurden, verdichtete sich der Schneefall. Die Flocken blieben nicht liegen, sondern sanken in den morastigen Boden und verschwanden. Nun hingen auch die Wolken tiefer, und es wurde immer schwieriger, etwas zu sehen, doch ein Licht anzuzünden wagten die Flüchtigen nicht. Zudem waren die beiden Pferde erschöpft, immerzu strauchelten sie auf dem schlüpfrigen Grund. Als sie vor einigen Tagen aus der Stadt geflüchtet waren, ließ Tormon die Pferde hin und wieder ausruhen, hieß alle absteigen und sie eine Weile am Zügel führen. Doch Presvel war nicht begierig darauf zu Fuß zu gehen – besonders da sie verfolgt wurden. Nach und nach sah er aber ein, dass er die Pferde verlieren würde, wenn er nicht bald eine Rast einlegte. Die Aussicht, den Rest der Reise laufen zu müssen, während ihm gleichzeitig ein Angriff der Bestien drohte, brachte ihn zur Vernunft. Seit einiger Zeit schon kamen sie an Gehöften vorbei, und außerdem an einsamen Hütten, die Feldarbeitern oder Schäfern gehörten. So wenig es ihm behagte anzuhalten und Zeit zu verlieren, solange ihm Tormon und die Rotten auf der Spur waren, so sehr stand fest, dass er einen Unterschlupf für die Nacht suchen musste. Sein einziger Trost war, dass das auch für die Verfolger galt.

Er war eine Zeit lang einem Weg gefolgt, der in die richtige Richtung zu führen schien, und schließlich war er auf eine eindeutige, wenn auch ungepflasterte Straße gelangt. Nachdem sie ein Stück bergauf geritten waren, sah Presvel einen schmalen Weg abzweigen und eine Hand voll Häuser, die sich weiter oben in den Hang drückten. Sie schienen verlassen zu sein – die Fenster waren dunkel, aus den Schornsteinen stieg kein Rauch –, und darum entschied er, dass sie ebenso gut dort die Nacht verbringen könnten.

Es war schwierig, die Pferde zu bewegen, auch noch den steilen Hang hinaufzugehen, besonders da die Reiter auf ihnen sitzen blieben, aber für Presvel kam es nicht in Frage, bis nach oben zu laufen. Als sie endlich oben waren, suchte er einen Stall und sie führten die ermatteten Tiere hinein. Rochalla hinkte steifbeinig und verzog vor Schmerzen das Gesicht. Trotzdem befahl er ihr, den Pferden Sattel und Zaumzeug abzunehmen und sie mit einem Büschel modrigem Stroh oberflächlich abzureiben, während er dabeistand und Tormons Tochter das Messer an den Hals hielt. Sie ließen die Tiere im Stall frei umherlaufen, damit sie jedes bisschen Futter fanden, das es aufzustöbern gab, dafür überzeugte sich Presvel, dass sie gut eingeschlossen waren. Dann klemmte er sich das Kind unter den Arm und zwang Rochalla, vor ihm her zum Haus zu laufen und die Satteltaschen zu tragen.

Das Bauernhaus war schmutzig und verkommen, roch nach feuchtem Moder, aber wenigstens bot es Schutz vor den Raubvögeln, die die Nacht unsicher machten. Als er Annas absetzte, rannte sie sofort zu Rochalla, die sich hinkniete und sie in die Arme nahm. »Bist du wohlauf?«, fragte sie leise.

»Hauptsächlich ja«, antwortete Annas. »Aber ich friere und habe Hunger.«

»Hier«, sagte Presvel und zog ein Stoffpäckchen aus seiner Satteltasche. »Ich habe uns etwas zu essen mitgebracht.«

»Wie steht's mit einem Feuer?«, fragte Rochalla. »Wir sind halb erfroren.«

»Kein Feuer«, antwortete er knapp. Vielleicht hätten sie

es sich erlauben können, da Tormon und die Rotten inzwischen auch eine Unterkunft gefunden haben dürften, doch es war auch denkbar, dass sich der Händler aus Sorge um seine Tochter über alle Vernunft rücksichtslos hinwegsetzte, weshalb Presvel nicht bereit war, das Wagnis einzugehen und sich etwa zu verraten. Der Rauch eines Schornsteins mochte außerdem die Bestien anlocken, und das sollte erst recht nicht sein. Rochalla machte ein Gesicht, als wollte sie etwas einwenden, doch dann presste sie die Lippen zusammen und sagte nichts. Der Schlag ins Gesicht musste ihr noch deutlich in Erinnerung sein. Presvel lächelte befriedigt. Offenbar war er in der Vergangenheit zu milde gewesen. Sie hätte längst eine festere Hand gebraucht.

Nachdem er ihnen zu Essen gegeben hatte, befahl er Rochalla, das Kind in einem der oberen Zimmer ins Bett zu bringen, und nachdem das geschehen war, schloss er das Mädchen dort ein. Dann packte er die widerspenstige Rochalla am Arm und stieß sie die Treppe hinunter. Seit Tiarond hatte er sie nicht mehr für sich allein gehabt – aber das würde sich jetzt ändern. Er hatte viel verlorene Zeit aufzuholen. Andererseits lag noch die ganze Nacht vor ihnen. Presvel sah Rochalla gierig an. Endlich war sie sein. Die vergangenen Tage waren schlimm gewesen, doch vielleicht ging es jetzt aufwärts.

Es wurde eine lange Nacht. Die Rottenschar verbrachte die Stunden der Dunkelheit auf einem verlassenen Bauernhof, aber dieses Haus war eine ausgebrannte Ruine, und sie mussten zusammen mit den Pferden in einer großen, fest gebauten Scheune nächtigen. Ein Blick auf die dicken Steinwände erinnerte Seriema an die Nacht in der Heide, als sie im Keller der Turmruine vor den Bestien Schutz suchen mussten. Sie schätzte sich glücklich, in einer Gegend zu leben, wo Stein billiger war als anderer Baustoff, und dachte, dass allein von diesem Umstand das Überleben der Menschen im Gebirge abhängen mochte.

Nirgends in der Scheune konnte man ein Feuer machen, es würde also eine kalte Nacht werden. Aber das Stroh und Farnkraut auf dem oberen Boden ergaben ein weiches Lager, und sie fanden einen kostbaren Vorrat Heu in einer versteckten Ecke, mit dem sie die Pferde fütterten.

Wie immer führte jeder Reiter Nahrung bei sich, sodass das Abendessen gesichert war. Nachdem die Wachen eingeteilt waren, begannen sich die Männer zum Schlafen niederzulegen und es sich in der neuen Umgebung bequem zu machen. Cetains und Seriemas Heiratsabsichten hatten sich herumgesprochen, und so hatten die beiden einige gutmütige Neckereien hinsichtlich ihres Schlafplatzes zu erdulden. Doch Seriema war das gleichgültig. Schläfrig wie sie war nach dem langen Ritt, wollte sie nichts weiter, als sich an Cetain schmiegen und in seinen warmen Armen einschlafen. Aus Sorge um Tormon tat sie jedoch nichts dergleichen.

Als Cetain darauf bestanden hatte, einen Unterschlupf für die Nacht zu suchen, hatte der Händler lang und heftig gegen diese Entscheidung protestiert und seine Meinung erst geändert, als Seriema ihm entgegenhielt, dass sie Gefahr liefen, Presvels Spur in der Dunkelheit zu verlieren oder – was noch schlimmer wäre – in ihn hineinzurennen und so in Bedrängnis zu versetzen, dass er seinen Geiseln etwas antat. Am Ende hatte Tormon sich gefügt, wenn auch widerwillig. Doch nun hatte er sich von den anderen abgesondert, stand neben seinem Pferd und sah aus, als würde er sich die ganze Nacht nicht von dort wegbewegen.

Seriema saß auf einem Farnballen auf dem Heuboden und sah mitleidig zu ihm hinunter. »Ich meine, dass ich zu ihm gehen sollte«, sagte sie zu Cetain, »ich weiß nur nicht, was ich sagen soll. Er hat schon seine Lebensgefährtin unter schrecklichen Umständen verloren, und nun ist seine kleine

Tochter in großer Gefahr, und frei heraus gesprochen, ihre Aussichten stehen nicht gut. Jedes tröstende Wort wäre gerade jetzt völlig sinnlos. Er würde es so empfinden und ich ebenfalls.«

»Ich werde gehen und mit ihm reden, soll ich?« Cetain stand auf, klopfte sich das Stroh ab, und während ihm Seriema erstaunt nachblickte, stieg er die Leiter hinab. Er stellte sich zu Tormon und schien den großen schwarzen Sefrianer zu bewundern, und zu ihrer Verblüffung ließ sich der Händler bald auf ein Gespräch ein. Das zog sich eine ganze Weile hin, und Seriema plagte die Neugier, doch so sehr die Ohren spitzte, sie konnte nicht verstehen, was gesprochen wurde. Nach einiger Zeit klopfte Cetain dem Händler auf die Schulter und kam die Leiter wieder herauf. Kurz darauf folgte Tormon und legte sich in die Farnbüschel schlafen.

Seriema sah Cetain mit großen Augen an. »Was im Namen der Schöpfung hast du zu ihm gesagt?«, fragte sie flüsternd, als er es sich neben ihr bequem machte.

Cetain sah ein bisschen verlegen aus. »Männersachen eben«, sagte er.

»*Männersachen?*« Seriemas Augenbrauen schoben sich bis zum Haaransatz hoch.

Er seufzte. »Na gut, wenn du es unbedingt wissen willst. Ich habe gesagt, ich verstünde, warum er es eilig hat, Presvel in die Hände zu bekommen, und dass ich genauso fühlen würde, wenn er dich oder unser Kind als Geisel genommen hätte.« Er breitete die Arme aus. »Mädchen, es hat keinen Zweck, einem Mann in Tormons Lage erzählen zu wollen, dass alles wieder gut wird. Er weiß ganz genau, dass es womöglich gar nicht gut ausgeht.«

»Was hast du ihm also gesagt?« Seriema stand noch immer vor einem Rätsel.

Der Rotte seufzte. »Ich habe ihm versprochen, dass ich, ganz gleich was morgen geschieht, Presvel mit ihm zusammen aufspüren und zur Strecke bringen werde wie ein gefährliches Tier, gerade das ist nämlich aus ihm geworden.«

»Ach.« Für Seriema war das wie ein Schlag in die Magengrube. Einen Moment lang war ihr übel.

Cetain sah ihr besorgt ins Gesicht und musterte sie aufmerksam. »Es tut mir Leid«, sagte er. »Aber du verstehst doch, warum es geschehen muss? Ich weiß, dass er dir lange Jahre freundschaftlich gedient hat, aber wir jagen nicht den alten Presvel, den du gekannt hast. Dieser hier hat bereits einen Menschen ermordet, und jetzt hat er ein junges Mädchen und ein Kind in seine Gewalt gebracht. Wenn wir ihn leben lassen, wirst du es vielleicht beim nächsten Mal sein, oder ich oder unser Kind, wenn wir eins haben werden, oder jemand anderes.«

Seriema atmete einmal tief durch. »Wenn er es jemals auf dich abgesehen hat, werde ich ihn eigenhändig umbringen«, sagte sie grimmig – dann schüttelte sie den Kopf. »Hör dir das an! Als ob ich wüsste, wie man das anstellt!« Sie schmiegte sich in seine Armbeuge. »Ich weiß, dass du Recht hast, Cetain. In meinem Herzen habe ich längst gewusst, dass wir Presvel nicht lebend zurückbringen. Aber es braucht wohl seine Zeit, bis die Wahrheit ins Bewusstsein vordringt.« Ihre Augen füllten sich mit Tränen. »Und ich kann nicht anders, als um den Mann zu trauern, den ich gekannt habe«, schloss sie mit erstickter Stimme.

Cetain hielt sie an sich gedrückt. »Ich hätte dich eigentlich nicht mitnehmen dürfen«, sagte er. »Das war purer Eigennutz. Mir war es wichtig, dass du daran teilnimmst. Ich will nicht, dass du etwas mit Presvels Tod zu tun hast, aber er hat zu deinem Leben gehört, und um unserer Zukunft willen sollst du dich nicht ewig fragen müssen, ob ich etwa an dem Lynchmord deines besten Freundes beteiligt gewesen bin. So ein Zweifel würde an uns nagen und langsam zersetzen, was wir aneinander haben. Dabei zu sein ist zwar hart für dich, aber wenigstens wirst du wissen, was geschehen ist und warum, und du wirst dich nicht dein Leben lang mit Fragen quälen.«

Seriema wischte sich die Augen mit dem Handrücken. »Ich verstehe«, sagte sie, »und du hast Recht, wenn es auch nicht leicht für mich ist, das mitzuerleben.«

»Ja, das Leben kann manchmal sehr grausam sein.« Er küsste sie sanft. »Aber es hat auch seine schönen Seiten. Wir sollten jetzt versuchen zu schlafen, ja? Morgen um diese Zeit ist hoffentlich alles vorbei.«

Das Letzte, was Seriema vor dem Einschlafen sah, war die einsame Gestalt Tormons, der die Arme um die Knie geschlungen dasaß und vor sich hin starrte. In diesem Augenblick wusste sie ohne jeden Zweifel, dass sie das Richtige taten.

Als der bleiche Morgen über den Bergen heraufdämmerte, wusch sich Rochalla so gut es ging mit kaltem Wasser aus der Küche und wünschte, sie könnte auch die Erinnerung an Presvels ekelhafte Berührungen fortwaschen. Diese Nacht war die schlimmste ihres Lebens gewesen, aber es wäre noch viel schlimmer gewesen, hätte sie nicht jene harten Jahre als Hure verbracht, um ihre Familie über Wasser zu halten. Damals hatte sie gelernt, sich innerlich davon abzuwenden, was mit ihrem Körper geschah, ganz gleich wie widerlich es war.

Als Derla starb, habe ich mir geschworen, so lange ich lebe, nie wieder bei einem Mann zu liegen, den ich nicht liebe. Ich habe den Eid gebrochen, als ich mich Presvels Schutz überließ, weil ich allein war und Angst hatte. Doch ich habe kaum ahnen können, dass ich eines Tages die Hure für ihn spielen muss, um mein Leben zu retten, und das eines kleinen Kindes.

Presvel war draußen gewesen, um nachzusehen, ob die

Pferde die Nacht gut überstanden hatten. Er wusste, dass sie nicht fliehen würde – nicht solange Annas in dem Zimmer eingeschlossen war und er den Schlüssel in der Tasche trug. Sie hörte seine Schritte und richtete hastig ihre Kleider. Er war in der Nacht unersättlich gewesen, und sie wollte ihn kein Fleckchen Haut sehen lassen, das seine Lust aufs Neue entzünden könnte.

Er kam pfeifend herein. »Alle fertig zum Abmarsch?«, fragte er. Sie konnte nicht glauben, wie gut sie ihn getäuscht hatte. Er wollte so verzweifelt gern glauben, sie hätte Verlangen nach ihm, dass er keinen Augenblick stutzte und überlegte, wie sie über einen Mann denken könnte, der einen Mord begangen und nun sie und ein kleines Kind mit Gewalt entführt hatte.

Aber er wird mir niemals ganz vertrauen, dafür ist er dann doch zu schlau. Außerdem würde das schon seine heftige Eifersucht nicht erlauben, auch nicht unter den günstigsten Umständen. Doch je mehr ich ihn dazu bringen kann, in meiner Gegenwart gelassen zu sein und sich glücklich und geliebt zu fühlen, desto eher wird seine Wachsamkeit nachlassen, sodass die Gelegenheit kommt, wo Annas und ich fliehen können.

Sie setzte ein freundliches Lächeln auf und drehte sich zu ihrem Peiniger um. »Lass mich nur Annas etwas zu essen geben und sie anziehen, dann sind wir gleich unterwegs. Ich freue mich schon darauf, Tiarond wiederzusehen.«

»Ach – natürlich. Hier, du wirst den Schlüssel brauchen.«

Als sie den Schlüssel nahm, merkte sie, dass Presvel zu sehr mit eigenen Belangen beschäftigt war, um an das Kind zu denken. Während sie die Treppe hinaufstieg, dachte sie, dass sie alles tun würde, um die Kleine vor ihm zu beschützen. Sie war sogar willens, sich zu erniedrigen und zu lügen, bis sie dunkelrot im Gesicht wäre. Sie hoffte nur, dass ihre Täuschung Früchte trug. Sonst sah sie keinen anderen Ausweg.

Ich muss durchhalten und hoffen, dass Hilfe unterwegs ist. Sonst schaffen wir es nicht. Früher oder später kriegen uns die Bestien – oder Presvel bringt uns um.

Auf der anderen Seite der Schleierwand hatten etliche Leute ihr Lager aufgeschlagen. Amaurns kleine Streitmacht aus der Schattenbundsiedlung war die ganze Nacht hindurch zäh geritten und kurz vor Morgengrauen bei der Schutzhütte angekommen. Nun gönnten sie sich ein paar Stunden Rast, nicht nur um ihrer selbst, sondern auch um der Pferde willen, ehe sie sich nach Callisiora zurückwagten. Gewöhnlich war der Weg über den Schlangenpass zu dieser Jahreszeit schlecht, aber in Scalls Weltbeobachtungsgerät war zu sehen gewesen, dass er noch nicht verschneit war. So hatten sie beschlossen, den kürzeren Weg zu nehmen, der sie bis zum Mittag ans Ziel brächte, anstatt weiter südwestlich durchs Land der Rotten zu ziehen und dann den Steilhang zur Ebene hinauf zu müssen.

Der Morgen zog so kalt, grau und feucht herauf, als reichte Callisioras schlechtes Wetter schon durch die Schleierwand. Um der Behaglichkeit willen und um an diesem düsteren Tag die Stimmung zu heben, zündeten sie Feuer an, aber auch um zu kochen und sich aufzuwärmen. Die Leute ließen sich müde daran nieder, überprüften ihre Ausrüstung oder plauderten leise und genossen die Unterbrechung der Reise so gut es ging.

Die Schar war recht groß, wie Toulac fand, als sie zwischen ihnen umherschlenderte. Blank – Amaurn, verbesserte sie sich – war selbst mitgekommen und hatte für die Zeit seiner Abwesenheit dem alptraumhaften Maskulu die Verantwortung übertragen. Im Augenblick war er in der Schutzhütte, wo Kalt, der andere Neuling im Schattenbund, seine Verletzungen untersuchte. Veldan, die noch immer leise missbilligte, dass der Archimandrit persönlich dabei war, hatte sich zu ihnen gesellt, und wo sie hinging, war natürlich auch Kaz nicht weit. Er passte zwar nicht in das kleine Steinhaus, saß aber draußen, nur durch die Mauer von seiner Partnerin getrennt.

Elion saß an einem der Lagerfeuer und unterhielt sich mit der eigentümlichen Partnergemeinschaft Aethon und Zavahl. Auch Scall saß dort, hielt aber etwas Abstand. Elion mochte ein alter Freund sein, doch die Gegenwart des einstigen Hierarchen von Callisiora schüchterte den Jungen zu sehr ein, als dass er sich ungezwungen bewegen konnte.

Eine Gruppe von acht Wissenshütern, die die alte Söldnerin nicht kannte, saßen um ihr eigenes Feuer. Sie waren einander vorgestellt worden, bevor sie losritten, aber es waren zu viele Namen, um sie alle im Kopf zu behalten. Der Einzige, dessen Name sie behalten hatte, war der Anführer der Gruppe, ein fröhlicher junger Mann mit schulterlangen blonden Haaren und einem eigenartigen Gerät, das er sich auf den Rücken geschnallt hatte und das eindeutig eine Art Waffe war. Er hieß Kher, und seine Gruppe, einige handverlesene Bogenschützen, Kämpfer und Sprengstoffkundige, hatte die wenig beneidenswerte Aufgabe, sich in das Herz der Stadt zu schleichen und den Tunnel, der in den Heiligen Bezirk führte, zu sprengen.

Was Elion, Kaz und Veldan bei ihrem unglücklichen Streifzug ins Land der Ak'Zahar ausgespäht hatten, ließ vermuten, dass die Räuber immer dicht beieinander schliefen und je mehr sie dabei waren, desto besser schien es ihnen zu gefallen. Die Berichte von Elion, Scall und Amaurn, die die Stadt als Letzte verlassen hatten, wiesen darauf hin, dass die Bestien sich in eben jenem Tunnel niedergelassen hatten, weshalb beschlossen worden war, dass eine einzige Sprengung die Bedrängnis durch die Ak'Zahar beenden könnte. Denn wenn die Schleierwand erst einmal wiederhergestellt war, würden die Scheusale nicht mehr von Norden her eindringen können. Das Unternehmen könnte bei Tage ausgeführt werden, während die Biester schliefen, und die Sprengladungen waren auszulegen, ohne dass man sie aufschreckte. Zu diesem Zweck hatte Amaurn eine Geheimwaffe mitgenommen, deren Beschaffenheit er sich weigerte preiszugeben, selbst Veldan gegenüber, was sie sehr ärgerte.

Die Söldnerin schritt auf dem frischen Gras hin und her, um die Steifheit aus den Beinen zu vertreiben, ehe sie sich hinsetzte und etwas frühstückte. Sie hatte auf einem fremden Pferd gesessen, und es dauerte immer ein wenig, bis sie sich umgewöhnt hatte. Nachdem sie Mazal allen Widrigkeiten zum Trotz zurückbekommen hatte, wollte sie ihn lieber nicht nach Callisiora mitnehmen, das Risiko war ihr zu groß. Falls ihr, Myrial behüte!, etwas zustoßen sollte, dann würde sich Harral um ihn kümmern – und nur zu gut!

Toulac schmunzelte. Nach der Anzahl Stuten zu urteilen, die er nach Meinung des Stallmeisters decken sollte, würde der Hengst in ihrer Abwesenheit eine schöne Zeit haben. Eine der Begünstigten war Feuervogel, die kleine Braune, die glücklicherweise ein, zwei Tage vor ihrer Ankunft in Gendival brünstig geworden war. Amaurn hatte sie Scall zwar zurückgegeben, gegen Harrals wütenden Einspruch, doch man hatte den Jungen – mühsam – überreden können, sie um ihrer Sicherheit willen zurückzulassen. Noch mühsamer hatte man ihm das Versprechen abgerungen, ihr erstes Fohlen Harral zu überlassen, damit ihre Abstammungslinie in Gendival fortgesetzt würde. Scall selbst war noch immer eisern entschlossen, zu den Rotten zurückzukehren, wenn die ganze Sache vorüber wäre. Die Söldnerin war überrascht, bei einem jungen Menschen so standhafte Treue zu sehen, selbst wenn sie auf Kosten der Vernunft ging.

Was sie selbst anging, begann sie sich zu fragen, ob sie nicht bei den glücklichen Pferden in Gendival hätte bleiben sollen. Sie fröstelte in ihrem dicken Schaffellmantel, über den sie heilfroh war, und freute sich auf die Tasse Tee, die es geben würde, sobald das Wasser kochte. Einen Tropfen von etwas Stärkerem fände sie jetzt auch nicht verkehrt. Diese düsteren Morgenstunden waren die Brutstätte aller Zweifel.

Ich bin verrückt, dass ich mitgehe. Wozu brauchen sie mich denn? Ich hätte es in Gendival hübsch bequem haben können, wo mein weiches Bett steht und Ailie für mich kocht und Mazal mir Gesellschaft leistet …

Wem will ich eigentlich etwas vormachen? Ich würde keinen einzigen ruhigen Moment haben. Damals in der Sägemühle, ehe Kaz und Veldan auf meiner Schwelle aufgekreuzt sind und alles angefangen hat, da war ich niedergeschlagen und verzagt, weil alle meine alten Freunde tot waren und ich niemanden mehr hatte außer Mazal. Tja, und jetzt habe ich einen ganzen Haufen neuer Freunde. Und Ailie und Harral sind zwar im Dorf geblieben, aber die anderen sind fast alle hier: Elion, Zavahl, Kaz und sogar der junge Scall – und besonders Veldan. Ich stehe vor einem völlig neuen Leben, und ich fange es nicht an, indem ich meine neuen Freunde im Stich lasse. Außerdem werden sie jemanden brauchen, der anständig Grips hat.

Trotzdem war ihr angesichts dieses Unternehmens nicht wohl zumute. Es gab zu viele Unwägbarkeiten. Ihre einzige Faustregel, und die hatte sich über die Jahre immer und immer wieder bewährt, besagte, dass jede ungewisse Einzelheit eines Plans das Risiko verzehnfachte – und in diesem sogenannten Plan von Amaurn wimmelte es nur so von Unwägbarkeiten. Im Grunde würden sie in das Land einmarschieren, ohne viel zu wissen, und einfach das Beste hoffen. Doch hatten sie eine andere Wahl?

Also gut, noch ein Grund mehr, um mitzugehen und auf alle aufzupassen.

Amaurn ließ sich von Kalt die Wunde in der Seite untersuchen und hörte dabei Veldan zu, die all die Zweifel aussprach, mit denen er selbst gerade rang. »Und was wir überhaupt niemals schaffen werden, ist, den Ring in die Hand zu bekommen – wie soll das gehen? Entweder hat ihn einer von mehreren Hundert Ak'Zahar oder sie haben ihn irgendwo in der Stadt verschwinden lassen, und dann wissen wir nicht, wo wir mit Suchen anfangen sollen.«

»Ich könnte kaum mehr mit dir übereinstimmen«, erwiderte der Archimandrit. »Und wenn unser Plan, den Tunnel zum Tempelbezirk zu sprengen, gelingt, wird der Ring wahrscheinlich unter Tonnen von Schutt begraben – sofern er sich überhaupt dort befindet. Wir sollten also hoffen, dass der Ring nicht die einzige Lösung ist. Vielleicht kann Aethon aus seinem Gedächtnis noch eine andere Möglichkeit ausgraben, wenn wir erst einmal dort sind.« Er breitete die Hände aus. »Wir müssen es versuchen, Veldan. Anderenfalls können wir nur zusehen, wie die Welt, wie wir sie kennen, langsam zerstört wird.«

Sie seufzte. »Ich weiß. Und ich bin sicher, es fällt uns etwas ein. Es muss uns etwas einfallen. Wenn wir wenigstens diese verdammten Ak'Zahar loswerden könnten, das wäre schon etwas.« Sie wartete und sah ihn erwartungsvoll an. »Los, sag es mir. Du kannst es nicht ewig geheim halten. Wie willst du die Sprengladungen unbemerkt in den Tunnel bringen?«

Es war wirklich schwer, ihr zu widerstehen, dachte Amaurn. Und da sie außerdem längst unterwegs waren, hatte er nichts dagegen, dass seine Tochter es erfuhr – oder Kalt, fügte er in Gedanken hinzu. Er fühlte sich um Grimms willen verpflichtet, den jungen Mann unter seine Fittiche zu nehmen, und davon abgesehen hatte der Überbringer zweifellos genügend Talent, um ein erstklassiger Wissenshüter zu werden. Solange er aber weder Zeit noch Muße hatte, ihn richtig auszubilden, wollte er ihn im Blick behalten. Zudem benötigte er Kalts schmerzstillende Künste. Die Verletzungen an Arm und Rippen und besonders die Seite heilten gut, dank Kyrres ausgezeichneter Behandlung, brauchten aber noch

Zeit. Er wusste, er sollte sich ausruhen, sich Unbequemlichkeiten ersparen und für eine schnellere Genesung sorgen, aber das kam nicht in Frage, und in der Zwischenzeit galt es mit den Schmerzen zurecht zu kommen. Er wollte es gern vermeiden, schmerzstillende Arzneien einzunehmen, weil man im entscheidenden Moment einen benebelten Kopf hatte. Daher war Kalts Verfahren, das das Schmerzempfinden auf geistigem Wege unterdrückte, die beste Lösung, auch wenn es alle zwei bis drei Stunden wiederholt werden musste.

»Amaurn?« Veldan klang ungeduldig. Er schreckte hoch und sammelte seine Gedanken. Dabei merkte er, dass er unerwartet müde war. Seine Tochter betrachtete ihn stirnrunzelnd. »Ich *wusste*, du hättest nicht mitkommen dürfen.« Ihr Ton war vorwurfsvoll. »Du hättest zu Hause bleiben und dich ausruhen sollen.«

»Kümmere dich nicht darum.« Immerhin hatte er etwas, um sie abzulenken. »Also gut, du hast gewonnen. Ich zeige dir meine Geheimwaffe.« Er hob ein wenig die Stimme. »Zeigst du dich bitte?«

Eine Bank in der Ecke begann zu flimmern und bekam ganz ungestalte, dunkle Umrisse. Veldan schnappte nach Luft. »Ein Gestaltwandler!«

»Das war meine Idee«, sagte Amaurn ein wenig selbstgefällig. »Ich habe Kalevala gefragt, ob sie einen ihrer besten Leute erübrigen kann, damit er uns begleitet und die Gestalt eines Ak'Zahar annimmt, um die Sprengladungen in den Tunnel zu bringen. Sie sagte, sie würde jemanden schicken, den wir hier treffen. Ich wollte nicht, dass vor unserem Aufbruch jemand davon erfährt, falls es Einwände gäbe.« Er wandte sich dem Takur zu. »Danke, dass du uns begleitest. Du bist uns sehr willkommen.«

»Ich danke für die freundliche Aufnahme.« Amaurn war überrascht, dass die Stimme weiblich klang. »Es ist mir eine Ehre, mit euch zu kommen – doch ehe wir fortfahren: da gibt es etwas, das du wissen musst, und meine Ehre zwingt mich, es dir zu enthüllen. Danach bist du vielleicht nicht mehr so erfreut.«

Amaurn lächelte. »Das bezweifle ich.«

Der Takur bog seine vielen Glieder zu einer Geste der Ergebenheit. »Nun gut. Dann sollst du wissen, dass mein Name Vifang ist.«

»*Wie bitte?*« Amaurn sprang auf, aber Veldan war schneller und stand schon mit gezogenem Schwert vor Amaurn.

Doch die Meuchelmörderin bewegte sich nicht. »Ich habe dich ja gewarnt«, sagte die Takur gequält.

Amaurn überkam heißer Zorn. »Kalevala hat versprochen, dich eigenhändig zu töten«, schnaubte er. »Mehr ist das Wort einer Takur also nicht wert?«

»Weit gefehlt. Kalevala hat nicht gesagt, sie werde mich töten. Sie hat lediglich versprochen, sich des Mörders eigenhändig anzunehmen. Das hat sie getan. Sie kam sofort zu mir und sagte, dass du am Ende nicht ausdrücklich meinen Tod gefordert hast, auch wenn du dazu das Recht hättest. Da du mein Leben verschont hast, gebietet es die Ehre der Takuru, dass ich es in deinen Dienst stelle. Du brauchst mich nie wieder zu fürchten, Amaurn. Du hast nach einem Gestaltwandler verlangt, und hier hast du einen.«

Der Archimandrit war verblüfft. »Einen Augenblick«, entgegnete er. »Wie steht es mit deiner Treue zu Cergorn?«

Vifang wiederholte die Geste der Ergebenheit. »Cergorn hat mich viele Jahre lang benutzt – uns alle hat er benutzt. Stets machte er Versprechungen, wie auch Syvilda, als sie mich verpflichtete, dich zu töten, aber die guten Gaben sollte es immer erst Morgen geben oder nächsten Monat oder sonstwann, nachdem wir ausgeführt hätten, was er von uns verlangte. Wir haben immer wieder mitgemacht, weil wir nützlich sein, weil wir zum Schattenbund gehören wollten und weil wir hofften, irgendwann geachtet zu werden. Aber dazu ist es nie gekommen. Cergorn hat sein Wort nie gehalten, sondern hat uns immer nur hingehalten. Aber du ... Schon einen Tag nach deiner Übereinkunft mit Kalevala steckte mein Volk das Gebiet für seinen neuen Wohnsitz ab.« Sie verschränkte die Glieder und verbeugte sich. »Du hast dir meine Achtung verdient, Archimandrit, und die meines Volkes. Ich stehe dir zur Verfügung, um diesen Auftrag auszuführen, und hinterher, sofern ich überlebe, wirst du nie wieder ohne Leibwächter sein, das schwöre ich.« Dann setzte sie mit feiner Belustigung hinzu: »Kein anderer wird sich je wieder an dich heranschleichen können, Amaurn. Darauf hast du mein Wort.«

Amaurn war sprachlos, aber Veldan nicht. Das enge Zusammensein mit Toulac hatte ihren Wortschatz erweitert. Sie starrte den Gestaltwandler an und ein Grinsen überzog ihr Gesicht. »Also, da schubs mich doch einer in 'nen Hundehaufen!«

Kapitel 32

Ein Opfer

Weit hinter der Stadt und dem Tempel hatten Amaurns Wissenshüter und ihre Gefährten das hügelige Heideland verlassen und erklommen nun im Zickzack den steilen Südosthang des Chaikar, um zum Schlangenpass zu gelangen, der sie über das Bergmassiv führen würde. Am Kopf des Passes, wo schon Generationen von Reisenden vor ihnen gerastet hatten, machten sie Halt, um zu Atem zu kommen und die Pferde rasten zu lassen. Jetzt im Winter war das ein unwirtlicher Fleck, kalt, öde und jedem Wetter ausgesetzt. Nasser Schnee wirbelte herum und durchnässte ihnen Mäntel und Haare. Über ihnen ragte drohend ein Hang, der noch seine Last an Nadelbäumen, Geröll und durchweichter Erde trug, doch die konnte ohne Vorwarnung als Lawine niedergehen, wie es schon einmal geschehen war. Der Wind heulte und pfiff zwischen den zerklüfteten Wänden des Bergeinschnitts, in den der Weg eintauchte, sobald er den Pass verließ, und ein flacher Wasserlauf floss mit durch die Wegenge, der von den Hängen darüber gespeist wurde.

Der Pass stellte einen Wendepunkt auf ihrer Strecke dar. Hinter ihnen lagen die Hochebene und die Schleierwand und Gendival. Auf der anderen Seite schauten sie hinab in das Flusstal und über den Felshang, wo ein Erdrutsch Kaz und Veldan beinahe das Leben gekostet hätte und Zavahls Leben bis zur Unkenntlichkeit verändert wurde. Jenseits der

Erdrutschstelle würden sie an Toulacs Haus vorbeikommen und dann zur Stadt und zur Ebene hinabsteigen.

Man schwieg zumeist, jeder war mit seinen Gedanken und Sorgen beschäftigt, und Veldan wusste, dass ihnen allen aus einer Vielzahl von Gründen unbehaglich war. Der Hauptgegenstand ihrer Sorge musste aber der Zustand der Schleierwand sein. Als sie an der Grenze angelangt waren, hatten sie entsetzt festgestellt, dass die Schleier hier und dort aufrissen und sich wieder schlossen. Die einst klaren Farben wirkten schmutzig und verschwommen und ihr wohltönender Klang war zu einem grellen Kreischen geworden, das in Ohren und Zähnen schmerzte. Noch schlimmer jedoch waren die Augenblicke völliger Stille gewesen, wo die Wand ganz zusammenbrach und sie daran denken mussten, dass überall in der Welt solche Ausfälle vorkamen und welches Unglück daraus folgen mochte. Nun war es deutlich genug, wie wenig Zeit ihnen noch zum Handeln blieb.

Und zu allem Überfluss müssen wir auch noch mit den Ak'Zahar fertig werden.

Sie hoffte nur, Amaurn und Toulac vermuteten richtig, dass die Bestien wegen der gelegentlichen Überflutung nicht in dem unteren Felsentunnel nisteten. Die Vorstellung, noch einmal gegen sie kämpfen zu müssen, flößte ihr Entsetzen ein – aber das war nicht die einzige Quelle böser Erinnerungen. Voller Abscheu betrachtete Veldan den finsteren Hohlweg und dachte daran, wie der Berg seine Decke aus Schlamm und Bäumen abgeschüttelt und zu Tal geschleudert hatte, um sie, Kaz und Aethon darunter zu begraben. »Ich finde das alles sehr zermürbend«, meinte sie zu dem Feuerdrachen. »Es scheint fast, als liefe die Zeit rückwärts. Es ist beunruhigend, wieder an den Ort zurückzukehren, wo alles angefangen hat.«

Kaz zuckte mit der Schulter und warf sie beinahe ab. »Die Zeit kann laufen wie sie will, wenn's nach mir geht«, sagte er,

»solange wir nicht noch einmal einen Erdrutsch erleben müssen.«

»Genau das meine ich«, sagte Veldan bitter. Der Weg hatte sich nicht verändert, seit sie zuletzt hier gewesen war, trotzdem konnte sie nicht glauben, dass das erst ein paar Tage zurücklag. So vieles war in der Zwischenzeit geschehen, es kam ihr vor, als wären es Jahre. Sie hoffte nur, diese Reise würde weniger ereignisreich verlaufen als die vorige – aber im Grunde zweifelte sie daran.

Einem Erdrutsch werden wir diesmal vielleicht entkommen, aber dann müssen wir uns noch gegen die Ak'Zahar behaupten, ganz zu schweigen davon, was uns unter dem Tempel erwartet.

Die anderen standen ähnlich schweigsam da, und sie fragte sich, was sie wohl dachten. Eines war jedenfalls klar: dass jeder von ihnen aus den unterschiedlichsten Gründen gemischte Gefühle hegte.

Elion dachte an das vorige Mal, als er den Weg in dieser Richtung gegangen war, und an Thirishris Warnung, dass der Pass bald für den Rest des Winters einschneien würde. In jedem anderen Jahr wäre es so gekommen. Wenn die gewöhnlich frühen, heftigen Schneefälle den Pass einmal versperrten, war der Weg für Monate unpassierbar, aber dank der Vorsehung und des wechselhaften Wetters hatte sie diesmal Unrecht.

Ich wünschte, es wäre alles eingeschneit und alle Wege nach Tiarond wären versperrt. Ich will nicht dahin zurück!

Aber ihm blieb keine Wahl. Abgesehen von Veldan und dem Feuerdrachen war er der Einzige, der sich ein wenig mit den Ak'Zahar und ihren Gewohnheiten auskannte. Und wenn die anderen beiden bereit waren, wie könnte er sich dann weigern? Er hatte für sein Wissen einen entsetzlichen

Preis bezahlt. Wenn er sich jetzt drückte, würde er seinen leidvollen Verlust herabsetzen, Melnyths Tod wäre sinnlos – und das wollte er nicht. Was er im Grunde wirklich bedauerte, war, dass er sich aus Verbundenheit mit Kaz und Veldan Amaurns Gruppe anschließen und in das Labyrinth unter den Tempel eindringen würde, obwohl er viel lieber mit Khers Gruppe gehen und diese dreimal verfluchten Bestien, die Mörder der Frau, die er geliebt hatte, in Fetzen sprengen wollte.

»Warum tust du es dann nicht?« Das war die Stimme des Feuerdrachen. »Wenn du Melnyth rächen willst, ich würde es verstehen, und Veldan auch. Jeder in deiner Lage würde ebenso empfinden.«

Elion brauste auf. »Zum Kuckuck, musstest du wieder horchen, du aufgeblasene Eidechse? Kann dir eigentlich niemand diese Unverschämtheit abgewöhnen?« Dann ging ihm die eigentliche Bedeutung des Gehörten auf. »Du – verstehst mich? Ganz sicher?«

»Nun, ich bin zwar ein unverschämter, verachtenswerter Schnüffler, aber *ich* hätte nichts einzuwenden.« Wie immer klang der Feuerdrache vollkommen unbußfertig. »Und was Veldan betrifft – warum fragst du sie nicht selbst?«

Doch die Wissenshüterin lächelte ihn bereits an. Offenbar hatten die unangenehmen Gewohnheiten ihres Partners schon auf sie abgefärbt. »Elion, tu, was du tun musst. Es erscheint mir nur angemessen und gerecht, dass wir drei Überlebenden von Ghariad endlich unsere Rache bekommen.« Sie rutschte von Kazairls Rücken, schlang die Arme um Elion und drückte ihn an sich. »Und wenn du diese fliegenden Hurensöhne in Fetzen sprengst, so tust du es ebenso für Kaz und mich wie für Melnyth.« Sie nahm ihn bei den Schultern, schob ihn von sich weg und sah ihm in die Augen. »Gib nur auf dich Acht, das ist alles. Hörst du? Wir haben ohnehin zu viel Zeit mit nutzloser Feindseligkeit vertan, und ich will dich nicht verlieren, wo wir den Unsinn gerade überwunden haben. Du hast eine Menge Freunde in Gendival, denen du etwas bedeutest, einschließlich mir und meinem Partner hier. Wenn du als Abendessen endest, werden wir *sehr* böse mit dir sein.«

Sie sagte viel mehr, als ihre Worte ausdrückten, und Elion wusste genau, was sie meinte. Sie wollte nicht, dass er zu viel wagte und Melnyth in den Tod folgte – und zu seiner Überraschung merkte er, dass das gar nicht mehr sein Wunsch war. Die vergangenen Tage hatten scheinbar bei jedem Veränderungen bewirkt und was ihn betraf, so hatte er wieder entdeckt, dass das Leben doch kostbar war und einen Sinn hatte – und vielleicht in fernerer Zeit auch Freude bereit hielt – obwohl ihm die Frau fehlte, die er so sehr geliebt hatte.

»Mach dir keine Sorgen«, sagte er zu ihr. »Ich bin jetzt darüber hinweg, dank deiner und Toulacs Hilfe und der von ein, zwei anderen Leuten. Wenn ich auch nie aufhören werde, Melnyth zu lieben, es ist Zeit, sie in Frieden ruhen zu lassen.«

Und voller Freude über ihr verblüfftes Gesicht gab er ihr einen sanften Kuss. Dann sah er zu Kaz hinüber und grinste. »Dich werde ich nicht küssen, du hässliches Riesenvieh. Aber trotzdem danke.«

»Das solltest du auch besser nicht versuchen«, erwiderte Kaz genüsslich. »Ich hab schon dem alten Archimandriten über's Hemd gespuckt – ich will die Erfahrung nicht mit dem neuen wiederholen.«

»Da würde ich mir keine Sorgen machen«, meinte Veldan und schaute mit leicht gerunzelter Stirn zu Amaurn hinüber. »Er sieht aus, als hätte er sich um Schlimmeres zu kümmern als um irgendwelchen Blödsinn von dir.«

Amaurn war zu sehr mit seinen Gedanken beschäftigt, um Veldans Blick oder gar ihre Sorge zu bemerken. Seit er sich dem Land seiner langen Verbannung gegenüber sah, spürte er, wie sich beunruhigende Kälte über ihn legte.

Und ich glaubte schon diesem elenden Ort entkommen zu sein. Warum muss ich nur so bald wieder zurück?

Erwartete ihn hier in der Stadt der herzlose Hauptmann Blank, um die Herrschaft über sein Leben zu übernehmen, so wie in Gendival der alte Amaurn in ihn zurückgekehrt war?

Das ist glatter Unsinn! Blank und Amaurn sind nicht zwei verschiedene Menschen, sondern beides bin ich.

Aber da lag wohl sein Zwiespalt. Ihm wurde unbehaglich zumute, wenn er an die langen Jahre der Einsamkeit und Bitterkeit und an seinen rücksichtslosen, gierigen Ehrgeiz dachte. Auf sein dortiges Leben konnte er nicht stolz sein, und viele seiner Taten, die dem umtriebigen Hauptmann der Gottesschwerter folgerichtig und notwendig erschienen waren, stellten sich dem Archimandriten des Schattenbundes als eigennützig und sträflich dar.

Ein Schauder durchlief ihn, und er musste sich zusammenreißen, um sich nicht ängstlich umzudrehen. Das Gespenst seines alten Lebens war gekommen, um ihn zu erschrecken, und so sehr er sich bemühte, er war nicht fähig, die abergläubische Vorstellung abzuschütteln, dass er auf irgendeine Weise für seine Untaten würde bezahlen müssen. Er betrachtete seine Tochter, die mit Elion und Kaz sprach.

Wenn ich alles wiedergutmachen soll, so sei es. Aber bitte lass den Preis nicht Veldan sein.

Unterhalb von Tiaronds Ebene hatten sich Presvel und seine Gefangenen die Schwindel erregende Straße in der Steilwand hinaufgequält. Das letzte Stück mussten sie zu Fuß zurücklegen, weil die erschöpften Pferde dem Aufstieg nicht mehr gewachsen waren, sich einfach hingelegt und sich geweigert hatten weiterzugehen. Presvel wäre mit den dummen Tieren viel wütender gewesen, doch die Nacht mit Rochalla hatte seine Laune verbessert. Dennoch war es notwendig, so schnell wie möglich vor den Verfolgern in Deckung zu gehen.

Der Aufstieg war aufreibend. Er ließ Rochalla und Tormons Balg vor sich her gehen, sodass sie nur so schnell vorankamen, wie das Kind laufen konnte. Alle waren zu atemlos, um zu sprechen, doch das änderte nichts, denn Annas hatte noch kein Wort gesprochen, seit sie am Morgen losgeritten waren, und auch Rochalla hatte sehr wenig gesagt. Sie brachte die Kälte und Erschöpfung als Gründe für ihr langes Schweigen vor. Nach so einer Nacht kränkte ihn dieser Mangel an Wärme, aber er sagte sich, dass alles gut werden würde, sobald sie länger zusammen waren. Es war wirklich eine Schande, dachte er, dass sie das dumme Kind bei sich haben mussten, denn es lenkte Rochalla ab und war immer im Weg. Aber vorläufig, entschied er, würde er es als Geisel noch brauchen. Er könnte es später noch jederzeit loswerden, sobald keine Gefahr mehr bestand, und dann wäre seine blonde Schönheit frei und würde ihre ganze Zeit ihm widmen können.

Weil immerzu eine der beiden Gefangenen eine Rast brauchte, schien es Jahre zu dauern, bis sie das schwarze Maul des Tunnels erreichten. Diesmal war es Rochalla, die taumelte. »Bitte«, bat sie atemlos, »meine Beine tragen mich nicht mehr. Lass mich nur einen Augenblick oder zwei sitzen und zu Atem kommen, bevor wir hineingehen.«

Presvel seufzte. Er wurde das Gejammer langsam leid, aber wenn er den beiden eine letzte Rast zugestand, ehe sie den Tunnel angingen, würde sie das vielleicht ohne Unterbrechung bis zu Scalls Einstieg bringen. Und wenn er es auch nicht zugeben wollte, die bequeme städtische Lebensweise machte sich auch bei ihm bemerkbar. Wenn er jetzt nachgab, wäre er nicht nur großmütig und würde damit Rochalla gefallen, sondern konnte auch seinen eigenen Beinen die dringend benötigte Rast verschaffen. »Also gut«, sagte er. »Aber nicht lange. Wir können nicht den ganzen Tag herumsitzen.«

Mit erleichterten Seufzern ließen sich Rochalla und Annas niedersinken, wo sie standen, ohne sich um den nasskalten Boden zu scheren. Presvel, nicht willens, ähnliche Schwäche zu zeigen, blieb gegen die Felswand gelehnt stehen und schaute auf die düstere Landschaft in der Tiefe. Plötzlich fuhr er auf und stieß einen grässlichen Fluch aus. Im Tal, wo sich der Weg wie ein abgespultes Band zwischen den Hügeln wand, konnte man ein paar winzige Flecke sehen, die sich bewegten. Es waren mehr als erwartet. Offenbar waren die Rotten entschlossen, den Mann zu fangen, der ihren Überbringer getötet hatte.

Seine schmerzenden Muskeln missachtend schritt er auf Annas und Rochalla zu und riss sie unsanft auf die Füße. »Weiter«, schnauzte er. »Wir haben keine Zeit mehr zu verlieren. Ab in den Tunnel!«

Rochalla erhaschte gerade noch einen Blick auf die fernen Reiter, bevor er sie in den Tunnel zerrte. Ihr Herz machte einen Sprung, und zum ersten Mal, seit Presvel sie entführt hatte, begann sie aufrichtig zu hoffen. Sie hätte Annas nur zu gern gesagt, dass ihr Vater endlich kam, aber sie entschied, dass es noch zu früh sei, um bei dem Kind Hoffnungen zu wecken.

Erst als sie völlige Dunkelheit umgab, entzündete Presvel die Lampe, die er aus dem verlassenen Bauernhaus mitgenommen hatte. Die Dunkelheit sprang zurück und ließ auf dem glitschigen Fels ihre Schatten tanzen. Rochalla dachte an die Schrecken der Flutwelle und schauderte. Tormon, Scall und Seriema waren hier unten vom Wasser eingeschlossen gewesen und nur knapp dem Tod entronnen. Tormon hatte ihr hinterher erklärt, dass so eine plötzliche Überschwemmung von dem Wetter hoch oben im Gebirge herrührte – und dass hier unten niemand wissen könne, was da oben zwischen den Gipfeln geschah. Folglich konnte ohne Vorwarnung jeden Augenblick eine neue Flut herabstürzen und sie und Annas ertränken. Mit einem Mal überstieg die Furcht ihre Erschöpfung, und sie wollte den Weg noch dringender hinter sich lassen als ihr Peiniger. Seufzend hob sie Annas in die Arme und fand noch einen Rest Kraft, den zu besitzen sie niemals vermutet hätte. »Komm«, sagte sie zu dem verblüfften Presvel. »Beeilen wir uns.«

Sie brauchten einige Zeit, um den Eingang zu Scalls geheimnisvollen Gängen zu finden. Der behauene Fels war sehr uneben und die Lampe warf trügerische Schatten, sodass sie die Öffnung in der Decke übersahen und weiter liefen, bis das Tageslicht am anderen Ende des Tunnels sie überraschte. Rochalla wollte in Tränen ausbrechen, als sie das sah. Ihr tat der Rücken weh, die Arme brachen ihr fast durch und ihre Beine fühlten sich tonnenschwer an. So ließ sie ihren Gefühlen anhand einiger Ausdrücke freien Lauf, die sie auf den Straßen Tiaronds gelernt hatte, ungeachtet der zwei Kinderohren. Der sprachlose Presvel begriff endlich, dass sie am Ende ihrer Kräfte war, und ließ sich herab, ihr das Kind aus den Armen zu nehmen, ehe sie umkehrten. Und bei alldem erwartete Rochalla in jedem Augenblick hinter sich das Tosen der Flut zu hören und unerbittlich von den Füßen gerissen und fortgeschwemmt zu werden.

Diesmal hielten sie aufmerksamer Ausschau, nicht nur nach der Öffnung selbst, sondern auch nach der Querstrebe unter der Decke, an der Scall sich festgehalten hatte. Abwärts hatten sie einen günstigeren Blickwinkel auf die Decke und so entdeckten sie beides ganz leicht. »Endlich«, sagte Presvel, setzte Annas ab und reckte sich erleichtert.

Rochalla, deren Geduldsfaden kurz vor dem Zerreißen stand, war ebenso dankbar, den Fluchtweg aus diesem schrecklichen Tunnel gefunden zu haben. Dann aber besann sie sich und dachte an die Verfolger. Wie sollten sie herausfinden, welchen Weg sie und Annas genommen hatten? Sie könnten vermuten, dass Presvel in die Stadt zurück wollte. Und wenn ihnen die Öffnung in der Decke nun ebenfalls gar nicht auffiele? Sie könnten sie auch ganz vergessen haben und einfach hinauf nach Tiarond reiten!

Presvel hob Annas auf. »Schau«, sagte er zu der Kleinen, »ich werde dich dort hinaufheben, und du kletterst in den Gang, einverstanden? Wenn du angekommen bist, warte auf uns und rühr dich nicht vom Fleck. Wenn ich hinaufgeklettert bin und sehe, dass du weggelaufen bist, werde ich Rochalla töten, und das wird dann allein deine Schuld sein – verstehst du das?«

Rochalla sah das kleine Gesicht totenblass werden und sie wusste, dass Annas vor Augen stand, wie ihre Mutter in der Zitadelle von einem Soldaten umgebracht worden war. In diesem Augenblick überkam sie ein so gewaltiger Hass auf Presvel, dass es sie fast umwarf.

Dann siegte ihr gesunder Menschenverstand. Zu allererst mussten die Freunde sie finden. Sowie Presvel sich abwandte und Annas hinaufhob, bückte sie sich und riss einen Streifen von ihrem bereits zerschlissenen Rocksaum ab. Den rollte sie hastig auf und verbarg ihn in der hohlen Hand, als ihr Entführer sich wieder umdrehte. »Jetzt steige ich hinauf«, sagte er, »dann ziehe ich dich hoch.«

Rochalla knirschte mit den Zähnen. Er wusste nur zu gut, dass sie nicht weglaufen würde, solange Annas in seiner Gewalt war. Es kostete ihn mehrere Springversuche, bis er die Stange zu fassen bekam, und dann hing er da und trat mit den Füßen, bis sich sein Gesicht vor Anstrengung verzerrte. »Steh nicht einfach da rum«, knurrte er durch die Zähne. »Hilf mir.«

Rochalla wünschte sich sehnlichst eine Waffe, solange er in dieser hilflosen Lage war, doch sie stützte seine Füße und stemmte ihn, bis er rittlings und wackelig auf der rostigen Stange saß. Dann streckte sie die Arme hinauf, ließ sich an den Handgelenken packen und zu ihm hochziehen. Presvel bekam heftig balancierend die Kante der Öffnung zu fassen und zog sich hinein. Rochalla blieb nur ein Augenblick zum Handeln. Hastig band sie den Stoffstreifen an die Stange, sodass er wie ein Banner im Wind flatterte, der beständig durch den Tunnel pfiff. Sie schob ihn nah an die Wand, wo Presvel ihn von seiner Öffnung aus wahrscheinlich nicht sehen würde, und bis er sich zu ihr umdrehte und ihr die Hand entgegenstreckte, war sie fertig und konnte ihm mit einem treuherzigen Blick begegnen.

Beeil dich, Tormon. Mach schnell und finde uns – bevor es zu spät ist.

In Myrials Tempel war Gilarra inzwischen überzeugt, dass ihr Volk nicht mehr zu retten war. Für die Flüchtlinge war das Leben zu einem Albtraum geworden. Trotz der heldenhaften Anstrengungen Kaitas, Shelons und ihrer Helfer breitete sich die Krankheit schnell aus und sorgte für unerträgliche Zustände, auch bei jenen, die noch verschont geblieben waren. Soldaten wurden in den grausamen Dienst gepresst, die Toten durch die oberen Höhlen hinauf zum Ausgang auf dem Gebirge zu tragen. Man konnte kaum etwas tun, um sie auf ungefährliche Art loszuwerden; nicht einmal einen konnte man begraben oder verbrennen, geschweige denn so viele. Es blieb ihnen nichts übrig, als sie über die Kante in den Abgrund zu werfen. Wahrscheinlich würden die fliegenden Bestien und andere Aasfresser die grausigen Überreste beseitigen, doch für die Überlebenden war es entsetzlich, ihre lieben Anverwandten einem so würdelosen Ende auszuliefern, und das vertiefte nur die Trauer jener, die schon so viel durchlitten hatten.

Gilarra wusste nicht, was sie noch tun sollte. Galveron

war nicht zurückgekehrt und sie war krank vor Sorge. Was war aus dem kostbaren Ring geworden, den sie ihn geschickt hatte zu holen, und was aus dem Hauptmann selbst? War er ums Leben gekommen? Wie auch vielen anderen im Tempel fehlte ihr sein bestimmendes Auftreten, sein Talent, für reibungslose Abläufe zu sorgen, sein verlässlicher Verstand und die leichte Hand, mit der er die Leute zu führen wusste.

Ohne ihn war die Hierarchin verloren. Sie war mit ihrer Weisheit am Ende, wenngleich sie die Menschen noch zu trösten versuchte, die schon durch die räuberischen Ungeheuer ihre Familie verloren hatten und nun weitere Verluste durch die Krankheit erlitten. Im Tempel war es durch den Gestank und das Wehklagen kaum noch erträglich. Die Gesunden trauerten voller Entsetzen, während die übrigen, die sich die Krankheit zugezogen hatten, litten und zumeist starben. Nur eine Hand voll überlebten, und im Allgemeinen die, die von kräftiger Statur und besser genährt gewesen waren, wenngleich sie als erbärmliche Schatten daraus hervorgingen.

Um die Verbreitung der Krankheit aufzuhalten, versuchten die Heiler strenge Sauberkeitsregeln durchzusetzen, aber ihre Vorsichtsmaßnahmen waren unmöglich einzuhalten. Kaita wollte, dass alles Trinkwasser vorher abgekocht würde, aber sie hatten nicht genügend Brennstoff. Schon waren alle hölzernen Möbel und andere brennbare Gegenstände von den Feuern in der Behelfsküche verschlungen, und andere Möglichkeiten wurden knapp. Auch gab es keine Seife und nichts, woraus man welche herstellen konnte. Man war zusammen eingeschlossen und konnte nirgendwohin, während draußen die Dämonen noch immer die Stadt unsicher machten, und ganz gleich, wie verzweifelt die Lage war, niemand wollte sich der Gefahr aussetzen, von Klauen und Zähnen zerrissen zu werden – noch nicht jedenfalls. In der Zwischenzeit konnten die Heiler nichts anderes tun, als die Gesunden von den Kranken und denen, die sich um sie kümmerten, einigermaßen zu trennen und im Übrigen auf ein Wunder zu hoffen.

Die Stimmung der Flüchtlinge, die kaum noch tiefer sinken konnte, war schwer mitanzusehen. Die Überlebenden von Tiarond, noch niedergeschmettert von dem Gemetzel, das sie in den Schutz des Tempels getrieben hatte, wankten nun unter einem neuen bösen Schlag, der ihre Zufluchtsstätte so gefährlich machte wie die Stadt draußen. Gilarra war sicher, dass viele Leute nicht mehr gegen die Krankheit ankämpften. Weil ihnen das Leben in ihrer Drangsal unerträglich geworden war, hatten sie einfach beschlossen aufzugeben und zu sterben. Telimon war seinem Zwillingsbruder rasch gefolgt, und Agellas Nichte Felyss, die außer ihrer Tante die gesamte Familie verloren hatte, wäre ebenfalls gestorben, hätte sie nicht kürzlich eine Freundschaft mit Gelina, der einstigen Diebin, geknüpft, von der sie nun mit solcher Hingabe und Entschlossenheit gepflegt wurde, dass sie wahrscheinlich durchkommen würde. Solche guten Nachrichten gab es jedoch wenige. Stallmeister Fergist hatte nicht so viel Glück gehabt, und Agella bekämpfte ihre Trauer, indem sie ihre Zeit und Kraft den Heilern zur Verfügung stellte und half, wo immer es verlangt wurde.

Die Hierarchin war verzweifelt. Es hatte nur ein paar Tage gedauert, bis die Krankheit durch den Tempel gefegt war, und die Menschen starben schnell, oft innerhalb weniger Stunden, nachdem die ersten Anzeichen aufgetreten waren. Kaita meinte, es läge daran, dass sie ihre Körperflüssigkeit zu rasch verloren, aber Gilarra war sicher, dass der wahre Grund über das alltägliche und nüchterne Denken hinausging. Ihr schien es, als habe Myrial den Fluch nach dem Ende von Zavahls Herrschaft nicht von seinem Volk genommen, sondern ihn auf ihre Zeit ausgedehnt. Zuerst die fliegenden Dämonen und jetzt das. Wo blieb die Gerechtigkeit?

Auf der Suche nach jemandem, dem sie die Schuld zuschieben konnte, fiel der Blick leicht auf Aliana. Wenn die verfluchte Diebin nur nicht mit dem Ring auf und davon wäre, dann wäre alles anders gekommen!

Wäre wirklich alles anders gekommen?

Gilarra begann darüber nachzudenken. Es hatte wirklich den Anschein, als habe die Gottheit sich von Callisiora abgewandt und sei entschlossen, mit dem Land und allen seinen Bewohnern ein Ende zu machen. Der stärkste Beweis, dass Myrial sie verlassen hatte, war der Tod der beiden Kinder, die zum Hierarchen und zum Suffragan bestimmt gewesen waren. Dergleichen war in der Geschichte des Tempels noch nie geschehen. War das ein Zeichen? Sie sah nicht, wie es etwas anderes sein könnte. Was immer aus den Callisioranern werden würde, ob es Überlebende geben würde oder nicht, es schien, dass die Hierarchen ihren Gott enttäuscht hatten, und nun war ihre Herrschaft zu Ende.

Gilarra hatte wenig mehr tun können, als die Sterbenden zu trösten, und die, die sie pflegten. Unterdessen war immer deutlicher zu spüren, dass das Volk sein Vertrauen in Myrial verlor – und in seinen menschlichen Stellvertreter. Plötzlich war auch ihre eigene Zukunft sehr unsicher geworden. Wieder und wieder drängte sich Versagen und Schicksal des vorigen Hierarchen in ihre Gedanken.

Hatte Zavahl genauso empfunden? Die gleiche Enttäuschung? Diese Hilflosigkeit? Die Furcht?

Und jedesmal versuchte sie die Erkenntnis wegzudrängen, dass sie den Weg ihres Vorgängers gehen würde. Den Weg zur Opferung.

Bis vor kurzem war es ihr gelungen, diesen grausamen Gedanken von sich fern zu halten. Aber nun war das nicht mehr möglich. Vor einer Stunde war sie hinter dem Leichnam ihres Lebensgefährten und ihres kleinen Sohnes hergegangen. Obwohl sie alles unternommen hatte, um ihre kleine Familie von den Quellen der Ansteckung fern zu halten, in dem überfüllten Tempelbau hatte es nichts genützt. Nachdem die Krankheit sie erst einmal in den Klauen hielt, hatte Gilarra sie mit keiner Macht und mit keinem noch so inbrünstigen Gebet in der Welt halten können.

Hierarchin hin oder her, Gilarra hatte geweint und geschrien wie die Ärmsten der Tiarondianer, als ihre Liebsten – einer so herzergreifend klein – in den Abgrund geworfen wurden, um vor ihren Augen zu verschwinden. Auf dem Rückweg in den Tempel war sie außer sich gewesen, blind vor Tränen hatte sie den Weg vor ihren Füßen nicht erkennen können. Ein mitfühlender Soldat, der selbst um zwei Kinder trauerte, hatte ihr helfen müssen. Offenbar besorgt, dass der Anblick der aufgelösten Hierarchin die Flüchtlinge noch weiter entmutigen könnte, hatte eine völlig übermüdete Kaita sie auf der Steinbank hinter dem Krankenzimmer ausruhen lassen, wo sie und Galveron ihre geheimen Gespräche zu führen pflegten. Shelon war ein wenig später mit einem warmen, bitteren Getränk gekommen, das sie beruhigen sollte. Da sie sich nach Erlösung sehnte, hatte sie es rasch ausgetrunken. Dann hatte der Heiler den Becher genommen und sie allein gelassen.

Kaitas Trank brachte ihr eine träumerische Gelassenheit, die ihre Trauer dämpfte und ihr nachzudenken erlaubte. Dass die Arznei auch ihren Verstand dämpfen könnte, erwog sie überhaupt nicht. Wenn sie an die vergangenen Tage zurückdachte, kam es ihr vor, als hätte sie auf ganzer Linie versagt, als Hierarchin wie als Lebensgefährtin und Mutter. Niemand war da, um ihr entgegenzuhalten, dass sie ein Unheil bewältigen wollte, wie es in der Geschichte Tiaronds noch nie da gewesen war. Niemand erinnerte sie daran, dass sie erst seit wenigen Tagen Hierarchin war, dass ein Anfänger unvermeidlich Fehler machte, die sich erst durch Erfahrung verloren. Niemand war da, um Anteil zu nehmen oder zu trösten. Zu spät hatte sie begriffen, was Zavahl immer gewusst hatte: dass der Hierarch von Callisiora einsamer war als der gemeinste Dieb auf der Gasse oder der niedrigste Bauer auf dem Acker.

Sie, die sie Zavahls Herrschaft immer schlecht geredet

hatte, war endlich an die Reihe gekommen und gleich eine noch schlimmere Herrscherin geworden. Als Führerin des Volkes war sie nutzlos und auf Myrial hatte sie nicht mehr Einfluss als ihr Vorgänger. Zu spät erkannte sie, dass der Ring für sie zu einer Besessenheit geworden war und sie für ihre eigenen Fehler blind gemacht hatte.

Es war Zeit, der grausamen Wahrheit ins Gesicht zu blicken. Sie war eine schreckliche Enttäuschung, und daran gab es nichts zu ändern.

Oder doch?

Eine Sache gibt es doch. Der Feigling Zavahl hat das Große Opfer nicht vollzogen. Wenn ich es an seiner Stelle auf mich nähme, würde Myrial unsere Gebete vielleicht wieder erhören.

Niemand war da, um sie davon abzubringen. Als sie durch Kaitas Krankenzimmer in den hinteren Tempel ging, wurde sie nicht einmal bemerkt. Das Treiben ringsumher berührte sie nicht, nicht das Leben und nicht die Ängste und die Drangsal ihres Volkes. Als wäre sie schon tot und kehrte als rastloser Geist in ihren Tempel zurück.

Es gab keine Frage, auf welche Weise der Plan auszuführen war oder an welchem Ort sie das Opfer vollziehen würde. Nur eine Stelle war angemessen. Falls die Leute bemerkten, wie sie hinter das Silberfiligran schlüpfte, das den Eingang zum Allerheiligsten verbarg, so äußerte sich jedenfalls niemand dazu. Sie war schließlich die Hierarchin. Es war nur natürlich, dass sie dorthin ging.

Auf der hohen Plattform vor dem dunklen Auge hielt sie inne. Bevor sie sprang, sprach sie ein letztes, inniges Gebet, in dem sie Myrial anflehte, ihr Opfer anzunehmen und ihrem belagerten Volk zu helfen.

Kaita wusste nicht, dass Gilarra vermisst wurde, bis Shelon zu ihr kam. Wie er der Heilerin berichtete, hatte er die Soldaten bei einem weiteren grässlichen Gang durch die Tunnel begleitet und dabei festgestellt, dass die Steinbank leer war. An einem gewöhnlichen Tag hätte er sich nichts dabei gedacht. Für die Hierarchin gab es im Tempel gerade jetzt weiß Gott genug zu tun. Andererseits war es unwahrscheinlich, dass sie nach dem starken Beruhigungsmittel in den nächsten Stunden die Kraft haben würde, sich nützlich zu machen. Da hatte Shelon einen warnenden Stich gespürt, hatte Gilarras Trauer, ihre Erschöpfung und wachsende Verzweiflung und die übermenschliche Verantwortung ihres Amtes zusammengezählt – dann war er zu Kaita gerannt so schnell er konnte.

Was die Heilerin als Erstes empfand, war Ärger. Hatte sie nicht schon genug zu tun, ohne dass sie den Tempel nach der vermissten Hierarchin durchkämmte? Wie konnte diese Frau es wagen, ihr noch mehr Arbeit und Sorgen aufzubürden? Dann fiel ihr ein, dass Gilarra soeben Mann und Kind verloren hatte. Sie erinnerte sich, wie groß ihr eigener Schmerz um die getötete Evelinden gewesen war, und schämte sich. »Kannst du die Arbeit hier für eine Weile übernehmen?«, fragte sie ihren Gehilfen. »Ich nehme mir Agella, dann gehen wir sie rasch suchen.«

Shelon zögerte. »Meinst du – meinst du, wir sollten die Gottesschwerter bitten, nach ihr zu suchen?«

Kaita seufzte. »Um der allgemeinen Stimmung willen hatte ich gehofft, niemanden einweihen zu müssen. Aber du hast Recht. Corvin ist ein nüchtern denkender Mann, und er scheint in Abwesenheit des Hauptmanns die Verantwortung übernommen zu haben. Ich werde ihn fragen, ob er ein paar verschwiegene Männer für eine Suche abstellen kann.«

Ein besorgter Corvin sagte Kaita zu, seine Männer aufzuteilen und die einen durch die Vorratshöhlen hinauf zum Ausgang auf dem Gebirge und die anderen in die ausgedehnten unteren Höhlen zu schicken. Auch Agella half mehr als bereitwillig, doch die Heilerin bedauerte, sie überhaupt bitten zu müssen. Die Schmiedemeisterin war dünn geworden und sah mit ihrem eingefallenen Gesicht schwach und zerbrechlich aus. Seit Fergists Tod hatte sie sich entschlossen in die Arbeit gestürzt, aber Kaita wusste, dass ihr das Herz blutete.

Wenn Gilarra diese unbeugsame Tapferkeit besäße, bräuchten wir jetzt nicht unsere wertvolle Zeit damit zu vergeuden, nach ihr zu suchen.

Die beiden Frauen gingen durch die verbliebenen Flüchtlinge und versuchten so wenig Aufmerksamkeit wie möglich zu erregen – was durch den Umstand, dass jeder die Heilerin sprechen wollte, sehr erschwert wurde. Von der Hierarchin war keine Spur, doch als sie an dem Silberfiligran vorbeikamen, merkte Kaita, dass es einen Ort gab, wo sie noch nicht nachgesehen hatten. »Komm.« Sie zog die Schmiedemeisterin am Arm. »Lass uns schauen, ob sie dort ist.«

»Da dürfen wir nicht rein!« Agella hielt sie zurück. »Das ist das Allerheiligste! Das ist verboten! Nur die Hierarchin darf durch das Gitter treten.«

»Ach, Quatsch!«, schnauzte Kaita. »Meines Wissens befinden sich mindestens vier Leute da unten, die nicht Hierarch sind, einschließlich Hauptmann Galveron.«

Agella sperrte den Mund auf. »Wie gut, dass das nicht jeder weiß«, sagte sie leise. »Die Leute würden zwangsläufig die Entweihung des Allerheiligsten mit dieser verdammten Seuche in Verbindung bringen. Du weißt, wie sie sind.«

»Ja, ich weiß. Dumm sind sie«, antwortete Kaita und gab der Schmiedin im Stillen Recht. »Doch das ändert nichts«, fügte sie entschlossen hinzu. »Wenn Gilarra da drin ist, müssen wir sie finden. Sie ist jetzt nicht bei allzu klarem Verstand, und ich weiß nicht, was sie tun wird. Wenn du nicht mitkommen willst, macht es mir nichts aus, allein zu gehen.«

Agella zuckte die Achseln. »Wenn du so entschlossen bist, komme ich mit. Los, bringen wir es hinter uns.«

Kaita nickte. Doch als sie den heiligen Ort tatsächlich betreten sollte, kam sie nicht umhin, an den Hauptmann zu denken, der vor ihr hineingegangen und nicht wieder zurückgekehrt war.

Nicht ich sollte das hier tun, und Agella auch nicht. Sie hat schon genug zu verkraften. Ach, Galveron – wo bist du? Du bist verschwunden, wo wir dich gerade am dringendsten brauchen.

Beide Frauen waren vernünftig, den alltäglichen Dingen zugewandt, standen mit beiden Beinen auf der Erde und waren für fromme Ergriffenheit kaum anfällig. Dennoch mussten sie sich eingestehen, dass sie ein Schauder der Ehrfurcht überlief, als sie durch das Gitter gingen. In dem schwarzen Raum stürzte der Boden unter ihnen weg, sodass sie sich aneinander klammerten und Agella fürchterlich fluchte. Da sie aus der Überlegung eines Augenblicks gehandelt hatten, hatte keine eine Lampe bei sich, und als die unheimliche Bewegung aussetzte und die Tür aufsprang, waren sie froh, weiter hinten im Dunkeln den Schein einer kleinen Laterne zu sehen. Die Erleichterung währte jedoch nur kurz. Sobald sie auf die offene Plattform traten, sahen sie die schmale geländerlose Brücke, die sich über einen Abgrund spannte. Auf der anderen Seite gefährlich dicht an der Kante einer weiteren Plattform stand die Hierarchin. Wie sie dastand, ließ deutlich erkennen, dass sie ihren Mut sammelte, um hinunterzuspringen.

Kaitas Gedanken rasten. Ihre erste Eingebung war, laut zu rufen, doch auf keinen Fall wollte sie Gilarra vor Schreck stürzen sehen. Darum ging sie bis an den Rand und sprach sie sanft an. »Wenn du wirklich springen willst, Gilarra, so ist das deine Entscheidung, doch du solltest vielleicht vorher ein bisschen darüber nachdenken. Die Entscheidung ist nicht unbedingt rückgängig zu machen.«

Gilarra fuhr auf, und ihre Füße gerieten bedenklich nah

an den Abgrund. »Versuche nicht, mir das auszureden«, antwortete sie drohend. »Ich weiß, was ich zu tun habe.«

»Ich würde nicht im Traum daran denken.« Kaita redete ruhig, doch dabei quetschte sie vor Angst Agellas Hand. »Ich wäre dir aber dankbar, wenn du mir den Grund nennen würdest. Schließlich müssen wir am Ende wieder raufgehen und den Leuten erklären, warum ihre Hierarchin nicht mehr bei ihnen ist.«

Gilarra lachte bitter. »Als ob die mich vermissen! Es ist Galveron, den sie eigentlich wollen – glaubst du, ich weiß das nicht?«

»Sie wollen und brauchen Galveron, ja, aber als den Hauptmann der Gottesschwerter, nicht als ihren Hierarchen«, widersprach die Heilerin. »Das sind zwei sehr verschiedene Aufgaben.« Sie atmete tief durch. »Lass dein Volk nicht so zurück, Gilarra. Was werden die Leute dann tun, wo sie schon so verzweifelt sind? Manche haben den Glauben an Myrial verloren, das stimmt …«

»Wie du zum Beispiel.«

Kaita sah keinen Sinn darin, sie zu belügen. »Ja, wie ich. Aber viele glauben noch, und oft ist es nur der Glaube, der sie noch aufrecht hält. Dein Tod könnte ihnen die letzte Hoffnung rauben. Willst du das wirklich?«

»Du irrst dich«, sagte Gilarra. »Mein Tod wird ihnen Hoffnung geben. Zavahl hätte sich dem Großen Opfer unterwerfen sollen, um sich höchstselbst bei Myrial für sein Volk einzusetzen. Da er versagt hat, muss ich es an seiner Stelle tun.« Mit aufrichtigem Ernst sah sie die Heilerin an. »Verstehst du denn nicht, Kaita? Ich habe versagt, genauso wie Zavahl. Mir bleibt nur noch dieses eine, was ich für mein Volk tun kann. Verzeih mir, bitte.«

»Gilarra, nein!«, schrie Kaita. So sehr sie die schmale Brücke auch fürchtete, sie rannte los. Doch es war zu spät. Gilarra hob die Arme, als flehte sie demütig zu ihrem Gott, und warf sich in den Abgrund.

Alles war still. Die Plattform auf der anderen Seite war leer, bis auf die Laterne.

Kaita rückte langsam von der Kante weg, dann erlaubte sie ihren zitternden Beinen einzuknicken. Agella hatte sich nicht gerührt, sie starrte auf die Stelle, wo die Hierarchin gestanden hatte, und fluchte leise. Die Heilerin wusste nicht mehr, was sie denken sollte. War Gilarra nun selbstsüchtig, schwach und verblendet? Oder war ihre letzte Tat ein heldenhaftes Selbstopfer?

Sei nicht albern! Die dumme Pute hat uns im größten Schlamassel im Stich gelassen.

Doch wenn sie das wirklich meinte, warum standen ihr dann die Tränen in den Augen? Am Ende hatte Gilarra ihrem Volk das Wertvollste geschenkt, über das sie verfügte – das eigene Leben.

Kaita blickte noch einmal auf die leere Plattform. Würde ihr Opfer irgendetwas bewirken? Die Zeit würde es zeigen.

Kapitel 33

Die unterirdischen Gänge

Für Seriema und ihre Gefährten war es keine leichte Nacht gewesen, und bei Tagesanbruch waren sie unausgeruht und gereizt. Die Störung kam in der Dunkelheit. Sie wurden von lautem Kratzen am Scheunentor geweckt, lose Schieferplatten schlitterten über das Dach und fielen krachend herab, ein grelles Gekreische setzte ein. Seriema erwachte mit einem verwirrten Schrei aus quälenden Träumen und sah Cetain bereits auf den Beinen und nach seinem Schwert greifen, während rings umher die Krieger ebenfalls aufstanden und sich zum Kampf bereit machten. »Es ist soweit«, sagte er grimmig. »Sie haben uns gefunden.«

Unten in der Scheune gerieten die Pferde in Panik. Tormon stand zwischen ihnen, um sie zu beruhigen. Zum Glück gab es keine Fenster, deretwegen man sich hätte Sorgen machen müssen. Frische Luft kam durch ein Loch hoch oben in der Mauerwand, wo ein Stein herausgenommen war, und nicht einmal die dürren Biester konnten durch so enge Löcher dringen. Cetain verteilte seine Krieger an den Schwachstellen des Gebäudes, die Schwertkämpfer an das Tor und die Bogenschützen auf den Heuboden, um jeden abzuschießen, dem es gelänge, durch das Dach zu stoßen. Einige Männer befahl er zu Tormon, damit sie zusammen die Pferde davor bewahrten, sich selbst oder einander zu verletzen. Angesichts einer Gefahr folgen Pferde dem Drang zu fliehen. Wenn ihnen jedoch der Weg versperrt ist, werden ihre Fluchtversuche immer verzweifelter und sie können sich ernsthafte Verletzungen zuziehen. Seriema konnte es den armen Tieren nachfühlen. Sie selbst sah natürlich, dass sie in der starken Scheune sicher war, und dennoch schlug auch ihr Herz schneller, und unwillkürlich zuckten ihr grässliche Bilder durch den Kopf. Sie merkte bald, dass mit den ungebetenen Erinnerungen am besten fertig zu werden war, wenn man sich beschäftigt hielt. Darum brachte sie die Nacht damit zu, dass sie Tormon unterstützte, der mit den Pferden alle Hände voll zu tun hatte.

Zum Glück brauchten sie nur bis zum Morgen durchzuhalten. Dach und Tor der Scheune hielten stand. Mit dem Tageslicht endete aller Lärm. Nach einer Zeit des Wartens, die Tormon in wütender Ungeduld verbrachte, verließen sie ihre Herberge und stellten fest, dass der Himmel leer und die Gefahr vorüber war.

Dann trieben sie sich zur Eile an, wussten sie doch, dass der späte Aufbruch den Vorsprung ihrer Beute nur vergrößert haben konnte. Wie sehr musste das dem Händler zusetzen! Nicht nur dass die Verzögerung ihn wertvolle Zeit gekostet hatte, die vielleicht über Leben und Tod seines kleinen Mädchens entschied, sondern er musste auch fürchten, dass die unersättlichen Bestien, da sie schon in die ganze Gegend ausgeschwärmt waren, seine Annas längst gefunden hatten.

Ihrem Gefühl folgend, ritt Seriema nach vorn und kam an seine Seite. »Dass die Bestien uns gefunden haben, bedeutet noch nicht, dass sie auch die anderen entdecken«, sagte sie leise. »Wir wissen nicht, ob sie vom Geruch, unserer Körperwärme, dem Klang unserer Stimmen oder von etwas anderem angelockt werden. Cetain meint, dass unsere große Anzahl sie ...«

»Das heißt gar nichts.« Tormon schnitt ihr barsch das Wort ab. »Presvel ist ein Irrer, wenn du dich erinnerst. Wir wissen nicht einmal, ob er so viel Verstand hat, vor Einbruch der Dunkelheit Schutz zu suchen. Und selbst wenn, was sollte denn verhindern, dass sie Annas und Rochalla ebenso leicht finden wie uns?«

So sehr er ihr Leid tat, Seriema bedachte ihn mit einem durchdringenden Blick und erwiderte scharf: »Überhaupt nichts, aber das ist kein Grund zu verzweifeln, Tormon. Annas mag längst tot sein, wir können das nicht wissen. Aber genauso gut kann sie vollkommen wohlauf sein. Wenn du weiterhin bei den schlechten Dingen verweilst, vernebeln dir Angst und Zorn den Kopf, und das nützt niemandem etwas, weder uns, noch Annas und nicht einmal dir selbst. Ich kann mir nur zu gut vorstellen, wie schwer das für dich ist, aber bitte gib die Hoffnung nicht auf. In ein oder zwei Tagen befinden wir uns vielleicht alle auf dem Rückweg zu Arcans Festung und haben Annas und Rochalla unversehrt in unserer Mitte.« Damit ließ sie ihn wieder allein, aber sowie sie zu Cetain zurückkehrte, hörte sie sich selbst im Stillen spotten.

Es würde an ein Wunder grenzen, wenn wir es schaffen, Annas und Rochalla zu retten und wohlbehalten zu Arcans Festung zurückzukehren.

Schließlich kamen sie bei dem Steilfelsen an, und Seriema erschien er noch höher als zuvor. Sie freute sich überhaupt nicht auf den Aufstieg. Von den Männern waren etliche noch nie in Tiarond gewesen und mancher raue Krieger wurde blass beim Anblick der Straße, die sich da zur Ebene hinaufwand. Während Cetain seine Männer kurzerhand abwies, die sich beklagen wollten, weil sie ihre Pferde am Zügel führen und den Aufstieg zu Fuß machen sollten, gesellte Seriema sich zu Tormon, der den Felsen bereits mit bangen Blicken absuchte. Er empfing sie mit einen unfreundlichen Nicken. »Wollen sie den ganzen Tag hier vertrödeln?«

Seriema schüttelte den Kopf. »Nur noch ein oder zwei Augenblicke. Sie sollten lieber jetzt maulen, denn wenn wir mit dem Aufstieg begonnen haben, werden sie dazu keinen Atem übrig haben.«

»Nun, das können sie nach Belieben tun. Ich werde nicht länger auf sie warten.« Er zog sein Pferd am Zügel und lief ein wenig schneller, als klug war, die Straße hinauf, die Schultern gestrafft, das Kinn entschlossen vorgeschoben. Seriema sah ihm seufzend nach. Sie verstand ihn nur zu gut. Als sie ins Tal geritten waren, hatten sie die winzigen Gestalten hoch oben in der Wand gesichtet, und seitdem war der Händler wie ein Besessener gewesen. Sie fing Cetains Blick ein, zeigte auf Tormon und formte mit den Lippen die Worte »beeilt euch«. Der Rotte nickte. Er brachte seine Männer mit einem kurzen barschen Befehl zum Schweigen und setzte sich, das Pferd am Zügel führend, in Marsch. Seriema folgte ihm. Einer nach dem anderen schlossen sich die Krieger in einer Reihe an.

Wenigstens war sie kräftiger geworden, seit sie Tiarond verlassen hatte. Sonst hätte sie den steilen Weg wahrscheinlich nicht geschafft. Nun fand sie ihn immerhin zu bewältigen, wenn auch mitnichten angenehm. Ihr taten bald die Beine weh, und sie kam außer Atem. Aber nach all dem Keuchen hinter ihr zu urteilen, war sie nicht die Einzige, die mit dem Aufstieg Mühe hatte, und dadurch fühlte sie sich schon ein wenig besser.

Bis sie schließlich beim Tunnel angelangt waren, dachte Seriema nicht mehr an die Anstrengung. Sie hatte ganz andere Sorgen. Nur zu deutlich war ihr die Sturzflut in Erinnerung, die Tormon, Scall und sie selbst fast das Leben gekostet hätte. Während sie darauf warteten, dass die letzten Krieger zu ihnen aufschlossen, suchte sie ängstlich den Himmel ab. Außer den nassen Schneeschauern kündigte sich kein Niederschlag an – soweit sie sehen konnte. Leider wusste sie so gut wie Rochalla, dass der Himmel über der Hochebene wenig zählte und stattdessen das Wetter im Gebirge über ihr Schicksal entschied.

Dank der Tatsache, dass sie Cetain vor ihrem Aufbruch an den Tunnel erinnert hatte, führten die Rotten Fackeln mit sich. Doch weder der Lichtschein noch die Anwesenheit kräftiger Krieger konnten ihr Gemüt beruhigen. Tormon, dem es einzig um das Leben seiner kleinen Tochter ging, hatte an anderes zu denken, als an Überschwemmungen, und die Rotten konnten sich trotz ihrer Warnung kaum vorstellen, wie plötzlich und mit welcher Macht eine solche Flut eintreten konnte. So blieb alle Sorge darüber ihr überlassen, und sie besorgte das wirklich für alle mehr als ausreichend, wie sie spöttisch dachte.

Einen gleichmäßigen Schritt beibehaltend, stiegen sie durch den Tunnel. Es roch nach feuchtem Gestein und dem beißenden Rauch der Fackeln, und die Flammen flackerten in der starken Zugluft. Der hohle Hufschlag hallte vielfach von den Wänden wider und klang für Seriemas Ohren betäubend laut, da sie angestrengt auf das ferne Brausen lauschte, das eine Flut ankündigen würde. Darum zuckte sie erschrocken zusammen, als Tormon von oben her laut rief: »Seht! Hier flattert etwas! Bei Myrial, es sieht aus wie ein Streifen von Rochallas Kleid!«

Cetain und Seriema drängten sich dicht an den Händler, der mit der Fackel nach oben leuchtete. Es war eindeutig, dass der lange Stoffstreifen an der Querstange unter der Decke sich dort nicht zufällig verfangen hatte, sondern absichtlich festgebunden worden war. Darüber befand sich die runde Öffnung, die zu den rätselhaften Gängen führte, welche Scall während der Flut entdeckt hatte.

»Also hat er sie dort hineingebracht, anstatt in die Stadt zu gehen.« Seriema runzelte die Stirn. »Was in Myrials Namen gedenkt er damit zu erreichen?«

»Wahrscheinlich will er sich irgendwo verstecken, bis wir die Suche aufgeben«, meinte Cetain.

»Da irrt er sich aber gewaltig«, knurrte Tormon.

Seriema versuchte, sich in den bedachtsamen, planvollen

Diener hineinzuversetzen, der Presvel jahrelang gewesen war. »Ich nehme an, er will nicht gleichzeitig uns und die Bestien gegen sich haben«, schloss sie. »Vielleicht hofft er sogar, dass er über diese Gänge einen anderen Weg in die Stadt findet.«

Der Händler zuckte die Achseln. »Solange wir hier stehen bleiben, werden wir keine Antwort darauf finden. Los, folgen wir ihm!«

Zuerst wollte Cetain die Pferde bis zu ihrer Rückkehr im Tunnel stehen lassen, doch dieser Vorschlag brachte ihm so entsetzten Widerspruch von Tormon und Seriema ein, dass er sich einverstanden erklärte, vier Männer abzustellen, die die Tiere ins Tal brächten und dort auf sie warteten. »Ich wünschte, ihr hättet mir das alles früher gesagt«, brummte er. »Es hätte den Tieren eine nutzlose Anstrengung erspart, wenn wir sie gleich unten gelassen hätten.«

»Aber ich habe nicht einen Augenblick lang für möglich gehalten, dass Presvel da hinaufsteigt«, brachte Seriema vor. »Ich war sicher, er würde geradewegs nach Tiarond gehen, sodass wir die Pferde gebraucht hätten, um die Ebene zu überqueren. Nun sind sie doch zu Fuß. Zu Pferd und übers freie Feld hätten wir sie einholen können, ehe sie die Stadt erreichen.«

Cetain nickte. »Das ist wohl wahr.« Er seufzte. »Ich wünschte, sie wären über die Ebene weitergeritten. Das hätte uns die Aufgabe leichter gemacht.«

Seriema, die wohl wusste, dass die Aufgabe lautete, den Diener zu töten, schauderte, sagte aber nichts.

Bis die Pferde für die Umkehr bereit waren, hatte sich Tormon bereits an der Querstange hochgezogen und stand mit Kopf und Schultern in dem Deckenschacht. Cetain rief ihm von unten zu: »Wir kommen jetzt, Tormon. Laufe nicht zu weit voraus.« Ohne zu antworten, zog sich der Händler vollends hinauf und verschwand durch die Öffnung, wo Seriema die Sprossen einer Leiter sah. Cetain begegnete ihrem Blick und schüttelte den Kopf. »Wir sollten uns beeilen.« Er schickte Willan, einen alten narbigen Krieger, den sie von der Nacht in der Turmruine her kannte, als ersten zu der Leiter hinauf. Dann bot er Seriema seine Hand. »So, Mädchen, jetzt du. Ich hebe dich hoch.«

Sie löschte ihre Fackel, indem sie sie gegen die Wand schlug, und schob den Griff durch ihren Gürtel. Cetain hob und der alte Mann zog, und irgendwie gelang es ihr hinaufzukommen. Dabei stellte sie sich ihre zappelnden Beine vor und dankte der Vorsehung, dass sie so klug gewesen war, eine Hose anzuziehen.

Ich habe auch so genug am Hals, ich brauche nicht auch noch einen Haufen frecher Krieger, die mir unter die Röcke gucken!

Oben angekommen balancierte sie unsicher die Stange entlang und fürchtete schon den nächsten Schritt, wo sie sich würde aufrichten müssen. Aber der elende Willan ließ es gar nicht erst zu, dass sie den unangenehmen Augenblick aufschob. Ihre ungeschickten Anstrengungen sichtlich genießend, zeigte er grinsend seine Zahnlücke und sagte: »Komm her, meine Dame, rauf mit dir.«

Seriema widerstand dem Drang, ihm einen harten Stoß zu geben. »Du solltest lieber dafür sorgen, dass ich nicht falle«, flötete sie lieblich, »sonst wird Cetain deine Eier zum Frühstück verspeisen.«

An dieser Stelle hörte Willan auf, wie blöde zu grinsen. Stattdessen streckte er sich nach der Leiter und bekam die unterste Sprosse zu fassen, wo er sich festhielt und einen Halt für seine Füße suchte. Mit einer Hand an der Leiter, half er mit der anderen Seriema zu sich herauf, dann stützte er sie, während sie sich in den Schacht hinaufzog. Nach einer Ewigkeit, bei der sie mit den Beinen strampelte, sich den Arm zu brechen und die Schulter auszurenken meinte, stand sie mit den Füßen auf der untersten Sprosse und begann die Leiter hinaufzusteigen – unter dem Klatschen, Johlen und Pfeifen der unten versammelten Rotten.

Als sie am Ende des Schachtes ankam, wo dieser in den Gang mündete, stieß sie fast Nase an Nase mit Tormon zusammen, der sich über den Rand beugte, und prallte überrascht zurück. »Du hättest mir ebenso gut helfen können, anstatt nur zu gaffen«, fauchte sie. »Ich habe mich völlig zum Narren gemacht.«

Tormon fegte ihre Empörung beiseite. »Was machen die da unten so lange? Warum beeilen sie sich nicht endlich?«

Seriema dagegen freute sich über die Atempause. Sie kletterte ohne seine Hilfe in den Gang, setzte sich auf den glatten, fast weichen Fußboden und lehnte sich dankbar gegen die gewölbte Wand, während sie sich die Schultern und Arme rieb. »Es dauert nicht mehr lange«, sagte sie. »Cetain schickt sie einzeln herauf, er will nicht, dass zu viel Gewicht auf der Querstange lastet. Aber sie werden viel schneller sein als ich, du wirst sehen.«

Wie um ihr Recht zu geben, steckte der erste von Cetains Kriegern den Kopf aus dem Schacht, noch ehe sie zu Ende gesprochen hatte. Seriema und Tormon zogen sich ein Stück in den Gang zurück, um nicht im Weg zu sein, und warteten auf den Rest des Trupps. Seriema ließ sich wieder auf dem Boden nieder und nützte die kostbare Pause so gut es ging. Es hatte keinen Zweck, mit Tormon reden zu wollen, der ungeduldig wartete und die Aufmerksamkeit schon auf den vor ihnen liegenden Gang gerichtet hatte. Stattdessen nahm sie die Gelegenheit wahr, um sich umzusehen. Scall hatte zwar den Ort seines Abenteuers zu beschreiben versucht, aber so etwas hatte sie noch nie gesehen. Während des Hinaufkletterns war sie zu sehr vertieft gewesen, um zu bemerken, dass dort ein unheimliches, dunstiges Licht herrschte, das so schwach wie Mondlicht war und in einem nicht endenden Kreislauf die Farbe wechselte. Ein warmer Luftzug kam von irgendwoher und blies stetig durch den Gang, trug die seltsamsten Gerüche heran, die teils sauer, teils würzig rochen und ihr Niesreiz verursachten. Neugierig betastete sie die Wand. Die warme Oberfläche gab unter dem Druck ihrer Finger leicht nach, dann beulte sie sich wieder aus, ohne einen Abdruck zu hinterlassen.

Während Seriema den fremdartigen Stoff noch musterte, erschien Cetain hinter dem letzten Krieger in der Schachtöffnung. Er tauschte mit Tormon, der immerzu auf und ab gegangen war, einen raschen Blick, dann winkte er seinen Männern, die sich nach dem anstrengenden Aufstieg eine wohlverdiente Pause gegönnt und sich niedergesetzt hatten. »Los, ihr Bummler! Hoch mit dem Hintern und weiter!«

Das übliche Gemurre, das einer solchen Aufforderung folgte, blieb aus, und Seriema wusste, es geschah aus Rücksicht auf Tormons Gefühle. Sie sprach Willan an, der neben ihr stand. »Sie sind gute Männer, deine Rotten.« Er sah sie verblüfft an, dann zeigte er grinsend seine Zahnlücke. »Klar, Mädchen, das sind sie. Ein bisschen raubeinig, aber zuverlässig, und nicht die Schlechtesten. Viele haben selber Winzlinge zu Hause. Sie verstehen, was der Händler durchmacht.«

Inzwischen war Cetain bei ihnen und Tormon mit großen Schritten ein Stück voraus. Seriema dachte sich, dass ihn nur die Fremdartigkeit des Ortes davon abhielt, blindlings loszurennen, und war froh, dass er wenigstens so viel Vorsicht walten ließ. Der Gang beschrieb eine sanfte Kurve, sodass man unmöglich weit sehen konnte – und wer wusste schon, was ihn hinter der nächsten Biegung erwartete?

Dann gelangten sie zu der riesigen Halle, von der Scall ihnen erzählt hatte, und sogar Tormon blieb wie angewurzelt stehen. Seriema stieß den Atem aus angesichts der schieren Weite, in der leicht hundert Myrialstempel Platz gefunden hätten, und auch Cetain drückte staunend ihren Arm. Bis zu diesem Augenblick hatte sie Scalls Beschreibung nie ganz geglaubt.

Für die Menschengruppe, die da in dem Höhleneingang stand und zwergenhaft klein erschien, war es unmöglich zu begreifen, was sie sahen. Allein der Anblick verwirrte den Verstand. Seriema begaffte die eigenartigen Gebilde, die teils gerundet, teils eckig und in Reihen angeordnet waren. Seltsame Lichter liefen über alle Flächen, manche flimmerten, andere flammten in einem bestimmten Takt immer wieder auf, der ihr beinahe – aber nur beinahe – wie eine Botschaft erschien, und wieder andere leuchteten sanft wie Opale. Über ihnen gab es weitere Lichter, die in einem Muster wie Spinnennetze über Wand und Decke huschten oder als dünne zitternde Strahlen über Schwindel erregende Spannweiten sprangen.

Auch hier bestanden die Wände aus diesem nachgiebigen Stoff. Darüber bewegten sich Bänder, Flecke und Funkenschwärme sanft leuchtenden Lichts, wechselten die Farbe und verschmolzen miteinander zu einer Vielzahl von Formen. Die Luft in der Halle war trocken und kribbelte auf der Haut, und der scharfe Geruch war hier kräftiger und hatte jenen Beigeschmack, wie er mitunter ein Gewitter begleitet. Eigenartige Klänge waren zu hören, es summte und dröhnte in verschiedenen Tönen und Höhen, es knackte und prasselte, und darunter lag ein pulsierendes Brummen, das man bis in die Knochen spürte.

Tormon war der Erste, der sich von diesem Angriff auf die Sinne erholte. »Weiter«, rief er. »Was stehen wir hier herum? Teilen wir uns auf und suchen.«

Cetain bewegte sich in der Art eines Mannes, der aus einem Traum gerissen wird, sagte aber mit fester Stimme: »Wir sollten nichts Dergleichen tun. Dafür ist die Halle nicht geeignet, Tormon, und bedenke allein die Größe, Mann! Wenn wir uns trennen, finden wir einander nicht mehr wieder.« Er überlegte einen Augenblick. »Wir teilen uns in zwei Gruppen – mehr nicht. Ich befehlige die eine und Willan die andere. Wir gehen in entgegengesetzte Richtungen und bleiben an der Wand. Hat das jeder begriffen? Sofern nicht jemand Presvel und seine Gefangenen eindeutig entdeckt, darf sich niemand zur Mitte hin bewegen. Falls es aber dazu kommt, was ich nicht annehme, so muss er den anderen ein Zeichen hinterlassen, damit sie sehen, wohin er gegangen ist. Ansonsten gehen wir so lange weiter, bis wir wieder aufeinander treffen, und bis dahin wissen wir hoffentlich, wie man hier rauskommt und ob vor kurzem jemand hier entlang gekommen ist. Rochalla scheint einen klaren Kopf behalten zu haben, denn sie hat uns einen Hinweis hinterlassen. Vielleicht konnte sie weitere anbringen. Wenn wir die Halle umrundet haben und es keinen zweiten Ausgang gibt, dann und nur dann werden wir uns darüber Gedanken machen, wie man am geschicktesten die Mitte erkundet.« Er blickte seine Männer der Reihe nach an. »Hat jetzt jeder verstanden, was wir tun werden?«

Der Händler machte ein trotziges Gesicht, doch Seriema ging zu ihm und sprach ihm leise ins Ohr. »Tormon, so ist es wirklich am besten. Wir müssen planvoll vorgehen, sonst finden wir sie hier nie.«

Er biss sich auf die Lippe und seufzte. »Also gut. Wir machen es, wie du sagst. Aber lasst uns nun keine Zeit mehr vergeuden!«

Sie teilten sich rasch in zwei Gruppen. Tormon, Seriema und Cetain wandten sich mit drei Männern nach links, während Willan mit den übrigen fünf nach rechts ging. Zuletzt zog Seriema noch die Fackel aus ihrem Gürtel und legte sie am Eingang nieder. Zwar gab sie sie ungern auf, doch der Schaft war eigentlich zu kurz, als dass sie von großem Nutzen war. »Was immer geschieht, damit findet man den Rückweg.«

Cetain schenkte ihr ein warmes Lächeln, das voller Stolz war. »Gut gemacht, Mädchen. Du kannst vielleicht nicht so gut klettern, aber wenn es um gewitzte Einfälle geht, schlägst du uns alle.«

Der Weg um die Halle wurde lang, und der Gedanke, dass Presvel vielleicht einen geraderen Weg genommen hatte, sorgte für gereizte Stimmung. Andererseits war ihrer sicherer und darum vernünftiger. Wer wusste schon, ob Presvel jetzt nicht irgendwo umherirrte, ohne den Ausgang zu finden.

Seriema für ihren Teil hoffte den Ausgang bald zu finden. All das flimmernde Licht, verbunden mit dem unaufhörlichen Knistern und Summen im Hintergrund machte ihr Kopfschmerzen. Sie war nicht nur körperlich erschöpft nach den vielen Anstrengungen, sondern sie fing an, sich benommen zu fühlen von den ständigen fruchtlosen Versuchen, zu begreifen, was ringsum stattfand, und konnte kaum noch klar denken. Dann geschah etwas, das sie aus ihrer Benommenheit riss. Finnall hatte sich ein wenig von der Gruppe entfernt. Er war dafür bekannt, dass er mehr Neugier als Verstand besaß, und konnte darum eine Menge lustiger Geschichten auf seine Kosten erzählen. Diesmal aber gab es nichts zu lachen.

Aus dem Augenwinkel sah Seriema ihn zu einer hohen Säule wandern, die in funkelndes Licht getaucht war und in jeder Hinsicht wie ein Stab voller Juwelen aussah. Als er die Hand ausstreckte, um zu sehen, ob er eines abklauben könnte, stieß sie einen Warnschrei aus, aber zu spät. Mit einem lauten Knacken löste sich ein sengendes Licht von der Säule und heftete sich an Finnalls Hand. Innerhalb eines Augenblicks lief es seinen Arm hinauf, verzweigte sich, bis es den ganzen Mann mit einem blendenden blau-weißen Netz umhüllt hatte. Sich windend und schreiend stürzte der Rotte zu Boden, während sich seine Kameraden verzweifelt um ihn scharten und nicht wagten sich ihm helfend zu nähern. Dann brach das Schreien ab, Finnall verglühte in einem gleißenden Feuerball. Als das Feuer erstarb, blieb von dem Mann keine Spur.

Sie konnten nichts weiter tun, als ihren Weg fortzusetzen, dabei waren sie alle zu entsetzt, um über das schreckliche

Schicksal ihres Gefährten etwas zu sagen. Seriema bemerkte jedoch, dass die Männer nun dicht beieinander blieben und nicht nur die Gebilde, sondern auch die Nähe der Wand mieden. Cetain brauchte sie nicht erst zu ermahnen, achtsam zu sein. Die Gefährlichkeit des Ortes war ihnen auf die schrecklichste Weise deutlich geworden, und niemand ging mehr ein Wagnis ein. Seriema selbst blieb fest an der Hand eines sichtlich beunruhigten Cetain. Sie hatte zu viele Jahre gebraucht, um ihn zu finden, und sie hatte nicht die Absicht, ihn wieder loszulassen. Wenn ihm jetzt etwas zustieße, dann ganz sicher auch ihr!

Müde und todunglücklich kamen sie bei dem einzigen anderen Ausgang der Halle an, und es war eine gedämpfte Hand voll Menschen, die auf die schon wartende zweite Gruppe stieß. Die anderen hörten entsetzt die Geschichte von Finnalls Ende, aber es war kaum Zeit, um dabei zu verweilen, und man war allgemein von dem Drang beseelt, diesen schrecklichen Ort so schnell wie möglich zu verlassen. Nun konnten sie rascher vorrücken, denn sie fanden einen weiteren Hinweis. Ein zusammengeknäulter Stoffstreifen von Rochallas Kleid steckte im Ausgang. Die Spur führte sie aus der Halle in die ferneren unbekannten Bereiche.

Seriema sah Cetain von der Seite an und fragte sich, was ihnen als nächstes begegnen und ob sie noch jemanden verlieren würden. Aus seiner Miene erriet sie, dass seine Gedanken sich um das Gleiche drehten.

Kapitel 34

Unerwartete Freundschaft

Nach der Rast am Pass setzte Amaurns Trupp den Weg fort, ritt zu zweien, wo Platz genug war, und einzeln hintereinander, wo der Felsweg sich verengte. In dem allgemeinen Gedränge beim Abstieg ergab es sich, dass Elion neben Vifang ritt. Um den anderen angenehmer zu sein, hatte sie Menschengestalt angenommen und ritt Toulacs Pferd. Die alte Kriegerin hatte sich – ein Plan, den sie mit Elion ausgeheckt hatte – hinter Veldan auf Kazairls Rücken gesetzt, um die beiden möglichst von ihren Gedanken an den Erdrutsch abzulenken, bei dem sie auf eben diesem Weg beinahe umgekommen wären.

Während sie so bergab ritten, kam Elion nicht umhin, Vifang immer wieder von der Seite anzusehen. Sie sah ausgesprochen weiblich aus – was wohl kaum überraschte, fand Elion. Was ihn aber aus dem Gleichgewicht brachte, war der Umstand, dass das flammend rote Haar, das sie für sich gewählt hatte, fast die gleiche Farbe hatte wie das Haar von Melnyth. Das Gesicht sah anders aus, hatte feinere, ebenmäßigere Züge, die Frau wirkte jünger und war weder so groß noch so schlank wie Melnyth. Doch die leichte Ähnlichkeit genügte, um in ihm tumultartig Erinnerungen aufzurühren, schöne und schlimme. Die lebhafteste war jedoch die an Melnyths furchtbaren Tod.

War das ein böses Vorzeichen? Gedankenlos schreckte er

vor Vifang zurück und sah, wie ihr Gesicht einen bitteren Ausdruck bekam. »Findest du mich so abstoßend, selbst in dieser Gestalt?«, fragte sie herausfordernd.

Elion schüttelte hastig den Kopf. »Nein, überhaupt nicht! Daran habe ich gar nicht gedacht. Es ist nur ... Du erinnerst mich ... ich kann nicht ...« Er gab es auf und ging die Sache anders an. »Warum hast du diese Haarfarbe gewählt?«

Vifang zuckte die Achseln. »Ich weiß es nicht. Es ist seltsam, aber diese Erscheinung sprang mir den ganzen Tag über in den Kopf, als würde mir dieses Bild von irgendwoher gesandt. Ich habe sogar meine geistige Abwehr verstärkt, aber es bricht immer wieder durch.«

Plötzlich begriff Elion. Er war nicht der Einzige, der heute an Melnyth dachte. Veldan und Kaz ebenfalls, da sie die letzte Begegnung mit den Ak'Zahar und ihren entsetzlichen Fehlschlag im Kopf wälzten. Wenn alle drei Wissenshüter sich gedanklich damit befassten, war es nicht verwunderlich, dass die Bilder der Erinnerung stark genug waren, um Vifangs Schutzschild zu durchdringen. Nicht für einen Augenblick glaubte er, dass sie seine Gedanken ausgespäht hatte. Um die Gestalt anderer Wesen so annehmen zu können, mussten die Takuru außerordentlich empfänglich für Einzelheiten sein. Auf Grund der heftigen Gefühle, die von den drei überlebenden Wissenshütern an diesem besonderen Tag ausstrahlten, hatte sie unwissentlich Melnyths hervorstechendstes Merkmal angenommen – das wehende feuerrote Haar. Elion überlegte, wie sich wohl Vifangs Persönlichkeit in der von ihr angenommenen fremden Gestalt niederschlug, wie sehr die Empfindungen, die das menschliche Gesicht zeigte, dem entsprechen mochten, was in der Takur vorging. Wenn sie Menschengestalt annahm, waren dann ihre geistig-seelischen Regungen ebenfalls menschlich? Was würde dann aber geschehen, wenn sie die Gestalt eines Baumes annahm? Irgendwann würde er sie gern danach fragen, sofern sie beide den Tag überlebten ...

Er wachte aus seinen Überlegungen auf und stellte fest, dass die Gestaltwandlerin ihn anstarrte. »Was ist denn an diesen Haaren so verkehrt?«, verlangte sie zu wissen. »Ich wusste gleich, dass wir Takuru gegen die verrückten Vorurteile von euch Wissenshütern nicht gewinnen können.«

Plötzlich wurde Elion klar, dass er soeben Amaurns gesamten Plan, die Takuru in den Schattenbund einzugliedern, gefährdete. »Nein, es geht überhaupt nicht um ein Vorurteil«, erwiderte er hastig. »Es ist nur so, du erinnerst mich an ...« Und so begann er ihr von seiner einstigen Partnerin zu erzählen, von ihrem gewaltsamen Tod und von seiner Vermutung, dass er und seine beiden Gefährten Melnyths Bild unbewusst übertragen hatten.

Zu seiner Überraschung fiel es ihm leichter als sonst, über diese schreckliche Zeit zu sprechen. Bis er zu Ende geredet hatte, war das ärgerliche Glitzern aus Vifangs Augen verschwunden. »Ach. Nun verstehe ich – auch was es für dich bedeuten muss, noch einmal gegen die Ak'Zahar zu kämpfen. Es tut mir Leid, Elion, dass ich dir die Erinnerung zurückgebracht habe. Ich kann die Farbe ändern – welche soll es sein? Schwarz? Blau? Violett? Grün?« Bei jedem Vorschlag wechselte ihr Haar die Farbe, mit verblüffendem Ergebnis.

Elion platzte fast vor Lachen. »Ich würde an deiner Stelle bei Rot bleiben«, sagte er schließlich. »Außerdem habe ich diese Farbe schon immer gemocht. Es ist schön, sie mal wieder zu sehen.«

Vifang schoss ihm einen scharfsinnigen Blick zu. »Ich glaube eigentlich nicht, dass das so gut wäre«, meinte sie freundlich. »Ich werde das Violett nehmen, wenn es dir nichts ausmacht – wenigstens für heute.«

Sie setzten ihre Unterhaltung weiter fort, und Elion erfuhr mehr über das traurige Leben der Takuru in Gendival: stets am Rande der Gemeinschaft, immer ausgeschlossen, beargwöhnt, geschmäht. Es machte ihn wütend, dass Cergorn sie mit falschen Hoffnungen und Versprechungen in dieses unglückliche Dasein gelockt hatte, und er schämte sich seiner selbst und der anderen Wissenshüter, weil sie so engstirnig waren. »Aber warum habt ihr ihm immer wieder geglaubt?«, fragte er. »Ihr müsst doch mit der Zeit gemerkt haben, dass Cergorn euch an der Nase herumführt.«

Die Takur zuckte die Achseln. »Selbstverständlich, und das machte uns so bitter. So kam es, dass einige von uns tatsächlich anfingen, Unheil zu stiften, wie es uns immer nachgesagt wurde. Aber was hätten wir anderes tun können, als zu hoffen, dass er früher oder später sein Wort hält? Die Takuru sind noch nie zahlreich gewesen. Selbst in unseren besten Zeiten waren wir nicht viele, und da hat man uns noch gejagt und getötet, wo man uns fand. Für Übeltäter aller Art war es immer leicht, ihre Verbrechen den Gestaltwandlern anzuhängen. Wenn sie einen falschen Zeugen anbringen konnten, wurde ihnen immer geglaubt. Gerade als wir glaubten, unser Volk stünde kurz vor dem Untergang, gab Cergorn uns Zuflucht und Hoffnung. Auch wenn die Schleierwand nicht zusammenbräche, hätten wir in unserem Land nicht überlebt. Obwohl er uns nur benutzt hat, schulden wir ihm doch eine Menge, Elion. Wäre Cergorn nicht gewesen, so fehlerhaft und hinterlistig er auch war, die Takuru wären inzwischen untergegangen.«

Es war um die Mittagszeit, als Amaurns Trupp die Ebene erreichte. Elion schaute zur Stadt hinüber, die überraschend unverändert wirkte. Doch schließlich, so gemahnte er sich, hatten die Feinde weder mit Feuer noch Belagerungswaffen angegriffen, um die Stadt zu unterwerfen. Sie hatten nichts weiter gebraucht als Klauen und Zähne, Schnelligkeit und Kraft. Ganz zu schweigen von der Fähigkeit, völlig unerwartet aus der Luft zuzuschlagen.

Allzu bald kam der Augenblick, da sie sich in zwei Gruppen aufteilen mussten. Amaurn, Veldan, Kaz, Toulac, Kalt, Zavahl und ein widerstrebender Scall würden die Ebene überqueren, die Straße die Steilwand hinauf nehmen und in die Gänge eindringen, die der Junge gefunden hatte. Elion, Vifang, Kher und zwei weitere Wissenshüter würden sich in die Stadt begeben, um sich mit den Ak'Zahar zu befassen.

Sie hielten sich mit der Aufteilung nicht lange auf. Sie wussten genau, dass die Tiarond-Gruppe die verbleibenden Tageslichtstunden brauchen würde, um ihre Aufgabe zu bewältigen – und wenn sich in der Zwischenzeit die Wolken verdichteten, würde das bisschen Schutz auch noch schwinden. Es blieb nur Zeit für eine kurze Umarmung von Veldan, einen Schlag auf die Schulter von Toulac und ein paar warnende Worte und Ratschläge von Amaurn, bevor Elion von seinen Freunden fortritt und der Stadt zustrebte, um sich noch einmal den Bestien entgegenzustellen, die seine Partnerin zerfleischt hatten.

Kher und Elion hatten unterwegs einen Plan besprochen und entschieden, dass es das Beste wäre, die Pferde in der Nähe des Stadttors zu lassen. In den gepflasterten Straßen wären ihre Hufe zu laut und würden jeden Versuch, sich dem Tunnel zum heiligen Bezirk lautlos zu nähern, vereiteln. Und wenn die Ak'Zahar aufgeschreckt würden und angriffen, wäre es für die Wissenshüter kein Vorteil, auf einem Pferd zu sitzen. Im Gegenteil bestünde die einzige Möglichkeit zu überleben darin, zu rennen und sich in den Häusern der Händler zu verstecken, wie ein gehetztes Tier im Bau zu verschwinden. Die Häuser der Unterstadt waren eng und schäbig. Sie wählten eines am Tor und führten die Pferde hinein, wo sie sie im unteren Stockwerk anbanden. Elion erinnerte sich, wie Veldan ihm erzählt hatte, dass Toulac ihr Pferd in der Küche unterzustellen pflegte, und ihm fuhr ein Schauder über den Rücken. Er schalt sich wegen seines unangebrachten Aberglaubens, doch kam es ihm ebenso wie Veldan vor, als wären die Umstände merkwürdig ähnlich und alles würde sich wiederholen.

Nachdem sie die Pferde sicher untergebracht hatten, traten sie auf die Straße hinaus. Vifang nahm ihre eigene Gestalt an, die beim Verstecken oder Kämpfen vorteilhafter war, und verschmolz mit den Schatten. Elion merkte verwundert, dass es ihn nicht im mindestens störte. Ihre vorige Erscheinungsweise, die sich mit dem leuchtend roten, dann violetten Haar hervorgetan hatte, bewirkte, dass er die Gestaltwandlerin mit ganz anderen Augen sah, und seit er sie besser kannte, fand er sie gar nicht mehr befremdlich oder gar beängstigend. Mehr noch, er entdeckte, dass er sie sehr mochte und war froh, sie während eines so gefährlichen Auftrags an seiner Seite zu haben.

Da die Mitwirkung der Takur Khers kleine Gruppe nahezu überflüssig machte, hatte Amaurn dessen Leute bis auf zwei nach Gendival zurückgeschickt. Durch die umwälzenden Ereignisse waren sie an Wissenshütern inzwischen so knapp, dass es unverantwortlich wäre, mehr als unbedingt nötig dieser Gefahr auszusetzen. Wenn Vifang versagte, dann würden ein paar Kämpfer mehr auch keinen Erfolg bringen. Elion vermutete, dass Amaurn die Krieger zunächst nur mitgenommen hatte, um die eher rückständig denkenden Mitglieder des Schattenbundes zu beruhigen, die anscheinend nicht einsehen konnten, dass bei einem solchen Unternehmen nur die Fähigkeiten, nicht die Anzahl entscheidend war. Die beiden verbliebenen Wissenshüter in Khers Gruppe waren Partnerinnen. Alsive und Elysa waren im Kampf sehr beschlagen, aber auch begabt in den Handwerkskünsten und der Geschichtswissenschaft und hatten besonders die Sprengstoffe und Waffen der fernen Vergangenheit erforscht. Sie waren ein ungleiches Paar – Alsive klein und dunkel, eher rundlich und von aufbrausender Lebhaftigkeit, Elysa dagegen blond, gertenschlank und träge, aber wenn es hart auf hart kam, eine tödliche Kämpferin.

Während die kleine Gruppe durch die Straßen schlich, war Elion auch um diese beiden zusätzlichen Kämpfer sehr froh. Die verlassene Stadt wirkte schaurig, die leeren

Straßen waren schlüpfrig nass vom Schneeregen, und er wünschte sich sehr, auch so einen geheimen Feuerwerfer zu haben, wie Kher ihn an einem Riemen über der Schulter trug. Auf der ganzen Welt gab es nur zwei Stück davon, und wie die meisten jungen Wissenshüter unter Cergorns Herrschaft hatte auch Elion von Zeit zu Zeit einen aus dem Museum für Früh- und Urgeschichte geschmuggelt und an einem einsamen Ort damit ein bisschen schießen geübt.

Ich bin ein ebenso guter Schütze wie er, und er braucht eine Hand für seinen Stock. Warum hat gerade er sie?

Aber Kher hatte die Waffe von Amaurn bekommen, weil er an Gendivals zusammenbrechender Grenze Streife geritten war. Er war bestimmt nicht geneigt, sie jetzt abzugeben, ganz gleich wie sehr Elion schmeicheln oder betteln würde, ein Versuch hätte also gar keinen Zweck. Es hätte auch keinen Zweck, sich den zweiten zu wünschen, denn Amaurns Gruppe hatte ihn in die Tunnel unter der Stadt mitgenommen.

Elion ermahnte sich ernsthaft, sich nicht nach Dingen zu sehnen, die er nicht haben konnte, sondern lieber auf seine Umgebung zu achten. Die Stadt bot ein unerwartetes Bild. Da jedermann im heiligen Bezirk gewesen war, als die Bestien angriffen, lagen keine verstümmelten Leichen auf dem Weg, und dafür war Elion zutiefst dankbar. Es sah eher aus, als habe die gesamte Bevölkerung ihre Koffer gepackt und wäre weggezogen. Man konnte sich fast vormachen, sie wären geflohen – bis ein Luftwirbel einen Hauch von der Oberstadt herantrug, der den widerwärtigen Gestank der Verwesung mitbrachte.

Obwohl alles verlassen wirkte, konnte Elion das Gefühl nicht abschütteln, von feindlichen Blicken beobachtet zu werden. Immer wieder drehte er sich hastig um, weil er meinte, ein Gesicht oder eine dunkle Gestalt in einem Fenster gesehen zu haben, doch dann war es nur ein Vorhang, der im Wind wehte, eine abgestorbene Pflanze auf einem Fenstersims oder auch gar nichts. Er dankte der Vorsehung, dass es Tag war. Sogar jetzt war die Bedrohung spürbar. Jeder unerwartete Laut ließ die Wissenshüter zusammenfahren und erstarren, und sie waren verwundert, wie viele verschiedene Geräusche an einem so verlassenen Ort entstehen konnten: das Flüstern des Windes, die rauen Schreie der Aasvögel, das Klappern loser Dachziegel, und das Knacken von Holztüren und Bodendielen. Das Scharren und Kratzen in den Häusern zeigte an, dass es zumindest den Ratten gut ging.

Während die Wissenshüter zum heiligen Bezirk hinauf schlichen, fiel ihnen auf, dass der Verfall Tiaronds bereits eingesetzt hatte. Fehlende Dachziegel, zerbrochene Fensterscheiben, losgerissene Fensterläden, die quietschend in einer Angel schwangen: all das deutete schon auf das endgültige Schicksal der Stadt hin, sollte es dem Schattenbund nicht gelingen, sie von den Ak'Zahar zurückzuerobern.

Bis sie bei den Häusern der Händler am Rand der Esplanade ankamen, hatten sich die Wolken verdichtet. Auf der anderen Seite des einsamen Platzes befand sich der dunkle Eingang des Tunnels, in dem sich die Bestien eingenistet hatten. Elion schauderte und wischte sich die feuchten Handflächen am Hemd ab. Dort drinnen waren sie also. Er konnte sie riechen – es war derselbe faule Aasgestank wie in den Höhlen von Ghariad, wo Melnyth ihr Leben ließ. Bei dem Gedanken durchströmte ihn ein Hass, der seine Angst in Zorn umschlagen ließ.

Bleibt nur hübsch da drinnen, ihr hässlichen Stinktiere! Dies ist der Tag, wo Melnyths Tod endlich gerächt wird!

Sie suchten Schutz im Garten der Dame Seriema und verbargen sich in einer Gruppe Lorbeersträucher, wo sie sich auf die kommende Aufgabe vorbereiteten. Kher nahm die Waffe von der Schulter und hängte sie an den Stumpf eines abgebrochenen Astes, dann holte er die Päckchen mit dem Sprengstoff hervor. Der Schneeregen fiel nun schon dichter, und Elion schaute voll Unbehagen auf die tief hängenden Wolken.

Wenn noch richtiger Schnee daraus wird, dann kriegen wir alle möglichen Schwierigkeiten. Sowohl der Pass als auch der Steilfelsen werden nicht mehr begehbar sein, und den Winter in Tiarond zu verbringen gefällt mir überhaupt nicht.

»Wir sollten uns besser beeilen, bevor es noch dunkler wird«, sagte er zu Kher.

In diesem Augenblick gab es eine Bewegung im Gebüsch. Ein Strauch verlor seine glänzenden Blätter und ging in die verschwommene, vielgliedrige Gestalt Vifangs über. »Ach, äh ... da bist du«, sagte Kher, dem in Gegenwart der Takur offensichtlich noch nicht so ganz wohl war. »Bist du noch immer bereit, für uns in den Tunnel zu gehen?«

»Ich bin schon dort gewesen«, antwortete die Gestaltwandlerin. »Zumindest ein Stückchen.«

»Wie bitte?«, entfuhr es Elion erschrocken. »Du bist da reingegangen, ohne uns etwas zu sagen? Also, von allen verrückten, unverantwortlichen ...«

»Beruhige dich, Elion.« Kher musterte ihn fragend. »Wozu die Aufregung?« An Vifang gewandt fragte er: »Wie weit bist du gegangen und was hast du gesehen?«

»Wie gesagt, nur ein kleines Stück«, antwortete die Takur. »Ich wollte sie nicht schon jetzt aufscheuchen. Ich habe die Gestalt einer Fledermaus angenommen, damit ich im Dunkeln sehen konnte, wie viele es sind.«

»Und?«

»Es sind so viele und sie hängen so dicht beisammen, dass es schwer zu erkennen war. Ich würde sagen, auf jeden Fall einige Hundert. Mindestens.«

Khers gewöhnlich heiteres Gesicht wurde finster. »Das ist gut. Hoffentlich kriegen wir die ganze verfluchte Bande auf einen Schlag.«

»Seid ihr fertig?«, fragte Vifang. »Der Tag geht zur Neige.

Ich werde mich aber erst im letzten Augenblick verwandeln, denn als Ak'Zahar tut mir das Tageslicht in den Augen weh.«

»Wie kannst du nur so ruhig bleiben?«, fragte Elion.

»Du vergisst, dass ich unter meinesgleichen eine Zeit lang der beste Meuchelmörder gewesen bin«, antwortete sie. »Ich habe lernen müssen, niemals die Ruhe zu verlieren.«

Der Wissenshüter schüttelte den Kopf. »Wie schnell kannst du mir das beibringen?«

»Nicht schnell genug!«

»Ich habe befürchtet, dass du das sagen würdest.« Er überlegte einen Augenblick. Es machte ihm Sorge, dass sie sich in einen Ak'Zahar verwandeln wollte. Er hatte schon einmal gesehen, wie sie sich gegenseitig gnadenlos angriffen, aus Gründen, die einem Menschen völlig sinnlos vorkamen. »Wäre es für dich nicht sicherer, wenn du dich wieder als Fledermaus einschleichst?«, schlug er vor.

»Das wäre es allerdings«, antwortete sie, »aber wie würde ich dann die Sprengladungen tragen?«

»Ach ja.« Elion kam sich dumm vor. »Daran habe ich nicht gedacht.«

Vifang lächelte, wie Gestaltwandler es tun, nämlich innerlich. Sie mochte diesen Menschen, der sie anscheinend achtete. Sie durfte ihm keinesfalls sagen, wie viel Angst sie in Wirklichkeit hatte oder wie gefährlich es für sie werden könnte. Er würde sich nur Sorgen machen. Dann schob sie den Gedanken beiseite. Elion wusste längst, wie tödlich die Ak'Zahar sein konnten. Sie hatten seine Partnerin umgebracht. Und er machte sich schon längst Sorgen.

»Die Ladungen sind jetzt fertig.« Kher unterbrach ihre Gedanken. Er gab ihr einen Beutel, und sie öffnete ihn und sah hinein. »Die kleinen, flachen schwarzen Scheiben sind der Sprengstoff«, sagte er. »Es sind acht Stück. Drücke sie einfach fest an die Wände oder Decke, dann bleiben sie kleben. Versuche, sie möglichst breit zu verteilen. Wir wollen diese verfluchten Missgeburten mit einem einzigen Knall in die Luft jagen, und es wäre am besten, wenn wir dabei den Tunnel der Länge nach sprengen.«

Aus seiner Tasche holte er ein eckiges Gerät hervor, das so groß wie seine Handfläche war. »Wenn du wieder draußen bist, dann löst du hiermit die Sprengung aus.« Er zeigte auf ein weißes herausstehendes Rechteck, das sich leuchtend gegen das schwarze Metall abhob. »Einfach runterdrücken und – bumm!« Er zögerte. »Das hoffe ich zumindest. Wir haben das alles aus der Sammlung, die wir vor Amaurns Machtübernahme nicht benutzen durften. Der Himmel weiß, wie lange das schon eingeschlossen war und ob es überhaupt noch funktioniert.«

»Aber habt ihr es denn nicht überprüft?«, fragte Elion.

»Das konnten wir nicht tun. Wir benötigen alles, was wir haben. Wir konnten nichts für einen Versuch abzweigen. Was einmal gezündet wurde, kann kaum noch einmal benutzt werden.«

Die Takur wurde unruhig. »Aber wenn ich nun mein Leben wage, um eure Sprengladungen anzubringen, und dann gehen sie nicht los – was dann?«

Kher versenkte die Hand in den Beutel und brachte ein anderes Päckchen zum Vorschein. »Dann nehmen wir das – ganz gewöhnliches Sprengpulver. Es ist zwar nicht genug, um den ganzen Tunnel in die Luft zu jagen, aber genug, um die anderen Ladungen zu zünden.«

»Sprengpulver?«, empörte sich die Gestaltwandlerin. »Habt ihr den Verstand verloren? Sie werden das Zeug sofort wittern. Und wie soll ich die Ak'Zahar überzeugen, dass ich einer von ihnen bin, wenn ich eine Zündschnur hinter mir her ziehe?«

Kher dachte einen Moment lang nach. »Also, ich sag dir was. Nimm beim ersten Mal nur die Sprengladungen mit und komm sofort wieder heraus. Wenn sie wirklich nicht zünden, kannst du es mit dem Sprengpulver machen.«

»Ich soll also zweimal rein? Vielen Dank!«

»Nur als letztes Mittel«, erwiderte Kher hastig. »Ich bin sicher, es wird nicht nötig sein – ehrlich. Der Sprengstoff sollte wirklich losgehen.«

»Wenn du so verdammt sicher bist, Kher, warum gehst du dann nicht selbst?«, schnauzte Elion.

Vifang beeilte sich, einen drohenden Streit zwischen den beiden zu verhindern. »Also, es hat keinen Zweck, hier herumzustehen.« Sie prägte sich das Bild eines abscheulichen Ak'Zahar ein und spürte in sich den kalten Fluss, der ihr anzeigte, dass ihre Gestalt sich wandelte. Dann kam die Veränderung zum Stillstand, und ein scheußlicher Räuber kauerte, wo eben noch die Takur gestanden hatte.

Vifang hatte den Gefangenen vor ihrem Aufbruch aus Gendival eingehend beobachtet. Bei Begegnungen mit den Angehörigen anderer Arten – oder auch bei leblosen Dingen, in die sie sich verwandeln wollten – benutzten die Takuru ihre Fähigkeit, sich mit ihrem Bewusstsein in den anderen einzuschleusen, ohne dass dieser es bemerkte. So machten sie sich von dem Körperbau und dem Wesen der fremden Gestalt einen Abdruck in ihrem Geist und konnten sie dann nachbilden. Ein Größenunterschied machte ihnen keine Schwierigkeiten. Der halbfeste Körper eines Takur befand sich teils in der gewöhnlichen Welt und teils in der Nebenwelt – jener befremdlichen Nachbarschaft, zu der sich das Zaubervolk durch den Gebrauch bestimmter Geräte hatte Zugang verschaffen können. Indem die Gestaltwandler in beiden Welten zugleich lebten, konnten sie einen Teil ihrer Masse nach Belieben von der einen in die andere bringen, gerade so viel, wie sie für ihre Wandlungen benötigten. Der Rest blieb in der Nebenwelt.

Da Vifang sich also das Aussehen der Ak'Zahar gegeben hatte, roch und klang sie nicht nur entsprechend, sondern litt auch wie diese unter dem Tageslicht. Selbst das schwache Licht eines bewölkten Nachmittags blendete sie, stach ihr wie mit Klingen in die Augen. Sie nahm den Beutel und schützte das Gesicht mit den knochigen Händen, wobei sie sich mit ihren langen, messerscharfen Krallen fast blutig kratzte. Ihr einziger Wunsch war, aus dieser schrecklichen Helligkeit zu entkommen. »Ich gehe jetzt«, sagte sie. »Ich werde nicht mit euch zu sprechen versuchen, wenn ich dort drin bin, für den Fall dass die Ak'Zahar die Gedankensprache verstehen. Aber seid versichert, dass ich alles so schnell wie irgend möglich erledige.«

Elion, der sie in ihrer neuen Gestalt bislang mit einer Art gebannter Abneigung angestarrt hatte, riss sich sichtlich zusammen und sagte: »Also, gib auf dich Acht. Hinterher, schätze ich, ist dir Amaurn jede Gunst schuldig, um die du ihn bittest – und ich werde dafür sorgen, dass er das weiß.«

Vifang lachte. »Das würde mir gefallen, Elion. Wenn alles gut geht, sehe ich dich bald wieder. Haltet euch fern«, sagte sie noch, dann breitete sie die ledrigen Flügel aus und stieg, den Beutel mit den Klauen an sich gedrückt, in die Luft – eine einsame Gestalt, entschlossen, der Bedrohung der Ak'Zahar zu trotzen.

Kapitel 35

Die Spiegelwand

»Komm, Scall. Nicht zurückbleiben!« Kalt klang nicht ärgerlich, doch es schwang eine gewisse Schärfe mit, die Scall von ihm noch nicht kannte. Seit sie sich von Khers Gruppe getrennt hatten und ihren eigenen Weg gingen, war die Stimmung gereizt. Wären sie nicht alle Erwachsene gewesen, Mitglieder des geheimnisvollen, mächtigen Schattenbundes und sowohl erfahren im Kampf als auch im Überwinden von Schwierigkeiten, Scall hätte schwören können, dass sie unruhig waren – wenn nicht sogar Angst hatten. Aber das war kaum wahrscheinlich, oder? Wenn bei dieser Reise jemand Angst hatte, dann doch wohl er.

Nicht einen Augenblick lang hätte er gedacht, dass er hierher zurückkehren würde, besonders nicht so bald, nachdem er dem grausigen Ort entkommen war. Alles war dazu angetan, ihn an seine Flucht aus Tiarond zu erinnern. Die ganze Gruppe hatte sich mühsam einen Weg über die schlammige, von der Überschwemmung verwüstete Ebene gesucht, bis sie bei dem Wachhaus am Rand des Abgrunds angelangt waren. Dort hatten sie die Pferde untergestellt, ehe sie die Felsstraße zum Wasserfall gegangen waren. Es hatte nur einen Unterschied gegeben – für Scall den bedeutendsten der Welt. Diesmal waren Tormon und Rochalla nicht bei ihm.

Sie werden noch in der Rottenfestung sein, nehme ich an – außer Tormon ist mich suchen gegangen. Aber nein – wie könnte er? Er würde die kleine Annas nicht allein lassen. Das wäre nicht richtig. Was sie wohl gerade tun? Und haben sie Presvel geschnappt – oder ist er noch hinter Rochalla her?

Bei dem Gedanken schauderte ihm.

»Scall, komm *weiter.*« Diesmal klang der Überbringer wirklich verärgert, obwohl er auch wegen des Wasserfalls schreien musste, und Scall merkte, dass er in seiner Verträumtheit die Leute aufhielt, die darauf warteten, hinter dem Wasserfall durch und in den Felstunnel hineingehen zu können. Amaurn, Zavahl und Toulac standen bereits drin. Kalt, Veldan und Kazairl warteten hinter ihm. Der Feuerdrache hatte darauf bestanden, als Letzter zu kommen, für den Fall, dass der Rand der Straße, die unter dem vielen Wasser gelitten hatte, durch sein Gewicht wegbröckeln würde.

»Entschuldigung.« Scall merkte, wie er rot wurde. Anscheinend war er selbst nach all den Abenteuern noch genauso sehr Tagträumer wie damals als Agellas unbrauchbarer Lehrling. Rasch duckte er sich unter dem Bogen des Wassers hindurch, froh, mit seiner Schamröte im Dunkeln zu sein, und ließ sich von dem kalten Dunst das brennende Gesicht kühlen.

Im Tunnel wurde er von den anderen ungeduldig empfangen. »Was trödelst du denn, Junge?«, schnauzte Amaurn. »Entschuldigung«, stammelte Scall.

Toulac nahm ihn beim Arm und zog ihn von dem zornigen Archimandriten fort. »Versuche, mit den Gedanken bei der Sache zu bleiben, Kleiner«, sagte sie freundlich. »Denk daran – je schneller wir es hinter uns bringen, desto eher bist du wieder bei deiner kleinen Braunen. Ganz zu schweigen von dem Mädchen, das bei den Rotten auf dich wartet.«

Scall jedoch ließ sich nicht trösten. »Das ist einfach ungerecht. Ich wollte überhaupt nicht hierher zurück, aber sie haben mich gezwungen.«

Die alte Kriegerin zuckte die Achseln. »Willkommen in der Welt der Erwachsenen, Kleiner. Das Leben ist eben nicht gerecht. Trotzdem muss man vorwärts.«

Scall schäumte vor Wut. Das war genau die Sorte Antwort, die man von alten Leuten immer bekam. Es klang gut, nützte einem aber gar nichts. Es war sein Glück, dass er zu viel Respekt vor ihr hatte, um Widerworte zu geben.

Inzwischen war der letzte Gefährte im Tunnel angekommen. Jeder brachte seinen Glimmer zum Leuchten, dann liefen sie den nassen Weg hinunter, und ihre Schritte hallten von den Felswänden wider. Scall lief so schnell er es wagte, hielt den Blick zur Decke gerichtet, obwohl er Gefahr lief über Höcker und Rinnen zu stolpern. So wenig es ihm behagte, noch einmal die befremdlichen Gänge betreten zu müssen, er konnte nicht schnell genug dahin gelangen. Erstens war er wegen einer möglichen Flut begierig, aus dem Tunnel herauszukommen, und zweitens hatte Toulac in einer Sache Recht gehabt. Je schneller sie das alles hinter sich brächten, desto besser – dann würde er zu Tormon und Rochalla zurückkehren und sein unterbrochenes Leben weiterführen können.

Sofern ich dann noch lebe.

Zu seiner großen Erleichterung brauchten sie für den Weg nicht annähernd so lange wie seinerzeit, als noch alles unbekannt und er allein gewesen war. Als er die runde Öffnung in der Decke sah, rief er laut: »Seht! Da ist es.«

Alle rannten darauf zu und drängten sich darunter zusammen. Amaurn runzelte die Stirn. »Es wird spannend werden, wenn Kaz da hinauf soll.« Er nahm die seltsame Waffe von der Schulter. »Es sieht so aus, als müssten wir einen Teil der Decke zum Einsturz bringen und den Schutt als Rampe benutzen.«

Toulac hatte sich inzwischen ein wenig umgesehen. »He, seht mal her«, rief sie. »Jemand ist vor uns hier gewesen.« Dort am Rand des Weges lag ein Haufen Pferdeäpfel.

Amaurn bückte sich, um sie näher zu betrachten. »Was zum Henker …«

»Wer es auch war, ich meine, sie sind nur bis hierher gegangen.« Toulac zog die Brauen zusammen. »Wir haben weiter oben keine Haufen und auch keine Hufspuren gesehen, und da war der Boden reichlich matschig.«

Dann machte Kalt eine zweite Entdeckung. »Seht, da oben!« Von einer Metallstrebe unter der Decke flatterte ein Stoffstreifen. Er leuchtete mit dem Glimmer hinauf und besah ihn näher. »Das ist doch ein Rottenmuster. Was können die hier wollen?«

Scall schob sich unsanft zu dem Überbringer durch. Der Stoff kam ihm so vertraut vor … »Der sieht aus wie Rochallas Kleid!«

Kalt legte ihm die Hand auf die Schulter. »Ruhig, Junge. Dieses Webmuster ist unter meinen Leuten sehr verbreitet. Mehr als ein Mädchen trägt so ein Kleid – es könnte jeder gehören.«

Scall sagte nichts, aber er war sicher, dass der Überbringer sich irrte. Was im Namen Myrials sollte denn irgendein Rottenmädchen hier wollen? Aus einem Grund, den er nicht kannte, war Rochalla hierher gekommen, genau wie er. Aber wer war bei ihr? Tormon und Seriema? Oder war es Presvel?

Amaurn rief sie zur Ordnung. »Das Herumstehen nützt uns gar nichts. Wir sollten etwas unternehmen, nicht wahr? Alle ein Stück zurücktreten.« Als alle sich in sicherer Entfernung befanden, hob er die Waffe, zielte sorgfältig auf eine Stelle neben der runden Öffnung und schoss. Es gab einen gleißenden Lichtblitz, ein Krachen, und ein Teil der Decke stürzte in einer Staubwolke herab, die sie alle zum Husten und Keuchen brachte. Als sich der Staub legte, sah Scall, dass ein Stück des seltsamen, kreisrunden Ganges freigelegt war. Wie erhofft bildete der Schutt einen großen Haufen darunter, über den man vorsichtig hinaufsteigen konnte.

»Myrial im Festkleid!«, sagte Toulac. »Du hast doch nicht den ganzen Tunnel verschüttet?«

Amaurn spähte durch die staubige Luft. »Ich glaube, nicht. Wenn man einen der Felsbrocken wegbewegt, wäre Platz, um sich durchzuschieben. Wahrscheinlich.«

»Wen kümmert das?«, meinte Veldan ungeduldig. »Wir müssen sowieso nicht bergab. Der Weg nach oben ist frei, und solange wir hinaus können, ist alles andere unwichtig. Lasst uns weitergehen.«

Scall hätte nicht einverstandener sein können.

Rampe oder nicht, Kaz hatte trotzdem beträchtliche Schwierigkeiten, hinaufzuklettern, und ehe er sich in den Gang quetschen konnte, musste Amaurn die Einstellung seiner Waffe verringern und kurze Feuerstöße auf die Wände abgeben, um mehr Platz zu schaffen. Das Ergebnis war überraschend. Die weiche Schicht auf den Wänden, die augenscheinlich vier bis fünf Fuß dick gewesen war, schrumpfte und verschwand und hinterließ eine Röhre aus glattem Gestein, die wie ein Wurmloch ins Innere der Ebene führte.

»Was war denn *das* für Zeug?«, wunderte Zavahl sich laut. »Aethon sagt, in seinen Erinnerungen kommt es nirgends vor.«

»Darüber können wir uns später Gedanken machen«, erwiderte Veldan. Wenigstens ist jetzt für Kaz genügend Platz, und das allein ist wichtig.«

Mit der weichen Schicht war auch das bunte Licht verschwunden, und so wurden die Glimmer wieder gebraucht, während sie einzeln hintereinander durch die Röhre schlichen, wo das Laufen auf dem runden Boden jetzt schwieriger war. Scall ärgerte sich, dass Amaurn ihn nicht vorangehen ließ. Stattdessen musste er hinter dem Archimandriten und Zavahl bleiben, obwohl schließlich er derjenige war, der die Gänge entdeckt hatte, und er war auch als Einziger schon hier gewesen. Nicht dass er, um ganz ehrlich zu sein, es unbedingt als Erster mit einer Gefahr aufnehmen wollte, aber andererseits zeigte ihm das, was sie wirklich von ihm hielten: dass er nur ein Junge war und nicht viel zählte. Wütend stapfte Scall voran und murmelte durch die Zähne, dass Tormon ihn nie so behandelt habe. Dabei hatte dieser Haufen vorher in Gendival ein ganz anderes Lied gesungen, als sie nämlich die fremden Geräte sehen wollten, die er genau hier gefunden hatte.

Plötzlich klopfte ihm Toulac von hinten auf die Schulter. »Mach dir nichts draus«, sagte sie leise. »Dafür hat von diesem Haufen noch niemand den Mumm gehabt, mit bloßen Händen und einem Stein so eine geflügelte Bestie anzugreifen.« Nach diesem Zuspruch hatte Scall schon viel bessere Laune. Als sich der Gang in die riesige Höhle hin öffnete und Amaurn ihn nach vorn winkte, damit er den Weg anführte, war sein Stolz restlos wiederhergestellt.

In Wahrheit hatte Scall schon vergessen, wie verwirrend und einschüchternd diese Halle wirkte, all die eigentümlichen Lichtmuster, die sich bewegten, die unheimlichen Klänge und unnatürlichen Gebilde, die alle verschieden groß und geformt waren und aus dem Boden zu wachsen schienen. Die Erwachsenen waren alle stehen geblieben und gafften mit offenem Mund die fremde Umgebung an. Er stellte befriedigt fest, dass sie genauso ergriffen staunten wie er beim ersten Mal. Wenn er ehrlich sein sollte, so war er auch jetzt noch verblüfft, aber er überspielte es nach Kräften und gab sich stattdessen eine gleichgültige Überlegenheit. »Kommt weiter. Die Stelle, wo ich das seltsame Zeug gefunden habe, ist da hinten«, sagte er und ging mutig in die hoffentlich richtige Richtung.

»Mist, wir haben ihn verloren!« Seriema stemmte die Fäuste in die Hüften. »Ehrlich, ich verstehe, warum Tormon es so eilig hat, aber wir haben ihn immer wieder gebeten, nicht so weit vorauszulaufen – und nun seht!«

Sie waren an eine Gabelung gelangt. Der Händler, der sich mit der Zeit immer weiter entfernt hatte, war nicht mehr zu sehen. Cetain bedeutete seinen Männern, still zu sein, und rief nacheinander in beide Gänge. »Tormon! He, Tormon! Komm zurück!« Es kam keine Antwort, und der Rotte drehte sich achselzuckend zu Seriema um. »Also, diesmal hat er es wirklich geschafft. Und hatte nicht einmal so viel Grips, ein Zeichen zu hinterlassen, in welche Richtung er gegangen ist. Mann, selbst das junge Mädchen hat mehr Verstand.«

»Richtig – und falls *sie* eins hinterlassen hat, dann hat dieser dämliche Schafskopf von einem Händler es jetzt weggenommen«, meinte Willan entrüstet.

»Was tun wir also?«, fragte Seriema voller Unruhe.

Cetain zuckte die Achseln. »Ich würde eine Münze werfen, wenn ich eine hätte. Die beiden Gänge sehen mir völlig gleich aus, da ist nichts, wonach man wählen könnte.«

»Dann nehmen wir vielleicht einfach den nächstbesten«, sagte Seriema ein wenig unschlüssig. »Wenn von ihm weiterhin keine Spur ist, können wir jederzeit umkehren.« Sie seufzte. »Wir sind schon so weit gelaufen, ich könnte wirklich ohne zusätzliche Aufregung auskommen.«

Nachdem sie die große Halle verlassen hatten, zeigte sich, dass der folgende Gang dem vorigen völlig glich. Die gerundeten Wände aus einem weichen, nachgiebigen Stoff und auch das Licht war wieder zu wechselnden Regenbogenfarben übergegangen. Manchmal verlief der Gang gerade und manchmal gab es eine leichte Biegung. Hin und wieder, nur um die Eintönigkeit zu unterbrechen, machte er einen scharfen Knick und gelegentlich ging es steil bergab und sie wussten, dass sie tiefer unter die Ebene geführt wurden. Aber das war alles. Es gab keine Kreuzungen und keine Räume, also nichts, das den vorauseilenden Tormon hätte aufhalten können. Auch wenn alle anderen müde gewesen waren, war er weitergelaufen – bis sie bemerkten, dass er sie wahrhaftig abgehängt hatte und nicht mehr aufzufinden war.

Seriema seufzte. »Wir sollten ihn aber nicht allzu weit kommen lassen. Hat jemand etwas bei sich, womit man den Gang kennzeichnet, durch den wir gekommen sind?«

Willan holte ein sauberes Stück Leinen hervor, worin einmal der Haferkuchen eingewickelt gewesen war, und spießte es mit einem Messer an die weiche Wand. Dort hing es wie eine Flagge, die ihren Heimweg anzeigte.

Falls wir je wieder hier entlang kommen.

Seriema versuchte diese düsteren Gedanken zu verscheuchen, straffte die Schultern und setzte sich erneut in Marsch – jedoch schlug sie eine aussichtslose Schlacht gegen ihre sinkende Laune. »Das hat alles überhaupt keinen Sinn«, klagte sie.

Überraschenderweise war Cetain anderer Meinung. »Vielleicht doch«, sagte er. »Wenn einer unserer Häuptlinge stirbt, begraben wir ihn im Moor und errichten ein großes Hügelgrab über ihm. Sein wertvoller Besitz geht mit ihm ins Grab – was immer zu seinem Reichtum oder Bequemlichkeit in der jenseitigen Welt beitragen kann.« Er sah Seriema grinsend an. »Natürlich gibt es, weil die Rotten kein reiches Volk sind, immer wieder Leute, die meinen, dass es eine Verschwendung ist, so viel Wertvolles im Boden zu vergraben, wo es für immer verloren ist. Und folglich sind manche so mutig oder so dumm und brechen in die Gräber ein, um nach verbotenen Reichtümern zu suchen. Um aber den Geist des Häuptlings vor unziemlichen Störungen zu bewahren, bauen wir in die Hügelgräber ein Gewirr falscher Gänge ein und in vielen gibt es Fallgruben und andere Vorrichtungen. So ein Möchtegerndieb, der in die Ruhestätte eines Rottenhäuptlings einbricht, scheint nur selten wieder hinaus zu finden – nicht dass es andere davon abhält, es trotzdem zu versuchen.«

Sein Grinsen wurde listig und er zwinkerte sie an. »Stell dir vor, manche erzählen, dass die Häuptlinge vor ihrem Tod oftmals einen Plan des Grabes an ihre Söhne oder Töchter weitergeben. Auf diese Weise ist die Ehre befriedigt, aber der Reichtum geht der Sippe nicht verloren. Stück für Stück werden die Gegenstände herausgeholt und weiter genutzt, und niemand bemerkt je etwas zu ihrer Rückkehr.«

Seriema sah ihn stirnrunzelnd an. »Und?«

»Nun, Mädchen, das Entscheidende an meiner Geschichte ist folgendes. Diese vielen Gänge hier erinnern mich an die Hügelgräber, nur in einem größeren Maßstab natürlich. Ich glaube nicht, dass all diese endlosen Gänge einen besonderen Zweck haben – außer dem, etwas zu verbergen.«

»Weißt du, ich glaube, dass du Recht hast. Ich habe noch nicht darüber nachgedacht, aber nur so ergibt es einen Sinn.« Seriema betrachtete den jungen Mann, den zu heiraten sie versprochen hatte, mit wachsender Anerkennung. Wie viel Glück sie doch hatte! Cetain war ein Krieger, der mit großem Geschick reiten und kämpfen konnte. In der rauen Welt, in der er lebte, flößte er große Achtung ein – aber zu alldem besaß er Verstand und gebrauchte ihn. »Ich frage mich, wer das hier gebaut hat – und was es ist, das sie damit schützen wollten«, sagte sie nachdenklich.

Cetain machte ein ernstes Gesicht. »Ich bin mir nicht sicher, ob ich das wissen möchte«, antwortete er.

Sie waren schon eine ganze Weile gegangen ohne ein Zeichen von Tormon, als sie wieder vor einer Gabelung standen. Doch diesmal mündete der Gang, der genau wie alle anderen gewesen war, in eine kleine Kammer, die beinahe gewöhnlich aussah, wenn man davon absah, dass die Wände aus glattem Metall bestanden, und sie verliefen senkrecht und waren auf die übliche Art viereckig. Seriema stieß einen erleichterten Seufzer aus und sah sich dankbar um. »Myrial sei Dank! Vielleicht kommen wir endlich an ein Ziel. Ich will nie wieder einen dieser verdammten Gänge sehen, auf keinen Fall.«

»Da stimme ich dir zu«, sagte Cetain mit Nachdruck. Die Gesichter seiner Männer hellten sich merklich auf, seit sie sich zwischen festen, beinahe gewöhnlichen Wänden und in einem hellen Licht wiederfanden, das seine Farbe beibehielt.

Diesmal fiel es ihnen nicht schwer, sich für eine Richtung zu entscheiden. An einer Seite des Raumes kam man in eine Art Vorzimmer, und als sie es vorsichtig betraten, stellten sie fest, dass es nicht nur keine Tür hatte, die wieder hinausführte, sondern auch keine Decke. Stattdessen reichte ein Schacht bis in unerkennbare Höhe hinauf, dessen Ende sich im Dunkeln verlor. Auf der gegenüberliegenden Seite der Hauptkammer befand sich ein langer Flur, der einzige andere Ausgang. Auch dieser hatte senkrechte, rechteckige Wände und Decken und bestand aus demselben Metall wie die Kammer.

Willan übernahm zusammen mit seinen zwei besten Kämpfern für eine Weile die Führung. Erleichtert, einen Bereich betreten zu haben, der nicht so befremdlich erschien, schritt Seriema kräftig aus. Cetain ging neben ihr, die übrigen Männer folgten nach. Nicht lange und sie kamen an eine Stelle, wo der Gang nach links schwenkte. Als sie um die Ecke bogen, blieb Seriema erschrocken stehen. Dort kam eine Schar Krieger auf sie zu. Willan fluchte, und als seine Männer nach den Waffen griffen, sahen sie die anderen dasselbe tun. Erst nach einem halben Dutzend Schritte kamen sie den Gestalten so nahe, dass sie begriffen, was sie sahen.

»Also, das ist der Gipfel!«, brummte der graue alte Krieger. »Es ist ein Spiegel!«

Cetain blieb sofort stehen und hielt die übrigen mit lautem Befehl an. »Sieh an«, sagte er leise. »Und ein viel besserer Spiegel, als je einer in Arcans Festung gesehen wurde. Aber wozu ist so ein Ding hier unten nütze?« Er drehte sich halb zu Seriema um. »Nun, Mädchen, nicht umsonst habe ich dir das alles über die Hügelgräber erzählt. Nenn mich einen misstrauischen Hund, wenn ich mich irre – aber für mich riecht das nach einer Falle.« Er grinste den alten Mann an. »Willan, bist du mit dem Messer noch so treffsicher wie früher?«

»Natürlich bin ich das!«, antwortete der gekränkt. »Ich treffe das Auge einer Fliege auf zwanzig Schritt.«

Cetains Grinsen wurde wölfisch. »Ach, das ist gar nicht nötig«, sagte er. »Ich will nur, dass du den Spiegel da hinten triffst.«

Aus dem Nichts erschien ein glänzendes kleines Wurfmesser in Willans Hand, und mit einer geschmeidigen Bewegung schleuderte er es auf die Spiegelwand. Mit lautem Splittern zerbrach der Spiegel in unzählige Scherben. Es gab einen blendenden Lichtblitz und einen Knall in den Ohren, dann brauste starker Wind von hinten an ihnen vorbei, dorthin, wo der Spiegel gewesen war. Das Licht erlosch, der Wind erstarb, der Druck auf den Ohren verschwand.

Seriema strich sich die Haarsträhnen aus dem Gesicht und blinzelte die Tränen aus ihren brennenden Augen. Sie wusste nicht, was sie hinter dem Spiegel zu sehen erwartet hatte. Keine glatte Wand oder einen gewöhnlichen Raum, das stand fest. Was sie aber ganz bestimmt nicht erwartet hatte, war den Hauptmann der Gottesschwerter, wie er aus einem schwarzen, wirbelnden Loch gesaust kam, und mit ihm gleich noch vier andere Menschen. Alle fünf landeten aufeinander auf dem Boden, während hinter ihnen … Seriema blinzelte. Hinter ihnen befand sich wieder der vollendete Spiegel, unbeschädigt und makellos wie zuvor.

»Mann!« Die Stimme gehörte Willan. »So was kriegt man nicht alle Tage zu sehen!«

Es war ein wundervolles Gefühl, wieder frei zu sein. Ganz gleich, wie überzeugend Helveriens Trugbilder gewesen waren, es war eine ungeheure Erleichterung, wieder in der gewöhnlichen, stofflichen Welt zu sein. Galveron ging auf Seriema zu. »Bei Myrial, wie schön es ist, dich zu sehen, meine Dame! Du bist es wohl, der wir für die Rettung zu danken haben.«

Seriema machte noch immer ein verblüfftes Gesicht. »Leutnant Galveron! Ich bin froh, dass du den Angriff auf die Stadt überlebt hast. Aber was um alles in der Welt tust du hier unten?«

Er schüttelte den Kopf. »Ach, meine Dame, das ist eine lange, lange Geschichte. Inzwischen bin ich nicht mehr Leutnant. Hauptmann Blank scheint seit dem Angriff der fliegenden Ungeheuer verschollen zu sein, und die Hierarchin hat mich an seiner Stelle zum Hauptmann gemacht.«

»Gilarra? Dann ist sie also am Leben?«

Galveron nickte. »Ein paar hundert Tiarondianer haben überlebt. Wir haben im Tempel Zuflucht gefunden, und vom Allerheiligsten aus hat uns der Weg hierher geführt. Kurz gesagt, meine Dame, Gilarra hat mich geschickt, um den Ring des Hierarchen zu finden.«

Seriemas Brauen gingen in die Höhe. »Wie bitte? Hier unten?«

»Frag nicht danach«, sagte er gequält. »Jedenfalls haben wir ihn gefunden, meine Gefährten und ich, aber wir sind in diese Falle geraten, aus der du uns erlöst hast. Wir glaubten schon, wir würden die Welt nie wieder sehen. Aber was bringt dich hierher, Dame Seriema? Wie bist du nur an diesen Ort gelangt?«

»Auch wir sind auf der Suche – aber nach Freunden, nicht nach Juwelen«, sagte Seriema. »Auch das ist eine lange Geschichte, aber kurz gesagt, hat Presvel – du erinnerst dich an meinen Diener? – beim Fall der Stadt den Verstand verloren und die Tochter des Händlers Tormon und ein junges Mädchen entführt. Mit ihm sind wir hier, um sein Kind zurückzuholen, aber er ist zu weit vorausgeeilt, und wir haben ihn verloren. Wir waren auf der Suche nach ihm, als wir auf euch stießen.« Sie drehte sich halb nach einem großen jungen Mann mit roten Haaren und stechendem Blick um. »Ich sollte euch wohl miteinander bekannt machen. Hauptmann Galveron von den Gottesschwertern, das ist Cetain, Sohn des Rottenhäuptlings Arcan – und bald mein Lebensgefährte.«

Galveron blieb der Mund offen stehen. Einer dieser uneinsichtigen Schurken? Und sie war ihm versprochen? Wie im Namen Myrials hatte es dazu kommen können?

Cetain lachte und streckte ihm die Hand hin. »Ich errate deine Gedanken, Gottesschwert, und wie du schon sagtest, das ist eine lange Geschichte. Wir würden uns freuen, sie dir erzählen zu können, sobald wir mehr Zeit haben. Im Augenblick jedoch schlage ich vor, dass wir alte Feindschaften beiseite legen. Wir Menschen müssen uns gegen einen viel bedrohlicheren Feind zusammenschließen.«

Galveron war unwillkürlich angetan. Dieser Mann hatte etwas an sich, das ihm gefiel. »Bei Myrial, du hast Recht«, sagte er. »Und im Hinblick auf unser neues Bündnis möchte ich vorschlagen, dass wir euch nun vordringlich helfen, Tormon und sein kleines Mädchen zu finden.« Er runzelte die Stirn. »Der arme Mann. Hat sein Unglück denn kein Ende? Doch wir werden für ihn tun, was wir können – danach werden wir uns darum kümmern, wie wir hier wieder herausfinden.« Er lächelte Seriema an. »Aber bevor wir losgehen, möchte ich dir jemanden vorstellen.« Er legte Aliana einen Arm um die Schultern und schob sie nach vorn. »Dame Seriema, das ist Aliana, Anführerin der besten Diebe der Stadt – und bald *meine* Lebensgefährtin – das heißt, sofern sie mich haben will?« Er sah plötzlich unsicher in Alianas Gesicht. Er hatte so ein Gefühl, als könnte es ihr vielleicht nicht behagen, so der Aufmerksamkeit aller ausgesetzt zu werden. Doch die Diebin sah zu ihm auf und strahlte ihn an. »Versuch mal, mich daran zu hindern«, sagte sie.

Thirishri schenkte dem oberflächlichen Geplapper der Menschen wenig Beachtung. Sie konnte ihr Glück kaum fassen – sie hatte die Hoffnung längst aufgegeben, jemals aus dem zeitlosen Nirgendwo zu entkommen, in dem Amaurn der Abtrünnige sie gefangen gehalten hatte. Die unglaubliche Kleinigkeit, die ihre Freude aber vollkommen machte, war das Gesicht der Dame Seriema, die mitten in einer Schar ungehobelt aussehender Männer stand.

Ich kann es nicht glauben! Ich bin nicht nur von dort entkommen, man hat mich sogar in meine eigene Zeit freigelassen!

Helverien warf einen Blick zu dem Windgeist hinauf, der unter der Decke schwebte. »Es ist mehr als Zufall, wenn du mich fragst. Ich habe viel Zeit gehabt, um darüber nachzudenken, wie das Leben spielt, und was wir meist kurzerhand als Vorsehung oder glücklichen Zufall ansehen, gehört gewöhnlich zu einem viel größeren Plan, der sich über einen so langen Zeitraum der Geschichte erstreckt, wie wir ihn gar nicht erfassen können.«

Insgeheim fand Thirishri, das hörte sich wie Geschwafel an. Der einzige Grund, den sie sich vielleicht für ihre frühe Freilassung denken konnte, war, dass sie zu Amaurns Lebzeiten zurückkehrte, um den Abtrünnigen endlich der Gerechtigkeit zuzuführen. Während sie noch bei dieser glücklichen Aussicht verweilte, merkte sie plötzlich, dass die Menschen unter ihr längst in ein Gespräch vertieft waren. Sie sollte besser aufmerksam auf deren Absichten horchen.

Es war, wie sie nach Galverons und Alianas Erzählung vermutet hatte. Sie waren in demselben unterirdischen Labyrinth hervorgekommen, in das sie gelangt waren, als sie sich unter Myrials Tempel gewagt hatten. Obwohl ihr Plan, das Händlerkind zu retten, sie kaum etwas anging, entschied sie, dass sie vorerst doch besser bei ihnen bleiben und diesen seltsamen Ort näher untersuchen sollte. Ganz offensichtlich war er von den Alten gebaut worden und als solcher betraf er den Schattenbund auf das Dringlichste. Vielleicht wären sie zu zweit, das heißt, sie und Helverien, in der Lage, hier etwas zu begreifen.

Inzwischen fiel ihr ein, dass sie versuchen sollte, Cergorn zu erreichen. Nach dem zu schließen, was sie von Galveron und Aliana erfahren hatte und nun auch von Seriema hörte, war sie nur wenige Tage verschollen gewesen. Was sie nun im Einzelnen wissen wollte, war nur vom Schattenbund zu erfahren, und sie musste ihren Partner wissen lassen, dass sie wohlauf war. Wahrscheinlich würde es nicht einfach sein, von hier aus nach Gendival durchzukommen – wer wusste schon, wie tief sie sich unter der Erde befanden. Felsgestein schien immer eine hindernde Wirkung auf die Gedankenübertragung zu haben. Aber sie würde ihre Kräfte zusammennehmen, und es sollten doch Horcher im Dienst sein, um ihre Gedanken aufzufangen und zu verstärken. Es war verzweifelt wichtig, dass sie den Archimandriten erreichte. Er musste so schnell wie möglich erfahren, dass Amaurn noch immer eine Bedrohung war.

Während die Menschen redeten, nahm Thirishri die Gelegenheit wahr und schickte ihre Nachricht ab. Sie bündelte ihre Gedanken zu einem äußerst dichten und abgeschirmten Strahl, drang durch diese Steingruft, über die Ebene von Tiarond und durch die Schleierwand nach Gendival.

Sofort spürte sie, dass etwas nicht stimmte – und zwar mehr, als sich mit ein paar Tagen Abwesenheit erklären ließe. Die Horcher auf dem Posten waren ihr unbekannt und sehr jung. Thirishri verdichtete ihre Kräfte und langsam entstand in ihrem Geist ein verschwommenes Bild von den dreien im Kundschafterturm. Eine junge Menschenfrau, unerfahren und hübsch, mit einem goldenen Schimmer in den hellbraunen Haaren. Die beiden anderen dicht bei ihr: ein junger Mann mit geschorenem Kopf, wo die Stoppeln einen dunklen Schatten ergaben, und ein junges Mädchen mit scharfen Gesichtszügen, das geflochtene Haar von einem dunkleren Braun.

Thirishri wunderte sich, dass der Posten nur von Menschen besetzt war. Das war besonders bei den Horchern völlig unüblich, aus dem offensichtlichen Grund, da die unterschiedlichen Fähigkeiten der Arten sich gegenseitig ergänzten und verstärkten. Diese drei waren außerdem sehr jung, Schüler im letzten Jahr der Ausbildung, so schätzte sie. Man hatte sie vor der Zeit befördert. Wieder spürte sie einen Schauder des Unbehagens. Cergorn hätte so etwas niemals gestattet!

Hauptempfänger der Gruppe war die junge Frau mit den hellbraunen Haaren, die sich mit Devera meldete. Thirishri schnitt ihr sofort das Wort ab. *Hier ist die Altgediente Thirishri. Ich muss sofort eine Nachricht an Archimandrit Cergorn übermitteln.*

Sie spürte die Ratlosigkeit der Angesprochenen. »Aber – es tut mir Leid, das ist nicht möglich.«

Thirishri war hinsichtlich ihrer Geduld heute schlecht zurecht. *Was soll das heißen? Rufe ihn einfach, Mädchen!*

»Aber ... weißt du es denn nicht? Cergorn ist nicht mehr Archimandrit. Er ist überhaupt nicht mehr in Gendival.«

Wie bitte? Thirishri war wie betäubt, aber sie war nicht umsonst eine altgediente Wissenshüterin. Innerhalb eines Augenblicks hatte sie sich gefasst und beschlossen, herauszufinden, was in ihrer Abwesenheit vorgefallen war. Es dauerte eine Weile, bis sie die ganze Geschichte aus der Kleinen herausgeschnauzt hatte, die am Ende merkte, dass sie sich bös vertan hatte, indem sie so unbesonnen mit allem herausgerückt war. Bis die Horcherin jedoch zu Ende gestammelt hatte, wusste Thirishri alles, was sie hatte erfahren wollen und mehr als das. Fast geistesabwesend brach sie die Verbindung ab und heftige Trauer überwältigte sie. Wahrhaftig, es war, als hätte man ihren Partner umgebracht. Nach einer so gründlichen Auslöschung des Gedächtnisses bestand keine Hoffnung, dass Cergorn je wieder der alte werden könnte. Der Archimandrit war nicht mehr. Ihr Partner im Schattenbund war für immer verloren. Darauf packte sie finstere Wut, so eisig und ungeheuer wie die Tiefen des Ozeans.

Ich werde dich finden, Amaurn! Du kannst nicht weit sein! Es ist Zeit für die Hinrichtung, die du seit langem verdienst!

Es sollte nicht schwer werden. Sie hatte vor Freude einen Sprung gemacht, als sie hörte, dass ihr alter Feind sich gerade hier in diesen unterirdischen Gängen aufhielt. Wie passend! Sie bräuchte beim Aufspüren dieses Ungeheuers keine wertvolle Zeit zu vergeuden.

Unter ihr machten sich die Menschen bereit, loszugehen, und Helverien, die sich lebhaft mit dem Rest der armseligen Narren unterhalten hatte, blickte zu ihr herauf. »Wie steht's mit dir, Thirishri? Kommst du mit uns?«

Thirishri entschloss sich dazu – jedenfalls fürs Erste. In diesen unterirdischen Gängen mochte es nämlich sein, dass Amaurns Gruppe irgendwann an derselben Stelle landete wie diese hier. Wenn nicht, könnte sie sich auch später noch von ihnen trennen und allein nach dem Verräter suchen, der ihren Partner gestürzt hatte. Außerdem waren da auch diese hinterlistigen Abtrünnigen, die ihn unterstützten – hauptsächlich Veldan und ihre Kumpane. Während sie den Gang entlangschwebte, wurden ihre Gedanken immer finsterer. Es war Zeit, ein paar offene Rechnungen zu begleichen.

Kapitel 36

Das Nest

Es war gut, dass Vifang nur ein kurzes Stück zu fliegen hatte, denn ihre Augen tränten so sehr, dass sie kaum sehen konnte und heftig von einer Seite zur anderen schlingerte. Gerade noch rechtzeitig gelang ihr ein gleichmäßiger Gleitflug, sodass sie den Tunneleingang nicht verfehlte, und sie war ziemlich stolz, als sie in einem sauberen Bogen in die finstere Öffnung glitt. Dann verloren derlei Gedanken ihre Bedeutung, während sie sich vorsichtig durch das Lager der Ak'Zahar bewegte.

Es kam ihr zugute, dass sie bei ihrer langen, erfolgreichen Arbeit als Meuchelmörderin gelernt hatte, die Angst durch eine völlige Sammlung ihrer Kräfte zu unterdrücken. Bei ihrer ersten Erkundung hatte sie beobachtet, wie sich die Ak'Zahar bewegten, wie sie schliefen und sich gegeneinander verhielten. Jetzt würde sich herausstellen, wie viel sie dabei gelernt hatte. Die Räuber hingen dicht zusammengedrängt in der Mitte des Tunnels, wo das Licht der beiden Ausgänge nicht hinkam. Im Dunkeln sahen die Ak'Zahar ausgezeichnet, und Vifang konnte alles klar und deutlich erkennen, wenn auch in grün-grauen Schattierungen. Die Scheusale schliefen nicht in wahlloser Anordnung, sondern die kleinsten und schwächsten befanden sich am Rand, wo sie am meisten dem Tageslicht, dem kalten Wind und jeglichem Geschöpf ausgesetzt waren, das verrückt genug wäre, die gierigen Ungeheuer aufzuschrecken.

Wie ich.

Ganz junge waren nicht zu sehen, und die Takur fragte sich kurz, wie sie geboren und großgezogen wurden. Dann dachte sie, dass eine Kinderstube der Ak'Zahar das Letzte wäre, was sie von innen zu sehen wünschte – außer natürlich es handelte sich um das Innere eines Ak'Zaharbauchs.

Ehe sie der Gruppe zu nahe kam, flog sie an die Tunnelwand und hielt sich mit Händen und Füßen an dem rauen Stein fest, wie sie es bei den anderen gesehen hatte. Dabei erkannte sie die zweite Bedeutung der langen, gebogenen Krallen. Sie ermöglichten ihr, sich fest an die Wand oder sogar an die Decke zu klammern, während sie das geringfügige Gewicht des ausgezehrten, hohlknochigen Körpers trugen, ohne dass es schwierig oder unbequem wurde.

Die seltsam hastigen Seitwärtsbewegungen der Ak'Zahar nachahmend, näherte sie sich an der Wand entlang der schlafenden Gruppe. Es gab ein gedämpftes Zischen und ein trockenes Rascheln von den Flügeln, und alle Köpfe drehten sich gleichzeitig, um den Neuankömmling zu betrachten. Dutzende Augen, die sie mit ihrer neuen Sehkraft als kleine weiße Lichter sah, waren starr und gefühllos auf sie gerichtet. Vifang schauderte. Ihr war plötzlich kalt und übel, aber sie wusste, dass es entscheidend war, ihre wachsende Angst zu beherrschen. Wenn die anderen ihre Angst witterten, würden sie ihre Schwäche ausnutzen und sie in Stücke reißen.

Einen Moment lang hielt sie inne und dachte an Amaurn und welche Hoffnung er ihrem Volk gemacht hatte, wie viel Freude sie empfunden hatte, als sie sich einer Gruppe Wissenshüter anschließen durfte, und welch warmes, völlig ungewohntes Gefühl der Zugehörigkeit dadurch in ihr geweckt wurde. Sie dachte an Elion und wie sehr sie inzwischen seine Gesellschaft schätzte und sich von ihm geachtet fühlte. Vor allem aber dachte sie an die Zukunft, wo allerhand

Abenteuer und neue Erfahrungen auf sie warteten – wenn sie nur die nächsten ein, zwei Stunden überleben würde.

Diese Gedanken festigten sie und stärkten ihren Mut, und sie gewann die kalte Gelassenheit zurück, mit der sie sich stets ihren Aufgaben gestellt hatte. Sie holte tief Luft und bewegte sich mit großer Achtsamkeit vorwärts. Um die Sprengladungen anzubringen, wie Kher es verlangte, würde sie genau durch die Mitte der Gruppe und zur anderen Seite wieder herausschleichen müssen – und sie spürte, das würde den Ak'Zahar gar nicht gefallen.

Wenigstens war der Gestank der Biester nicht so überwältigend, da sie selbst genauso roch. Vifang klebte die erste Ladung am Rand des Gedränges an die Tunneldecke und begann dann ihre gefährliche Reise zur Mitte. Wie erwartet leisteten die schwächlichen Geschöpfe am Rand kaum Widerstand. Als sie in ihre neue Gestalt geschlüpft war, hatte sie sich vorsichtshalber größer und kräftiger als die anderen gemacht. Bei der Beobachtung des Gefangenen in Gendival hatte sie sich so viel wie möglich von dessen Körpersprache angeeignet, und in diesem Augenblick sagte ihr Körper: Leg dich nicht mit mir an! Die kleineren machten ihr ohne Murren Platz und sie drängte sich zwischen ihnen hindurch, als bräuchte sie nichts und niemanden auf der Welt zu fürchten. Unterdessen heftete sie die Sprengladungen an. Als sie tiefer in den Schwarm eindrang, merkte sie, wie sich die Reihen hinter ihr wieder schlossen und jede Hoffnung auf ein schnelles Entkommen zunichte machten.

Weiter zur Mitte hin wurde das Gedränge dichter. Die großen hingen so eng beisammen, dass Vifang immer häufiger gegen sie stieß. Sie brauchte ihre ganze Willenskraft, um nicht vor der widerlichen Berührung der ledrigen Haut zurückzuschrecken. Unzählige Reißzähne und Krallen umgaben sie, bereit, sie bei der geringsten falschen Bewegung zu zerfetzen. Und in einem fort starrten sie diese unheimlichen, glühenden Augen an, folgten jeder ihrer Bewegungen mit grausamen Blicken.

Trotz allem war Vifang viel weiter gekommen als erwartet, ehe sie auf echte Schwierigkeiten stieß. In der Mitte des ganzen Gesindels hingen einige, etwa ein Dutzend oder so, die genauso groß und kräftig waren wie sie – aber beträchtlich bösartiger aussahen. Sie schoben die geringeren ihrer Kameraden zur Seite, um mehr Platz zu schaffen, fauchten sie drohend an, fletschten die Zähne und schlugen mit den Flügeln.

Also, auf gar keinen Fall bewege ich mich durch diesen Haufen!

Da hinter ihr der Fluchtweg versperrt war, wäre es ein schwerer Fehler, sie in irgendeiner Weise herauszufordern oder gar bekämpfen zu wollen. Vorsichtig zog sie sich ein Stückchen zurück – weit genug, um jeden Verdacht der Angriffslust von ihrer Seite zu entkräften, aber nicht so weit, dass sie eingeschüchtert erscheinen konnte. Dabei sah sie sich nach einem anderen Weg um.

Zum ersten Mal fiel ihr so richtig auf, dass nur Wände und Decke als Schlafplatz dienten und der Boden frei war. Inzwischen steckte sie schon so lange in dieser Gestalt, dass sie die Welt mit den Augen der Räuber zu sehen begann. Vermutlich mieden sie den Boden aus den selben Gründen wie sie es getan hatte: zum einen war er mit einer dicken Schicht Kot bedeckt und zum anderen wäre man, wenn man am Boden schlafen wollte, viel zu leicht angreifbar.

Aber ich werde nicht schlafen.

Sie öffnete ein klein wenig die Flügel, löste sich von der Wand und schwebte hinab. Sie schluckte mühsam, als sie mit den Füßen in den stinkenden Schmutz sank.

Ich hoffe wirklich, Amaurn weiß das zu schätzen!

So schnell sie es eben wagte, heftete sie die nächsten zwei Sprengladungen in der Tunnelmitte an den unteren Teil der Mauer, eine auf jeder Seite, dann setzte sie ihren Weg fort.

Sich unten am Boden zu befinden, während sich oben die riesige Schar Ak'Zahar drängte, war aufreibend bis zum

Äußersten. Sie hörte sie kratzen und rascheln, und aus den Augenwinkeln sah sie, dass sie genauestens beobachtet wurde. Ihr kribbelte die Haut unter dem Blick so vieler Augen, und ein Schauder nach dem anderen jagte ihr über den Rücken. Wenn sich auch nur einer auf sie stürzte, würden die anderen ebenfalls angreifen, und sie wäre erledigt. Hier einen kühlen Kopf zu behalten, sich stetig weiter zum Tunnelausgang zu bewegen und dabei die Sprengladungen abzusetzen war das Tapferste und Schwierigste, was sie je getan hatte. Um die beiden letzten loszuwerden, kehrte sie unter die Decke zurück, und als sie die schwächeren Biester grob zur Seite stieß und mit den Klauen nach ihnen schlug, saß echte Gehässigkeit dahinter.

Bis sie die letzte an ihrem Bestimmungsort gelassen hatte, stach ihr das Licht, das in den Tunnel fiel, so sehr in die Augen, dass sie es nicht mehr aushielt. Sie verwandelte sich in einen Falken und schoss hinaus in die saubere, freie Luft. Hinter sich hörte sie den ganzen Chor fauchen und kreischen. Ihre Verwandlung schien die Ak'Zahar gründlich aufgestört zu haben. Aber der Himmel war noch zu hell und keiner von ihnen wagte den Tunnel zu verlassen – noch nicht.

Solange sie über dem heiligen Bezirk flog, vermied sie den Anblick der Leichenhaufen und weigerte sich, besonders nach der Begegnung mit den Bestien, an das entsetzliche Schicksal zu denken, das über die Einwohner Tiaronds gekommen war. In großer Höhe glitt sie über die Felswand hinweg, die sie zuvor durch den Tunnel durchquert hatte, schwebte zur Esplanade hinab und landete in dem Garten, wo sie ihre eigene Gestalt wieder annahm, auch um so den Schmutz und Gestank abzustreifen.

Wie sie von den Gefährten empfangen wurde, bewegte sie tief. Noch nie zuvor hatte sie solche Herzlichkeit erlebt. Während sie deren Respektbezeugungen entgegennahm, fand sie, dass sich die schreckliche Erfahrung doch gelohnt hatte. Elion stand neben ihr, als Kher die Sprengung vorbereitete. »Was hast du da drinnen so lange gemacht?«, verlangte er zu wissen. »Es kam mir vor wie eine Ewigkeit! Ich war krank vor Sorge.«

Vifang schauderte. »Das willst du gar nicht wissen. Glaub mir, Elion, das willst du nicht.«

Kher unterbrach sie. »Sind alle bereit?«, fragte er. »Duckt euch hinter die Hauswand. Die Sprengung wird riesig.« Als sich alle niedergekauert hatten, drückte er auf den weißen Schalter des Geräts.

Es folgte eine lange Pause.

Nichts geschah.

»Himmel, Arsch und Wolkenbruch!« Kher schleuderte das Gerät in die Büsche.

Vifang fror plötzlich. »Ich weiß nicht, warum du fluchst«, sagte sie leise. »Ich bin es, die wieder dort rein muss.«

Elion erbleichte. »Nein!«, rief er. »Das darfst du nicht.«

Kher legte eine Hand auf seinen Arm. »Sie muss noch einmal gehen, Elion. Wir haben alle gewusst, dass es dazu kommen kann.«

»Du verstehst nicht, was sie da drinnen durchmacht.« Elion schüttelte den bezähmenden Arm ab und ging ein paar Schritte zur Seite. »Das ist einfach nicht anständig.« Vifang merkte, dass er ihr aus dem Herzen sprach. Er wusste so gut wie sie, was für Folgen ein zweiter Gang in den Tunnel haben würde.

Schon beim ersten Mal habe ich das Glück herausgefordert. Es wird nicht ein zweites Mal gutgehen.

Sie dachte an Amaurn und wie er sie in den Schattenbund aufgenommen hatte, und das, wo sie sich vor kurzem noch alle Mühe gegeben hatte, ihn umzubringen. Sie dachte an ihr Volk, das bereits in das neue Zuhause umzog. Sie dachte an Elion und seine Gefährten und dass sie in ihren Reihen aufgenommen war. Zum Schattenbund zu gehören brachte gewisse Pflichten mit sich. Sie hatte keine andere Wahl.

»Also gut«, sagte die einstige Meuchelmörderin zu Kher gewandt. »Machen wir weiter. Ich verwandle mich wieder in einen Ak'Zahar. Du kannst mir das Sprengpulver und die Zündschnur geben. Ich werde ungefähr so lange brauchen wie vorher. Wenn ich dann nicht wieder draußen bin, komme ich nicht mehr. Dann zündet die Schnur an und macht den Bestien den Garaus – um meinetwillen.«

Kher nickte. »Denk dran, du brauchst diesmal nicht so weit reinzugehen. Lege das Pulver bei der ersten Sprengladung aus und hau ab. Wenn die Erste ausgelöst ist, folgen die anderen nach.«

»Hoffentlich », erwiderte die Gestaltwandlerin grimmig, »denn nichts auf der Welt kann mich dazu bringen, ein drittes Mal da reinzugehen.«

Kher berührte sie sacht. »Gib auf dich Acht«, sagte er leise. »Ich ehre deinen Mut.«

Wieder nahm Vifang Ak'Zahargestalt an. »Bis später, Elion«, antwortete sie, aber der Wissenshüter wollte sie weder ansehen, noch den Gruß erwidern. Sie schleuste sich vorsichtig in seinen Geist und sah das deutliche Bild der rothaarigen Frau, hörte ihre Schreie, als die gierige Horde auf sie niederging und in Stücke riss.

Vifang zog sich hastig wieder zurück und panzerte sich obendrein mit ihrem Schutzschild.

Das sollte mich lehren!

Tief erschüttert machte sie sich auf den Weg zum Tunneleingang – und schon beim Näherkommen spürte sie, dass sie auf sie warteten.

Es gab Bewegung im Tunnel, als Vifang eindrang. Das Päckchen mit dem Pulver drückte sie an sich, die Zündschnur rollte sie hinter sich aus. Sobald sie in den dunkleren Bereich kam, wo sich die Räuber zusammendrängten, sah sie sich als das Ziel unzähliger Blicke. Diesmal befanden sich nicht nur die Schwächeren am Rand der Gruppe. Die großen hatten sich nach vorn gedrängt und betrachteten sie mit einer Bedrohlichkeit, die aus jedem Winkel und jeder Linie ihrer Haltung sprach. Vifang wusste, sie würden sie nicht wieder lebendig herauslassen. Und dort auf dem Boden, just unter dem größten und bedrohlichsten ihrer Feinde, war die Stelle, wo sie das Sprengpulver auszulegen hatte.

Vifang wählte die Stelle sorgfältig aus – ein kleiner Vorsprung in der Felswand, knapp unterhalb der ersten Sprengladung. Da sich der Vogelkot mehr in der Mitte häufte und der Boden hier einigermaßen frei war, durfte sie hoffen, dass die Zündschnur lange genug trocken blieb, um ihre Aufgabe zu erfüllen. Langsam, um die Ak'Zahar nicht zu einem plötzlichen Angriff zu reizen, tastete sie sich voran, bis zu dem erspähten Felsvorsprung. Die Bestien hingen genau über ihr, beobachteten sie und warteten. Weiter zu gehen wagte sie nicht. Verstohlen streckte sie den Arm zu der Stelle aus – aber er reichte nicht hin. Da gab es nur eins. Sie nahm eine winzige Abänderung an der Ak'Zahargestalt vor, gerade so viel, dass der Arm lang genug wurde, um bis an den Sims zu reichen.

Schrilles Wutgeschrei brach los und ledrige Schwingen wurden entfaltet. Vifang legte das Päckchen mit der heraushängenden Zündschnur sorgfältig auf den Sims und wandte sich zum Kampf oder zur Flucht – aber zu spät. Ihr blieb keine Zeit, um sich zu verwandeln. Sie waren schon über ihr. Als die Klauen und Zähne in ihr Fleisch drangen, schickte sie eine letzte, verzweifelte Nachricht. »Sie haben mich. Steckt die Zündschnur an. Elion, lebe wohl!«

Unter Amaurns Gruppe von Abenteurern hatte Aethon seine eigenen Sorgen. Während alle Scall durch die große Höhle folgten, war er der Einzige, der die Umgebung nicht vollkommen rätselhaft fand. Weil sich die Drachen durch eine Sprache aus Musik und Licht verständigten, konnte er aus den bunten Strahlen ringsum einiges herauslesen. Eine schwache Erinnerung sagte ihm, dass die Lichter Botschaften in beträchtlichem Umfang und in einer sehr alten Sprache übertrugen, von der er höchstens das eine oder andere Wort verstand. Es war auch hinderlich, dass Zavahls Menschenaugen nur beschränkt sehen konnten. Sonst hätte er vermutlich viel mehr erkennen können.

Der Drache tat sein Bestes, um so viel wie möglich aufzuschnappen, doch es fiel ihm schwer, bei der Sache zu bleiben. Schon während der vergangenen Tage, seit sie von den Dierkanen entführt und dann gerettet worden und nach Gendival zurückgekehrt waren, hatte er sich recht still verhalten, war die meiste Zeit im Hintergrund geblieben und hatte nicht mit seinem Wirt gesprochen. Denn er sah sich in einer lähmenden Zwickmühle. Wenn er zu seinem Volk zurückkehrte und seine Erinnerungen an den Nachfolger weitergäbe, dann würde er oder zumindest das Bewusstsein und seine Wesenszüge, was von Aethon dem Drachenseher noch allein übrig war, im selben Augenblick aufhören zu sein. Und er wollte nicht sterben. Sogar als Gast im Körper eines anderen zu leben war dem Tod vorzuziehen – und er musste zugeben, dass er inzwischen, da er und Zavahl sich mit dieser eigentümlichen Einrichtung abgefunden hatten, seine neue Art Leben doch recht genoss.

Auf der anderen Seite würde er, sollte er bleiben, wo er war, auf jeden Fall sterben, sobald sein menschlicher Wirt starb. Alle Erinnerungen würden mit ihm verschwinden, das Wertvollste, was das Drachenvolk besaß, wäre für immer verloren. Wie könnte er seinem Volk das antun? Als Seher hatte er die Pflicht, das Gedächtnis ohne Rücksicht auf sich selbst weiterzugeben.

In diesem Augenblick führte Scall die kleine Gruppe in die Mitte der Halle, und alle Gedanken an die Zukunft brachen ab. Aethons staunende Ehrfurcht übertraf noch die der anderen. Alle standen da und blickten auf die runde Absenkung im Boden, die wie das Innere einer großen silbernen Schale aussah. Ringsherum ragten in gleichen Abständen sechs Lichtsäulen von der Dicke eines menschlichen Körpers auf, neigten sich sacht nach innen und verschwanden in dunkler Höhe, wo sie sich vermutlich an einem fernen Punkte trafen. Jeder Strahl war von reiner klarer Farbe: rot, gelb, grün, blau, violett oder blendend weiß, und die Farben wechselten reihum von einer Säule zur nächsten, bewegten sich endlos im Kreis, sodass es aussah, als würde sich die Lichtspitze über der Silberschale drehen. In der Mitte der runden Vertiefung befand sich eine große schillernde Kugel, und wie bei einer Seifenblase bewegten sich bunte Schlieren über die durchsichtige Oberfläche. Scall zeigte darauf. »Das ist sie«, sagte er. »Da drinnen habe ich die merkwürdigen Sachen gefunden.«

»Du bist dort eingedrungen?«, fragte der Archimandrit.

»Ich bin einfach hineingegangen. Die Blase schien zu verschwinden, und ich dachte, sie wäre geplatzt, aber als ich die Senke verlassen hatte und zurückschaute, war sie noch da.« Scall runzelte die Stirn. »Ich glaube, man kann sie nur von außen sehen, falls so etwas möglich ist. Von drinnen ist sie unsichtbar.«

Amaurns Augen strahlten vor Neugier. Ganz offensichtlich brannte er darauf, die Sache näher zu untersuchen. »Kommt«, sagte er, rutschte hinab und winkte den anderen, ihm zu folgen.

Aethon war dieser Anblick dunkel vertraut, aber wenn es im Gedächtnis des Drachenvolkes Einzelheiten dazu gab, so gehörten sie in die fernste Vergangenheit und wären schwer hervorzuholen. Amaurn zögerte nicht und schob sich geradewegs durch die Haut der Blase, die anderen folgten ihm ein wenig vorsichtiger. Aethon bemerkte, ehe er zuletzt mit Zavahl eintrat, dass sie sich in der Größe anpasste und sogar den Feuerdrachen umfasste. Sobald er sich jedoch selbst im Innern befand, sah er von der Blase nichts mehr.

In der Mitte der Vertiefung stand eine schlanke, hüfthohe Säule aus demselben silberglänzenden Metall. »Hier drauf haben sie gelegen«, sagte Scall.

Aethon empfand eine gewisse Erregung. »Zavahl, würdest du bitte näher treten und dir die Säule ansehen?«, bat er. Wie erwartet gab es in der waagerechten Fläche einen Spalt. Er tat sein Möglichstes, um die flüchtigen Erinnerungen herbeizurufen, doch sie blieben nebelhaft undeutlich. »In den Spalt wird etwas hineingesteckt«, erklärte er Zavahl. »Ich glaube – ich glaube, es ist das Gerät, das wie ein Spiegel aussieht.«

Zavahl gab die Anregung weiter. Kalt holte den Gegenstand sofort aus seinem Bündel hervor, reichte ihm die dünne, silberne Scheibe mit dem verzierten Goldrand, und Aethon benutzte die Hand seines Gastgebers, um sie mit der richtigen Kante voran in den Spalt zu schieben. Etwa einen Finger breit passte sie senkrecht hinein und blieb dann stecken. Es gab einen Schnapplaut und eine Folge von Schaubildern bewegte sich langsam über die dunkle Fläche der Scheibe, die sich in leuchtendem Grün von einem schwarzen Untergrund abhoben.

Veldan beugte sich darüber. »Das müssen Räume sein«, sagte sie. »Seht ihr? Wir sind jetzt hier, wo lauter komische Dinge aus dem Boden wachsen, wo in der Mitte die silberne Schale liegt und ringsum die Lichtsäulen stehen.«

»Und – großer Myrial!«, rief Zavahl aufgeregt. »Da ist das Allerheiligste mit der Plattform und dem Auge.« Dann zog er die Brauen zusammen. »Und da ist es wieder – aber anders. Seht ihr? Da ist noch eine andere hohe Plattform, aber ohne Brücke. Stattdessen gibt es hoch oben einen Laufsteg. Und das Auge ist viel größer als das, welches ich kenne – aber seht, es scheint sich an der Wand zu befinden, nicht im freien Raum zu schweben.« Er zeigte darauf und berührte die Stelle versehentlich mit dem Finger.

Das Schaubild leuchtete kurz auf, dann verschwand es, und drei kurze Zeilen mit Zeichen erschienen. Wieder kam es Aethon so vor, als kenne er ihre Bedeutung, doch zu seiner Enttäuschung bekam er sie nicht zu fassen. Dann rief Scall aus: »Die Blase ist wieder da!«

Es stimmte. Der Blick in die Halle war von der schillernden Haut, die sie allesamt einschloss, abgeschirmt. Scall wollte soeben losrennen, doch Toulac bekam eine Hand voll Stoff zu fassen und hielt ihn zurück. »Einen Augenblick, Kleiner. Wir wollen prüfen, ob es noch immer ungefährlich ist, hindurchzugehen.« Sie zog einen Lederhandschuh aus den Tiefen ihres Schaffellmantels hervor und warf ihn gegen die Haut der Kuppel. Es gab einen hellen Blitz, wo der Handschuh getroffen hatte, und ein Knistern. Der Handschuh fiel zu Boden – nicht eigentlich verbrannt, aber sacht qualmend. Der Feuerdrache besah ihn erschrocken und zog hastig den Schwanz unter den Leib.

Ehe jemand etwas sagen konnte, erklang ein einzelner schwingender Ton wie von einer tiefen Glocke, und alles schien sich auf eigenartigste Weise in einer Seitwärtsverzerrung zu bewegen, sodass sie sich alle aneinander klammerten, um aufrecht stehen zu bleiben. Dann schien sich die Kuppel aufzulösen, und die silberne, schalenförmige Vertiefung, in der sie alle standen, befand sich nicht mehr am selben Ort, sondern hatte sich an einen anderen bewegt. Die große Höhle war verschwunden, und stattdessen standen sie in der Ecke eines Saales aus glänzendem schwarzen Gestein.

Scall erkannte den Ort sofort. Er hatte ihn in den Schaubildern auf dem spiegelähnlichen Gerät gesehen, das noch in dem Spalt der Säule steckte. Da hinten, an der gegenüberliegenden Wand, war das Ding, das Zavahl als Auge bezeichnet hatte – ein großer Ring mit hellrotem Lichtrand und einem schwarzen Loch, das geradewegs ins Nichts zu führen schien. Scall wandte schaudernd den Blick ab und entdeckte weiter vorn im Raum eine Erhebung im Boden, die aussah wie aus strahlend weißem Marmor, und ein kleines Stück aus dem schwarzen Gestein herausragte. Sie leuchtete von innen heraus, und zusammen mit dem roten Rand des Auges und den sechs hohen Lichtsäulen, die nach wie vor rings um die silberne Senke in wechselnden Farben glühten, war dies die einzige Beleuchtung.

Plötzlich wurde er von Toulacs Stimme aufgeschreckt. »Myrial im Hagelsturm! Seht, da oben!«

Hoch oben befand sich ein metallener Laufsteg, der sich dem Auge gegenüber von Wand zu Wand erstreckte und von unten gefährlich schmal und zerbrechlich aussah. In der Mitte zweigte ein kurzer Steg ab und endete an einer runden Plattform. Vom Boden aus führte an zwei Seiten eine metallene Wendeltreppe zu dem Steg hinauf, der an beiden Enden in einen offenen Bogengang in der Wand mündete. Drei Menschen standen dort oben, und Toulacs Schrei hatte sie auf halbem Weg im Schritt verharren lassen.

Scall starrte ungläubig zu ihnen hinauf. Auf der Brücke war ein Mann, der ein kleines Mädchen grob am Arm mit sich zog und in der anderen Hand ein Messer hielt – und neben ihm stand schwankend ein schlankes junges Mädchen mit hellblonden Haaren. Der Steg lag halb im Dunkeln, doch Scall erkannte sie sofort. »Myrial errette uns!«, stieß er hervor. »Das sind Presvel und Tormons kleine Tochter. Und da ist auch Rochalla!«

Dann sah er aus den Augenwinkeln eine Bewegung, und der goldene Schein einer Fackel näherte sich dem Ende des Stegs. In dem Bogengang stand Tormon schreckensstarr. Presvel riss Annas vom Boden hoch in seinen linken Arm und setzte ihr das Messer an die Kehle. »Verschwinde, Tormon«, schrie er. »Keinen Schritt näher, oder sie stirbt!«

Beim Klang dieses Namens durchlief Amaurn ein Frösteln. Seit er das Amt des Archimandriten übernommen hatte, schienen ihn die Fehler der Vergangenheit einzuholen. Im selben Raum mit ihm befand sich das Kind, das er auf Zavahls Befehl zur Waise gemacht hatte, denn er hatte seinen Soldaten befohlen, Tormons Frau zu töten. Und da stand auch der Händler, der nun gezwungen war, allein weiterzuleben.

Genau wie ich, als ich meine Aveole verloren hatte.

Mit einem Mal begriff Amaurn, wie viel Leid er über diesen Mann gebracht hatte, und fühlte eine Woge des Abscheus gegen sich selbst.

Wie konnte ich das nur tun? Was hat mich all die Jahre getrieben, dass aus mir solch ein Ungeheuer werden konnte?

Plötzlich fiel ihm ein, was Veldan an dem Tag gesagt hatte, als er Cergorn besiegt hatte: *Nichts kann die schrecklichen Taten ungeschehen machen, und irgendwann wirst du dafür büßen, auf die eine oder andere Weise. Jedenfalls sollte es so sein. Aber wenn du wirklich etwas wiedergutmachen willst … am Ende sollte jeder die Möglichkeit erhalten, seine Vergangenheit zu sühnen.*

Er schaute Zavahl an, und in dessen Augen spiegelte sich sein Schuldbewusstsein wider. Dann blickte er wieder zu dem Steg hinauf. Der Mann, der Presvel hieß, sah zwischen Amaurns Gruppe und Tormon hin und her, wandte den Kopf von einer Seite zur anderen, aus Angst, eine der beiden Bedrohungen aus dem Blick zu verlieren. An der Kehle des Kindes blitzte das Messer auf, weil die Hand, die es hielt, zitterte. »Haltet euch fern – allesamt!«, schrie er.

»Kalt?«, sagte Amaurn leise. »Hast du mir nicht erzählt, dass es Presvel war, der Grimm ermordet hat?«

»In der Tat«, antwortete der, und seine Stimme war heiser vor Zorn. »Seriema und Presvel waren mit Tormon und Scall zusammen, als sie bei den Rotten Zuflucht suchten. Presvel hat Scall mit dem Messer bedroht, und Grimm kam ihm in die Quere.«

Zwei Fliegen mit einer Klappe. Prachtvoll. Das ist nicht nur die Gelegenheit, an Tormon etwas wiedergutzumachen, sondern ich kann auch meinen alten Freund rächen.

Mit dem eiskalten Lächeln Hauptmann Blanks auf den Lippen sah er Zavahl an. Sie verstanden einander wortlos. »Du lenkst ihn ab«, befahl er dem ehemaligen Hierarchen. »Ich kümmere mich um das übrige.«

»Wartet – ich kann ihn gleichfalls ablenken«, sagte Kalt. Aus seinem Bündel holte er die Schädelmaske hervor und setzte sie auf. »Aus der Entfernung wird er nicht erkennen können, ob ich es bin – oder Grimms Geist, der gekommen ist, um ihn zu verfolgen.« Er blickte Amaurn an. »Setze alles daran, um den Schweinehund zu töten. Wirst du das tun?«

»Mach dir darum keine Sorgen, Kalt, auch ich habe Grimm geliebt.« Damit nahm Amaurn die Waffe von der Schulter und verschwand im Halbdunkel, wo er aus den Augenwinkeln verfolgte, was sich hinter ihm entwickelte.

Zavahl übernahm den Befehl. »Bleib im Hintergrund, Scall. Du und Kalt solltet nicht auf euch aufmerksam machen – noch nicht.« Darauf schritt er in die Mitte des Raumes und stellte sich auf die leuchtende Steinplatte, sodass er von unten angestrahlt wurde. »Presvel?«, rief er. »Glaubst du an Geister?«

Presvel erschrak, fasste sich aber schnell. »Es gibt keine Geister«, sagte er, doch es klang wenig überzeugend.

»Du verlässt dich ja sehr darauf, dass du Recht hast«, erwiderte Zavahl. »Andernfalls würdest du es nicht darauf anlegen, deiner Reihe unschuldiger Opfer ein weiteres hinzuzufügen.«

Amaurn, der unterdessen an der Wand entlang schlich, hörte erschrocken das Kind aufjammern und sah nach oben. Doch scheinbar hielt Presvel die Kleine nur zu grob gepackt.

Gut. Er ist aus der Fassung gebracht.

Er erreichte die Wendeltreppe, die Tormons Ausgang gegenüberlag. Presvels Aufmerksamkeit galt dem Durchgang zu seiner Linken und der Gruppe am Boden unter ihm. Es war zu bezweifeln, dass er viel Zeit haben würde, um auf seine rechte Seite zu achten. Der Archimandrit begann, die Treppe hinaufzusteigen, langsam und verstohlen, als Kalt wie aufs Stichwort nach vorn trat. Er hatte auch die Kapuze seines schwarzen Umhangs aufgezogen und trug die gespenstische Knochenmaske. »Glaubst du wirklich, du kannst einen Überbringer so einfach töten und dann davonkommen? Kein Grab kann meinesgleichen halten.«

Amaurn überlief es eisig. Kalt hatte seine Stimme verändert und klang genau wie sein Lehrer. Presvel starrte voller Entsetzen auf die Erscheinung, als Grimms Stimme sich von Neuem erhob. Sie hatte den Klang unwiderstehlicher Macht. »Es ist Zeit, die Zeche zu begleichen, Presvel. Du kannst nicht entkommen. Setze das Kind ab und komm zu mir.«

Für einen Augenblick sah es so aus, als würde die List gelingen. Presvel zögerte, die Hand, die das Messer hielt, schwankte und senkte sich herab. Kalt tat noch einen Schritt vorwärts. »Setze das Kind ab, Presvel, und lass es los«, wiederholte er. »Vergrößere nicht deine Schuld.«

Amaurn war am Ende der Treppe angelangt. Er hob die Waffe. Doch solange Presvel das Kind festhielt, hatte er keine freie Schussbahn. Dann geschah es. Tormon riss die Geduld. Mit einem lauten Schrei stürzte er aus dem Gang hervor und rannte über den Steg. »Nein!«, heulte Presvel. »Keinen Schritt weiter!« Er hielt die Kleine in die Höhe und ließ sie, den Stoff ihres Kittels mit einer Hand gepackt, über den Abgrund baumeln. Mit der anderen Hand hielt er ihr erneut das Messer an den Hals.

Tormon, sterbensbleich, kam schlitternd zum Stehen. Im selben Augenblick schrie Zavahl zu Amaurn hinauf: »Schieß!«

Es gab kein Zögern. Der Wahnsinnige hielt das kleine Mädchen von sich gestreckt. Zavahl rannte bereits. Amaurn hatte freie Schussbahn. Er zielte und schoss.

Kapitel 37

Rache

Elion verfolgten die Erinnerungen schon, seit Vifang sich zum ersten Mal in das Lager der Ak'Zahar gewagt hatte. Als sie angegriffen wurde und er sie Lebewohl schreien hörte, stieg die Vergangenheit vor ihm auf und überwältigte ihn restlos. Einen Augenblick lang verschwand die Umgebung, verschmolz mit dem Bild, als Melnyth von den Horden der gierigen Bestien überfallen wurde, und er ohnmächtig zusehen musste. Er wurde von demselben Schrecken, derselben Hilflosigkeit befallen, derselben Verzweiflung, die ihn innerlich zerriss. Der Kreis schloss sich. Alles wiederholte sich …

Verdammt noch mal, nein! Nicht, wenn ich es verhindern kann!

Ohne Vorwarnung griff er nach Khers Feuerwerfer. Die anderen Wissenshüter waren vollkommen überrascht, und bis sie begriffen, was geschah, und die Sprache wiederfanden, hatte er die Esplanade schon halb überquert und rannte schneller, als er je in seinem Leben gerannt war. Beim letzten Mal hatte Veldan ihn aufgehalten. Diesmal würde er niemandem die Gelegenheit dazu geben. »Halte aus, Vifang! Ich komme!« Er schoss der Takur den Gedanken entgegen, er hatte nicht genügend Atem, um laut zu schreien.

»Nein! Zurück!«

Elion spürte, dass sie zu sehr bedrängt wurde, um noch

mehr zu sagen. Kurz berührte er ihren Geist, und ein flüchtiges Bild voller Krallen und Zähne, Furcht und Schmerzen und unzähligen glühenden Augen blitzte in ihm auf. Auf keinen Fall würde er umkehren. Lieber kämpfend sterben, als noch einmal diese quälende Schuld zu durchleben. Er erreichte den Tunneleingang, und die Dunkelheit verschluckte ihn.

Kher und seine Wissenshüter waren wie erstarrt, aber dann kamen Alsive und Elysa zu sich und wollten ihm nachsetzen. »Nein, hierbleiben! Das ist ein Befehl!«, brüllte Kher. »Es ist zu spät.«

Sie waren höchst erstaunt, dass er sie zurückhielt, doch wenigstens hatten sie so viel Verstand zu begreifen, dass er Recht hatte. Widerstrebend kehrten sie zu ihm zurück und sahen bei einem Blick über die Schulter, wie Elion im schwarzen Maul des Tunnels verschwand. Elysa wischte sich die Tränen aus den Augen, und Alsive wollte ihrer Entrüstung freien Lauf lassen, doch Kher schnitt ihr das Wort ab. »Ich hatte so etwas befürchtet«, sagte er. »Seit Melnyths Tod ist Elion ziemlich durcheinander. Wir können nichts tun – ich werde nicht zulassen, dass noch jemand stirbt.«

Er hockte sich neben die Zündschnur. »Ich lasse ihnen noch ein, zwei Augenblicke Zeit – mehr kann ich nicht tun. Dann löse ich die Sprengung aus.« Insgeheim machte er sich Vorwürfe, weil er gefühlsselig war und den Auftrag gefährdete. Er wusste, er sollte die Schnur sofort anzünden. Elion und Vifang waren schon so gut wie tot, wenn sie aber die Ak'Zahar dazu brächten, den Tunnel zu verlassen, dann wäre alles umsonst gewesen. Trotzdem war er entschlossen, seinen Gefährten diese letzte Möglichkeit einzuräumen.

Still zählte er bis Hundert. Dann zündete er mit zitternden Fingern die Lunte an.

Tormon, vor Entsetzen starr, konnte nur zusehen, wie sich das Schauspiel auf der Hängebrücke abspielte. Alles schien außerordentlich langsam zu geschehen. Amaurn schoss, Presvels Kopf verschwand in einem Flammenstoß, das Messer beschrieb einen glitzernden Silberbogen, die schreiende Annas stürzte dem Boden entgegen. Unten sausten Zavahl und Kalt auf sie zu. Zavahl war als Erster dort – genau unter dem fallenden Kind, gerade rechtzeitig. Er fing sie aus der Luft, taumelte unter dem Aufprall und fiel, mit ihr obenauf. Es folgte ein Augenblick der Stille, dann bewies ein empörtes Jammern, dass Annas noch sehr lebendig war.

Es war, als wäre ein Bann gebrochen. Mit einem Schrei sauste Tormon auf die nächste Wendeltreppe zu und die Stufen hinab, rannte zu seiner Tochter und riss sie in seine Arme. »Annas!, Ach, Annas!«

Zavahl rollte sich noch atemlos auf die Knie und betastete seine Rippen. Die anderen drängten heran, doch weder Vater noch Tochter schenkten ihnen irgendwelche Beachtung. »Du bist gerettet«, sagte er immer wieder. »Ich habe dich wieder, ich habe dich wieder, jetzt bist du in Sicherheit.« Er konnte nicht fassen, wie nah sie dem Tod schon gewesen war. Dass er sie fast getötet hätte. Wäre da nicht…

Tormon schaute zu Zavahl auf, der sein Kind aufgefangen, ihr das Leben gerettet hatte. Hinter ihm sah er Hauptmann Blank, der Annas' Entführer getötet hatte, als dieser ihr die Kehle durchschneiden wollte. Blank kam soeben am Fuß der Wendeltreppe an und durchquerte die Halle mit wachsamer, unergründlicher Miene. Beim Anblick dieser zwei Männer fühlte der Händler seinen ganzen Hass in sich aufsteigen. Er dachte an Kanella, wie sie hilflos und verängstigt in der finsteren Zitadelle der Gottesschwerter auf Befehl des Hierarchen und von der Hand eines Soldaten Blanks qualvoll sterben musste.

Dann schaute er seine Tochter an. Sie zitterte, das

Gesichtchen schmutzig und tränenverschmiert – aber sie war am Leben, dank derselben beiden Schurken. Der Händler merkte, wie ihm die Hände zu zittern anfingen. Er war so betäubt und zerrissen von diesem Zwiespalt, dass ihm schwindelte und übel wurde.

Sie hatten seine Lebensgefährtin umgebracht.

Sie hatten seine Tochter gerettet.

Er riss die Augen von den dreien los und versuchte sich einen Moment lang aus seiner Verwirrung zu lösen. Da auf dem Boden in seiner Reichweite lag das Messer, das Presvel im Augenblick seines Todes fallen gelassen hatte. Und in Reichweite des Messers, wenn er es sich schnappte und schleuderte, war Kanellas Mörder. Er sah die glänzende Klinge an und stellte sich vor, wie sie Zavahl ins Fleisch drang.

Wenigstens wäre dann einer weniger, der Unglück in die Welt bringt.

Wie aus eigenem Willen löste sich eine Hand von Annas und ergriff die Waffe.

Doch da sauste eine Hand auf seine Schulter nieder. »Sei nicht dumm, Jungchen«, sagte eine ruppige alte Stimme leise. »Zavahls Tod würde dir Kanella nicht zurückbringen. Nichts kann die Vergangenheit ändern. Die Zukunft ist es, woran du jetzt denken musst – um deinet- und um dieses kleinen Mädchens willen.« Tormon blickte in die gescheiten blauen Augen von Toulac, die früher die Sägemühle am Schlangenpass betrieben hatte, in glücklicheren Zeiten der letzte Rastplatz für seinen bunten Wagen, bevor er sich mit seiner Familie für den Winter in Tiarond niederließ. In seiner Benommenheit wunderte er sich, was sie hier zu suchen hatte. »Außerdem sind diese beiden Männer nicht mehr dieselben, die den Tod deiner Lebensgefährtin befohlen haben«, sagte sie und verwirrte ihn noch mehr. »Die Männer, die das taten, sind tot. Die zwei, die du siehst, scheinen dieselben zu sein, sind es aber nicht – sie haben Mitleid, Reue und Vernunft erlernt. Das macht ihre Taten nicht gerechter, und ich erwarte nicht, dass du ihnen jemals verzeihst – ich würde es an deiner Stelle wohl auch nicht tun – aber bitte, Tormon, das Töten soll jetzt ein Ende haben. Sie haben deine Frau getötet, aber deine Tochter gerettet. Wenigstens liegt darin ein gewisser Ausgleich.«

Ihre Worte entbehrten nicht gänzlich der Wahrheit, und ein Mann, der so grundlegend ehrlich und anständig war wie Tormon, konnte das kaum übersehen. Kurz schwankte er, hin und her gerissen zwischen Dankbarkeit und Hass. Dann sah er, wie Hauptmann Blank zu sprechen ansetzte und ihm mit einem so reuevollen, mitfühlenden Blick begegnete, wie er es bei einem Mann mit dem Ruf eines kaltblütigen Mörders nie erwartet hätte, und zugleich schoss ihm ein Gedanke durch den Kopf.

Wenn Blank auch nur ein Wort sagt – wenn er es wagt, um Verzeihung zu bitten, oder Gründe zu seiner Entschuldigung anführt oder seine Tat gar rechtfertigen will, dann werde ich dieses Messer gebrauchen, und alles endet in einem blutigen Albtraum, und das wird nicht nur mein Leben verändern, sondern auch die Zukunft meiner Tochter wird zunichte sein.

Er sprang auf, Annas noch an der anderen Hand haltend. »Schweig!«, schnauzte er. »Wage es nicht, zu mir zu sprechen – keiner von euch!« Voller Zorn blickte er zwischen Blank und Zavahl hin und her. »Was Toulac auch behaupten mag, ihr seid noch dieselben Ungeheuer, die eine unschuldige und wehrlose Frau umbrachten. So sehr ihr auch versucht, eure Taten der Vergangenheit vergessen zu machen, sie werden euch für den Rest eures Lebens anhaften. Unmöglich wird einer von euch je verstehen können, was ihr Annas und mir genommen habt, und ihr sollt wissen, dass ich euch bis ans Ende meiner Tage verachte und verabscheue …« Er holte tief Luft. »Aber ihr habt mein kleines Mädchen gerettet, und wie Meisterin Toulac sagt, das ist ein gewisser Ausgleich. Darum überlasse ich es dem Schicksal, euch die Strafe zuzumessen, die ihr verdient. Solange ich eure elenden Gesichter nicht mehr wiedersehen muss, belasse ich es dabei und versuche, mein Leben allein weiterzuführen.«

»Du brauchst nicht allein zu sein, Tormon.« Scall stand da, den Arm um Rochalla gelegt. »Wir kommen mit dir, wenn's dir recht ist. Ich weiß, es wäre nicht dieselbe Familie, die du verloren hast, aber wir scheinen doch zueinander zu passen, und immerhin wärst du dann nicht mehr allein.«

Tormon schaute den Jungen – nein, den jungen Mann, verwundert an. Wie war Scall so schnell erwachsen geworden? Wo war er überhaupt gewesen? Was hatte er erlebt, dass er zu diesem Selbstvertrauen und dieser Reife gelangt war? Der Händler war hoch erfreut, dass sie sich ihm anschließen wollten. Er mochte sie beide, und Annas liebte Rochalla. Plötzlich war ihm, als fiele eine Last von seinen Schultern. Sogar Annas hatte aufgehört zu weinen und musterte Scall und Rochalla voller Neugier. »Werdet ihr beide jetzt Lebensgefährten?«, wollte sie wissen.

Scall errötete, und so blieb die Antwort Rochalla überlassen. »Ja«, sagte sie fest. »Ja, so wird es sein.«

»Und wollt ihr bei mir und meinem Papa bleiben?«

»Das ist der Plan.«

»Gut«, sagte Annas entschieden. »Es ist ein guter Plan. Können wir dann jetzt nach Hause gehen?«

»Ja, machen wir, dass wir hier rauskommen.« Tormon drehte sich zu Toulac um und vermied es tunlichst, Amaurn und Zavahl anzusehen. »Wir finden hinaus, auf demselben Weg, wie wir hereingekommen sind, und wir nehmen Scall mit.« Ohne ein weiteres Wort machte er kehrt und ging auf die Treppe zu. Doch ehe er dort ankam, hörte er Seriema seinen Namen rufen. Er sah sie aus dem zweiten Bogengang herauskommen, und da waren noch etliche bei ihr, unter anderem dieses Gottesschwert Galveron.

Wie in Myrials Namen kommt der hierher?

Ehe er den Mund auftun konnte, um sie zu begrüßen, erhob sich lautes Brausen, und ein Sturm fegte aus dem Nichts heran, schnitt ihm den Atem ab und riss ihn um. Flach an den Boden gedrückt und Annas so gut wie möglich abschirmend, drehte er den Kopf und sah die junge Frau mit der Narbe von hinten heranrennen und sich mit entsetztem Gesicht vor Blank werfen. Und ihr Schrei war lauter als der heulende Sturm.

»Thirishri! *Nein!*«

Ohrenbetäubender Lärm empfing Elion, ein gellendes Gekreisch, das schmerzhaft laut von den engen Wänden widerhallte. Je weiter er den Eingang hinter sich ließ, desto dunkler wurde es, und plötzlich wurde ihm klar, dass er nicht das Geringste würde sehen können. Und wie sollte er Vifang helfen, wenn sie die Gestalt eines Ak'Zahar behielt? Er würde nicht wagen, auch nur einen zu töten, denn es könnte ja sie sein. Dennoch ging er weiter und stellte erleichtert fest, dass es nur in der Mitte des Tunnels pechschwarz war. Am Rand der Schlafplätze, wo der ganze Tumult stattfand, gab es noch ein klein wenig Licht, gerade so viel, dass er erkennen konnte, wie die Räuber zu einer Stelle am Boden flogen und sich darüber drängten. Gut. Nun wusste er, wo die Gestaltwandlerin war.

»Vifang, halte aus. Ich bin hier!«

»Elion! Flieh!« Ihre Gedanken kamen schwach und halb erstickt und voller Qual.

»Auf keinen Fall.« Der Wissenshüter hob den Feuerwerfer und schoss an die Decke. Ein blau-weißer Strahl sprang zischend heraus und verwandelte etliche Bestien in Flammenkugeln, die zu Boden stürzten. Der Gestank von verbranntem Fleisch vermischte sich mit dem Kotgeruch, und öliger schwarzer Qualm durchzog den Tunnel.

Elions Siegesrausch war nicht frei von Bitterkeit.

Wenn Cergorn uns erlaubt hätte, diese Waffe in das Labyrinth von Ghariad mitzunehmen, dann wäre Melnyth noch am Leben.

Die übrigen Ak'Zahar waren zurückgewichen, ein angstvoll kreischender Haufen, geblendet von der Helligkeit des sengenden Strahls. Nur einer war noch da, kauerte blutend am Boden.

Elion gab sicherheitshalber noch einen Schuss ab und kniete sich neben den zusammengekauerten Leib. »Vifang? Bist du das?«

»Ja«, kam es sehr schwach.

Plötzlich hörte er ein leises Rascheln und sah eine Bewegung aus den Augenwinkeln. Er blickte auf und erstarrte. Die Ak'Zahar pirschten sich an, nutzten seine Ablenkung durch die Takur, um an der Decke entlang auf ihn zu zu kriechen. Fluchend sprang er auf, um freie Schussbahn zu haben. Als die Bestien schon auf ihn niederschwärmten, hob er die Waffe und schoss – und nichts geschah. Wie rasend drückte er wieder und wieder auf den Hebel, aber das uralte Ding hatte sich im schlechtesten Moment entschlossen, zu versagen. Panik packte den Wissenshüter. Er rannte, versuchte wenigstens davonzukommen, während er die Waffe bearbeitete, aber ohne Erfolg. Er war erst ein paar Schritte gerannt, als die Bestien ihn zu packen bekamen. Krallen rissen an seinen Kleidern, Mäuler schnappten nach dem entblößten Fleisch, dass er vor Schmerzen schrie. Dann wurde er zu Boden gerissen.

Immer wieder hatte Elion sich gefragt, was Melnyth wirklich hatte durchleiden müssen, bevor sie starb. Nun erfuhr er selbst den Gestank, das Entsetzen, die Schmerzen. Er konnte die Feinde nicht abwehren – es waren zu viele. Er konnte nichts weiter tun, als sich zusammenrollen, so lange wie möglich seine lebenswichtigen Körperteile schützen und um ein Wunder beten.

Dann erhob sich mit einem Mal donnerndes Gebrüll, und eine Stichflamme ging sengend über seinen Kopf hinweg. Wieder stank es nach verbranntem Fleisch und eine Reihe Ak'Zahar krümmten sich schreiend am Boden, die übrigen flohen.

Elion öffnete die Augen und sah die dunklen Umrisse eines Feuerdrachen. »Kaz?«, sagte er verwirrt.

»Nein, ich bin's. Steig auf, schnell.« Die Stimme gehörte Vifang.

Irgendwie gelangte er mitsamt der verfluchten Waffe auf den Rücken des Feuerdrachen, dann rasten sie auf den Tunnelausgang zu. Doch an ihnen vorbei flitzte ein kleiner funkensprühender Lichtfleck am Boden entlang. Kher hatte die Lunte entzündet!

Ihnen blieben ein paar spärliche Augenblicke, bis die Sprengladungen hochgingen.

Ohne an ihre Wunden zu denken, stürzte sich Feuerdrache Vifang mit jedem Muskel ihres Leibes dem Tageslicht entgegen. Blendend hell sprang es sie an, als sie den Tunnelausgang erreichten. Die Gestaltwandlerin preschte um die Ecke, dass Elion fast abgeworfen wurde, und hielt sich dicht an der Felswand. Er klammerte sich an die verwundete Takur, fest entschlossen, sie nicht loszulassen.

Wir werden es schaffen! Wir werden es …

Es gab einen ohrenbetäubenden Knall, und beide, Mann und Gestaltwandlerin, wurden von einem sengend heißen Luftstoß von den Füßen gerissen. Sie schlugen hart auf den Steinen auf. Hinter ihnen schossen Rauch und Flammen aus der Tunnelöffnung, die Erde zitterte von der Gewalt der Sprengung. Ein Spalt verlief im Zickzack über die Felswand, dann stürzte unter Poltern und Knirschen der Tunnel ein. Danach war alles still, bis auf das Klingeln in den Ohren und die ungleichen Tritte, als Kher quer über die Esplanade hinkte und die beiden anderen vor ihm herrannten.

Tief unter der Stadt platzte Thirishri mit wütendem Heulen in den unterirdischen Felssaal, wo sich das Auge befand. *Amaurn! Abtrünniger! Thronräuber! Du hast es gewagt, meinen Partner zu vernichten – nun ist es an dir, dich der Vernichtung zu stellen!*

Eine Windbö erfasste sie alle und stieß sie um. Tormon verlor das Gleichgewicht und fiel, desgleichen Rochalla und Scall. Zavahl, der soeben aufgestanden war, landete hart. Veldan handelte schneller als Amaurn, der noch in reuevolle Gedanken über den Händler vertieft war. »Thirishri! *Nein!*« Es blieb keine Zeit, um nachzudenken – sie rannte los, aus purer Eingebung warf sie sich zwischen die Bedrohung und ihren Vater, aber eine zweite Bö erfasste sie, dass sie rücklings über den Boden schlitterte und gegen Amaurn prallte, der darauf ebenfalls stürzte.

Stirb, Amaurn!, brüllte der Windgeist. Veldan sah den verräterischen Schimmer hoch oben in der Luft. Thirishri war genau über ihnen, um sie mit dem nächsten tödlichen Windstoß zu zermalmen.

Dann ertönte ein anderes Brüllen, das lauter war als das Brausen des Windes, und da stand Kaz über seiner gestürzten Partnerin. »Du lässt meine Veldan in Ruhe, du Riesenfurz!« Er reckte den Hals und blies eine Stichflamme nach oben, doch die wurde von einem mächtigen Windstoß verweht. Dann geschah es. Thirishri richtete ihren Zorn gegen den neuen Verteidiger ihrer Beute. Kaz wurde mit seinem ganzen Gewicht vom Boden gehoben, durch die Luft geschleudert und krachte an die entfernte Felswand.

In ihrem Geist hörte Veldan das trockene Knacken brechender Knochen und wurde von den rasenden Schmerzen des Feuerdrachen übermannt, die wie Feuer durch ihren Körper jagten. Auf einmal war alles still, kein Hauch war mehr zu spüren, so als wäre der Windgeist vor der eigenen blinden Gewalttat erschrocken. Dann sprang Veldan auf und rannte. Sie hörte schwere Stiefeltritte hinter sich, aber ihre

Seelenqual war zu tief, als dass sie dafür einen Gedanken übrig hatte. Alles war so schnell gegangen – wie hatte das nur so schnell geschehen können? Ein paar Herzschläge nur, und ihr Leben lag plötzlich in Scherben.

Der Feuerdrache lag neben der Wand, ein riesiger Leib, unfähig, sich zu erheben. Ein Geschöpf von seiner Größe, das mit solcher Wucht auf ein hartes Hindernis aufschlug, musste unheilbare Schäden erleiden. Veldan warf sich neben ihm zu Boden, das Gesicht tränenüberströmt. »Kaz – oh, Kaz!«

»Mach dir keine Sorgen, Schätzchen – ein paar Tage Ruhe und mir geht's wieder gut.« Seine Gedanken kamen kraftlos und leise. Die Schmerzen, die Veldan empfangen hatte, waren fast vergangen. Schirmte er sie vor ihr ab oder spürte er keine mehr, weil er im Sterben lag?

Dann kniete sich Kalt an Veldans Seite und legte dem Feuerdrachen sanft die Hände auf. Er schüttelte den Kopf und blickte sie an. »Es tut mir Leid«, sagte er, »er hat alle möglichen Verletzungen. Ich weiß nicht, ob man noch etwas tun kann – vielleicht gibt es hier unten auch solche Heilstrahler, wie ihr sie in Gendival habt. Ich kann ihn noch ein bisschen in dieser Welt halten, damit wir Zeit haben, um nachzudenken, aber…« Nun liefen auch ihm die Tränen übers Gesicht. »Ach, Veldan, ich wünschte, ich könnte mehr tun!«

Auf der anderen Seite des Saales hatte eine todunglückliche Toulac sich aufgerafft und wollte gerade zu Kaz und Veldan hinüberlaufen, als sie am Blickfeldrand eine Bewegung wahrnahm, die sie mitten im Schritt innehalten ließ. Sie machte kehrt und rannte dorthin, wo Amaurn und Thirishri voreinander in Stellung gingen. Die Söldnerin hatte schon viel über Cergorns frühere Partnerin gehört, doch hatte sie sich nicht vorstellen können, dass ein Geschöpf der Luft zu solcher Gewalt fähig war. Man musste sie aufhalten, bevor sie noch jemandem etwas antat – doch wie, das wusste Myrial allein.

Jeden Augenblick konnte der Sturm wieder losbrechen. Der erste rasende Zorn auf Grund ihres schmerzlichen Verlusts hatte sich gelegt. Der Schreck über die eigene Tat schien sie in eisige Ruhe versetzt zu haben. Für den Augenblick hatte sich ihre Gewalt in ihrem Angriff auf Kaz erschöpft, und nun würde hoffentlich Reue einsetzen – doch Toulac konnte die schwache Verzerrung in der Luft erkennen, wo der Windgeist schwebte: tiefer als vorher, näher bei Amaurn. Und in der Luft lag eine ungewöhnliche Spannung. Bleich und zitternd vor Zorn hob der Archimandrit den Feuerwerfer. In einem Geistesblitz sah Toulac es voraus: wenn diese beiden einander töteten, würde die nachfolgende Spaltung zwischen den Anhängern der alten und der neuen Ordnung den Schattenbund unwiederbringlich auseinanderreißen. Obwohl auch in ihr der Rachedurst brannte, um Kazairls und Veldans willen, wusste sie, dass das nicht geschehen durfte.

Sie holte tief Luft und trat zwischen Amaurn und Thirishri. »Also«, begann sie mit einer Stimme, die vor Trauer und Zorn bebte. »Da hast du deine Vergeltung, Windgeist. Aber warum Kaz? Warum? Er war auf der ganzen Welt der Einzige seiner Art. Er war einmalig. Und auch Veldan hat Cergorn nicht ausgelöscht, aber du hast soeben ihr Leben ein für alle Mal verdunkelt. So wie vor langer Zeit du und Cergorn Amaurns Leben zerstört habt, als er zum Tode verurteilt wurde und in der Verbannung leben musste, und seine Aveole starb. So wie Amaurn Cergorns Leben zunichte machte, als er ihn aus dem Amt stieß und seiner Erinnerung beraubte.« Ihre Stimme gewann an Kraft, wurde mächtiger und drängender. Dies war der Augenblick, um die beiden umzustimmen – sie würde ihn nach Kräften nützen müssen. »Meint ihr nicht, es sollte jetzt aufhören? Thirishri? Amaurn? Meint ihr nicht, es ist an der Zeit? Oder wollt ihr den Schattenbund zerstören, indem ihr diese sinnlose Fede noch weiter treibt?«

Nichts rührte sich. Es war, als hätten sie kein Wort von dem gehört, was Toulac gesagt hatte. Toulac bekam nun wirklich Angst. »Seht doch«, flehte sie sie an, »ihr könnt eure verdammten Feindseligkeiten doch wenigstens aufschieben. Ihr seid doch eigentlich hier unten, um herauszufinden, was mit der Schleierwand los ist – das war immerhin der Plan, Thirishri. Myrial weiß, was *du* hier unten tust, und das ist im Augenblick auch ganz unwichtig, und wahrscheinlich werden wir bald alle klar sehen – sofern wir so lange leben. Aber zuallererst müsst ihr euch auf eure Aufgabe als Ermächtigte des Schattenbundes besinnen, die darin besteht, die Welt zu retten. Damit habt ihr vorerst genug zu tun, und zwar ohne dass ihr die Dinge schwieriger macht, indem ihr euch gegenseitig umbringt. Wenn das alles vorbei ist, könnt ihr euch die Meinung sagen – ausgiebig. Versucht zuerst, einander zu begreifen. *Danach* könnt ihr euch umbringen, wenn ihr es dann noch wollt.«

Wieder geschah nichts. Doch dann zog sich der Windgeist langsam zurück. *Einverstanden*, sagte Thirishri. *Und ich – ich bedaure zutiefst, was Kazairl geschehen ist.*

Amaurn senkte die Waffe. »Gut, dann haben wir jetzt einen Waffenstillstand«, knurrte er, »aber ich werde dir niemals verzeihen, dass du Kaz getötet und meiner Tochter das Herz gebrochen hast. Wir sind noch nicht miteinander fertig, Windgeist.«

Na wunderbar!

Eigentlich war Toulac ganz seiner Meinung. Doch sie war klug genug, um eines zu begreifen: Das war nicht der richtige Zeitpunkt, wo die Gefühle eines Einzelnen der Sache aller im Weg stehen durften. Sie stellte sich vor Amaurn, fasste ihn bei den Schultern und sah ihm in die Augen. »Wie war das noch mit Tormons Frau?«, sagte sie leise und sah ihn zusammenzucken. »Der Fall liegt gar nicht so anders, weißt du.« Dann überließ sie ihm die Lösung und ging, um Veldan zu trösten.

Kapitel 38

Im Innern des Auges

Helverien hatte von dem günstigen Aussichtspunkt auf der Brücke alles verfolgt. Die Dinge sollten sich beruhigen, ehe sie in Erscheinung trat. Sie war so verblüfft gewesen, einen Feuerdrachen zu sehen, und dann so erschrocken und traurig über sein Schicksal. Dass Thirishri so etwas hatte tun können, entsetzte sie – aber sie war auch zornig auf sich selbst, weil sie nicht schon eher die innere Qual des Windgeists bemerkt und deren Ursache herausgefunden hatte.

Ich hätte bestimmt etwas tun können, um dieses Unglück zu verhindern!

Aber wenigstens konnte sie jetzt etwas tun. Sie drehte sich zu Seriema und ihren Leuten um, die den Ereignissen ratlos zugeschaut hatten. Man konnte ihnen ihr Unverständnis nicht übel nehmen. Schließlich waren sie keine Gedankenleser, konnten den Windgeist nicht sehen und wussten nicht einmal, dass es Windgeister gab. Nach ihrem Verständnis war der Feuerdrache – schon für sich genommen eine Erscheinung, die ihnen zu denken gab – von einer unsichtbaren Kraft durch die Luft geschleudert worden, und Toulac hatte in der Mehrzahl geredet, aber nur einen Menschen angesprochen.

Und dieser eine … Bei seinem Anblick fühlte Helverien ihr Herz höher schlagen. Er war doch kein … Er konnte doch nicht … Doch sie wusste es sehr wohl. Auch nach so langer Zeit erkannte sie ihresgleichen. Dieser Mann, den sie Amaurn nannten, stammte vom Zaubervolk, genau wie sie. Aber warum war er hier? Wie war er entkommen? Diese Entdeckung genügte, dass sie schlagartig handelte. »Ihr bleibt hier«, herrschte sie ihre menschlichen Gefährten an. »Für euch Menschen ist es zu gefährlich, da unten herumzulaufen – ja, auch für euch, Galveron und Cetain. Ich werde hinuntergehen und sehen, was da vor sich geht.«

Ehe einer etwas fragen oder sich entrüstet äußern konnte, war sie fort, eilte die Wendeltreppe hinab, so schnell ihre Beine sie trugen. Auf halbem Weg hielt sie inne, drehte sich um und kam zurückgerannt. »Gebt mir diesen Ring«, befahl sie. Aliana war zu verdutzt und gehorchte ganz gegen ihre Gewohnheit. Helverien nahm den Hierarchenring mit dem leuchtenden roten Stein, schob ihn sich ohne alle Förmlichkeit über den Finger und stob endlich die Treppe hinab.

Als sie unten angelangt war, musste sie gekränkt feststellen, dass alle mit dem Schicksal des Feuerdrachen beschäftigt waren und niemand sie beachtete. Sogar Thirishri war zu sehr aus der Fassung gebracht, um zu reden.

Sie pickte sich einen Mann mit strengem Gesicht heraus, der ein wenig abseits stand. »He, du da! Was geht hier vor?«

Er sah sie überrascht, dann ärgerlich an. »Ich weiß zwar nicht, wer du bist, werte Dame, aber du solltest mehr Ehrfurcht bezeugen. Einer unserer Freunde liegt im Sterben.«

Helverien atmete einmal tief durch. Mist! Hatten die vielen einsamen Jahre sie völlig vergessen lassen, wie man sich anständig benahm? »Ich bitte um Verzeihung«, sagte sie. »Mein Name ist Helverien, und ich habe nur überlegt, ob ich helfen kann.«

Er schüttelte den Kopf. »Danke für dein Anerbieten, aber da ist nichts, was man ...« Plötzlich neigte er den Kopf zur Seite, als lauschte er auf etwas. Dann riss er die Augen auf. »Sagtest du Helverien? *Die* Helverien?« Dann schien er sich zu besinnen. »Nein, nein – natürlich nicht. Das war vor so langer Zeit, dass –«

»Doch, ich bin es«, fiel ihm die Zauberin grimmig ins Wort. Ich bin wahrhaftig hier. Man hat mich außerhalb der Zeit hier unten eingesperrt ... Aber woher weißt du das? Wie kannst du mich denn kennen? Und wer bist du überhaupt?«

Sein Name war Zavahl – aber er war nicht einfach irgendein Mann. Kurz erzählte er ihr seine Geschichte, und die war genauso unglaublich wie ihre eigene. Wie war es möglich, dass er seinen Körper mit dem Geist und Verstand eines Drachen teilte? Eines Sehers noch dazu? Natürlich war es der Drache gewesen, der sie auf Grund seiner ererbten Erinnerungen erkannt hatte. Dann begriff sie plötzlich, was sein Hiersein bedeutete. »Aethon«, sprach sie ihn an, »hier könnte das Wunder liegen, das wir jetzt brauchen. Wir beide, ich mit meinen Kenntnissen und du mit deinen Erinnerungen, könnten vielleicht das Mittel finden, um die Schleierwand wiederherzustellen.«

Aethon war begeistert. Als er das Gesicht dieser Frau sah, brausten Erinnerungen eines längst entschwundenen Vorfahren auf ihn ein. Helverien vom Zaubervolk, die eine, die Verrat übte, um ihr Volk aufzuhalten, dass es nicht in seinem Hochmut die ganze Welt überrannte. Ihr Volk hatte einen erschreckenden Preis dafür bezahlt und sie auch, aber für das Drachenvolk war sie dennoch eine Heldin. Wie es sich zutragen konnte, dass sie nun aus dem Nebel der Vergangenheit zu ihm kam, das wusste er nicht, aber das war nicht der Augenblick für solche Fragen. Ihnen blieb nicht viel Zeit. Wenn sie das Mittel fänden, um das Gefüge der Welt zu richten, könnten sie vielleicht auch etwas finden, um dem Feuerdrachen zu helfen. Sofern Kaz sich lange genug ans Leben klammerte.

Die Hauptschwierigkeit bestand freilich darin, dass Zavahl keine Gedanken übertragen konnte. Alles müsste über diesen Menschen gelenkt und von ihm laut ausgesprochen werden. Doch das war zu bewältigen, wenn auch lästig, und Zavahl, der während der jüngsten Entwicklungen mit Aethon eng verbunden geblieben war, zeigte sich mehr als bereit. »Kaz hat mir das Leben gerettet, als man mich opfern wollte, und damals hatte ich nicht den Anstand, ihm dafür zu danken. Natürlich will ich alles in meiner Macht stehende tun, um bei seiner Rettung zu helfen. Sagt mir nur, was ich tun soll.«

Aethon hielt es für besser, nicht daran zu erinnern, dass die Wiederherstellung der Schleierwand die Hauptsache war und die Rettung des Feuerdrachen möglicherweise ein aussichtsloses Unternehmen. Stattdessen lenkte er Zavahl zu den bunten Lichtsäulen und der silbernen Senke, die sie irgendwie in diesen Felsensaal befördert hatte. »Rasch! Wir müssen dieses flache Gerät holen, das Scall gefunden hat. Wir werden es brauchen – ich weiß nicht, warum, aber so ist es.«

Helverien stieg die Wendeltreppe zur Brücke hinauf. Diesmal hatte sie sich für die andere entschieden, um nicht an den Menschen vorbei zu müssen, die oben auf sie warteten. Sie hatte keine Zeit, sich mit deren kleinlichen Sorgen zu befassen und endlose Fragen zu beantworten. Sie hoffte nur, dass sie so vernünftig wären, sich aus allem herauszuhalten. Als sie fast oben angelangt war, sah sie Zavahl auf der Treppe. Sein hastiger Schritt brachte das zierliche Metallgerüst zum Schwingen, dass es klang wie eine Glocke. In der Mitte des Stegs holte er sie ein und drückte ihr einen Gegenstand in die Hand. »Hier«, sagte er. »Das wirst du brauchen.« Sie blickte ihn fragend an, und er zuckte die Achseln. »Aethon sagt, seine Erinnerungen gäben ihm das ein. Er weiß nicht genau, wie, aber das sei das Mittel, um mit dem Auge Zwiesprache zu halten – oder mit dem, was sich dahinter verbirgt.«

»Danke.« Helverien überlief eine Woge der Erleichterung. Sie hatte gewusst, wohin sich wenden, aber nicht, was es dort zu tun galt. Vielleicht würden sie beide, sie und der Drache, das Rätsel lösen. »Komm mit.« Sie winkte ihm zu folgen und ging voraus auf das lange, schmale Gerüst, das in der Mitte des Stegs im rechten Winkel abzweigte und zu dem großen Auge hinführte. Am Ende befand sich eine weitere hüfthohe Säule aus einem silbernen Metall. Aber diese war breiter, etwa drei Fuß breit, und oben leicht abgeschrägt. Zavahl strich mit den Händen über die geneigte Oberfläche. »Sieh her«, sagte er und zeigte auf eine flache, runde Vertiefung auf der linken Seite. »Das sieht ganz so aus, als würde Scalls rätselhafte Scheibe hineinpassen. Aber was bedeuten all die Zeichen daneben?« Da standen mehrere Dutzend in ordentlichen Längs- und Querreihen, allesamt in Hochprägung. Jedes leuchtete schwach rot.

Helverien besah sie genauer. »Das sind Schriftzeichen der Alten«, sagte sie.

»Kannst du sie lesen?«, hörte sie Aethon mit Zavahls Stimme fragen. Sie zuckte die Achseln. »Ich war die Geschichtsschreiberin und Verwalterin der Schriften meines Volkes. Selbstverständlich kann ich sie lesen.«

Zavahl – oder war es Aethon? – schoss ihr einen tadelnden Blick zu, ehe er fortfuhr, die Säule zu untersuchen. Rechts von den Schriftzeichen befand sich eine kleine Vertiefung, die nach innen gewölbt war. Zavahls Stimme bebte vor Erregung – und diesmal redete er ganz entschieden selbst. »Das sieht genauso aus wie an der Säule im Tempel. Hier hinein gehört der Ring des Hierarchen.« Er machte ein langes Gesicht. »Den wir aber nicht haben.«

Helverien konnte nicht widerstehen. »Was, diesen hier?«, sagte sie beiläufig. Sie zog den Ring vom Finger und ließ ihn in seine zitternde Hand fallen.

Er starrte offenen Mundes, erschüttert und ungläubig. »Im Namen Myrials, wie kommst du zu diesem Ring?«, rief er.

»Denk nicht darüber nach. Es ist eine lange Geschichte. Weißt du ihn zu benutzen?«

»Selbstverständlich weiß ich das«, antwortete Zavahl barsch. Er steckte den Ring mit der richtigen Seite in die Mulde, der rote Stein schnappte hinein. Sofort verdunkelte sich der Saal. Ein tiefes Brummen, dessen Schwingung man bis ins Innerste spürte, füllte den Raum. Der dunkelrote Rand des Auges hellte sich auf, wurde kupferrot, dann golden, dann blendend gelb und schließlich glühendweiß.

Zavahl sprach halb zu sich selbst. »Es ist genau wie früher, doch dann blieb das Auge in der Mitte dunkel und leblos ... Oh, Myrial, lass es diesmal nicht so sein.«

Kurz schien es, als würde sein Gebet erhört werden. Die schwarze Mitte begann mit dem Takt eines Herzschlags zu schwingen, und mit jedem Schlag leuchtete ein blauer Lichtfunke auf. Zavahl hielt den Atem an, und Helverien merkte, dass sie das Gleiche tat. Der Funke leuchtete immer heller, bis das Innere des Auges in einem kräftigen blau-violetten Licht strahlte.

Zavahl hielt sich so angestrengt an der Säule fest, dass seine Fingerknöchel weiß hervortraten. »Sprich zu uns«, murmelte er. »Bitte, bitte, sprich zu uns!«

Aber es schien, als käme das Auge bis dahin und nicht weiter. An dem tiefen, wunderbaren Brummen begann ein Misston zu kratzen, der durch Mark und Bein ging, und in die blaue Mitte platzte das hässliche schwarze Nichts wie zuckende Blitze. Der blendend weiße Rand löste sich in regenbogenfarbene Funken auf.

»Es bricht zusammen!«, schrie Zavahl. »Haltet es auf! Lasst es nicht wieder entgleiten!« Dann wurde er unnatürlich ruhig, als der Drache aus ihm sprach. »Helverien, benutze die Scheibe! Wenn die gewöhnlichen Wege der Verständigung versagen, kann man die Scheibe benutzen.«

Mist! Die hatte sie ganz vergessen. Hastig legte Helverien die Scheibe in die Vertiefung. Sofort beruhigten sich die Farben des Auges, während in der Mitte der kleinen dunklen Bildfläche dasselbe violette Blau aufleuchtete, und der äußere Rand, eben noch golden, erstrahlte in weißem Licht. Helverien schaute blinzelnd mit tränenden Augen zu.

Also, nicht einmal die Alten waren frei von Eitelkeit. Das mag alles sehr eindrucksvoll sein, und bestimmt sehr symbolhaft und so weiter; aber wie Packrat sagen würde, das alles zu lesen wird eine Scheißarbeit.

Aber wie auch immer, vor ihren Augen bildeten sich Wörter, in klaren weißen Schriftzeichen auf blauem Grund, der Schrift der Alten, und sie las:

SYSTEMSTÖRUNG

Helverien blickte gereizt zur Decke. »Sag mir doch etwas, das ich *nicht* weiß!«

Versuchsweise berührte sie die aufgereihten Schriftzeichen auf der Säule, und jedes berührte Zeichen erschien auf der Bildfläche:

BESTIMMEN

Wieder entstanden da Wörter – und sie hielt erschrocken den Atem an.

KOMPLETTER SYSTEMAUSFALL. KERNZEREBRALPROZESSOR AUSGEBRANNT. LAUFE AUF PERIPHEREN UND NOTSYSTEMEN

Helverien klammerte sich an die Säule, damit ihre Knie aufhörten zu schlottern. Periphere und Notsysteme – was immer das war – würden nicht lange im Stande sein, eine ganze Welt aufrecht zu erhalten. Das rätselhafte Gerät hatte soeben das Todesurteil über Myrial und alle ihre Bewohner verkündet.

In ihrer Verzweiflung, und weil ihr nichts anderes mehr einfiel, gab die Zauberin alle Versuche um die gestelzte Ausdrucksweise der Alten auf. Ihre Finger flogen über die

Schriftzeichen, und auf der Fläche erschienen neue Wörter, ein Flehen aus tiefster Brust:

WIE KANN ICH DAS BEHEBEN?

Niemand war mehr überrascht als sie, als die Antwort kam. Ihre Augen wurden immer größer, als ihr Schritt für Schritt genau gesagt wurde, wie.

Amaurns besondere Sorge galt schon die ganze Zeit seiner trauernden Tochter, die zusammen mit Kalt bei dem Feuerdrachen kauerte, während sie beide darum rangen, ihn mit reiner Willenskraft in der Welt zu halten. Es zeigte sich immer deutlicher, dass ihre Kräfte nicht ausreichten. Nach Meinung des Überbringers hatte Kaz ernste innere Verletzungen und viele Knochenbrüche, und er entschlüpfte ihnen Stückchen für Stückchen. Am Ende konnte der Archimandrit Veldans Schmerz nicht mehr mitansehen und stand auf. Sein Blick fiel auf den Feuerwerfer, der auf dem Boden lag, und trotz Toulacs Warnung überlegte er inbrünstig, ob es möglich wäre, den verfluchten Windgeist damit ins Nichts zu befördern.

Warum hat sie nicht mich genommen? Das wäre wenigstens folgerichtig gewesen, sofern man ein verdrehtes Verständnis von Gerechtigkeit hat. Schließlich ist es meine Schuld, dass die Schleierwand zusammenbricht. Ich habe uns in diese Bedrängnis gebracht. Warum sollte Kaz statt meiner das Opfer sein? Fast wäre es besser, ich würde die Waffe gegen mich selbst richten!

Widerstrebend wandte er den Blick von der Waffe ab – und bemerkte da erst, was über ihm auf dem Laufsteg vorging. Zavahl stand da oben auf dem Brückenausläufer mit … »Thirishri, wer ist eigentlich diese Frau, die mit dir gekommen ist?«

Sie heißt Helverien. Der Windgeist klang sehr gedämpft. *Sie stammt von dem alten Zaubervolk. Ich bin auf sie gestoßen, nachdem du mich mit deinem verdammten Säckchen eingefangen hattest. Auch sie war dort gefangen gesetzt und das seit Tausenden von Jahren.*

Amaurn taumelte, als hätte man ihn geschlagen. Helverien? *Helverien?* Selbstverständlich kannte er die Geschichte. Ihr Name war in seinem Volk noch immer geschmäht, als hätte sie es erst gestern verraten. Aber waren ihre Verbrechen denn schlimmer als seine? Sie hatte nur ihr eigenes Volk gefährdet, nicht die ganze Welt. Und wenn sie denn andererseits wusste, was sie da tat ... Das hoffte er allerdings sehr. Sie hatte das Auge in Gang gesetzt, und nur die Vorsehung wusste, was sie jetzt gerade auslöste. Amaurn rannte auf die Treppe zu.

Als er bei ihnen ankam, war er außer Atem. »Was zum Henker geht hier vor? Was tut ihr da?«, keuchte er. Langsam drehte Zavahl sich zu ihm um, seine Augen waren groß und dunkel vor Entsetzen und das Gesicht kreidebleich. »Helverien hat das Auge dazu gebracht, uns zu sagen, wie die Welt wiederhergestellt werden kann«, antwortete er mit seltsam ausdrucksloser Stimme. Offenbar sprach Aethon aus ihm. »Stell dir diese Welt als eine Wesenheit vor, ein künstliches Lebewesen, das mit allumfassenden Fertigkeiten ausgestattet ist. Sie ist wie ein Leib, und sie hat ein Herz, man kann auch sagen, eine Kraftquelle, um alle Anlagen zu versorgen, sie betreibt Stoffwechsel und Selbstheilung. Sie hat auch ein Gehirn, aber das wurde irgendwie zerstört. Es ist ausgebrannt – tot. Und darum stirbt auch unsere Welt.«

»Aber hast du nicht gesagt, dass sie wiederhergestellt werden kann?«, drang Amaurn verzweifelt in ihn.

»Oh, ja«, bestätigte Zavahl – oder Aethon – seufzend. »Es braucht sich nur jemand von uns zu opfern und mit Myrial zu vereinen, sodass sein Körper zu Myrials Körper wird und sein Geist der großartige Geist, der alle Anlagen und Ordnungen aufrecht erhält, wie das Wetter und die Schleierwand. Wer sich freiwillig dafür hergibt, wird aufhören zu sein, was er gewesen ist. Die Zeit, wie er sie kannte, wird für ihn aufhören. Vor seinem ewigen Geist ziehen Generationen in einem Augenblick vorüber. Er wird allmächtig sein, aber für immer ein anderer – und unvorstellbar einsam.« Zavahl hielt inne, dann war er es selbst, der weiterredete. »Es ist nicht anständig, Helverien darum zu bitten. Schließlich war sie gerade erst für Jahrtausende eingesperrt. Sie hat genug gelitten – sofern es leidvoll sein wird. Aber wir können ja nicht wissen, wie es sein wird.« Er zögerte und ihm war anzusehen, wie er seinen Mut zusammennahm. »Sieh, Amaurn«, begann er, »ich werde es tun. Ich sollte sowieso geopfert werden – und das ist immerhin besser als lebendig zu verbrennen. Ich bin – ich war der Hierarch. Dies ist meine Pflicht. Ich habe mit Aethon gesprochen und er ist einverstanden. Auf diese Weise gehen die Erinnerungen des Drachenvolkes wenigstens nicht verloren.«

Amaurn fühlte sich elend. Einen Augenblick lang war er versucht, Zavahl einfach seinen Willen zu lassen – aber er konnte es nicht.

Ich bin es, der all das Unglück heraufbeschworen hat, indem ich den Ring des Hierarchen mit einer Fälschung vertauschte. Das ist nicht Zavahls Pflicht, sondern meine. Ich bin es, der gehen muss.

Aber was wird aus Veldan? Ich habe sie gerade erst gefunden – kenne sie noch kaum! Und wie kann ich sie jetzt allein lassen, wo Kaz im Sterben liegt?

Es ist auch ihre Welt, die ich rette. Sie wird es verstehen. Und sie hat noch andere Freunde, die ihr helfen werden, über den Verlust hinwegzukommen. Elion wird nachfühlen können, was sie durchmacht, und Toulac wird immer bei ihr sein. Und wenn ich mich nicht sehr irre, wird der junge Kalt der größte Trost für sie sein – und mehr als ich je sein könnte.

Er wollte handeln, solange er noch den Mut dazu hatte, und widersprach Zavahl. »Nein. Du kehrst zu Ailie zurück und führst ein glückliches Leben. Du brauchst dich nicht noch einmal zu opfern. Ich bin es, der gehen sollte.« Er atmete einmal tief durch. »Sag Veldan Lebewohl von mir, willst du das tun? Und bitte sie für mich um Vergebung.« Dann drehte er sich zu Helverien um. »Gut«, sagte er, »wir wollen keine Zeit mehr verlieren. Was muss ich tun?«

Sie schenkte ihm einen mitleidsvollen Blick. »Lebewohl, Amaurn. Ich verneige mich vor deinem Mut. Ich bedaure, dass ich nicht die Gelegenheit bekam, dich kennenzulernen – ich hätte gern wieder einmal mit einem aus meinem Volk gesprochen. Ich zeige dir jetzt, wie man die Brücke verlängert, dann werden Zavahl und ich uns zurückziehen. Die Brücke wird ausfahren und dich in die Mitte des Auges bringen. Dann kehrt sie in ihre vorige Stellung zurück, aber du ... Du wirst in Myrial einverleibt.«

Amaurn seufzte. »Nun, vermutlich hat mancher ein schlimmeres Schicksal als die Unsterblichkeit. Und schließlich habe ich von geborgter Zeit gelebt, seit Cergorn mich zum Tode verurteilt hat. Leb wohl, Helverien, lebt wohl, Zavahl und Aethon. Ich werde mein Bestes tun, das verspreche ich. Und sagt Kalt und Toulac, sie sollen bloß gut auf Veldan aufpassen – nicht dass sie dazu eine Aufforderung benötigen.« Auf einmal merkte er, dass er die Sache hinauszögerte. »Und jetzt, Helverien, zeige mir, wie ...«

Wartet! Das war Thirishri. *Du brauchst es nicht zu tun, Amaurn. Ich werde gehen. Sehen wir es doch so*, fügte sie verlegen hinzu, *ich brauche keinen Körper aufzugeben so wie du, und ich merke jetzt, dass Cergorn mir auf ewig fehlen wird.* Sie seufzte, wie nur ein Windgeist es kann. *Außerdem könnte ich nie wieder nach Gendival zurückkehren und Veldan in die Augen sehen, nach dem, was ich getan habe. Ich muss es tun, Amaurn. Ich muss mich hergeben, um der neue Geist Myrials zu werden. Vielleicht kann ich für meine Tat büßen, indem ich die Welt rette.*

Und damit ließ sie sie stehen. Ehe jemand widersprechen

konnte, war Thirishri auf und davon, und nur ein Schimmer in der Luft zeigte an, dass sie wie ein Schweifstern auf das Auge zusauste. Sie stürzte sich in dessen Mitte – und war verschwunden, ohne eine Spur zu hinterlassen.

Für kurze Zeit geschah gar nichts. Dann setzte der tiefe Brummton wieder ein, schwoll an und schwang sich zu einem herrlichen Höhepunkt empor. Das bedrohliche schwarze Blitzen hörte auf, und die Mitte klarte zu einem sanft blauen Dämmerhimmel auf. In der wunderbaren Himmelsmusik hörte man die Stimme des Windgeists. *Ahhh – jetzt verstehe ich. Ich verstehe alles, die ganze Welt Myrial in ihrer unendlich verwickelten Schönheit.* Sie lachte. *Ich bin so glücklich, dass ich es an deiner Stelle getan habe, Amaurn. Du wirst in deiner vergänglichen Fleischeshülle leben, aber ich, ich bin eine ganze Welt.*

»Kannst du die Schleierwand in Stand setzen?«, fragte der Archimandrit gereizt. Er war froh, nicht mehr oft mit ihr sprechen zu müssen. Diese Angeberei ging ihm schon jetzt auf die Nerven.

Ich lerne es bereits, während wir hier plaudern, und es wird erledigt sein, bevor ihr wieder über der Erde seid.

Na gut, bei diesem Grad an Wirksamkeit hat sie vermutlich das Recht, eitel zu sein.

Eigentlich sollte er erleichtert und begeistert sein, dass die Gefahr überwunden und die Welt gerettet war, räumte er ein, aber im Augenblick konnte er an kaum etwas anderes denken als an seine trauernde Tochter und den sterbenden Feuerdrachen.

Ich gehe lieber wieder zu Veldan und Kaz…

Doch Thirishris Stimme hielt ihn zurück. *Amaurn! Ich habe vielleicht die Lösung! Der Feuerdrache könnte doch noch Glück haben!*

Kher blieb keuchend bei Elion und Vifang stehen. »Bei meinem Leben, was bin ich froh, euch zu sehen! Ich habe nicht geglaubt, dass ihr davonkommt! Seid ihr einigermaßen wohlauf?«

Bin ich das?

Elion wusste es nicht gleich. Dichter Staub hing in der Luft, gemischt mit Rauch, und er hustete und schnaufte. Die Haut brannte ihm von der Hitze bei der Sprengung, aber soweit er sehen konnte, waren ihm ernstere Verbrennungen erspart geblieben. Ein Rest verzweifelter Kraft, der ihn über die letzten paar Augenblicke gerettet hatte, verließ ihn soeben, und da er sich seiner Wunden bewusst wurde, taten sie plötzlich verflucht weh. Er sah Kher wütend an. »Sei nicht so blöd! Sehen wir etwa danach aus?« Doch dann traf ihn mit einem Mal die Erkenntnis, dass er und Vifang allen Widrigkeiten zum Trotz überlebt hatten. Erleichterung und Verwunderung durchströmten ihn, und er fing an, ohnmächtig zu lachen, und lachte, bis ihm die Tränen über die Wangen liefen und ihre Spuren durch Blut und Staub zogen.

»Du bist allerdings wohlauf«, erwiderte Kher entrüstet, »und das ist nach deinen Mätzchen mehr, als du verdienst.« Er schickte Alsive in den Garten zurück, damit sie sein Bündel holte, das den kleinen Arzneikasten enthielt, welchen die Wissenshüter immer bei sich trugen.

Elysa hatte sich inzwischen den Tunnel angesehen. »Er ist offensichtlich restlos eingestürzt«, rief sie. »Man kann höchstens ein paar Schritte weit hineingehen, und auch dieser Teil ist sehr wackelig. Ich kann mir nicht vorstellen, dass von unseren geflügelten Freunden einer überlebt hat.«

Elion merkte, dass er die Waffe der Alten noch in den Fäusten hielt. Mit empörter Miene warf er sie Kher zu. »Hier. Nimm sie und vielen Dank auch. Das Mistding ist mir im gefährlichsten Augenblick zusammengebrochen.«

Kher blickte entrüstet. »Du hast sie kaputt gemacht? Dieses Ding hat Tausende von Jahren unbeschadet überstanden, und du machst es kaputt? Was wird nur Amaurn dazu sagen?«

»Tja, er kann sagen, was er will, ich kann nichts dran ändern. Es hat die Jahrtausende nur überstanden, weil keiner versucht hat, das Ding zu benutzen. So oder so ist die Waffe zu nichts gut, oder? Wenn man Cergorn Recht gibt und sie im Museum einschließt, haben wir nichts davon, und wenn wir sie benutzen, versagt sie. Das sollte uns vielleicht zu denken geben. Vielleicht gibt es einen Mittelweg zwischen Cergorns Auffassung und Amaurns Ansichten. Wahrscheinlich täten wir gut daran, unser eigenes Zeug zu entwickeln und dann zum Henker mit den Alten.«

Während des Wortwechsels hatte Elion ununterbrochen die Takur beobachtet. Vifang hatte sich irgendwann im Laufe des Durcheinanders zurückverwandelt, und nun konnte er zusehen, wie sie sich selbst heilte. Schon ging es ihr besser, wenn auch die Wunden im unbestimmten Dunkel ihres Körpers hier und da noch zu sehen waren. Kher fuhrwerkte um Elion herum, um seine Wunden zu säubern, doch der beachtete ihn gar nicht. Er benahm sich, als wäre er mit der Gestaltwandlerin allein. »Ich dachte schon, ich käme zu spät«, sagte er zu ihr. »Ich glaubte, du seist tot.«

»So einfach ist es nicht, einen meiner Art zu töten«, erwiderte Vifang, »aber wenn du nicht gekommen wärst, hätten mich entweder die Ak'Zahar oder die Sprengung umgebracht. Du hast sie lange genug von mir fortgelockt, dass ich eine ... etwas vorteilhaftere Gestalt annehmen konnte.«

»Warum ein Feuerdrache?«, fragte Elion neugierig. »Zuerst glaubte ich, Kaz und Veldan kämen mir zu Hilfe.«

»Ich dachte, so ein Flammenstoß könnte nützlich sein«, antwortete die Takur und fügte reumütig hinzu: »Diese Gestalt habe ich auch benutzt, als ich versuchte, Amaurn zu töten, und hatte daher das Bild bereits in mir verankert. Das machte mir die Umwandlung leicht, und ich konnte nun *dir* zu Hilfe eilen.« Ihre hellen Augen begannen zu glitzern.

»Warum hast du dein Leben aufs Spiel gesetzt«, fragte sie sanft, »für eine der geschmähten Takuru?«

Ja, warum habe ich das getan?

Als Elion dieses beunruhigende Wesen betrachtete, das in so kurzer Zeit große Achtung und Zuneigung in ihm hervorgerufen hatte, sah er sich einem Wirrwarr von Gedanken und Gefühlen gegenüber – und dann wusste er plötzlich die Antwort. »Weil ich nicht schon wieder eine Partnerin verlieren wollte«, sagte er fest.

Einen Augenblick lang herrschte Stille. Dann erwiderte Vifang: »Aber ... aber ich gehöre nicht einmal dem Schattenbund an. Ich kann nicht deine Partnerin sein.«

Elion lächelte sie an und streckte ihr die Hand entgegen. »Doch, das kannst du, wenn du willst.«

Kapitel 39

Rückkehr

Tief unter der Erde verließ Kalt allmählich die Kraft. Veldan sah ihm die Anstrengung an, mit der er versuchte, ihren sterbenden Partner ans Leben zu binden. Es hatte keinen Zweck mehr. Es brach ihr das Herz und sie konnte sich nicht vorstellen, wie sie die Zukunft ohne Kaz bewältigen könnte, doch sie wusste, dass es zwecklos war, sie alle noch länger leiden zu lassen. Blind vor Tränen fasste sie den Arm des Überbringers. »Lass ihn gehen, Kalt. Hilf ihm einzuschlafen.«

Kalt warf ihr einen Blick zu, der voller Sorge und Mitleid war – und noch etwas anderes enthielt. »Bist du sicher?«, fragte er. »Veldan, bist du wirklich sicher? Ich kann ihn noch ein wenig halten ...«

»Nein.« Veldan brach in Schluchzen aus. »Er weiß nicht einmal mehr, dass wir hier sind, so stirbt er einen langsamen Tod. Hilf ihm gehen, Kalt. Gib ihn frei.«

»Ich ...« Doch der Überbringer konnte seine Antwort nicht mehr zu Ende bringen. Amaurn platzte in ihre Mitte, packte Veldan bei der Hand und zog sie vom Boden hoch. »Veldan, es bleibt keine Zeit für Erklärungen. Vertraue mir einfach, sonst nichts. Vertraue mir.« Er blickte zu dem Auge hinauf, das weit über ihnen an der Felswand leuchtete. »Geht klar, Thirishri«, rief er. »Los!«

Vor Veldans Augen wurde der schlaffe Leib des Feuerdrachen auf einer Säule aus schimmernder Luft vom Boden hochgehoben. »Amaurn!«, schrie sie. »Was ist das?«

Er hielt sie fest bei den Händen. »Nur ruhig, Veldan. Hoffe und bete, dass es gut wird. Thirishri hat sich mit dem Auge vereinigt und ist der Geist Myrials geworden. Sie meint ein Mittel zu kennen, um Kaz zu heilen ...«

Das war mehr, als Veldan in sich aufnehmen konnte. »Sie hat ihn fast umgebracht. Halte sie auf, Amaurn – das muss eine List sein. Sie darf ihn nicht kriegen!«

»Ruhig, Liebes.« Er nahm sie in den Arm und hielt sie fest. »Du bist überreizt, und das ist nur verständlich. Du begreifst nicht, was vor sich geht. Aber das ist seine letzte Hoffnung.«

Diesmal hörte sie seine Worte und verstand, was er sagte, wenn auch nicht, wie ein solches Wunder vor sich gehen sollte. Schon war der Feuerdrache auf der Höhe des Auges angekommen, und sie sah zu, wie er in dessen Tiefen verschwand.

Veldan bemerkte, dass Amaurn den Arm nur noch locker um ihre Schultern gelegt hatte, dass Kalt ihre Hand hielt, dass Toulac bei ihr stand, entschlossen und stark wie immer, wenn auch mit besorgtem Stirnrunzeln.

Die Zeit verging. Langsam. Veldan dachte an ihre Kindheit mit Kaz. Wie die kleine Echse aus dem fremdartigen Ei schlüpfte und zu diesem prächtigen Wesen heranwuchs, das so groß und klug und stark war. All die Jahre über war er Veldans Beschützer gewesen, ihr Seelentrost und Freund, und dasselbe war sie für ihn gewesen. Sie hatten in guten und schlechten Zeiten einander beigestanden. Sie dachte an das boshafte Funkeln in seinen Augen, die schalkhafte Zunge, das ärgerliche Kichern, das zumeist bedeutete, dass er das letzte Wort haben wollte.

Wie kann ich ohne ihn leben? Das ist doch, als würde mir die Hälfte entrissen! Jetzt weiß ich, wie es in Elion ausgesehen hat. Jetzt begreife ich ihn.

Unterdessen hatte sich das Auge nicht verändert. Es gab keine Anzeichen, dass sich in seinem Innern etwas tat. Nach einer Weile stiegen in Veldan Zweifel auf, dass überhaupt noch etwas geschehen würde. Die Menschen auf dem Steg begannen unruhig zu werden, und man hörte ratloses Gemurmel von dort oben. Sie war so voll ängstlicher Anspannung, dass sie sie hätte umbringen können, nur um sie zum Schweigen zu bringen.

Wie können sie es wagen, dort schwätzend beieinander zu stehen, während das Leben von Kaz und mir an einem seidenen Faden hängt?

Veldan glaubte keinen Augenblick länger warten zu können. Sie wollte rennen, schreien, weinen ... Und dann sah sie es. Eine lange, dunkle Gestalt schwebte tief in dem geheimnisvollen Blau. Ein paar Augenblicke später, und Kaz tauchte aus der Mitte des Auges auf, doch da war kein Funken Bewusstsein, um auf ihre besorgten Rufe zu antworten. Und außerdem sah er noch ebenso verquer aus wie vorher. Ihr sank der Mut, und grenzenlose Bitterkeit überfiel sie.

Verdammt, Thirishri hat versagt! Zuerst lässt sie mich hoffen – und dann wird es eine Enttäuschung.

Das war zu grausam. Veldan wusste nicht, wie sie es ertragen sollte. Sie schloss die Augen, um den schrecklichen Anblick loszuwerden und gab sich finsterer Verzweiflung hin. Dann nahm Kalt ihre Hand und drückte sie sehr fest. »Veldan«, sagte er, »mach nicht so ein Gesicht! Öffne die Augen. Er lebt. Kaz ist am Leben. Er ist nicht bei Bewusstsein, aber er lebt! Ich kann das Leben in ihm spüren.«

Da erst wagte Veldan hinzusehen. Er war inzwischen näher gekommen – sie konnte ihn atmen sehen und wie er sich langsam zu regen begann. Und als der Feuerdrache am Boden ankam, hüpfte ihr das Herz im Leib. Aber etwas war anders ... Dann riss sie die Augen auf. »Kalt – sieh nur! Amaurn, Toulac, seht doch!« Sie rannte zu Kaz, und als sie sich neben ihn kniete, schlug er die Augen auf. »Hallo,

Schätzchen.« Seine Stimme war noch schwach, wurde aber zusehends kräftiger. »Ich habe wirklich seltsames Zeug geträumt. Ich habe geträumt, Myrial hat mir ...« Plötzlich schoss sein Kopf in die Höhe, drehte sich nach hinten, fuhr hierhin und dorthin. »*Flügel?*« In seiner Aufregung entfuhr ihm ein lautes Brüllen. »VELDAN! ICH HABE FLÜGEL!«

Sie schloss ihn in die Arme, und Tränen strömten über ihr Gesicht. »Ich freue mich so sehr für dich, Kaz. Du hast sie dir immer gewünscht, und du hast sie verdient. Aber am meisten freue ich mich, dass ich dich zurückhabe.«

»Zurück?« Er blickte gekränkt. »Blödsinn! Ich bin überhaupt nicht weg gewesen, Boss. So leicht wirst du mich nicht los.«

Veldan schaute zu dem Auge hinauf. »Danke, Thirishri«, rief sie. »Danke, dass du ihn mir zurückgegeben hast. Und danke für die Flügel. Er hat sich immer welche gewünscht.«

Der Saal hallte vom Gelächter des Windgeists wider. *Ich bin froh, dass ich das tun konnte, Veldan. Und ich freue mich, dass dir die Veränderung gefällt. Um Kazairl wieder gesund zu machen, musste ich zu der ursprünglichen Schablone der Feuerdrachen vordringen, die in Myrials Gedächtnis eingelagert wurde, als sie auf dieser Welt erschienen. Niemand war verblüffter als ich, als ich entdeckte, dass sie Flügel hatten! Wenn man von Kaz schließen kann, müssen sie sie im Lauf der Zeiten irgendwann eingebüßt haben – aber gleichgültig, ich hielt sie für eine gute Sache und dachte mir, sie könnten ihm gefallen.*

Inzwischen drängten sich auch die anderen Gefährten um Kaz und versicherten ihm, wie froh sie seien, fragten, wie er sich fühle, beglückwünschten ihn zu seinen neuen Flügeln und sagten ihm, wie tapfer er gewesen sei und wie besorgt sie selbst. Veldan sah, dass Kaz sich in all der Beachtung sonnte. Er stand von allen umringt, spreizte die vornehm glänzenden Flügel in ihrer ganzen Herrlichkeit aus. Dabei sah er noch selbstgefälliger aus als sonst. »Du lieber Himmel«, flüsterte sie Kalt zu. »Er war schon vorher eitel genug – jetzt wird er geradezu unmöglich.«

Der Überbringer legte wieder den Arm um sie. Das schien zwischen ihnen die natürlichste Geste der Welt geworden zu sein. »Mach dir keine Gedanken – wir werden schon mit ihm fertig.«

Das klang wie eine Feststellung, doch Veldan hörte die Spur eines fragenden Tonfalls. Sie sah ihm in die Augen und lächelte. »Klar werden wir das.«

Kaz stupste Veldan mit der Schnauze an. »He!«, sagte er nörgelnd. »Ich sollte hier im Mittelpunkt stehen.« Er blickte Kalt unverschämt grinsend an. »Du kannst gefälligst warten, bis du dran bist.«

An dieser Stelle wurden sie – zum Glück – von Thirishri unterbrochen. Ihre Stimme hatte sich verändert, klang volltönend und irgendwie fremd. *Und jetzt, so meine ich, solltet ihr alle nach Hause zurückkehren. Ich habe hier sehr viel Arbeit vor mir und eine Menge zu lernen. Ich merke bereits, wie mein altes Ich schwindet und mit dieser Welt verschmilzt. Aber wenn ihr etwas von mir wollt, so wisst ihr, wo ihr mich findet – allerdings meine ich, dass ihr den Zugang zu diesem Ort versperren solltet. Wir wollen nicht, dass noch mehr Leute zufällig hierher gelangen. Wer mit mir sprechen will*, fuhr sie fort, *kann das im Allerheiligsten unter dem Tempel von Tiarond tun. Der Ring des Hierarchen wird das Auge in Gang setzen, wie er es immer getan hat. Doch ihr werdet wohl auch merken, dass das Amt des Hierarchen inzwischen überholt ist. Allerdings bin ich zuversichtlich, dass Galveron und Aliana hierfür eine Lösung finden werden. Er wird einen hervorragenden Herrscher abgeben und sie ebenfalls. Ich werde ihre Fortschritte gespannt verfolgen.*

»Das mag deine Ansicht sein«, ließ sich eine tiefe männliche Stimme vernehmen. »Aber Hierarchin Gilarra wird dazu auch noch etwas zu sagen haben. Und da Zavahl nun zurückgekehrt ist, wird die Lage eher noch verzwickter.«

Veldan sah überrascht auf. Die anderen, die noch immer am Ende des Stegs dicht beieinander standen, um sich notfalls beizustehen, hatte sie völlig vergessen. Sie sah, dass Tormon und seine Gefährten sich zu der anderen Gruppe gesellt und Scall einen Arm um das schlanke, blonde Mädchen gelegt hatte. Der Mann, der gesprochen hatte, vermutlich Galveron, war auf den Ausleger getreten und redete unmittelbar mit dem Auge. Neben ihm stand eine junge Frau mit einem Wust brauner Locken, die sehr bestimmend aussah.

Wieder war Thirishris Stimme zu hören. Es war schwer zu sagen, ob sie aus dem Auge oder von woandersher kam. *Wegen Gilarra braucht ihr euch keine Gedanken zu machen – um Zavahl auch nicht, wenn ich mich nicht irre. Wenn ihr wieder im Tempel seid, werdet ihr feststellen, dass sich manches von selbst gelöst hat. Wenn ihr nun so weit seid*, fügte sie mit beißendem Spott hinzu, *befördere ich euch zurück in die große Halle. Von dort aus findet ihr leicht nach draußen, ohne dass ihr noch länger in meinen Gängen umhertappen und Fallen auslösen müsst.*

Noch weiter herumzutrödeln schien wenig Zweck zu haben, und inzwischen war jeder so begierig fortzukommen, wie Thirishri begierig war, sie endlich abziehen zu sehen. Alle kamen die Wendeltreppe herunter und drängten sich in die silberne Vertiefung zwischen den Lichtsäulen. Auch diesmal dehnte sie sich aus, um alle aufzunehmen. Als der Saal verschwand, erwartete Veldan, dass Thirishri ihnen ein Lebewohl zurufen werde, aber alles blieb still. Schon schien es, dass der einstige Windgeist sich von den Gefährten gelöst und in die Rolle einer ganzen Welt vertieft hatte.

Nachdem sie in der geheimnisvollen Halle mit ihren seltsamen Gebilden und bewegten Lichtern angelangt waren – von der sie nicht mehr verstanden als vorher –, ließen sie im

Nu den Röhrengang hinter sich und stiegen den Schutthaufen hinab in den Tunnel der Felsstraße. Veldan lehnte sich in gewohnter Weise an Kaz, wo sie Wärme und Trost umfing. »Der Vorsehung sei Dank, dass wir das hinter uns haben! Ich will diesen Ort nie wieder sehen, bis ans Ende meiner Tage!«

»Ich auch nicht, Boss, ich auch nicht.« Gerade nicht auf der Hut, hörte sich der Feuerdrache sehr kleinlaut an, und sie wusste, dass ihm die Berührung mit dem Tod mehr zugesetzt hatte, als er zugeben würde.

Veldan legte einen Arm um seinen langen Hals und drückte ihn an sich. »Komm, du Lieber, lass uns nach Hause gehen.«

Kapitel 40

Nachher

Bis Toulac die braune Stute zu einem ungeduldigen Scall zurückbrachte, war der schlimmste Winter schon vergangen und der Frühling nah. Als sie auf Mazal das Tal zur Rottenfestung hinaufritt, wohin sie die Braune, die mit einem Fohlen Mazals trächtig war, am Zügel führte, hörte sie freudige Zurufe von oben, und Seriema und Cetain kamen ihr entgegengeritten.

Toulac musste lächeln, als sie den einstigen Kopf der Handelsvereinigung sah. Seriema trug wie gewöhnlich die Tracht der Rottenkrieger, und sie sah strahlend, gesund und frisch aus. Die Ärmel trug sie aufgerollt, ihr dunkles Haar wehte im Wind. Zwar lebte sie das ganze Jahr über bei den Rotten und hatte ihr großes Haus an der Esplanade ohne Bedauern aufgegeben, doch auf ihre geschäftlichen Unternehmungen verzichtete sie dennoch nicht ganz. Sie hatte sich einen Partner genommen: Alianas Bruder Alestan. Schon nach wenigen Monaten schlotterten die Händler in ihren Stiefeln, wenn sie ihn kommen sahen.

In der Zwischenzeit hatten Seriema und Cetain einen geschäftigen Winter damit verbracht, die Überlebenden der anderen Sippen zusammenzuscharen und ihnen zu helfen. Da sie es nicht geschafft hatten, mit ihrer Warnung bis zu den anderen durchzukommen, hatten die Ak'Zahar unter den Ahnungslosen furchtbare Verwüstungen angerichtet und so wenige Überlebende gelassen, dass die alte, zerstörerische Ordnung unter den Sippen ein für alle Mal ausgelöscht war.

Arcans Bogenschützen hatten beträchtliche Zeit gebraucht, um im ganzen Heideland auch die letzten der geflügelten Bestien zur Strecke zu bringen, und mancher hatte sein Leben lassen müssen, ehe es schließlich gelungen war. Leider war auch der Häuptling selbst darunter gewesen, und nun war Lewic, Cetains ältester Bruder, der Anführer. Zum Glück hatte er, was die Zusammenführung der Sippen betraf, ein offeneres Ohr für Cetains Vorschläge als sein Vater, mit dem Ergebnis, dass nun alle miteinander lebten und teilten, was sie besaßen. Von Lewics Leuten waren einige in die Festung der Nachbarsippe gezogen und etliche Fremde wohnten jetzt bei Arcans Sippe. Man stand noch so sehr unter dem Eindruck des entsetzlichen Gemetzels, dass es ungewöhnlich wenig Streit gab, abgesehen von gelegentlichen Raufereien, und Lewic, Cetain und Seriema hofften, dass es so bleiben würde. In diesem neuen Geist der Freundschaft, der sich scheinbar von selbst verbreitet hatte, waren auch Vereinbarungen mit Galveron, Herrscher von Tiarond, geschlossen worden, dass Fleisch und Wolle gegen Güter aus der Stadt gehandelt würden. Es schien, dass die räuberischen Tage der Rotten zu guter Letzt vorüber waren – und Toulac beispielsweise tat das gar nicht Leid.

»Toulac«, rief Seriema, sobald sie näher kam, »Wie schön, dich zu sehen. Und du bingst Scalls Stute mit – dem Himmel sei Dank! Er ist zuletzt ziemlich unmöglich geworden, weil er nicht geglaubt hat, dass du sie bringst, ehe sie abfahren.«

»Abfahren?«, wiederholte die Söldnerin verwundert. »Will Tormon denn etwa zurück auf die Straße?«

»Genau das!« Seriema lachte. »Er und Scall sind den ganzen Winter über damit beschäftigt gewesen, ihren neuen Wagen zu bauen und auszustatten – mit Rochallas Hilfe natürlich, ganz zu schweigen von Annas, die ihnen immerzu auf die Finger sah und sagte, wie sie es richtig machen müssten.«

Toulac lachte. »Dieses Kind wird es weit bringen!«

Seriema nickte. »Rochalla bedeutet außerordentlich viel für Annas. Natürlich ist es nicht dasselbe, wie die eigene Mutter bei sich zu haben – aber Rochalla macht ihre Sache ausgezeichnet, und Annas liebt sie bis zum Irrsinn.«

»Sind eure anderen Besucher noch da?«

»Ja«, sagte Cetain. »Du bist die Letzte, Toulac. Darum war Scall so außer sich.«

»Wie geht es Blank – ich meine, Amaurn? Und wie geht es Zavahl?«, fragte Seriema. »Du wirst im Beisein der anderen nicht über Gendival sprechen wollen, darum will ich lieber jetzt alles wissen.«

»Du würdest Amaurn nicht wiedererkennen. Er ist nicht mehr das kalte, umtriebige Ungeheuer, das er einmal war«, erzählte Toulac. »Nun da er heimkehren konnte und der Archimandrit geworden ist, wie er es immer wollte – und besonders seit er mit seiner Tochter vereint ist –, ist er ungeheuer milde geworden. Doch wenn einer der Wissenshüter so unklug ist und ihm in die Quere kommt, sehen wir den alten Hauptmann Blank noch einmal aufblitzen. Und was Zavahl angeht – also, der ist trunken vor Glück mit seiner Ailie, und nur soviel sei gesagt, er macht sich als Gastwirt viel besser, als er als Hierarch je gewesen ist!«

Inzwischen näherten sie sich der Festung, und mit ungestümem Geschrei kam Scall ihnen entgegen durch das Tor gerannt. »Toulac! Du hast sie gebracht! Du hast sie doch noch zu mir gebracht!« Er umarmte die Stute und tätschelte sie, und obwohl sie im Stall des Schattenbundes verwöhnt worden war, schien sie sich über das Wiedersehen sehr zu freuen.

Toulac zog dem Tier eine Grimasse. »Undankbares Gör!« Dann überließ sie die beiden ihrer Wiedersehensfreude und ging mit Seriema und Cetain hinein. Im Hof traf sie ein verblüffender Anblick: ein brandneuer Wagen, größer als der vorige, und doppelt so bunt war er auch. Der Hauch frischer Farbe hing noch in der Luft, und aus dem Innern hörte man es hämmern. Als sie um die Rückseite herumgingen, streckte Tormon den Kopf durch das Fenster. »Toulac! Welche Augenweide für einen alten Mann! Hast du denn Scalls Stute mitgebracht?«

»Kann keiner mehr über was anderes reden als dieses blöde Pferd?«, brummte sie, aber sie grinste dabei.

Später, nachdem Scall von der Seite seiner geliebten Braunen losgeeist werden konnte, versammelten sie sich zum Abendessen bei einem Becher Wein in Cetains Räumen. Rochalla, die sich mit Annas dazugesellt hatte, war das blühende Leben. Offenbar bekam es ihr gut, Scalls Frau zu sein, und die alte Söldnerin vermutete, dass Annas bald einen kleinen Spielgefährten bekommen würde.

Es gab noch eine Anzahl anderer Besucher. Toulac war nicht nur gekommen, um das Pferd zu bringen, sondern auch um Quave zu treffen, der den Winter in Tiarond bei Heilerin Kaita verbracht hatte, um sie neue Erkenntnisse der Wundbehandlung und Krankheitserkennung zu lehren. Mit ihr zusammen hatte er auch die Seuche, die im Tempel so viele das Leben gekostet hatte, restlos besiegt. Amaurn ließ – mit äußerster Besonnenheit – durch die Wissenshüter bestimmte Kenntnisse in der Welt verbreiten, beschränkte dies aber darauf, was den verschiedenen Völkern Myrials beim Wiederaufbau ihres Lebens nützlich sein konnte. Allerdings hatte er beschlossen, das Wissen über Sprengpulver und andere Stoffe, die leicht als Waffe gebraucht werden konnten, zurückzuhalten.

Kaita war mit Quave bis zur Rottenfestung gereist, weil Shelon, aus dem ein hervorragender Stellvertreter geworden war, bedingungslos darauf bestanden hatte, dass sie die Gelegenheit zum Entspannen nutzte. Ihre Augen funkelten vor Vergnügen, als sie Toulac von ihren neuen Helfern erzählte:

Felyss und Gelina und – zu jedermanns Überraschung – Packrat. Neuerdings gewaschen und gekämmt und das Haar ordentlich geschnitten, war von dem schmuddeligen Dieb, wie er seinerzeit im Tempel aufgetaucht war, fast nichts mehr zu sehen. Doch er war immer bereit gewesen, den Heilern zur Hand zu gehen, und hatte sich seitdem wissbegierig und teilnahmsvoll gezeigt. Shelon, der die Neuen ausbildete, hielt ihn tatsächlich für viel versprechend – und wenn Kaita auch bemerkte, wie sein Blick immer wieder auf Felyss ruhte, so würde *sie* ganz bestimmt nichts dagegen sagen. Das hatten die beiden untereinander auszumachen.

Mit Kaita war auch Agella gekommen. Sie wollte ihrem Neffen Lebewohl sagen, ehe er sich mit Tormon auf die Rundreise ins Frühjahr und den Sommer begab. Die Schmiedin und die Heilerin hatten während der unheilvollen Tage von Tiarond so gut und geschickt zusammengearbeitet, dass sie inzwischen die besten Freundinnen waren und zu den wichtigsten und angesehensten Mitgliedern des Rates gehörten, den Galveron und Aliana ins Leben gerufen hatten, damit er den Aufbau der verwüsteten Stadt und des Landes leitete.

Diese beiden, der ehemalige Hauptmann und die frühere Diebin, jetzt Herrscher über Callisiora, waren ebenfalls mit Kaita und Agella geritten – vermutlich auf Alianas Betreiben, dachte Toulac. Galveron, gewissenhaft wie immer, hätte Tag und Nacht gearbeitet und seine Kräfte innerhalb eines Monats erschöpft, wenn seine neue Lebensgefährtin nicht wäre. Sie besaß nämlich genügend Einfluss auf ihn, um derlei Neigungen einen Riegel vorzuschieben, und sorgte dafür, dass er sich die Zeit nahm, um sich zu erholen – und mit ihr zusammen zu sein. Angeblich waren sie gekommen, um sich mit Cetain und Seriema zu beraten, und hatten sich im Laufe des Winters mit ihnen angefreundet – wenn man auch Cetain mehr als einmal sagen hörte, dass er sich bald nicht mehr einen Rotten nennen dürfe, da er sich mit den Städtern befreunde, anstatt sie bei jeder Gelegenheit auszurauben.

Alle waren entzückt, einander wiederzusehen, und verbrachten einen sehr geselligen Abend damit, sich des schicksalhaften Tages zu erinnern, der sie alle unter Myrials Tempel zusammengeführt hatte, und tauschten dabei sämtliche Neuigkeiten aus. Es bestand kein Zweifel, dass ein Band zwischen den Menschen entstanden war, die an jenem bedeutsamen Tag dabeigewesen waren, ganz gleich aus welchen Gründen sie sich in die unterirdischen Gänge gewagt hatten. Kaita und Agella waren zwar oben im Tempel gewesen, hatten die Abenteurer aber bei ihrer Rückkehr in Empfang genommen, sodass das Band auch sie einschloss. Wie Toulac herausstellte, schien ihr Zusammentreffen mehr als Zufall gewesen zu sein, denn gewiss waren sie nun diejenigen, die die Verantwortung für das künftige Wohl des Reiches übernommen hatten.

Kaita goss sich den letzten Schluck Wein in ihren Becher. »Weißt du, Toulac, ich habe mir oft über dieses zufällige Zusammentreffen Gedanken gemacht«, sagte sie. »Ich werde niemals den Morgen vergessen, wo Gilarra sich opferte, um uns ein Wunder zu verschaffen. Ich bin nie gläubig gewesen, und wir alle wissen jetzt, dass es Myrial nicht als Gottheit gibt, wie die Callisioraner immer geglaubt haben – aber ich kann mir nicht helfen: War es wirklich ein Zufall, dass wir alle wenige Stunden nach dem Opfer der Hierarchin gerettet wurden? Hat Gilarra ihr Leben verschwendet, um etwas herbeizuführen, das ohnehin geschehen wäre? Oder sind ihre Gebete irgendwo in unbekannter Höhe erhört und ihr Opfer angenommen worden?«

Ihren Fragen folgte langes Schweigen. Die Söldnerin hob die leere Flasche, schielte hinein und stellte sie wieder hin. »Das«, so sagte sie schließlich, »ist die Art Betrunkenengeschwätz, die mir unmissverständlich sagt, es ist Zeit, ins Bett zu gehen.«

Es war ziemlich spät am Morgen, als Toulac sich in Mazals Sattel setzte und sich auf den Heimweg machte, zusammen mit einem bemerkenswert wortkargen Quave. In Quaves Kopf wummerte es noch ein wenig, obwohl Kaita, die gute Seele, ihm ein Gebräu eigener Erfindung eingeflößt hatte, nach dem man sich augenblicklich besser fühlte – so sehr, dass er beim Reiten leise vor sich hin pfiff. Es war nett gewesen, all die Neuigkeiten zu hören, aber er konnte es kaum erwarten, wieder bei seinen Freunden im Schattenbund zu sein, und außerdem lebte es sich in Gendival neuerdings sehr angenehm.

Es war erstaunlich, wie sich der Schattenbund nach den anfänglichen Verstimmungen und Streitereien doch zusammengerauft und Amaurn als neuen Anführer angenommen hatte. Die plötzliche Wiederherstellung der Schleierwand hatte die Zweifler nachhaltig zum Schweigen gebracht, und seitdem tat jeder sein Erstaunen kund, als welch weiser und umsichtiger Anführer sich Amaurn der Abtrünnige erwies. Veldan und Toulac jedoch und ein oder zwei andere hegten den vagen Verdacht, dass er sie in falscher Sicherheit wiegte und früher oder später noch einmal gegeneinander aufhetzen würde – aber was er letztendlich vorhatte, würde nur die Zeit zeigen. Er und Helverien waren gute Freunde geworden, ganz ohne romantische Anwandlungen. Er blieb dem Andenken an seine geliebte Aveole so treu wie eh und je, während sie damit beschäftigt war, eine Schneise durch alle jungen Böcke im Schattenbund zu schlagen – mit einigen bemerkenswerten Ausnahmen. Helverien arbeitete, sofern sie nicht gerade die verlorene Zeit wettmachte, eng mit den Geschichtsforschern und Handwerkern zusammen, um so viel wie möglich von dem verloren gegangenen Wissen der Alten zurückzugewinnen. Häufig bekam sie Hilfe von Aethon, der Einschlägiges aus dem Gedächtnis des Drachenvolkes beitragen konnte – das heißt, wenn Zavahl bei der Führung des Gasthofes etwas Zeit erübrigen konnte. In der Zwischenzeit bemühte sich Thirishri um ein Mittel, wie man die Erinnerungen des Drachensehers seinem Volk zurückgeben könnte, ohne Aethon dabei zu töten, und alle hofften, dass sie es irgendwann finden würde.

Elion und seine neue Partnerin waren sehr glücklich miteinander. Zwar hatte ihre Verbindung unter den eher festgefahrenen Denkern im Schattenbund beträchtliche Bestürzung ausgelöst, doch der Archimandrit war entschieden dafür gewesen, sodass also auch diese Sache erledigt war. Für Elion gab es keine Langeweile mehr. Mal war seine Partnerin ein Feuerdrache wie Kaz, ein andermal war sie die rothaarige Frau oder nahm die Gestalt einer Zentaurin, einer Phönix an oder was man sich sonst noch vorstellen konnte. Meistens aber, wenn sie zu Hause waren, behielt sie ihre eigene, rätselhafte Gestalt, eine Übereinkunft, die beiden zu gefallen schien. Zur Zeit befanden sie sich bei einem Auftrag in Nemeris, wo sie sich vor der Rückkehr der Dobarchu vergewissern sollten, dass auf den Inseln keine Gefahr mehr drohte. Seit die Schleierwand wiederhergestellt war, hatte das Wetter in den verschiedenen Reichen rasch wieder seinen alten zuverlässigen Lauf angenommen, und Toulac vermutete, dass Thirishri hart gearbeitet hatte, um alles so schnell wie möglich wieder in die gewohnten Bahnen zu lenken. Der Winter war sehr beschwerlich gewesen, und die Wissenshüter hatten pausenlos zu tun gehabt, um in allen Reichen die nötige Hilfe zu leisten. Wenn sich die Lage im Laufe des Jahres festigte, würde es hoffentlich einen schönen langen Sommer geben, damit Menschen und Land sich erholen und dem kommenden Winter in einer besseren Verfassung begegnen könnten.

Alles in allem, so dachte die alte Söldnerin, entwickelten sich die Dinge recht gut. Sie fragte sich, wie es wohl geworden wäre, wenn Cergorn sich an der Macht hätte halten können, und schauderte. Die Schleierwand wäre inzwischen vollends zusammengebrochen und die nachfolgenden Verwüstungen gar nicht auszudenken. Nein, sie wünschte dem früheren Archimandriten alles Gute für sein neues Leben, aber sie war auch äußerst froh, dass er fort war.

Toulac und Quave kamen durch das Heideland gut voran und durchquerten die frisch in Stand gesetzte Schleierwand gegen Mittag. Die Grenze schimmerte in allen Regenbogenfarben und gab einen hellen Summton von sich, und hatte überhaupt nichts mehr mit dem trüben, grauen, misstönenden Gebilde von vorher gemein. Im goldenen Licht des Nachmittags kamen sie bei der Schutzhütte an – und stießen auf Veldan, Kazairl und Kalt, die ihnen entgegengekommen waren.

»Ich verlasse euch hier«, sagte Quave. »Ich möchte lieber bald in der Siedlung sein, und ihr vier wollt doch sicher erst Neuigkeiten austauschen.« Er lenkte sein Pferd, das den Feuerdrachen ganz offensichtlich beargwöhnte, am Fuß des Hügels entlang, dann galoppierte er davon.

Die Söldnerin winkte ihren Freunden, froh, wieder bei ihnen zu sein – obwohl es nur ein paar Tage her war, dass sie sich gesehen hatten. Mit Amaurns Segen hatten die vier eine etwas ungewöhnliche Partnerschaft entwickelt: Toulac und Kalt galten allseits als Wissenshüterpartner, tatsächlich aber arbeiteten sie mit Veldan und Kaz zusammen als Vierergruppe. Amaurn war von dieser Aufstellung so begeistert gewesen, da sie doch alle vier Teilnehmer – besonders seine geliebte Tochter – glücklich machte, dass er sich verbürgt hatte, sie in Zukunft nur alle zusammen für eine Aufgabe zu bestimmen und dass sie nie wieder voneinander getrennt zu sein brauchten. Sie wussten alle, dass es im Schattenbund ein Gemurre und gewisse Klagen über Bevorzugung gegeben hatte, doch niemand wagte es, sich laut zu beschweren – zumindest nicht, wo mit Kazairls Erwiderung gerechnet werden musste, und auch nicht in Hörweite des Archimandriten. Ganz nach den Erwartungen von Toulac und Kazairl hatten Veldan und Kalt sich zu einem besonderen Paar zusammengefunden und waren geradezu glückselig. Doch ihre Liebe schloss die beiden anderen in einem Maße ein, dass niemand sich je vernachlässigt oder zurückgesetzt zu fühlen brauchte. Toulac schmunzelte im Stillen.

Wenn man bedenkt, wie einsam und verbittert und hoffnungslos ich zu Beginn dieses Winters gewesen bin und dass es nichts mehr gab, worauf ich mich freuen konnte, außer den Tod. Und jetzt ist mein Leben so wunderbar. Ich fühle mich, als könnte ich ewig leben!

Plötzlich musste sie Mazal zügeln, weil er lebhaft scheute. Kaz sauste mit Kalt und Veldan auf dem Rücken den Hügel hinab. »Lass das sein, du dummer Kerl«, schimpfte sie mit dem Pferd. »Du kennst den Feuerdrachen schon zu lange, um dir solchen Blödsinn erlauben zu können.«

Kaz kam vor ihr schlitternd zum Stehen und hinterließ dabei tiefe Rillen in der Grasnarbe. Dabei breitete er zum Zwecke des Gleichgewichts seine herrlichen Flügel aus, und Toulac hielt den Atem an. Von den Schultern an, wo sie aus zwei neuen Gelenken hervorwuchsen, waren sie gerippt wie bei einer Fledermaus und die zart aussehende Haut war außergewöhnlich zäh, fühlte sich aber seidenweich an. Wie seine übrigen Schuppen leuchteten sie in sanften metallischen Farbtönen, die am schönsten im Sonnenlicht zur Geltung kamen.

Die beiden Wissenshüter rutschten von seinem Rücken herunter, und auch Toulac saß ab, als Veldan schon auf sie zurannte und in die Arme schloss. »Wurde auch Zeit, dass du aufkreuzt«, sagte der Feuerdrache. »Was hat dich aufgehalten? Ich habe ja gesagt, wir hätten mitkommen sollen. Ich hätte dich viel schneller wieder hergebracht als dieses wandelnde Frühstück.«

Toulac kicherte. Nach seiner Begegnung mit dem Tod hatte Kazairl nicht lange gebraucht, um seinen jugendlichen Überschwang wiederzuentdecken. »Bei unseren Freunden wäre es ja noch angegangen, Kaz, aber ich glaube nicht, dass Arcans Leute so etwas wie dich schon verkraften können.«

»Dumme Menschen!«, schnaubte der Feuerdrache. »Seit Veldan mir verboten hat, sie zu fressen, weiß ich nicht mehr, wozu sie überhaupt gut sein sollen – das heißt, außer wenn sie Wissenshüter sind.«

»Was ist mit Zavahl?«, gab Veldan zu bedenken.

»Ja, der geht noch an«, sagte Kaz herablassend, »aber natürlich hat er einen Drachen in sich, das ist ein entscheidender Unterschied. Auch Ailie ist ganz akzeptabel. Endlich mal ein Mensch, der die richtigen Prioritäten zu setzen weiß.«

»Nur weil sie dich immerzu füttert«, erwiderte Kalt. »Wie geht's in Callisiora, Toulac?«

»Blüht und gedeiht. Cetain lässt die besten Wünsche ausrichten und fragt natürlich an, ob du nicht zurückkommen und wieder ihr Überbringer sein willst.«

Kalt seufzte. »Ich wusste, dass er das tun würde. Das war einer der Gründe, weshalb ich nicht mitkommen wollte.« Er sah Veldan an. »Und natürlich brauche ich nach dem anderen Grund nicht weit zu schauen.«

Kaz verdrehte die Augen. »Gut, dass du wieder da bist«, sagte er zu Toulac. »Jetzt kann ich mich anständig unterhalten, ohne dass ich mich ständig übergeben muss.«

Die Söldnerin grinste ihn an. »Du alter Schauspieler! Mir kannst du nichts vormachen. Ich weiß genau, wie glücklich du bist, dass die beiden zusammengefunden haben.«

»Pst – nicht verraten!« Der Feuerdrache kicherte, dann drehte er sich zu seiner Partnerin um. »Komm, Veldan. Wenn ihr zwei mit der gegenseitigen Verzückung fertig seid, könnten wir's ihr jetzt zeigen.«

»Mir was zeigen?«, fragte Toulac, obwohl sie es schon ahnte. Sie hatte zwar gesehen, wie schön die neuen Flügel aussahen, aber noch nicht, wie er sich damit in die Lüfte hob. Und da nun beide völlig unbekümmert erschienen, was seine Flugkünste anging, nahm sie an, dass sie zusammen daran gearbeitet hatten. Immer wieder waren sie während des Winters verschwunden, ohne jemandem zu sagen, wohin sie gingen, und sie und Kalt hatten vermutet, dass sie sich zum Üben davonstahlen. Kalt lächelte stolz, sah aber auch eine Kleinigkeit besorgt aus und war folglich inzwischen in das Geheimnis eingeweiht worden.

»Ach, Toulac«, schnaubte Kaz. »Du hast es erraten!«

»Wir wollten warten, bis wir wieder alle zusammen sind«, fügte Veldan hinzu.

Toulac unterdrückte eine plötzlich aufkeimende Unruhe. Natürlich wussten sie, was sie taten. Sie hatten schließlich den ganzen Winter über geübt! Sie nahm Kalt beim Arm. »Dann komm«, sagte sie. »Wir wollen euch fliegen sehen!«

Veldan strahlte über das ganze Gesicht, schwang sich auf Kazairls Rücken, dann liefen sie an den Abhang des Hügels. »War das alles? Ich hab dich schon öfter laufen sehen«, neckte Toulac, und die Wissenshüterin drehte sich halb herum und machte eine rüde Geste. »Warte nur ab!«

Der Feuerdrache duckte sich und breitete die Flügel aus, dann sprang er plötzlich in die Höhe, fing den Wind und flog mit Begeisterung und Anmut, schlug heftig mit den Flügeln, bis er ausreichend Höhe erreicht hatte und gleitend weite Kreise ziehen konnte.

Hoch über den Zuschauern stieß Veldan einen Jubelschrei aus, in den Kaz sogleich einfiel. »Wie findest du das?«, rief er zu Toulac hinab. »Lass doch mal sehen, ob dein Picknick auf vier Beinen das auch kann!«

»Hör nicht auf ihn«, sagte Toulac beherzt und streichelte Mazal den Nacken. »Dich möchte ich um nichts in der Welt missen – auch wenn Veldan dich nicht in ihre Küche lässt.« Dennoch konnte sie sich von dem Anblick in der Luft nicht losreißen.

Wie muss es wohl sein, so zu fliegen?

Die Söldnerin schaute bewundernd zu, wie der Feuerdrache über ihr segelte, Kreise drehte, sich neigte und mit freudiger Hemmungslosigkeit dahinglitt. Sie verband sich mit Veldans Geist und spürte den frischen kalten Wind im Gesicht, sah das Hochmoor unter sich kreisen und sich selbst und Kalt als winzige Gestalten am Boden. Es war wundervoll! Sie konnte meilenweit sehen – tatsächlich war sie sicher, dass sie in weiter Ferne den Kundschafterturm wie einen Zweig im Boden stecken sah.

Nur widerstrebend zog Toulac sich wieder zurück. Dann drehte sie sich mit leuchtenden Augen zu Kalt um. »Myrial im Handkarren! Sind sie nicht ein toller Anblick?« Und setzte nach kurzem Überlegen fort: »Ich kann's nicht erwarten, bis sie mich mit hinaufnehmen!«